Sarah Short wurde 1985 in Heidelberg geboren. Zum Studieren zog sie zwanzig Jahre später nach Freiburg im Breisgau, wo sie noch heute mit Mann, Sohn und zwei Kaninchen lebt. Neben dem Schreiben und ihrer Arbeit als Lehrerin verbringt sie gerne Zeit mit ihren vielen Büchern oder in der Natur; mal mit, mal ohne Pferd. In ihren Geschichten entführt sie in fantastische Welten direkt vor der Haustür oder zeigt Heidelberg von seiner romantischen Seite.

SARAH SHORT

GHOST HUNTER ACADEMY

DUNKLE PROPHEZEIUNG

Erstausgabe Februar 2022

Made in Stuttgart with ♥

Ghost Hunter Academy 2

ISBN 978-3-98637-223-1
E-Book-ISBN 978-3-98637-210-1

Covergestaltung: Vivien Summer
Umschlaggestaltung: ARTC.ore Design
Unter Verwendung von Abbildungen von shutterstock.com: © Vitalii Hulai, © Artikom jumpamoon, © Slava2009, © Only background, © Arsgera, © nevodka, © seksan wangkeeree, © d1sk
Lektorat: Lektorat Reim
Satz: dp DIGITAL PUBLISHERS GmbH
Druck und Bindung: Books on Demand GmbH, Norderstedt

Spoilerwarnung: Diese Geschichte enthält Spoiler zu „Hekates Erbe – der Schlüssel zur Welt“, „Hekates Erbe – Der Schlüssel des Himmels“ und „Ghost Hunter Academy – Verborgenes Erbe“.

Ein Freund liebt allezeit,
und ein Bruder wird für die Not geboren.
Sprüche 27, 19

Playlist

Weezer – Island in the sun
Black – Coming up roses
Sufjan Stevens – The mystery of love
We are all Astronauts – Ether
Daughter – Home
Seafret – Oceans
Elliot Smith – Angeles
Leonard Cohen – Dance me to the end of love
Trivium – This world can't tear us apart
Sleeping at last – Saturn
Katie Melua – I cried for you
Judy Garland – Over the rainbow
Joris – Glück auf
Avicii feat. Audra Mae – Addicted to you
John Lennon – Love
Tool – Schism
Tool – Lateralus
Don McLean – Vincent
Annie Lennox & Howard Shore – Into the west
Zaz – Demain c'est toi
Lana del Rey – The Greatest

Vorwort der Autorin

Liebe/r Leser*in,
ich freue mich sehr, dass du dich für diese Geschichte entschieden hast.
Eine klassische Triggerwarnung möchte ich bei einem Fantasyroman vermeiden, daher gebe ich in diesem Vorwort ein paar Informationen zu speziellen Inhalten der Geschichte.
Diese können Spoiler enthalten.
Besondere Beziehungsmodelle:
In diesem Roman gibt es kein Liebesdreieck, sondern eine Beziehung zu dritt oder auch Bigamie bzw. Polyamorie. Die Protagonistin steht nicht vor einer Entscheidung für den einen oder anderen, sondern ihre Beziehung entwickelt sich, bis die beiden Männer und sie die besondere Situation genießen können. Ich will eine Lanze brechen für andere Formen von Liebe, für die (sexuelle) Freiheit und Selbstbestimmung von Frauen und Männern.
Tod und Trauer:
Tod und Trauer spielen eine Rolle und werden an einigen Stellen stärker thematisiert. Dabei geht es auch um den Tod eines Kindes und eines jungen Menschen. Da die Protagonistin und ihre Freunde in einigen Schlachten kämpfen, ist die unmittelbare Begegnung mit dem Tod unausweichlich.
Wenn es dir damit im Moment nicht gut geht, dann lies das Buch lieber zu einem anderen Zeitpunkt.

Telefonseelsorge: 0800/1110111 oder 0800/1110222
Infotelefon Depression: 0800/3344533
Jetzt wünsche ich dir viel Spaß beim Lesen!
Deine Sarah Short

Prolog

Gábor

Juli

Im Heerlager herumzusitzen, Waffen zu polieren, ab und zu ein paar Truppenübungen durchzuführen und ansonsten auf den Abend zu warten, weil Luzifer mich nicht als Späher nach draußen ließ, war gelinde gesagt ätzend. Auf die Art hatte ich noch mehr Zeit, Joelle zu vermissen und darüber nachzudenken, einfach alles hinzuschmeißen. Ich konnte nicht sagen, ob es ein Trost für mich war, hier bald rauszukommen um im Diesseits auf meinen Bruder aufzupassen und ihn bei seiner ominösen Aufgabe zu unterstützen. Auf beides hatte er keine Lust, das hatte er mir bereits überdeutlich klargemacht. Aber das ignorierte ich genauso wie Vater.

Die Dämmerung brach herein, doch ich würde erst später am Abend zu Lilith gehen. Ich wartete auf Grigori, der Luzifer Bericht erstatten und mich danach besuchen würde. Grigoris Job war weit spannender als meiner. Da er ein Hellseher war, wusste ich nie, welche meiner Geheimnisse er kannte, ohne mir davon zu erzählen. Von den anderen tausend Geheimnissen, fremden und eigenen, fing ich gar nicht erst an. Trotzdem mochte ich ihn. Wir konkurrierten nicht, Grigori hatte seine eigene hohe Stellung in Luzifers Reihen. In der Vergangenheit hatte er sich stets als loyal erwiesen. Ich hoffte, dass sich das in diesen Zeiten nicht änderte.

Mit ein paar Gargoyles saß ich am Lagerfeuer und stocherte versonnen mit einem Stock in der Glut herum, bis mich einer meiner Soldaten ansprach: „Mein Herr Gábor, wir hörten, Ihr würdet uns bald verlassen. Kehrt Ihr wieder oder wird jemand anders uns anführen?"

Ich ließ meinen Blick einen Moment auf seinem wolfsähnlichen Gesicht ruhen. Mit den Eselsohren und den Ziegenhörnern sah er aus wie ein Tier, das jemand aus lauter übrig gebliebenen Teilen zusammengebastelt hatte. „Ihr werdet Barbatos oder Danel unterstellt, das habe ich bereits mit Luzifer abgesprochen. Grigori wird auch die meiste Zeit im Diesseits sein, weshalb seine Männer ebenfalls zu einem neuen Heeresverband zusammengefasst werden. Für euch ändert sich nicht viel."

Er nickte, die anderen drei brummten beifällig. Ich bedauerte es in diesem Moment tatsächlich, trotz des eintönigen Tagesablaufs, der Hölle den Rücken zu kehren. Unter meinen Soldaten fühlte ich mich akzeptiert. Der erdige Geruch des nächtlichen Waldes vermischte sich mit dem des Holzfeuers. Die Gargoyles rochen so ähnlich, zusätzlich nach Hund, Raubkatze oder Bär, die meisten auch noch nach Stein. Auch wenn sie aussahen wie Tiere, sie sprachen und dachten eher wie Menschen. Jeder, der sie gering achtete, war auch bei mir unten durch.

Ein anderer sagte: „Wir schlagen viele Schlachten, doch es gibt keine Entscheidung. Wann wird der Krieg vorbei sein, Herr? Wann werden wir wieder den Palast bewachen und unsere Felder bestellen?" „Das kann ich euch nicht sagen. Vielleicht dauert es nicht mehr lange. Es wäre doch schön, wenn Azazel und die anderen einfach aufgeben würden." Doch daran glaubte niemand hier. Alle schüttelten die Köpfe, mich eingeschlossen.

Grigori kam auf leisen Sohlen heran und setzte sich neben mich auf den Baumstamm. Auf Russisch begrüßte er die Soldaten, mir klopfte er auf die Schulter.

„Alles klar, Mann?“, fragte ich. Er nickte und breitete die weißen Flügel aus, als würde er sich strecken.

„Und bei dir? Langsam die Schnauze voll von der Warterei?“

„Ziemlich. Ich muss bald zu Milán. Im Herbst wird seine neue Aufgabe beginnen, richtig?“

„Richtig. Behalte ihn im Auge und pass auch auf deine missratene Verwandtschaft auf. Sie wollen das, was ihr bis vor Kurzem hattet.“

Ich nickte, auch wenn ich mir nicht sicher war, ob wir über dasselbe sprachen. So war es viel zu oft mit Grigori: Er redete selten Klartext; nicht wenn es Zuhörer gab oder er sich erst vergewissern musste, dass sein Gegenüber die Klappe hielt.

„Steht deine Prophezeiung noch?“

„Welche? Manchmal verliere ich den Überblick.“

„Du weißt ganz genau, welche ich meine.“

Seine Miene verschloss sich ein Stück, wie jedes Mal, wenn ich ihn danach fragte. Schön waren die Bilder, die er sah, auf keinen Fall.

Aber ich war zu neugierig, um ihn vom Haken zu lassen, und bohrte nach: „Und? Hat sich etwas verändert? Bleibt es bei deinen blumigen Worten?“

„Wenn die Grenzen zwischen den Welten verschwimmen und die Nacht am schwärzesten ist, werdet ihr wieder zusammenfinden.“

„Erzähl mir mehr davon.“

Er presste die Lippen zusammen und starrte ins Feuer. Funken stoben auf, als einer der Soldaten ein neues Holzscheit in die Glut legte. Das feuchte Holz knackte und qualmte.

„In dieser Nacht gibt es so viel Tod. Diese Nacht wird für viele schwarz werden, aber für dich wird sie am schwärzesten sein. Es wird dir danach nicht leichtfallen, das Licht wieder zu finden. Niemand verliert in dieser Nacht so viel wie du. Du bekommst Joelle zurück. Das muss dir genügen."

Ein eisiger Schauder lief mir den Rücken hinab. Vielleicht war es ein Segen, nicht zu wissen, was die Zukunft brachte. Dennoch wusste ich schon genug, um mich davon kirre machen zu lassen. Irgendwann würde ich alles wissen. Selbst wenn es mich fertigmachte.

„Ich habe dich nicht das letzte Mal gefragt."

„Das befürchte ich auch", entgegnete Grigori. „Lass es lieber sein. Einer von uns könnte doch unbelastet bleiben."

„Unwissend zu sein ist nicht gleichbedeutend mit unbelastet."

„Sollte es aber."

Die Gargoyles verfolgten interessiert unseren Wortwechsel.

„Was habt ihr auf eurem letzten Erkundungsflug beobachtet?", fragte Grigori sie. Schon kapiert. Unser Gespräch war hiermit beendet.

Vorerst.

1

Joelle

Juli

Gelangweilt stützte ich das Kinn in meine Hand und sah aus dem Fenster. Unser Physiksaal lag unter dem Dach, sodass man eine tolle Aussicht auf das Häusermeer des Quartier Latin hatte, wenn man wie ich nicht aufpasste. Draußen schien die Sonne, was mir nicht nur den letzten Rest Motivation raubte, sondern mich auch wie jeden Sommer innerlich fluchen ließ, weil ich heute früh lange Hosen angezogen hatte, in denen ich jetzt schwitzte. Kurz vor dem Mittagessen glich der Physikraum bereits mehr einer Sauna.

Monsieur Loup machte allen Ernstes Unterricht. Kaum einer arbeitete mit. Die meisten stierten vor sich hin, fächelten sich mit ihren Heften Luft zu oder tranken einen Schluck Wasser nach dem anderen. Einzig Grigori, der sich einen Platz in der letzten Reihe ausgesucht hatte, um niemandem die Sicht zu versperren, Eloise und Luc beschäftigten sich begeistert mit den Besonderheiten des Ottomotors. Grigori immer noch radebrechend auf Französisch und mit viel Übersetzungshilfe von Luc. Tristan, selbst bei hochsommerlichen Temperaturen elegant wie der jugendliche Alain Delon, schrieb neben mir Briefchen mit seiner Freundin Anaïs. Als ob sie sich nicht ständig sehen würden.

Als mein Blick auf Louis fiel, musste ich grinsen. Er saß direkt hinter mir neben Luc. Louis fuhr sich durch die kurzen hellbraunen Haare. Sie waren etwas länger geworden und fielen ihm lässig in die Stirn, wo sie einen hübschen Kontrast zu seinen blaugrauen Augen bildeten. Diese Augen verdrehte er jetzt grinsend und formte mit dem Mund das Wort „Streber". Luc kannte ich nicht anders. Dass Grigori zumindest in Physik und Mathe mindestens genauso strebsam war, amüsierte mich immer noch. Luc schaute ich bewusst nicht an. Seit wir uns geküsst hatten, herrschte eine seltsame Spannung zwischen uns. Meist blendete ich sie aus, aber gerade spürte ich sie überdeutlich. Wie ein Summen in meinen Knochen. Ich musste an etwas anderes denken.

Das Training am Nachmittag würden wir uns schenken. Nur die Nachwuchsjäger waren verpflichtet, daran teilzunehmen. Für Luc, Tristan und mich galt das nicht mehr. Wir mussten nur noch zwei Einheiten pro Woche absolvieren statt sechs. Grigori, unser russischer Bär mit den eisblauen Augen, trainierte die jüngeren Halbdämonen, nach den Ferien würde Madame Corbeau diese Gruppe übernehmen und mein Blutsbruder wieder zu unserer Trainingsgruppe wechseln, um Monsieur Renard aka Käpt'n Schnauzbart zu unterstützen. Darauf freuten sich beide sicher schon besonders.

Wie immer, wenn mein Gehirn nichts zu tun hatte, wanderten meine Gedanken zu Gábor. Ich wünschte, ich könnte das unterbinden, aber trotz des kaum nachlassenden Trennungsschmerzes dachte ich einfach zu gerne an ihn. Er fehlte mir. Nur in meinen Gedanken konnte ich ihm nahe sein. Nicht einmal telefonieren oder texten konnten wir, solange er in der Hölle war.

Bald, vertröstete ich mich, *bald sehe ich ihn wieder. Dann dürfen wir zusammen sein. Auch ohne dass wir auf die Erfüllung von Grigoris seltsamem Orakelspruch warten müssen. Ich habe schon eine schwarze Nacht erlebt, in der die Grenzen zwischen den Welten verschwommen sind. Jenseits und Hölle haben sich bereits im Diesseits versammelt, in der Nacht, in der mein Vater starb ...*

Selbst in Gedanken brachte ich es kaum fertig, die Wahrheit zu formulieren: dass ich meinen Vater buchstäblich mit meinen eigenen Händen getötet hatte. Es hatte keinen anderen Weg gegeben, meine Haut und die meiner Freunde zu retten. Dennoch belastete mich sein gewaltsamer Tod weit mehr als der der Männer, die versucht hatten, Anouk, Marinette und Anaïs in die Hölle zu verschleppen. Blutsbande hatten zumindest unter Dämonen einfach einen einzigartigen Stellenwert. Es spielte keine Rolle, was für ein Verhältnis Samael und ich gehabt hatten, ob wir uns geliebt hatten. Es zählte nur, dass Samael mich gezeugt und sich dadurch mit mir verbunden hatte. Das durchschnittene Band schmerzte auf eine Weise, die ich nicht in Worte fassen konnte.

Das Läuten unterbrach meinen inneren Monolog.

Im Speisesaal trafen wir auf Milán, der einen ähnlich frischen Eindruck machte wie ich. Er lächelte, als er meine Gedanken auffing. Mit meinem schweren Essenstablett ließ ich mich zwischen ihn und Grigori auf einen Stuhl fallen und erwiderte das Lächeln.

Ein Nickerchen in Physik gemacht?, wollte Milán stumm wissen. Ich schüttelte den Kopf und pikte meine Gabel in die Nudeln mit mediterraner Gemüsesoße.

Marinette hat gepennt. Hast du was damit zu tun?

Ein Grinsen umspielte seine Lippen. „Ausnahmsweise mal nicht“, entgegnete er laut. Ich enthielt mich eines Kommentars und aß weiter.

Den Nachmittag verbrachte ich mit den letzten Hausaufgaben des Jahres und einem Mittagsschlaf, aus dem Grigori mich unsanft weckte, als er in Tristans und mein Zimmer platzte. Vermutlich hatte er vorher angeklopft, Grigori war im Gegensatz zu meinem Mitbewohner ziemlich höflich. Meistens jedenfalls.

„Joelle, komm mit!“, forderte er mich auf.

„Hallo erstmal“, sagte ich gähnend.

„Ja, ja, hallo. Steh auf! Tamiel wartet auf dem Dach auf uns. Dringende Botschaft von Luzifer.“

Die Erwähnung des obersten Höllenfürsten klärte meinen Verstand. Mit einem Satz war ich aus dem Bett und schlüpfte in meine enge Jägerhose. Auch dafür war es eigentlich zu warm, aber ich wollte mich vor der abendlichen Streife nicht erneut umziehen müssen. Statt einem Kampfkittel würde ich nachher ein Langarmshirt anziehen. Nach Einbruch der Dunkelheit brauchten wir auch die Waffen nicht mehr zu verstecken.

Grigori trat ungeduldig von einem Fuß auf den anderen. Er trug ein schwarzes Muskelshirt und eine knielange Sporthose, weil er gerade aus der Turnhalle kam. Er war mittlerweile mein Blutsbruder und noch immer heimlicher Schwarm vieler Mitschülerinnen. Der Russe maß ziemlich genau zwei Meter und war am besten mit dem Begriff „Kleiderschrank“ zu umschreiben. Allein seine Statur flößte anderen Respekt ein.

Meine Gedanken waren nicht abgeschirmt, da konnte ich sie auch aussprechen: „Es ist ein Phänomen, dass die Mädchen keine Angst vor dir haben, du riesiger Bär.“

„Eifersüchtig?“, fragte er lachend.

„Nein! Ganz sicher nicht. Das weißt du doch. Aber irgendwann kommt eine, die dich an die Leine legt. Warte nur ab!“

„Schön, dass du daran glaubst.“ Abrupt drehte er sich um und stapfte zur Tür hinaus. Mist.

„Tut mir leid, Grigori. Aber ich glaube wirklich daran.“

Er lächelte schief, sagte aber nichts mehr. Schweigend stiegen wir zum Dach hinauf. Neben dem Schornstein standen Tamiel, Luc und Tristan.

„Nara, Sonne“, begrüßte der Dämon mich freundlich. „Schön wie das letzte Mal, als wir uns trafen.“

Ich lachte. Tamiel machte mir immer Komplimente, die ich nicht wirklich ernstnahm. Ich mochte ihn sehr, er war zu einem väterlichen Freund geworden. Daher ließ ich mich auch von ihm in die Arme schließen. Die Temperaturen hier oben waren trotz des Schattens, den der Schornstein spendete, nicht gerade angenehm. Der Bitumen unter meinen Turnschuhen fühlte sich weich an und ich hoffte, dass mir die Sohlen nicht wegschmolzen.

Tamiel blickte amüsiert in unsere verschwitzten roten Gesichter. Ihm merkte man die Hitze kaum an. Allerdings trug er seine langen dunkelbraunen Haare wieder in diesem Manbun, der an den meisten anderen Typen dämlich aussehen würde. Zusätzlich fächelte der Engel sich selbst und uns mit seinen mindestens vier Meter hohen schwarzgefiederten Flügeln Luft zu. Das war nett von ihm. Und glücklicherweise von unten oder den Nachbarhäusern aus nicht zu sehen. Unsere eigenen Flügel erreichten normalerweise zwischen zweieinhalb und drei Metern Spannweite, je nach Körpergröße. Grigoris waren natürlich größer als meine. Ihr Aussehen erbten wir von unseren Vätern, den gefallenen Engeln. Daher besaß Grigori die weiß gefiederten Engelsflügel seines Vaters Barbatos, des ersten Himmelsjägers, ich die am häufigsten vorkommenden Fledermausflügel meines Vaters Samael.

„Luzifer schickt mich zu euch, jedoch nicht offiziell; deshalb dieser unwürdige Treffpunkt. Wieder einmal. Sollte diese Hitzewelle anhalten, werden wir uns nächstens in den Katakomben verabreden. Nun denn, ihr als Luzifers Quasi-Verbündete werdet aufgefordert, euch in aller Form dem Herrn der Hölle anzuschließen. Das gilt besonders für dich, Nara, wenn du deine Truppen zurückhaben möchtest."

„Und das konntest du uns nicht in der Öffentlichkeit sagen? Luzifer ist doch der wichtigste Partner der Ghost Hunter Association. Warum diese Heimlichkeit?", fragte Tristan mit gerunzelter Stirn. Ihm liefen die Schweißtropfen an den Wangen herunter.

Statt Tamiel antwortete Grigori auf diesen Einwand. Sein Französisch besserte sich, aber er sprach sicherheitshalber Deutsch. „Luzifer hat in diesem Gebäude nur noch wenige, die ihm die Treue halten. Mit Madame d'Hibous Aufstieg hat er etliche Jäger an sie verloren. Bis auf Herrn Farkas, seinen Schwager Tibór, Gábor, mir und einigen anderen, die im Augenblick neutral bleiben wollen, sieht es schlecht aus für den Teufel. Azazel führt im Moment die Bewegung gegen Luzifer in der Hölle an. Er hat bereits viele hohe Dämonen um sich geschart. Der Aufstand wurde niedergeschlagen, aber er ist nicht beendet."

Ich schürzte die Lippen. „Luzifer braucht also Verbündete. Ich werde darüber nachdenken. Aber was hat die GHA davon, dass sie es sich mit Luzifer verscherzt? Bietet Azazel ein besseres Bündnis an?"

„Madame d'Hibou wird weiter gegen Luzifer arbeiten; wenn sie gemeinsame Sache mit Samael gemacht hat, tut sie das bestimmt auch mit Azazel", meinte Luc.

„Es ist nicht allein Azazel", erwiderte Tamiel. „Da sind noch Batarel, Akibeel und weitere Dämonen, die Luzifer stürzen wollen. Samael war für sie nur Mittel zum Zweck. Sie machen weiter. Luzifer weiß das und will seinerseits eine schlagkräftige Armee aufstellen. Er fragt euch, bevor die GHA alle Geisterjäger verpflichtet, ihre Seite zu wählen, die höchstwahrscheinlich nicht Luzifers sein wird. Die Schüler haben keine Wahl, nur ihr habt eine. Weil ihr Halbdämonen seid und fertig ausgebildete Jäger."

„Ich wähle nicht", ließ sich Grigori vernehmen. „Meine Seite ist immer deine Seite, nana."

Tamiel klopfte ihm liebevoll auf die Schulter. Auf Russisch sagte er: „Gott in seiner unermesslichen Güte hat mir einen treuen Sohn geschenkt. Nicht immer ist Blut dicker als Wasser. Ich danke dir, Mischka."

Grigori nickte. Es hätte mich sehr gewundert, hätte er sich gegen seinen Ziehvater gestellt. Doch Tamiel schien ihm die Wahl gelassen zu haben.

„Ihr müsst nicht auch Luzifers Seite wählen, nur weil wir Blutsgeschwister sind. Wir haben weiterhin einen Nichtangriffspakt. Keiner hat etwas von mir zu befürchten. Umgekehrt hoffentlich auch nicht." Bei seinen letzten Worten sah er mich bedeutsam an.

„Welche Wahl habe ich, Grigori?", sagte ich mit mehr Schärfe, als beabsichtigt. „Du bist mein Blutsbruder und ich darf dich nicht töten. Gábor ist Luzifers Erster Offizier und auch ihn würde ich niemals töten. Meine größere Sorge ist, dass Madame d'Hibou mich rausschmeißen wird, wenn sie erfährt, wem meine Treue gilt." Mit Schaudern dachte ich an Azazel, der mich als seine persönliche Gebärmaschine halten wollte. Als ob ich mich ihm freiwillig anschließen würde!

„Was ist mit euch?", fragte ich Tristan und Luc. Letzterer schwieg, seit ich das Dach betreten hatte. In seinem Gehirn arbeitete es. Denkfalten standen auf seiner Stirn.

Tristan redete zuerst. „Welche Konsequenzen hat es für uns, wenn wir uns offiziell dem inoffiziellen neuen Staatsfeind anschließen?"

Luc nickte.

„Ihr könntet euer Wohnrecht im Internat verlieren, aber ich nehme an, dass ihr spätestens nach den Prüfungen im nächsten Frühjahr fortgehen würdet. Ihr könntet gefangengenommen und schlimmstenfalls aus der Gemeinschaft der Geisterjäger ausgestoßen werden. In der Hölle hättet ihr nach wie vor einen Platz; vorausgesetzt, Luzifer bleibt an der Macht", erläuterte Tamiel, ohne etwas schönzureden.

Grigori setzte eine angestrengte Miene auf. „Du musst ihnen alle Konsequenzen nennen, Dämon!" Nach der familiären Atmosphäre zwischen den beiden Männern wirkte Grigoris Wortwahl übermäßig hart.

„Na schön, Junge. Wenn das Recht ausreichend gebeugt wird, und das kann schon bald der Fall sein, könntet ihr auch wegen Hochverrats gehängt werden. So, jetzt ist es raus. Ich wollte euch Albträume ersparen."

Tristan zuckte zusammen. „Hochverrat? Können wir nicht irgendwie undercover bleiben? Du weißt schon, offiziell GHA-Linie, inoffiziell unterstützen wir den Teufel."

„Sind deine Gedanken und Gefühle sicher vor Madame d'Hibou?", erkundigte sich Luc ungläubig.

„Warum nicht? Ich bin mittlerweile sehr gut im Abschirmen."

„Steht Luzifer wirklich so unter Druck oder ist das eine List?", wollte Luc von Tamiel wissen. Typisch Luc. Immer misstrauisch.

„Noch läuft alles im Geheimen ab. Doch es spricht vieles dafür, dass die GHA bald gänzlich in den Händen derjenigen sein wird, die gegen Luzifer arbeiten. Hier geht es um mehr als nur einen Machtwechsel in der Hölle."

Grigori nickte. „Azazel und seine Mitstreiter glauben genauso wie Luzifer selbst, dass die uralte Prophezeiung um den Weltenwächter kurz vor ihrer Erfüllung steht. Tritt er oder sie erst auf den Plan, wird sich alles verändern. Machtgefüge werden neu geformt, die Dimensionen verändern sich. Manche legen die Prophezeiung so aus, dass der Weltenwächter der Bote der herannahenden Apokalypse ist, die die Welten neu ordnet und das Gleichgewicht zwischen Gut und Böse wiederherstellt. Aber das ist nur eine Lesart."

„Ist der Weltenwächter gut oder böse?", fragte ich. Davon hatte ich ja noch nie gehört.

„Das weiß niemand. Es heißt, er hat Zugang zu allen Sphären, ich würde ihn am ehesten für unparteiisch halten. Existiert er tatsächlich, wäre er in großer Gefahr. Die einen wollen ihn eliminieren, die anderen auf ihre Seite ziehen. Bevor ihr nachfragt, ich kenne die Prophezeiung nicht. Ich kann nicht richtig sehen, wenn ich versuche, etwas über den Weltenwächter herauszufinden. Luzifer kennt sie und das muss uns im Moment genügen."

„Das hört sich alles sehr vage an", meinte Luc.

Da konnte ich ihm nur zustimmen. Langsam wurde es unerträglich heiß auf dem Dach. Außerdem gab es bald Abendessen. Ich wollte das Ganze etwas beschleunigen.

„Ich bin für Tristans Vorschlag. Wir schließen uns nur inoffziell Luzifer an, solange es zu gefährlich ist, das offen zuzugeben. Wenn es keine hölleninterne Angelegenheit ist, müssen sich die Jäger positionieren. Sie haben alle einen Eid geschworen, die Menschen und ihre Welt zu beschützen. Einwände?"

Kopfschütteln von Luc, Grigori und Tristan.

„Ich danke euch", sagte Tamiel. „Ihr braucht zunächst nichts weiter zu tun, als hier die Stellung zu halten und ein Auge auf Madame d'Hibou zu haben. Ich kümmere mich um Azazel und sein Gefolge. Grigori wird unser Mittelsmann sein, da er sowohl hier als auch zu Luzifers Palast Zutritt hat. Ich wusste, dass ich auf euch zählen kann. Bis bald!"

Er flog nicht davon, sondern löste sich in Luft auf. Eine Fähigkeit der Dämonen, auf die ich schon immer neidisch gewesen war. Halbdämonen konnten viel, aber das beliebige Verschwinden und Auftauchen blieb den Engeln vorbehalten.

Gemächlich gingen wir zur Treppe. Wir berieten uns, ob wir Milán und Louis einweihen sollten oder nicht. Ich war dafür, zumindest vor Milán nichts zu verheimlichen, da indirekt auch sein Bruder betroffen war. Das meiste fand er ohnehin heraus. Louis war ein guter Freund, aber er war kein Teil unserer neuen, tiefergehenden Bande. Wir wollten ihm vorerst nichts sagen.

Ich freute mich so sehr auf die Sommerferien. In der Mongolei bekam ich den nötigen Abstand von alldem hier. Ich war mehr als urlaubsreif. Eine Sache hatte ich jedoch noch zu erledigen. An der Tür zum Speisesaal ließ ich Tristan und Luc den Vortritt. Grigori hielt ich am Arm zurück.

2

„Grigori? Hast du noch kurz Zeit?"

„Ich weiß, was du mich fragen willst. Und glaub mir, ich versuche schon die ganze Zeit, etwas zu sehen. Aber meine Gabe ist kein Zukunftsfernsehen. Ich sehe nur Bruchstücke, einzelne Situationen, bekomme winzige Gewissheiten. Was willst du von mir hören, Joelle?" Seine sanfte Stimme milderte die Eindringlichkeit seiner Worte kaum.

„Ich wollte dich nicht als Orakel benutzen. In der Hölle, da hat Lilith Kinder gesehen, die vielleicht niemals geboren werden. Meine Kinder, Grigori!"

„Das war, bevor Samael dich verwundet hat. Ich sehe jetzt keine Kinder in deiner Zukunft. Das kann aber alles oder nichts bedeuten. Warum gehst du nicht zum Arzt?"

Er nickte, ehe ich meine Antwort ausgesprochen hatte. *Weil du fürchtest, die Wahrheit nicht ertragen zu können*, dachte Grigori. Dann nahm er mich in den Arm. Ich lehnte mich an ihn und kämpfte mit den Tränen. Leute gingen an uns vorbei zum Speisesaal hinein oder heraus, doch ich nahm sie kaum wahr. Ich musste das abklären, ein für alle Mal. Ich hätte nie gedacht, dass mich der Gedanke, kinderlos zu bleiben, derart mitnahm. Doch er beschäftigte mich genauso sehr wie die Erinnerung an meinen Vater. Ich konnte nicht lernen damit klarzukommen, wenn ich mich weiter an die winzige Hoffnung klammerte, eines Tages mit Gábor eine Familie zu gründen.

Wie so oft antwortete Grigori auf meine Gedanken. „Willst du alleine gehen oder soll ich dich begleiten?"

Mein treuer Grigori.

„Nächste Woche hast du ja frei. Aber nur, wenn du willst."

Er streichelte meinen Rücken. „Sonst hätte ich nicht gefragt. Gehen wir essen?"

Ich nickte an seiner Brust. Nur ungern verließ ich seine tröstliche Nähe, aber ich war kein kleines Mädchen mehr.

Heute begrüßte ich die abendliche Patrouille. Sie lenkte mich ab. Tristan, Marinette, Louis und ich beendeten eine ungewöhnlich starke Poltergeistaktivität auf dem Friedhof Père Lachaise, wo ein paar englische Touristen den Schreck ihres Lebens bekamen und nur dank uns nicht mehr.

Die Geister mit ihren verzerrten Fratzen umzingelten die jungen Menschen, die sich nach Einbruch der Dunkelheit auf den Friedhof gewagt hatten. Sehen konnten sie die Wesen nicht, aber sie spürten ihre Kälte, ihre böse Gegenwart und ganz sicher die Steine und Erdbrocken, die die Geister auf die schreienden und davonrennenden Leute warfen.

„Tris! Bring die Menschen hier fort! Wir übernehmen die Geister!", kommandierte ich.

Tristan erschreckte eine Frau im Kapuzenpullover zu Tode, als er ohne Sturmhaube hinter einem Mausoleum hervortrat und höflich „Guten Abend" sagte.

Ich hätte über ihren spitzen Schrei gelacht, wenn die Poltergeister nicht Louis, Marinette und mich als neue Ziele auserkoren hätten. Marinette sprang quietschend hinter Louis, als ein Erdbrocken angeflogen kam und an Louis' Brust zerstieb. O Mann. Ich bohrte einem Poltergeist das Weltenschwert in den Bauch, Louis köpfte den nächsten. Die restlichen Geister verschwanden, als sie sahen, dass es ihnen an den Kragen ging.

„Es war nur ein bisschen Erde, Marinette“, sagte Louis lachend.

„Ich hatte keine Angst vor der Erde, sondern vor den vielen Geistern.“ Missmutig und beschämt stapfte sie in Richtung Ausgang. Aus Marinette würde nie eine gute Geisterjägerin werden. Sie war einfach nicht dafür geschaffen und musste nur die Ghost Hunter Academy besuchen, weil sie eine Halbdämonin war. Heute Abend tat sie mir besonders leid.

Als wir auf dem Rückweg an der Sorbonne die Gruppe um Luc und Milán trafen, berichteten auch sie von vielen Poltergeistern und sogar einem Schwarm Turpern, die einen Taxifahrer befallen hatten. Turper waren gestaltlose Geistwesen, materialisierte negative Gefühle, die von Menschen Besitz ergriffen und sie Amok laufen oder sich selbst töten ließen. Zum Glück waren die Jäger hinzugekommen, ehe der Mann in sein Taxi steigen und womöglich noch andere Menschen hatte gefährden können. Pflichtbewusst meldeten wir Madame d'Hibou und Monsieur Loup, die für den Außendienst zuständig waren, alle Vorkommnisse. Luc, Grigori und ich waren die letzten Gruppensprecher, die in das Büro kamen, um uns zurückzumelden.

„Ihr meint also, es wären heute Nacht ungewöhnlich viele Jenseitige in der Stadt unterwegs? Da seid ihr euch ganz sicher?“, hakte Loup noch einmal nach. Sein akkurat nach hinten gegeltes halblanges Haar saß auch nach Mitternacht noch perfekt. Früher hatte ich nichts mit dem streng wirkenden Mann zu tun gehabt, aber auch jetzt fand ich ihn nicht sympathischer. Es war unübersehbar, dass er dem ehemaligen Hausdrachen aus der Hand fraß. Und uns nicht für voll nahm.

„Sie können uns glauben oder selber rausgehen und es überprüfen. Père Lachaise ist allerdings fürs Erste gesäubert, unser Viertel ebenso. Da werden Sie nichts finden“, entgegnete Luc mit einer Prise Bockigkeit, die ich gar nicht von ihm kannte. Andererseits wusste ich, dass er kaum etwas mehr hasste, als wenn man ihn als Lügner hinstellte.

„Oh, das werden wir überprüfen. Ein paar von der Nachtschicht sollten eure Beobachtungen morgen früh bestätigen. Wir dulden keine Lügen, nur um sich zu profilieren."

Grigori mit seiner Gabe der Voraussicht legte mir die Hand auf die Schulter, bevor ich den Mund aufmachte, um Monsieur Loup zu sagen, was ich von seinem Auftritt hielt. Wenn sich hier jemand profilierte, dann er. Luc stand schweigend hinter mir. Ich spürte seinen Ärger hochkochen, doch er blieb äußerlich ruhig.

Madame d'Hibous Miene wirkte oft undurchdringlich, aber jetzt zeigte sie immerhin ein feines Lächeln. „Lass die Kinder, Loup. Sie sind sehr gewissenhaft."

Ihr wiederum glaubte ich aus Prinzip kein Wort. Und dazu ihre herablassende Art, wie sie uns als „Kinder" bezeichnete. Wir waren in allen vier Welten volljährig!

Grigori erwiderte auf Deutsch: „Glauben Sie, dass wieder ein Vertreter der Hölle dahintersteckt? Schließlich hatten wir mit Samael ähnlichen Ärger."

„Aber Samael ist tot", widersprach sie. „Wenn noch jemand das Diesseits mit Geisterhorden terrorisiert, dann sollten wir dem auf den Grund gehen. Natürlich nur gesetzt den Fall, ihr habt nicht überreagiert."

Ich bewunderte Grigoris Selbstbeherrschung. Er presste nur die Kiefer zusammen, um sich selbst im Zaum zu halten. Allein schon diese halbgare Unterhaltung machte deutlich, dass Madame d'Hibou nicht offen mit uns umging, ob wir nun richtige Geisterjäger waren oder nicht.

„So oder so werden wir unsere Bündnisse neu überdenken müssen. Stellt euch schon mal darauf ein." Sie sah uns an, als ahnte sie etwas von dem heimlichen Treffen auf dem Dach und mehr noch von dem Versprechen, das wir Tamiel gegeben hatten. Doch mein Schild war hartnäckig. Vermutlich war es die Entdeckung meiner Todeshände und mein gewachsenes Selbstbewusstsein, aber abgesehen von Milán, Gábor und meinen Blutsgeschwistern konnte seit Kurzem niemand mehr in meinem Kopf herumschnüffeln. Ich spürte an einem leichten Schläfenpochen, dass die frühere Hausmutter versuchte, in meine Gedanken einzudringen. Nach wenigen Sekunden gab sie auf, lächelte uns an und schickte uns hinaus.

„Scheiße", flüsterte Luc, als wir weit weg waren und unseren Korridor betraten. „Entweder weiß sie was oder sie hat vor, den Vertrag mit Luzifer aufzulösen."

„Natürlich hat sie das vor", pflichtete Grigori ihm ebenso leise bei. „Wenn ich nur etwas sehen könnte!"

„Du siehst nicht ihre Zukunft?", fragte ich.

„Ich hatte dir doch gesagt, dass es nicht immer und bei jedem klappt. Ich muss das weitergeben. Gute Nacht." Damit hastete er den Weg zurück, den wir gekommen waren.

Auf einmal breitete sich eine unbehagliche Stille zwischen Luc und mir aus. Luc fuhr sich nervös durch die Haare und fixierte mit den Augen den schwarz gerahmten Druck eines Kandinsky-Gemäldes hinter mir an der Wand. Ich konnte nicht entscheiden, ob ich das plötzliche Kribbeln in meinem Bauch angenehm fand oder nicht. Wir hätten uns nicht küssen dürfen.

„Irgendwann wäre es doch sowieso passiert", sagte Luc auf meine Gedanken hin. „Ich habe versucht, deinen Rat zu befolgen. Clara und ich waren vorgestern zusammen in einem Café. Es war auch total nett, aber als sie mich geküsst hat, war es nur seltsam. Sie ist nicht diejenige, die ich will."

„Aber warum?" *Warum, zur Hölle?* Beinahe vergaß ich, zu flüstern. Ich wollte niemanden wecken.

„Weil ich dich will und nicht sie. Ich bin nicht so ein Arsch, der ihr Hoffnungen macht, sie flachlegt und dann doch zu einer anderen geht. Keine Ahnung, was Grigori für ein Geheimnis hat, dass er noch nicht den Hass der Mädchen auf sich gezogen hat. Ich meine, er macht es nicht so auffällig, dass die GHA-Oberen ihn rauswerfen, aber wir wissen, dass er nur selten die Nacht allein in seinem eigenen Bett verbringt."

Ich lächelte halb. Wenn Luc unsicher war, fing er an zu reden und hörte nicht mehr auf, wenn man ihn nicht unterbrach. Seit wir vollwertige Geisterjäger waren, galt das Annäherungsverbot zwischen Schülern nicht mehr für uns. Allerdings achteten unsere Lehrerinnen und Lehrer kaum noch auf seine Einhaltung. Anscheinend verfolgte die GHA einen anderen Kurs mit uns. Natürlich ohne uns darüber in Kenntnis zu setzen. Doch Grigori war als Hausvater noch einmal in einer anderen Position. Er musste aufpassen, wie viel er sich herausnahm, bevor Madame d'Hibou endgültig der Kragen platzte. Leiden konnte sie ihn immer noch nicht. Müßig, das zu erwähnen.

„Willst du es wirklich nicht mit Clara versuchen?" Ich merkte selbst, wie bescheuert das klang. Mir ging es doch genauso wie ihm. Er lächelte schief.

Was passiert hier gerade?

Luc ließ mir keine Zeit, mich zu fangen. Er trat den letzten Schritt auf mich zu, legte die Arme um meinen Rücken und zog mich an sich. Ohne nachzudenken, erwiderte ich seine Umarmung. Luc war vertraut. Aber wir mussten beide realistisch bleiben.

„Gábor besitzt deine Seele", raunte Luc an meinem Ohr. Das Vibrieren seiner tiefen Stimme jagte mir einen Schauer den Rücken hinunter. „Aber er besitzt nicht dein ganzes Herz."

„Er besitzt den größten Teil davon. Du besitzt auch einen Teil."

Ich hörte das Lächeln in seiner Stimme.

„Den ich mir mit Tris, Grigori, Milán, deiner Familie und deinem Pferd teilen darf."

Wider Willen lächelte ich auch. „Vergiss nicht Tamiel. Und meinen Vater." Mein Lächeln erstarb. Selbst mein Vater besaß einen Teil meines Herzens. Meinen dunkelsten Teil. Luc hielt mich fester.

„Ich will keinen von ihnen vertreiben. Das würde ich auch gar nicht schaffen."

„Dein Teil ist größer, als du weißt. Größer als ich weiß." Angestrengt schloss ich die Augen. Ich musste aufhören, mir selbst etwas vorzumachen. Es war schon lange klar, dass Luc der Einzige war, den ich abgesehen von Gábor als Partner in Betracht zog.

„Und auch deshalb wird das nichts mit Clara und mir. Solange du nicht endgültig vom Markt bist, wird da etwas zwischen uns sein." Er hatte ja recht.

„Du warst schon immer klüger als ich. Aber du kannst nicht ewig auf mich warten."

„Tu ich doch gar nicht. Ich vergnüge mich genug. Aber ich habe keine Beziehung."

„Reicht es dir zu wissen, dass du derjenige wärst, wenn Gábor nicht zurückkommt? Kannst du damit leben, die zweite Wahl zu sein?"

Er streichelte meine Wange. „So würde ich es nicht sehen, Joelle. Du liebst ihn auf eine besondere Weise. Und da kommt eben keiner ran. Es bedeutet nicht, dass du jemand anderen weniger lieben könntest. Nur anders."

Dass ich mit Luc auf dem besten Wege dahin war, überforderte mich gerade. Auf einmal fühlte es sich komisch an, bei ihm zu stehen. Ich küsste ihn auf die Wange, entwand mich seinem Griff und lief nach einem Abstecher zum Waschraum zu Miláns und Grigoris Zimmer. In meinem Inneren herrschte ein ziemliches Durcheinander, das ich wegschieben konnte, wenn Milán mir mit seinen klugen Analysen etwas Durchblick verschaffte.

Wie so oft war er noch wach. Er lag auf seinem Bett und las in einem Roman, den ich nicht kannte.

„Hey“, begrüßte ich ihn.

„Joelle! Ich hab gar nicht mehr mit dir gerechnet. Wart ihr so lange auf Streife?“ Er legte sein Buch auf das Bord über dem Bett. Seufzend plumpste ich rückwärts neben Milán und zog mit den Füßen die Schuhe aus. „Wir mussten noch Meldung machen. Und dann habe ich mit Luc geredet.“

„Hat er dir seine Liebe gestanden?“ Er grinste leicht.

„Haha. Das hat er doch längst. Irgendwie. Ich weiß nicht, wie ich damit umgehen soll.“

„Wenn du ihn auch magst, dann fang was mit ihm an.“ Milán war ein Teufel. Manchmal erweckte er den Eindruck, dass er kein Gewissen besaß.

„Und was ist mit deinem Bruder?“, fragte ich vorwurfsvoll.

„Hat er dich nicht verlassen, damit du ein paar Erfahrungen machst?“

„Ich brauche nicht noch mehr Erfahrungen. Wir haben uns vor allem getrennt, weil ich für dich da sein soll und Gábor in der Hölle festsitzt. Weniger, damit ich mir einen neuen Freund suche. Egal, ich hab keine Lust, mir jetzt darüber den Kopf zu zerbrechen. War Grigori schon da?“

„Nein. Aber ich schätze mal, dass er auch nicht so bald hier aufschlägt.“

„Macht er Kerben in seinen Bettpfosten?“ Ich verzog das Gesicht. Das war gemein.

Milán grinste. „So denkst du von ihm? Du weißt schon, dass er gerade mal vier Mädchen hatte. Er verbringt fast jede Nacht bei Anouk. Sie will aber nicht, dass jemand davon erfährt, deshalb nickt er lieber irgendwelche Gerüchte ab, als seine kleine Freundin zu verraten."

Erstaunt schaute ich in Miláns blaugrüne Augen. „Was tut er bei Anouk? Läuft etwa was zwischen den beiden?"

„Wir hören gleich auf zu reden, du bist nicht mehr zurechnungsfähig", stellte Milán fest. „Anouk leidet unter Albträumen seit der Sache in der Banlieue. Wenn Grigori bei ihr ist, schläft sie besser." Beschämt sah ich an die Decke. Das hörte sich viel glaubwürdiger an als die Version, in der Grigori jede Nacht mit einem anderen Mädchen schlief. Oder eine körperliche Beziehung mit einer knapp Fünfzehnjährigen hatte. Es tat mir leid, dass Anouk dieses Erlebnis verständlicherweise nicht vergessen konnte. Ich war froh, dass Grigori sich um sie kümmerte. Die Möglichkeit, traumatische Erlebnisse aufzuarbeiten, gab es für Geisterjäger nicht. Wir hatten stets zu funktionieren. Eine Schwäche zuzugeben, konnte unter Umständen tödlich sein, zumindest schadete es der Karriere.

Milán lag richtig: Ich war heute Abend zu müde und wirklich nicht mehr zurechnungsfähig.

„Willst du einfach schlafen, Joelle?"

Ich nickte. Dann richtete ich mich auf, um Milán zu umarmen, ehe ich in mein eigenes Zimmer ging.

Ruhe fand ich dennoch keine. In meinen wirren Träumen kämpfte Gábor erst mit Luc, dann mit Milán. Irgendwann wachte ich auf, als die Zimmertür aufging. Grigori trug nur ein T-Shirt und Boxershorts. Er trat zu mir, kniete sich vor das Bett und strich mir über die Haare. Er wirkte bekümmert. Vorsichtig schälte ich mich aus der warmen Decke, ergriff Grigoris Hand und führte ihn zu Tristans verwaistem Bett hinüber. Als er darin lag, setzte ich mich zu ihm an die Bettkante. Er legte den Kopf auf meinen Oberschenkel und ließ seine Gedanken fließen. Ich hörte seine Selbstvorwürfe, weil er Anouk nicht davor bewahrt hatte, auf solch abscheuliche Weise angegriffen zu werden und weil sie jetzt unter Albträumen litt, er grämte sich wegen Milán, sogar meinetwegen. Seine Aufgaben bei der GHA und in der Hölle wurden ihm gerade zur Last. Manchmal wurde auch dem starken Grigori alles zu viel. Bei Tag würde es anders sein, aber bis dahin durfte er bei mir Nähe suchen und seine Schwäche zeigen. Es tat gut, ab und an etwas zurückgeben zu können. Mir wurden die Lider schwer, während ich Grigoris ruhiger werdenden Atemzügen lauschte. Als er schlief, legte ich mich in mein eigenes Bett und schloss selbst noch einmal die Augen.

Beim Frühstück merkte uns niemand an, dass wir im Dunkel der Nacht nicht hatten allein sein wollen. Heute fiel für alle das Training aus, sogar der Unterricht, denn wir unternahmen den jährlichen Großausflug des gesamten Internats, Menschen und Halbdämonen, in den Schlosspark von Versailles. Ich liebte den Park, hätte aber auch nichts dagegen gehabt, ausnahmsweise woanders hinzufahren. Der sonnige Morgen war noch angenehm, die Gluthitze würde aber nicht lange auf sich warten lassen. Im Pulk von knapp sechzig Schülerinnen und Schülern und sechs Lehrkräften, darunter auch Monsieur Renard, schlecht gelaunt wie immer, marschierten wir zum Bahnhof. Die Fahrt in dem nicht klimatisierten Waggon (Halbdämonen streng getrennt von den menschlichen Nachwuchsjägern), war kurzweilig. Während Schnauzbart griesgrämig aus dem Fenster sah und Madame Corbeau genauso ignorierte wie die lärmende Schülerschar, saßen Milán, Tristan, Grigori, Luc, Louis, Anaïs und ich zusammengequetscht und gestapelt auf zwei Viererplätzen, unterhielten uns und versuchten uns zu benehmen, wie normale Schüler es auf einem

Schulausflug taten. Ich spürte, dass jeder heute einmal seine persönlichen Sorgen und Probleme im Hauptquartier zurücklassen wollte. Ich saß neben Milán und blickte hinaus auf die vorbeiziehenden Häuser und Straßen. Heute würde ich nichts tun, als durch den Schlosspark zu spazieren, auf dem Grand Canal zu rudern und irgendwo unter Bäumen zu picknicken. Doch irgendwie bezweifelte ich auf einmal, dass ich einen netten, ruhigen Tag haben würde, denn Grigori suchte meinen Blick.

Seine Gedanken verstärkten die seltsame Ahnung: *Hast du deine Waffen mitgenommen?*

3

Selbstverständlich hatte ich Waffen mitgenommen. Jedoch nicht das komplette Arsenal, schließlich war ich wie die anderen in Zivil. Unter meiner Jeansbermudas und dem olivgrünen T-Shirt mit V-Ausschnitt ließ sich nicht viel verstecken. Meinen Dolch trug ich unter der Hose an meinem Oberschenkel. Das T-Shirt saß zu eng, als dass ich ein Pistolenhalfter oder ein Messer darunter hätte tragen können. Aber wenn es hart auf hart kam, konnte ich mich besser als jeder andere hier ohne Waffen verteidigen. Allerdings gab auch Grigoris sommerliches Outfit aus olivgrünen Armyshorts und gleichfarbigem Muskelshirt nicht gerade die besten Waffenverstecke ab.

In meiner Hose ist mehr, als man von außen sieht, dachte er grinsend. Luc neben ihm lachte, Tristan ebenfalls. Ich kicherte albern.

„Du bist unmöglich, Grigori! Es ist gut, dass nicht jeder deine versauten Gedanken hört“, sagte ich auf Russisch.

„Was denn? Sei lieber froh, dass nicht jeder mitbekommt, was dir den ganzen Tag im Kopf rumgeht. Ich habe nur von meinen Waffen geredet.“ Er zwinkerte mir frech zu. „Mach dir keine Sorgen, eine reine Vorsichtsmaßnahme. Azazel und Konsorten haben ihre Pläne, Halbdämoninnen in die Hölle zu verschleppen, leider nicht aufgegeben. Ich glaube aber nicht, dass sie am helllichten Tag aufkreuzen und unseren Ausflug sprengen.“

Halbwegs beruhigt nickte ich. Grigori wollte einfach immer auf alles vorbereitet sein.

„Redet wenigstens Deutsch miteinander“, beschwerte sich Tristan halbherzig. Er hatte besitzergreifend einen Arm um Anaïs’ Hüfte geschlungen, die wieder mal mehr einem Bikinimodel glich als einer Oberstufenschülerin. Heute trug sie ein türkisfarbenes Tanktop, das nicht nur ihre blauen Augen zum Funkeln brachte, sondern auch ihre leicht gebräunte Haut und ihr langes blondes Haar perfekt in Szene setzte. Sie saß auf Tristans Schoß. Sie war seine Trophäe, obwohl ich wusste, dass ihm trotzdem viel an ihr lag. Auch mein Mitbewohner war ein guter Fang und zusammen sahen die beiden sogar beim Frühstück aus, als würden sie gleich über den roten Teppich zu einer Filmpremiere gehen. Milán lachte leise, als er meine Gedanken aufschnappte.

Offensichtlich teilten die anderen Grigoris ständige Habachtstellung nicht. Sie hatten Schlachten geschlagen, sie waren Geisterjäger, aber sie waren keine Krieger. Grigori und mich verband auch das. Wir verließen uns im Zweifelsfall nur auf unser Schwert. Und waren oft vorsichtiger als nötig.

Als es Zeit war, auszusteigen, kam Anouk mit zwei Mädchen in Miláns Alter den Gang herunter. Sie hatte sich locker mit ihnen angefreundet, was mich für sie freute. Jetzt lächelte sie ihrem großen Freund zu. Grigori erhob sich, um neben der Zugtür mit ihr zu sprechen.

Nach den unvermeidlichen Sicherheitshinweisen und Ermahnungen durften wir in kleinen Gruppen ausschwärmen und auf eigene Faust den Versailler Park unsicher machen.

Milán, Grigori, Luc, Louis und ich mussten schon an der ersten Abzweigung in ein kleines Wäldchen neben dem Grand Canal von Anaïs und Tristan Abschied nehmen, wo sie Dinge tun würden, die niemand von uns live miterleben wollte. Jedenfalls Tristans verruchtem

Grinsen nach zu urteilen. Vielleicht wollten sie auch nur ihre Ruhe haben und rumknutschen.

Zu fünft liefen wir weiter entlang des Grand Canal, auf dem auch einige von uns in Booten herumpaddelten, Fotos schossen und lachten. Grigori dagegen scannte mit ernster Miene ständig die Umgebung.

„Was ist los mit dir?", erkundigte sich Milán bei seinem Zimmergenossen. „Dunkle Vorahnungen?" Er sprach Deutsch mit Grigori, um sicherzugehen, dass er jedes Wort verstand.

Der guckte ihn finster an. „An deiner Stelle würde ich keine Witze darüber machen. Du bist genauso im Visier der Hölle wie die anderen, die mit Luzifer gekämpft haben. Sogar noch mehr als wir, dein Bruder ist Luzifers Erster Offizier. Vergiss das nicht."

Ich zuckte zusammen. Grigoris Stimme klang grollender als sonst.

„Hast du wirklich nichts gesehen?", mischte ich mich ein.

Er schaute mich nicht an, als er antwortete: „Nicht mehr als sonst auch. Ich sehe nicht mehr richtig. Zu viele Entscheidungen werden getroffen, zu viele Änderungen in kürzester Zeit, zu viele Personen, die beteiligt sind. Dazu solche, deren Zukunft ich nicht sehen kann, wie Madame d'Hibou. Ich weiß nur, dass alle, die sich zu Luzifer bekennen oder mit ihm in Verbindung gebracht werden, sehr gefährlich leben. Sie werden uns eliminieren. Dich als Erstes, Milán. Also bleib bei uns und mach keinen Scheiß!" Düster starrte er auf den Kiesweg unter unseren Füßen. Plötzlich spürte ich Kälte in der Sonnenwärme.

Milán zwang Grigori stehen zu bleiben und baute sich vor ihm auf. Viel zu laut machte er seinem Ärger Luft: „Wer gibt dir das Recht, über mein Leben zu bestimmen? Warum darf jeder von euch selbst entscheiden, was mit seinem Leben passiert, aber ich nicht? Weißt du was, Grigori? Sollen sie mich doch holen! Dann muss ich diese ganze Scheiße hier nicht länger ertragen!"

„Milán! Du willst dich doch nicht umbringen lassen!", rief ich und wollte meine Hand auf seinen Unterarm legen, doch er schüttelte mich ab. Gekränkt ging ich einen Schritt zurück. Er war noch nicht fertig.

„Ich weiß doch, was ihr hinter meinem Rücken über mich redet. Der arme, kleine Milán darf nicht ohne Aufsicht sein, sonst macht er wieder was Blödes und tut nicht, was der oberschlaue Grigori geweissagt hat! Am Arsch! Macht euren Scheiß alleine. Ich bin raus, hört ihr?"

Was hatte ich ihm bitteschön getan? Für einen Moment sah Milán aus, als wollte er auf Grigori losgehen. Gleich darauf drehte er sich um und stob davon.

„Milán!", brüllte ich ihm hinterher, aber er blickte nicht zurück. Er war uneinholbar schnell, also versuchte ich es gar nicht erst. Mit einem Knoten im Bauch fuhr ich zu Grigori herum.

„Hättest du das nicht weniger oberlehrermäßig ausdrücken können?", schimpfte ich auf Russisch. „Jeden Tag zwingt er sich aufzustehen. Er tut das nur für uns und für diese ominöse Aufgabe! Es geht ihm schlecht, auch wenn er Witze reißt und lacht. Niemand kann ihm wirklich helfen. Da musst du es doch nicht noch schwieriger für ihn machen!"

Grigori fluchte. „Glaubst du etwa, das weiß ich nicht selber? Er tut mir schrecklich leid! Aber er geht keiner Gefahr aus dem Weg. Keine Ahnung, wie lange wir ihn hier noch beschützen können. Vor sich selbst und vor der Hölle. Also schrei mich nicht an!"

„Ich schreie dich nicht an!", fauchte ich. „Er wächst uns beiden über den Kopf, meine Güte, ich bin kein Bodyguard für lebensmüde Halbdämonen! Überleg dir einfach nächstes Mal vorher, was du zu ihm sagst, verdammt noch mal!"

„Bist du fertig oder willst du mich noch ein bisschen zusammenfalten?"

„Du nimmst mich nicht ernst, oder?" Ich atmete tief durch.

„Wie kommst du darauf?"

„Weil du so viel von mir erduldest."

„Du erduldest auch viel von mir, Schwester. Du bist die Einzige, die für mich da ist. Also will ich mich nicht mit dir streiten. Über kurz oder lang werden wir Milán verlieren. Er sucht den Tod."

Ich seufzte. Auf einmal war ich den Tränen nahe. „Ich schaffe es einfach nicht, ihn ständig zu überwachen. Die meiste Zeit verhält er sich ganz normal und plötzlich bricht sich die Dunkelheit Bahn und er haut ab. Ich würde ihm so gerne helfen, aber er kann nicht einmal Medikamente bekommen oder zu seinem Psychiater gehen! In der Hölle könnte ihn ein Dämon vielleicht heilen, aber da sollte er jetzt auf keinen Fall hinunter! Ich habe solche Angst um ihn!"

Er legte einen Arm um meine Schultern. „Mir geht's doch genauso. Er entgleitet mir ständig. Er ist nur jedes Mal zurückgekommen, weil ich ihn an seine Aufgabe erinnert habe. Aber wenn er nicht bald anfangen kann, sie zu erfüllen, wird es für uns alle zu spät sein. Ich sehe keinen anderen Weg, er muss es tun. Es gibt keine Heilung für ihn. Nicht so lange Luzifers Feinde leben."

Als ich zu ihm aufsah, standen Tränen in seinen Augen. Da wusste ich, dass er in eine schlimme Zukunft blickte. Ich fing mich allmählich wieder und wischte die Tränen weg.

„Los, wir müssen ihn suchen!", sagte er mit erstickter Stimme. Wir sprinteten los.

Im Laufen holte Grigori sein Handy aus der Hosentasche, um Tamiel anzurufen. Leider erwischte er nur die

Mailbox. „Hoffentlich hört er die Nachricht rechtzeitig. Er antwortet nicht auf meine Gedanken." Plötzlich rammte er die Füße in den Boden. Sein Blick richtete sich in die Ferne. „Bljad! Batarel und ein anderer, den ich nicht sehen kann. Sie sind im Schlosspark!"

„Wo sind sie genau?"

„Ich bin mir nicht sicher." Er schloss die Augen. Von Weitem hörte man die leisen Stimmen der Parkbesucher, die nicht ahnten, wer sich unter sie gemischt hatte. Über uns erklang Vogelgezwitscher und sanftes Blätterrauschen. Grigori schwieg, während ich die mongolische Münze an meinem Armband in den Fingern bewegte. Ich hasste es, sinnlos dazustehen und mit einem Knoten im Bauch darauf zu warten, dass Grigori eine Richtung vorgab. Ich fing an zu schwitzen, während mein Herz immer härter gegen meinen Brustkorb schlug. Zu viele kurze, flache Atemzüge später machte Grigori die Augen auf.

„Und? Wo sind sie? Wo ist Milán?", bestürmte ich ihn.

„Sag den anderen Bescheid. Wenn wir in einer halben Stunde nicht am Bassin du miroir sind, müssen sie Herrn Farkas verständigen. Vergiss Renard und die anderen Lehrer. Folge mir mit Abstand! Du bist der Trumpf, Joelle."

Es war immer wieder faszinierend zu sehen, wie schnell Grigori trotz seiner gewaltigen Körpermaße rennen konnte.

Nervös biss ich mir auf die Unterlippe, als ich im Laufen erst Luc meine Gedanken sandte, dann Tristan. Beide antworteten sofort. Jetzt zog ich das Tempo an.

Ich brauchte nicht weit zu laufen, ehe ich sie spürte, noch ein Stück, bis ich sie im Unterholz stehen sah. Zwei wunderschöne gefallene Engel in grauen Tuniken, übermenschlich hochgewachsen wie alle ihrer Gattung, daneben Grigori und Milán.

Einer Eingebung folgend verbarg ich mich hinter einem Baum in der Nähe und spitzte die Ohren. Grigori und Milán hatten keine Waffen, mit denen sie etwas gegen gefallene Engel ausrichten konnten. Sie hatten nur Grigoris Überzeugungskraft. Und mich.

Als ich sie näher in Augenschein nahm, erkannte ich, dass man Milán die Hände auf den Rücken gefesselt hatte. Immerhin war er nicht sofort getötet worden. Die Engel mussten vorgehabt haben, ihn als Gefangenen in die Hölle zu bringen, vielleicht um Gábor zu erpressen oder Herrn Farkas. Anscheinend war es zuvor zu einem Handgemenge gekommen, einer der Dämonen, der Batarel sein musste, hatte ein blaues Auge und Milán wies eine blutige Nase und einen Bluterguss an der Wange auf. Es steckte noch ein Funken Überlebenswille in ihm, sonst hätte er sich nicht gewehrt. Freilich hatte es ihm nichts genutzt; wenn Grigori und ich ihn nicht befreien konnten, war es nur eine Frage der Zeit, bis man ihn umbrachte. Sie sprachen so leise, dass ich selbst mit meinem feinen Halbdämonengehör kaum etwas verstand. Mein Magen schlingerte unangenehm und meine Handflächen kribbelten. Angespannt, jede Sekunde bereit, aus meinem Versteck hervorzuschießen, stand ich da und zuckte plötzlich zusammen. Ohne Vorwarnung streckte der unversehrte Dämon Grigori mit einem gezielten Schlag auf das Kinn nieder. Allerdings sprang er sofort wieder auf die Füße und hechtete auf den Angreifer wie ein Footballspieler. Meine kurzen Fingernägel drückten sich schmerzhaft in meine Handflächen, so fest ballte ich die Fäuste. Mein Atem ging schneller, als würde ich selbst mitkämpfen. Aber das durfte ich nicht. Noch nicht. Meine Todeshände mussten stets das letzte Mittel bleiben, das ich einsetzte.

Milán nutzte die Gelegenheit, sich loszureißen und dem anderen einen Tritt zu verpassen. Bevor die beiden

Halbdämonen flüchten konnten, hatten ihre Gegner Schwerter gezogen. Okay, ich war dran. Meine Hörner und Reißzähne waren schon hervorgetreten, was mir noch fehlte, war Zorn. Obwohl ich durchaus Lust hatte, die beiden zu verprügeln. Die Dämonen machten es mir nicht gerade leicht.

„Sieh an, Samaels Tochter. Willst du uns in die Hölle begleiten? Azazel wartet noch immer auf deine Einwilligung, seine Frau zu werden." Er hatte halblange dunkle Locken und erinnerte mich entfernt an den Hirtengott Pan, denn unter seiner Tunika lugten schwarz behaarte Bocksbeine mit Ziegenhufen hervor.

„Wobei ich dich auch nicht verschmähen würde, Schönheit", fuhr er schmeichelnd fort. Auf die Komplimente der Engel gab ich nichts. Sie suchten lediglich Frauen, um sich zu vermehren. Dennoch war sein Lächeln atemberaubend. Er wirkte so freundlich, ja, sogar mit seinem Schwert in der Hand harmlos. Ich ließ die Hände sinken.

„Lasst meine Freunde frei", brachte ich hervor. Meine Finger zitterten so sehr, dass ich sie fest in die Seiten stemmte. „Aber er und ich haben noch eine Rechnung zu begleichen", erwiderte der bocksbeinige Dämon liebenswürdig. Seine angenehme Stimme ließ mich beinahe vergessen, dass er Milán ein Schwert an die Kehle hielt. Grigori schluckte schwer. „Lass meine Freunde gehen. Ich biete dir einen Handel." „Himmelsjäger, dass du dich aufs Handeln verstehst, glaube ich gerne. Wenn du mir kein annehmbares Angebot machst, werde ich deinen Kopf nehmen, anstelle von seinem."

Batarel wollte meine Arme packen, doch der schwarzgelockte Dämon hielt ihn davon ab. „Fass sie nicht an, Batarel, wenn dir dein Leben lieb ist. Sie ist ein Todesengel. Und eine wertvolle Braut. Sie wird von allein zur Vernunft kommen."

Träum weiter, Dämon. Es war mir egal, ob er das mitbekam.

„Madame Aynurin und ich hatten bereits die Ehre", sagte Batarel.

Mit einem Schaudern dachte ich daran zurück, wie er Gábor und mich durch die Katakomben gejagt hatte. Er hatte auch jetzt garantiert nichts Gutes im Sinn.

Mit einem Schnitt löste der andere Engel Miláns Fesseln, schubste ihn mir in die Arme und jagte uns mit einem ungeduldigen Winken davon. Mir widerstrebte es, Grigori allein zu lassen.

Milán zog an meiner Hand. „Komm schon."

„Aber was, wenn sie ihn töten?" Ich fand es ungeheuerlich, Grigori mit diesen Monstern allein zu lassen.

„Er weiß schon, was er tut. Und er tut es für uns, also lauf schneller."

Mit verbissener Miene nickte ich. Besser fühlte ich mich trotzdem nicht.

„Wir müssen zum Bassin du miroir. Luc, Tristan und Louis warten da auf uns." Ich schaute auf mein Handy. „Und wir haben nur noch knapp zehn Minuten für die Strecke."

Grigori, dachte ich, *pass auf dich auf!* Ich wusste, dass er es hörte.

Im Schatten der Bäume, die im Rücken einer der vielen Statuen an dem Wasserbecken standen, fanden wir unsere Freunde. Luc umarmte mich fest, bevor Louis und Tristan mich in die Arme schlossen.

„Alles okay mit dir?", wollte Luc von Milán wissen, der sich auf den staubigen Boden fallen ließ, womit er seine schwarzen Bermudas versaute. „Alles okay. Grigori verhandelt mit ihnen. Ich muss meinen Vater anrufen." Damit erhob er sich wieder und entfernte sich ein Stück von uns.

Ich erzählte den drei Jungen, was sich in dem Wäldchen zugetragen hatte, und beschrieb ihnen die beiden Dämonen genauer. Batarel kannte ich ja bereits. Den anderen hatte ich heute zum ersten Mal gesehen. „Bestimmt weiß Tamiel, wer das ist“, schloss ich meinen Bericht.

Da kam Milán zurück. „Vater holt mich morgen früh nach Hause.“

4

„Wieso?“, fragte Tristan, als ob das nicht offensichtlich wäre. Ich war auf eine Art erleichtert, dass meine Bürde schon so bald von mir genommen werden sollte. Auf der anderen Seite bezweifelte ich, dass Herr Farkas in der Lage war, Milán so im Auge zu behalten, wie wir es im Internat konnten.

„Ist das nicht klar?“, erwiderte Luc seufzend. „Milán ist zur Zielscheibe der Hölle geworden. Er ist nicht sicher hier. Herr Farkas kann ihn bei sich vielleicht besser beschützen. Zumal ich glaube, dass wir bald in der Minderheit sein werden. Sollen wir Grigori suchen?“

Milán schaute zu Boden. Er sah so verloren aus, dass ich beschloss, ihm keinen Einlauf zu verpassen, weil er Grigori und mich angeschrien hatte und kopflos davongelaufen war. Wenn die Engel ihn hatten finden wollen, hätten sie das auch so geschafft. Stattdessen ging ich zu ihm, um ihn zu umarmen. Milán sandte mir seine Gedanken: *Ich will nicht nach Hause zurück! Dort wird alles schlimmer. Ich kann nicht mehr in unserem Zimmer schlafen.*

Tröstend strich ich ihm über den Rücken. Seine Muskulatur war angespannt, sein Herzschlag unnatürlich schnell. *Beruhige dich. Sollen Grigori und ich mit deinem Vater reden?*

Nein. Seine Entscheidung ist gefallen. Gábor kommt heute Nacht zurück nach Heidelberg.

Als er Gábors Namen nannte, flog ein Schwarm Schmetterlinge in meinem Bauch auf. Sogleich verfluchte ich mich dafür, weil Milán es gespürt hatte.

Schon gut, dachte er. *Du vermisst ihn. Bist du nicht froh darüber, mich los zu sein?*

Ja und nein. Ja, weil ich viel zu oft damit überfordert bin, dich zu beschützen. Nein, weil ich dich sehr gern habe und mir auch Sorgen um dich machen werde, wenn du weit weg bist.

Er küsste mich auf die Wange. *Tut mir leid, dass ich vorhin so ausgeflippt bin. Manchmal bin ich so unglaublich wütend. Ich hätte Grigori und vielleicht sogar dich angegriffen, wenn ich nicht abgehauen wäre.*

Ich nickte, ehe ich mich von ihm löste.

Den Rest des Ausflugs brachten wir ohne weitere Zwischenfälle hinter uns. Mehr als ich wollte, dachte ich an Gábor. Hoffte darauf, ihn bald wiederzusehen und dass er mit mir weitermachen wollte. Aber da war auch Luc. Mir ging nicht mehr aus dem Kopf, was er im Flur gesagt hatte.

Gegen vier Uhr am Nachmittag fuhren wir zurück nach Paris. Grigori war noch nicht wieder aufgetaucht. Da er häufiger verschwand, weil er in der Hölle zu tun hatte, fragte keiner der Lehrer nach seinem Verbleib. Mir hingegen wurde langsam bang. An sein Handy ging er nicht, auf Textnachrichten und Gedanken reagierte er nicht. Die beste Möglichkeit war die, dass er in die Hölle gereist war. Über die anderen wollte ich nicht nachdenken.

Auf der Rückfahrt setzte sich Anouk zu mir und Milán und fragte im Flüsterton nach Grigori. Als ich ihr erzählte, dass er im Park zwei Dämonen getroffen hatte und höchstwahrscheinlich mit ihnen mitgegangen war, wurde sie bleich.

„Mach dir keine Sorgen, Anouk", beschwichtigte ich sie, obwohl ich genau das tat. „Es wird ihm schon nichts passiert sein."

„Du siehst nicht aus, als wärst du davon überzeugt." Anouk hatte die Angewohnheit, andere Leute mit ihren schonungslosen Beobachtungen zu konfrontieren.

„Wir können nichts tun", würgte ich sie ab, stand auf und ging fluchtartig zu Luc und Louis hinüber, die auf einem Zweiersitz saßen.

„Habt ihr noch Platz?", erkundigte ich mich über das leise Rattern des Zuges hinweg.

„Für dich immer", meinte Louis freundlich und rutschte zur Seite, damit ich mich zwischen die beiden Jungen quetschen konnte.

„Danke."

Luc schaute mich forschend an. „Willst du nicht mehr bei Milán sitzen?"

„Bei ihm schon, aber Anouk wollte über Grigori reden und dafür hab ich gerade keinen Nerv. Sie soll nicht auch noch Angst kriegen."

„Die bringen ihn nicht um", sagte Luc geradezu sachlich.

„Er ist viel zu wertvoll. Wenn, dann wollen sie ihn für ihre Sache gewinnen. Grigori ist einer der besten Kämpfer, die ich jemals gesehen habe. Er kennt sich in der Hölle und im Diesseits gut aus und steht Luzifer nahe. Es wäre sehr dumm von ihnen, Grigori aus dem Weg zu räumen."

„Und wenn er nicht mitspielt? Du hast selbst gehört, was er auf dem Dach zu Tamiel gesagt hat."

„Was man sagt und was man tut, sind zwei Paar Stiefel, Joelle."

Louis warf ein: „Wenn er bis morgen früh nicht wieder da ist, gehen wir ihn suchen."

„Das machen wir. Aber Anouk lassen wir im Hauptquartier. Es reicht mir, auf Milán aufzupassen."

Louis vertiefte sich wieder in sein Smartphone, doch Luc zog mich auf seinen Schoß, um sich mit gedämpfter Stimme mit mir zu unterhalten. „Wie geht's dir damit, dass Milán fortmuss?" „Zweigeteilt. Ich bin froh, dass ich nicht länger die Verantwortung für ihn trage, aber ich mag ihn sehr und hab Angst, dass er in Deutschland wieder tiefer in die Depression gleitet."

Luc nickte verstehend. „Ich mag ihn auch. Aber ich sehe, wie du darunter leidest, ihm nicht helfen zu können. Du hast getan, was du konntest, okay? Wenn er wirklich nicht mehr leben will, so schrecklich das ist, wird er einen Weg finden. Ich hoffe, es geht ihm bald besser. Gábor wird einen Heilerdämon zu ihm bringen, ich habe ihm ein paar Bekannte meines Vaters genannt, bevor er im Sommer aus Paris aufgebrochen ist. Vielleicht kann einer von ihnen etwas tun." Luc hatte es wirklich drauf, mir gut zuzureden.

Liebevoll lächelte ich ihn an. „Das war nett von dir. Ich hoffe auch, dass jemand helfen kann. Du hast es echt geschafft, dass ich mich nicht mehr ganz so mies fühle." Selbst meine Sorge um Grigori war ein wenig leichter geworden. Es gab im Moment nichts, was ich tun konnte, außer abzuwarten.

An diesem Abend waren wir nicht zur Patrouille eingeteilt. Milán und ich blieben in seinem Zimmer und ließen die Übrigen ohne uns in den Gemeinschaftsraum gehen. Es war unser letzter gemeinsamer Abend und ich wollte bei ihm sein. Eine ganze Weile redeten wir über dies und das, doch ich konnte mich nicht richtig entspannen. Dass Grigori noch immer in der Gewalt der bösen Engel war, ließ meine Unruhe stetig wachsen. Milán spürte es auch.

„Du musst nicht den ganzen Abend bei mir bleiben, wenn du dir solche Sorgen machst. Grigori zieht zwar normalerweise ohne fremde Hilfe seinen Kopf aus der Schlinge, aber dieses Mal könnte es anders sein. Also geh ruhig und such ihn."

Dankbar für sein Verständnis schaute ich ihn an.

„Bitte bleib am Leben. Für mich gehörst du mittlerweile zur Familie." Er nickte.

„Für euch. Ihr braucht mich, das weiß ich." Mehr musste er gar nicht versprechen.

„Lass uns die anderen holen. Wir müssen nach Grigori sehen. Ich werde nicht bis zum Morgen warten."

„Gute Idee. Aber ich begleite euch lieber nicht. Vater dreht durch, wenn ich noch mal in die Hölle gehe."

Ich zögerte einen Moment. Lieber hätte ich Milán in meiner Nähe, aber die Hölle war wirklich zu gefährlich. Azazel hatte deutlich gezeigt, dass er nicht davor zurückschreckte, Milán zu töten. Ließ ich ihn aber hier allein ...

„Mir geht es wieder besser. Das kommt und geht. Im Moment ist das Leben ganz gut. Auch wenn ich die nächsten Tage in Gábors Zimmer schlafen muss." Er küsste meine Wange. „Mach dir keine Sorgen. Ich war wirklich am Ende, aber es geht wieder. Wenn das nächste Tief kommt, stecke ich hoffentlich schon mitten in meiner rätselhaften Aufgabe." Sein zuversichtliches Lächeln war ansteckend.

„Okay. Tu das Gábor nicht an. Und Grigori und mir auch nicht. Wir lieben dich, verstanden?"

„Ich weiß. Ihr seid mehr, als ich verdiene. Jetzt hau schon ab. Grigori weiß hoffentlich auch, was er an dir hat, weil du bereit bist, dein Leben für ihn zu riskieren."

Ihn fest umarmend flüsterte ich ihm ins Ohr: „Falls wir uns nicht mehr sehen: Pass auf dich auf."

Ich warf einen letzten Blick auf Milán, der sich mit einem Buch auf dem Bett ausgestreckt hatte, lächelte ihm zu und schlich mich erst in mein leeres Zimmer, dann zu Luc und Louis. So sehr ich mich auch auf Grigori konzentrierte, er ließ sich weder erspüren, noch hörte ich den kleinsten Gedankenschnipsel von ihm.

Beide Jungen schliefen schon, obwohl es erst kurz nach zwölf war. Louis hatte einen gesegneten Schlaf, sodass er nicht merkte, wie ich mich auf Lucs Bett setzte und ihm über die raue Wange strich, damit er aufwachte.

Luc, dachte ich. *Wach auf!* Als er sich regte, beugte ich mich herunter, um dicht an seinem Ohr zu wispern: „Grigori ist immer noch weg und ich will ihn jetzt suchen. Ich kann keine telepathische Verbindung zu ihm aufnehmen. Er muss in der Hölle sein."

Oder tot, kam es gedanklich von Luc zurück.

Mein Magen krampfte sich zusammen.

„Nein!", widersprach ich energisch. „Vielleicht ist er bewusstlos, aber nicht tot! Wir hätten das beide gespürt." „Pst! Ich will Louis nicht mitnehmen. Einer muss hierbleiben und die Stellung halten, wenn wir alle weg sind. Warte, ich schreib ihm einen Zettel." Er richtete sich auf, um mich kurz in den Arm zu nehmen. Schnell schlüpfte er in Shorts und T-Shirt, für Jägerkluft war es zu warm. Dort, wo wir hingehen wollten, ebenfalls. Als wir auf dem Flur standen, nahmen wir unser Flüstergespräch wieder auf.

„Wo steckt Tristan? Bei Anaïs und Marinette?", wollte Luc wissen.

„Bestimmt."

Lautlos eilten wir zum Ende des Ganges, wo Marinette und Anaïs ihr Zimmer hatten. Tristan sollte auf jeden Fall mitkommen. Vor dem Fenster des Lichthofes neben den Toiletten ging gerade der Mond auf. Viel Zeit zum Verschwinden blieb uns nicht mehr. Um Mitternacht begann die zweite Lehrerpatrouille. Zwar hatten wir nichts zu befürchten, weil wir als fertig ausgebildete Geisterjäger das Haus verlassen konnten, wann wir wollten, jedoch hatte ich kein Verlangen danach, Madame d'Hibou oder Käpt'n Schnauzbart über den Weg zu laufen. Mein Gehirn war gerade nicht in der Lage, sich schlaue Ausreden einfallen zu lassen. Wir sahen alle drei nicht gerade aus wie ein Sondereinsatzkommando, aber wir fühlten uns so, während wir unsere Kurzschwerter und Dolche holten, um damit hinunter in den Keller unter der Sporthalle zu steigen, wo es ein Portal gab, das freilich noch nie jemand von uns genutzt hatte. Keiner wusste, wohin es in der Hölle führte, aber nach Aubervilliers oder zum Friedhof Père Lachaise zu fliegen, erschien uns zu zeitraubend und zu riskant. Vielleicht lauerte uns jemand auf oder ein Trupp GHA-Jäger sah uns und verpfiff uns. Bei der gegenwärtigen Lage konnte es gut sein, dass wir niemals eine Erlaubnis zur Reise in die Hölle bekommen hätten.

Wir hatten Glück: Niemand folgte uns und das Portal lag direkt hinter den Aktenschränken, in denen Gábor und ich die Heiratskataloge gefunden hatten.

Nacheinander sprangen wir in den wirbelnden, warmen Luftstrom, der uns in eine andere Dimension brachte.

5

Im Laufschritt durchmaßen wir die hohe Halle aus rotem Sandstein, ließen das Portal und die Fackeln und Feuerschalen hinter uns. Wir zogen unsere Schwerter und beschleunigten. Hier unten konnten wir Grigori fühlen. Neue Energie pulsierte durch meinen Körper, als ich die Anwesenheit meines Blutsbruders spürte. Den anderen beiden schien es ähnlich zu gehen. Jeder von uns rief ihn in Gedanken, in der Hoffnung, er würde uns eine grobe Richtung weisen. Immer deutlicher wurde seine Präsenz, bis ich mir sicher war, dass Grigori sich in Luzifers Palast befinden musste. Er dachte nichts, was dafürsprach, dass er sehr tief und traumlos schlief oder ohnmächtig war. Letzteres wäre ein großes Problem bei einer möglichen Befreiung. Grigori war riesig und schwer. Luc und Tristan könnten ihn zu zweit tragen, aber das würde unser Fortkommen stark behindern. Hoffentlich bekamen wir ihn wach. Ohne das Gespür für Grigori hätten wir uns in den häufig verzweigten, schmalen Felsengängen verlaufen. So aber joggten wir im Gänsemarsch zielstrebig in der lauen Sommernacht der Hölle durch die Höhlen, die mich in ihrer rötlichen Farbe und sandigen Beschaffenheit jedes Mal an den Grand Canyon erinnerten. Man roch die Felsen auch, ein Duft von Stein und jahrtausendealtem Staub. Unsere Schuhe hinterließen Spuren in dem feinen Sand, der den Boden bedeckte; Geräusche verursachten wir kaum. Dennoch durften wir uns nicht in Sicherheit wiegen. Es gab Wachposten und es hieß, dass Lilith und Luzifer oder zumindest derjenige, der auf dem Höllenthron saß, alles sah, was in seinem Reich vor sich ging. Wir konnten uns aber vor Gargoyles und anderen niederen Dämonen verbergen, auch vor gefallenen Engeln wie Azazel. Einen richtigen Plan hatten wir nicht. Grigori zu finden und ins Diesseits zurückzuschaffen, war das Einzige, bei dem wir uns einig geworden waren.

Luc griff meine Gedanken auf. *Wenn Grigori Luzifers Gefangener ist, können wir ihn bitten, ihn freizugeben. Ich weiß nur nicht, was wir ihm im Gegenzug anbieten sollen.* Ich biss mir nachdenklich auf die Unterlippe. *Wenn Grigori in Luzifers Palast ist und gefangen gehalten wird, kann es gut sein, dass Luzifer nicht mehr auf seinem Thron sitzt. Oder dass Grigori nicht länger in seiner Gunst steht. Lilith wird uns nicht rausboxen. Es sei denn, ihr habt ihr etwas wirklich Gutes anzubieten.*

Tristan klopfte mir im Gehen auf die Schulter. *Grigori würde sich nicht gegen Luzifer stellen. Das glaube ich einfach nicht.*

Und wenn man ihn dazu gezwungen hat?, gab Luc zu bedenken.

Dann sieht es düster für uns aus, erwiderte ich. *Sollen wir sicherheitshalber erst Lilith aufsuchen?*

Gábor war ganz in der Nähe. Ich spürte seine Gegenwart. In der nächsten Sekunde stoppte ich abrupt, als aus einem Seitengang eine große Gestalt trat und mir den Weg abschnitt. Mit der Stirn prallte ich gegen einen goldenen Harnisch.

„Au! Verdammt!", entfuhr es mir.

„Mitkommen", hörte ich Gábors Stimme zu uns sagen. Mit klopfendem Herzen sah ich zu ihm auf. Tatsächlich, er stand vor mir und schaute nicht gerade einladend auf mich herunter. Warum musste er immer unverhofft auftauchen? Er war der Letzte, den ich jetzt treffen sollte. Es kostete mich schon genug Mühe, ihn aus meinem Leben auszuklammern, bis wir wieder zusammen sein durften. Ich hatte gehofft, dass das bald der Fall sein würde, aber Gábors furchteinflößender Gesichtsausdruck ließ diese Hoffnung dahinschwinden. Eine unsichtbare Hand legte sich um meine Kehle und drückte zu. Wo war der Mann, den ich liebte?

„Gábor!", flüsterte ich, suchte verzweifelt den sehnsuchtsvollen Ausdruck, den ich in seinen dunklen Augen erwartet hatte, und musste auf einmal die Tränen zurückhalten. Sein Blick war kalt und unnahbar. Der Schmerz durchfuhr mich von Kopf bis Fuß. Noch nie hatte er mich so angesehen. Als würde er mich hassen. Ich biss fest die Zähne zusammen, um nicht zu weinen.

Manchmal reicht ein kurzer Augenblick, um alles zu zerstören. Meine eigenen Worte hallten in meinem Kopf wider, erfüllten den Gang, in dem wir standen und ließen mich schwanken. An Gábors Wange zuckte ein Muskel. Ob vor Schmerz oder vor Zorn vermochte ich nicht zu sagen. Er sah müde aus, aber trotzdem so schön, dass es mir den Atem verschlug. Wenn er seine Rüstung trug, wirkte er wie ein Engel. Die schwarzen Brauen beschatteten seine Augen, die mich durchbohrten und mir die Knie weich werden ließen. Ich wollte die zarte Haut an seiner Stirn streicheln, seine Haare zausen und in seinen Armen liegen. Ich wollte meinen Kopf an seine Brust sinken lassen und seine Lippen auf meinen spüren. Ich wollte ihn packen und mit ihm davonlaufen. Mein Herz schlug so laut, dass mein Trommelfell pulsierte. In meinem Innern kämpften Sehnsucht und Ratlosigkeit miteinander und ich brachte nichts anderes zu Wege als dazustehen und meinen Exfreund anzustarren. Geradezu gierig sog ich seinen Anblick in mich auf. Ich machte einen zaghaften Schritt auf Gábor zu. Er regte sich nicht. Doch sogleich besann ich mich, trat wieder zurück und richtete mein Schwert auf ihn. Ich liebte ihn, aber er hatte seine Gefühle für mich irgendwo weggeschlossen oder sogar vergessen. Was war nur los mit ihm?

Gábors schön geschwungene Lippen verzogen sich zu einem spöttischen Lächeln, doch seine Augen blickten weiter finster. Er drehte sich wortlos um und winkte uns, ihm zu folgen. Anscheinend fürchtete er keine Sekunde, dass ich ihm mein Schwert in den Rücken stoßen könnte. Womit er ganz richtig lag. Ich wollte ihm nicht mal in diesen Gang folgen.

Gábor hasste mich. Mein wundes Herz stolperte zusammen mit meinem Atem. Warum hasste er mich? Was hatte ich ihm getan?

„Los, hinterher", sagte Luc und schob mich sanft vorwärts. „Er würde zumindest zögern, dich umzubringen."

Wie tröstlich. Allein Lucs Hand auf meiner Schulter hielt mich davon ab, Gábor zur Rede zu stellen. Sie hielt mich auch davon ab, peinliche Tränen zu vergießen. Gábor sollte am besten wissen, dass ich nicht vor ihm im Staub kriechen und ihn anflehen würde, mich zurückzunehmen, wenigstens als platonische Freundin. Mein Stolz hielt mich aufrecht, aber mein Bauch tat weh vor lauter nicht gesagten Worten und unterdrückten Tränen. Ich verstand die Welt nicht mehr.

Denk an Grigori, ermahnte mich Luc im Stillen. Er hatte recht, aber er konnte auch nicht vor mir verbergen, dass er Gábor am liebsten von hinten sah. Plötzlich bog er rechts ab und entschwand unseren Blicken. Kurz darauf wünschte ich mir, das wäre so geblieben.

Wir standen vor einem Höhleneingang, aus dem warmer Feuerschein herausdrang.

Gábor sah mich nun bar jeden Ausdrucks an. Und mir drehte sich beinahe der Magen um. Neben ihm, von hinten die Arme um ihn gelegt, stand Lilith. Hochgewachsen, wunderschön, alterslos. Ihr hüftlanges dunkelbraunes Haar floss über ihren Rücken, ihre schlanken Beine endeten in Vogelklauen anstatt in menschlichen Füßen. Ein verzweifelter Schrei blieb mir im

Halse stecken, als die höchste Dämonin der Hölle Gábor auf die Wange küsste und ihre Fingernägel aufreizend seinen Nacken streiften. Sie lächelte mich boshaft an.

Hüte dich vor Liliths Geschenken, schoss es mir durch den Kopf. Sie hatte mir und Gábor geholfen, aber was sie von uns beiden forderte, ließ mich zurücktaumeln und den Blick abwenden. Es war schwach und menschlich, so zu empfinden, aber meine dämonische Seite wollte auch unbedingt zu Gábor.

Ich war dankbar, dass Luc das Reden übernahm.

„Warum bringst du uns her, Gábor?" Der dachte gar nicht daran, das Wort auch an mich zu richten, sondern sprach nur zu meinen Freunden. „Ich will euch warnen. Es ist klar, dass ihr gekommen seid, um Grigori zu holen. Das wird aber nicht leicht sein. Luzifer hat Grund zu der Annahme, dass Grigori ihm untreu geworden ist. Er hat sich mit Azazel und Akibeel getroffen, ohne dass Luzifer davon wusste. Deshalb steht er unter Arrest."

Aufgebracht warf ich die Hände in die Luft. „Aber er wurde dazu gezwungen, um Milán freizukaufen!"

„Das ist doch sicher nur ein Missverständnis", fuhr Tristan ärgerlich auf. „Er würde sich nicht gegen Luzifer stellen!"

„Es ist nicht an mir, das zu entscheiden", entgegnete Gábor förmlich.

Ich mochte es nicht, wenn er sich hinter seiner Funktion als Erster Offizier versteckte und uns wie Bittsteller behandelte. Was wir theoretisch waren.

„Wir sollen also wieder abziehen und ihn hier versauern lassen?", kam es von Luc.

„Ihr solltet euch nicht einmischen. Es ist eine Sache zwischen Luzifer und seinem Heermeister. Wenn Luzifer es für richtig hält, wird er ihn freilassen und ihm sein Heer zurückgeben."

Ich bemühte mich, Lilith zu ignorieren, die feixend an Gábor herumgrabbelte und anscheinend nur darauf wartete, dass wir endlich gingen, damit sie ihn in ihre Höhle ziehen konnte. Ich schüttelte mich kaum merklich, als ich daran dachte. Ich hatte die Klappe halten und es stumm ertragen wollen, aber ich konnte nicht. Hier ging es um meinen besten Freund, meinen Blutsbruder Grigori, nicht um meinen Herzschmerz. Wir waren nicht zusammen und Gábor schuldete Lilith einen Gefallen; ich durfte mich nicht beschweren oder hier eine Szene machen. Aber meine Hände zitterten und mein Magen rumorte, als ich meinen Exfreund ansprach: „Ich werde nicht ohne Grigori gehen."

Meine Gedanken rauschten zu ihm, ehe ich es verhindern konnte. *Warum tust du das? Warum gehörst du jetzt ihr und nicht mehr mir? Sie liebt dich nicht. Aber ich tue es.*

Lilith lächelte fein. Zum ersten Mal verspürte ich den innigen Wunsch, sie zu schlagen. Ich umklammerte mein Schwert fester. Natürlich hatte sie meine Gedanken gehört. Jeder hier hatte sie gehört, so laut waren sie. Sie ergriff Gábors Hand.

„Er gehört mir so lange, bis ich seine Schuld als beglichen ansehe. Sei nicht undankbar, Joelle. Nur durch meine Hilfe konntet ihr euch von Samael befreien. Gábor muss den Preis für seine Freiheit bezahlen. Und du ebenso. Dachtest du etwa, es wäre mit einer Erinnerung getan? Nein. Dein Freund war Teil unseres Deals. Du wusstest das." Ihre Stimme klang versöhnlich. Meine Aggression verpuffte. Ergeben beugte ich das Haupt vor ihr. Ich hatte es gewusst. Sie verstieß nicht gegen unseren Pakt. Dennoch verlangte es mir viel ab, das alles hinzunehmen. Etwas zu wissen und es mit eigenen Augen zu sehen, waren grundverschiedene Dinge.

Lilith redete weiter: „Du wirst Luzifer nicht umstimmen können. Passt auf, dass ihr sein Vertrauen nicht verliert." „Willst du nichts tun?"

„Ich halte mich aus den Streitigkeiten der Engel heraus. Zürne mir nicht, Joelle. Wenn euch das Schicksal gewogen ist, werdet du und Gábor wieder zusammenfinden. Doch nun gehört er mir und ich dulde keine anderen Liebschaften neben mir, der Königin der Hölle."

Vielleicht gefiel es Gábor auch ganz gut, der Königin zu dienen. Ganz gleich, wie ernst er jetzt guckte. Er hatte schon immer eine Schwäche für Lilith gehabt. Früher hatte es mich nicht gestört. Im Gegenteil, früher hatte ich ihn darin bestärkt, sich mit der Dämonin zu treffen, weil ich nicht daran geglaubt hatte, dass wir jemals eine normale Beziehung führen könnten. Natürlich liebte er sie nicht, aber unter Dämonen spielte das eine untergeordnete Rolle.

„Wir sind also auf uns allein gestellt", konstatierte Luc. „Weder du noch Ihr, Lilith, werdet uns helfen, Grigori zu befreien."

Gábor nickte. „Geht nach Hause. Luzifer ist nicht für seine Geduld bekannt. Er wird euch ebenfalls einsperren oder euch schier unlösbare Aufgaben erteilen. Ich kann euch zum Portal begleiten, bevor ich in den Palast zurückmuss. Azazels Späher sind überall."

Das könnte ihm so passen! „Wie großzügig von dir! Aber ich denke gar nicht daran, nach Hause zu gehen. Ich will meine Truppe sehen."

Gábor richtete den Blick kurz zur niedrigen Felsendecke hinauf, als ersuche er den Himmel um Beistand. Eine überaus menschliche Geste. „Deine Truppe wurde meiner Legion zugeteilt. Ich kümmere mich gut um deine Soldaten. Und jetzt verschwindet, ich meins ernst!"

„Lasst uns gehen, Leute. Er wird uns nicht in den Palast gehen lassen, es sei denn, wir tun ihm weh. Und das bringst du nicht übers Herz, Jo", meinte Tristan und griff nach meinem Oberarm. Unsanft machte ich mich los.

„Spinnst du? Seit wann machen wir, was mein Ex uns befiehlt?" Dabei funkelte ich Gábor an. Endlich hatte ich einen Teil meiner inneren Stärke wiedergefunden. Er brauchte nicht zu glauben, dass er mich herumkommandieren konnte.

Doch Tristan nahm erneut meinen Arm und zog mich mit sich den Weg, den wir gekommen waren, entlang.

Spiel mit, raunte er mir in Gedanken zu.

Gábor ging uns misstrauisch hinterher. Schweigend marschierten wir zurück in die Säulenhalle. Ich vermutete, dass Tristan den Plan hatte, zurück ins Diesseits zu reisen, ein paar Minuten abzuwarten und dann wieder in der Hölle zu erscheinen. In jedem Fall klüger, als sinnlos zu diskutieren. Gábor überwachte jeden unserer Schritte. Ich war schon lange nicht mehr so sauer auf ihn gewesen.

Wir bemerkten zu spät, dass das Portal, durch welches wir gekommen waren, von einer großen Zahl Gargoyles und zwei hohen Dämonen umstellt war. Gábor riss mich zurück in einen Seitengang, aber man hatte uns bereits entdeckt. Wenigstens schien es ihm noch wichtig zu sein, mich vor Typen wie den gefallenen Engeln am Portal zu beschützen. Was wenig Erfolg versprach, wenn sie nicht zu Luzifer gehörten.

„Erster Offizier!", sprach ihn ein schwarz gelockter Dämon an, der mir bekannt vorkam. Er hatte Milán im Schlosspark überfallen. Den anderen hatte ich hingegen noch nie gesehen. Das bedeutete allerdings nicht, dass wir aus dem Schneider waren. Sie hatten sich den Aufständischen angeschlossen. Scheiße. Luc und Tristan standen dicht neben Gábor und mir, die Schwerter kampfbereit vorgestreckt. Doch wir hatten es mit einer Überzahl zu tun.

Gábor fluchte auf Ungarisch vor sich hin. Dann antwortete er: „Die Waffenruhe endet erst um Mitternacht! Was soll das?“ Die Zeit verging anders in der Hölle. In Paris musste es schon halb zwei in der Frühe sein.

„Die Waffenruhe betrifft Luzifer und seine Legionen. Aber diese drei hier sind unerlaubt in die Hölle gekommen. Wir werden sie mitnehmen müssen“, erwiderte der Unbekannte.

„Ich habe sie zuerst entdeckt, Sariel! Ich bringe sie vor Luzifer.“

Mir kam eine tollkühne Idee. Wir konnten etwas für Luzifer tun, das wertvoll genug war, um Grigori auszulösen. Gábor mochte meine Gedanken hören, nicht aber, wenn ich sie bewusst nur auf meine Blutsgeschwister richtete.

Wir lassen uns gefangennehmen, hört ihr? Dann können wir für Luzifer spionieren und wenn wir freikommen, Grigori mit den gesammelten Informationen freikaufen.

Okay, kam es von Luc zurück. Tristan drückte zustimmend meine Hand.

„Hau ab, Gábor“, zischte ich. „Ich bin ein Todesengel. Ich komme schon zurecht. Richte Luzifer aus, dass wir nicht beabsichtigen, das Bündnis mit ihm zu verletzen.“

„Der Krieg zieht herauf. Jede Nacht gibt es Gefechte. Sie werden euch aufs Schlachtfeld schicken.“

„Eine gute Gelegenheit zur Flucht. Geh jetzt, bevor sie dich meucheln.“

„Joelle ...“

„Nein, Gábor! Im Moment muss jeder von uns alleine klarkommen. Ach nein, du hast ja Lilith.“ Die Worte brannten in meinem Mund. Ich wollte ihm meine blöde Eifersucht nicht zeigen, aber ich trug sie wie einen Schild vor mir her.

Die Dämonen standen etwa zehn Meter von uns entfernt und beobachteten belustigt unsere fast stumme Streiterei.

Gábor beruhigte sich als Erster so weit, dass er mein Handgelenk nehmen und mir seine Gedanken übermitteln konnte. Ich hasste es, wie mein ganzer Körper summte, nur weil Gábor mich berührte. Er tat es nur aus diesem Grund, da war ich mir sicher. Ich hätte ihn auch so gehört.

Du weißt ganz genau, dass ich dich liebe. Du verlangst von mir, dass ich dich dem Feind ausliefere, weil du es nicht ertragen kannst, einmal zu tun, was ich dir sage! Du musst dich nicht aus Eifersucht und gekränktem Stolz in Todesgefahr begeben. Sie werden nicht nett mit euch umspringen. Wenn du die beiden liebst, sieh zu, dass du sie loswirst.

Seine gedachten Worte drangen kaum zu mir durch. Alles, was ich endlos in meinem Kopf wiederholte, war „dass ich dich liebe".

Ich liebe dich auch.

Dann traf ich eine weitere Entscheidung. Ohne Vorwarnung riss ich mich los und rannte hinüber zu den Gargoyles.

„Ihr könnt mich haben, die anderen überlasst ihr Luzifer", rief ich. Tristan und Luc verstanden den Wink. Zusammen mit Gábor ergriffen sie die Flucht.

„Willkommen, Tochter des Samael. Mein Name ist Akibeel, ich glaube, wir wurden einander noch nicht offiziell vorgestellt." Er deutete eine Verbeugung an, Sariel tat es ihm gleich.

„Ich grüße euch", entgegnete ich förmlich und versuchte, ein Zittern zu unterdrücken, als ihre lüsternen Blicke mich trafen. Vor wenigen Monaten hätte ich mich niemals schutzlos in die Hände fremder, potenziell feindlich gesinnter Männer begeben. Doch jetzt lagen die Dinge anders. Sariel packte etwas grob meinen Unterarm, doch Akibeel warnte ihn: „Vorsicht, Sariel. Sie ist ein Todesengel. Tu ihr nicht weh oder es kann deine letzte Handlung sein. Außerdem, wie behandelst du eine Dame?"

Sariel ließ meinen Arm los und brachte Abstand zwischen uns. Gut so. Sie sollten ruhig etwas Respekt haben. Akibeel sprach jedoch über mich, als wäre ich ein Koffer. Auch nicht gerade höflich.

„Sie ist eine wertvolle Geisel. Wenn sie sich uns anschließt, haben wir eine hervorragende Kriegerin gewonnen. Hübsch ist sie auch für einen halben Menschen. Azazel hat vor geraumer Zeit sein Interesse an ihr bekundet."

Und da wurde mir übel. Ich hatte nicht bedacht, dass der Anführer des Aufstandes es als Zugeständnis meinerseits verstehen könnte, wenn ich freiwillig in sein Heerlager kam. Ich setzte einen Fuß vor den anderen, bemüht, nicht in Panik zu geraten, weil ich als mögliche Braut ins Feindesland kam. Einatmen, ausatmen. Rechts, links, rechts, links. Sariel durchbrach meine Meditation. „Was machen wir heute Nacht mit ihr? Azazel plant einen erneuten Überfall auf den Palast."

Akibeel schnaubte ungehalten. „Er ist kein guter Taktiker. Wir haben beinahe jede Nacht angegriffen und viele Soldaten eingebüßt. Luzifer ist geschwächt, aber sein Palast gleicht einer Trutzburg. Solange wir ihn nicht herauslocken können, brauchen wir nicht wieder dagegen anzumarschieren."

„Wo du recht hast", pflichtete Sariel ihm bei. „Die einzige Möglichkeit, Luzifer aus seinem Palast zu bekommen, sind die Söhne seines Freundes Farkas. Er sieht sie als seine Erben an, auch wenn sie keinen Schimmer davon haben. Luzifer hat zu viele Kinder verloren, um noch einmal auf leiblichen Nachwuchs zu setzen."

Kein Wunder, dass Luzifer Gábor in seinem jungen Alter eine so hohe militärische Position verliehen hatte. Er wollte seine Macht durch Getreue wie Herrn Farkas und seine Kinder, sicher auch Tamiel, gesichert wissen. Vernünftig, wenn ich mir die Möchtegernthronanwärter hier ansah.

Akibeel brummte. „Sie sind zäher als gedacht. Vor allem der Älteste. Allerdings glaube ich, dass sich das Blatt gerade wendet." Er wandte sich nun doch an mich. „Was bindet dich an Luzifer, Joelle?"

Ich räusperte mich. „Ich bin die Frau seines Ersten Offiziers. Zudem bin ich eine Geisterjägerin der GHA, ich muss mich also an das Bündnis halten."

„Hm. Und wenn du deine Ehe auflöst? Es gibt genügend unter uns, die dich gerne zur Frau nehmen würden. Und das Bündnis der Geisterjäger besitzt hier keine Geltung. Ich biete dir die Chance, dich der Seite der Sieger anzuschließen. Was sagst du?"

„Ich werde darüber nachdenken. Ich bin sicher, die Wegstrecke reicht dafür aus."

Sie ließen mich zufrieden. Ich würde Akibeel sicher nicht erzählen, dass Gábor und ich unsere „Ehe", die auf dem Papier gar nicht existierte, nicht auflösen würden. Denn das bedeutete, dass einer von uns beiden sterben musste. Für die Absichten der Engel natürlich Gábor. Ich durfte ihn nicht angreifbarer machen, als er bereits war.

Es war mit einem gewissen Risiko verbunden, Luc und Tristan mit Gábor zurückzulassen und sie der Gefahr auszusetzen, ebenso wie Grigori von Luzifer gefangengenommen zu werden. Aber ich hatte keine andere Wahl gehabt, wenn ich sie beschützen wollte. Als männliche Halbdämonen sahen die gefallenen Engel sie als weniger wertvoll an als mich und das wusste ich auszunutzen. Auch wenn es mich Überwindung kostete. *Für meine Freunde*, dachte ich.

Um meine Unruhe im Zaum zu halten, kramte ich in meinem Gedächtnis nach Informationen über Sariel. Bei der GHA lernten wir solche Dinge, auch wenn ich vieles davon direkt wieder vergaß.

Ich wusste noch, dass Sariel einst ein Erzengel gewesen war, einer der Wächterengel, die von Gott als Vollstrecker auf die Erde gesandt wurden, um die Schuldigen zu bestrafen und die Unschuldigen zu beschützen. Sariel besaß auch die Gabe des Heilens wie einige andere Engel oder Dämonen auch.

Es heißt, er würde sich stets für die Seite der Guten einsetzen, doch hatte er sich Azazel angeschlossen, was nur bedeuten konnte, dass er allein Luzifer für den Bösen hielt. Da er Sariel nach dem Engelsturz angeblich gezwungen hatte, die Erde zu verlassen und in der Hölle zu leben, war sein Groll gegen den König der Hölle zum Teil verständlich. Engel waren meistens nachtragend.

6

Im Heerlager herrschte geschäftiges Treiben. Massen an Gargoyles und anderen niederen Dämonen bereiteten sich auf den bevorstehenden Kampf vor, schliffen Klingen und stärkten sich mit Essen an mehreren Feuerstellen. Die Gargoyles waren das Fußvolk der Hölle, die meisten gefallenen Engel achteten sie gering. Dass ihre steinernen Abbilder die Kirchen des Diesseits vor dem Bösen beschützen sollten, wo sie sakrale Gebäude wie alle höllischen Bewohner nicht betreten durften, empfand ich als seltsame Ironie.

Ihre unterschiedlichen tierähnlichen Laute erfüllten die Luft, durchmischt mit Wortfetzen und dem Hämmern und Zischen aus den Schmieden, die wie alles andere auch unter freiem Himmel standen. Zum Schlafen nutzten die Soldaten niedrige tarnfarbene Einzelzelte oder größere Gemeinschaftszelte. Die gefallenen Engel hatten allesamt hohe Positionen inne und dementsprechend besser ausgestattete Unterkünfte, die sich weit hinten im Lager befanden und mit den Felswänden der Berge im Rücken die Gelegenheit zur Flucht boten, wenn die vorderen Teile des Lagers bereits überrannt waren wie bei meinem Vater.

Ich unterdrückte krampfhaft die Erinnerung an ihn, als Akibeel und Sariel mich zu einem römischen Feldherrenzelt führten, in dem zweifelsohne Azazel residierte. Der Anführer des Aufstands hielt eine Beratung mit fünf weiteren hohen Dämonen ab, von denen ich mindestens zwei während der Schlacht gesehen hatte. Vermutlich ließ sich jeder zunächst von ihrer überirdischen Schönheit blenden oder von lieblichen Worten einlullen wie Akibeel es bei mir versucht hatte oder wie Grigori es häufig tat. Engel nutzten ihr Charisma stets aus. Doch wer es schaffte, über den äußeren Schein hinauszusehen, erkannte in allen die Bosheit der Hölle. Sie war nicht in jedem gleich stark, aber in den gefallenen Engeln in diesem Zelt spürte ich sie überdeutlich. Mich fröstelte. Hörner und Reißzähne verliehen mir mehr Selbstbewusstsein, am meisten aber das Wissen darum, dass ich sie alle töten konnte, wenn ich schnell genug war.

Als sie meine Anwesenheit und die meiner Wächter registrierten, hielten sie in ihrer leisen Unterhaltung inne und drehten sich zum Zelteingang. Azazel kam mit einem freundlich wirkenden Lächeln auf mich zu. Ungewollt wich ich zurück und prallte gegen Akibeel, der mir begütigend auf den Rücken klopfte. Ich wusste nicht, was für eine Gabe er besaß, aber lieber wollte ich bei ihm bleiben als bei Azazel, der Furcht und Zorn gleichermaßen in mir wach rief. Ich atmete tief ein und reckte das Kinn, was mich gegenüber den übermanngroßen Dämonen kein Stück größer aussehen ließ.

Azazels schwarze Augen waren jedes Mal irritierend. Ihnen fehlte jegliches Weiß. Seine angespitzten Stierhörner prangten wie eine Krone auf seiner Stirn. Auch seine kurzen Haare waren schwarz, jedoch nicht gelockt wie Akibeels. Er besaß wie alle Dämonen nach oben spitz zulaufende Ohren. Hinter seiner hellen Tunika ragten schwarze, schuppige Drachenschwingen auf, so hoch, dass ihre verknöcherten Spitzen das Zeltdach streiften. Azazel musste eine Flügelspannweite von mehr als vier Metern besitzen.

Blitzartig stürmten die Erinnerungen auf mich ein. Azazel, wie er Milán weggeschleudert und Luc beinahe umgebracht hatte. Eine Gänsehaut wanderte über meinen Körper, als der Engel nach meiner Hand griff, um mich von Akibeel wegzuziehen. Abscheu durchfuhr mich. Er musste es gespürt haben, denn er verzog kurz das Gesicht.

„Nara, Schönheit. Du gewöhnst dich besser an mich.“ Selbst seine Stimme gemahnte an einen Abgrund. Seine schwarzen Augen übten auf einmal einen unwiderstehlichen Sog auf mich aus, gegen den ich vehement ankämpfte. Ich schaffte es, Azazel die Hand zu entziehen.

„Lasst uns allein“, befahl der Dämon. Mit Entsetzen sah ich zu, wie alle Anwesenden das Zelt verließen und der Eingang zufiel. Ich zitterte am ganzen Körper. Hierher zu kommen war die dümmste Idee, die ich jemals gehabt hatte!

„Fürchte dich nicht, Nara. Ich will dir nichts zuleide tun. Komm, setz dich zu mir.“ Mit einem Mal liebenswürdig bot er mir einen römischen Hocker an, der ein schüsselartiges offenes Halbrund beschrieb.

Mit Kratzbürstigkeit kam ich ohnehin nicht weiter, also redete ich mir selbst gut zu, dass er mir wirklich nichts tun konnte und ihm wohl daran gelegen war, eine Beziehung zu mir aufzubauen. Stumm setzte ich mich.

„Nimm meine Hand, Nara. Sag mir, was du fühlst.“

Widerstrebend ergriff ich seine riesige, aber schlanke rechte Hand. Konzentriert schloss ich die Augen. Da war Zorn, Rachedurst, aber auch tiefe Verlassenheit und Trauer; ein tiefsitzender Schmerz, den ich selbst kennengelernt hatte. Ich fühlte Sympathie für mich, Begierde und echtes Interesse. Niemand konnte Gefühle bewusst erzeugen. Sie ließen sich nicht steuern. Azazel entblößte sich vor mir auf eine Weise, die ich nicht für möglich gehalten hatte. Mitleid wallte in mir auf, aller Ekel verschwand in diesem langen Augenblick.

Seine Gedanken murmelten in meinem Kopf: *Ich verlange keine Liebe von dir. Die einzige Liebe, die ich ersehne, wird mir nie wieder zuteilwerden. Die Sehnsucht nach meiner Heimat und nach meinem Gott ist ein ständiger Schmerz. Diese Strafe ist die Grausamste von allen. Es ist der Verlust der Liebe Gottes und der Sprache des Himmels, die immerwährende Verbannung, die Jahrtausende lang an mir nagen. Nichts kann einen Engel trösten, niemand kann diesen Schmerz von ihm nehmen.*

Ich wagte nur zu flüstern: „Seid ihr deshalb so böse?"

„Wir sind auf die Seite des Bösen verbannt, es musste so kommen. Ohne uns geht die Schöpfung unter."

„Aber ihr habt euch doch in der Hölle eingerichtet. Du bist hier mächtiger als im Himmelreich." Ich wollte seine Hand loslassen, aber er legte seine linke auf meine. Das hier war so absolut nicht das, was ich erwartet hatte. Daher ließ ich es geschehen.

Azazel lächelte. „Wir haben Macht, wir haben ein Zuhause und eine neue Aufgabe. Aber es ist nicht das, was ich ersehne." „Du willst im Himmel leben und Gott dienen?"

Er nickte. Forschend blickte ich in sein fein gemeißeltes Gesicht. Wie jeder hatte er viele Seiten. Bislang hatte er mir nur seine Hässliche gezeigt.

„Warum lässt du mich dein Innerstes sehen, Azazel?"

„Ich möchte dich für mich und meine Sache gewinnen. Du sollst nicht Luzifers Handlangerin sein. Du bist neben Azrael der einzige Dämon, der Samaels todbringende Gabe besitzt. Niemand will dich zum Feind haben. Ich sehe es als meine Aufgabe an, dir das klarzumachen, nachdem dein Vater dich nach seinem Tod nicht mehr anleiten kann. Er fehlt hier." Seine Augen blickten einen Moment ins Leere.

Es versetzte mir einen herben Stich, als er von meinem Vater redete, als wäre er ein guter Freund von ihm gewesen.

„Er war ein guter Freund." Er löste die Hände von meinen.

„Warum willst du keine Rache für seinen Tod? Ich habe ihn umgebracht!"

„Du tatst es für deine Freunde. Ich werfe dir nichts vor. Alle unsere Handlungen haben eine böse Komponente, ganz gleich, wie gut unsere Absichten sind. Hast du das immer noch nicht begriffen, Nara?"

Nicht in letzter Konsequenz.

„Was hast du mit mir vor, Azazel?" Kaum zu glauben, aber ich begann mich zu entspannen. Mein Herzschlag hatte sich verlangsamt.

„Du arbeitest mit mir zusammen. Akibeel wird bei seiner Gefährtin ein gutes Wort für dich einlegen, weil ich davon ausgehe, dass du vor allem im Diesseits operieren willst und dafür am besten bei der GHA bleibst."

„Und was willst du noch?"

„Das weißt du längst. Ich wünsche mir dich als meine Frau, als Mutter meiner Kinder. Sie werden so viele Gaben erhalten, dass ich mit dir eine Dynastie gründen kann."

Jetzt hörte er sich regelrecht begeistert an. Ich traute mich, mit den Augen zu rollen. „Ich werde keine Kinder für dich austragen, obwohl du in den letzten Minuten deutlich in meiner Gunst gestiegen bist." Ich rang mit mir, doch dann beschloss ich, Azazel mein Geheimnis zu verraten, auch wenn es gefährlich werden könnte. „Samael hat mich so schwer verwundet, dass ich sehr wahrscheinlich keine Kinder mehr bekommen kann. Ich weiß, dass das meinen Wert schmälert."

Azazel schüttelte den Kopf. „Das ist zwar höchst bedauerlich, doch bleibst du eine machtvolle Kämpferin. Hat dich niemand geheilt?"

„Tamiel hat es versucht, aber er ist kein Heiler. Außerdem ist es jetzt zu spät, alles ist schon vernarbt."

Der Dämon machte ein mitleidiges Gesicht. Wieder nahm er meine Hand. Ich versuchte gar nicht erst, meine Gedanken und Empfindungen vor ihm abzuschirmen. Er analysierte sie ganz genau. „Oh. Du wirkst so unbeugsam, aber du leidest. Du hast Schuldgefühle. Das macht euch Halbdämonen so verletzlich: Ihr seid fähig, Skrupel zu empfinden wie die Menschen. Nur wenige von uns können das. Du fühlst dich schuldig, weil du deinen eigenen Vater getötet hast, weil du deinen Freund nicht so liebst, wie er es deiner Meinung nach verdient und dein Herz an einem anderen hängt. Du fühlst dich auch schuldig, weil ein weiterer Freund deines Schutzes bedurfte und du nicht genügend für ihn getan hast. Und Schmerz ... Schmerz vom durchtrennten Band zwischen Samael und dir. Schmerz wegen einer verlorenen Zukunft und einer ungewissen Liebe."

Ich hielt den Atem an, als er sich vorbeugte und mich auf die Stirn küsste.

„Die Liebe ist groß, sie ist ewig, aber sie kann auch zerstören."

„Ich gehe ein Bündnis mit dir ein", hörte ich mich sagen.

7

Azazels Lächeln gab mir kurz das Gefühl, einen Fehler begangen zu haben. Er nahm mein Gesicht zart in die Hände. „Lass uns den Bund besiegeln." Er lachte leise, siegesgewiss, als er sich näher zu mir heranlehnte.

O nein. Wie hatte ich das vergessen können? Jeder wusste, wie ein nicht schriftliches Bündnis besiegelt wurde. Nicht mit Handschlag. Azazel hörte leider diese Gedanken. Verdammt. Was, wenn es mir gefiel?

„Es ist nicht schlimm, wenn es dir gefällt", brummte er. „Das hier ist die Hölle."

Ich umfasste Azazels Handgelenke, um ihn notfalls von mir schieben zu können, als seine überraschend weichen Lippen auf meine trafen. Wie alle gefallenen Engel schmeckte er nach dem Honig des Himmels und roch angenehm nach dem Stein der uralten Höllenfelsen. Der Dämon in mir reagierte augenblicklich mit einem tiefen Ziehen in meinem Unterleib. Azazel grinste an meinen Lippen.

So stürmisch, kleine Dämonin? Lass dich nicht vom Zauber des Augenblicks übertölpeln.

O Gott. Wie tief war ich gesunken? Da löste ich mich von ihm und schlug mir die Hand vor den Mund. Hastig floh ich vor ihm aus dem Zelt in den Schutz der Bäume. Verflixte Dämonen! In meinem Leben ging es schon chaotisch genug zu, ich brauchte nicht noch mehr Männer. Sicher, Gábor und ich hatten uns getrennt und mit Milán war nichts gelaufen, aber da war Luc, der mich für sich gewinnen wollte, und nur jemand wie er sollte Zutritt zu meinem Herzen erhalten.

Nicht jemand wie Azazel, der offen zugab, dass er mir niemals die Liebe geben würde, die ich mir wünschte.

Der Dämon ging mir hinterher. „Wolkow habe ich nicht geküsst, falls du dich das fragst. Er musste den Vertrag mit seinem Blut besiegeln. Und jetzt werde ich ihn mir zurückholen. Luzifer hat schon einen Himmelsjäger und damit einen Seher und Diplomaten in seinen Reihen. Es ist nur gerecht, wenn ich auch einen habe."

Barbatos und Grigori galten als Nachfolger des Orion, dessen möglicherweise ursprünglich akkadischer Name „Licht des Himmels" bedeutete und nach der griechischen Mythologie als Sternbild am Nachthimmel verewigt wurde.

„Und ich soll mitkämpfen?" Das war die Chance, Grigori zu befreien. Vorausgesetzt, ich kam in den Palast hinein.

„Nur wenn es sich nicht vermeiden lässt. Wir schicken dich rein und du erlaubst uns, ebenfalls einzutreten. Dir als seiner Verbündeten wird Luzifer nicht den Zugang zu seiner Wohnstatt verweigern. Ich weiß, dass du vordergründig weiter ihm die Treue hältst. Schließlich bist du die Frau seines Ersten Heerführers. Natürlich kann es gut sein, dass du eingekerkert wirst, immerhin kommst du geradewegs aus meinem Heerlager. Dafür kannst du vorher vielleicht deinen Freund rausschleusen."

Was für ein behämmerter Plan!

„Was nutze ich euch im Kerker?"

„Nicht viel, aber eigentlich ist es sehr unwahrscheinlich, dass es jemand schafft, dich einzusperren."

Ich musste mich spätestens bei Grigoris Befreiung offen gegen Luzifer stellen. So viel zu undercover.

„Und was macht ihr, wenn Luzifer die Lunte riecht und nicht zulässt, dass ich euch hereinlasse? Gibt es einen Plan B?" „Oh, es gibt immer einen Plan B. Erweist du dich als falsche Schlange, muss ich dich töten, sobald du die Hölle wieder betrittst."

Ich nickte mit unbewegter Miene. Ich würde mich als falsche Schlange erweisen müssen, da ich Luzifer zuerst Treue gelobt hatte. Selbstverständlich verriet mir Azazel seinen anderen Plan nicht. Ich verstand vollkommen, dass er mir nicht gänzlich vertraute.

„Wann geht es los?", erkundigte ich mich so cool wie möglich.

„In wenigen Minuten. Sie warten nur noch auf mein Zeichen." Er ging ins Zelt zurück und öffnete einen niedrigen Schrank. „Hier, Nara. Nimm dies als Zeichen unseres Bündnisses." Er hielt mir einen wunderschön gearbeiteten Pfeil unter die Nase. Zögernd griff ich danach. Ich hatte meinen Bogen nicht und ein einzelner Pfeil war nicht mehr als eine symbolische Gabe. Im Gefecht verschoss ich einen ganzen Köcher voll.

„Vielen Dank."

„Mit diesem Pfeil kannst du einen Engel töten. Falls du mal nicht nahe genug herankommst, um deine Hände einzusetzen."

„Hast du keine Angst, dass ich ihn gegen dich verwende?"

„Dieses Risiko gehe ich ein." Er lächelte arrogant. Anscheinend glaubte er, mit mir den großen Coup gelandet zu haben.

Ich lächelte zurück und schob den Pfeil vorsichtig zu meinem Schwert. Tatsächlich erschien es mir klüger, ihn eine Weile in dem Glauben zu lassen, ich würde ihn nicht töten. Außerdem wäre es dumm, einen engen Kontakt zur Führung der Aufständischen aufzugeben. Das Bündnis und Azazel selbst könnten sich in dieser Hinsicht als nützlich erweisen. Auch zu Grigoris Schutz musste ich mich zurückhalten. Er saß gerade zwischen den Stühlen, so wie ich das interpretierte.

Dann brachen wir auf.

Versteckt im Wald oder in der Luft bewegten sich mehrere Heeresverbände in Richtung Palast. Ich selbst flog mit Akibeel und Azazel in der Nachhut.

Erst nachdem sich alle Soldaten in Büschen, Bäumen und in Felsnischen über dem Palast versteckt hatten, durfte ich zum haushohen, durch ein Gitter gesicherten Tor fliegen.

Die Wache ließ mich ein, soweit lief alles wie am Schnürchen. Man brachte mich zu Luzifer, der entgegen meiner Erwartungen keine Fragen stellte, sondern mich direkt zu Grigori in die Kerker schickte. Ich wunderte mich, wagte aber nicht, nachzuhaken. Luzifer weihte kaum jemanden in seine Beweggründe ein.

In dem dunklen, trockenen Verlies saß mein Blutsbruder auf einer Holzpritsche. Von Luc, Tristan oder Gábor keine Spur. Als Grigori mich sah, schoss er zum Gitter.

„Was machst du hier? Gábor hat behauptet, du hättest dich zu Azazel bringen lassen. Ich konnte nichts sehen. Was ist passiert?"

Es tat gut, seine grollende Stimme zu hören. Er sah aus wie immer, nur trug er eine Tunika anstelle der Kleidung vom Schulausflug. Es ging ihm zumindest körperlich gut.

„Azazel hat mich mehr oder weniger gezwungen, einen Pakt mit ihm zu schließen. Sie wollen dich. Ich soll das feindliche Heer in den Palast bringen. So erobern sie endlich Luzifers Thron und können dich befreien. Hast du dich ihnen angeschlossen, obwohl du Tamiel versprochen hast, an seiner Seite zu bleiben?", wisperte ich aufgeregt.

„Njet. Ich musste mit ihnen gehen und sie haben mich beauftragt, für sie bei Luzifer zu spionieren. Er ist aber nicht blöd und hat außerdem meinen Vater bei sich, der die meiste Zeit sieht, was ich tue. Du solltest nicht hier sein! Luzifer hält mich nur zum Schein gefangen, damit Azazel denkt, ich wäre ihm treu ergeben. Gábor bringt euch zum Portal, wenn hier der Kampf losgeht. Ich komme nach."

Ich schüttelte unwillig den Kopf. „Wenn ich meinen Teil nicht einhalte, tötet Azazel mich, wenn ich das nächste Mal in die Hölle reise. Im Diesseits hindert ihn das Bündnis mit der GHA daran."

„Verdammt. Gut, dann erfülle deinen Teil. Luzifer verliert so oder so heute Nacht seinen Thron. Vater und ich haben es beide gesehen. Dass du das Zünglein an der Waage sein würdest, haben wir allerdings nicht geahnt. Sonst hätte man dich gleich zu mir gesperrt."

„Und wenn ich dich befreit habe, soll ich dann einfach abhauen?"

„Du verschwindest und kommst nicht hierher zurück, bis Azazel besiegt ist!" Er raufte sich die kurzen dunkelblonden Haare.

„Warum bist du nicht einfach zu Hause geblieben? Ich habe dich nicht darum gebeten, eine Rettungsaktion zu starten! Und die anderen zwei Trottel genauso wenig."

„Entschuldige mal, wir haben uns Sorgen um dich gemacht! Dann bleib halt hier hocken."

Ich würde ihn nicht sitzenlassen, aber ich hasste es, dass er selbst gefangen im Kerker sitzend noch so tun konnte, als hätte er alles unter Kontrolle. Ich streckte ihm die Zunge heraus. Danach drehte ich mich um und ging.

Lautlos schlich ich mich durch Dienstbotengänge und verwinkelte Treppenhäuser nach oben und stieg bis hinauf aufs Dach. Hier oben gab es die wenigsten Wachen, insgesamt vier Gargoyles. Seltsamerweise fiel es mir gerade sehr leicht, den Zorn heraufzubeschwören und die Wachen auszulöschen. Luzifer hatte zu meinen Füßen bereits Großalarm ausgelöst und alles befand sich auf dem Posten. Hörner wurden geblasen, während ein kleiner Teil der Armeen, mit denen ich hergekommen war, gegen den Palast vorrückte. Es war offensichtlich, dass es sich um ein Ablenkungsmanöver handelte, da der Großteil der Truppen noch verborgen war und alle darauf warteten, dass ich die Soldaten durch eine Dachluke ins Innere des Palastes brachte. Nach allem, was der oberste Fürst der Hölle für mich getan hatte, fühlte ich mich furchtbar. Seufzend winkte ich an die hundert Krieger heran, die einer nach dem anderen durch das Fenster sprangen. Das hier war der größtmögliche Verrat, den ich begehen konnte. Nicht nur Azazel hatte einen Grund mich zu töten, wenn die Nacht vorbei und ich verschwunden war, auch Luzifer würde mich fortan jagen.

Ich war die Letzte, die in den leeren, staubigen Raum unter dem Dach sprang und den Soldaten nachsetzte. Mein nächstes Ziel war der Kerker, um Grigori zu befreien. Wenn ich nur wüsste wie, ohne Schlüssel. Das Getöse der Schlacht drang in jeden Winkel des Höllenschlosses. Wie ein Geist lavierte ich mich zwischen Duellanten und kämpfenden Gruppen hindurch immer weiter nach unten. Die Treppen nahmen schier kein Ende. Während ich lief, fiel mir ein, wie ich Grigori aus seinem Verlies bekam. Gábor mit seinem gut bestückten Schlüsselbund hatte zu vielen Räumen Zutritt. Anstatt ihn wegen Lilith anzumaulen, hätte ich mich besser darum gekümmert.

Doch sein Timing war wie so oft perfekt. Als ich den finsteren Gang entlangrannte, vernahm ich das Rasseln vieler Schlüssel und tiefe Stimmen. Gábor und Grigori umarmten sich, ehe Grigori an mir vorbeirannte und mich wie ein Paket unter den Arm klemmte.

Gábor folgte hinter ihm. Weil Grigori mich mit dem Kopf nach hinten trug, musste ich Gábors enttäuschtes Gesicht sehen.

„Ich hätte nie gedacht, dass du dazu fähig bist, Joelle", sagte er.

Seine Worte trafen mich wie Schläge. Natürlich verstand er nicht, warum ich das getan hatte. Und erklären konnte ich es ihm jetzt auch nicht. Er sah allerdings nicht danach aus, als ob er eine Erklärung haben wollte.

„Es ist gut, dass wir nicht mehr zusammen sind, wenn du mich so verraten kannst", setzte er noch hinzu, dann zog er sein Schwert und bog ab in den Thronsaal, während Grigori weiter den Flur hinunterrannte.

„Ich kann auch selber laufen."

Sein kräftiger Arm drückte in meinen Bauch, den ich ununterbrochen anspannte, damit es nicht so wehtat.

„Klar kannst du das. Dann sieht Azazel aber, dass du freiwillig die Biege machst. So gehst du als Gefangene durch, denn ich muss ja offiziell so tun, als würde ich für Luzifer arbeiten, kapiert?"

Fast.

Kurze Zeit später tauchten Luc und Tristan hinter uns auf. Auf dem Weg zur Felsenhalle hielt uns niemand auf. Darüber freuen konnte ich mich nicht. Gábors Gesicht würde mich für immer verfolgen.

Ohne uns zu begrüßen, hechteten Grigori, Tristan, Luc und ich nacheinander in den warmen Luftstrom. Wir kamen nicht im Keller des GHA-Hauptquartiers heraus, sondern auf dem Friedhof Père Lachaise.

Zwischen zwei verwitterten Grabsteinen schloss ich erst meine Brüder in die Arme und fing dann heillos an zu schluchzen.

In dieser Nacht schien meine Zukunft mit Gábor endgültig gestorben zu sein.

8

Den letzten Schultag brachte ich nur körperlich anwesend hinter mich. Nicht einmal die Überreichung meines eher durchwachsenen Zeugnisses riss mich aus meiner Lethargie. Ich hatte es mir mit Gábor verscherzt. Ich war mir sicher, dass er mir den Verrat an Luzifer und damit auch an ihm selbst niemals verzeihen würde. Milán hatte ich nicht mehr gesehen, aber ich war froh darum, ihm nicht erklären zu müssen, was ich getan hatte.

Da heute offiziell die Schulferien begannen, gab es kein Training am Nachmittag. Grigori überredete mich, mit ihm, Anouk, ihren beiden neuen Freundinnen und Luc in den Jardin du Luxembourg zu gehen, obwohl mich auch dort vieles an Gábor erinnerte. Aber nicht einmal in meinem eigenen Bett fand ich Ruhe, weshalb ich widerstrebend mitging. Luc blieb mit mir im Schatten einer Rosskastanie auf der Picknickdecke liegen und ließ mich schweigend in die grünen Blätter hinaufstarren, die sich in einer leichten Brise bewegten und mich mit ihrem sanften Rauschen in einen Dämmerzustand versetzten. Ich weinte nicht mehr. Ich war nur noch leer.

Luc war schon wieder für mich da, der alte Masochist. Er tröstete mich sogar, wenn ich wegen eines anderen Liebeskummer hatte. Ich wollte das nicht für ihn. Um mich abzulenken, fütterte Luc mich gedanklich mit allen Informationen, die er über Azazel parat hatte. Und das waren eine ganze Menge.

Azazel gilt in der jüdischen Tradition als Sündenbock wie der, den sie an Jom Kippur in die Wüste gejagt haben, beladen mit allen Sünden der Menschen. Als gefallener Engel war er ein Lehrer der Menschen, in seinem Fall der Schmiedekunst und wie man Edelsteine erkennen kann. Manche sagen, er brachte dadurch Gewalt und Unrecht in die Welt, weil die Menschen auf einmal Waffen schmiedeten und der neue Reichtum ein Machtgefälle erzeugte. Der Erzengel Raphael verbannte Azazel beim Engelsturz in die Wüste, vermutlich in Israel, was gut zu dem Sündenbock passen würde. Azazel ist einer der Anführer der Zweihundert.

Interessant.

Er hat mir als Zeichen seines Bündnisses einen Pfeil geschenkt. Einen, mit dem man einen gefallenen Engel töten kann. Nicht dass ich den nötig hätte, aber es ist eine nette Geste, mir eine Waffe in die Hand zu geben, die ihm und seinen Kollegen wirklich etwas anhaben kann.

Lachen und Anfeuerungsrufe durchbrachen die Ruhe. Schwerfällig richtete ich mich auf und stützte mich auf die Ellbogen. Die Übrigen spielten auf der Wiese Frisbee. Weil Normalsterbliche im Park waren, warfen sie lange nicht so weit und fest, wie sie konnten, machten den mangelnden Schwierigkeitsgrad aber durch Tricks wie Drehungen und halbblinde Rückhandwürfe wett. Grigoris dröhnendes Lachen, als Anouk auf dem Hosenboden landete, ließ meine Mundwinkel zucken, so ansteckend war es. Anouk lachte mit ihm, bevor sie sich auf ihn stürzte und spielerisch zu Boden rang. Ich sah neben mir zu Luc, der belustigt das Gerangel verfolgte.

„Du musst dich nicht bei mir langweilen“, sagte ich leise. „Spiel doch mit, wenn du magst.“

Seine dunkelblauen Augen richteten sich nachdenklich auf mich. Er schürzte ein wenig die Lippen. „Du sollst nicht einsam vor dich hinbrüten. Das hast du früher so oft gemacht. Ich weiß, dass du uns nicht brauchst, aber freu dich doch einfach, dass du uns nicht egal bist, Tristan, Grigori und mir."

Ich lächelte zaghaft, dann legte ich den Kopf auf seinen Oberschenkel. Luc strich mir übers Haar und lächelte auf mich herab.

„Gábor ist nicht ewig weg. Er wird verstehen, dass du nichts anderes hättest machen können, außer wir wären sofort wieder abgehauen, nachdem wir ihn getroffen haben. Er wird kommen und sich holen, was ihm gehört. Tief in deinem Innern weißt du das." Lucs Worte verschafften mir Erleichterung und zugleich schmerzten sie mich.

„Nach diesem Zeugnis sieht mein Bac ziemlich mies aus. Kann sein, dass ich die Schule bald verlasse."

Luc stellte das Streicheln ein. „Joelle. Du und ich und Tristan und Grigori sind auf immer miteinander verbunden, ob du weggehst oder nicht. Angesichts der Lage in der Hölle solltest du aber lieber noch in Paris bleiben. Du schützt Gábor und dich selbst am besten vor Azazel und Luzifer gleichermaßen, wenn du ihn in Ruhe lässt." Schlüssige Argumentation wie immer.

„Was wird mehr wehtun, Luc? Wenn du und ich alles mitnehmen, was uns möglich ist? Oder wenn wir getrennte Wege gehen?"

„Beides wird wehtun. Aber ich lasse dir die Wahl."

Ein Schauer überlief mich. Mein Herz schlug schneller. Gábor war sauer genug, dass er mich vielleicht nie mehr zurücknahm, egal, was Luc glaubte und was ich gern glauben wollte.

Ich will dich nicht als Freund verlieren. Was, wenn du mich irgendwann hasst?

Ich richtete mich auf und setzte mich neben Luc, entfloh der Intimität zwischen uns ein Stück weit. Ich schaute auf meine nackten Füße. Luc legte eine Hand unter mein Kinn, um es anzuheben. Sein Blick bescherte mir weiche Knie.

Wir sind keine Menschen, vergiss das nicht. Du bist mit Gábor eine dämonische Verbindung eingegangen, die nur durch den Tod endet. Wie kann ich dich dafür hassen, dass du deine Seele mit einer anderen vereint hast? Wir sind durch unser Blut aneinandergebunden, aber das wiegt eine Seelenbindung nicht auf, verstehst du? Kaum merklich verdüsterte sich sein Blick, bevor er mich geradezu entschlossen anschaute.

Ich nickte auf seine Gedanken hin. *Du bist mehr, als ich verdiene.*

Grigoris russische Gedanken erreichten mich: *Wenn die Grenzen zwischen den Welten verschwimmen und die Nacht am schwärzesten ist, werdet ihr wieder zusammenfinden. Und bis dahin kannst du tun, wonach dir der Sinn steht.*

Ich lächelte und schaute kurz zu meinem Freund, der mit Anouk auf den Schultern dastand und mich angrinste. Der Frisbee hing in einer Kastanie fest. Leider konnte niemand von uns jetzt hinauffliegen und ihn zurückholen. Anouk musste hochklettern. Wenn der Ast brach, würde sie immerhin nicht auf uns landen.

„Würdest du mir das übersetzen?“, fragte Luc amüsiert. „Grigori hat mich aufgefordert, nicht mehr rumzujammern.“

Lucs Lächeln vertiefte sich, als er einen Arm um meinen Nacken schlang und die Stirn an meine lehnte.

Ich will wissen, wie es sein könnte, Joelle. Egal, wer bei uns beiden noch im Hintergrund steht.

Wir waren uns schon sehr nah. Warum nicht den letzten Schritt gehen? Aber nicht sofort. Das ging einfach nicht. Mein Lächeln schwand.

9

Ich muss noch einmal mit Gábor reden und wenigstens versuchen, ihm meinen Standpunkt klarzumachen.

Das verstehe ich, dachte Luc. *So schwer es mir fällt. Ich muss auch noch mit jemandem reden. Aber wenn du aus der Mongolei zurückkommst, muss ich wissen, woran ich bin.*

Ich nickte. *Marinette?*

Marinette. Er lächelte schief. *Sie wird es verstehen. Ich bin ihr beinah drei Monate nachgelaufen und jetzt ist es einfach zu spät. Vermutlich ist sie noch erleichtert, wenn ich endlich jemand Neues habe und sie in Ruhe lasse. Wo sie doch alles darangesetzt hat, mich zu vertreiben. Nicht nur mit Milán. Sie wird nicht mehr auf mich zukommen, bis wir beide unseren Mist geregelt haben.*

Wieder nickte ich. Wir würden das klären, auf welche Weise auch immer. Dann sah ich ihn an. „Gábor könnte mich nicht mal zurücknehmen, wenn er das wollte, und zwar nicht nur wegen Lilith. Wir kämpfen jetzt auf unterschiedlichen Seiten. Ich hasse es nur, im Streit auseinandergegangen zu sein. Ich brauche Abstand von allem hier, sogar von euch. Und wenn ich dann wiederkomme, bin ich hoffentlich schlauer als jetzt."

„Ich schlage dir einen Deal vor. Ohne dein Bündnis mit Azazel hätte ich so etwas nicht in Erwägung gezogen, aber es ist für alle sicherer, wenn wir uns nicht auf unsere Gefühle verlassen. Du willst Gábor nicht in Gefahr bringen und nicht als Azazels Ehefrau enden. Also wäre es sinnvoll, einen neuen Partner zu wählen, einen, der glaubwürdig ist."

„Und das bist du?“ Ich musste grinsen. Lucs mächtigste Waffen waren seine Worte.

„Möglicherweise. Ich wiederum will weder dich, Gábor oder Milán ins Verderben laufen lassen noch als luzifertreu enttarnt werden und damit alle gefährden, die mir etwas bedeuten. Auch Marinette, Tris und Louis. Sie sind nämlich nicht durch eigene Bündnisse geschützt wie Grigori.“ Kurz senkte er den Kopf und fuhr mit den Fingerspitzen über das gemähte Gras, bevor er mir wieder ins Gesicht sah. „Wenn wir uns offiziell zusammentun, beschützen wir viele auf einmal. Gleichzeitig ist es uns weiterhin überlassen, wie wir unsere Beziehung gestalten wollen. Ob wir doch weiterhin Freunde bleiben wie jetzt und nur offiziell ein Paar sind oder ob wir uns irgendwann tatsächlich trauen, einen Schritt weiterzugehen. Wir würden bloß dieser Sache zwischen uns einen neuen Namen geben.“

Mein Herz schlug höher. Es klang zu verlockend. Halbdämonen waren Egoisten wie ihre verdammten Väter. Selbst wenn sie selbstlose Gründe hatten, verbanden sie diese stets mit einer absolut egoistischen Sache. Luc für mich haben zu wollen, ob nun nur offiziell oder wirklich, war furchtbar egoistisch. Auch er handelte egoistisch unter dem Deckmantel des Altruismus. Er wollte mich und jetzt sah er die einzige Gelegenheit gekommen, diesen Wunsch Wirklichkeit werden zu lassen. Sofern ich mitspielte.

„Das klingt tatsächlich nach einer guten Idee“, kam ich ihm entgegen. „Aber würdest du dir nicht benutzt vorkommen? Wie ein billiger Ersatz?“

„Nein. Seit du meine Blutsschwester bist, weiß ich endlich, wie es in dir drin aussieht. Das hier wird das einzige Mal sein, wo wir die bisherigen Grenzen unserer Freundschaft überschreiten können, ohne damit etwas kaputt zu machen. Erst jetzt ist der Fall eingetreten, in dem eine Beziehung zwischen uns mehr Vor- als

Nachteile hätte. An den Gefühlen hat es nie gelegen, das weißt du so gut wie ich."

Ich nickte. Natürlich wusste ich das. Trotzdem kein Grund, nicht alles abzuwägen.

„Ich werde darüber nachdenken."

Am nächsten Morgen frühstückten Grigori und ich ohne die anderen, die lieber ausschliefen, als sich in aller Herrgottsfrühe im Speisesaal einzufinden, nur um etwas zu essen. Ich hatte überraschend schnell einen Termin bei meinem Gynäkologen bekommen. Die ganze Zeit grübelte ich über eine plausible Erklärung nach, warum ich meine Spirale verloren hatte. Nach einigem Zögern redete ich auch mit Grigori über meine Angst, den Arzt auf Ungereimtheiten zu stoßen, die unsere Identität enttarnen konnten. Wenn es nach der GHA ging, sollte ein Geisterjäger eher sterben, als sich einem gewöhnlichen Menschen zu offenbaren. Für Halbdämonen galt das besonders.

„Eigentlich brauchst du dir keine Sorgen zu machen. Du hast mich dabei. Normalsterbliche glauben alles, was ich sage. Aber ich werde viel lügen müssen." Er lächelte mich über sein Brötchen hinweg an. Sofort ging es mir etwas besser.

Grigori sprach weiter: „Leider gibt es keine großartigen äußerlichen Narben. Hätte Samael sich dir nicht in irgendeiner Weise verbunden gefühlt, würde es gar keine Narben geben. Ist das nicht grotesk?"

„Ohne die Narben würde ich nicht wissen, dass er mich auf eine verdrehte Weise geliebt hat. Ich verstehe Gottes Intention hinter dieser Strafe für die Gefallenen. Jemanden zu verletzen, ist doch selten ein Liebesbeweis, von unseren Blutsbruderschaftsnarben mal abgesehen."

Grigoris Hand fuhr zu der dreieckigen Narbe über seiner Augenbraue, die von seiner älteren Halbschwester stammte. Sie hatte ihn töten wollen, als sie herausgefunden hatte, dass er ein halber Dämon war, wie mein Vater meinen Tod billigend in Kauf genommen hatte, als er mich verwundete. Und doch hatten uns die Verursacher dieser Verletzungen geliebt. Andernfalls wären die Wunden restlos verheilt und würden uns nicht mehr täglich an sie erinnern. Wir alle wurden bestraft, indem man uns zwang, Liebe, auch verkorkste, niemals zu vergessen.

„Dämonen vermögen es, selbst aus Liebe etwas Böses zu machen." Er trank seinen Kaffee aus. „Genug davon. Lass uns gehen."

„Okay", sagte ich leise. In meinem Bauch hatte sich alles verknotet, weshalb ich die angebissene Brötchenhälfte wieder auf meinen Teller legte. Ich brachte keinen Bissen herunter.

Er nickte bedächtig. Ich spürte, dass er sich bemühte, seine eigene Ruhe auf mich zu übertragen. Ein bisschen half es gegen die Nervosität.

„Dein Wert bemisst sich nicht danach, ob du Kinder bekommen kannst oder nicht. Das spielt keine Rolle für mich oder Luc und Tristan."

Aus Rücksicht auf meinen Gemütszustand erwähnte er Gábor gar nicht erst. Das mit ihm war nichts, was ich jetzt durchdenken wollte.

„Bist du fertig?", fragte ich und befreite meine Hände.

„Eigentlich nicht", entgegnete er, fügte aber mit einem Blick auf die riesige runde Uhr im Speisesaal hinzu: „Ich nehm mir den Rest für unterwegs mit, wir müssen los."

Grigori sah ziemlich bedröppelt aus, als wir zwei Stunden später die Praxis verließen.

„Ich hätte nicht gedacht, dass es so schlimm ist", sagte er.

„Ich wäre fast gestorben. Man hat mich nicht richtig behandelt, weil von außen nichts zu sehen war. Milán hat mir erzählt, welche Vorwürfe Gábor sich gemacht hat, weil er mich nicht in ein Krankenhaus gebracht hat, sondern in den Krankensaal der GHA. Dabei hat er nichts falsch gemacht. Es hätte einige Gehirnwäschen und gefälschte OP-Berichte gebraucht, um zu verhindern, dass ich uns alle enttarnt hätte. Außerdem schreitet die Heilung bei uns viel zu schnell voran. Das Zeitfenster für eine erfolgreiche OP wäre etwa eine Stunde gewesen. Das hätte Gábor nur mit viel Glück geschafft. Er ist selber verwundet worden."

Trotz der aufmunternden Worte des Arztes war es eine niederschmetternde Diagnose. Meine Gebärmutter war deformiert und voller Vernarbungen und Gewebewucherungen. Laut dem Arzt konnte ich auf natürlichem Wege keine Kinder mehr bekommen. Ich hatte damit gerechnet, aber es auf dem Ultraschall zu sehen und die Diagnose zu hören, war etwas ganz anderes, als nur darüber nachzudenken. Niedergeschlagen machte ich mich mit Grigori auf den Weg zur Métro.

„Danke, dass du mitgekommen bist", sagte ich.

10

August

Ich war jetzt über zwei Wochen draußen in der Steppe und hatte meinen neunzehnten Geburtstag gefeiert. Tatsächlich schienen mir meine Probleme aus der Ferne betrachtet nicht mehr unlösbar. Neue Zuversicht erfüllte mich. Ich fing an, alles zu akzeptieren, weil ich sowieso nichts daran ändern konnte.

Ich hatte nichts in der Hand, Luzifer davon zu überzeugen, dass meine Treue zu ihm kein Lippenbekenntnis war. Nichts, um die Narben in meinem Unterleib verschwinden zu lassen.

Nichts, um etwas an Gábors und meiner Situation zu ändern.

Aber es gab Dinge, die ich beeinflussen konnte. Meine sich verändernde Beziehung zu Luc, mein Bündnis mit Azazel. Ich wollte beides zum Besten wenden.

An den langen Sommerabenden streifte ich mit meinem kleinen Braunen Temudschin, einem zwanzigjährigen Wallach, den Großvater mir zur Geburt geschenkt hatte, durch das weitläufige Grasland, genoss die Ruhe und das Gefühl der Grenzenlosigkeit, bis über uns die Sterne aufgingen. Temudschin trug mich auch im Stockdunkeln immer zur Jurte zurück, obwohl ich vermutlich besser sah als er. Noch bevor ich laufen konnte, hatte Großvater mich auf ein Pony gesetzt. Es war seit Jahrhunderten Brauch, dass alle Steppenkinder reiten lernten. Und ich hatte es nicht verlernt. Reiten konnte ich so instinktiv wie fliegen. Ein roter Feuerball versank im Westen, als ich Temudschin in lockerem Trab am Ufer des Flusses entlanglenkte. Das ruhig fließende Gewässer war ebenso wie die ansteigenden Hügel zu meiner Linken ein guter Orientierungspunkt in dem stellenweise gleichförmig wirkenden Land. Ich parierte Temudschin durch, um ihn trinken zu lassen. Das Gras am Flussufer wuchs üppig und so saß ich ab, damit das Pferd ein bisschen weiden konnte. Ich konzentrierte mich auf den Geruch des feuchten Grases, die Geräusche der zirpenden Grillen und Heuschrecken und das beruhigende Mahlen meines Wallachs. Doch der Frieden hielt nicht lange vor.

Am dunkler werdenden Himmel sah ich etwas herannahen. Ein großes, geflügeltes Wesen.

Ein tiefes Seufzen entrang sich mir, als ich erkannte, dass ein Dämon über mir tiefer ging. Großvaters Schwert hing an der Halterung am Sattel. Ich zog es heraus und stellte mich kampfbereit ein Stück entfernt von meinem Pferd auf. Temudschin sollte die Gelegenheit haben, wegzulaufen, wenn es gleich hoch herging. Im Moment ließ er sich jedoch nicht stören und graste in aller Seelenruhe weiter. Mein Herz legte an Geschwindigkeit zu, als ich seine Präsenz spürte. Starr sah ich zu, wie Gábor vor mir landete. Sein Anblick warf mich jedes Mal aus der Bahn. Seine beeindruckenden Fledermausschwingen ragten hoch über ihm auf. Er trug über seiner schwarzen Jeans kein Oberteil, auch Schuhe hatte er keine an. Er musste direkt aus der Hölle gekommen sein. Buchstäblich und sprichwörtlich. Meine Hände fingen an zu zittern. Stumm schaute ich ihn an, unfähig, mich ihm zu nähern oder abzuhauen. Temudschin blickte auf, schnaubte und rupfte weiter Gras ab. Ich hingegen trat voller Unruhe von einem Fuß auf den anderen. Die Sehnsucht nach Gábor stach in meinem Herzen. Ich wollte ihn berühren oder wenigstens von ihm hören, dass er mir verziehen hatte. Seine kurzen, lockigen Haare waren durcheinander wie immer. Ich zwang mich, den Blick von seinen wundervollen Muskeln abzuwenden und ihm in die dunklen Augen zu sehen. Flammen loderten in ihnen und ich hatte auf einmal das Gefühl, in der Falle zu sitzen. Allein seine Anwesenheit trieb mich in die Enge. Und da konnte ich mich wieder bewegen. Gábor würde sich nicht mit mir versöhnen, er würde mich zu Luzifer bringen. Mein Verstand war noch in Ansätzen vorhanden. Mit einem beherzten Sprung hechtete ich in den Sattel und trieb Temudschin erbarmungslos zum Galopp an.

Joelle, warte! Ich will dich nicht entführen! Bleib stehen! Gábors Gedankenstimme war etwas, das selbst jetzt zu mir durchdrang. Ich ließ Temudschin langsamer laufen, schlug im Trab einen weiten Bogen und ritt auf Abstand zu Gábor zurück.

Was willst du dann von mir? Willst du mir meinen letzten Zufluchtsort nehmen? Willst du mich zu Luzifer bringen?

Unsere Gedanken schrien nur in uns, sie durchbrachen nicht die friedvolle Stimmung um uns herum. Einige Meter von Gábor entfernt stoppte ich das Pferd. Temudschin war nicht größer als ein durchschnittliches Pony, doch ich fühlte mich erhaben auf seinem Rücken. Es gab mir Selbstvertrauen. Ich ließ es zu, dass Gábor sich langsam näherte. Er strahlte keinerlei Feindseligkeit aus, im Gegenteil, er fühlte sich viel zu sehr wie früher an, bevor all das passiert war, was uns entzweit hatte. Plötzlich stand er bei uns und lächelte, als Temudschin ihn beschnüffelte und seine Hand abschleckte. Mein Pferd zeigte nicht die Reaktion, die ich erwartet hatte. Ich hatte keine Angst vor Gábor, ich glaubte nur, dass ich auf der Hut sein sollte. Temudschin wusste besser, was mich umtrieb als ich selbst. Hätte ich wirklich Angst empfunden, würde er nervös herumtänzeln.

„Was willst du? Hast du mir noch nicht alles gesagt, was du mir sagen wolltest?" Immer noch hielt ich das Schwert in der Hand. Da Gábor nicht bewaffnet war, steckte ich es weg. Sein Geruch nach frischem Grün überlagerte den der Umgebung, zog mich an und ließ mich zittrig ausatmen.

Das ist nicht fair, dachte ich unwillkürlich.

Sein Lächeln schwand. Mit einem flammenden Blick brachte er meine Eingeweide dazu, sich zusammenzuziehen. Gábors Anziehungskraft war etwas, mit dem ich nicht umgehen konnte. Hatte ich noch nie gekonnt.

Ohne nachzudenken schlang ich meinen Arm um Gábors Nacken, beugte mich zu ihm herunter und berührte zart seine Lippen mit meinen. Leise seufzend holte er mich vom Pferd herunter und barg mich an seiner Brust. Er küsste meine Stirn, hielt mich fester und vergrub die Nase in meinen Haaren. Ich sollte mich nicht so geliebt und beschützt fühlen, nicht mehr. Doch ich schaffte es nicht, meine Gefühle vor ihm zu verbergen. Wärme durchflutete mich.

„Verstehst du jetzt, warum wir uns trennen mussten?", flüsterte Gábor.

„Hat Grigori auch das vorausgesehen?"

„Nicht ganz. Aber er hat gesehen, dass wir getrennt sind. Und das für lange Zeit. Aber ich kann dich nicht als meinen Feind ansehen. Du wolltest mir nicht schaden, du wolltest Grigori helfen."

„Du bist nicht mehr böse auf mich?"

„Ich bin nicht Luzifer." Seine Arme hielten mich, als hätte ich kaum Gewicht. Am liebsten würde ich mich die ganze Nacht so von ihm halten lassen, mein Ohr an sein Herz legen und zuhören, wie es nur wegen mir so schnell schlug.

„Hör zu", fuhr er fort. „Ich werde dich nicht angreifen, selbst wenn Luzifer das von mir verlangt. Und dich auch nicht zu ihm bringen. Ich war sauer, weil du dich auf so einen bescheuerten Deal mit Azazel eingelassen hast, aber man hat dir auch keinen anderen Ausweg geboten. Bitte verzeih mir! Ich will im Guten auseinandergehen, nicht im Streit."

Das will ich auch.

„Was ist mit Lilith?"

Ein Grinsen huschte über Gábors Gesicht, als mich die Eifersucht durchzuckte. „Sie entlässt mich erst, wenn sie genug von mir hat. Aber das ist okay. Ich bin froh, dass ich wenigstens in der Hölle unter ihrem Schutz stehe. Sie hat mich heute Abend zu dir gehen lassen, damit ich das mit dir kläre und wieder bessere Laune kriege."

Ich grinste. „Ich hatte auch miese Laune. Aber mehr, weil ich dachte, dass du mich jetzt hasst. Es tut mir leid, dass ich mich mit Azazel verbündet habe!"

Gábor stellte mich vor sich auf den Boden. „Wieso dachtest du, dass ich dich hasse? Weil ich böse auf dich war?"

Ich nickte nur. Lächelnd schüttelte er den Kopf und legte die warmen Hände an meine Wangen.

„Ich könnte dich niemals hassen. Du bringst mich manchmal zur Weißglut, das schon, aber du weißt ganz genau, dass mein Zorn nie lange vorhält."

„Das sah diesmal aber anders aus."

„Ich hatte ziemlichen Stress und du warst die Letzte, um die ich mir auch noch Sorgen machen wollte."

Bevor ich etwas erwidern konnte, küsste er mich. Ein zärtlicher, langsamer Kuss, der meinen ganzen Körper in Brand setzte. Ich hatte Gábor nichts entgegenzusetzen. Nur er brauchte nicht mehr als einen keuschen Kuss, um mir beinahe den Verstand zu rauben. Mir wurde schwindlig, als er den Kuss vertiefte.

Gemeinsam sanken wir ins Gras, einander nicht mehr loslassend, bis jeder von uns ein letztes Mal in den Armen des anderen Erfüllung fand.

Hinterher nahm er noch einmal meine Lippen in Besitz.

Streich mich aus deinem Leben, damit dir niemand etwas antut, Joelle! Ich werde dasselbe tun. Offiziell sind wir Feinde. Alles andere könnte uns das Leben kosten.

Ich weiß. Niemand wird etwas bemerken, das verspreche ich dir. Unsere Freunde und Geschwister zählen nicht. Luc hat mir vorgeschlagen, eine offizielle Beziehung einzugehen. Ich hoffe, es kostet uns nicht unsere Freundschaft.

Und wirst du einwilligen?

Ich zerzauste liebevoll seine Haare. *Du gehst zurück zu Lilith, ich gehe zu Luc. Und so gut wie jeder wird denken, dass wir endgültig miteinander fertig sind.*

Tu ihm nicht weh, bat er mich stumm. *Luc ist einer von den Guten. Er macht sich wirklich etwas aus dir.*

Wenn er mich nicht vor die Wahl gestellt hätte, etwas mit ihm anzufangen oder nicht, hätte ich nie etwas in die Richtung getan. Dafür mag ich ihn zu sehr.

Am Himmel standen Abermillionen von Sternen.

Danke, dass du hergekommen bist, dachte ich.

Er nickte. Dann küsste er mich auf die Stirn und ließ mich los. Schweigend zogen wir uns an. Noch einmal umarmten wir uns.

An den immer noch grasenden Temudschin gelehnt sah ich Gábor schließlich nach, bis er am Firmament verschwunden war. In mir machte sich immer Leere breit, wenn er ging. Ich betete, dass er irgendwann nicht mehr gehen musste. Mit brennenden Augen und noch schlimmer brennendem Herzen schwang ich mich auf das Pferd und ritt langsam durch die frühe Nacht zurück zum Lager meiner Großeltern.

Diese Erinnerung an Gabor würde die wichtigste sein, an der ich mich festhalten konnte, wenn es dunkler wurde.

Was nur noch eine Frage der Zeit war.

11

In Paris waren die Sommerferien fast zu Ende, als ich aus der Mongolei zurückkehrte. Bis auf Grigori, der in der Hölle zu tun hatte, saßen alle meine Freunde im Gemeinschaftsraum, als ich ziemlich erledigt nach der langen Reise hereinschaute. Ich war um kurz nach sieben am Morgen in der mongolischen Hauptstadt Ulaanbaatar losgeflogen, doch durch die Zeitverschiebung war es erst zwei Uhr mittags, als ich das Hauptquartier in Paris erreichte, dabei war ich über zwölf Stunden unterwegs gewesen.

Tristan, Luc und Louis drückten mich fest, Anouk und Marinette kamen ebenfalls herbei, um mich zu begrüßen, dann schnappte sich Tristan den einen, Luc den anderen Koffer und sie gingen damit zu meinem Zimmer.

„Du warst länger weg als sonst", bemerkte Tristan als Erster. „Hattest du keine Lust mehr, zurückzukommen?" Sein scherzhafter Ton ließ mich lächeln. Es fühlte sich an wie nach Hause zu kommen. Er lächelte zurück.

Spontan ergriff ich Tristans freie Hand, um sie zu drücken, dann die von Louis, schließlich Lucs. Seine behielt ich in meiner, bis wir vor meiner Tür standen.

Schön dich zu sehen, Joelle, dachte er.

Ich drückte seine Hand. *Ich freu mich auch, wieder da zu sein. Bei euch allen.*

Während die Jungs reingingen, flitzte ich über den Flur auf die Toilette. Ich hatte schon beim Aussteigen aus dem Flugzeug gemusst. Danach wusch ich mir nicht nur die Hände und die Unterarme, sondern auch das Gesicht. Das kalte Wasser erfrischte mich, auch wenn ich eine Weile brauchen würde, mich wieder an den Chlorgeruch des französischen Leitungswassers zu gewöhnen.

Als ich zurückkam, lag Tristan ausgestreckt auf seinem Bett, Louis saß auf dem Schreibtischstuhl und Luc bei Tristan auf der Bettkante. Ich fing an, meine Koffer auszuräumen und erkundigte mich nach den Ferien der Jungs.

„Wie war's in Lyon, Tris?"

Er gab ein belustigtes Schnauben von sich. „Mein Stiefvater, du weißt ja, ein linientreuer Geisterjäger, heißt mich ab sofort in seinem Haus nicht mehr willkommen. Maman redet ihm nach, Kontakt zur Hölle gefährlich, falsche Freunde, GHA-Treue oberstes Gebot, bla und blub. Also bin ich nach dem Mittagessen gleich wieder gegangen und zu Luc gefahren. Immerhin haben mir meine Eltern das Ticket bezahlt." Er klang beinahe gelangweilt, wie immer, wenn er seine wahren Empfindungen verbergen wollte.

„Die haben dich rausgeworfen?", entgegnete ich geschockt.

Luc nickte an Tristans Stelle. „Ich wurde auch nicht gerade mit Handkuss aufgenommen. Die GHA-Führung setzt die Familien unter Druck, ihre Halbdämonen aus ihrem Einflussbereich zu entlassen. Wir sollen nur noch hier sein, wo sie uns beaufsichtigen können. Oder in der Hölle. Meine Mutter wird mich das nächste Mal nicht mehr zur Tür reinlassen. Das waren meine letzten Ferien in Belgien." Er hörte sich deutlich entrüsteter an als mein Mitbewohner.

„Ging es dir auch so, Louis?"

„Mir hat man gar nicht erst aufgemacht. Also hab ich meine Ferien hier verbracht. Anouk und ich haben ziemlich viel Tischtennis gespielt. Eine Woche waren wir die einzigen Halbdämonen im Hauptquartier, aber plötzlich sind sie wieder alle angekommen. Viel früher als üblich. Nur auf dich haben wir ewig gewartet."

„Das hört sich echt krass an", sagte ich und stopfte einen Stapel frisch gewaschene T-Shirts in den Kleiderschrank. Tante Amra hatte mich in Ulaanbataar meine ganze Wäsche durchwaschen lassen, damit ich im Internat nicht nur in Trainingshosen herumlaufen musste, bis meine Sachen aus der Wäscherei kamen. Mir hatte man dasselbe gesagt wie meinen Freunden, dass ich mich von meiner Familie fernhalten sollte. Allerdings war ich mir sicher, dass Großmutter keinen Anruf oder Brief aus Paris erhalten hatte. Ihr ging es eher darum, dass ich mit meinem dämonischen Bündnis mein Leben zu eng mit der Hölle verknüpft hatte. Wollte ich meine Familie schützen, musste ich mich von ihr fernhalten.

„Und habt ihr irgendwas herausgefunden, was Madam d'Hibou so treibt?"

Tristan seufzte. „Wir haben sie in den letzten Wochen kaum zu Gesicht bekommen. Dafür laufen deutlich mehr Dämonen in diesem Gebäude herum. Wenn Grigori zurückkommt, wissen wir bestimmt mehr. Er ist seit letzter Woche in der Hölle."

Ich nickte nur. Grigori würde mit uns darüber reden oder nicht. Manche Informationen konnten einen das Leben kosten.

„Singst du für uns, Joelle?", bat mich Louis. „Das hat uns gefehlt."

Singen war eine gute Idee. „Na klar."

Tristan holte seine Gitarre vom Schrank. Auch ein Imbiss wäre nicht schlecht gewesen. Das Mittagessen hatte ich verpasst und bis zum Abend würde ich nur durchhalten, wenn ich mich verwandelte. Tristan packte seine Gitarre aus und grinste mich an. „Dein Magen knurrt bis hierher, Jo! Nimm dir was aus dem Schrank. Ich hab außer Chips auch Kekse und Minisalamis."

12

Vor dem Abendessen verließen wir das Haus, um noch ein wenig frische Luft zu schnappen. Luc und ich liefen gemächlich hinter Tristan und Anaïs her, die Arm in Arm langsamer waren als sonst und vor allem an jedem zweiten Laden stehenblieben, um ins Schaufenster zu gucken oder sich zu küssen. Ich schwor mir, mit keinem meiner Freunde meine Verliebtheit dermaßen aufdringlich zur Schau zu stellen.

Ich sah hinüber zu meinem Blutsbruder. Seine dunkelblauen Augen waren fest auf Tristans Kreuz gerichtet, aber seine Mundwinkel zuckten, als er meine Gedanken hörte. Die fein geschliffenen Kanten seines Gesichts wurden weicher, als er meinen Blick erwiderte und verhalten lächelte. Ich spürte seine Unsicherheit. Er wollte mit mir reden, er wollte wissen, wie ich mich entschieden hatte, ob ich seinen Handel annahm, und zugleich fürchtete er meine Antwort auf diese Frage. Er sagte nichts, weil er den Zustand zwischen Nichtwissen und Wissen noch ein wenig verlängern wollte. Was ich ihm nicht verdenken konnte. Mir ging es ja genauso.

Nach allem, was in der Hölle und in der Mongolei geschehen war, nach allem, was ich getan hatte, war ich dennoch immer noch nicht gänzlich davon überzeugt, Luc auf diese Weise an meine Seite zu lassen. Egal, was ich zu Gábor gesagt hatte.

Es war gefährlich geworden, mit mir befreundet zu sein.

Ich rechnete Luc hoch an, dass er mir Zeit ließ. Er wartete ab, bis ich von mir aus auf ihn zuging und bedrängte mich nicht.

Durch die Geschehnisse um meinen Vater, vor allem aber mit Liliths Hilfe und der Entdeckung, dass ich ein Todesengel war, hatte ich mein Trauma von dem Mord an meiner Mutter größtenteils überwunden. Ehrlich gesagt konnte ich es mir in einer von Männern dominierten Welt auch nicht leisten, so viel Schwäche zu zeigen. Dämonen wie Azazel oder Akibeel würden sie sofort ausnutzen. Meine einzige Schwachstelle waren jetzt meine Freunde, und das konnte mich Kopf und Kragen kosten, wenn ich nicht jeden meiner Schritte abwägte. Unbedachte Aktionen wie damals im Parkhaus in der Banlieue durfte ich mir nicht mehr leisten.

Jeden dieser Gedanken teilte ich mit Luc. Er sollte wissen, was mich umtrieb, damit er mich verstand.

Er nickte. *Ich verstehe dich, Joelle.*

Als Tristan und seine Freundin sich in einem Straßencafé an den letzten freien Tisch setzten, nahm ich kurzerhand Lucs Hand in meine.

„Wir lassen euch mal alleine, wenn es okay ist", sagte ich zu den beiden. Luc protestierte nicht. Ihm war auch daran gelegen, von dem Liebespaar wegzukommen und in Ruhe mit mir zu reden. Es ließ sich nicht länger aufschieben.

Schweigend steuerten wir Pont Neuf an, die Brücke der Liebenden. Vielleicht nicht das beste Ziel, aber das nächste, wo man einigermaßen ungestört aufs Wasser der Seine blicken und gewisse Themen erörtern konnte. Wir hatten ja den Luxus, nicht laut sprechen zu müssen.

Wir würden sicher kein Liebesschloss anbringen wie Tausende von Touristen und einige Einheimische.

Je näher wir der Brücke kamen, umso nervöser flatterte mein Magen und umso mehr zitterten meine Hände, die ich in den Taschen meiner Jeansshorts vergraben hatte. Ich kaute auf der Innenseite meiner

Unterlippe herum, während mein überforderter Kopf rauchte.

Was sollte ich Luc sagen?

Wie sollten wir überhaupt miteinander umgehen, wo wir beide wussten, wie es mit unseren Gefühlen stand? In Luc verliebt zu sein, kam mir wie ein doppelter Verrat vor; Verrat an unserer Freundschaft und Verrat an der Seelenbindung zu Gábor.

Wie sollte ich Luc gerecht werden, wenn da immer jemand im Hintergrund war? Jemand, den ich weder vergessen konnte noch vergessen wollte, ob ich jetzt eine Zukunft mit ihm hatte oder nicht?

Wie sollte Luc damit leben, ein Lückenbüßer zu sein, ganz gleich, wie lange wir vielleicht zusammenblieben? Dass ich in gewisser Weise auch eine Lückenbüßerin für ihn war, störte mich dagegen nicht. Wir spielten beide mit offenen Karten. Aber Luc hatte etwas Besseres verdient als einen Deal. Konnte ich ihm das geben?

Wieder und wieder wanderten meine Augen zu ihm. Auch er hatte seine Hände in die Hosentaschen gesteckt und fixierte den Boden unter seinen Füßen. Eine Locke seiner kurzen braunen Haare hing ihm in die Stirn. In dem graugrünen T-Shirt wirkten seine Schultern breit. Seine Arme versteckten nicht seine Stärke.

Luc war ein Typ, bei dem man sich anlehnen konnte.

Wie konnte ich ihm nicht wehtun? Ich tat ihm weh, wenn ich ihn zurückwies, wenn ich einfach ging und die Schule verließ, genauso aber, wenn ich eine Beziehung zu ihm einging, die in meinen Augen ein Verfallsdatum hatte.

Die Fragen kreisten in meinem Kopf, bis ich glaubte, er würde platzen. Ich zog die Hände aus den Hosentaschen. Die Finger meiner rechten Hand spielten mit der Münze an meinem Armband. Nicht einmal das beruhigte mich.

Was soll ich nur tun? Was ist richtig?

Hilfesuchend blieb ich an einer Brückenbucht stehen und sah in Lucs schöne Augen. Heute sahen sie aus wie ein klarer, sonnendurchfluteter Ozean.

Stumm versuchten wir gegenseitig in unseren Augen zu lesen, keiner bereit, den ersten Schritt zu tun.

Sonst nahm ich mir, was ich wollte. So hatte ich es mit Gábor und Grigori getan, ich hatte Tristan geküsst und sogar Azazel, wenn auch nur zur Besiegelung der Allianz. Aber Luc war nicht mit ihnen zu vergleichen.

Ähnlich wie Lilith konnte ich mir mit meiner Gabe der Verführung beinahe jedes männliche Wesen zu Willen machen, doch Luc oder Gábor gegenüber würde ich diese zweifelhafte Gabe nie einsetzen. Deshalb war es jetzt so schwer.

Mit einem Haufen marodierender Wespen im Bauch sah ich zu ihm auf.

Hab keine Angst, dachte er.

Er wartete darauf, dass ich etwas sagte oder tat. Ich merkte selbst, dass ich untypisch verschüchtert war. Wo war die selbstsichere Joelle hin, die Luc in dem Club einfach geküsst hatte?

Damals hatte ich weit weniger gefürchtet, etwas kaputt zu machen als jetzt.

Du bist nicht mehr dieselbe. Du trägst jetzt sehr viel mehr Verantwortung als noch vor ein paar Wochen. Ich verstehe, dass du keine leichtfertigen Entscheidungen treffen willst.

Wie immer drang er zum Kern meiner Gedanken und Empfindungen durch. Da war er fast so zielsicher wie Grigori.

Grigori. Er hätte mich längst in Lucs Arme geschubst.

13

Auf einmal löste sich meine Anspannung und wich Wärme. Ich trat einen Schritt auf Luc zu und strich ihm die Locke aus der Stirn. Dann schlang ich die Arme um seinen Bauch und drückte die Wange an seine Brust.

Er reagierte augenblicklich. Ein Lächeln breitete sich auf meinem Gesicht aus, als er mich fest umarmte und das Kinn auf meinen Kopf legte. Ich konnte jetzt nirgendwo anders sein als hier bei ihm.

In seinen Armen spürte ich, wie ich freier atmete, wie ein Teil meiner Last von mir abfiel.

Danke, Luc, dachte ich. *Danke, dass du bereit warst, auf mich zu warten.*

Nicht einmal Grigori kann sehen, was in nächster Zeit passieren wird. Alle Zeichen stehen auf Krieg. Niemand weiß, wie lange wir alle zusammen sein können. Wir sind wenigstens in der Hinsicht beide frei, zu tun, wonach uns der Sinn steht.

Ich nickte. *Dann lass uns jede Minute nutzen, die wir kriegen können.*

Seine Freude übertrug sich auf mich, als er meine Gedanken vernahm. Als ich in seine Augen schaute, spiegelte sich die ganze Liebe darin, die er sonst vor mir und anderen verbarg. Lächelnd drückte ich ihn erneut an mich. Luc zu verlassen, bevor wir die Chance bekommen hatten, einander auf diese andere Art kennenzulernen, wäre eine der dümmsten Entscheidungen gewesen.

Lucs Hand an meinem Gesicht ließ mich genießerisch die Augen schließen. Sanft streichelte er meine Wange und meine Schläfe und hielt mich mit dem anderen

Arm weiter umfangen. Trotzdem waren seine Berührungen nicht besitzergreifend. Luc ließ mir auch jetzt die Wahl, mich ihm zu entziehen.

Woran ich nicht im Traum dachte. Seit ich aus den Ferien zurück war, fühlte ich mich zum ersten Mal wieder gut.

Vielleicht war ich irgendwann soweit, Luc all das zu geben, was er suchte. Doch das lag nun nicht mehr in meiner Hand.

Ich hatte den denkbar größten Schritt auf ihn zu gemacht, aber er hatte ganz recht: In Zeiten wie diesen konnten wir eher früher als später getrennt werden. Wenn ich in die Hölle musste, um an Azazels Seite zu kämpfen, während Luc zur GHA gehörte und am besten im Diesseits blieb. Doch jetzt wollte ich nicht daran denken.

Auch Luc war der Meinung, dass ich nicht über ungelegte Eier grübeln sollte, denn er umfasste mit einer Hand meinen Hinterkopf und zog mich dann langsam zu sich heran. Mein Herz stolperte vor Aufregung. Vorsichtig berührten sich unsere Lippen, doch ich spürte den Kuss wie einen einzigen Stromstoß.

Mit einem wohligen Seufzer kam ich Luc entgegen, küsste ihn richtig und streckte die Arme, um meine Hände in seine Haare zu wühlen. Alles an ihm war vertraut. Sein feiner Geruch, dem immer ein Hauch von Zimt und Orange anhaftete, seine Gedankenstimme, die in meinem Kopf flüsterte. Als ich meine Lippen öffnete und meine Zunge seine traf, verlor ich den Bodenkontakt. Luc zu küssen fühlte sich an wie schweben.

Blitze zuckten über meine Haut und in meinem Innern, meine Beine wurden schwächer.

So lange hatte ich meine Gefühle für Luc nicht einordnen können und sie stets zurückgehalten. Jetzt brachen sie hervor und füllten den kaum vorhandenen

Raum zwischen unseren aneinandergepressten Körpern.

Wärme überspülte mich von innen und außen. Luc verdrängte jeden Gedanken, jede ferne Erinnerung, bis ich nichts anderes mehr fühlte als seine Gegenwart.

Ich befreite meinen Mund, als die Luft knapp wurde. Kurz lehnte ich die Stirn an Lucs Brustkorb. Sein Herz galoppierte im gleichen Tempo wie meines.

Da war auf einmal so viel Zärtlichkeit in mir. Ich streichelte seine Schulterblätter und seinen muskulösen Rücken. Obwohl ich glaubte, es nicht verdient zu haben, ließ ich das Glück in mir hochblubbern, als Luc jeden Winkel meines Gesichts küsste und mich wie einen kostbaren Schatz in seinen Armen barg. Ich hatte das hier, ich hatte ihn nicht verdient.

Unvermittelt hob Luc mich hoch, um mich auf die Brüstung der Brücke zu setzen. Er war wenige Zentimeter größer als Gábor und ich verstand, dass es langsam unbequem für ihn wurde, andauernd zu mir hinunterzuschauen.

„Wolltest du mit mir auf Augenhöhe kommunizieren?“, fragte ich im Scherz.

Er grinste. „Eigentlich wollte ich das nicht.“

Diesmal küsste er mich forscher. Neckend knabberte er an meiner Unterlippe und kitzelte mich mit seiner Zungenspitze. Meine Beine schlangen sich um seine Hüfte, die Arme legte ich locker um seinen warmen Nacken.

Es gefiel mir, dass Luc langsam seine Zurückhaltung ablegte. Mein Inneres fing Feuer, als er seine Zunge in meinen Mund gleiten ließ.

O mein Gott! So hatte er mich noch nie geküsst. Ich unterdrückte ein Stöhnen. Das tiefe Brummen, das in seiner Kehle vibrierte, schickte eine Welle der Erregung durch mich hindurch.

Erst viele atemlose Augenblicke später lösten wir uns voneinander. Luc trat zur Seite. Ich sprang von der Brüstung auf meine puddingähnlichen Beine und wäre um ein Haar hingefallen. Sehr elegant. Luc grinste mich an, als ich mich wieder gefangen hatte und leichtherzig loslief. Die Entscheidung war gefallen und hatte eine gewaltige Last von mir genommen. Unsere Freundschaft bekam ab heute ein neues Kapitel. Und es fühlte sich herrlich an.

Im Hauptquartier war es Zeit zum Abendessen. Gemeinsam stellten Luc und ich uns in die lange Schlange an der Essensausgabe. Heute gab es Pilzrisotto und gemischten Salat, nach dem vielen Fleisch in der Mongolei eine nette Abwechslung.

Louis saß bereits mit Tristan, Anaïs und Marinette an einem Fenstertisch und winkte uns, damit wir uns nicht woanders hinsetzten. Ich hatte zwar keine Lust auf die unvermeidlichen Fragen, mit denen uns vor allem Tristan gleich löchern würde, aber es erschien mir ein bisschen unverschämt, mich mit Luc an einen Extratisch zu setzen.

„Wo wart ihr denn so ewig?", fragte mein Mitbewohner dann auch sofort.

„Hallo, lieber Tristan und einen guten Appetit euch allen", entgegnete Luc in oberlehrerhaftem Ton. Louis lachte.

Tristan grummelte etwas, dass nach „Guten Appetit" klang, dann aß er weiter. Er erlaubte mir, ungestört vier Gabeln Risotto zu essen, bevor er von Neuem loslegte.

„Jetzt sagt schon! Wir sind alle neugierig, ich bin nur der Depp, der die Fragen stellen darf."

Marinette guckte ernst, während Anaïs albern kicherte. Mit gequälter Miene sah ich zu Luc, der neben mir in seinem Salat die Gurkenscheiben aussortierte. Weil er nichts sagte, stach ich mit meiner Gabel in zwei

Gurkenscheiben auf einmal und zielte damit auf Tristan.

„Luc und ich sind zusammen. Und jetzt iss verdammt noch mal deinen Reis!"

Anaïs lachte jetzt richtig. Erst als sie sich wieder beruhigt hatte, wandte Marinette sich Luc und mir zu.

„Das ist schön für euch beide. Wir haben uns gefragt, wann ihr endlich über euren Schatten springt." Sie schien es ernst zu meinen. Luc legte kurz seine Hand auf ihre, um sich stumm zu bedanken. Louis und Anaïs nickten beifällig.

Ihre unausgesprochene Frage schwoll in der Mitte des Tisches an wie ein Luftballon. *Was ist mit Gábor?*

Tristan hob die Augenbrauen, als sein Blick mich traf. *Du musst nicht darüber sprechen. Hauptsache, Luc weiß Bescheid.*

Ich will aber auch nicht, dass sich hier alle das Maul über die Sache zerreißen.

„Da ihr ja sonst keine Ruhe gebt", fing ich an, „Gábor und ich haben uns getrennt, schon vor der Schlacht gegen meinen Vater. So wie die Dinge stehen, gehören wir jetzt unterschiedlichen Lagern an. Er ist Luzifers Mann, ich gehöre zur GHA und ihr seht selbst, in welche Richtung sie sich bewegt."

Marinette seufzte leise. „Das ist so romantisch. Eine verbotene Liebe ..."

Tristan verdrehte die Augen. „Lies nicht so viele Bücher, Marinette, das verstellt den Blick auf die Wirklichkeit."

Sie schaute angesäuert zu ihm herüber.

„Romantik stinkt", sagte ich dazu. „Bevor also irgendwelche Gerüchte die Runde machen von wegen Luc wäre nur ein Trostpflaster, bis die fiese Joelle wieder alles stehen und liegen lässt, um zu Gábor zu rennen, vergesst es. Luc und ich haben beide gründlich darüber nachgedacht. Keiner von uns würde es sich mit einem guten Freund verscherzen, nur um nicht alleine zu sein."

Luc hatte aufgehört zu essen und griff nach meiner Hand.

Du musst das nicht tun, erklärte er stumm.

Ich schmolz beinahe unter seinem liebevollen Blick dahin.

Alle sollen wissen, dass ich es ernst mit dir meine, Luc.

Meine Wangen röteten sich, als ich sagte: „Ich werde Gábor nicht vergessen; ich werde auch nicht aufhören, ihn zu lieben. Wir sind eine Seelenbindung eingegangen, die erst mit dem Tod endet." Dann holte ich tief Luft. „Das hindert mich aber nicht daran, mit jemand anderem zusammen zu sein. Und Luc ist derjenige, den ich an meiner Seite haben will. Ihr habt die Wahrheit gehört. Ich will keine anderen Versionen!"

Luc küsste mich auf die Wange. Tristan lächelte uns so freudig an, als hätte man ihm gerade ein riesiges Geschenk überreicht.

„Dass ich das noch erleben darf!", rief er enthusiastisch und brachte damit Anaïs und Louis zum Lachen. Doch auch wir grinsten mit. Lucs Gedanken aber klangen ernster. Sein Blick fiel auf Marinette, die still auf ihren Teller schaute. Ich verspürte Mitleid, erinnerte mich aber daran, dass sie Luc geschasst hatte. Schweigend sahen Luc und ich einander an und blendeten die anderen aus.

Luc dachte: *Danke, dass du gleich Stellung bezogen hast. Das habe ich nicht von dir erwartet.*

Ich habe nur gesagt, wie es ist.

Er küsste mich auf die Stirn.

Louis drang zu uns durch: „Nehmt euch ein Zimmer!"

Blinzelnd schaute ich ihn über den Tisch hinweg an. Hatte ich mich nicht vor ein paar Stunden noch über Tristans und Anaïs' Pärchengetue lustig gemacht? Luc erhob sich, salutierte scherzhaft in Richtung der anderen und schnappte sich sein Tablett.

14

Luc nahm mich mit zu sich und Louis, doch das wäre auch mein Vorschlag gewesen. Um nichts in der Welt wollte ich jetzt daran denken, was Gábor und ich in meinem Zimmer miteinander gemacht hatten.

Luc schloss die Tür und zog mich rückwärts zu seinem ordentlich gemachten Bett. Er plumpste als Erster darauf, ich legte mich neben ihn auf den Rücken.

Da beugte er sich zu mir herunter, um mich zu küssen.

Hm. Hingerissen seufzte ich in den Kuss hinein.

Eine ganze Weile sagten wir nichts.

Kurz vor neun klopfte Louis höflich an die Zimmertür. Wir baten ihn sofort herein.

„Ihr seid ja gar nicht nackt", stellte er fest.

Ich streckte ihm die Zunge heraus.

„Gab es in den Ferien noch irgendwelche besonderen Vorkommnisse, während ich weg war?", fragte ich anschließend. Aller Schalk war aus Louis' Miene verschwunden, als er mich ansah und antwortete: „Es gab plötzlich wieder lauter Verrückte, die die Stadt unsicher gemacht haben. Aber dieses Mal waren es Turper. Viel Freizeit hatten wir nicht, seit wir wieder hier sind. Jede Nacht gab es irgendwo Poltergeister- oder Turperangriffe."

Luc ergänzte: „Es hätte ruhiger sein müssen seit Juli, aber es wird schlimmer. Als Grigori das letzte Mal hier war, meinte er, durch den Aufstand in der Hölle ist das ganze Gleichgewicht zwischen Gut und Böse in den

Welten in eine Schieflage geraten. Das Böse wird stärker, das Gute schwächer."

Ich kniff leicht die Augen zusammen. Das klang sehr beunruhigend. Aus dem Geschichtsunterricht wusste ich, dass es auch schon in früheren Zeiten solche Schieflagen gegeben hatte, zuletzt sehr stark während des Zweiten Weltkriegs.

„Und was können wir dagegen tun?", wollte ich wissen.

„Nicht viel", erwiderte Louis. „Die Geisterjäger machen ihren Job, sie bekämpfen böse Geister und Dämonen. Dumm nur, dass wir gerade keine Dämonen mehr töten dürfen, bis das neue Abkommen unterzeichnet wurde. Und das zieht sich."

„Das hat alles Methode", redete Luc weiter. „Der Oberste Rat blockiert die Unterzeichnung durch Luzifer, weil er ausgetauscht werden soll. Damit sind aber längst nicht alle Ratsmitglieder einverstanden. Bis es so weit ist, gibt es einen Übergangsvertrag mit den Aufständischen, um das Diesseits zu schützen. Vermutlich wird es nicht mehr lange dauern, bis der Krieg aus der Hölle auf die Erde verlegt wird."

„Also soll es einen Vertrag mit Azazel geben, sobald er der neue Herrscher der Hölle ist?", vergewisserte ich mich.

Luc nickte. „So hat sich das für mich angehört, als Grigori von seinem Gespräch mit Madam d'Hibou berichtet hat."

„Aber er wird die Erde seinem Reich einverleiben und das Jenseits garantiert auch! Die gefallenen Engel haben fast alle einen Knacks, seit Gott sie aus dem Paradies geworfen hat. Und besonders Azazel ist nicht gerade zurechnungsfähig! Wie kann die GHA auch nur daran denken, mit so einem Verrückten ein Abkommen zu treffen?"

Meine Stimme wurde immer lauter. Luc legte eine Hand auf meine Schulter, um mich zu besänftigen. In meinem Bauch zwickte es. Das tat es schon den ganzen Tag. Die Narben arbeiteten immer noch, besonders, wenn ich die Muskeln anspannte so wie jetzt. Ich atmete bewusst ein und aus, um mich etwas zu entspannen. Die Schmerzen in meinem Bauch erinnerten mich täglich an meinen Vater und noch mehr daran, dass keiner von seinen Freunden an die Macht kommen durfte.

„Warten wir erstmal ab und halten die Augen offen", sagte Louis. „Wir erfahren noch früh genug, wie der Hase läuft. Noch ein Schuljahr, Leute. Nächstes Jahr um diese Zeit sind wir alle mit der Schule fertig und können machen, was wir wollen. Denkt mal daran!"

Ich lächelte verhalten. Die Zukunft erschien mir gerade unplanbar. Zu viel konnte geschehen, zu viel stand auf der Kippe. Louis' Einstellung war bewundernswert. Und gleichzeitig ziemlich blauäugig.

In dieser Nacht schlief ich bei Luc und Louis.

Ich machte mir Sorgen um Grigori, weil ich seit Wochen nichts von ihm gehört hatte und weil niemand wusste, wo er war und wann er wiederkam. Es fiel mir schwer, Vertrauen in die Dinge zu haben.

Luc ließ mich auf seinem Arm liegen und streichelte mich, bis ich eingeschlafen war.

Am nächsten Morgen wachte ich in der Dämmerung auf. Luc und Louis schliefen noch tief und fest.

Im Schlaf waren sie keine gefährlichen Geisterjäger oder halbe Höllenwesen, sondern einfach niedlich aussehende Jungs. Mit plötzlich aufwallender Zärtlichkeit betrachtete ich Lucs friedliches Gesicht.

Er war es, mit dem ich in den hereinbrechenden Sturm ziehen würde. Gábor hatte uns seinen Segen gegeben, Luc akzeptierte ihn ebenfalls. In unserer Einigkeit, in uns dreien lag der Schlüssel, unsere Freunde zu beschützen.

Unruhe verdrängte die letzten Reste Müdigkeit, als ich mich streckte und mich umsichtig aus der Decke schälte.

Ich war nicht unruhig, weil heute mein letztes Schuljahr begann, auch nicht, weil Luc und ich jetzt ein Paar waren. Nicht einmal, weil ich auf Grigori wartete.

Nein. Ich spürte eine Präsenz, die mein Herz auf eine ungute Weise schneller schlagen ließ.

Azazel war hier.

Ich legte eine Hand auf meinen rumorenden Magen. Hunger hatte ich auch, doch ich würde am liebsten das Frühstück sausen lassen und mich irgendwo verkriechen, bis der Anführer des Aufstandes gegen Luzifer wieder gegangen war.

Ich wollte ihm nicht gegenübertreten.

Flink schlüpfte ich in meine Kleider vom Vortag und huschte den Gang hinunter in mein Zimmer.

Tristan lag nicht in seinem Bett, als ich hereinkam. Nachdenklich kämmte ich meine Haare, band mir einen Zopf und klemmte mir meinen Waschbeutel unter den Arm, um mich im Waschraum fertig zu machen.

Bis zum Frühstück dauerte es noch gut zwanzig Minuten, aber mir wurde langsam übel vor Hunger.

Wieder in unserem Zimmer aß ich eine halbe Packung Schokokekse. Sonst machte mir Hunger nicht viel aus, vor allem wenn ich mich in einen Dämon verwandelte, brauchte ich tagelang nichts zu essen. Doch jetzt kribbelte alles in mir, weil mein Bündnispartner wider Willen sich irgendwo im Hauptquartier herumtrieb. Vermutlich wollte er ein eigenes Bündnis mit der GHA aushandeln und Luzifer ablösen oder zumindest mal sehen, wie seine Chancen standen. Jeder Machtverlust Luzifers war ein Machtgewinn der Aufständischen. Und vermutlich würde ich ein solches Vorhaben nicht verhindern können. Essen beruhigte bekanntlich die Nerven und gerade jetzt hatte es gewirkt.

Als ich am wenig besetzten Speisesaal ankam, entdeckte ich Grigori in einer dunklen Ecke. Er war allein.

Alle Angst vor Azazel war vergessen, als ich quer durch den Saal zwischen den Tischen hindurchrannte und mich auf Grigori stürzte.

Er erhob sich rechtzeitig von seinem Stuhl, um mich aufzufangen. Er roch nur schwach nach frischer Wäsche und Zitrone, vielmehr nach dem uralten Staub der Hölle.

„Grigori", würgte ich hervor. Ich fühlte mich ganz schwach vor Erleichterung. Er hielt mich fest. Ich musste nichts sagen, er wusste über alles Bescheid, was mich beschäftigte. Durch seine Gabe sah er den einstweiligen Abschied von meiner mongolischen Familie, das Treffen mit Gábor und die erneute Trennung von ihm, meine Furcht vor Azazel und Luzifer, aber auch die Gefühle für Luc, die ich endlich offen zeigte. Er bugsierte mich auf den Stuhl neben ihm, bedeutete mir zu warten und holte mir Kaffee und Müsli.

„Danke, das ist lieb von dir. Warst du die ganze Nacht unterwegs?", fragte ich ihn auf Russisch, als ich den ersten Schluck Kaffee getrunken hatte. Er nickte und biss in sein frisch geschmiertes Marmeladenbrötchen.

„Ich darf jetzt einige Zeit hier bleiben und die meisten Aufträge werden im Diesseits sein. Außerdem soll ich Madam d'Hibou im Auge behalten. Hast du schon von unserem hohen Besuch erfahren?"

„Azazel ist hier, oder? Ich meine, seine Anwesenheit zu spüren. Keine Ahnung, warum ich das kann."

„Weil du einen Pakt mit ihm eingegangen bist. Er weiß auch, dass du dich im Gebäude aufhältst. Gib ihm ja keinen Grund, dir mehr zu misstrauen als nötig!"

Ich aß zwei Löffel Müsli, bevor ich weitersprach: „Ich habe mir einen Freund genommen, der offiziell der

GHA Treue geschworen hat. Das mit Luzifer weiß ja keiner außer Tristan, Luc, Tamiel und dir. Luzifer ist immer noch sauer auf mich und sicher erfreut darüber, dass sein Erster Offizier nur noch mit Lilith rummacht, die keinem Lager angehört. Dann bleibe ich notgedrungen hier in Paris und tue vordergründig, was die GHA-Oberen uns auftragen. Es ist für alle am sichersten, wenn ich mich unauffällig verhalte."

Grigori nickte zustimmend. „Warte nur auf die Versammlung nachher. Akibeel und Luzifer haben die Prophezeiung vom jüngsten Geisterjäger ausgegraben. Mehrere Höllenverbände sind im Diesseits auf der Suche nach dieser Person. Die Geisterjäger sind die Nächsten, die ihn finden sollen. Madame d'Hibou wird alle Nachwuchsjäger unter achtzehn Jahren mustern. Immerhin ist die Chance groß, dass die Zielperson hier ist."

„Und was ist so besonders an diesem jüngsten Jäger?"

„Das weiß eigentlich keiner so genau. Laut der Prophezeiung, die übrigens unter Verschluss gehalten wird, soll der jüngste Jäger die Kräfte wieder ins Gleichgewicht bringen, also Gut und Böse."

Ich nickte. Mit Luc und Louis hatte ich schon darüber geredet.

„Und was haben sie mit ihm oder ihr vor?"

Grigori guckte kurz ins Licht der Deckenlampe, die in der Nähe unseres Tisches hing. „Schließt er sich dem richtigen Lager an, ist alles gut, solange er nicht seiner Bestimmung folgt. Da das meiner Meinung nach unvermeidlich ist, wird die Hölle ihn im Zweifelsfall töten. Mit ein Grund, warum die GHA ihn zuerst finden will. Hier würde man zunächst versuchen, den jüngsten Jäger gewinnbringend einzusetzen."

„Ist da noch mehr?"

Grigori brummte. „Ganz schön neugierig. Hattest du nicht versprochen, mir so wenige Fragen wie möglich zu stellen?“

Ich zog einen Flunsch.

„Na schön“, seufzte er.

Das spreche ich nicht laut aus, dachte er. *Luzifer hat mich gebeten, eine weitere alte Prophezeiung mit meiner Gabe zu prüfen. Also zu testen ob sie noch der Wahrheit entspricht. Und das tut sie. Neben dem jüngsten Jäger wird ein Weltenwächter auf den Plan treten. Ihn auf seiner Seite zu wissen, kann über Sieg oder Niederlage entscheiden. Allerdings kommt es nicht alleine auf den Weltenwächter an, sondern noch mehr auf einen Gegenstand, der ihm zugeordnet wird. Ein Schlüssel. Den suchen sie jetzt auch noch, die Hölle und die GHA. Natürlich ist das alles streng geheim. Nicht einmal der Oberste Rat weiß von dem Versprechen, Azazel den Weltenwächter und den Gegenstand auszuliefern. Madame d'Hibou führt alle an der Nase herum, indem sie behauptet, für die GHA nach diesen Dingen zu suchen.*

Mit großen Augen schaute ich meinen Blutsbruder an. *Und das ist nicht alles nur Humbug?*

Grigori schüttelte den Kopf. *Es beginnt gerade ein richtiger Wettlauf um diese Trophäen. Azazel und Akibeel treffen sich im Augenblick mit Madame d'Hibou, um das weitere Vorgehen zu besprechen. Mich hat man in der Zeit zum Frühstück geschickt. Sie vertrauen mir nicht genug, dass sie mir alle Einzelheiten verraten würden. Was ziemlich dämlich ist, weil ich sowieso das meiste sehen kann. Allerdings nichts in Bezug auf den Jäger, den Weltenwächter oder dieses Ding, das sie haben wollen. Azazel hat mir schon mitgeteilt, dass er mich genau dafür hatte haben wollen. Hätte Akibeel sich nicht für mich verwendet, würde ich vielleicht nicht hier sitzen. Es nervt mich, dass ich ihm jetzt einen Gefallen schulde.*

Oha. Grigori war dermaßen in all das verstrickt, dass es schwierig wurde, den Überblick zu behalten. Und lebensgefährlich war es obendrein.

Ich verstehe immer besser, warum du mich raushalten wolltest, dachte ich.

Dann bleib auch dabei. Azazel wird dich später sehen wollen, aber du hast dir in der Zwischenzeit nichts zuschulden kommen lassen, außer vielleicht der kleine Zwischenfall mit deinem Ex. Aber das läuft unter Dämonenfreiheit, also sollte es keinen Ärger geben.

Er sprach wieder laut: „Ist alles okay zwischen dir und Luc? Hast du vorhin nicht geheult, weil du ihn doch nicht willst?"

„Nein. Dieser Schwebezustand mit ihm hat mich mehr belastet als gedacht. Unsere Freundschaft war nicht Fisch, nicht Fleisch. Jetzt sind wir beide endlich über unseren Schatten gesprungen. Dir kann ich das ja sagen. Es ist nur alles sehr viel auf einmal."

Trotz meiner Beschwichtigung ruhte Grigoris Blick ein bisschen länger als notwendig auf mir. „In der kurzen Zeit, in der du fort warst, hast du dich verändert. Ich weiß nur nicht, auf welche Weise."

„Ich bin erwachsen, Grigori. Ich kann bis auf Weiteres nicht zurück zu meiner Familie in die Mongolei. Die letzte Zuflucht, die ich hatte, ist weg. Mir bleibt nur noch dieses Leben als Geisterjägerin hier in Paris. Es gibt niemanden mehr, bei dem ich ein Kind sein darf."

Er nickte.

„Willkommen in meiner Welt, Joelle."

15

September

Der erste Schultag brachte mir nicht die gewünschte Motivation. Mein Baccalauréat erschien mir heute ferner denn je. Ich hatte eigentlich nur noch bis Januar Zeit, die erforderlichen Einreichungsnoten für die Abschlussprüfungen zu erarbeiten, doch mein Kopf beschäftigte sich mit allem, nur nicht mit dem Unterrichtsstoff. Zudem wurde mir ganz schwindlig, als ich zusammenfasste, was ich alles nachholen musste, zusätzlich zu dem neuen Stoff, der noch bis Weihnachten drankommen würde.

Du lieber Himmel! Vielleicht gab ich gleich auf und blieb nur zum Schein hier, bis sich die Lage beruhigt hatte.

In den meisten Fächern saßen Luc, Grigori, Louis und ich zusammen. Tristan wollte jetzt lieber bei seiner Freundin sitzen, auch wenn er dafür Claras verbales Dauerfeuer in Kauf nehmen musste. Luc versprach zwar, mir zu helfen, aber nach der Mittagspause sah auch er ein, dass wir als fertig ausgebildete Geisterjäger weit weniger Zeit zum Lernen bekamen als die normalen Schüler.

Zur Vollversammlung aller etwa siebzig Geisterjäger, die dauerhaft in Paris stationiert waren, gaben Madame d'Hibou und der neue Einsatzleiter Schnauzbart, der Monsieur Loup wegen dessen Sondereinsatz in Deutschland ablöste, die Arbeitspläne heraus und teilten erfahrenere Jäger für zusätzliche Einsätze ein, die über Patrouillen hinausgingen und Grigoris stumme Worte im Speisesaal unterstrichen.

Tatsächlich sollten vier Kommandos den jüngsten Geisterjäger suchen, vier weitere den prophezeiten Weltenwächter.

Ich freute mich gerade, dass weder ich noch einer meiner Freunde in eine solche Sondergruppe gekommen war, als Azazel den Raum betrat und mich zu sich winkte. Ein heftiges Zittern erfasste mich, das hoffentlich niemand gesehen hatte. Mit einem Sturzfluggefühl im Magen löste ich mich aus der Menge. Mein Herz pochte.

Azazel verbeugte sich vor mir, weshalb ich es ihm gleichtat. Dann verließen wir den Marmorsaal.

Obgleich auf Menschengröße geschrumpft, war der Dämon beeindruckend und teilte die Menschenmengen auf dem Gang wie Moses das Schilfmeer.

In einem leeren Büro schloss er die Tür hinter uns.

„Nara! Wie schön zu sehen, dass du bisher Wort gehalten hast. Ich habe einen Auftrag für dich, bei dem du deine Treue unter Beweis stellen kannst."

Schweigend nickte ich. Das Zittern war abgeebbt, trotzdem fühlte ich mich unwohl. Er kniff einen Moment misstrauisch die Augen zusammen, dann schüttelte er leicht den Kopf. Ich wagte nicht, danach zu fragen. Sein Ton bestätigte mir, dass dies eine kluge Entscheidung gewesen war.

„Du wirst dich in Bälde auf die Suche nach dem Weltenschlüssel begeben. Du darfst deine Begleitung selbst auswählen, ich habe bereits alles Nötige veranlasst, sodass du losgehen kannst, sobald mein Bote angekommen ist. Der Himmelsjäger wird allerdings nicht mit dir gehen können. Er hat zu viele Pflichten bei mir und in eurem Hauptquartier."

O nein. „Niemand weiß, wie dieses Ding aussieht, ob es überhaupt existiert! Wo soll ich denn anfangen zu suchen?"

Mit Mühe beherrschte ich mich, ihn nicht anzuschreien. Trotzdem begrüßte ich die Wut. Besser als Furcht.

„Die Spuren verlieren sich bei der der vermaledeiten Farkas-Sippe, Luzifers Günstlinge. Sie waren vor über zwanzig Jahren die letzten, bei denen sich der Schlüssel befunden haben soll. Niemand weiß, ob es sich tatsächlich um einen Schlüssel handelt. Es könnte alles Mögliche sein, neben Schlüsseln werden der Titanin Hekate, der ersten Weltenwächterin übrigens, auch Fackeln, Kürbisse, Schlangen, Dolche, Peitschen, Schalen, Schnüre, Hunde, Eulen und Kröten zugeordnet. Ein ziemlich weites Feld. Der Schlüssel ist die beste Fährte, die ich habe. Wie sollten wir mit einer Fackel oder einer Peitsche jedes Schloss in allen vier Welten öffnen können, wie es die Legende über Hekates Schlüssel und ebenso die Prophezeiung der Clavicula noctis behauptet? Clavicula heißt übrigens auch Schlüssel oder Schlüsselbein. Ich hoffe, es ist nicht wirklich ein Knochen. Das wäre sehr unappetitlich."

Ich würde sicher nicht in Gräbern herumwühlen, nur weil man *Clavicula* auch mit Schlüsselbein übersetzen konnte.

„Und weil ich mit Gábor Farkas zusammen und mit seinem Bruder befreundet war, ist das meine Mission?"

Der hatte doch mehr als eine Schraube locker!

„Du hast engen Kontakt zur Familie. Du musst dich zunächst auch nicht außer Haus begeben. Bald wird im Zuge der Musterung aller Nachwuchsjäger Ferenc Farkas nach Paris kommen. Du wirst jede Information aus ihm herausholen, die er besitzt. Er ist nur ein Mensch, es dürfte dir auch dank deiner netten Gabe nicht allzu schwerfallen, ihn zum Reden zu bringen. Wolkow wird der einzige Bote sein, den wir nutzen."

„Klingt machbar", kam ich Azazel entgegen. „Aber zu Gábor oder Milán kann ich keinen Kontakt mehr aufnehmen. Durch meine Allianz mit dir gehöre ich jetzt zu ihren Feinden. Zumindest Gábor gehört Luzifers Lager an. Du weißt sicher schon, dass ich einen neuen Partner habe."

„Das weiß ich, kleine Dämonin. Selbst höllische Ehen halten nicht lange, wenn die Politik dazwischenkommt." Azazel entblößte spitze Zähne, als er grinste. „Dein neuer Freund ist hoffentlich nicht so dumm, dir in den Rücken zu fallen, indem er sich Luzifers Truppen anschließt. Wo du ihn doch vor allem genommen hast, um Gábor aus der Schusslinie zu bringen. Das wäre nicht nötig gewesen, er steht zumindest in der Hölle unter Liliths Schutz."

„Aber nicht im Diesseits. Im Übrigen hegen Lucien und ich Gefühle füreinander." Es gefiel mir, dass Azazel das Gesicht verzog, als hielte ich ihm Pferdemist unter die Nase.

„Tatsächlich? Machst du ihn dir nicht mit deiner Gabe gefügig?"

„Wie kannst du es wagen!" Sofort presste ich die Lippen zusammen. Azazel anzuschreien, war nicht ratsam.

Er zeigte mir ein gehässiges Grinsen.

„Mir musst du nichts vormachen, Nara. Wir wissen beide, dass du deinen Lucien fallen lässt, sobald der Erste Offizier zu dir zurückkehrt. Hast du ihm gesagt, dass du dich nach einem anderen verzehrst, während du in seinen Armen liegst?"

„Hör auf, Azazel!" Meine geballten Fäuste bebten. „Meine Beziehungen gehen dich gar nichts an!" Innerlich kochte ich.

„Oh, ich glaube doch. Es war klug von dir, dich von deinem Geliebten zu trennen, aber es wäre klüger gewesen, gleich danach zu mir zu kommen. Ich bin der Einzige, der dich und deine Kinder beschützen kann, Nara." Seine einschmeichelnde Stimme brachte eine bestimmte Saite in mir zum Klingen. Die Saite meines noch immer vorhandenen Bedürfnisses, mich zu verstecken. Aber diese Zeiten waren vorbei.

Zischend erwiderte ich: „Du weißt ganz genau, dass ich keine Kinder bekommen kann, Azazel. Also tu nicht so, als würdest du dich um mich kümmern, wenn ich dir keine Nachkommen gebäre! Ich bin jetzt selbst für meine Sicherheit verantwortlich."

Azazel sah mich mit seinen schwarzen Augen fest an. „Du bist eine Dämonin. Für dich sind Dinge möglich, die einem Menschen verwehrt bleiben. Du wirst noch an meine Worte denken. Ich erwarte deine Nachricht spätestens zur Wintersonnenwende. Und jetzt viel Spaß mit deinem Alibifreund!" Er ging durch eine Seitentür zurück in den Marmorsaal und ließ mich sitzen.

Ich schloss die Augen und spürte Luc nach. Verdammt! Er war so nahe, dass er vor der Tür im Flur stehen und jedes Wort mitangehört haben musste. Als ich das Büro verließ, sah ich Luc mit schnellen Schritten davongehen. Der Magen sackte mir in die Kniekehlen. Ich lief Luc nach.

„Luc! Luc, warte!"

16

„Lass mich bitte kurz in Ruhe, Joelle. Es ist nicht in Ordnung zu lauschen, dafür entschuldige ich mich. Aber der Dämon hat die Dinge beim Namen genannt. Vielleicht war ich zu naiv, zu glauben, dass wir damit durchkommen. Oder dass ich meinen Gefühlen trauen kann. Ich muss nachdenken."

„Azazel ist ein Fiesling! Er trägt es mir immer noch nach, dass ich nicht seine Frau werden will. Dabei liebt er mich genausowenig wie ich ihn. Bitte hör nicht auf ihn!"

Luc sah auf seine Schuhe, dann hob er wieder den Kopf. „Was ist unser Deal wert, wenn Azazel ihn entlarvt hat? Gábor ist immer noch in Gefahr, du und Marinette und Tris und ich auch. Was machen wir denn jetzt?"

„Ist doch egal, was Azazel denkt! Jeder, der unsere Gefühle erspürt, weiß, dass wir nicht bloß wegen des Deals zusammen sind."

„Und wenn die Gefühle nicht reichen, Joelle? Wenn du zu sehr an Gábor hängst und ich noch zu sehr an Marinette?"

„Dann verbergen wir diese Gefühle besser vor Azazel."

„Vielleicht schaffen wir das. Aber mir will nicht aus dem Kopf, was er über deine Gabe gesagt hat."

Er konnte doch nicht glauben, dass ich ihn mit meiner Gabe manipulierte!

„Azazel ist nicht der Einzige, der so denkt. Heute früh im Waschraum durfte ich mitanhören, wie Georges und Nadir sich beim Duschen über uns ausgelassen haben. Und es war nicht gerade freundlich."

Na toll. Dieser elende ... Georges war jemand, den ich nach meiner Schulzeit nie wieder treffen wollte. Es war also nicht nur mein Bündnispartner, der Luc plötzlich in Zweifel stürzte.

„Was hast du von den beiden erwartet? Die konnten uns doch noch nie ausstehen."

Wahrscheinlich war ihm erst heute klargeworden, dass er sich zum Gespött gemacht hatte, weil er sich mit mir eingelassen hatte. Das tat mir schrecklich leid.

„Willst du darüber reden?"

Er sah mich ausdruckslos an. Seine Gefühle nahm ich hingegen überdeutlich wahr: Wut, Enttäuschung, Traurigkeit, eine gewisse Resignation. Gequält schloss ich für einen Moment die Augen. Meine größte Gabe war es, die Gefühle derjenigen zu verletzen, die mir am meisten bedeuteten.

Es wäre leicht, das alles Azazel in die Schuhe zu schieben, aber ich hätte auch einfach weglaufen und diesem unseligen Bündnis aus dem Weg gehen können. Ich hätte Luc erklären können, dass wir kein Paar werden durften, nicht einmal aus rationalen Gründen, weil es unvermeidlich war, dass ich ihm wehtat. Meine Schultern sackten nach unten, mein Kopf fühlte sich auf einmal zu schwer für meinen Hals an.

Luc ging einen Schritt auf mich zu. Wir standen so dicht beieinander, dass ich hochschauen musste. Sein unaufdringlicher Moschus-Orangengeruch hüllte mich ein. Ich verspürte den plötzlichen Wunsch, mich in seine Arme zu werfen. Meine Beziehung zu Luc stand unter einem noch unglücklicheren Stern als die zu Gábor. Gottes Fluch über unsere Väter traf auch uns. Halbdämonen und Dämonen mussten härter für ihre Liebe kämpfen als Menschen und dennoch nahmen die meisten Beziehungen ein trauriges Ende. Manchmal dachte ich, ich hätte es von vorneherein lassen und meine Gefühle nicht zulassen sollen. Aber dann hätte ich zu viel verpasst.

Denn trotz allem zog Luc mich in seinen Bann.

Der Ausdruck in seinen Augen war hart, seine vollen Lippen wurden schmaler. Ich sah ihm an, wie er mit sich haderte.

„Hör auf, deine Gabe einzusetzen“, krächzte er.

Ich schüttelte den Kopf. „Ich setze sie nicht ein.“

„Wie kann ich deine Gefühle für echt halten, wenn du diese Gabe besitzt?“

„Sie beeinflusst nur deine Gefühle, nicht meine“, wisperte ich. „Die Gabe richtet sich nie gegen denjenigen, der sie besitzt. Das solltest du doch wissen.“

„Wie kann ich meinen Gefühlen noch trauen? Es tut mir leid. Ich weiß einfach nicht mehr, was ich denken soll.“

Ich wich zurück. Ein solcher Satz aus Lucs Mund offenbarte die Tragweite des Ganzen. Sein Verstand war stets sein wichtigster Verbündeter. Kaum jemand, den ich kannte, dachte so schnell und gründlich nach wie Luc, merkte sich jedes Detail und gab es anschaulich wieder. Ich bewunderte und beneidete ihn deswegen. Denn ich vergaß mehr Dinge, als gut sein konnte.

„Bin ich dir wichtig, Joelle? Oder ist es mehr die Sicherheit, die ich dir gebe? Die Bewunderung, die ich dir immer entgegengebracht habe?“

Gequält schloss ich die Augen. Noch nie hatte ich den unerschütterlichen Luc so verunsichert erlebt. Ich öffnete die Augen wieder, um ihn fest anzusehen.

„Meine Gabe habe ich dir gegenüber noch nie bewusst eingesetzt. Bitte glaub mir das!“ Ich nahm seine Hände in meine und war froh, dass er sie nicht fortzog. „Ich bin wirklich in dich verliebt, Luc. Du spürst es doch die ganze Zeit. Es ist nicht die Gabe, die dir das vorgaukelt. Warum hast du gezweifelt?“

Die aufscheinende Hoffnung in seinen Augen rührte mich. Er beugte sich herüber, um mich sanft auf den Mund zu küssen. Ich war so erleichtert, dass ich beinahe angefangen hätte, zu weinen.

„Das wird kein Spaziergang, Joelle. Hier nicht und draußen auch nicht. Alle wissen von dir und Gábor und alle glauben zu wissen, dass du keine Liebe für mich empfindest, die über Freundschaft hinausgeht. Selbst wenn sie nichts von dem Pakt wissen, durch den wir unsere Freunde schützen. Eigentlich brauche ich ihn nicht mehr. Ich wollte nur eine Sicherheit von dir, damit du nicht beim ersten Gegenwind den Rückzug antrittst." Er biss kurz die Zähne zusammen. „Jetzt war ich es, der beinahe eingeknickt ist. Es tut mir leid, Joelle! Wir werden uns von niemandem mehr reinreden lassen."

Er war so lieb. Warum war er so lieb? Zum ersten Mal lächelte er.

„Mir tut es leid, dass du dich heute so schlecht gefühlt hast. Wir sollten wirklich unabhängig von den Meinungen anderer sein."

Wir nahmen uns in den Arm. Drei Leute hingen in dieser Beziehung. Lilith zählte ich nicht mit. Aber wir drei, Luc, Gábor und ich, wir würden einen Weg finden, uns nicht mehr gegenseitig zu verletzen.

„Wir kennen die Wahrheit. Wir wissen, dass es echt ist. Und das allein zählt", sagte Luc.

„Das allein zählt", wiederholte ich.

17

Den abendlichen Patrouillengang im Nieselregen absolvierte ich mit Grigori, Anouk und Louis. Im Viertel Montparnasse trieben sich nur wenige harmlose Geister herum. Sie verschwanden, als wir uns näherten. Doch neben dem Observatorium war es aus mit der Ruhe. Ein ganzes Heer von Poltergeistern schien nur auf uns gewartet zu haben. Es waren viel zu viele, um zu viert mit ihnen fertig zu werden, daher drehten wir auf dem Absatz um und rannten die Straße hinunter. Adrenalin pulsierte in meinen Adern, doch verspürte ich mehr Aufregung als Angst.

Ein Gutteil der Geister verfolgte uns. Wie so oft war ich froh, dass sie stumm für uns blieben.

„Wir brauchen Verstärkung", rief Grigori auf Deutsch. Also schickten wie beide Gedanken nach Tristan und Luc aus.

Beinahe lautlos schossen wir dahin, dabei spürte ich überdeutlich jeden Tritt auf das Straßenpflaster, der meinen Körper erschütterte. Mein Atem ging schneller und bald dröhnte mir mein Herzschlag in den Ohren.

Meine Kondition hatte in den Ferien gelitten, denn mit einem Mal fiel ich ein Stück zurück.

Vier Poltergeister gingen unverzüglich zum Angriff über. Ich riss mein Weltenschwert aus der Halterung am Rücken, um die Geisterwesen auszuschalten.

Sie waren weit angriffslustiger als die Poltergeister, die sich sonst in der Stadt aufhielten. Jemand musste sie hergeschickt haben.

Zwei hatte ich schnell mit einem gezielten Schwerthieb halb geköpft. Mit dem Weltenschwert fühlte es sich an, als würde ich einen Körper im Diesseits treffen, weil sich die Klinge im Gegensatz zu mir im Jenseits befand.

Ich mochte das Töten nicht, doch die Poltergeister zogen und zerrten an mir, versuchten, mich auf die Straße zu schubsen und schleuderten mir Steine und Abfall entgegen, der auf der Straße herumlag. Ich wich den Geschossen aus und verteidigte mich mehr, als dass ich etwas gegen die Geister ausrichtete. Jetzt kam die Angst. Langsam kroch sie in mir empor, ließ mich die Gefahr klarer sehen und beschleunigte meine Reaktionen. Mein Herzschlag schnellte hoch.

Angestrengt schnaufte ich und duckte mich erneut unter einem heranfliegenden Pflasterstein weg. Klackernd rollte er über den Asphalt. Dann drehte ich mich hastig um und rannte wieder los. Mein Bauch protestierte. Doch meine Beinmuskeln taten ihren Dienst. Aus dem Augenwinkel sah ich eine weitere Meute Poltergeister, die mir nachflog.

Vor mir rackerten sich die anderen mit weiteren Gruppen ab. Ich hätte mich früher bemerkbar machen müssen, denn jetzt waren wir getrennt.

„Grigori! Louis! Anouk!“, brüllte ich und atmete noch heftiger. Da kamen sie endlich zurück. Hinter mir landeten Tristan, Luc, Anaïs und Marinette und versperrten den Poltergeistern den Weg zu mir.

Nur kurz erlaubte ich mir, erleichtert stehen zu bleiben und die Hände in meine schmerzenden Seiten zu stemmen.

Acht Jäger erledigten das Dutzend Geister mit Leichtigkeit. Zusammen säuberten wir auch noch die Gegend um das Observatorium. Eine Pause gönnten wir uns danach nicht, sondern überprüften die nähere Umgebung.

Grigori übernahm später mit Louis die Berichterstattung bei Madam d’Hibou.

Nach einem Abstecher in mein Zimmer ging ich mich waschen und danach zu Luc. Ich fühlte mich seltsam. Geschwächt. Mein Herz klopfte unnatürlich stark, meine Beine wollten nicht richtig laufen. Halbdämonen wurden nicht krank. War bei der Patrouille etwas in meinem Bauch gerissen?

Wirkliche Schmerzen hatte ich abgesehen von einem winzigen Ziehen aber nicht.

Vielleicht wusste Luc Rat. Und falls nicht, brachte er mich in den Krankensaal, der viel weiter entfernt war als Lucs Zimmer.

18

„Hey“, begrüßte er mich und öffnete die Tür weiter. Mein Unwohlsein verstärkte sich. Ich schwankte auf einmal.

„Mir geht’s irgendwie nicht gut“, nuschelte ich.

In meinem vernarbten Unterleib krampfte sich alles zusammen. Ich legte eine Hand auf meinen Bauch, die andere haltsuchend an die Türklinke. Mir wurde übel.

O nein, alles drehte sich. Ich griff nach Luc, um nicht umzufallen. Schwarze Pünktchen erschienen vor meinen Augen. Da brachen mir die Beine weg. Dunkelheit hüllte mich ein, während ich auf einem überraschend weichen Untergrund landete.

Als ich wieder zu mir kam, fand ich mich auf Lucs Bett wieder. Er saß neben mir auf der Bettkante und betrachtete mich mit sorgenvollem Blick. Er hatte mir mehrere Kissen und einen zusammengerollten Pullover unter die Füße gelegt, um meine Beine hochzulagern.

„Was war eben los?“, fragte er leise. „Dämonen kippen selten um. Du hattest weder einen Flashback noch einen ungesunden Blutverlust.“

„Keine Ahnung, mir ist schlecht geworden. Mein Bauch tut in letzter Zeit häufiger weh, vielleicht muss ich zum Arzt.“

Er nickte. „Hast du jetzt Schmerzen?“

„Weniger als vorhin. Ich glaube nicht, dass etwas gerissen ist oder so. Dann würde ich anders aussehen.“ Mein Magen knurrte. „Können wir in die Küche runter?“

„Bleib lieber mal liegen. Ich hol dir was.“

Mein Blutdruck normalisierte sich wieder, ich spürte es an der nachlassenden Schwäche und meinem langsamer schlagenden Herzen. Die Übelkeit war schon besser, allerdings verspürte ich jetzt bohrenden Hunger. Bevor ich weiter über meinen Ohnmachtsanfall nachgrübeln konnte, kam Luc mit einem halben Baguette, etwas Käse und zwei Birnen zurück.

Ich richtete mich auf, nahm dankend die Sachen entgegen und fing mit dem Baguette an. Luc aß die zweite Birne und musterte mich. Er schirmte seine Gedanken vor mir ab.

„So und jetzt raus mit der Sprache", forderte er mich auf, nachdem ich aufgegessen hatte. „Was ist los mit dir?"

Ich zögerte einen Augenblick. Luc wusste viel, aber längst nicht alles. Das tat nur Grigori. Vielleicht war es an der Zeit, Luc das Vertrauen entgegenzubringen, das ich von ihm erwartete.

„Es gibt da einiges, was mir im Kopf herumschwirrt. Ich wollte dich nicht damit belasten, aber du verdienst es, Bescheid zu wissen." Ich wischte mir die Krümel vom Schoß und sah Luc an. Dann nahm ich meinen ganzen Mut zusammen und beichtete ihm alles. Dass ich mit Grigori beim Gynäkologen war, weil ich niemandem sonst in dieser Angelegenheit vertrauen wollte. Doch Luc musste es auch wissen. Schließlich hatte ich ausgerechnet Azazel von meiner Unfruchtbarkeit erzählt. Lucs Gesicht wurde noch ernster, als ich ihm den Befund des Frauenarztes vorbetete. Wie zur Antwort zwickte mein Bauch erneut und ich presste unwillkürlich die Hand darauf.

„Ich schäme mich, weil ich in den Augen der gefallenen Engel an Wert verloren habe, und ich habe Angst, dass es ihnen dadurch leichter fällt, mich zu töten. Ich weiß, das ist dämlich, aber es ist nun mal so. Wie siehst du mich jetzt? Würdest du mit einer Frau zusammenbleiben, von der du weißt, dass sie dir niemals Kinder schenken kann? Ich weiß auch nicht, ob Gábor dazu bereit wäre. Ich nehme jetzt alles mit, weil ich mich darauf einrichte, am Ende einsam zu bleiben und höchstens den ein oder anderen Liebhaber zu kriegen."

Luc schwieg, doch seine wachen Augen wirkten auf einmal amüsiert. Leider hörte ich seine Gedanken nicht.

„Du vertraust dem Urteil eines Menschenarztes?"

„Man hat alles auf dem Ultraschall gesehen, warum sollte ich das anzweifeln?"

„Weil du auch eine Dämonin bist. Grigori verlässt sich wiederum viel zu sehr auf seine Gabe. Wenn er keine Kinder in deiner Zukunft sieht, dann bestätigt ihn die Diagnose des Arztes und er denkt nicht weiter darüber nach."

Ich machte ein betretenes Gesicht.

„Warum bist du nicht zu einem Heilerdämon gegangen? Luzifer kannst du leider vergessen, weil du ja jetzt zu Azazel und seinem Gefolge gehörst."

„Du meinst es gut, Luc. Aber ich fange an, mich damit abzufinden, keine leiblichen Kinder zu haben. Vielleicht kann ich eines Tages ein Kind adoptieren, zum Beispiel einen kleinen Halbdämon."

„Du verstehst mich nicht. Das Dämonenblut in dir strebt danach, weitergegeben zu werden. Es widersteht den widrigsten Bedingungen. Willst du dir keine Zweitmeinung einholen?"

„Von wem denn?", fragte ich skeptisch.

„Von meinem Vater. Ich lerne noch, deshalb könnte ich dir etwas Falsches sagen."

„Du hast die Gabe des Heilens?" Ich verschluckte mich fast an den Worten.

„Ja. Aber sie ist noch nicht so stark ausgeprägt, es braucht Übung und Erfahrung. Ich hätte nach dem

Kampf gegen Samael trotzdem versucht, dir zu helfen, wenn ich nicht selber verletzt gewesen wäre."

Wir sollten mit niemandem über unsere Begabungen sprechen, weshalb ich nicht mehr überrascht sein sollte, wenn ich wieder einmal etwas Neues an meinen Freunden entdeckte.

Luc warf einen Blick auf seine Armbanduhr. „Bereit für einen kleinen Ausflug?"

Ich nickte. Luc ergriff meine Hand, zog mich auf die Füße und in seine Arme. Er küsste mich erst auf die Wange, dann an der empfindlichen Stelle unter meinem Ohr.

Ich erschauerte, als seine Lippen meine Ohrmuschel streiften und er flüsterte: „Ich bleibe bei dir. Egal, was kommt."

Da umarmte ich ihn, so fest ich konnte.

„Ich bin so froh, dass du da bist."

19

Lucs leiblicher Vater hielt sich die meiste Zeit im Diesseits auf. Er arbeitete in einem Krankenhaus in Rouen, wo Luc ihn zuweilen besuchte. Sie hatten sogar ein recht normales Verhältnis zueinander. Lucs Vater stellte unter den Dämonen eine große Ausnahme dar. Er kämpfte nicht und war neutral bis zum Äußersten. Dass Luc Geisterjäger war, gefiel ihm nicht. Er wollte, dass Luc Arzt wurde wie er selbst. Mir war nie in den Sinn gekommen, dass Luc die Gabe des Heilens geerbt haben könnte, obwohl es nur logisch war. Wir hatten einfach nie darüber geredet.

Die kühle Nachtluft strömte in meine Lungen und machte mir den Kopf frei. Wir flogen hoch über der Autobahn, unter uns Lichter von Autos winzig wie Spielzeuge. Über das Brausen des Windes hinweg unterhielten wir uns in Gedanken.

Erzähl mir von deinem Vater, bat ich Luc.

Sein Dämonenname ist Marbas, er verursacht Krankheiten und heilt sie und er kann sich in einen riesigen Löwen verwandeln. Das hat er mir sogar einmal vorgemacht, weil ich ihm nicht geglaubt habe. In der Welt der Menschen nennt er sich Clement Dujolais und lebt getrennt von meiner Mutter und mir. Trotzdem trage ich sein Zeichen.

Er zeigte mir das tattooähnliche, verschlungene Dämonensiegel zwischen seinen Schulterblättern.

Er kann sehr charmant sein, aber nicht zu mir. Er erwartet von mir, dass ich mich von der Hölle abwende und den Menschen so helfe, wie er es tut. Dass Geister-

jäger auch ihren Beitrag leisten, erkennt er nicht an, also versuch gar nicht erst, ihn davon zu überzeugen.

Wird er mich überhaupt untersuchen, wenn er nichts von Jägern hält?

Meine Mutter ist auch eine Geisterjägerin und er hat sie auserwählt, sein Kind aufzuziehen. Er hat nur was gegen Gewalt. Was sich bei einem Dämon irgendwie seltsam anhört.

Nach etwas mehr als einer Stunde landeten wir unbemerkt im dunklen Park des Krankenhauses.

„Woher weißt du, dass dein Vater da ist?", raunte ich.

„Na, wie wohl? Ich kann es spüren. Er ist oben in seinem Büro. Sehr gut. Die halbe Nacht zu warten, bis er aus dem OP kommt, wäre ätzend geworden."

Hand in Hand betraten wir das Foyer und begrüßten die Nachtschwester, eine schlanke Frau höchstens Ende zwanzig am Empfang. Offenbar kannte sie Luc, denn sie lächelte ihn kokett an und ließ uns ohne Umstände zu Monsieur Dujolais.

Wir liefen zwei Stockwerke nach oben, öffneten eine Tür mit der Aufschrift „Wochenstation" und wanderten einen langen Gang hinunter. Der Geruch nach Desinfektionsmittel behagte mir nicht. Ich verzog das Gesicht, als erneut leichte Übelkeit in mir aufstieg. Luc interpretierte es falsch.

„Hast du wieder Schmerzen? Ist dir schwindlig?"

„Nein, alles gut." Ein paar tiefe Atemzüge mussten reichen. „Dein Vater arbeitet also auf der Geburtsstation?"

„Praktisch, was? Das macht er seit etwa zehn Jahren. Vorher war er mal in der Orthopädie und in der Unfallchirurgie. Er versucht, alle paar Jahrzehnte etwas Neues zu machen."

„Ich nehme an, er muss regelmäßig die Arbeitsstelle wechseln?"

„Natürlich. Er muss erst älter aussehen und dann in Rente gehen oder er sucht sich was Neues."

Das Gespräch hatte mich nicht genügend abgelenkt. Das Herz schlug mir bis zum Hals, als Luc vor einer grauen Tür stehenblieb und anklopfte.

„Herein", ertönte eine tiefe Männerstimme.

„Hallo, Vater", begrüßte Luc einen Mann, der beinahe so jung aussah wie sein Sohn. Bis auf die ungewöhnlichen dunkelblauen Augen sahen sie sich nicht ähnlich. Der Mann kam mit wehendem Kittel um den Schreibtisch herum und reichte seinem Sohn die Hand. Er war ein gutes Stück größer als Luc, doch wusste ich mittlerweile, dass die gefallenen Engel in Wirklichkeit viel größer waren und unter Menschen ihr Aussehen auch in Bezug auf ihre Körpergröße veränderten.

„Lucien! Was führt dich her? Willst du mir endlich erzählen, dass du nach dem Bac ein Medizinstudium beginnst?"

Luc seufzte kaum hörbar. Gestresst fuhr er sich durch seine kurzen Haare.

„Ich habe mich noch nicht entschieden. Aber ich denke darüber nach. Wie geht es dir?"

Mit seinem Vater sprach Luc höflicher und förmlicher als beispielsweise mit Tamiel.

„Gut, ich kann nicht klagen. Bislang ist die Nachtschicht ruhig. Also, warum bist du hier?"

Mit eleganten Bewegungen klappte er die Akten auf seinem Tisch zusammen und räumte sie in einen hohen Schrank dahinter. Dann kam er zu uns zurück. Seine feinen Gesichtszüge wirkten lauernd. Ich konnte noch nicht einordnen, ob ich mich vor ihm in Acht nehmen musste, Pazifist hin oder her. Unter seinem geöffneten Arztkittel trug er ein sauberes weißes Hemd und dazu ebenso weiße lange Hosen.

Luc zog mich neben sich und drückte meine Hand.

„Guten Abend, Monsieur Dujolais. Luc ist wegen mir hergekommen."

Der Dämon reichte auch mir kurz die Hand und ich fuhr fort: „Ich heiße Joelle Aynurin."

Ein wissendes Lächeln glitt über das Gesicht des Älteren, das ihn zugänglicher erscheinen ließ. Er tauschte stumme, vor mir abgeschirmte Gedanken mit seinem Sohn.

„Joelle Aynurin", wiederholte er. „Samaels Tochter."

Warum kannte mich jeder Dämon? „Was kann ich für dich tun?"

Luc hielt immer noch meine Hand.

„Ähm. Ich ... ich brauche eine ärztliche Zweitmeinung."

„Bei wem warst du vorher?"

Ich nannte ihm den Gynäkologen. Er fragte mich über meine Verletzungen und die Behandlung aus.

Monsieur Dujolais fluchte leise. Dann seufzte er. „Es kann für Dämonenverhältnisse wieder alles in Ordnung sein. Ich würde trotzdem gerne eine Ultraschalluntersuchung machen. Und eine auf Dämonenart. Wahrscheinlich ist die sowieso aussagekräftiger."

Was bedeutete eine dämonische Untersuchung? Hoffentlich nichts Blutiges. Instinktiv drängte ich mich näher an meinen Freund. Luc schüttelte belustigt den Kopf.

„Es ist so was wie Handauflegen, keiner saugt dir das Blut aus oder so."

„Ah, okay", entgegnete ich atemlos. „Dann mal los!"

„Du wartest hier", sagte Monsieur Dujolais an seinen Sohn gewandt. „Und Finger weg von meinen Patientenakten."

20

Mir blieb nichts anderes übrig, als dem fremden Mann zu folgen. Wenn er ausfällig wurde, hatte ich nicht nur meinen Dolch und meine Kampfausbildung, sondern auch meine Todeshände. Allerdings wollte ich es vermeiden, den Vater meines neuen Freundes zu töten.

Ich war froh darüber, dass der Arzt meine Gedanken nicht hörte. Zumindest spürte ich kein Zupfen an den Schläfen.

Zwei Zimmer weiter gab es einen Behandlungsraum.

Monsieur Dujolais wies mich an, mich zunächst auf der Liege auszustrecken, damit er mein T-Shirt hochschieben und meinen Bauch betasten konnte. Seine großen Hände waren angenehm warm.

„Es fühlt sich ein wenig hart an. Das kann von den Narben kommen oder von etwas anderem." Sehr sorgfältig fuhr er über meinen Unterleib und schloss dabei konzentriert die Augen.

Als er sie wieder aufschlug, blickte er mich an, als wüsste er nicht, ob er sich amüsieren oder ärgern sollte.

Meine Hände zitterten.

Wortlos zeigte er auf den gynäkologischen Stuhl.

Oh, nein. Ich hasste es jedes Mal, mich darauf zu legen und vor Fremden zu entblößen. Aber ich wollte um jeden Preis wissen, was los war. Auch wenn ich dafür halbnackt vor dem Vater meines Freundes liegen musste.

„Entschuldige, Joelle, aber das, was ich dir zeigen möchte, lässt sich mit einem Ultraschall über den Bauch nicht so gut darstellen. Vor allem bei dir sieht man sicher sehr viel überschüssiges Gewebe."

Ich nickte nur. Der Arzt in Paris hatte nur meinen Bauch geschallt, weil es ja um die Narben ging, die auch ich nur allzu deutlich auf dem Bildschirm erkannt hatte. Andernfalls hätte ich auch Grigori rausgeworfen.

„Siehst du das?“, fragte Monsieur Dujolais freundlich und zeigte auf ein bohnenartiges Gebilde auf dem Bildschirm.

„Was ist das? Ein Parasit?“

Der Arzt lachte auf.

„Oh, es verhält sich ähnlich wie ein Parasit.“

O mein Gott.

„Bin ich schwanger? Ist das ein Embryo?“, quiekte ich und klammerte mich an den Armlehnen des Stuhls fest.

„Es war gut von meinem Sohn, dich herzubringen. Nach menschlichen Maßstäben ist eine normale Schwangerschaft so gut wie ausgeschlossen, aber für eine Dämonin gilt das nicht. Und schön, dass ich Lucien nicht den Kopf waschen muss. Allein gefallene Engel oder andere hohe Dämonen pflanzen sich auch unter solchen Bedingungen fort. Du stammst von einem der Höchsten der Hölle ab. Wer ist der Vater? Weißt du das?“

Mein Herz machte einen Satz. Dann schlug es hart gegen meinen Brustkorb. Ich war völlig überfordert. Wie sollte ich IHM das nur beibringen?

Lucs Vater ließ mir Zeit. Er druckte einige Bilder aus, ehe er das Ultraschallgerät ausschaltete und ich mich anziehen durfte. Hinter dem Vorhang rang ich mit mir, ob ich dieses Geheimnis mit einem Wildfremden teilen konnte.

„Sie halten mich für ein Flittchen, oder?“

... wenn er davon ausging, dass ich bei meinen zahlreichen Liebhabern erst mal gründlich nachdenken müsste, wer als Vater in Frage käme.

„Sollte ich das?“

„Nein. Aber bitte sagen Sie Luc nichts davon. Wir sind erst seit vorgestern zusammen. Er soll sich nicht mehr Sorgen um mich machen, als er es ohnehin tut. Ich will ihm das ersparen.“

„Irgendwann wirst du es nicht mehr geheim halten können. Jedoch nicht, weil man dir irgendetwas ansieht. Dämoninnen und Halbdämoninnen sind meistens unbemerkt schwanger. Sie zeigen weniger Symptome als Menschenfrauen und können zudem ihr Erscheinungsbild nach ihren Wünschen verändern. Das solltest du auch tun, wenn du nicht in die Hölle willst.“

Sein väterlicher Tonfall schnürte mir die Brust ab. Er hatte recht. Was zum Henker sollte ich jetzt machen? Es gab kaum einen schlechteren Zeitpunkt für ein Kind als jetzt. Ich horchte in mich hinein. Aber ich hatte es mir gewünscht. Mehr als ich selbst wahrhaben wollte. Natürlich nicht jetzt, aber trotzdem wollte ich nichts daran ändern. Dieses kleine Wesen würde ich bedingungslos verteidigen.

Den Aufruhr in meinem Innern bezähmend erklärte ich: „Ich wollte die Schule beenden und dann als Jägerin arbeiten oder als Heerführerin. Aber das kann ich jetzt knicken.“ Wovon sollten wir beide leben? Tränen sammelten sich in meinen Augen und fingen an, meine Wangen hinabzulaufen. „Ich war davon überzeugt, keine Kinder bekommen zu können! Wie kann das sein?“

Auf einmal überwogen Angst und die Unfassbarkeit des Ganzen.

Noch einmal fragte er: „Willst du nicht wenigstens den werdenden Vater darüber unterrichten?“

Ich schüttelte vehement den Kopf. „Wir haben gerade keinen Kontakt. Er gehört zu Luzifer und ich nicht mehr. Es gibt im Moment keine Chance auf eine nette, heile Familie. Und Ihrem Sohn will ich kein fremdes

Kind aufbürden. Wenn es so weit ist, werde ich das alleine durchziehen müssen.“

„Vertraue dich jemandem an, Joelle. Gibt es jemanden, der dich unterstützen würde? Keine junge Mutter sollte alleine sein.“ Ich nickte. Tamiel schied aus, auch er gehörte Luzifers Lager an. Lilith wollte ich nur im absoluten Notfall um Hilfe bitten und zu meiner Familie konnte ich nicht zurück. Meine Freunde sollten nicht für meine Fehler geradestehen. Es war ganz allein meine Schuld, dass ich dem Menschenarzt vorbehaltlos geglaubt hatte. Gábor durfte es unter keinen Umständen erfahren. Er würde alles hinschmeißen und mit mir abhauen. Und das wäre unser Todesurteil.

„Du möchtest das Kind behalten?“

Ich nickte heftig. Er sah mich lächelnd an. Es war beinahe grotesk, wie sehr Lucs Augen seinen ähnelten.

„Es ist allein deine Entscheidung. Auch in der Welt der Menschen bist du volljährig und kannst eigene Entscheidungen treffen. Es ist dein Kind und dein Leben. Niemand hat das Recht, dich dafür zu verurteilen. Es ist auch alles in Ordnung, falls du dich das fragst. Am besten kommst du in drei Monaten wieder zu mir. Wenn du Beschwerden bekommst, die über ein bisschen Bauchschmerzen und Übelkeit hinausgehen, sofort.“

„Vielen Dank. Kann ich noch kämpfen?“

„Du kannst alles tun. Du bist kein richtiger Mensch. Aber pass auf dich auf und iss ordentlich. Ich schreibe dir noch ein Vitaminpräparat auf.“

Noch einmal bedankte ich mich. Lucs Vater war gar nicht so übel. Er strahlte Kompetenz und Liebenswürdigkeit aus, was für einen reinen Dämon eine große Leistung war. Normalerweise mieden die Menschen die Nähe eines gefallenen Engels oder anderen Dämons, doch Lucs Vater stellte eine Ausnahme dar. Andernfalls könnte er nicht als Arzt arbeiten.

„Sei nett zu Luc“, holte er mich aus meinen Gedanken. „Und rede mit ihm, sobald du dazu bereit bist. Er ist ein guter Junge. Was ich von meinen anderen Söhnen nicht behaupten konnte.“

Ich nickte langsam.

Aber wie konnte Gábor der Vater sein? Ich hielt diese Frage nicht mehr aus und stellte sie dem Arzt.

„Wie kann ein Halbdämon der Vater meines Kindes sein?“

„Er stammt wie du mindestens von einem der Seraphim ab.“

Ich ließ mich auf die Liege fallen. Das würde einiges erklären. Gábors Stärke, seine Macht, den meisten Dämonengaben zu widerstehen, seine ungewöhnliche Treue zu Luzifer, die Flammen, die manchmal in seinen Augen loderten. Und Milán, sein Bruder, der dämonischste Halbdämon, den ich je getroffen hatte. Waren sie Luzifers Söhne? War Herr Farkas gar nicht ihr Vater, sondern ein enger Verwandter, ein älterer Sohn Luzifers, der sie aufzog wie Tamiel es mit Grigori getan hatte?

„Joelle?“

„Hm? Oh, tut mir leid. Ich glaube, Sie liegen ganz richtig.“

Wie mächtig würde dieses Kind sein?

Als hätte er meine Gedanken erraten, sagte Monsieur Dujolais sanft: „Du musst dich nicht vor deinem eigenen Nachwuchs fürchten. Zur Hälfte wird er menschlich sein, weshalb sich die Schwangerschaft auch nur wenig verkürzen wird. Aber das Kind wird sowohl deine Gaben erhalten als auch die seines Vaters.“

„Sollen wir uns deshalb nur unter der Kontrolle der Hölle miteinander fortpflanzen?“ Ich traute mich tatsächlich, diese Frage zu stellen.

„Natürlich. Die Oberen der Hölle wollen euch und eure Kinder für sich, am liebsten aber wollen sie selbst mit Frauen wie dir Kinder zeugen, weil sie deren Erbgut größtenteils kontrollieren können. Bei zwei Halbdämonen ist es immer ein Glücksspiel, was am Ende herauskommt. Die wenigen Kinder zweier Halbdämonen, von denen ich gehört habe, besaßen immer sämtliche Begabungen ihrer Elternteile. Stell dir vor, was genügend solcher Kinder, die auch noch abseits der Hölle aufwachsen, für eine Gefahr darstellen?"

„Luzifer und die anderen glauben, wir würden sie stürzen?"

Der Arzt nickte. „Genau das denken sie. Ich habe ihre Machtspielchen so satt. Ich werde nie mehr in die Hölle zurückkehren." Er seufzte kaum hörbar. „Halte dieses Kind geheim, Joelle. Sie werden es dir wegnehmen. Oder dich in der Hölle gefangen halten. Du magst eine Kriegerin sein, aber in erster Linie bist du eine Frau."

21

Auf dem Heimweg sprach ich kein Wort. Luc ließ mich zufrieden, aber seine Neugier war unbestreitbar.

Ich konnte nicht nachdenken, weil er jeden Gedankenfetzen hörte, weshalb ich meinen Geist mit Schulaufgaben und anderen unwichtigen Dingen beschäftigte.

Als wir durch den Flur schlichen, wartete Grigori schon auf uns. Er stand wie eine Statue vor der Zimmertür.

Sobald ich nahe genug herangekommen war, zog er mich in seine Arme.

„Joelle! Ich habe etwas gesehen! Es kam immer wieder, aber ich wollte dir nichts davon erzählen, weil es dich traurig machen würde. Jetzt muss ich es aber tun." Er sprach Russisch, damit nur ich ihn verstand.

Ich versteifte mich. Verdammter Grigori! Es war für mich praktisch unmöglich, irgendetwas vor ihm geheim zu halten.

„Luc, lässt du uns kurz allein?", bat er ihn.

„Wenn's sein muss. Heute Nacht bin ich wohl der Typ im Nebenraum." Er betrat sein Zimmer und schloss die Tür hinter sich.

Ich hatte sofort ein schlechtes Gewissen, aber es war besser für Lucs Sicherheit und seinen Seelenfrieden, wenn er so lange wie möglich unwissend blieb.

Es war dunkel auf dem Flur, nur das schwache grünliche Licht der Notausgangsleuchten erhellte Grigoris bärenhafte Gestalt. Er trug ein Unterhemd und Boxershorts. Gut, es war mitten in der Nacht, aber so als

Hausvater könnte er sich ja wenigstens eine Jogginghose überziehen.

„Ist doch jetzt egal, was ich anhabe. Kommst du kurz mit? Hier ist kein guter Ort zum Reden."

Wir liefen hinunter in die Sporthalle und flogen auf meinen Lieblingsbalken. Nachdem wir uns einander gegenüber rittlings darauf niedergelassen und unsere Flügel eingezogen hatten, machte ich Grigori ein Zeichen mit der Hand, dass er loslegen konnte. Seine leise Stimme ließ die russischen Wörter wie fernes Donnerrollen klingen. Doch es war ihre Bedeutung, nicht ihr Klang, der mir eine Gänsehaut bescherte.

„Seit ein paar Wochen sehe ich wieder ein Kind in deiner Zukunft. Aber es ist immer nur ein Baby, ich kann nicht weiter sehen. Keine Ahnung, was das bedeutet, ob es früh stirbt oder ob du es hergeben musst, ich weiß es nicht. Aber da ist definitiv ein kleines Mädchen."

Meine Finger krallten sich in den Balken. „Du ... du hast das Kind gesehen?"

Ich konnte nicht weitersprechen, also schüttelte ich nur den Kopf und zwang mich zur Ruhe. Mich vorbeugend kramte ich das zusammengefaltete Ultraschallbild aus meiner hinteren Hosentasche und reichte es meinem Blutsbruder.

Ich hätte es besser verbrannt, aber ich brauchte einen handfesten Beweis, abgesehen von meinem gesteigerten Appetit, dem Bauchzwicken, meiner Weinerlichkeit und meiner längst überfälligen Periode. Ich schloss die Augen. Wenn ich gewusst hätte, worauf ich achten musste, hätte ich schon viel eher gemerkt, dass ich schwanger war.

„Es ist Gábors Kind, hab ich recht? Du hättest dich nie mit Azazel oder Luzifer eingelassen."

„Sag niemandem etwas davon, bitte! Aber besonders nicht Gábor. Er macht sonst was Dummes, das weiß ich. Das hier ist meine Aufgabe, nicht seine."

„Wenn du das so willst. Weiß Luc davon? War es unnötig, ihn wegzuschicken?"

Ich schüttelte den Kopf. „Niemand außer dir und Lucs Vater wissen davon. Und das soll auch erstmal so bleiben. Zu Azazel in die Hölle zu gehen wird das letzte Mittel für mich sein."

„Gut. Es sind nicht die besten Zeiten, um ein Kind aufzuziehen, aber du wirst das schon schaffen. Du wirst eine gute Mutter sein, Joelle." Er nahm mich in den Arm. „Herzlichen Glückwunsch, meine Schwester."

Da kamen die Tränen. Grigori freute sich. Und da wagte ich es auch endlich, mich zu freuen.

„Du hast gesagt, es wird ein Mädchen?", fragte ich krächzend und wischte mir Tränenspuren von den Wangen.

„Ein kleines Mädchen mit rabenschwarzen Haaren." Eine Tochter. Ich schniefte.

„Wenn wir den Krieg überleben, wirst du Patenonkel."

Da lächelte er. Es war schrecklich, so etwas auch nur denken zu müssen, aber ich musste realistisch bleiben. Wenn der Krieg richtig anfing, konnten wir uns nicht mehr entziehen.

Grigori wurde auch wieder ernst. Er erzählte mir von den Schlachten, die in der Hölle geschlagen wurden, und dass Luzifer abgetaucht war, um im Diesseits vor den anderen den jüngsten Jäger und den sagenumwobenen Schlüssel zu finden, über den ich Gábors Cousin ausquetschen durfte, wenn er herkam. Eine Aufgabe, die ich zufriedenstellend erledigen musste. Azazels Wohlwollen war nun wichtiger denn je.

22

Am Nachmittag ging Tristan mit Anaïs zum Training, um mit ihr Schwertkampf zu üben, sodass Luc und ich mein Zimmer für uns hatten.

So wie wir ankamen, schloss ich die Tür ab. Niemand sollte uns jetzt stören.

„Was willst du wissen, Luc?“, fing ich an, während ich unruhig im Zimmer auf und ab ging.

„Komm erstmal her“, forderte er mich auf.

Ich setzte mich neben ihn auf mein Bett und lehnte kurz den Kopf an seine Schulter. Es fühlte sich schrecklich an, ihn belügen zu müssen. Aber es ging nicht anders. Und manchmal heiligte der Zweck die Mittel. Lucs und Gábors Leben und das meines ungeborenen Kindes zu schützen, hatte oberste Priorität.

Ich erstarrte, als Luc sich zu mir beugte und zart meine Lippen in Besitz nahm. Doch gleich darauf erwiderte ich seufzend den Kuss, packte Lucs Schultern und ließ mich mit ihm langsam auf den Rücken sinken. Schmetterlinge flogen in meinem Innern auf und stießen gegen meine Magenwände.

Im Moment will ich gar nichts wissen, Joelle, murmelte Lucs Stimme in meinem Kopf. Ich entspannte mich.

Sanft umschloss ich seine weiche Unterlippe mit meinen Lippen, bevor ich ihn fester an mich zog und bestimmter küsste. Er strich mit der Zunge über meine Oberlippe und ich ließ ihn in meinen Mund hineintauchen, nahm seine vorwitzige Zunge in mich auf und umspielte sie langsam mit meiner.

Sein unterdrücktes Stöhnen ließ mich mit demselben Laut antworten.

Wir redeten nicht. Wir streiften uns ein Kleidungsstück nach dem anderen ab, bis nichts mehr zwischen uns war.

Ich wollte ihn und ich wollte, dass er das spürte. Dass er mich wollte, merkte ich sehr deutlich.

Ich spürte es an seinen Händen, die fiebrig über meinen Körper glitten und mich erzittern ließen, wenn er meine Brustwarzen streifte und über meinen Bauchnabel hinwegstrich. Ich spürte es an seinem rasenden Herzen, dass meines zu überholen drohte.

Nicht zuletzt spürte ich es an der harten Erektion, die sich an meine Seite presste. Ich dachte nur noch daran, Luc mit Haut und Haar zu verschlingen.

Mit ausgefahrenen Hörnern und Reißzähnen lächelte ich ihn an, drehte ihn auf den Rücken und gab ihm etwas von der Lust zurück, die er in mir weckte.

Meine Lippen kosteten von der Haut an seinem Hals, wanderten tiefer über seine Brust, dann über den Bauch. Meine Hände folgten ihrer Spur, bis er sich leicht unter mir wand.

Er griff nach meinen Armen und zog mich ein Stück zu sich hinauf. Er zeigte mir das seltene spitzbübische Lächeln, das ich so liebte, ehe er meine vollen Brüste umfasste und ihre Spitzen in den Mund nahm.

O Gott. Er wollte, dass ich mich auf ihn stürzte. Zwischen meinen Schenkeln fing es an zu pochen. Nur ungern machte ich mich los, doch er hatte es verdient, dass ich mich um ihn kümmerte. Ich genoss es, ihn zum Stöhnen zu bringen, zu merken, wie sehr er sich beherrschen musste, damit draußen niemand etwas mitbekam. Er streichelte meine Haare.

Schließlich entzog er sich mir, kniete sich vor mich, legte seine Hände an die Seiten meines erhitzten Gesichts und küsste mich liebevoll.

Flammen breiteten sich in mir aus, die sich nicht mehr löschen ließen. Ich keuchte in den Kuss hinein, als ich Lucs Hand an der empfindlichsten Stelle in meinem Schoß fühlte. Es war wie der Flügelschlag eines Nachtfalters, bis seine Zunge an meiner und seine Finger einen gemeinsamen Rhythmus fanden und mich schier an den Rand der Besinnungslosigkeit brachten. Wie von selbst legte ich mich hin, überließ mich ihm vollkommen und driftete davon.

Immer stärker wurden die Wellen, die mich durchtosten und gleichzeitig mit ihnen das Verlangen danach, mit ihm zusammen zu kommen.

„Luc", flüsterte ich angestrengt. „Stopp!"

Mit wackligen Beinen stand ich auf, klaubte ein Kondom aus Tristans Nachttisch und gab es meinem Freund. Ich versuchte nicht daran zu denken, dass alles nur Fake war, er aber nicht erfahren durfte, warum wir uns Verhütung sparen könnten. Luc bemerkte den winzigen Stimmungsumschwung. „Alles okay?"

Ich nickte. „Es ist nichts. Kannst du das von eben noch mal machen?"

Lächelnd nickte er. Er streifte sich das Kondom über und legte sich neben mich. Ich wollte nichts mehr denken. Also küsste ich ihn, streichelte seinen Rücken und erbebte, als er mich wieder nervenaufreibend langsam berührte. Viel zu schnell stand ich kurz davor, zu kommen. Mit brennenden Lippen löste ich mich von ihm, hob mein Bein an und führte ihn in mich. Ich saß auf seinem Schoß, doch er schob mich nach hinten, sodass ich auf dem Rücken lag. Ein Prickeln durchfuhr mich, als er vollends in mir war. Es fühlte sich unheimlich gut an, das hier mit Luc zu tun.

Er sollte das Tempo bestimmen und das tat er. Ohne Eile bewegte er sich in mir, hielt mich fest in seinen Armen, überschüttete mich mit Liebe und Geborgenheit.

Ich schwamm in seinen Gefühlen, vermischte sie mit meinen und verlor mich darin. Seine Stöße wurden fester, unser beider Atem härter. Wieder setzte ich mich auf Luc, wollte mehr Kontrolle. Seine Finger gruben sich in meine Hüften, wir schwitzten. Heiße und kalte Schauer kamen und gingen, während sich mein Unterleib anspannte. Ich konnte gleich nicht mehr. Das hier war zu viel. Kopfüber fiel ich über die Klippe. Ich biss die Zähne zusammen, um den Schrei zu unterdrücken, der aus mir herauswollte, als sich mein Innerstes fest zusammenzog und mein ganzer Körper von der Erlösung geschüttelt wurde.

Ich brauchte einen Moment, um wieder ins Hier und Jetzt zurückzufinden. Ich rollte von Luc herunter, damit er das Kondom loswerden konnte. Aufstehen war ein Ding der Unmöglichkeit. Auf eine gute Art erschöpft lag ich auf der Decke und wartete auf meinen Freund. Ich hatte es hinausgezögert, mit Luc zu schlafen, weil ich Angst hatte, dass wir uns im Bett nicht so gut verstehen würden wie außerhalb. Völlig unbegründet. Wir redeten immer noch nicht, als Luc zu mir kam und mich an sich zog.

23

Luc und ich verbrachten die restliche Woche in einer Art stummen Übereinkunft. Er war davon abgekommen, mich Dinge zu fragen, sondern schien allein dadurch besänftigt zu sein, dass an meiner Liebe zu ihm nicht zu rütteln war.

Ich sagte ihm auch nicht, wie viel mir das bedeutete. Ich zeigte es ihm, so oft ich konnte.

Freitagabend waren Tristan, Louis, Luc, Marinette und ich zur Patrouille im Bois de Bologne eingeteilt.

Kundschafter der GHA hatten nächtliche Dämonenversammlungen gemeldet, weshalb wir das überprüfen durften. Um uns war es ja nicht schade, wenn wir in einen Kampf zwischen Luzifers Truppen und Truppen der Aufständischen gerieten. Nichts anderes erwarteten wir nämlich bei diesen „Versammlungen" im Pariser Stadtwald.

Zweige knackten und Laub raschelte, als wir uns im Gänsemarsch zwischen den Bäumen hindurch bewegten. Tristan ging vorneweg, Louis bildete das Schlusslicht.

Die kühle Nacht war durch die dichte Wolkendecke finster. Unsere Dämonenaugen sahen zwar genug, mit ein bisschen Mondschein würden sie besser sehen. Doch wir hatten noch andere Sinne, die wir nutzen konnten. Eindeutiger noch als unser feines Gehör ortete unser Gespür die Höllenwesen in unserer Nähe. Verdammt viele Höllenwesen. Auch Geister spürten wir.

„Sehr ihr das?", flüsterte Tristan und zeigte mit seinem Schwert vor sich nach schräg links. „Im Schutz der Geister wird gekämpft!"

Auf einer Wiese in dem parkähnlichen Gelände, wo sich tagsüber Einheimische und Touristen aufhielten, befanden sich jede Menge Gargoyles und andere einfache Dämonen. Erbittert bekämpften sie sich. Noch schirmten die Geister die Geräusche ab und bewahrten die Stille der Nacht, doch wir würden gleich in ihre silbrig leuchtende Kuppel eindringen, hinein ins Getümmel.

Eigentlich würden wir in einem solchen Fall einen Bericht schreiben und die Aufklärung an die Hölle abgeben. Doch dieses Mal konnten wir nicht einfach verschwinden.

„Dort drüben! Geisterjäger! Sie scheinen Gefangene zu sein!", sagte Marinette.

Am Rand der schwebenden Geisterhorden standen drei Engel. Gefallene Engel. Neben ihnen knieten vier gefesselte Geisterjäger, drei Männer und eine Frau. Von Weitem erkannte ich sie nicht, aber das spielte auch keine Rolle. Unruhig kaute ich auf der Unterlippe.

„Was sollen wir machen? Erstmal mit den beiden reden?"

„Und wenn sie uns auch gefangennehmen?", wandte Louis ein.

„Erkennt jemand die Engel?"

Ich spürte ihnen nach. Ein Blitz durchzuckte mich. Einer der Engel war Azazel.

„Einer ist Azazel. Ich werde das regeln. Ihr bleibt hier."

Luc öffnete den Mund, um Einwände zu erheben.

Doch in diesem Moment wurden wir entdeckt. Zwei der gefallenen Engel materialisierten sich vor uns und gingen direkt zum Angriff über. Völlig überrascht fiel ich auf den Hosenboden, ehe ich mein Schwert aufhob und die anderen unterstützte. Marinette schrie auf, als einer der Engel versuchte, sie sich unter den Arm zu klemmen und mitzunehmen. Nicht solange ich noch kämpfen konnte! Mit Lucs und Tristans Hilfe riss sie sich los und rannte zu Louis, der wenige Meter entfernt alleine gegen den anderen Engel focht. Jetzt stürzte auch ich mich in den Kampf und half Marinette und Louis.

Atmen, Knurren und metallenes Klirren waren die einzigen Laute, die wir von uns gaben. Ohne das Schwerterklirren könnte man uns für kämpfende Wildtiere halten.

Wut stieg in mir auf. Ich könnte mein Schwert wegwerfen und es hier und jetzt beenden. Der Rotschleier vor meinen Augen kündigte sich bereits an.

Au! Ein fester Schwerthieb gegen meinen Arm unterbrach meine Überlegungen. Ich sprang rückwärts und hinter einen Baum, um mich neu zu sortieren. Marinette schwächelte bereits.

„Hierher, Marinette!“, rief ich und tauschte den Platz mit ihr. Engel wurden nicht müde, wir irgendwann schon.

„Warum bekämpft ihr uns?“, brüllte ich.

Louis’ und mein Gegner hielten inne. Auch Lucs und Tristans Kampf pausierte jetzt. Ich war so fertig, dass ich mich am liebsten an den nächsten Baum gelehnt hätte.

„Ihr gehört zu Luzifer, wie die ganze Ghost Hunter Association! Wir nehmen euch mit wie eure Kollegen da vorne. Entweder töten wir euch oder ihr zeigt Willen zur Kooperation. Wenn wir erst die Reihen der Jäger ausgedünnt haben, werden wir die Kontrolle über eure lächerliche Menschenorganisation haben. Ergebt euch und wir bieten euch vielleicht ein Bündnis an.“

Diese arroganten Mistkerle!

„Ich habe bereits ein Bündnis!“, zischte ich. Himmel, war das anstrengend!

„Ja, mit Luzifer!“ Er hob wieder sein Schwert. Nun ging es in Flammen auf.

„Nein! Mit Azazel.“

Ich schaute an ihm vorbei und brüllte mit letztem Atem: „Azazel! Wozu haben wir eine Allianz, wenn deine Männer mich bedrohen?“

Da endlich erschien er neben mir. Schwer atmend stützte ich mich auf meine Oberschenkel.

„Nara. Du brauchst doch meine Hilfe nicht. Ich hätte es dir nicht nachgetragen, wenn du ihnen den Todesengel gezeigt hättest.“

Die anderen Engel wichen zurück.

„Ein Todesengel? Was soll das, Azazel?“

„Ihr handelt doch nur aus Mordlust. Ich hingegen betreibe Politik.“ Er wandte sich mir zu. Dabei schaute er mit seinen über drei Metern Körpergröße auf mich herunter. „Soll ich mich ihrer entledigen, Nara?“

Azazels Autorität schien groß genug zu sein, dass niemand wagte, etwas zu sagen.

„Nein. Das würde dich nicht besser machen als sie, Azazel.“

„Oh, Moral. Ihr Halbdämonen seid ab und zu wirklich erfrischend menschlich.“ Er lächelte. Mir war nicht nach Lächeln zumute.

„Lass die Geisterjäger laufen und beende die Schlacht. Wir bekommen langsam Probleme mit der Wahrung des Geheimnisses. Menschen werden immer öfter in eure Auseinandersetzungen hineingezogen. Euer Kampf bringt die Weltordnung durcheinander.“ Meine Atmung und mein Herzschlag beruhigten sich endlich.

„Ich werde Luzifer nicht gewinnen lassen“, sagte Azazel.

„Aber du kannst dafür sorgen, dass die Menschen außen vor bleiben. Bitte!“

„Es hat bereits begonnen, Nara. Wir können es nicht aufhalten. Aber je schneller wir siegen, desto schneller ist es vorbei und eine neue Ordnung für alle entsteht."

Eine Ordnung, die niemals Wirklichkeit werden sollte.

„Lässt du die Jäger frei?"

„Ja. Ihr könnt sie mit euch nehmen. Aber die Schlacht beendet der Sieger. Ich hoffe, ich bin es."

„Sichert den Kampfplatz. Die Menschen sollen nicht wissen, dass Himmel und Hölle, all die Geister tatsächlich existieren. Sie sollen aus freien Stücken zum Glauben an Gott finden. Nicht gezwungenermaßen wie wir."

Er verneigte sich vor mir.

„Du hast klug gesprochen. Nehmt die Gefangenen mit. Wir sehen uns bald wieder."

„Ich werde dich erwarten." Höflich lügen konnte ich im Umgang mit dem Dämon immer besser.

Als die Engel abzogen, sank ich ermattet gegen den Baumstamm in meinem Rücken. Hatte man es darauf angelegt, dass wir auf die Aufständischen trafen?

„Dein Bündnis hat uns gerade den Arsch gerettet", kommentierte Tristan sehr treffend die Lage.

„Wäre Azazel nicht mitgekommen, hätte es uns nichts genützt", erwiderte ich.

Luc nickte. „Sehen wir der Realität ins Auge! Wenigstens ein Teil der GHA-Führung will uns aus dem Verkehr ziehen. Wenn wir kein Gesetz übertreten, dann müssen wir eben auf anderem Wege verschwinden." Er blickte jeden von uns nacheinander an. „Seid wachsam. Wiegt euch nie in Sicherheit. Und bleibt möglichst unter dem Radar."

24

Bereits am Wochenende kamen Dutzende Nachwuchsjäger, vornehmlich Menschen, ins Hauptquartier.

Bei der Musterung waren nur Madame d'Hibou, ihr persönlicher Assistent – der Krawattendämon – sowie Herr Farkas zugegen.

Letzterer sorgte dafür, dass Grigori auch über die Besprechungen hinter verschlossenen Türen bestens unterrichtet war und alles an uns weitergab. Er durfte nämlich die Halbdämoninnen und Halbdämonen im Zweikampf prüfen, von den Befragungen und sonstigen Tests schloss man ihn jedoch aus.

Keiner der höchstens siebzehnjährigen Nachwuchsjäger aus allen Ecken der Welt erfüllte sämtliche Kategorien wie Kampfkraft, Fachwissen, besondere Begabungen, die über Gedankenlesen, Emotionen erfühlen und Geistersehen- und erspüren hinausgingen; nicht einmal Anouk, die, zumindest was die Ausbildung anging, überdurchschnittlich war. In mir keimte der Verdacht, dass dieser Jäger nicht nach objektiven Maßstäben gefunden werden konnte.

Madame d'Hibou zeigte sich anscheinend sehr enttäuscht darüber, dass keiner ihrer Halbdämonen in Frage kam.

Die Suche ging also weiter. Zumal längst nicht alle Kinder und Jugendlichen dem Ruf gefolgt waren.

Ferenc Farkas war hingegen in Paris, ganz wie Azazel es vorausgesagt hatte.

Grigori organisierte mit Louis und Tristan allem Protest der ehemaligen Hausmutter zum Trotz eine Party in der Sporthalle, bei der sich alle Nachwuchsjäger ab zwölf Jahren trafen und, selbstverständlich ohne Alkohol, einen Abend miteinander verbringen durften. Allesamt streng beaufsichtigt von Madame Corbeau, Madame Aigle und Monsieur Schnauzbart und weniger streng von Grigori. Auch ein paar andere Lehrer waren gekommen.

Damit auch die Jüngeren auf ihre Kosten kamen und es nicht zu ungebührlichem Verhalten kam, schließlich waren viele Menschen anwesend, gab es eine Reihe von Spielen und Aktionen, die neben gedimmtem Deckenlicht, Sportgeräten als Sitzgelegenheiten und Plauderecken sowie Fingerfood und Limonade für Stimmung sorgten. Ich vermutete, dass Tristan und Grigori sich das meiste davon ausgedacht hatten, denn Käpt'n Schnauzbart blickte immer wieder mit gerunzelter Stirn auf sein Klemmbrett. Wer nahm ein Klemmbrett zu einer Feier mit?

Nach Luftballontanz und Stopptanz – alles freiwillig aber mit reger Beteiligung – sah ich beim Walzer meine Chance gekommen, mich an Ferenc Farkas heranzumachen, der mit einigen menschlichen Nachwuchsjägern am Buffetstand und sich mit Blätterteighäppchen vollstopfte.

Den ganzen Abend hatten Luc und ich so getan, als wären wir nur gute Freunde. Zusätzlich hatte ich Ferenc angesprochen, mich kurz mit ihm über die Jägerprüfungen unterhalten und ihn dann immer wieder angelächelt. Trotz seines von großen Narben entstellten Gesichts sah er sehr gut aus für einen Menschen. Wäre da nicht dieser leicht verschlagene Blick, der ihm etwas Hinterhältiges verlieh, das ihn mir unsympathischer machte, als für meine Aufgabe gut war. Heute war ich froh um meine Gabe. Sie würde auch mich locker genug machen, um den schwarzhaarigen Ungarn mit den interessanten grünen Augen weich zu kochen.

Weiter wirkte sie nicht. Die Gabe richtete sich nie gegen denjenigen, der sie gebrauchte.

Luc klopfte mir neben Grigori und Anouk mit einem bedauernden Gesicht auf die Schulter und gesellte sich zu Tristan, der über die Musikanlage wachte.

Grigori gab meinem Mitbewohner ein Zeichen, das er mit einem Nicken beantwortete.

Als Schostakowitschs „Walzer Nr. 2" durch den hohen Raum schallte, zog Grigori die breit lächelnde Anouk auf die Tanzfläche. Eigentlich hatte ich sofort zu Ferenc hinübergehen wollen, doch ich schaute gebannt zu, wie Grigori seine Freundin gekonnt über das Parkett schob.

Ich hatte von keinem der beiden erwartet, Walzer tanzen zu können. Die meisten tanzten frei Schnauze, aber Madame Aigle und Monsieur Ours, beide Lehrer der menschlichen Nachwuchsjäger, zeigten sich ebenso sicher wie Grigori und Anouk.

Neben mir tauchten Marinette und Clara auf, jede mit einem Becher Zitronenlimonade in der Hand.

„Hey, Joelle", begrüßte mich Marinette. Clara nickte mir über ihren Becher hinweg zu, weil sie gerade einen Schluck trank.

„Hey, ihr zwei. Gefällt's euch?"

„Super", meinte Marinette mit leuchtenden Augen. „Glaubst du, Grigori tanzt auch mit mir? Ich hätte ihm nie zugetraut, dass er Walzer tanzt."

Zu dritt sahen wir der fröhlichen Anouk zu, die in einem niedlichen, knielangen Kleid in lindgrün, das zu ihren hochgesteckten roten Haaren passte, den Neid einiger Mädchen auf sich zog. Meinen nicht unbedingt, ich war eine Niete im Standardtanz. Wobei es den anderen sicher mehr um den bärenhaften Russen ging, der seine mindestens hundertfünfzehn Kilo elegant über die Tanzfläche bewegte. Mehr um Anouk eine Freude zu machen, trug er Jeans und ein taubenblaues

Hemd, dessen Ärmel er hochgekrempelt hatte, damit es nicht zu adrett aussah. Seine Augen wirkten durch den Blauton des Hemds noch heller. Doch ich wusste, dass ihm das egal war und er am liebsten in Sporthosen und barfuß herumlief. Ich lachte leise.

„Wenn Anouk ihn dir überlässt." Clara rümpfte die Nase. „Ich meine, sie sind nur etwa vier Jahre auseinander, aber trotzdem! Sie ist noch total jung und er erwachsen. Was will er denn mit ihr?"

Mein Grinsen erstarb und ich wandte mich erbost meiner Mitschülerin zu. „Echt jetzt, Clara? Du denkst wirklich, dass Grigori und Anouk diese Art von Beziehung miteinander führen?"

Unter meinem bösen Blick schrumpfte sie ein wenig zusammen. „Also, nee, nicht wirklich, aber guck doch mal, wie Anouk ihn ansieht!"

„Würdest du ihn anders ansehen, wenn er dich behandelte wie eine Prinzessin?"

Marinette antwortete an ihrer Stelle: „Natürlich würde ich ihn genauso ansehen. Nicht falsch verstehen, ich bin nicht in ihn verknallt oder so! Aber er schafft es immer, einem das Gefühl zu geben, etwas Besonderes zu sein. Dass er zu uns gekommen ist, war das Beste am letzten Schuljahr."

Ich lächelte und nickte. „Schön, dass du das so siehst. Ich hätte auch nie gedacht, dass wir so gute Freunde werden. Und ich freue mich für Anouk." Ich suchte Claras Blick. „Grigori ist der Bruder, den sie gebraucht hat. Es ist egal, dass sie für ihn schwärmt, sie weiß, dass er unerreichbar für sie ist. Bei ihm kann sie für den Ernstfall üben, in einem geschützten Rahmen, versteht ihr? Sie vertraut ihm, weil sie sich sicher sein kann, dass er ihr Vertrauen niemals missbrauchen würde. Das ist ungemein wichtig für sie, vor allem nach dem, was sie im Juli erleben musste." Ich hatte das Gefühl, Clara, und damit alle, mit denen sie über Grigori tratschte, über

Grigoris und Anouks Freundschaft aufklären zu müssen.

Noch ein Walzer wurde gespielt, allerdings kannte ich den Titel nicht. Ich hatte sowieso nicht mehr vor, mit Ferenc zu tanzen. Ich schaute kurz zu ihm, dann wieder zu meinen Mitschülerinnen.

Marinette nickte jetzt zustimmend. „Selbst an mir ist das nicht spurlos vorübergegangen. Und Anouk war so knapp davor, vergewaltigt zu werden. Das muss traumatisch für sie gewesen sein." Nun blickte auch sie ihre Freundin an. Augenscheinlich war ein solches Gespräch überfällig. Diese Party war nicht unbedingt der passende Ort, aber sei's drum.

Ich beugte mich näher zu Clara. „Das bleibt unter uns oder du wirst mich kennenlernen, Clara", warnte ich sie. Ihr erschrockenes Zusammenzucken bewies mir, dass sie den Ernst meiner Worte nicht anzweifeln würde. „Anouk leidet unter Albträumen. In letzter Zeit scheint es ihr besser zu gehen, aber Grigori hat seither kaum noch eine ganze Nacht in seinem eigenen Bett verbracht. Sie schläft am besten, wenn er bei ihr ist. Niemand darf erfahren, dass unser Hausvater bei einer seiner Schülerinnen Nachtwache hält! Grigori riskiert seinen Job, nur um ihr zu helfen. Sie ist wie eine jüngere Schwester für ihn und er fühlt sich für sie verantwortlich. Er muss oft genug fort und hat jedes Mal ein schlechtes Gewissen, wenn er sie hier zurücklässt."

Clara schürzte die Lippen. „Okay, das klingt glaubhaft. Allerdings längst nicht so interessant wie das Gerücht, er wäre fast nie in seinem Zimmer, weil er jede Nacht eine andere vögelt."

Marinette kicherte. „Ein paar von uns hatten bereits das Vergnügen. Aber er könnte viel mehr aus seinem Potenzial machen."

Ich lächelte wissend. „Ja, ein paar. Aber eben nicht das halbe Internat. Wenn jeder zuerst nachdenken würde, bevor er sich irgendwelche Halbwahrheiten zusammenreimt oder weitererzählt, wäre es viel netter bei uns."

„Wie viele?", fragte Clara.

Marinette seufzte. „Eine Handvoll, soweit ich weiß. Wie gesagt, er könnte fast jede hier drin haben, wenn er wollte. Sogar Joelle." Sie zwinkerte mir zu.

„Sehen Grigori und ich etwa aus, als würden wir es miteinander treiben?"

„Manchmal", erwiderte Marinette.

„Du weißt, dass ich Grigori als guten Freund betrachte. Mit Tristan schlafe ich ja auch nicht."

„Tristan zählt nicht, den behandelst du wie deinen kleinen Bruder. Du und Grigori teilt, glaube ich, viele Geheimnisse. Ihr seht vertraut miteinander aus, obwohl du ihn genauso lange kennst wie den Rest von uns. So was kommt normalerweise schneller, wenn man Sex hat", dozierte Clara.

Das war kaum von der Hand zu weisen. Doch traf es nicht den Kern der Beziehung, die Grigori und ich hatten.

„Wir haben keinen Sex. Klar finde ich ihn toll und manchmal könnte ich echt schwach werden, aber ich habe jetzt Luc und der ist auch mit Grigori befreundet. Ich fände es unfair."

Clara und Marinette machten erstaunte Gesichter.

„Ja, ich weiß. Und das als Dämonin. Sprecht es ruhig aus!", setzte ich noch hinzu.

Clara beäugte mich misstrauisch. Marinette suchte meinen Blick. Dann berührte sie leicht meinen Unterarm. *Ich weiß, dass du mit Grigori geknutscht hast. Anaïs hat es von Tristan gehört. Ich behalte das für mich, keine Angst.*

Dann leistete sie mir unerwartet Schützenhilfe: „Ich denke, ihr seid so eng miteinander, weil ihr beide

Russisch sprecht und mit Gábor auch einen gemeinsamen Freund außerhalb der Schule habt."

Dankbar lächelte ich sie an. Marinette konnte wirklich lieb sein.

Clara gab ihre feindselige Haltung hingegen noch nicht auf. „Das kann ja sein. Aber irgendwann wirst du Luc das Herz brechen, so wie du es mit Gábor und Milán getan hast."

Ich holte tief Luft, um Clara die Meinung zu geigen. Allein schon dafür, dass sie sich erdreistete, über Gábor und mich zu sprechen, als würde sie unsere ganze Geschichte kennen!

Doch in diesem Moment eiste Ferenc sich vom Büfett los und schlenderte zu uns herüber.

„Ich hab noch eine Verabredung", würgte ich Clara ab, die gerade loslegen wollte, ihrer Eifersucht Ausdruck zu verleihen, weil sie nicht bei Luc hatte landen können. Ohne mich. „Bis dann."

Ferenc lächelte mich freundlich an, aber ich konnte mir nicht helfen, mir stellten sich alle Haare auf. Das würde eine lange Nacht werden.

25

Du bist eine Halbdämonin, du bist in jedem Fall stärker als er, bestärkte ich mich innerlich, ehe ich sein Lächeln so echt wie möglich erwiderte und auf die Tür zum Treppenhaus deutete.

Als ich neben ihm die Stufen hochstieg, fiel mir auf, dass Ferenc etwas kleiner als Milán war, aber immer noch größer als Gábor.

Ich beschloss, aufs Dach zu gehen. Wenn Ferenc auffällig werden sollte, könnte ich einfach davonfliegen. Mein tief ausgeschnittenes Tanktop würde durch die Flügel keinen Schaden nehmen. Ferenc in Kontakt mit meinen Todesengelhänden zu bringen, erschien mir nicht ratsam.

„Wohin gehen wir?“, erkundigte sich Gábors Cousin mit einer überraschend samtigen Bassstimme. Durch den Partylärm hatte ich nicht alle ihre Nuancen wahrgenommen. Reine Menschenstimmen erschienen mir oft grob und irgendwie ungeschliffen. Nicht so diese Stimme.

Einer Eingebung folgend griff ich vorsichtig nach seiner Hand. Ferenc zuckte erst zurück, dann entspannte er sich, blieb stehen und streckte mir seine Hand hin. Sie war kräftig und voller Schwielen, die Hand eines Geisterjägers. Doch das war es nicht, was ich herauszufinden versuchte.

In Ferenc’ Adern floss Dämonenblut. Nur wenig, kaum spürbar, aber die juckenden Flügel in meinem Rücken logen nicht. Vielleicht war sein Vater ein Halbdämon oder eher noch ein Vierteldämon. Ich fragte mich, ob Madam d'Hibou oder irgendjemand anders davon wusste.

Ferenc wollte ich als Mensch nicht zum Feind haben. Grigori hatte mir den Zweikampf mit ihm in allen Einzelheiten geschildert. Sogar gegen ihn hatte Ferenc sich einige Minuten behaupten können.

Ich ließ ruckartig seine Hand los, als ich daran denken musste, dass er und Milán sich bis aufs Blut geprügelt hatten. Und dass Milán wenig Mitleid gezeigt hatte. Ohne Dämonenblut und vor allem ohne Gábors Eingreifen wäre Milán zum Mörder geworden. Ferenc ahnte nichts von meinen Gedanken, schließlich hatte ich ihn rechtzeitig losgelassen. Ich wollte vermeiden, dass er mich mit Milán oder Gábor in Verbindung brachte, denn das wäre für meinen Auftrag nur hinderlich.

„Grigori meinte, du hättest sehr gut gekämpft", sagte ich, um die angespannte Stille zwischen uns zu durchbrechen. Ferenc wusste anscheinend nicht, was er mit mir reden sollte. Oder Smalltalk gehörte generell nicht zu seinen Stärken. Jetzt wo ich alleine mit ihm war, wirkte er weniger selbstsicher als noch eben in der Halle. Das lag nicht nur an meinem Dämonen-Ich, das Menschen unheimlich war, es lag vor allem daran, dass ich ein Mädchen war.

Seine Hände nestelten beim Gehen an seinen Hemdaufschlägen herum, seine Augen flackerten, wenn er sich bemühte, mir ins Gesicht zu blicken. Mitleid überkam mich. Ferenc war eigentlich ein ruhiger, eher schüchterner Typ, den man zu einem knallharten Kämpfer geformt hatte. Seine Probleme mit Milán waren nicht meine und ich durfte mich nicht länger von meinem Hintergrundwissen beeinflussen lassen. Ferenc kam vielleicht nicht besonders sympathisch rüber, er hatte sicher auch mehr hässliche Seiten als nette, aber in jedem steckte ein guter Kern. Sogar in einem menschlichen Farkas.

Das Lächeln, das ich ihm jetzt schenkte, war aufrichtig und ermunternd.

„Danke", rang er sich ab. „Ich musste sehr viel trainieren. Als die Einladung aus Paris kam, hat Vater mich kaum noch was anderes tun lassen." Er lächelte schief. Sein Deutsch hatte denselben Akzent wie Gábors, nicht aber Miláns; sein perfektes Französisch war mir ebenso wie sein akzentfreies Deutsch immer ein bisschen unheimlich gewesen. Auch das unterschied die Brüder. Gábor war herrlich unperfekt.

Ich konzentrierte mich wieder auf meinen Gesprächspartner.

„Was hättest du denn lieber getan?"

„Du interessierst dich dafür?" Seine Miene war erstaunt.

„Sollte ich nicht? Wir tun hier auch mehr, als in die Schule gehen, trainieren und Patrouille laufen."

„Vater erlaubt mir nur Dinge, die für meine Jägerausbildung nützlich sind, also durfte ich in einen Kampfsportverein und zum Schützenverein. Und damit Vater noch ein bisschen mit mir angeben kann und um Milán und Gyula auszustechen, die perfekten Zwillinge, musste ich Cello spielen lernen. Ich hab es gehasst." Er kniff die Lippen zusammen, wie um sich selbst den Mund zu verbieten. Doch ich wusste auch so, was er sagen wollte. Dass er sein Leben lang in Konkurrenz zu den Brüdern gestanden hatte, ohne je mithalten zu können.

Erneut wallte Mitleid in mir auf. Ferenc hatte nie sein dürfen, wie er war, sondern so, wie sein Vater ihn haben wollte.

Er fügte hinzu: „Ich interessierte mich für Geschichte und Archäologie. Aber ich werde nie nach alten Tonkrügen graben. Mein Weg ist genauso vorgezeichnet wie deiner."

Die Worte verließen meinen Mund, ehe ich nachdenken konnte. „Was sagt deine Mutter dazu? Ist sie immer der gleichen Meinung wie dein Vater?"

Ferenc lachte bitter auf. Ich wich ein Stück zurück. Es klang resigniert und zutiefst traurig. Er schaute zu Boden.

„Meine Mutter hat Vaters Strenge immer ausgeglichen. Sie hat mich behandelt wie ein Kind, nicht wie einen kleinen Soldaten. Aber sie ist schon so lange tot, dass ich kaum noch weiß, wie es sich angefühlt hat, eine Mutter zu haben."

„Das tut mir leid, Ferenc. Hatte sie einen Unfall?"

Er schnaubte leise. „Einen Unfall mit einer Knarre und einem Polizisten. Vater hat ihn erschossen, aber es war zu spät, um meine Mutter zu retten. Ich war fünf, als das passiert ist." Ferenc kam aus einer Familie von Verbrechern. Dass Gábor und Milán nicht Safes ausräumten, Firmenchefs erpressten und Hehlerwaren verkauften, lag allein daran, dass ihre Mutter sich von den Familiengeschäften losgesagt und in Herrn Farkas einen treuen Mitstreiter gefunden hatte, der von Anfang an mehr in die Angelegenheiten der Hölle verwickelt war als in menschliche Belange. Es wunderte mich, dass bei der GHA die illegalen Tätigkeiten des Farkas-Clans seit jeher geduldet und einfach totgeschwiegen wurden.

Doch das würde ich Ferenc nicht anlasten. Er kannte nichts anderes. Er richtete einen entschuldigenden Blick auf mich.

Er suchte nach Zuspruch. Wie so viele von uns war er Halbwaise und hatte keine normale, unbeschwerte Kindheit verleben dürfen. Ich stellte daher keine der Fragen, die mir auf der Zunge brannten.

„Vermisst du sie?"

Ferenc nickte. „Meine Mutter ist gestorben, als ich zehn war. Ein Dämon hat sie ermordet."

Ferenc verzog das Gesicht. „War sie keine Jägerin?"

„Doch. Aber es war mein eigener Vater, ein gefallener Engel."

„Oh, scheiße. Tut mir leid für dich. Bist du dann hierher gekommen?"

„Ja. Und ich freue mich auf den Tag, an dem ich rauskomme. Fast neun Jahre sind genug."

„Vater wollte mich nicht dauerhaft herschicken, aber ich war immer mal wieder für ein halbes Jahr in Paris. Die gefälschten Zeugnisse, die Vater dafür bekommen hat, waren das Beste." Er gluckste amüsiert.

„Stimmt, du musstest ja danach wieder in eine normale Schule gehen."

„Hier gefällt es mir viel besser. Ich muss nicht ständig aufpassen, was ich sage, und die Leute sind viel mehr wie ich. Zuhause habe ich keine Freunde. Irgendwann wird es auffällig, wenn nie jemand zu mir nach Hause kommen darf."

„Kann ich mir vorstellen. Von den anderen Nachwuchsjägern kriegen wir kaum was mit, sie werden von uns getrennt. Grigori hat mit dieser Party eine uralte Konvention aufgebrochen. Dass sie ihm das erlaubt haben ..."

„Ihr Halbdämonen seid gar nicht so übel. Von meinen Cousins mal abgesehen, das sind Idioten."

Ich biss mir auf die Innenseite meiner Wange, um ihn nicht dafür zur Rede zu stellen. *Denk an deine Aufgabe*, ermahnte ich mich im Stillen. Oben angekommen, setzten wir uns auf das Mäuerchen, das den Abschluss des Daches bildete, und ließen die Füße in die Tiefe baumeln. Unter uns fuhren wenige Autos, deren Scheinwerfer kurzzeitig die Hausfassade erleuchteten, ehe sie in den unzähligen Lichtern der Stadt aufgingen.

26

Ein kühler Wind wehte hier oben, doch ich fror nicht. Mein innerer Dämon wärmte mich, als ich erneut Ferenc' Hand in meine nahm und meine Gabe aufrief.

Ich rutschte näher an Ferenc heran. Die Gabe betäubte auch die letzten Funken Abneigung ihm gegenüber, als ich meine Lippen nahe an sein Ohr brachte und ihm auf Deutsch zuraunte: „Willst du etwas Verbotenes tun?"

Es war faszinierend, die Wirkung meiner Gabe auf einen relativ normalen Menschen zu beobachten. Ferenc' Blick trübte sich leicht und seine Pupillen weiteten sich. Sein Herz schlug schneller, weil ich seinen Hals küsste. Dabei verdrängte ich den Gedanken, dass ich mich mehr oder weniger für Azazel prostituierte. Gabe hin oder her.

Ferenc legte vorsichtig die Hände um meinen unteren Rücken. In seiner Unbeholfenheit erinnerte er mich ein wenig an Milán. Er war auch höchstens genauso alt. Ich durfte ihn nicht überfordern.

Beruhigend fuhr ich mit meiner Nase an seinem Hals und an seinem ziemlich glatten Kieferknochen entlang, verkniff mir ein Lächeln, weil er die Luft anhielt, und wanderte weiter zu seinem hübschen Mund. Es war verblüffend, wie menschlich er roch. Der Geruch von Dämonen und Halbdämonen hatte immer etwas Wildes und auch Komponenten an sich, die sie näher an die Rohheit der Natur rückten als Menschen. Ferenc roch vor allem nach Männerduschgel, was ich auch nicht verachtete.

In gespannter Erwartung saß er da. Dann entlockte ich ihm ein winziges Seufzen, denn ich küsste ihn kurz.

Als ich rittlings auf seinen Schoß rutschte, mit dem Rücken zur Tiefe, spürte ich seine Neugier und seine Bereitschaft, alles mit mir zu tun, was ich von ihm verlangte.

„Ist das ein Ja?“, flüsterte ich an seinen leicht geöffneten Lippen. Sein Atem ging unregelmäßig und flach.

„Ja“, sagte er leise. Noch einmal küsste ich ihn. Er schmeckte nach Zitronenlimonade, gar nicht mal so übel.

Macht durchströmte mich, als ich meine Schwingen entfaltete, Ferenc mit Armen und Beinen umklammerte und abhob.

„Du fliegst mit mir?“, fragte er mit vor Aufregung etwas höherer Stimme. „Lass mich bloß nicht fallen!“

Ich lachte, weil er sich jetzt nur noch festhielt und vor Angst bebte. Für das, was ich mit ihm vorhatte, war Adrenalin genau das richtige Mittel, um seine Zunge zu lösen. Ich konnte ihn ja schlecht abfüllen. An einem ungestörten Ort würde ich ihn aushorchen. Im Hauptquartier gab es zu viele neugierige Ohren, zu viele unbemerkte Gedankenleser. Schon allein diese Aktion würde mir den Schulverweis einbringen, sollten wir erwischt werden. Allerdings machte ich mir keine allzu großen Sorgen. Meine Freunde würden mich decken. Und Grigori konnte jeden belügen.

Bei der Landung auf einer kleinen Lichtung im Bois de Bologne war es beinahe stockfinster. Die Luft fühlte sich zehn Grad kälter an als in der Stadt, sodass ich augenblicklich eine Gänsehaut bekam und mit den Zähnen klapperte, weil ich die Flügel eingezogen hatte. Ferenc machte Anstalten, seinen schwarzen Pullover auszuziehen, den er draußen über dem Hemd trug, als er mich frieren sah. Manieren hatte er.

„Du brauchst mir deinen Pulli nicht zu geben. Wenn ich mich verwandle, macht mir die Kälte nichts mehr aus."

Ferenc blickte mich interessiert an.

„Ich hab mich nicht getraut, dich darum zu bitten. Und eben war ich vor allem damit beschäftigt, runterzugucken und nicht abzustürzen. Ich habe noch nie einen Halbdämon gesehen. Vater findet, Halbdämonen sind eine Abnormität der Natur."

„Und du findest das nicht?", entgegnete ich mit einem spöttischen Lächeln.

„Ich will mir eine eigene Meinung bilden." Er schluckte angestrengt, sah mich aber unverwandt an.

Mein Lächeln wurde zu einem ausgewachsenen Grinsen, das meine Reißzähne entblößte. Ferenc erzitterte, blieb aber an Ort und Stelle stehen. Er nahm gerade seinen ganzen Mut zusammen, das wollte ich belohnen.

Meine Hörner kamen aus meiner Stirn hervor und ich fächerte erneut meine Flügel auf. Einmal drehte ich mich um die eigene Achse und präsentierte mich ihm von allen Seiten.

„Wow", hauchte er. „Du siehst fremdartig aus, aber auch schön. Du bist keine Abnormität."

Ich nickte auf seine Worte hin. „Danke für das Kompliment."

Er machte einen Schritt auf mich zu, dann noch einen.

„Darf ich dich berühren, Joelle?"

Reglos stand ich in der Dunkelheit im feuchten Gras und ließ mich von Ferenc erkunden. Entgegen meiner Erwartung fühlte es sich gut an, von ihm an den Flügeln gestreichelt zu werden. Meine Hörner berührte er nur kurz, ich hatte ohnehin kein Gefühl in ihnen. Nach und nach legte Ferenc seine Scheu ab, bis er mich mit seinen Armen umfasste und zärtlicher, als ich ihm zugetraut hätte, auf den Mund küsste. Dann war ich am

Zug. Mit jeder Berührung meiner Lippen und Hände, mit jedem Stupsen meiner Zunge wob ich ihn ein in mein Netz.

Als er unterdrückt in meinen Mund stöhnte, hatte ich ihn.

Ich fuhr meine Flügel ein und löste mich beinahe ruckartig von seinen Lippen. Augenblicklich verließ mich die Lockerheit der Gabe und machte einem schlechten Gewissen Platz. Mit geschlossenen Augen versuchte ich es abzuschütteln, doch es half nicht. Gábor und Luc tauchten vor meinem inneren Auge auf. Meine Brust verengte sich. Das, was ich hier tat, war falsch. Für alle Beteiligten. Denn es geschah aus niederen Beweggründen. Mit einem Mal fühlte ich mich schmutzig. Hastig schüttelte ich die ungebetenen Gewissensbisse ab. Jetzt war ich schon so weit gekommen, den Rest würde ich auch noch schaffen!

„Alles in Ordnung?", fragte Ferenc heiser.

„Ja, tut mir leid. Aber wenn ich jetzt nicht aufhöre, schaffe ich es gleich nicht mehr." Lüge.

„Das wäre nicht schlimm." Doch.

„Schon mit dir alleine zu sein, verstößt gegen die Schulregeln. Ich kann mein Bac nicht für ein bisschen Spaß riskieren. Das war eine blöde Idee."

„Das verstehe ich. Ich sollte auch besser nicht herumerzählen, dass ich eine Halbdämonin geküsst habe. Aber können wir noch ein wenig bleiben?"

„Noch sollte niemand unser Fehlen bemerkt haben. Komm, wir setzen uns irgendwo hin", schlug ich leise vor.

Schweigend gingen wir zu einem Weiher in der Nähe, wo wir uns nebeneinander auf die Mauer am Ufer setzten.

Ferenc langte nach meiner Hand. Seine Augen glitzerten im Dunkeln. Er wirkte so entspannt wie den ganzen Abend nicht.

„Von Waffen habe ich mehr Ahnung als von Frauen“, gab er zu.

O mein Gott! Er vertraute mir. Jetzt oder nie!

„Das macht doch nichts. Ich fand es schön.“ Bis der Moment kam, in dem ich an Gábor denken musste. Und daran, wie er reagieren würde, sollte er jemals herausfinden, dass ich mit seinem verhassten Cousin geknutscht hatte. Ich fröstelte.

„Hast du noch viel mit Milán und Gábor zu tun? Ich kenne sie aus dem Internat. Außerdem hatten Gábor und ich mal was miteinander. Bevor du es von jemand anderem erfährst ...“

Ich spürte seinen Emotionen nach: kein Misstrauen. Sehr gut. Er zuckte über meine Offenbarung nur die Schultern.

„In letzter Zeit sehen wir uns wieder häufiger, allerdings unfreiwillig. Ihre Familie hat höchstwahrscheinlich ein teures Erbstück unterschlagen, das Vater zusteht, weil er der nächste noch lebende Verwandte von Gábors und Miláns Mutter ist.“ Ferenc griff nach ein paar trockenen Blättern neben ihm und bröselte sie ins Wasser. Mühsam dämpfte ich meine Aufregung. „Und jetzt habt ihr alle Streit?“

„Kann man so sagen. Vater und Onkel Béla konnten sich noch nie leiden, aber seit meine Tante tot ist, gehen sie sich aus dem Weg. Vater sagt, Béla tue nichts für die Familie und habe aus seinen Söhnen unehrenhafte Feiglinge gemacht.“

Nun fiel es mir deutlich schwerer, mir meinen Unmut nicht anmerken zu lassen. „Und um was für ein Erbstück geht es? Ein Damencollier, das deinem Vater sowieso nicht stehen würde?“

Wie erhofft kicherte Ferenc darüber. „Nein, viel besser. Es handelt sich um einen Schlüssel.“ Er machte eine kleine Pause, in der er sich nach allen Seiten umsah, was ihm mit seinen Menschenaugen nicht viel nützen dürfte. „Dieser Schlüssel kann angeblich jedes Schloss öffnen, und das in jeder der vier Welten. Er ist sehr begehrt, aber er gehört in unsere Familie. Die GHA will ihn haben, und das darf nicht passieren. Vater will ihnen eine Kopie andrehen, sobald wir ihn uns zurückgeholt haben."

Ich hielt den Atem an. Ferenc' Vater war wohl mit allen Wassern gewaschen.

„Hast du das Ding schon mal gesehen?"

Ferenc schüttelte den Kopf. „Noch nie. Onkel Béla wird ihn auch kaum zuhause rumliegen lassen. Die wichtigste Spur führt aber zu ihm. Und zu Gyula, Miláns totem Zwillingsbruder. Vater hat damals nach der Beerdigung beobachtet, dass Milán einen Gegenstand in der frisch aufgeschütteten Erde neben Gyulas Urne vergraben hat. Als ich später hingegangen bin, um ihn auszugraben, war er weg. Das spricht dafür, dass es sich um den Schlüssel gehandelt hat. Geister können ihn bewegen wie Lebende. Auch möglich, dass jemand anders einfach schneller war und Milán irgendetwas anderes verbuddelt hat, ein Gitarrenplektron oder so."

Ich nickte nur. Das war sehr interessant. Und Ferenc so wunderbar auskunftsfreudig.

„Die Hölle will den Schlüssel ebenfalls. Noch in Zusammenarbeit mit der GHA, aber ich fürchte, sie wollen ihn für sich alleine haben, wenn die Jäger als Handlanger ausgedient haben."

Mir fiel ein, über was Azazel mit mir in seinem Zelt gesprochen hatte. Über seine Sehnsucht nach dem Himmel, seinen dauernden Schmerz über den Verlust der Liebe Gottes. Ich schloss nicht mehr aus, dass Azazel seine ganz eigenen Pläne mit dem Schlüssel verfolgte. Wie sonst, wenn nicht mit diesem Schlüssel, würde er das Himmelstor öffnen können?

Meinem Vater hatte dieses entscheidende Teil gefehlt, um seine Träume Wirklichkeit werden zu lassen. Für Azazel rückte es hingegen in greifbare Nähe.

Seit ich nun wusste, wie tief Gábor und Milán in diese Schlüsselsache verstrickt waren, möglicherweise unwissend, musste ich mit meinen neu gewonnenen Informationen sehr vorsichtig umgehen. Akibeel hatte vielleicht ähnliche Pläne oder andere, größere, die die GHA einschlossen. Auch er sollte nichts davon wissen, was ich hier erfahren hatte.

„Ferenc?" Er sah mich ernst an. „Behalte alle diese Informationen für dich. Teile sie nur mit deinem Vater. Ihr schwebt in großer Gefahr, wenn die gefallenen Engel mitkriegen, dass ihr sie zu dem Schlüssel führen könntet! Ich bin froh, dass du mit mir darüber geredet hast. Ich werde versuchen, dich und deinen Vater so lange wie möglich unter dem Radar zu halten. Am besten, ihr haltet euch auch von der GHA fern."

„Das ist nicht so leicht. Ich musste mich mustern lassen und Vater muss monatlich Bericht über Onkel Béla und seine Söhne erstatten, sonst haben wir ein Problem. Also füttern wir sie mit allen möglichen Infos, ob sie jetzt wahr sind oder nicht. Nur über den Schlüssel sprechen wir nicht mit ihnen. Aber ich glaube, dass ich dir vertrauen kann."

Nein, kannst du nicht. Wie die meisten Männer hast du vor allem mit deinem Schwanz gedacht, dachte ich mit einem Anflug von Bosheit. Wäre sein Schicksal nicht mit Gábors und Miláns verwoben, ich hätte ihn ans Messer liefern können.

„Ich werde dir auch etwas anvertrauen. Als Halbdämonin bin ich der Hölle verpflichtet. Aber ich mag dich und will nicht, dass einer der hohen Dämonen dich in die Finger bekommt. Denn das wäre dein Ende."

Dass ich ihn mochte, war gelogen, aber ich wollte auch nicht für seinen Tod verantwortlich sein. Er hatte ja keine Ahnung, welche Dimensionen das Ganze annahm.

„Hab ich mir schon gedacht, dass du zur Hölle gehörst. Aber du bist auch eine Geisterjägerin."

„Ja, das bin ich. Ich kann der GHA noch nicht den Rücken kehren, ich habe noch keinen Schulabschluss. Danach werde ich Paris verlassen. Außerdem will ich in der Hölle nicht zwischen die Fronten geraten. Du weißt sicher, dass Luzifer untergetaucht ist und andere versuchen, sich dauerhaft auf seinem Thron niederzulassen."

Ferenc reichte mir die Hand. „Du verrätst mich nicht und ich verrate dich nicht."

Ich ergriff seine Hand und drückte sie kurz. „Alles klar. Und jetzt lass uns zusehen, dass wir wieder zurückkommen, ohne entdeckt zu werden."

Auf dem Dach umarmte Ferenc mich zum Abschied. Am nächsten Morgen würde er wieder nach Hause fahren, nach Heidelberg, zu Milán und Gábor. Und ich konnte ihm nicht einmal eine Nachricht an meinen Exfreund mitgeben.

Im Abstand von ein paar Minuten gingen wir nach unten in unsere jeweiligen Zimmer.

Tristan war noch nicht zurück, aber so spät wie es war, musste die Party vorbei sein. Vielleicht räumten sie noch auf. Eigentlich sollte ich mithelfen, aber ich musste auf einmal dringend duschen. Die Wirkung meiner Gabe war viel zu rasch versiegt und hatte eine seltsame Leere hinterlassen.

27

Mit frischer Schlafkleidung unter dem Arm huschte ich in den ausgestorbenen Waschraum.

Nach dem Haarewaschen stand ich noch lange unter dem dampfenden Wasserstrahl, darauf bedacht, jede Erinnerung an Ferenc' Hände und Lippen auf meiner Haut abzuwaschen.

Schließlich gestattete ich mir, lange zurückgehaltene Tränen zu vergießen. Ich weinte, weil mein Kind eine Mutter hatte, die mit finsteren Dämonen paktierte; dem ich kein gutes Leben bieten konnte, wenn die GHA mich verstieß. Ich weinte, weil ich Gábor vermisste und ihm nichts von unserem Kind erzählen durfte; dass ich auch Luc nichts sagen konnte. Es half nicht, meine schmerzende Brust mit den Armen zu umschließen und auf die entspannende Wärme des Wassers zu bauen. Immer neue Tränen liefen aus meinen Augen, wo sie sich mit dem herabrieselnden Wasser vermischten.

Irgendwann hatte ich keine Kraft mehr, aufrecht zu stehen, nicht in menschlicher Gestalt. Abgehackt atmend kauerte ich mich auf dem Boden der Dusche zusammen und suhlte mich in meinem Kummer.

Warum hatte ich nicht einfach nein zu Azazel gesagt? Ich hätte um einen anderen Auftrag bitten können. Oder diesen Auftrag mit Ferenc anders anpacken können. Ich umschlang meine Knie und wiegte mich leicht vor und zurück. Mir ging es wie Gábors Cousin. Meine Stärke war größtenteils gespielt.

Es gab zu viele Geheimnisse, die mich niederdrückten.

Auch die brisanten Informationen, die Ferenc mir bereitwillig überlassen hatte und die ich Azazel nicht geben durfte. Was ich ihm berichten sollte, wusste ich nicht.

Gerade kam ich mir einsamer vor denn je.

Obwohl ich Luc hatte. Aber nicht einmal ihm konnte ich meine Schwangerschaft anvertrauen. Es war zu gefährlich. Erneut bahnte sich ein Schluchzer den Weg aus meiner Kehle.

Ich hatte gedacht, ich hätte es überwunden, nachts aus meinem Zimmer zu schleichen, um irgendwo heimlich zu heulen.

Intuitiv legte ich die Hand auf meinen Bauch.

Mit gesenkter Stimme sprach ich zu meinem Kind: „Es tut mir leid, dass du deinen Vater niemals kennenlernen wirst. Und wenn, darf er nicht wissen, dass du sein Kind bist. Es tut mir so leid." Ich erwartete keine Antwort.

„Mit wem redest du?", drang Lucs Stimme durch das Rauschen des Wassers zu mir. Als ich ertappt hochsah, stand er da in Unterhemd und Boxershorts.

„Mit niemandem."

Er kniff die Augen zu schmalen Schlitzen zusammen, als er mich musterte.

„Warum versteckst du dich hier?" Sein Gesicht verzog sich mitleidig, als er erkannte, in welcher Verfassung ich war. „Oh, Joelle, was zur Hölle ..."

Er stockte, dann trat er näher und stellte das Wasser ab. Direkt vor mir ließ er sich auf die Knie nieder und strich mir über die nasse Wange.

„Du siehst echt beschissen aus. Was ist passiert? Hat es was mit deinem Auftrag zu tun?"

Ich gab nur einen erstickten Laut von mir.

Luc langte nach dem Handtuch, das über der Trennwand der Duschkabine hing und legte es mir um.

Mit einem gewissen Missmut in der Stimme sagte er: „Ich seh schon, du willst nicht darüber reden. Dann lass mich dich wenigstens ins Bett bringen. Komm, steh auf."

Mechanisch trocknete ich mich ab und zog meine Schlafsachen an, dann wankte ich aus dem Waschraum. Luc trug mein Handtuch, mein Shampoo und meine Zahnputzsachen, doch ich lief wie eine Schnecke, weshalb er mir die Sachen in die Hände drückte und mich das letzte Stück in mein Zimmer trug. Ich hätte es eigentlich verdient gehabt, die ganze Nacht auf den nassen Fliesen zu verbringen. Allein schon dafür, dass ich immer noch nicht den Mund aufmachte.

Als Luc mich auf meiner Matratze ablegte, mir die Waschutensilien abnahm und mich zudeckte, fand ich nach einigem Ringen meine Sprache wieder. Es kam nur ein Krächzen hervor. „Bitte geh nicht."

Den Arm zu heben und die Hand nach ihm auszustrecken, kostete mich einige Anstrengung. Es war mir egal, wie bedürftig ich wirkte. Luc hatte mit mir schon Schlimmeres erlebt.

„Ich bin vielleicht sauer, aber nicht herzlos. Ich lass dich nicht alleine. Aber ich wünschte, du würdest mir erzählen, was dich so fertigmacht."

Er löschte das Deckenlicht und kroch zu mir unter die Bettdecke. Ich kuschelte mich an ihn, legte einen Arm über seine Brust und hielt mich an ihm fest. Das Zittern zu unterdrücken, das meinen Körper durchlief, war unmöglich. Angst ließ meinen Magen leicht krampfen.

Rede endlich mit mir, Joelle, bitte, dachte er, während er seinerseits einen Arm um mich legte und seine Nase in meinem feuchten Haar vergrub.

„Es wird dein Leben in Gefahr bringen, Luc", entgegnete ich kläglich.

Er schnaubte ungehalten. „Unser aller Leben ist in Gefahr. Ich hab jetzt lange genug zugeguckt, wie du dich einigelst und so tust, als hättest du alles im Griff. Aber das hast du nicht. Sonst müsstest du nicht mitten in der Nacht in der Dusche sitzen und heulen."

„Manche Dinge muss man mit sich selbst ausmachen."

„Auch wenn man damit die Leute um einen herum verletzt?"

„Ja, auch dann. Je weniger Mitwisser, desto besser."

Er seufzte tief. „Ich weiß es doch schon längst, Joelle."

Ich rückte ein Stück von ihm ab, doch seine Hand folgte mir und legte sich auf die kaum ertastbare Wölbung meines Bauches.

„Ich bin auf dem Weg, ein Heiler zu werden. Ähnlich wie Grigori spüre und sehe ich Dinge, die anderen verborgen bleiben. Ich nehme an, er weiß ebenfalls Bescheid."

Ich musste den Ausdruck eines verängstigten Rehs angenommen haben, das erstarrt im Lichtkegel herannahender Autoscheinwerfer stand.

28

„Du bekommst ein Kind."

Ich atmete aus.

„Mir ist auch völlig klar, warum du das niemandem sagst. Das solltest du auch nicht. Aber deine engsten Freunde, deine Brüder, sollten wissen, was mit dir los ist. Tristan muss es auch erfahren. Wie sollen wir dich beschützen, wenn wir denken, dass mit dir alles normal läuft?"

Aus der Warte hatte ich es noch nicht betrachtet. „Ihr müsst eure Gedanken im Zaum halten! Azazel und die anderen gefallenen Engel dürfen nichts davon erfahren. Es reicht schon, dass du und dein Vater und ja, natürlich auch Grigori, davon wisst. Aber Grigori weiß es nur wegen seiner Gabe!"

Plötzlich erhellte ein Lächeln Lucs Gesicht. Er nahm seine Hand fort, nur um sie an meine Wange zu legen.

„Ich hätte mich gefreut, wenn du dich mir gleich anvertraut hättest. Aber ich verstehe auch, dass dieses Geheimnis zu groß ist, um leichtfertig damit umzugehen." Er küsste mich sanft. Mir fiel ein Stein vom Herzen. „Du machst mir keine Vorwürfe?"

„Weil du getan hast, was jede Jägerin in deiner Lage tun würde? Niemals. Ich habe das Geheimnis auch bewahrt. Nicht mal du wusstest bis eben, dass ich Bescheid weiß. Aber jetzt müssen wir darüber reden."

Ich nickte ergeben. Das imaginäre Verfallsdatum unserer Beziehung wurde gerade nach vorne verlegt.

Luc nickte auf meine Gedanken hin. „Wenn es mein Kind wäre, würde ich dich nicht so einfach gehen lassen. Aber es ist nicht von mir. Solange sein richtiger

Vater am Leben und bereit ist, irgendwann wieder mit dir zusammen zu sein, bleibe ich dabei. Aber du wirst unter keinen Umständen allein sein. Wenn du fortmusst, gehen wir mit dir."

„Und der Abschluss?"

„Vergiss den Abschluss. Wenn ich Heiler werden will, muss ich sowieso zu meinem Vater oder in die Hölle. Louis hat auch keinen Bock mehr auf die GHA. Und Tristan hat außer Musik keine Ahnung, was er mit seiner Zukunft anfangen will. Der hat nur uns und Anaïs, die ihn noch hier festhalten."

Ein paar Tränen stahlen sich aus meinen Augen. „Du bist der liebste Freund, den es gibt, Luc!"

„Meistens. Und wann sagst du Gábor, dass er Vater wird?"

Es überraschte mich nicht, dass Luc keine Sekunde daran zweifelte, dass nur Gábor als Vater des Kindes in Frage kam. Schließlich wusste er, dass ich nicht mit einem anderen geschlafen und zusammen mit ihm selbst immer verhütet hatte.

„So wie es jetzt aussieht, nie. Er darf nichts davon erfahren, damit er nicht auf dumme Ideen kommt. Und vielleicht will er auch noch gar keine Kinder. Dieses Kind ist ganz allein meine Angelegenheit. Aber es wird tolle Onkel bekommen." Schniefend kramte ich nach der Packung Taschentücher unter meinem Kopfkissen. Luc küsste mich auf die Schläfe.

„Es ist in den Ferien passiert, oder?", fragte er und streichelte mein Gesicht. „Du hast dich schon bei deiner Rückkehr nach Paris anders angefühlt."

„Es ist der einzige passende Zeitpunkt. Dein Vater meinte, es wäre soweit alles in Ordnung, aber ich werde mich erst hundertprozentig freuen können, wenn ich das Kind im Arm halte. Grigori glaubt, dass es ein Mädchen wird."

Lucs Gesicht bekam etwas ungeheuer Zärtliches, als er mich anschaute. Vermutlich wäre es ihm schwerer gefallen, einen kleinen Gábor zu akzeptieren.

„Ein Mädchen", wiederholte er versonnen.

Er richtete sich auf und nahm meine beiden Hände in seine. Seine Miene wurde entschlossen.

„Ich will, dass es dir besser geht. Das ist für dich wichtig und für die Kleine. Deshalb verspreche ich dir etwas: Was auch passiert, ich werde mich um deine Tochter kümmern, wenn du und Gábor es nicht könnt. Dein Kind wird nicht bei der GHA aufwachsen müssen."

Luc hatte das seltene Talent, eine meiner dringlichsten Sorgen zu packen und in nichts aufzulösen. Es gab auf einmal noch jemanden, der sich für das kleine Wesen verantwortlich fühlte. Bei wem sollte es besser aufgehoben sein als bei Luc? Ich lächelte froh. Dankbar umarmte ich meinen Freund.

„Bei niemandem würde ich meine Tochter lieber aufwachsen lassen als bei dir. Danke, Luc. Und danke, dass du solange nicht nachgefragt hast." Danach drehte ich mich mit dem Gesicht zur Wand und ließ mich von hinten von Luc umfangen. Wir unterhielten uns in Gedanken weiter.

Auch wenn es noch ein bisschen früh ist: Hast du dir schon einen Namen überlegt?

Nein. Was, wenn es am Ende ein Junge wird?

Grigori liegt selten daneben, glaube ich. Dann such dir doch für jedes Geschlecht einen aus.

Ich überlegte kurz. *Es sollte ein ungarischer Name sein oder ein mongolischer. So wie Attila, aber der gefällt mir nicht so gut.*

Wenn du eine Tochter bekommst, könntest du sie Arika nennen. Das ist der Name der Mutter von König Attila. Es gibt ihn im Ungarischen und im Hunnischen.

Arika gefällt mir. Oder Katalin, nach Gábors Mutter. Mit zweitem Namen soll sie Aynur heißen. Für einen Jungen denke ich mir noch was aus.

„Hm", brummte Luc zustimmend. Er gab mir Zuversicht. Ich grinste darüber, dass er mich dazu gebracht hatte, über Vornamen nachzudenken. Dafür liebte ich ihn. Und dafür, dass er bedingungslos für mich da war. Sogar für mein Kind wollte er da sein, wenn es sein musste.

Tut mir leid, dass unser Timing so beschissen ist, dachte ich.

So ist der Lauf der Dinge, gab er zurück. *Vielleicht will Marinette mich doch noch zurück. Oder eine andere kommt und ich verliebe mich Hals über Kopf in sie. Vielleicht kommt Azazel übermorgen an und holt dich in die Hölle. Es gibt keine Sicherheiten mehr, nur die wenigen, die wir uns selber geben.* Seine Worte taten mir gut.

Ich hatte ganz vergessen, dass ich nicht alleine sein muss. Unsere Freundschaft ist eine Sicherheit. Lass sie uns nicht zerstören.

Er küsste meinen Nacken und ließ mich erschauern. Sein Flüstern war beruhigend, trotz der ungeschönten Worte. „Unter normalen Umständen würde ich dich längst hassen, Joelle. Aber hier ist nichts normal. Ich bin einfach dankbar für die wenige Zeit, die ich mit dir haben darf. Wir sind nicht dazu bestimmt, ewig zusammen zu sein. Das wussten wir beide von Anfang an. Wir tun das Beste für uns, indem wir an unserem Deal festhalten. Dass wir uns auf eine Art lieben, ist ein Bonus."

Ich drehte mich in seinen Armen, um ihn zu küssen. „Du hast recht. Ich denke auch immer weniger wie ein Mensch. In der Welt der Menschen wäre ich ein Fall für das Sozialamt: eine neunzehnjährige alleinerziehende Mutter. Aber in unserer Welt ist mein Körper Mitte zwanzig und ich vollständig erwachsen. Alleinerziehende Mütter sind mehr Regel als Ausnahme. Ich könnte irgendwo im Diesseits für die GHA arbeiten wie meine Mutter. Hungern müssen wir nicht. Es fällt mir jetzt leichter, alles zu durchdenken. Ich habe mich schon in Sklaverei oder Obdachlosigkeit gesehen."

„Optimismus war noch nie deine Stärke", entgegnete er amüsiert. Dann sagten wir nichts mehr.

Luc hielt in dieser Nacht alle Sorgen fern. Geborgen in seinen Armen überließ ich mich dem Schlaf.

29

Oktober

Mittlerweile hatte der Herbst Einzug gehalten. Es war Mitte Oktober und das Wetter so wechselhaft wie meine Stimmung. Regen und bedeckter Himmel herrschten vor, auch die Temperaturen waren merklich in den Keller gegangen. Die besten Voraussetzungen für trübe Stimmung.

Wahrscheinlich waren der Stress und die Hormone daran schuld, dass ich meinen Freunden öfter auf die Nerven ging, als ich wollte. Aber die untypische Müdigkeit kam genauso wie mein abartiger Appetit von der Schwangerschaft, weshalb ich extra strammstehen musste, um niemanden misstrauisch zu machen. Vor allem nicht Madame d'Hibou.

Als Tristan, Luc, Grigori und ich nach dem Abendessen an einem Donnerstag Ende Oktober zum Nachtgang aufbrechen wollten, wurden wir vor dem Speisesaal abgefangen und in den Marmorsaal zu einer außerplanmäßigen Versammlung geholt.

Um den Jäger, der wie wir in voller Montur vor uns herging, nicht an unserer Unterhaltung teilhaben zu lassen, führten wir sie in Gedanken.

Was wollen die schon wieder von uns? Die letzte Versammlung ist noch nicht mal eine Woche her. Und bei rumkommen tut auch nicht gerade viel, beschwerte sich Tristan stumm.

Weil du nie zwischen den Zeilen liest, meinte Luc.

Grigori lachte leise. Er hatte einen Arm locker um meine Schultern gelegt, während er neben mir herging. Luc, der meine freie Hand hielt, störte sich nicht daran. Tristan ging neben Luc, aber immer einen Schritt hinter ihm. Er würde im Fall eines Angriffs meinen Rücken decken.

Auf einmal musste ich lächelnd auf meine Turnschuhe blicken. Sie kümmerten sich so lieb um mich und ich heulte oder meckerte die Hälfte der Zeit. Ich musste mich mehr für sie zusammenreißen.

Ach was, Jo, musst du nicht, kam es von Tristan.

Genau, pflichtete Grigori ihm bei. *Das ist eine Ausnahmesituation. Im Frühling geben wir dir alles zurück, keine Sorge.*

Ich knuffte ihn grinsend in die Seite, sodass er mich lachend losließ. Tristan lachte ebenfalls, doch Luc fixierte die Gemäldegalerie und drückte kurz meine Hand.

Mein Grinsen verblasste. Ich suchte Lucs Blick, doch er schüttelte den Kopf. *Ist schon in Ordnung, Joelle. Beschissenes Timing.*

Um mich von dem flauen Gefühl in der Magengegend abzulenken, überlegte ich, was Madame d'Hibou und Monsieur Loup dazu bewog, schon wieder alle Geisterjäger zusammenzutrommeln.

Garantiert geht es wieder um die angespannte weltweite Sicherheitslage, hörte ich Lucs Stimme in meinem Kopf.

Ich nickte.

Dann betraten wir den vollen Saal. Wir stellten uns an den Rand der Menge in die Nähe der Tür, um als Erste wieder nach draußen zu kommen.

Madame d'Hibou unterrichtete uns gemeinsam mit ihrem Schlipsträgerdämon, den wir als ihren persönlichen Lakaien bezeichneten, weil er nichts sagte, sondern nur neben ihr stand und ihre *PowerPoint*-Präsentation über die neuesten Entwicklungen steuerte.

Selbst wenn die GHA Berichte schönte oder unterschlug, niemand war in der Lage, die Anzeichen falsch zu deuten.

Den vier Welten stand Krieg bevor.

Lange schwelende politische Konflikte wuchsen sich zu immer größeren Auseinandersetzungen, zum Teil sogar Bürgerkriegen oder Kriegen aus. Die Mordraten stiegen weltweit an.

In Frankreich, vor allem in Paris, sah es noch am besten aus, weil es hier die meisten Jäger gab, die die entfesselten Turper, Poltergeister und toten Dämonen im Zaum hielten. Ich hatte mich über die ganzen fremden Normalsterblichen im Hauptquartier gewundert, die mir teilweise bekannt vorkamen. Das waren Politiker. Luc drängte sich lächelnd in meine Gedanken.

Europäische Präsidenten und Kanzler hatten letzten Dienstag eine geheime Konferenz mit der GHA-Führung. Wir können sie nicht länger im Ungewissen lassen. Allerdings darf die Bevölkerung nichts davon erfahren. Das würde erst recht zu Chaos führen. Die Politiker bleiben so lange Eingeweihte, bis die Lage wieder im Griff ist. Wir brauchen ihre Polizei, ihr Militär für besessene Menschen und zur Eindämmung von Massenpaniken. Es muss Madame d'Hibou körperliche Schmerzen bereiten, sich im Auftrag des Rates an die Menschen zu wenden.

Das glaube ich dir sofort. Aber am Ende brauchen wir die Hölle. Menschen können nicht gegen das Übernatürliche bestehen, entgegnete ich. Madame d'Hibou forderte wieder unsere Aufmerksamkeit.

„Der langen Rede kurzer Sinn: Sie sind nicht nur erneut einberufen worden, weil sich seit letzter Woche die Zahl der Glutnester auf der Weltkarte erhöht hat." Sie machte eine kurze Pause, um ihren Blick über die

Anwesenden schweifen zu lassen. Heute trug sie ein adrettes Kostüm mit Bleistiftrock, das sie seriös und tatsächlich ein wenig vertrauenerweckender aussehen ließ als ihr eher legeres Jeans- und Blusen–Outfit, das sie sonst bevorzugte.

„Unsere Späher haben mehrere nicht autorisierte Dämonentrupps entdeckt, die sich sowohl im deutsch-französischen Grenzland als auch in Süddeutschland aufhalten. Es besteht Grund zu der Annahme, dass sie nicht zu unseren Verbündeten gehören. Sie zeigen sich scheu und erst aggressiv gegen Jäger, wenn sie verfolgt werden. Was leider unsere Pflicht ist."

„Stecken die Aufständischen dahinter?", fragte ein mir unbekannter älterer Mann mit Brille und kurzen, schon leicht ergrauten Haaren.

„Wer sonst?", wollte ich rufen, hielt aber selbstverständlich den Mund. Jetzt konnte ich es mir noch weniger leisten, Madame d'Hibous Aufmerksamkeit zu erregen.

Doch unsere ehemalige Hausmutter überraschte so gut wie jeden im Saal, als sie erwiderte: „Ich fürchte nicht. Luzifer scheint das Abkommen zu verletzen. Jedoch haben wir keine Möglichkeit, ihn zu befragen, solange er sich außerhalb seines Palastes befindet. Deshalb setzt der Oberste Rat mit einer überwältigenden Mehrheit das Abkommen aus, bis Luzifer bereit ist, mit der GHA in einen Dialog zu treten. Wir führen unsere Geschäfte einstweilen mit einem von Luzifers Vertretern fort, der auch versprochen hat, sich um die Dämonensache zu kümmern."

Grigori fluchte hinter mir auf Russisch, allerdings so leise, dass nur Tristan, Luc und ich es hörten.

Meine Blutsbrüder rückten so dicht zusammen, dass nur wir unsere Gedanken wahrnahmen.

Sie verraten Luzifer. Seine Soldaten bewegen sich so unauffällig, dass niemand sie entdecken würde. Diese

Dämonen wurden von Azazel und Akibeel geschickt, jede Wette. Sie suchen den jüngsten Jäger und den Weltenschlüssel, dachte Grigori aufgebracht. *Milán und Gábor sind in Süddeutschland,* gab ich zu bedenken.

Grigori brummte. *Sie können dort auch noch nicht weg. Paris ist für Milán nicht mehr sicher. Die alte Hexe da vorne hat ihn Azazel versprochen. Gábors Truppen sind um das Haus postiert, aber er hat viele Männer verloren. Selbst deine Hundertschaft, Joelle, konnte das Defizit nicht beseitigen. Wenn ich nur etwas sehen könnte!*

Luc sagte stumm: *Brauchen die beiden unsere Hilfe?*

Mit uns wären sie besser dran. Aber keiner von uns darf hier weg. Wir würden Stellung für Luzifer beziehen und ihr wisst, was das für uns bedeutet, wehrte Grigori ab.

Das mochte stimmen, aber er wollte auch nicht, dass ich die Sicherheit des Hauptquartiers verließ.

Wir achteten gar nicht mehr darauf, was jetzt wild um uns herum diskutiert wurde. Wir hatten unsere Schlüsse schon gezogen. Madame d'Hibou würde über kurz oder lang die Führung der GHA an sich reißen und die ganze Organisation den Plänen der Hölle unterordnen; und zwar nicht der Hölle unter Luzifers Herrschaft. Jeder, der das nicht sah, verschloss entweder beide Augen oder war blöd.

Tristan schürzte die Lippen. *Ich wäre lieber heute als morgen fort von hier. Aber ihr habt ja gehört, wie es anderswo aussieht. In Paris ist es immer noch am sichersten.*

An mich gesandt dachte er: *Gábor und Milán wird schon nichts passieren. Am besten, du spielst deine Rolle genauso überzeugend weiter wie bisher.*

Einigermaßen besänftigt nickte ich. Es wäre dämlich, nach Heidelberg zu fahren. Wir mussten hier ausharren und zusehen, dass wir am Leben blieben.

Wie wahr dieser Gedanke war, bewies mir Madame d'Hibous letzte Aussage für diesen Abend.

„Sollte jemand Zweifel bekommen haben, ob die Seite, auf der er sich wähnt, noch die richtige ist, so soll er in sich gehen und mir bis morgen seinen Entschluss mitteilen. Wer die Entscheidung des Rats bezüglich des Abkommens nicht mittragen möchte, sollte sich rasch überlegen, wo er steht. Denn in Zeiten wie diesen gilt die Devise: Wer nicht für uns ist, ist gegen uns. Guten Abend."

Ich reckte meine steifen Glieder und folgte den anderen aus dem Saal. Wir holten unsere Waffen und machten uns auf zur Patrouille. Unterwegs wollten wir überlegen, wie wir mit der radikalen Forderung des Obersten Rates umgehen sollten.

Doch dazu kam es nicht.

30

Im Treppenhaus rannten uns Louis, Marinette, Anaïs und Anouk entgegen, die von einem früheren Patrouillengang zurückkamen.

Tristan schnappte sich als Erstes seine Freundin, die völlig außer Atem war, aber äußerlich unversehrt. Fürsorglich hielt Tristan sie im Arm, bis sie sich etwas beruhigt hatte. Auch die anderen wirkten, als hätten sie eine längere Strecke in hohem Tempo zurückgelegt und wären obendrein verfolgt worden.

„Wo kommt ihr her?", fragte Luc seinen Freund Louis.

Anouk, die dicht bei Grigori stand, wie wenn sie etwas Trost nötig hätte, antwortete an Louis' Stelle: „Vom Louvre."

Sie holte tief Luft. Dann sprudelte es aus ihr heraus: „Dort sind plötzlich massenhaft Turper und Poltergeister aufgetaucht, angeführt von Geisterdämonen. Es gab ein ziemliches Chaos, aber wir waren viel zu wenige, deshalb sind wir hierher zurück. Wir wollten übers Handy Verstärkung anfordern, aber niemand ist rangegangen."

„Weil wir alle bei dieser dämlichen Versammlung waren", zischte Luc. „Wir gehen dorthin. Joelle? Du informierst die anderen. Wie viele Leute brauchen wir?"

„Mindestens zwanzig", meinte Louis.

Der Louvre war für Normalsterbliche ungefähr fünfzehn Gehminuten vom Hauptquartier entfernt, wir würden höchstens fünf Minuten benötigen. Allerdings war jede Minute, die wir hier herumstanden, eine zu viel.

„Ich gehe mit, Luc. Lasst uns zu acht gehen."

Luc sah mich böse an. „Louis sagte, wir bräuchten zwanzig Jäger. Und du zählst nicht dazu. Mach, dass du hochkommst und Verstärkung holst. Und dann bleibst du hier!"

„Was?" So hatte Luc noch nie mit mir gesprochen. Mein aufwallender Zorn ließ die Tatsache hinten runterfallen, dass er mich nur beschützen wollte.

„Du hast mich schon verstanden."

Aus dem Augenwinkel sah ich, dass Grigori Anouk wegschickte, vermutlich, damit sie die anderen alarmierte, weil Luc und ich lieber stritten, als unsere Pflicht zu tun. Das war Mist, aber ich würde mich nicht fügen. Da kannte Luc mich aber schlecht.

„Wie sieht das denn aus, wenn ich hierbleibe? Was soll ich Madame d'Hibou erzählen?"

„Es ist mir scheißegal, wie das aussieht!", entgegnete er zornig. „Du bringst dich nicht unnötig in Gefahr! Wir kriegen das auch ohne dich hin, verdammt noch mal!"

Auch ich erhob jetzt meine Stimme. Ich stellte mich so dicht vor Luc, dass ich nach oben schauen musste.

Ich funkelte ihn an. „Du bestimmst nicht über mich, Lucien!"

Luc verkniff sich jedes weitere Wort, presste die Lippen zusammen und zog sich zurück. Ich hatte gewonnen, aber der Preis war hoch. Luc würde heute nicht mehr mit mir reden.

Tristan verdrehte die Augen, als ich seinen Blick suchte, doch ich vermochte nicht zu sagen, ob über mich, über Luc oder über unseren Streit.

Stimmen erfüllten auf einmal das Treppenhaus. Angeführt von Loup und Renard erschienen zwölf Geisterjäger.

Renard wies uns mit einem Kopfnicken an, uns einzureihen, ehe wir das Haus verließen und losjoggten. An Tarnung war nicht zu denken, weshalb wir den Anschein erweckten, ein militärischer Verband zu sein.

Renard als Einsatzleiter bildete die Nachhut und hielt wie so oft das hohe Tempo nicht durch. Mit Loup, der ganz vorne lief, kommunizierte er gedanklich. Die menschlichen Jäger kamen uns Halbdämonen langsam vor, aber auch mir war es recht, dass mir nicht die übliche Leistung abverlangt wurde.

Irgendwo verstand ich Luc. Ich hätte mir das nicht antun müssen. Doch sowohl mein Stolz als auch die Furcht, aufzufliegen, zwangen mich dazu, schnaufend hinter den vornehmlich männlichen Jägern herzulaufen. Durch den anhaltenden Regen war der Straßenbelag feucht und rutschig, was uns gleich behindern würde. Immerhin kamen dadurch weniger ungebetene Zuschauer zum Einsatzort.

Schon von Ferne hörten und sahen wir die gefährliche Situation rund um die gläserne Pyramide des Louvre.

Anouk hatte nicht übertrieben: So viele Geistgestalten hatte ich zuletzt gesehen, als Samael Paris angegriffen hatte.

Hilflose Polizeimannschaften mühten sich ab, aufeinander einprügelnde Menschen zu trennen, Randalierende davon abzuhalten, den Platz und das Museum zu beschädigen oder andere Menschen zu verletzen. Dabei gab es schon einige unter ihnen, die selbst von Turpern besessen waren und sich urplötzlich gegen ihre Kollegen wandten, nicht mehr Herr ihrer selbst.

Der Lärm aus Schreien, dumpfen Schlägen und Getrampel auf dem Straßenpflaster war unvorstellbar. Zahlreiche Schaulustige hatten sich durch die Polizeiabsperrung in sicherer Entfernung zum Geschehen postiert.

Augenzeugen waren beinahe das Nervigste an solchen Einsätzen. Hinterher musste die GHA immer eine plausible Erklärung aus dem Hut zaubern oder Gehirnwäschedämonen schicken, was sich manchmal gar nicht so einfach gestaltete.

Gegen die Besessenen durften wir keine Waffengewalt einsetzen, sondern sie nur mit unseren Nahkampftechniken ausknocken und, sofern sie nicht von selbst verschwanden, die Turper aus ihnen herausjagen. Dieser Vorgang war schwer zu beschreiben. Es gab einige Formeln, die man sprach, während man die Hände über das Opfer und von sich weg ausgestreckt hielt, damit die Geister nicht gleich in einen selber hineinfuhren; AGLA INRI zum Beispiel. Zugleich brauchte es den unbedingten Willen, die Geister zu vertreiben. Erwischten sie einen doch, musste man sie mit positiven Emotionen bekämpfen und sich auch geistig gegen sie zur Wehr setzen. Das war mir früher immer am schwersten gefallen. Positive Gefühle und Erinnerungen hatte ich nur wenige besessen. Das hatte sich mittlerweile stark gebessert.

Trotzdem war es immer noch am sinnvollsten, die Turper gar nicht erst an sich heranzulassen.

Unter Renards Kommando sorgten wir effizient für Ordnung. Allerdings hätten wir mehr Leute mitnehmen sollen. Die Geister gaben einfach nicht klein bei, besonders die dämonischen, gestorbene Gargoyles und niedere Dämonen, die auch nach ihrem Tod an die Hölle gebunden waren, wodurch diese Welt auch auf das Jenseits Einfluss nahm. Anscheinend tat sie das jetzt verstärkt.

Die Polizisten erwiesen sich als harte Brocken. Sie waren stark und auch noch als willenlose Besessene in der Lage, ihre Ausbildung zu nutzen.

Mitten im Kampf mit einem jungen Mann in Uniform kam ein zweiter hinzu und brachte mich zu Fall.

Das ohnehin schon hochkochende Adrenalin erreichte einen neuen Höhepunkt und mir brach der Schweiß aus. Mein Herz klopfte wie verrückt. Die

Männer ließen mir keine Chance, mich aufzurappeln, sondern prügelten sich nun gegenseitig und stürzten dabei auf meine Beine. Meine Oberschenkelmuskeln zogen sich schmerzhaft in die Länge, als ich erfolglos versuchte, mich zu befreien. Wie viele Tonnen wogen diese Kerle? Ich musste mich verwandeln.

Grigori und Luc, die mich ohnehin kaum zwei Meter von sich weggelassen hatten, sprangen herbei. Luc zog mich unter den miteinander ringenden Männern hervor, die Grigori mit je einer Hand am Kragen packte und grob trennte. Seine große Körperkraft war selbst für Halbdämonen beängstigend.

Luc und ich zogen die Turper aus dem einen, den Grigori festhielt, sodass er davonwanken konnte. Aus dem anderen wichen sie erst, als Grigori dem armen Mann mit der freien Hand einen Kinnhaken verpasste, der ihm die Lichter auspustete.

„Pardon", sagte er und legte den Mann geradezu liebevoll auf dem Steinboden ab.

Meine Muskeln protestierten, als ich mich vornüberbeugte, um mein Schwert aufzuheben. Mein Bauch und mein Rücken schmerzten. Leider hatte Luc das Ächzen gehört, das ich von mir gegeben hatte. Er biss die Zähne zusammen, um sich selbst den Mund zu verbieten. Ich atmete bewusst ein und aus, damit das Ziehen in meinem Bauch abebbte.

Die Kämpfe um uns herum nahmen ab. Die letzten Dämonengeister schwebten in die Nacht davon.

Schon gab Schnauzbart das Zeichen zum sofortigen Rückzug, damit wir unbemerkt abhauen konnten.

Sollte die Polizei den Rest erledigen.

31

In Lucs Gesicht kämpften Wut und Sorge miteinander, als er mit mir hinter die geschlossen marschierende Truppe zurückfiel und mich mit seiner Hand auf meiner Schulter dazu brachte, stehen zu bleiben. Ich hatte tatsächlich Seitenstechen. Meine Atmung kontrollierend stemmte ich die Fäuste in die Seiten und wartete darauf, dass das nervige Piken aufhörte.

„Bist du jetzt zufrieden?", flüsterte Luc verärgert.

„He! Weiterlaufen da hinten!", rief Renard uns zu, der ebenfalls stehen geblieben war, doch Grigori löste sich aus dem Glied und trat neben ihn.

Auf Französisch erklärte er ihm, dass Luc und ich noch eine andere Aufgabe hätten, eine Höllenangelegenheit, und deshalb unauffällig davongehen wollten.

Schnauzbart motzte ihn an, warum er nicht darüber informiert wäre, aber er ließ uns zufrieden und ging weiter. Seine Schritte waren schwerfällig, ich kannte den Trainer nicht anders als leicht humpelnd. Danach gefragt hatte ihn nie jemand. Aber es hieß, er hätte vor Jahren eine schwere Kampfverletzung davongetragen. Womöglich wusste Grigori besser darüber Bescheid. Anders konnte ich mir nicht erklären, warum er Käpt'n Schnauzbart nicht so fies behandelte, wie er es eigentlich verdiente. Auch jetzt betrachtete er Grigori missbilligend. Es war so offensichtlich, dass er ihn nicht leiden konnte, vielleicht sogar hasste, dass ich an Grigoris Stelle schon längst ausgerastet wäre. Unser Blutsbruder winkte aber nur kurz, dann joggte er wieder zurück an seinen Platz.

Anouk und die anderen Nachwuchsjäger wurmte es bestimmt, dass sie im Hauptquartier zurückgelassen worden waren und nur Tristan, Luc, Grigori und ich mitgedurft hatten. Dass meine Freunde ihnen garantiert gleich Bericht erstatteten, war zumindest für Louis und Anouk ein schwacher Trost. Allerdings war Louis kurz davor, seine letzte Prüfung zu bestehen. Von Milán hatte ich erfahren, dass die meisten jungen Geisterjäger, die in ihren Familien ausgebildet wurden, früher fertig waren als wir in Paris. Und ich glaubte nicht, dass solche Jäger schlechter waren als wir. Man hielt uns so lange wie möglich unter der direkten Aufsicht der GHA.

Luc nahm meine Hand und führte mich in eine Ausbuchtung der Pont du Carrousel, die die anderen Jäger gerade überquerten.

Obwohl sie so viele waren, hörten wir kaum ihre Schritte. Rasch verschwammen ihre Gestalten in der Dunkelheit.

Luc strich mir einige verirrte Haarsträhnen aus der Stirn. Ich spürte seinen Ärger und reckte das Kinn. Er schüttelte den Kopf, dann küsste er mich auf die Wange.

Er wollte sich mit mir versöhnen. Ich Zicke hätte auch den ersten Schritt machen können, vor allem, weil ich im Unrecht war. Aber so etwas gelang mir selten.

„Bitte lass nicht zu, dass deine Sturheit dich und dein Kind tötet, Joelle", raunte er.

Ein elendiges Gefühl breitete sich in meiner Brust aus. Meine Beine gaben kurz nach und ich klammerte mich an Lucs Kampfkittel fest. Luc umfing mich, um mich zu stützen.

Ich biss mir auf die Unterlippe, bevor ich zugab: „Okay, du hattest recht. Ab jetzt kämpfe ich nur noch, wenn es sich nicht vermeiden lässt."

Sofort schlug Lucs Stimmung um.

„Du bist ja doch vernünftig, wenn man dich dazu zwingt", neckte er mich und streichelte meinen Rücken.

Noch einmal ließ ich den Kampf vor meinem inneren Auge ablaufen. Das mit den zwei Polizisten hätte auch schiefgehen können.

„Danke, dass ihr auf mich aufgepasst habt, du und Grigori."

„Freunde passen auf einen auf, wenn man es selbst nicht kann", erklärte Luc.

Erleichterung machte sich in mir breit. Luc war nicht mehr sauer auf mich und meine Bauchkrämpfe hatten aufgehört.

Ich musste besser auf mich achten, das sah ich jetzt ein.

„Was glaubst du, wer hinter diesem Angriff steckt?", fragte ich meinen Freund.

„Es waren sehr viele tote Dämonen da, was für die Hölle spricht. Aber irgendwie glaube ich nicht, dass es Luzifer gewesen ist."

„Ich auch nicht. Das läuft wie letztes Mal, als mein Vater im Diesseits war und jeder gedacht hat, Luzifer wäre an allem schuld."

„Wenn er die Aufstände konsequenter niedergeschlagen hätte und nicht plötzlich so ein schwacher Herrscher wäre, hätten wir die Probleme nicht. Es ist mehr als gefährlich, dass überall auf der Welt die Lage mit den Geistern außer Kontrolle gerät. Die Geisterjäger sind ohne die Hilfe der Hölle schon zahlenmäßig zu schwach für diese Aufgabe. Das wissen die Aufständischen genau."

Ich schnurrte, als Luc meinen Nacken streichelte.

Lächelnd über meinen Laut drückte er die Lippen an die Seite meines Halses. Der angenehme Schauder, der mein Rückgrat hinabrieselte, weckte in mir den

Wunsch, die Politik für heute ruhen zu lassen. Doch das wäre nicht zielführend.

„Luzifer hat die Zügel schleifen lassen. Ich denke mal, er hat sich auf andere Dinge konzentriert. Azazel hat diese Geister geschickt oder ein anderer aus seinen Reihen. Wenn er will, dass ich weiterhin für ihn arbeite, muss er damit aufhören."

„Und das willst du ihm befehlen?", erwiderte Luc mit leisem Spott.

„Nicht direkt. Aber ich muss mit ihm reden."

Luc packte meine Hüften und schob mich so weit von sich, dass er mir in die Augen sehen konnte. „Du willst nicht allen Ernstes in die Hölle reisen?!"

„Siehst du einen anderen Weg, hier für Ruhe zu sorgen?"

„Das ist Sache der GHA. Der Oberste Rat darf einem neuen Bündnis nur zustimmen, wenn gewisse Regeln eingehalten werden."

„Daran glaubst du?" Skeptisch zog ich die Augenbrauen hoch.

Luc schüttelte den Kopf. „Daran würde ich gerne glauben. Aber der Rat ist ein zahnloser Tiger geworden. Die Hölle bestimmt mehr als je zuvor über die Jäger."

Das ließ sich nicht von der Hand weisen. Spätestens nach der Versammlung heute Abend.

„Noch ein Grund mehr, sich selbst darum zu kümmern. Sag Grigori Bescheid. Er ist der Einzige von uns, der in der Hölle kommen und gehen darf, wie es ihm passt."

Luc seufzte, als er bemerkte, dass er mich schon wieder nicht umstimmen konnte.

„Sieh zu, dass du nicht in ein Gefecht gerätst. Geister sind das eine, Dämonenheere was ganz anderes. Soll ich nicht doch mitgehen?"

„Nein!" Abwehrend legte ich die Hände auf seine harte Brust. „Azazel würde dich töten oder zu einer

Allianz zwingen. Wenn du weitermachen willst wie bisher, solltest du unter dem Radar bleiben. Fall einfach nicht auf und tu um Gottes willen nichts gegen die GHA. Hier wird sich so einiges ändern. Und das nicht zum Besseren."

Dem wusste Luc nichts hinzuzufügen. „Los, ich bringe dich noch bis zum Portal."

Unbehelligt in die Hölle einzureisen, war nicht mehr möglich. Das Portal, aus dem ich in eine der zahlreichen Felsenhallen kam, war von sechs Wachen umstellt.

Sie brachten mich unverzüglich zu Azazel. Da einige mich kannten und ich ihnen glaubhaft versicherte, dass ich sowieso mit ihrem Boss sprechen wollte, legte man mich auch nicht in Ketten.

Im Gegenteil. Die Gargoyles verbeugten sich vor mir und eskortierten mich wie eine hochgestellte Persönlichkeit zu Azazels Räumen in Luzifers Palast.

Auf dem Weg durch die auch zu später Stunde belebten Flure begegnete mir Batarel, der mich freundlich grüßte, als hätten wir uns nicht schon einmal bis aufs Blut bekämpft. Irritiert ging ich weiter, bis meine Eskorte vor einer deckenhohen Flügeltür stehen blieb.

„Hier ist es, Herrin", sagte der vorderste Dämon mit einer seltsam quietschenden Stimme.

„Vielen Dank."

Aus dem Raum drang metallenes Hämmern.

„Wir werden auf Euch warten, Herrin, um Euch wieder zum Portal zu begleiten."

„Das ist nett von euch."

Ich hob die Hand, um anzuklopfen, als die Tür von innen geöffnet wurde und Azazel einen Schatten auf mich warf. Er trug nichts bis auf einen römischen Rock und eine lederne Schürze. Er sah menschlicher aus, wie ein riesenhafter, verdammt heißer Mann. Er schien sich über meinen Besuch zu freuen. Das würde nicht lange vorhalten.

32

„Nara! Ich habe nicht mit dir gerechnet. Komm herein. Ich beende nur rasch meine Arbeit."

„Guten Abend, Azazel", entgegnete ich höflich und folgte ihm in einen luftigen, minimalistisch eingerichteten Raum. Die Fenster hatten keine Scheiben wie überall im Palast. Hier unten wurde es nie kalt und Regen wurde nicht von heftigem Wind begleitet. Außerdem kam es der Angewohnheit der Dämonen entgegen, ihre Fenster als Ein- und Ausgänge zu nutzen. Während Azazel im Nebenzimmer sein Schmiedeprojekt fortführte, blickte ich mich um.

In einer Ecke unter dem Fenster stand ein altertümliches dunkelgrünes Samtsofa. Ein Bett entdeckte ich nicht. Gefallene Engel mussten nicht schlafen, aber sie ruhten zuweilen. Es gab einen Einbaukleiderschrank und Wandfackeln in den Raumecken, die heimeliges Licht und Wärme verbreiteten, wenn man dicht danebenstand wie ich im Moment. Ich ging dem Hämmern nach und kam gerade hinzu, als Azazel einen Schwertrohling zum Abkühlen auf eine steinerne Bank legte. Er zog sich die Schürze aus und hängte sie neben der Esse an einen Haken.

„Schmiedest du oft Waffen?"

„Ich mache fast nichts anderes, wenn ich in der Hölle weile. Meine Schwerter, Pfeilspitzen und Messer sind begehrt. Sie kommen den himmlischen Waffen am nächsten."

Er wies auf die gegenüberliegende Wand, an der alle möglichen Hieb- und Stichwaffen hingen. Mein einfaches Kurzschwert war von Menschen gemacht und mich juckte es in den Fingern, eine dämonische Waffe in der Hand zu halten. Azazel deutete meinen begehrlichen Blick ganz richtig.

„Sieh dir ruhig alles an."

Gemeinsam stellten wir uns vor die behangene Wand. Geduldig zeigte Azazel mir mehrere Stücke und erklärte, wie er sie gefertigt hatte. Selbst die Griffe waren verziert und sorgfältig gearbeitet. Großvater wäre begeistert.

Der Dämon ließ mich allzu leicht vergessen, wo ich mich befand und dass er eigentlich mein Feind war, kein netter Bekannter, mit dem ich über Schwerter plaudern sollte. Doch ich musste ihn auch bei Laune halten.

Als seine kleine Führung fertig war, schlenderten wir nebeneinander auf den Hauptraum zu. Also Azazel schlenderte. Ich machte extra große Schritte, um mithalten zu können.

„Weißt du, warum ich dir keinen Dolch oder ein Schwert geschenkt habe, sondern einen Pfeil?"

„Weil ein Pfeil nicht so wertvoll ist?" Ups. Das war vielleicht nicht gerade diplomatisch gewesen.

„Jede Waffe ist wertvoll. Denn jede Waffe vermag es, über Leben oder Tod zu entscheiden." Er klang nicht erzürnt. „Du kannst sehr gut mit Pfeil und Bogen umgehen. Ich habe gesehen, dass du sogar vom Pferderücken aus triffst."

„Du warst in der Mongolei?"

„Ich musste sehen, ob du dein Wort hältst. Das hast du." Seine schwarzen Augen spiegelten Bewunderung, als er auf mich heruntersah. „Du bist eine wahre Kriegerin, Nara."

Ich neigte den Kopf. Gegen solche Komplimente war ich machtlos, selbst wenn sie von einem gefährlichen Stalker kamen.

„Bis der Krieg in der Hölle vorüber ist, werde ich leider nicht mehr in die Mongolei zurückkehren können. Die GHA sieht es auch nicht mehr gerne, dass ihre Jäger engere Kontakte in die Welt der Menschen pflegen. Meine Familie fehlt mir. Auch mein Pferd Temudschin.“

„Das tut mir leid. Wenn einem der Weg in die Heimat verwehrt bleibt, muss man woanders Heimat finden und dabei stets spüren, dass es nicht dasselbe ist. .“

Ich spürte, dass er ernsthaft Anteil nahm. Mir fiel es schwer, ihn nicht wenigstens ein bisschen zu mögen. Es war leichter, als ich ihn noch für ein Monster gehalten hatte.

„Setz dich doch, Nara“, forderte Azazel mich auf und zeigte auf eine Sitzgruppe aus sechs römischen Hockern unter einem der Fenster.

Ich warf einen Blick nach draußen auf den nachtschwarzen Wald und die helle Mondsichel, die am Himmel stand, ehe ich mich niederließ. Eine leichte, warme Brise kam durch das Fenster herein und bauschte immer wieder die langen weißen Schals, die unter der Kassettendecke angebracht waren.

Es hätte schön hier sein können. Doch jetzt war es vorbei mit den freundlichen Worten. Nervös knetete ich die Hände. Meine Herzfrequenz hatte bereits jetzt ungesunde Höhen erreicht. Alles Dinge, die Azazel genau registrierte. Das trug auch nicht gerade zu meiner Entspannung bei.

Der Engel nahm mir schräg gegenüber Platz. Seine schwarzen Augen glänzten im Feuerschein der Fackel neben uns. Es sah ganz anders aus, als wenn in Gábors Augen Flammen loderten. Nein, an ihn durfte ich am allerwenigsten denken.

„Was führt dich nun zu mir, Nara? Erstattest du mir Bericht über den Schlüssel?“

Ein paar Herzschläge lang zögerte ich. „Auch das werde ich tun", sagte ich dann doch. Es führte ja kein Weg daran vorbei. „Aber dann muss ich noch etwas anderes mit dir besprechen."

„Lass mich erst über den Schlüssel hören. Danach bin ich hoffentlich noch so milde gestimmt wie jetzt."

Na hoffentlich. Ich wischte meine schweißnassen Hände an den enganliegenden schwarzen Jägerhosen ab und griff nach der Münze an meinem Handgelenk.

„Ferenc Farkas hat mir alles erzählt, was er wusste. Leider war es nicht besonders viel. Ich hatte vorgehabt, noch Milán Farkas zu befragen, vor allem um die Informationen seines Cousins zu überprüfen, aber er ist nicht mehr in Paris und ich habe ihn bislang nicht ans Telefon bekommen."

Letzteres war gelogen, ich hatte noch nicht versucht, Milán zu erreichen. Ob er nach meiner Trennung von Gábor und meinem Pakt mit Azazel überhaupt noch ein Wort mit mir wechseln würde, stand allerdings in den Sternen.

„Und was sind das für Informationen?", fragte Azazel ruhig, aber mit hörbarer Ungeduld in der Stimme. Er lehnte sich leicht nach vorne und kam mir damit unangenehm nahe.

Ich räusperte mich, weil ich plötzlich das Gefühl hatte, etwas säße in meiner Kehle. „Ferenc und sein Vater sind selbst auf der Suche nach dem Schlüssel. Ferenc behauptet, der Schlüssel wäre ein Erbstück der Familie Farkas und würde seinem Vater gehören. Allerdings hat Miláns und Gábors Mutter ihn nach ihrem Tod wohl mit ins Jenseits genommen und nicht an ihren Bruder, also Ferenc' Vater, weitergegeben. An Béla Farkas oder einen ihrer Söhne jedoch auch nicht. Von Milán weiß ich, dass ihr Geist aus dem Jenseits entführt und in die Vorhölle gebracht wurde. Ob dies in Zusammenhang mit dem Schlüssel steht, weiß ich nicht. Der

Verdacht liegt aber nahe. Habt ihr sie schon ausgefragt?" Azazel knurrte.

„Natürlich haben wir das. Akibeel hat sie damals festgesetzt, um Farkas gefügig zu machen. Von dem Schlüssel ahnte ich da noch nichts und Akibeel angeblich auch nicht. Das Biest beharrt darauf, den Schlüssel nicht mehr zu besitzen und nicht zu wissen, wo er sich befindet. Töten können wir sie auch nicht, da Luzifer sie auf Bitten von Farkas hin durch einen Zauber schützt. Der wirkt leider immer noch. Zudem ist die Vorhölle bis auf wenige Tage im Jahr für uns versiegelt. Gott spielt sogar an den Grenzen unserer Welt noch mit." Ärgerlich schnalzte er mit der Zunge. „Hast du noch irgendetwas?"

„Nein, leider nicht. Ferenc hat mir aber versprochen, mich zu kontaktieren, sollte sich etwas Neues ergeben. Er ist jetzt wieder in Deutschland."

Azazel brummte. „Ich hatte mir mehr erhofft. Vielleicht war es die falsche Zielperson. Dass die Farkas-Familie ihre Finger im Spiel hat, ist uns bekannt. Bei ihnen haben wir bislang aber nichts gefunden. Bélas Villa wurde mehrmals durchsucht, ebenso die Gräber seiner Frau und seines Sohnes. Es bleibt wohl nichts, als abzuwarten und sie alle im Auge zu behalten."

Ich atmete tief durch. „Ich hätte dir gerne bessere Informationen überbracht."

„Ich bin mir sicher, du hast dein Bestes getan. Was wolltest du noch mit mir besprechen?"

Ich hob den Blick. „Heute Abend gab es einen großen Geisterangriff am Louvre. Da sehr viele Dämonen mitgemischt haben, liegt der Schluss nahe, dass die Hölle dahintersteckt. Die GHA-Führung behauptet zwar, Luzifer würde gegen das Abkommen verstoßen, aber ich glaube eher, dass du oder Akibeel oder Batarel dahintersteckt. Zum einen, um Luzifer weiter zu schaden und bald seinen Platz auch im Diesseits einzunehmen, zum anderen, um die Geisterjäger auf Trab zu halten, damit sie den Schlüssel nicht vor euch finden."

„Kluges Mädchen. Wir suchen auch selbst nach dem prophezeiten jüngsten Jäger und dem Weltenwächter. Das Schicksal beider ist eng mit dem Schlüssel verwoben. Ein Jammer, dass du mich immer noch nicht in Erwägung ziehst."

Er ergriff zart meine Hand. Sein einnehmendes Lächeln wurde schmaler, als er meine Finger umschloss. Ich wollte sie ihm entziehen, doch ich war zu beschäftigt damit, sein Mienenspiel zu beobachten. Es wechselte von Erstaunen über Neugier hin zu Zorn.

Da entriss ich ihm meine Hand und erhob mich, um Abstand zwischen uns zu bringen. Hastig schlüpfte ich aus meiner Jacke und entfaltete meine Schwingen. Ich war bereit, aus dem Fenster zu flüchten.

„Wachen!", bellte Azazel.

Gleichzeitig zogen wir Schwerter, griffen uns aber nicht an.

„Warum rufst du deine Soldaten?", rief ich. „Ich habe getan, was du wolltest!"

Er richtete sein langes Schwert auf mich. „Ich spüre Luzifers Macht in dir. Du hast dich an ihn gebunden, obwohl du zuerst mir die Treue geschworen hast! Du hast nicht Wort gehalten!" Das war so nicht ganz richtig, denn als Erstes hatte ich Luzifer unterstützt. Ein Bündnis war ich jedoch nicht mit ihm eingegangen.

„Das ist nicht wahr! Ich habe nur mit dir eine Allianz!", verteidigte ich mich.

„Mein Gespür hat mich noch nie getrogen!"

Trotz meines vorgestreckten Schwertarms kam Azazel näher. Das Schwert in meiner Hand erzitterte. Angst floss durch meine Adern wie Eiswasser.

„Komm mir nicht zu nahe! Wie kannst du es wagen, mich als Verräterin zu beschimpfen!"

„Wachen!", rief er noch einmal.

Statt der Gargoyles, die ich erwartet hatte, kamen zwei gefallene Engel, um mich fortzubringen. Sie trugen sogar Handschuhe, um mich, den Todesengel, nicht zu berühren.

„Du hast einen Tag und eine Nacht Zeit, dich mir zu erklären, Nara. Bin ich mit deiner Erklärung nicht zufrieden, ist unser Pakt nichtig und dein Leben verwirkt."

Scheiße. Ich konnte mich ihm nicht erklären, ohne dass mein Leben und das meines ungeborenen Kindes in seine Hände fiel. Luc war der Einzige, der wusste, wo ich hingegangen war. In ihn musste ich alle Hoffnungen setzen, rechtzeitig hier rausgeholt zu werden. Ansonsten würde ich nie mehr zurückkehren zu können, solange Azazel und seine Freunde an der Macht waren.

Zwei der Gargoyles, die mich herbegleitet hatten, spähten mit erschrockenen Gesichtern durch die Tür, bevor sie die Flucht ergriffen.

Ich spielte mit dem Gedanken, einfach alle abzumurksen und zu fliehen, aber dann würde ich erst recht auf der Abschussliste der Aufständischen stehen. Noch mehr, als wenn ich befreit wurde.

Heute traf ich nur miese Entscheidungen. Ganz miese Entscheidungen.

33

Kurz bevor ich zur Tür hinaus war, rammte ich die Füße in den Boden, drehte den Kopf und suchte Azazels Augen mit meinen. Er stand noch an derselben Stelle wie vor wenigen Sekunden und starrte mich mit einer Mischung aus Wut und Enttäuschung an.

„Was willst du noch?", blaffte er mich an. Er klang tatsächlich verletzt. Dachte er, wir wären Freunde? Mehr als Bündnispartner?

„Ich weiß etwas über dich, was du sogar vor deinen Mitstreitern verbirgst. Willst du, dass ich dieses Wissen gegen dich verwende?"

Ich wusste nicht, woher ich die Kühnheit nahm, in meiner Lage noch so mit dem Mann zu sprechen, dessen Macht ich gerade völlig ausgeliefert war. Aber mir fiel kein besserer Augenblick ein, diese Karte auszuspielen. Wenn ich erst einmal in meiner Kerkerzelle saß, würde ich keine Audienz bei Akibeel oder Batarel bekommen, um einem der beiden mitzuteilen, dass ihr Anführer nicht ehrlich zu ihnen war und seine eigenen Pläne verfolgte.

„Das glaubst du, kleine Nara? Dann lass dir gesagt sein: In der Hölle kannst du am Ende nur dir selbst vertrauen. Vielleicht musst du diese Lektion noch lernen."

Er winkte nachlässig mit der Hand. Die beiden Dämonen zogen mich erneut vorwärts, in Richtung Treppe.

Azazel hatte keine Kerkerhaft für mich vorgesehen, sondern mir ein Zimmer eine Etage tiefer zugewiesen, ähnlich seinem eigenen, wo man mich einschloss. Als der Schlüssel im Schloss klickte, legte ich mich resigniert auf eine unbequeme steinerne Liege.

Das war ja mal super gelaufen. Tränen brannten in meinen Augen, mehr vor Zorn auf mich selbst und meine unfassbare Dummheit, als über die Tatsache, dass ich Azazels Gefangene war und in der Hölle festsaß.

Ich hörte schnell auf zu weinen. Es hatte keinen Sinn und half mir nicht weiter.

Ich musste an Batarel oder Akibeel herankommen und ihnen ein Bündnis anbieten. Andernfalls würde ich hier verrotten und als Azazels Ehefrau enden. Nie im Leben!

Doch womöglich standen meine Chancen gar nicht so schlecht, aus diesem Zimmer herauszukommen.

Im Stockwerk über mir traten zwei Personen ans Fenster. Auf Zehenspitzen schlich ich nahe genug heran, um zu lauschen.

Die eine Stimme gehörte eindeutig Azazel, die andere musste Akibeels sein. Wenn sie sich auf ihr Gespräch konzentrierten, dürften sie meine Anwesenheit kaum wahrnehmen.

„Wir haben noch eine Gefangene?", fragte mutmaßlich Akibeel genervt. Offenbar missfiel ihm die Aktion seines Verbündeten.

„Sie wurde zu einem Sicherheitsrisiko, Akibeel. Außerdem wollte ich ihr den hübschen Kopf geraderücken."

Wie nett. Aber Azazel bestätigte meine Vermutung, dass er mit Akibeel am Fenster stand und in die Nacht hinausblickte.

„Sie ist eine Freundin des Himmelsjägers. Es wird ihn erzürnen, dass du sie so behandelst. Ich brauche Wolkow. Wenn er wieder zu Luzifer überläuft, wirft uns das weit zurück!" Er klang schwer verärgert. Ich traute mich, zu lächeln. Akibeel half mir, ohne sich dessen bewusst zu sein. Dass er und Azazel sich bereits um die Führung stritten, kam mir ebenfalls zupass.

„Du hast mir Entscheidungsgewalt zugesichert, Akibeel. Wieso erträgst du es nicht, wenn ich davon Gebrauch mache?" Ich konnte das spöttische Grinsen auf Azazels Gesicht deutlich vor mir sehen.

„Weil du Entscheidungen triffst, die unserer Sache schaden. Endlich haben wir die GHA soweit, dass sie ein Abkommen mit uns aushandelt, das wir zu unseren Gunsten nutzen werden. Mein treues Weib hat alles vorbereitet. Sie räumt auch die letzten Gegner und Unentschlossenen aus dem Weg, sodass wir im Diesseits freie Bahn haben. Und das viel früher als erwartet. Aber jetzt kommst du daher und sperrst ein Mädchen ein, nur weil du es nicht haben kannst!" Wie bitte?

„Lass meine Gefühle aus dem Spiel. Niemand außer dir kann sie lesen, und das soll auch so bleiben!"

„Nicht wenn sie derart offensichtlich sind. Die kleine Nara ist ein stures Miststück wie ihr Vater, aber sie könnte sich als wertvoll erweisen. Nicht nur wegen ihrer Freundschaft zu Wolkow. Sie wäre eine gute Leibwächterin für uns."

Ich musste mich beherrschen, das Gesagte nicht zu kommentieren. Stattdessen krallte ich die Finger in den weißen Fensterschal aus zartem Leinen.

„Das wird sie nicht mitmachen. Sie will ins Diesseits zurück", kam es von Azazel. Da lag er ganz richtig.

Akibeel schnaubte ungehalten. „Seit wann bestimmen Halbdämonen die Konditionen der Verträge? Deine Gefühle für sie machen dich weich, Azazel!"

„Und was machen deine Gefühle zu deiner Frau und deiner Tochter mit dir? Wegen ihnen gibt es Sperrgebiete, die unsere Suche behindern und den Unmut der anderen hervorrufen."

„Die Sperrgebiete bleiben. Wir schicken die Jäger vor. Sie halten sich besser an unsere Anweisungen als die Dämonen. Von den Geistern will ich gar nicht anfangen."

„Du lenkst ab. Nara bleibt hier, bis sie wieder weiß, wohin sie gehört. Und du solltest Wolkow loswerden. Ich vertraue ihm nicht. Er war zu lange Luzifers Mann." Grigori war auch immer noch Luzifers Mann, soweit ich informiert war.

Akibeel seufzte. „Noch einmal zum Mitschreiben, mein Freund: Wolkow hat keine andere Wahl, als uns die Treue zu halten, solange wir seinen Freunden und seiner Mutter nichts tun. Gerissen wie er ist, hat er mich schwören lassen, nicht nur die kleine Nara und die gesamte Schülerschaft der GHA zu verschonen, sondern auch die Farkas-Brüder. So gerne ich Luzifers Ersten Offizier aus dem Verkehr ziehen würde, Wolkow würde gehen. Und mit ihm seine Soldaten, seine reichen Gaben und seine Kampfkraft. Er ist vielleicht erst neunzehn Jahre alt, aber er kennt seinen Wert. Das imponiert mir im Übrigen."

„Wolkow ist ein Blender", spie Azazel aus. „Er wirkt mächtiger, als er ist."

„Das ist allein deine Meinung", gab Akibeel ungerührt zurück. „Du kannst Nara nicht lange hierbehalten. Ganz gleich, wie sie sich gebärdet."

„Sie hat mir gedroht. Kannst du dir das vorstellen?" Kein Lächeln war in seiner Stimme zu erkennen. Er schien mich ernstgenommen zu haben. Das fühlte sich gut an.

„Ich sagte ja, sie ist ihrem Vater ähnlicher, als sie ahnt. Deshalb möchte ich sie nicht zum Feind haben. Außerdem würde ich ihre Nachkommen gerne in unserem Einflussbereich wissen." Auf einmal hielt ich die Luft an. Würde Azazel verraten, was ich ihm anvertraut hatte? Dass ich glaubte, keine Kinder bekommen zu können?

Azazel brummte. „Ich wünschte, ihre Nachkommen wären auch meine. Sie wären mächtige, geborene Anführer. Aber ihr Herz gehört Farkas, diesem minderwertigen Mischling. Sie hat sogar einen anderen gewählt, um diesen Nichtsnutz zu beschützen." Seine verächtlichen Worte sollten mich nicht treffen, aber sie taten es. Ich biss mir von innen auf die Wange und riss beinahe den Vorhang ab, nur um mich nicht zu verraten. Akibeel stieß einen tiefen Seufzer aus.

„Du wirst die Liebe zwischen zwei Individuen nie verstehen, Azazel. Obwohl du bei Nara ziemlich nahe herankommst." Diese Aussage stieß mir sauer auf. Azazel liebte mich nicht, er sah in mir lediglich eine Trophäe, eine Eroberung, mit der er sich schmücken konnte und die gewinnbringend war.

Azazel bestätigte das mehr oder weniger: „Ohne deine Gabe wüsstest auch du nicht, was diese Art der Liebe zu etwas sehr Mächtigem macht. Sie ist so mächtig, dass sie euch schwächt. Dich, Nara, Farkas. Wolkow tut gut daran, sein Herz nicht auf diese Weise zu verschenken. Er hat keine Verpflichtungen außer uns gegenüber. Was aber nicht bedeutet, dass er unersetzlich wäre."

„Ja, ja, ich habe jetzt verstanden, dass du ihn nicht magst und dass es dich ärgert, dass er die wichtigsten Dinge nicht direkt sehen kann. Aber er wird bleiben. Bring das mit dem Mädchen in Ordnung. Soll ich mit ihr sprechen?"

„Wenn es dir Freude bereitet ..." Azazel klang gleichgültig.

Hatte er keine Angst, dass ich ihm mit meinem Wissen schaden könnte?

„Wo ist sie?" Akibeel hielt kurz inne. „Warte! Sie ist ganz in der Nähe. Aber ich spüre auch Luzifers Anwesenheit. Wie kann das sein?"

„Was denkst du, warum sie inhaftiert ist? Luzifer hat irgendetwas mit ihr gemacht, ob sie davon Kenntnis hat oder nicht."

Erschrocken fuhr ich zusammen, als schlagartig die Erkenntnis einsetzte. Das Baby! Gábors Verwandtschaft mit Luzifer ließ sich nicht leugnen, wenn die Engel den Höllenfürsten an mir wahrnahmen. Am Ende war er doch Luzifers Sohn. Oder jedenfalls einer seiner nächsten Verwandten. Andernfalls hätte sich die Macht seines Blutes abgeschwächt.

Im nächsten Augenblick erschien Akibeel vor dem Fenster.

34

Ich hatte nicht einmal Zeit, meinen Lauschposten zu verlassen. Er grinste mich an. Seine Reißzähne glänzten im Schein der Wandfackeln. Automatisch wich ich zurück. Er erinnerte mich wieder einmal an den griechischen Hirtengott Pan mit seinen schwarz behaarten Bocksbeinen und den gedrehten Hörnern auf der Stirn. Und genauso unberechenbar kam er mir vor. Akibeel war mir nicht geheuer. Gleichzeitig fühlte er sich immer harmlos an. Das musste eine seiner Gaben sein, ähnlich wie bei Grigori. Vermutlich bezirzten sie sich gegenseitig, um überhaupt zusammenarbeiten zu können. Azazel besaß keinen zauberhaften Dämonencharme, aber ihn konnte ich mittlerweile besser einschätzen. Er war grundsätzlich böse, doch ich konnte mit ihm umgehen. Und selbst er hatte nette Seiten. Akibeel war hingegen schwer einzuschätzen. Es stand für mich außer Frage, dass er einer der denkenden Köpfe hinter dem Aufstand war.

„Nicht so schüchtern, Nara! Da du so praktisch unter dem Fenster stehst, solltest du auf dem neuesten Stand sein."

Ich hatte erwartet, dass er wütend wäre, aber er wirkte geradezu fröhlich. Ich nickte nur.

„Du hattest den Schneid, Azazel zu bedrohen?" Seine amüsierte Miene stellte mich vor die Wahl, beleidigt oder erleichtert zu sein. Ich traf sie nicht und nickte erneut.

„Sehr gesprächig bist du nicht gerade."

Er durchmaß mit großen Schritten den Raum, wobei seine Ziegenhufe über den hellen Steinboden klapperten.

Dann winkte er mich heran.

„Azazel soll nicht mitanhören, was wir zu besprechen haben. Wie gut, dass er sich gerade noch unantastbar fühlt. Ich nehme an, du hast Informationen für mich, die Azazels Position gefährden könnten?“, flüsterte der Dämon.

„Ja. Ich gebe sie aber nur frei, wenn du mir versicherst, dass ich ins Diesseits zurückkehren kann und Azazel mir keine Vorwürfe mehr macht. Wäre es nicht meine einzige Möglichkeit, freizukommen, würde ich meinen Bündnispartner niemals verraten.“

„Du könntest dich auch befreien lassen. Deine Freunde warten sicher schon ungeduldig auf deine Heimkehr.“

„Meine Freunde sind euch nicht gewachsen. Und ich hoffe, dass sie das nicht vergessen haben. Die Farkas-Brüder dürfen mich nicht hier rausholen, weil sie sonst Luzifer zuwiderhandeln würden. Und Grigori dürfte es nur mit deiner Billigung, was wiederum dich und Azazel entzweien würde.“

Akibeel zuckte die Achseln. „Unser Bündnis steht bereits auf tönernen Füßen. Wir sind uns viel zu oft uneins.“

Abschätzend sah ich Akibeel an. Kündigten Azazel und er ihre Allianz auf, hätte Luzifer noch eine Front, an der er kämpfen müsste. Ich konnte aber nicht absehen, wer von den beiden das kleinere Übel war. Vermutlich Azazel.

Durch Madame d’Hibous Bindung an Akibeel hatte der in jedem Fall die GHA hinter sich. Azazel nicht, denn ich stand in der Hierarchie der GHA weit unter Madame d’Hibou.

Ich wollte nach Hause, aber ich durfte die Lage auch nicht verschlimmern. Ich musste uns allen Zeit verschaffen. Und auf einmal wusste ich, wie. Meine diffuse Drohung gegen Azazel nahm in meinem Kopf Gestalt an.

„Akibeel?"

„Ich bin gespannt, was du mir zu sagen hast, Nara."

„Das, was ich über Azazel weiß, muss nicht zum Bruch zwischen euch führen. Vielmehr hat es mich auf die Idee gebracht, wie ihr alle beide eure Ziele erreichen könnt, was zusammen leichter ist, als wenn es jeder für sich versuchen würde. Schließlich hat Luzifer noch genügend Allianzen und Soldaten, daher könnt Azazel und du es euch eigentlich nicht leisten, auch noch gegeneinander vorzugehen."

„Ich bin ganz Ohr", sagte Akibeel lächelnd. Ich wunderte mich nicht über die Gier, die in seinen braunen Augen aufleuchtete.

„Ihr wollt den Weltenschlüssel, um endgültig Luzifers Platz auf dem Höllenthron einzunehmen. Euer neues Abkommen mit der GHA sagt mir, dass ihr auch die Herrschaft über Diesseits und Jenseits anstrebt, weshalb ihr dazu den Weltenwächter auf eurer Seite haben wollt."

Akibeel nickte und machte mir mit der Hand ein Zeichen, fortzufahren.

„Azazel wiederum will dasselbe wie mein Vater. Er will in den Himmel zurück. Azazel hat Samael zwar unterstützt, ihn aber am Ende alleine ziehen lassen, weil er wusste, dass ihm ohne den Weltenschlüssel das Himmelstor verschlossen bleibt. Wenn ihr also alles erobert habt, könntet ihr entweder Azazel den Schlüssel überlassen, damit er ins Himmelreich eingehen kann, oder ihr fordert auch den Himmel heraus, um euch zu Herrschern aller vier Welten zu machen."

Akibeels Augen leuchteten. „Du steckst voller Überraschungen, Nara! Ich hege selbst schon länger den Verdacht, dass Azazel im Grunde genommen nur mitmacht, damit er bei der ersten sich bietenden Gelegenheit mit dem Schlüssel in den Himmel verschwinden kann. Dabei sehnen wir alle uns nach dem Himmel. Aber nur wenige wünschen sich ihr Leben als dienende Engel zurück. Azazel gehört dazu und dein Vater ebenfalls." Er lächelte erneut. „Ich nicht. Wie heißt es so schön: Lieber in der Hölle herrschen, als im Himmel dienen. Wir könnten das ausweiten und überall herrschen. Mit dem Schlüssel wäre es möglich ..." Er sah an mir vorbei in die Ferne. Ich musste ihn aus seinem Luftschloss zurückholen.

„Ihr dürftet das Gute aber nicht gänzlich ausmerzen. Es wird automatisch einen Überhang des Bösen geben, aber gibt es nur noch Böses, zerstört ihr damit die Schöpfung und damit auch euch selbst." Ich hatte keinen Schimmer, woher ich diese klugen Gedanken nahm, aber ich begrüßte sie.

„Oh, wir finden ein hübsches Plätzchen für die Himmlischen Heerscharen und für all die unverbesserlichen guten Geister. Die Menschen bereiten mir die geringsten Sorgen. In den meisten steckt genug Böses."

Ich unterdrückte ein Schaudern. In einer solchen Welt wollte ich nicht leben. Zumindest nicht als Mensch. Ich könnte immer zur Not in die Idylle der Dämonenhölle flüchten, die Menschen nicht.

Akibeels Blick wurde forschend. „Du fängst an zu bereuen, dass du deine Gedanken mit mir geteilt hast. Das ist nicht nötig. Dass ich noch nicht selbst darauf gekommen bin! Nach Samaels schändlichem Tod wollte ich gar nicht daran denken, noch einmal Gottes Reich anzutasten. Aber wenn Azazel noch nicht davon abgekommen ist ... Der Himmel wird die letzte Bastion sein, die wir einnehmen. Und Azazel behauptet, Wolkow wäre nicht zu gebrauchen, ha! Er hat die baldige Apokalypse vorausgesehen, wenn wir nach Jahrtausenden der Verbannung unseren gebührenden Platz zurückerobern." Er blickte mich ernst an. „Sprich mit niemandem darüber und ich vergesse, dass Luzifer irgendeine Spur auf dir hinterlassen hat. Du kommst noch heute Nacht frei." Er verbeugte sich vor mir. „Ich danke dir für deine erhellenden Worte."

„Und ich danke dir für meine Freilassung. Richte Azazel aus, dass ich nicht vorhabe, ihn zu hintergehen."

Denn das tat ich längst.

Akibeel ließ mich alleine, versprach mir aber ein reichhaltiges Frühstück in der nächsten halben Stunde. Das traf sich gut, langsam bekam ich Hunger. Wieder legte ich mich auf die steinerne Liege. Ich hätte gerne ein Nickerchen gemacht, doch mein Gehirn hielt mich wach. Die Dämonen sollten sich besser austauschen, wenn sie Eroberungspläne in dieser Größenordnung hegten. Natürlich hatte ich nicht vor, meine Horrorvision Wirklichkeit werden zu lassen. Aber wenn ich wusste, worauf die gefallenen Engel hinarbeiteten, wie sie das taten und mit wem, dann fand ich auch leichter einen Weg, sie aufzuhalten. Dass vor allem Akibeel von Machtgier verblendet war, sollte keine Überraschung sein. Er intrigierte seit Jahren gegen Luzifer. Er war das große Fragezeichen, denn ich glaubte nicht, dass er kein Ass im Ärmel hatte.

Er hatte zu bereitwillig meinen Worten Beifall gezollt. Akibeel träumte vielleicht schon länger davon, die vier Welten zu beherrschen. Und zwar allein. Ich fragte mich, wie lange es dauerte, bis Batarel sich zwischen den Stühlen wiederfand und Luzifer aus der Versenkung kam, um die hochtrabenden Pläne der Höllenfürsten zu verhindern.

Wenn ich ihm nur eine Nachricht zukommen lassen könnte!

Grigori. Er hatte noch Kontakt zu Luzifer. Zur Not müsste ich Tamiel aufsuchen. Er hielt sich von mir fern, weil er Angst hatte, selbst zum Verräter zu werden. Dennoch hielt ich mir diesen Weg offen.

Nach dem leckeren Frühstück aus Weißbrot, Obst und Käse kam Azazel in den Raum, um mir offiziell meine Freilassung zu verkünden. Es schien ihm leidzutun, mich sofort verdächtigt zu haben.

„Nara, ich habe die ganze Nacht darüber nachgedacht, wie Luzifers Macht in dir wirksam sein kann, wo du dich doch mir angeschlossen hast und ich dich nicht der Lüge überführen kann. Allerdings bleibt ein Restrisiko, dein Vater schaffte es auch immer wieder, mich auszutricksen."

Das musste ich auch tun. „Ich weiß nicht, wieso Luzifers Macht an mir zu spüren ist. Vielleicht hat er mich verhext, als ich bei ihm in der Hölle war, nachdem wir unseren Pakt geschlossen hatten. Seitdem habe ich ihn nicht wieder getroffen. Du kannst mir glauben."

Azazel nickte. „Luzifer war schon im Himmel der mächtigste unter uns. Ihm ist nur mit vereinter Kraft beizukommen. Deshalb danke ich dir, dass du dich trotz meiner Unfreundlichkeit nicht von mir abgewandt hast."

Ich seufzte. Für einen gefallenen Engel gab Azazel sich gerade richtig Mühe mit mir. Noch ahnte er hoffentlich nicht, dass er sich in die Linie der Männer einreihen durfte, die ich getäuscht hatte.

35

Als ich bei Tageslicht in meinem Bett erwachte, fand ich einen Zettel neben mir auf dem Kopfkissen.

Joelle,
komm heute nicht zum Unterricht, ruh dich lieber aus. Ich behaupte, du wärst noch in der Hölle. Auf dem Tisch steht was zu essen. Wir sehen uns heute Mittag.
Liebe dich
Luc

Lächelnd faltete ich den Zettel zusammen und lehnte mich zurück, um auf mein Handy zu schauen. Halb zwölf.

Kurz überlegte ich, ob ich mich noch mal umdrehen sollte, doch die Gefahr, das Mittagessen zu verschlafen, erschien mir zu groß. Gähnend streckte ich mich und stand auf.

Der Anblick der zwei Marmeladenbrötchen auf dem Schreibtisch weckte nicht nur meinen Magen auf, der umgehend knurrte, sondern schickte auch ein warmes Gefühl der Zuneigung in meine Brust. Mein gutherziger Luc. Was tat ich eigentlich für ihn? Abgesehen von unserem Deal viel zu wenig.

In einer frischen Jägerhose und einem weiten Unterhemd setzte ich mich im Schneidersitz auf den Schreibtischstuhl, um die Brötchen zu essen und aus dem Fenster auf die Rue de la Huchette zu gucken.

Das Fenster hatte ich wegen des guten Herbstwetters sperrangelweit offen stehen und genoss den kühlen

Wind, der mich umspielte. In Dämonengestalt machte mir die Kälte nichts aus.

Gerade als ich fast fertig war, hörte ich einen Schlüssel im Schloss. Für Tristan war es zu früh und die anderen klopften für gewöhnlich, bevor sie hereinkamen.

Blitzschnell schnappte ich den Teller, sprang auf den Schreibtisch und auf das breite steinerne Fenstersims hinaus. An die Hauswand neben dem Fenster gepresst lauschte ich atemlos darauf, wer da ins Zimmer kam.

Zwei Männer, so viel entnahm ich den schweren Schritten und den tiefen Stimmen, die sich gedämpft unterhielten. Nicht gedämpft genug für mein feines Dämonengehör.

Mein Herz hämmerte wie verrückt, als ich mich etwas näher an die Fensteröffnung heranschob.

„Sieh mal, die lassen den ganzen Vormittag das Fenster offenstehen."

Verdammt! Gleich war ich ausgesperrt. Allerdings durfte ich mich auch nicht zu erkennen geben, erstens schwänzte ich die Schule und zweitens spürte ich, dass der Besuch nicht nur für die beiden Jäger unangenehm war. Einer brummte unverkennbar. Unser Riesenschnauzer. Auf keinen Fall würde ich mich ihm zeigen. Dann musste ich es eben riskieren, am helllichten Tag gesehen zu werden, wie ich aufs Dach flog, um von dort aus wieder ins Gebäude zu kommen.

Vorsichtig spähte ich um die Ecke.

Schnauzbart und ein anderer, den ich nicht kannte, schauten unter den Betten, unter dem Schreibtisch und hinter den Vorhängen, bemerkten mich aber nicht.

Renard sagte leise zu seinem Begleiter: „Dass wir hier Zimmer inspizieren müssen, stand nicht in meiner Jobbeschreibung. Madame d'Hibou sollte aufpassen, dass ihr nicht ein paar Getreue abhandenkommen, wenn sie uns im Auftrag der Hölle solche unwürdigen Aufgaben erledigen lässt." So viel sprach Käpt'n Schnauzbart selten. Er musste also ziemlich verärgert sein. Der andere nickte bloß.

Dann begannen sie zu wühlen. Pflicht war Pflicht.

Sie durchsuchten jeden Winkel des Zimmers, angefangen vom Kleiderschrank, über die Nachttische, die Matratzen und Bettbezüge bis hin zu den Schulsachen auf dem Schreibtisch und Tristans Gitarrenkoffer. Das wusste ich freilich nur, weil der andere Jäger zu Renards Missfallen ein paar Takte auf der Gitarre zupfte. Tristans Zimmerseite konnte ich von meiner Warte aus nicht einsehen.

Was zum Henker suchten sie hier drin?

Ich hatte gehofft, dass sie darüber sprechen würden, aber so blieb mir nichts anderes übrig, als zu versuchen, ihre Gedanken anzuzapfen. Was mich verraten könnte.

Jeder spürte es an einem Druckgefühl an den Schläfen, bei längerem oder stärkerem Eindringen kamen unweigerlich Kopfschmerzen. Der Schild unseres Trainers war undurchdringlich, aber die Gedanken des anderen ließen keine falschen Schlüsse zu.

Wo ist dieses verdammte Ding? Das Mädchen ist angeblich ständig in der Hölle, sie besitzt den Schlüssel entweder schon oder sie hat Hinweise, wo er versteckt ist. Wenn ich nur irgendwas finden würde! Madame d'Hibou würde mich auf der Stelle befördern. Nicht einmal bei dem Russen und den anderen zwei Verdächtigen gab es was Brauchbares.

Also da gefiel mir Renards Einstellung besser. Er machte keinen Hehl aus seiner Antipathie gegenüber Madame d'Hibou und schon gar nicht freute er sich über die neue, zu Ungunsten der GHA gehende Kooperation mit der Hölle. Menschen wie er liefen bei diesem Trend Gefahr, bald aussortiert zu werden und nur noch als Kanonenfutter zu dienen, wenn die Schlachten aus der Hölle ins Diesseits verlagert würden. Aus Sicht der

Dämonen waren Menschen zu schwach, zu leicht zu manipulieren und standen zu hoch in Gottes Gunst.

Laut sagte er: „Das ist das letzte Zimmer. Sollen wir jetzt alle durchsuchen? Alle Räume der Halbdämonen?"

„Wir gehen systematisch vor und erweitern den Radius um die Hauptverdächtigen, also Wolkow, Fennec, Martre, Guépard und Aynurin. Wir machen weiter mit Dupont und Épaulard sowie dem Zimmer Dauphin und Tigre. Da gleich Mittagszeit ist, klappern wir die restlichen Räume morgen ab."

„Gut. Dann sind wir hier fertig."

„Noch nicht. Vielleicht haben sie draußen was", grummelte Renard und ich hätte vor Schreck beinahe den Teller fallen gelassen. Der ältere Mann humpelte zum Fenster.

Da stieß ich mich mit beiden Füßen ab, breitete die Flügel aus und flog auf das Dach hinauf. Unter mir hörte ich, wie das Fenster zugeschlagen und verriegelt wurde.

Ein Glück, dass ich kein Mensch war. Und ein Glück, dass ich nicht nur das Ultraschallbild so zurechtgeschnitten hatte, dass alle Daten an den Bildrändern weg waren, sondern es auch hier oben in einer Mauerritze des Schornsteins versteckt hatte.

Es war ungeheuerlich, dass es auf einmal unangemeldete Zimmerkontrollen gab. Das war ja wie im Knast!

Ich musste unbedingt den anderen davon erzählen. Hätte Renard es nicht ausgesprochen, wäre ich auch so recht schnell zu dem Schluss gelangt, dass Madame d'Hibou die Kontrollen stellvertretend für Akibeel angeordnet haben musste. Er vertraute mir nicht, weil er auch Azazel nicht gänzlich vertraute und weil ich zuvor zu Luzifers Lager gehört hatte. Vielleicht auch wegen meines Vaters.

Trotz meiner rationalen Überlegungen wuchs der Zorn in mir.

Am liebsten hätte ich meine Sachen gepackt und wäre abgehauen. Wohin auch immer. Doch es ging nicht. Noch nicht.

Mit geballten Fäusten, angespanntem Körper und sicher mörderischem Gesichtsausdruck verließ ich das Treppenhaus auf Höhe des Speisesaals und der Küche.

Man behandelte uns wie Schwerverbrecher! Machte es jemanden schon verdächtig, nur mit mir befreundet zu sein? Oder mit Grigori, der seine Pflicht tat und dafür abgestraft wurde, indem man ihn hier nur duldete? Das war alles so ungerecht!

Meine Handflächen kribbelten unangenehm.

In dieser Stimmung traf ich Luc, Tristan und Louis im Flur.

Jeder sah mir an, dass etwas ganz und gar nicht in Ordnung war. Luc nahm mich in den Arm. Von einem Wimpernschlag auf den nächsten verrauchte ein Gutteil meines Ärgers.

Obwohl ich kein Freund von öffentlicher Zurschaustellung meiner Gefühle war, musste ich Luc jetzt küssen.

Seine Umarmung wurde enger, als er mit einem kaum hörbaren Seufzer seine Lippen fester auf meine drückte.

Ich schlang die Arme um seinen Nacken und reckte mich ihm entgegen. Nun seufzte auch ich, als meine Lippen sich teilten. Das tiefe Brennen in meinem Bauch verdrängte den Zorn vollends. Lucs Hand wanderte nach oben in meine Haare, hielt sanft meinen Hinterkopf fest und streichelte meine Kopfhaut. Als sich unsere Zungen trafen, war ich kurz davor in die Knie zu gehen.

Erst ein würgendes Geräusch neben uns brachte uns zur Besinnung. Lachend löste sich Luc von mir, hielt mich aber noch locker mit den Armen umfasst.

„Jetzt siehst du mal, wie das ist, Tris. Bei dir ertragen wir das schon seit Jahren“, sagte ich zu meinem Mitbewohner.

Louis sagte nichts, er grinste nur.

Die lockere Atmosphäre änderte sich jäh, als ich meine Freunde in den Waschraum zwei Türen weiter winkte und akribisch überprüfte, ob uns irgendjemand zuhören würde.

36

„Was hast du vor, Jo?“, erkundigte sich Tris, während er mich dabei beobachtete, wie ich in jede Kabine schaute.

„Kommt her, ich muss euch was sagen, das euch nicht gefallen wird. Renard war vorhin in unserem Zimmer, Tris.“

„Was?“, gab er etwas zu laut zurück.

„Pst!“, wies sich ihn zurecht. Im Flüsterton sprach ich weiter: „Renard und ein anderer haben vorhin unser Zimmer, das von euch beiden und das von Grigori durchsucht. Zu Anouk und Marinette wollten sie als Nächstes gehen. Morgen kommen dann die anderen Halbdämonenzimmer dran.“

„Haben sie darüber geredet, was sie genau suchen?“, schaltete sich Luc ein.

„Natürlich nicht. Ich hab mich draußen auf dem Fenstersims versteckt und versucht, ihre Gedanken zu lesen. Renard hat einen super Schild, der andere aber nicht“, flüsterte ich.

Wir standen nun so dicht zusammen, dass sich unsere Köpfe berührten. Luc nahm meine Hand, um mich zu bestärken. Eigentlich hatte ich Louis nicht die Sache einweihen wollen, aber jetzt führte kein Weg mehr daran vorbei. Schließlich zählte ihn die GHA-Führung ganz selbstverständlich zu den Verdächtigen, zu den Jägern, die sie anscheinend loswerden wollte.

„Louis“, begann ich, „versprich uns, dass du alles, was du gleich hören wirst, niemals an jemand anderen weitergibst. Du darfst nur mit uns dreien oder Grigori darüber reden. Unser Leben hängt davon ab. Hast du das verstanden?“

Er nickte, auf einmal bleicher als zuvor. Ich berichtete ihm ausführlich vom gesuchten Weltenschlüssel, dem ominösen jüngsten Geisterjäger und dem noch ominöseren Weltenwächter, der mit den anderen beiden in Zusammenhang stehen sollte. Dann brachte ich ihn auf den neuesten Stand, was meine momentane Position in der Hölle anging. Meine Schwangerschaft behielt ich für mich. Hinterher sah ich ihn durchdringend an, um ihm wortlos deutlich zu machen, dass es auf absolute Verschwiegenheit ankam. Er nickte.

Ebenfalls nickend drückte ich seine Hand.

„Bin ich jetzt ein Mitverschwörer?“, fragte er halb im Scherz.

Tristan kicherte. „So was von. Halte deine Gedanken im Zaum und pass auf, was du zu wem sagst. Hier drin ist es mittlerweile genauso gefährlich wie draußen.“

Daran zweifelte niemand mehr. Nacheinander verließen wir den Waschraum, damit wir uns nicht noch verdächtiger machten.

Schweinebraten und Bratkartoffeln halfen dabei, mich wieder zu erden.

Lucs ruhige Anwesenheit neben mir war aber am besten.

Nach der Zimmerdurchsuchung war ich endgültig alarmiert. Daher beschloss ich, nach dem Essen Milán anzurufen, um ihn zu warnen, falls das noch niemand anders getan hatte.

Plötzlich brach ein kleiner Tumult los.

Ein Trupp von sechs maskierten Geisterjägern in ihrer schwarzen Kluft versuchten, drei andere in zivil vom Essen wegzuholen. Offenbar sollten sie festgenommen werden.

Das Essen blieb mir im Hals stecken. Ich erstarrte mit immer wilder pochendem Herzen. Unauffällig sah ich mich um.

Keiner beschäftigte sich noch mit seinem Essen oder dem Tischgespräch, der ganze Saal war verstummt und beobachtete das unwürdige Schauspiel. In dem vollbesetzten Raum ergriff niemand Partei, niemand sagte etwas. Selbst das ständige Geschirrgeklapper und Wasserspritzen aus der Küche war nicht mehr zu hören. Alle schienen die Luft anzuhalten.

„Ihr sperrt uns ein? Nachdem wir jahrelang den Kopf für euch hingehalten haben?", brüllte einer der drei Männer, den zwei festhalten mussten.

Ein anderer pflichtete ihm bei. „Wir haben nichts verbrochen! Was soll das?" Dann versuchte er sich aus dem Griff des Jägers zu winden, der ihm die Arme auf den Rücken verdreht hatte. Ohne Erfolg. Der dritte mutmaßliche Missetäter nutzte die Ablenkung durch die beiden anderen und befreite sich mit einem gezielten Faustschlag von dem Jäger, der ihn gefangengenommen hatte. Dann sprang er über den Tisch und rannte im Zickzack zwischen Tischen und Stühlen hindurch, wobei er im Vorbeilaufen etliche mit Gepolter umwarf, um seine Verfolger aufzuhalten. Doch vor der Tür des Speisesaals nahm ihn ein weiteres Kommando in Empfang und brachte ihn weg.

Der größte der vermummten Jäger donnerte jetzt: „Ihr werdet auf Befehl des Obersten Rates unter Arrest gestellt, bis euer Prozess wegen Hochverrats beginnt. Und jetzt kommt mit."

Ich schauderte. Das hier war so unwirklich wie ein Film.

Mir war der Appetit vergangen. Mit zitternden Fingern legte ich meine Gabel in den Teller und starrte weiter auf die groteske Szenerie. Es war also soweit, dass die Jäger einander nicht mehr trauen konnten.

Die Spaltung hat längst begonnen. Aber jetzt kann jeder sie sehen, dachte Luc neben mir. Er strich mir beruhigend über den Rücken, doch ich spürte, dass auch seine Hand zitterte.

Ich tauschte lange Blicke mit Tristan, Louis und Luc. Damit Louis meine Gedanken hören konnte, legte ich meine Hand auf seine.

Wenn wir jetzt etwas tun, sind wir die Nächsten, die im Gefängnis landen, sandte ich meinen Freunden. *Aber es ist furchtbar, zusehen zu müssen.*

Tristan nickte. *Wir müssen stillhalten. Es gibt neue Gesetze, sie wurden gestern Abend vor dem Marmorsaal aufgehängt. Wer nicht hundertprozentig auf Linie ist, kann angeklagt werden.*

Louis brummte. *Für so einen Scheiß haben sie Zeit und Geisterjäger, aber für die Auslandseinsätze gibt es nicht mehr genug Leute. Die Jäger vernachlässigen ihre Aufgabe, die Menschen zu beschützen und der Oberste Rat fördert das auch noch!*

Sein entrüsteter Blick spiegelte meinen eigenen wider.

Hier läuft etwas ganz falsch. Die Hölle hat viel zu leichtes Spiel mit uns. Aber die Gelegenheit, sich dagegen zu wehren, ist schon vorbei. Ihr habt ja gehört, was ich euch vorhin erzählt habe. Als die Gefangenen und der Jägertrupp den Saal verlassen hatten, flammten hier und dort geflüsterte Gespräche auf. Gerade hatte das Sicherheitsgefühl aller einen argen Dämpfer erlitten. Vielen dämmerte erst jetzt, dass jeder von ihnen in dieselbe Lage kommen könnte wie die bedauernswerten drei Geisterjäger, deren verlassener Tisch mit den halbleeren Tellern eine stumme Mahnung darstellte.

„Meint ihr, sie hängen sie?“, fragte Louis leise.

Luc schüttelte den Kopf. „Erstmal nicht, denke ich. Die hätten sie auch unauffälliger festnehmen können. Das hier dient als Abschreckung und ist auch ohne Hinrichtung ziemlich wirkungsvoll. Wer traut sich jetzt noch, offen einen Befehl zu missachten?“

„Hoffentlich liegst du richtig“, meinte Tristan.

„Wo steckt eigentlich Grigori?“, erkundigte ich mich gleich darauf im Flüsterton.

„Weiß ich nicht“, erwiderte Tristan. „Er ist gleich nach der letzten Stunde abgedampft. Hat nur gemeint, er wäre heute Abend wieder da.“

Wenigstens saß er nicht auch schon in einer Gefängniszelle.

Luc sah mich ernst an. „Wir haben heute fast den ganzen Vormittag mit einer Wiederholung der wichtigsten Jägergesetze und den Neuerungen zugebracht. Ich fände Physik und Französisch ja wichtiger für das Bac, aber wer fragt schon die Schüler. In meinem Rucksack warten zwei Kilo Papier auf dich.“ *Bitte lies das oder lass es dir von mir vorbeten, sie warten nur auf einen Fehltritt von uns*, fügte er in Gedanken hinzu.

Ich streichelte seine Wange und nickte.

Beim Training am Nachmittag lief alles wie gewohnt. Nur hinterher in der Umkleide sprachen ein paar über den Vorfall beim Mittagessen. Die allermeisten bekundeten ihr Mitleid mit den vermeintlichen Straftätern und wollten einfach nichts damit zu tun haben, doch notorische Unruhestifter wie Georges und Pascal konnten es nicht lassen, ihren Senf dazuzugeben.

Pascal meinte: „Der Oberste Rat greift ganz schön hart durch. Gut so.“

Noch ehe ich mein durchgeschwitztes Tanktop über den Kopf ziehen und in die Dusche gehen konnte, bebte ich schon wieder vor Zorn. Ich durfte Georges nicht das Maul stopfen, nicht in meiner Situation, nicht nach dem, was ich heute Mittag erlebt hatte. Doch es fiel mir schwer, mich im Zaum zu halten. Natürlich ließ er mich nicht in Frieden. Luc versteifte sich neben mir und knüllte sein T-Shirt zusammen, als Georges nur in Boxershorts zu uns trat. Bei ihm würde bei all seinem guten Aussehen nicht einmal meine Gabe helfen, um es ertragen zu können, dass er auch nur einen Finger an mich legte. Ungefähr so schaute ich ihn an, als er unbeeindruckt davon zu reden anfing.

„Die neuen Gesetze sind klasse, was, Joelle? Nicht mehr so lasch wie früher. Kein Kontakt mehr mit Normalsterblichen, keine Treffen mehr mit Dämonen ohne Zustimmung des Rates und am allerbesten: absoluter Gehorsam gegenüber Höhergestellten wie Ratsmitgliedern. Kein anstrengendes Hinterfragen von Befehlen mehr, einfach ausführen und gut ist. Endlich wird hier aufgeräumt. Dann kann Abschaum wie du und deine Trottel mal sehen, wo er hingehört. An den Galgen. Ich weiß, dass ihr den Obersten Rat nicht respektiert. Und jetzt kommt ihr nicht mehr damit durch. Ich beobachte euch. Wartet nur, bis die Übergangsfrist vorbei ist, bis dahin habe ich genug gegen euch in der Hand, um euch anzuzeigen."

Wie schön für ihn. Hatte er keine anderen Hobbys?

Ich rollte mit den Augen, konnte das unangenehme Rumoren in meinem Bauch aber nicht gänzlich ignorieren. Luc pfefferte sein T-Shirt auf die Bank vor die Spinde und wandte sich mit tödlichem Blick Georges zu, der kaum kleiner war als er.

„Luc, nicht. Du hast dich noch nie mit diesem Vollidioten geprügelt, also fang nicht ausgerechnet jetzt damit an, wenn es Konsequenzen hat."

So vernünftig kannte ich mich gar nicht. Normalerweise waren Lucs und meine Rollen genau andersherum verteilt.

Tristan tauchte neben seinem Freund auf.

„Gibt es hier ein Problem?", fragte er betont ruhig, knackte aber angriffslustig mit den Fingerknöcheln.

„Unser Problem steht in seiner Unterhose vor uns und hält einfach nicht sein verdammtes Maul", antwortete ich.

Georges grinste böse. „Seit wann versteckst du dich hinter den zwei Schlappschwänzen, Joelle? Dabei kann ich dir ansehen, wie gerne du mir jetzt die Fresse polieren würdest. Juckt es schon in deiner Faust? Oh, an deiner Stirn auf jeden Fall."

Tatsächlich schossen meine Hörner hervor und ein bösartiges Knurren kam aus meinem Mund. Tief durchatmend zwang ich meine dämonischen Anhängsel wieder zurück.

„Du bist so ein beschissenes Arschloch, Georges. Viel Spaß mit deinen neuen Gesetzen." Ich wollte es dabei bewenden lassen und schaute auf der Suche nach dem Shampoo in meinen Spind. Georges verstand den Hinweis leider nicht und blieb bei uns stehen.

„Den werd ich haben. Pascal, Nadir und ich werden morgen zu Jägern erklärt. Schließlich sind kurzfristig ein paar Stellen frei geworden."

„Du elender Wichser", sagte Tristan. Er zeigte selten solche Verachtung wie in diesem Augenblick.

In mir wuchs der Zorn so mächtig heran, dass ich das Gefühl hatte, größer zu werden. Der Rotschleier erschien vor meinen Augen. Ohne nachzudenken, hob ich die Hände.

Luc und Tristan gingen auf Abstand.

Zischend machte ich einen Schritt auf Georges zu. „Verpiss dich endlich, Georges! Es ist mir scheißegal, ob du deine Ausbildung beendest oder nicht. Du wirst nie mit einem von uns auf einer Stufe stehen, und das weißt du. Du kannst mich hassen, so viel du willst, ich werde dir immer überlegen sein."

Mit Genugtuung sah ich einen Anflug von Furcht in seinen Augen aufflackern, ehe er sich wieder straffte.

„Du traust dich alles, weil du glaubst, Grigori oder deine anderen Hampelmänner würden dich aus allem rausboxen. Aber darauf würde ich mich an deiner Stelle lieber nicht verlassen."

„Ich brauche niemanden, um mich zu verteidigen", grollte ich. „Es mag dir entgangen sein, aber ich bin die Einzige hier drin, die einen gefallenen Engel töten kann. Was denkst du wohl, was du dann für ein lächerliches Hindernis für mich bist? Ich könnte dich hier und jetzt ins Jenseits befördern." Zuletzt flüsterte ich nur noch.

„Ich brauche nicht einmal eine Waffe dazu."

Seine Contenance schwand zusehends, als ich mit einem dämonischen Grinsen noch einen Schritt näher kam. Er zuckte zurück, weil ich ruckartig die Hände sinken ließ. Ich lachte auf.

„Wer ist jetzt ein Schlappschwanz? Jeder hier drin ist mutiger, als du es je sein wirst. Versteck dich doch hinter den Gesetzen und der GHA. Aber du verkaufst deine Seele."

Damit ließ ich ihn stehen und schlenderte an ihm vorbei zur Dusche. Luc und Tristan folgten mir, falls Georges wagen sollte, mir nachzulaufen.

Ich war so zornig, dass es knackte, aber ich fand keinen Ausweg, außer alles zu ertragen.

In der vollen Gemeinschaftsdusche warteten wir auf einen freien Platz, während Tristan neben uns Wache hielt. Wann konnte ich endlich von hier verschwinden?

37

Nach Lucs Nachhilfe in Gesetzesnovellen rief ich kurz vor dem Abendessen Milán an. Zum Glück würden die neuen Gesetze erst nach der Abstimmung im Dezember Gültigkeit haben. Ich war allein in meinem Zimmer. Nicht weil ich Luc rausgeschmissen hätte. Er war freiwillig gegangen, denn er wollte mir ein wenig Privatsphäre gönnen. Ich vermutete allerdings, dass er nicht mitanhören musste, wie ich mich nach meinem Exfreund erkundigte. Was ich tunlichst zu vermeiden versuchte. Vor allem bei der miesen Stimmung, in der ich Milán anscheinend erwischte.

„Was willst du? Du solltest mich nicht mehr anrufen“, begrüßte er mich unfreundlicher, als ich es nach unserem Abschied gehofft hatte. Immerhin hatte er überhaupt abgenommen. Je nach dem, was Gábor ihm erzählt hatte, konnte es gut sein, dass ich mit meiner Warnung auf taube Ohren stieß.

„Hallo, Milán“, entgegnete ich äußerlich ungerührt. In mir zerbrach etwas, weil ich mit meinem dämlichen Bündnis mit Azazel Miláns Freundschaft verloren hatte.

Ich hörte eine Tür zugehen. Milán sprach jetzt leiser und viel freundlicher mit mir.

„Okay, Gábor ist rausgegangen. Er denkt, es wäre Ferenc, dieser Penner. Den überlässt er mir. Wie geht’s dir?“

Ich atmete auf. Er hatte bloß geschauspielert.

„Es geht. Und dir?“

„Es geht“, wiederholte er meine Worte. „Also, warum rufst du an? Um mich über Gábor auszuquetschen?“

Ich räusperte mich.
„Nein. Können wir bitte nicht über ihn reden? Sonst fang ich bestimmt an zu heulen."
„Ist mir recht. Ich will Gábor nicht erzählen müssen, dass wir telefoniert haben."
Verständlich. „Pass auf, ich muss dich und Gábor warnen!" In Kurzform berichtete ich ihm von meinem letzten Besuch in der Hölle und den neuesten Entwicklungen bei der GHA. „Wenn dein Vater wieder hier auftaucht, soll er sich vorsehen. Du kannst ja sagen, dass du das alles von Grigori hast."
„Danke, Joelle. Du machst dich bestimmt gerade strafbar."
Er gluckste.
„Das tue ich neunzig Prozent der Zeit. Ohne Azazel würde ich wahrscheinlich schon in einer der Zellen im tiefsten Untergeschoss des Hauptquartiers hocken, so blöd das klingt." Ich rang kurz mit mir. „Geht es Gábor gut?", platzte ich dann heraus. „Sorry, ich stelle dann keine weitere Frage mehr über ihn!"
„Er ist besser gelaunt, als ich befürchtet habe. Aber er vermisst dich. Nicht dass er mit mir darüber reden würde."
„Danke. Wie läuft es bei dir? Hast du was über deine Aufgabe herausgefunden?"
Milán seufzte tief. „Ich fürchte, meine Aufgabe besteht darin, ein verrücktes Mädchen zu beschützen, das mit Geistern spricht und von einem Schlamassel in den nächsten gerät. Und sie hat überhaupt keine Angst vor mir! Sie hat sich mit mir angefreundet. Ich konnte nichts dagegen tun, ich meine, sie ist größtenteils ein Mensch und ich bin gefährlich für sie. Ihre Instinkte sind grottig."
„Sei doch froh, dass sie dich mag. Gefällt sie dir wenigstens?" Ich lächelte, weil ich förmlich hören konnte, wie er sich wand.

„Kein Wort zu irgendjemandem, vor allem nicht zu Grigori! Ich kann mir sein selbstgefälliges Grinsen nur zu gut vorstellen."

Das war mir Antwort genug.

„Seid ihr zusammen?"

„Nein. Ich glaube zwar, dass sie in mich verknallt ist, aber ich kann sie oft nicht richtig einschätzen. Ihre Gedanken sind meistens abgeschirmt und ihre Gefühle auch."

„Klingt, als hättest du endlich deinen Meister gefunden."

„Es macht die Sache interessanter, das muss ich zugeben. Aber ich weiß nicht, ob ich eine Beziehung will. Vater stuft meine Mitschülerin als gefährlich ein, weshalb er mich bei jeder Gelegenheit vor ihr warnt. Gábor macht nur blöde Witze, und das ist verdammt anstrengend. Außerdem endet es immer mit Schmerz. Ich kann noch nicht sagen, ob sie das wert wäre."

Eine für Miláns Verhältnisse ausführliche wie ehrliche Antwort.

„Dann warte einfach ab. Ich würde mich für dich freuen."

„Klar würdest du das. Wie läuft's mit dir und Luc? Oder habt ihr nichts miteinander angefangen?"

„Doch, haben wir. Wir hatten ein paar Probleme am Anfang und wir wissen, dass wir sehr wahrscheinlich nicht ewig miteinander leben werden. Aber abgesehen davon bin ich froh, es mit Luc versucht zu haben. Allerdings wäre es noch schöner, wenn dein Bruder nicht immer in meinem Hinterkopf herumspuken würde und Luc und ich nicht beide wüssten, dass wir bei aller Liebe einen Pakt zum Schutz unserer Freunde haben."

Vor Milán gab es keine Geheimnisse. Bis auf eines. Noch nie war ich so glücklich darüber, nicht mit ihm im selben Raum zu sein.

„Das klingt doch gut. Aber glaubst du wirklich, er verlässt dich einfach so, wenn Lilith Gábor wieder freigibt und du vor Luzifer Gnade findest?“

„Das wird er. Ich muss jetzt zum Abendessen“, beendete ich das Gespräch schnell, bevor er doch etwas merkte und nachhakte.

„Okay, mach’s gut. Und lass dich nicht umbringen.“

„Dito. Bis irgendwann.“

Noch Minuten, nachdem ich aufgelegt hatte, starrte ich gedankenverloren auf das Smartphone in meiner Hand.

Grigori drängte sich in meine Gedanken.

Nachricht von Luzifer für dich. In fünf Minuten in meinem Zimmer. Sprich auf dem Weg mit niemandem.

Ich tat, wie mir geheißen, und erhob mich mit einem zittrigen Gefühl. Traumwandlerisch ging ich den Flur hinunter zu Grigoris Zimmer. Luzifer nahm Kontakt zu mir auf. Das konnte gut oder schlecht sein.

38

Ich klopfte. Als Grigori mir die Tür öffnete, blickte er über meine Schulter den Gang entlang, ob jemand da war, der mich in seinem Zimmer verschwinden sah. Die Luft schien rein zu sein. Grigoris Umarmung war flüchtig, aber fest.

In dem recht kahlen Einzelzimmer warteten Tamiel und Herr Farkas mit ausdruckslosen Mienen. Sie saßen auf Grigoris Bett. Unsicher trat ich von einem Bein auf das andere und sah mich hilfesuchend nach Grigori um.

Alles gut, bestärkte er mich gedanklich auf Russisch. *Keiner will dir etwas Böses.* Dennoch senkte ich den Kopf. Ich fühlte mich unwohl. Unter ihren wachsamen Augen kam ich mir wie ein ungezogenes Schulmädchen vor.

Tamiel erhob sich als Erster.

„Hallo Tamiel“, krächzte ich, ohne ihn anzusehen. Als er seine Hand auf meine Schulter legte, räusperte ich mich und schaute nun doch in seine katzenhaften grünen Augen.

„Hallo, Nara, Sonne“, begrüßte er mich auf einmal lächelnd. „Wie schön, dass du wohlauf bist.“

Er umarmte mich. Herr Farkas gab ein ungeduldiges Knurren von sich, weshalb ich mich rasch wieder von Grigoris Ziehvater löste. Unruhig zupfte ich an meinem Armband, als Herr Farkas auf mich zukam und meine Hand ergriff. Stumm schüttelte er sie, während er mich mit seinem Blick durchbohrte. Plötzlich warf er den Kopf zurück und stieß ein Lachen aus, das mich erschrocken zusammenfahren ließ. Ich machte mich los, sprang rückwärts und prallte gegen Grigoris unnachgiebigen Körper. Er legte mir die Hände auf die Schultern. Das gab mir Sicherheit. Grigori vertraute ich bedingungslos. Er würde mich hier rausschaffen, wenn die Stimmung endgültig kippte. Bevor ich meinen Schwiegervater angriff, weil er mich bedrohte wie Azazel. Doch das schien er nicht vorzuhaben.

Wir standen nun so dicht beisammen, dass auch Dämonen, die vor der Tür lauschten, nichts mehr von unserer größtenteils russischen Unterhaltung verstehen würden.

„Hab keine Angst vor uns, Joelle", sagte Herr Farkas.

„Sind wir nicht so was wie Feinde? Da ist es nur natürlich, wenn ich es unangenehm finde, mit Ihnen in einem Raum zu sein", entgegnete ich verschüchtert. Du liebe Güte, Gábors Vater war eine Nummer für sich.

Tamiel grinste. „Wenn jemand hier drin Angst haben sollte, dann wir drei." Dazu hob er die Hände und wackelte mit den Fingern.

Ich entspannte mich. Zaghaft lächelte ich zurück.

„Du hast recht. Warum haben Sie gelacht, Herr Farkas?"

„Weil ich jetzt sicher bin, dass du auf unserer Seite stehst, auf Luzifers Seite. Ich habe seine Macht in dir gespürt." Seine stechenden Augen huschten zu Grigori.

„Natürlich hast du es vor mir gewusst, Himmelsjäger."

„Familie vor Arbeit", erwiderte mein Blutsbruder mit seiner tiefen, grollenden Stimme. Ich spürte die Vibration an meinem Rücken. Wie so oft bewunderte ich seinen Mut. Ich schrumpfte gerade stellvertretend für ihn unter Herrn Farkas' Autorität zusammen.

„Wolkow, sag ihr, was du gesehen hast."

Dann sah er wieder mich an. „Er wollte seine Vision nicht verraten, aber es ist sehr schwer, sich mir zu widersetzen." Das glaubte ich ihm aufs Wort.

Tamiel stieß seinem Freund den Ellbogen in die Seite. „Hör auf, ihr Angst zu machen, Béla! Sie wird nicht gegen uns arbeiten. Das hat sie noch nie."

Herr Farkas nickte. „Mir ist klar, dass du sofort auf ihren Liebreiz hereingefallen bist, guter Freund. Wolkow und meinem Sohn erging es nicht anders. Und einem unserer schlimmsten Feinde ebenfalls. Es betrübt mich nur, dass ich Großvater werde und es niemandem sagen darf. Nicht einmal Gábor." Das Lächeln, das jetzt sein Gesicht erhellte, erinnerte mich so sehr an Milán, dass ich trotz des Altersunterschieds für eine Sekunde glaubte, er stünde vor mir. Plötzlich umfasste er meine Hände mit seinen und blickte mich freudig an.

„Vor lauter Politik hätte ich beinahe meinen Anstand vergessen. Herzlichen Glückwunsch, Joelle."

„Da... Danke", antwortete ich perplex. Mit einer solchen Reaktion hatte ich nicht gerechnet. Eher mit einem Exekutionskommando. Schließlich hatte ich mich trotz der Versicherung meiner Treue zu Luzifer mit dessen Feind verbündet und machte seinen Sohn mit knapp einundzwanzig zum Vater.

„Sind Sie gar nicht wütend?", fragte ich daher.

Die Augen des Dämons blitzten vergnügt. „Ganz im Gegenteil. Ich wünschte, wir könnten feiern, dass Samaels Linie sich zum ersten Mal seit Jahrtausenden mit Luzifers verbindet. Doch angesichts der aktuellen Lage wäre eine Offenbarung dieser Entwicklung fatal. Nicht nur für dich, auch für meine Familie. Wir sind Luzifers engste Verwandte und seine treuesten Mitstreiter."

Es war keine Überraschung, dass Luzifer ihr Ahnherr war. Es überraschte mich jedoch, dass Herr Farkas so offen mit mir sprach. Sein schönes Gesicht ähnelte Gábors und besonders Miláns sehr, doch gab er sich auf der Erde immer den Anstrich eines Mannes mittleren Alters mit ersten grauen Strähnen im sorgfältig gekämmten Wellenhaar und Krähenfüßen. Die stechenden grünen Augen waren jedoch alterslos. Ihnen fehlte die Wärme, die Gábors braune Augen so oft ausstrahlten.

„Abgesehen davon, dass du obendrein Gábors Frau bist, war es Wolkows Vision, die mich zu der Entscheidung ermuntert hat, dich mehr einzubinden. Erzähl es ihr, Wolkow."

Ich drehte mich zu Grigori um und schaute nach oben in sein angespanntes Gesicht. Unwillig löste er die Kiefer und sagte: „Es wäre mir lieber, wenn sie nichts davon erfahren würde. Visionen müssen nicht immer wahr werden und sie könnten ihr Handeln zu stark beeinflussen."

„Aber genau das will ich doch!", fiel Herr Farkas ihm ins Wort. Jetzt wurde ich wachsam.

„Sag es mir, Grigori", forderte ich meinen besten Freund auf. „Es wird passieren oder nicht, ich weiche nicht von meinem Weg ab, versprochen." Dazu legte ich meine Hand auf seinen Unterarm, an dem die Sehnen heraustraten, weil er die Fäuste ballte. Augenblicklich erfüllte mich Mitleid. Grigori hatte den härtesten Job von uns allen.

„Ich habe gesehen, dass du Azazel töten wirst."

„Aber doch nicht bald, oder?", rutschte es mir heraus, bevor ich eine sinnvollere Frage formulieren konnte, zum Beispiel „Wie zur Hölle kommst du darauf?" oder „Was?".

Grigori schüttelte den Kopf. „Ich habe keine eingebaute Datumsanzeige", knurrte er.

„Schon gut. Ich sehe zu, dass es nicht gleich morgen geschieht. Ohne Azazels Bündnis bin ich Freiwild."

Grigori lag ganz richtig: Ich hätte lieber nicht hören sollen, was er vorausgesehen hatte. Wie sollte ich Azazel von nun an begegnen, in dem Wissen, dass ich ihn eines Tages ermorden würde? Ich verzog das Gesicht.

„Mach dir nicht zu viele Gedanken darüber, Nara. Wenn es zu einer Schlacht kommt, kannst du damit anfangen“, versuchte Tamiel mich aufzumuntern. Dann umarmte er mich noch einmal, um mir zu meiner Schwangerschaft zu gratulieren.

„Nichts verlässt diesen Raum. Das gilt für alle Dinge, die wir ausgesprochen haben und noch aussprechen werden. Ein Vögelchen hat mir gezwitschert, dass du Azazels wahren Plänen auf die Spur gekommen bist, Joelle“, sagte Herr Farkas. „Ich möchte alles wissen, damit ich es an meinen Herrn Luzifer weitergeben kann. Auf diese Weise sollte er keinen Grund mehr haben, dir zu misstrauen.“

„Es war nur eine Idee von mir. Aber ich befürchte, dass ich Akibeel einen Floh ins Ohr gesetzt habe“, erwiderte ich. „Luzifer sollte erst abwarten, bevor er etwas aus diesen Informationen macht.“ Herr Farkas nahm meine Aussage mit einem huldvollen Nicken hin. „Luzifer ist in der Defensive, aber er ist noch nicht geschlagen. Nur weil er im Verborgenen agiert, bedeutet das nicht, dass er seine gesamte Macht eingebüßt hat. Das wissen aber nicht viele und so soll es noch bleiben, bis er bereit ist.“

Also berichtete ich Grigori, Tamiel und Herrn Farkas alles, was sich in der Hölle zugetragen hatte.

Am Ende lächelte Gábors Vater. „Immer unterschätzen sie die Frauen. Sie haben meine Katalin unterschätzt, sie unterschätzen Lilith und ganz besonders dich. Sie glauben kaum, dass du mehr Qualitäten hast als deine Eigenschaft als Todesengel. Was uns sehr gelegen kommt. Selbst Akibeel lässt seine Tochter mehr überwachen als dich. Dabei bist du gerade viel gefährlicher für ihn.“

„Wie alt ist sie?“ Ich erinnerte mich ganz genau an das Gespräch zwischen Azazel und Akibeel, das ich belauscht hatte. Grigori schüttelte amüsiert den Kopf.

Dennoch antwortete er mir: „Mit seiner Frau Géraldine d'Hibou hat er eine etwa sechzehnjährige Tochter. Das Mädchen wächst bei einer Jägerfamilie in Deutschland auf. Leider weiß ich nicht mehr über sie."

„Weil sie Géraldines Tochter ist, versagt deine Gabe des Sehens bei ihr sicher genauso wie bei ihrer Mutter, aber Akibeels Tochter interessiert mich jetzt nicht", beendete Herr Farkas unseren Austausch.

Nach dem Abendessen gab es keine besonderen Vorkommnisse beim Patrouillengang. Es war so ruhig, dass Grigori, Luc, Tristan und ich eine kleine Pause an einem öffentlichen WiFi-Spot einlegten und Onlinemeldungen aus aller Welt lasen.

„Oh, Shit, hört euch das an", kam es von Tristan nach einer Weile schweigenden Lesens. Wir schauten von unseren Bildschirmen auf.

Tristan las eine Meldung vor: „Die Welle der Gewalt reißt nicht ab. Besonders im Südwesten Deutschlands häufen sich die Fälle von rätselhaften Vermissten, Morden, Prügeleien auf offener Straße und Suiziden. Im Rhein-Neckar-Kreis traf es am vergangenen Wochenende mehrere Menschen aus dem Nichts. In Mannheim wurde ein Mann leblos am Rhein aufgefunden. Er starb aus noch ungeklärter Ursache. Die Polizei geht von einem Suizid aus. In Heidelberg wuchs sich ein Streit zwischen zwei Gruppen junger Männer und Frauen zu einer Massenschlägerei aus, die die Untere Straße durch den Einsatz der Polizei und der Rettungskräfte für Stunden in einen Ausnahmezustand versetzte. Weiter ermitteln die Behörden wegen vierzehn Überfällen, vornehmlich nachts, die alle ein ähnliches Muster aufweisen. Beispielsweise meldete keines der Opfer einen Diebstahl."

„Das klingt nach Geistern", meinte Luc. „Wie fast überall. Wie viele Geisterjäger gibt es dort denn? Außer

Gábor, Milán und Béla Farkas sind dort doch nur noch Ferenc Farkas und
sein Vater. Ein bisschen wenig für eine so große Region."

„Es gibt noch andere", schaltete sich Grigori ein. „Herr Farkas arbeitet eng mit den Wolfsjägern zusammen, die älteste Jägerfamilie Deutschlands. Allerdings geht ihr der Nachwuchs aus. Jedenfalls waren bei der Musterung keine Kinder aus dieser Familie dabei. Allerdings glaube ich nicht, dass sie sich noch lange ruhig verhalten werden, wenn ihre Nähe zu Luzifer zum Problem wird. Was lediglich eine Frage der Zeit ist."

„Ich mache mir Sorgen um Gábor und Milán", sagte ich leise. „Warum müssen wir hierbleiben, anstatt sie zu unterstützen?"

Luc legte mir einen Arm um die Schultern. Seine Geste war sowohl beruhigend als auch etwas besitzergreifend.

Grigori schüttelte den Kopf. „Die kommen schon zurecht. Gábors Männer haben ihren Posten nicht verlassen. Ohne sie würde es dort noch viel übler zugehen."

Dem gab es nichts hinzuzufügen. Mit gemischten Gefühlen machten wir uns auf den Rückweg.

39

November

Der Oktober ging und machte dem dunklen November Platz. Mein Bauch hatte über Nacht beschlossen, sich nicht mehr zu verstecken, sodass ich über meine Schlabbershirts froh war. Die Maskerade auf Dauer aufrechtzuerhalten, kostete mich einen Teil der Energie, die ich vor allem ins Lernen stecken sollte. Dass ich unmotiviert war, fand ich noch untertrieben.

Ich hatte alles im Kopf, nur nicht die Schule. Meinen Abschluss würde ich höchstwahrscheinlich nicht bestehen. Den anderen ging es ähnlich. Die Einzigen, die genug Disziplin an den Tag legten, waren Luc und Grigori. Letzterer hatte sich vor allem in Französisch enorm verbessert und brauchte kaum noch Dolmetscherdienste, um im Unterricht mitzukommen.

Vor allem, weil er so viel unterwegs war, beeindruckte mich seine Leistung umso mehr.

In einer Woche würde ich Lucs Vater wieder besuchen, und das war ein Lichtblick zwischen meinen miesen Noten. Das Einzige, was mich dabei runterzog, war die Tatsache, dass Gábor nicht dabei sein konnte. Er durfte nicht sehen, wie sich sein Kind entwickelte, er durfte ja nicht einmal von seiner Existenz erfahren. Bei aller Vernunft belastete mich das mehr, als ich zugeben wollte.

Nach Luzifers Entgegenkommen hatte ich immerhin eine Sorge weniger. Der Höllenfürst trachtete mir nicht nach dem Leben, sondern legte nach wie vor Wert auf die Zusammenarbeit mit mir. Er würde sehr wahrscheinlich von meinem Kind erfahren, spätestens wenn Herr Farkas, Tamiel oder Grigoris Vater ihm davon erzählten. Denn dass Barbatos blinder sein sollte als sein halbmenschlicher Sohn, erschien mir unwahrscheinlich.

In diesem Fall befürchtete ich aber keineswegs, dass man mir mein Baby wegnehmen würde. Anders als Azazel und Konsorten durften sich Luzifers Anhänger mehr im Diesseits aufhalten und auch ihre Kinder recht unbehelligt erziehen.

Zumindest hatte die Hölle die Farkas-Brüder und Grigori den größten Teil ihrer Kindheit kaum tangiert.

In der Nacht weckte mich Grigoris Gedankenstimme. Ich erwartete, ihn neben meinem Bett vorzufinden, aber er war nicht einmal im Haus.

Mit klopfendem Herzen schlug ich die Bettdecke zurück, als ein Bild vom Marmorhof des Schlosses in Versailles meine Sicht verschleierte.

Tamiel wurde angegriffen und Anouk ist verwundet worden, ich brauche euch hier, ertönte wieder Grigoris Rufen.

Scheiße. Mit einem unwirschen Rütteln an seiner Schulter weckte ich Luc, der keine Erklärung benötigte, weil nun auch er Grigori in seinem Kopf hörte.

Rasch schlüpften wir in die schwarze Jägerkluft. Nur die Kittel hängten wir uns über den Arm, weil sie unsere Flügel behindern würden.

„Sturmhauben", war das Einzige, was Luc sagte, ehe wir welche aus dem Schrank nahmen und zu Marinette und Anaïs liefen. Tristan kam uns auf halbem Wege entgegen, ebenfalls vollständig angezogen und bis an die Zähne bewaffnet.

„Versailles?", fragte er flüsternd.

„Versailles", echote ich als Antwort.

Luc drückte seinem Freund im Joggen eine Sturmhaube in die Hand. Wir rannten die Treppen hoch aufs Dach, um von dort im Schein des abnehmenden Mondes loszufliegen.

Der eisige Nachtwind brauste mir um die Ohren, aber es fühlte sich immer gut an, Luft unter den Flügeln zu haben.

Die letzten Spuren der Müdigkeit fielen von mir ab, als ich frischen Sauerstoff in meine Lungen sog.

Unterwegs planten wir gedanklich unser Vorgehen, soweit das möglich war, schließlich wussten wir nicht genau, was uns erwartete.

Wir sollten unerkannt bleiben, besonders du, Joelle, dachte Luc. *Azazel wird dich umbringen, sobald du gegen den Vertrag mit ihm verstößt.*

Mehr als eine Sturmhaube tragen und nicht an vorderster Front mitmischen, kann ich nicht, gab ich zurück. *Am besten hole ich Anouk da raus und bringe sie ins Hauptquartier.*

Nicht ins Hauptquartier, widersprach Tristan. *Das ist garantiert kein Geisterangriff, sondern was Hölleninternes. Wie willst du erklären, was Anouk dort zu suchen hatte und warum sie höchstwahrscheinlich gegen den designierten Bündnispartner der GHA gekämpft hat statt gegen Luzifers Anhänger Tamiel?*

Mist.

Okay, du hast recht. Dann bringe ich sie zu Lucs Vater, er ist ein Heiler.

Luc war einverstanden. *Ich begleite dich, wenn die anderen ohne uns klarkommen.*

Ich konzentrierte mich auf Grigori. Die anfangs verschwommenen Bilder wurden immer klarer. Nach wenigen Sekunden hörte ich auch Schwerterklirren und das Kreischen von Gargoyles.

Grigori brauchte uns nicht wegen unserer Kampfkraft, sondern für Anouk. Was auch immer sie bei ihm machte.

Habt ihr das gesehen?

Ja, antwortete Luc. *Wir holen Anouk zusammen und hauen ab. Grigori hat eine Armee, der braucht uns nicht zum Kämpfen. Kannst du Anouk irgendwo sehen?*

Nein, einer von euch?

Zu Anouk konnten wir keine solche Verbindung aufbauen wie untereinander oder zu Grigori. Wir würden uns auf unsere anderen Sinne verlassen müssen.

Tristan dachte: *Vermutlich ist sie in Grigoris oder Tamiels Nähe. Warum liegt sie nicht in ihrem Bett?*

Grigoris jetzt sehr ärgerliche Gedankenstimme übertönte unseren Austausch.

Sie ist mir gefolgt. Wenn sie das hier überlebt, werde ich ein ernstes Gespräch mit ihr führen müssen. Sie hängt über meinen Schultern wie ein Lamm. Sie behindert mich und außerdem braucht sie dringend Hilfe.

Ich zuckte zusammen, als ich durch Grigoris Augen sah, wie er einem Gargoyle mit einem seiner Schwerter die Kehle durchschnitt. Blut spritzte und ich schirmte mich automatisch ab. Sonst machte mir das Gemetzel nicht so viel aus, aber seit ich schwanger war, hatte ich manchmal Schwierigkeiten, nicht zu weich zu sein.

Wir landeten neben der Reiterstatue von Louis XIV und zogen uns die Sturmhauben über. Hier auf dem riesigen Vorplatz, wo sich tagsüber die Touristenmassen herumtrieben, hätte es mehr Raum für ein Gefecht gegeben. Allerdings war man hier leichter zu entdecken als im etwas zurückversetzt liegenden und von zwei Gebäudeteilen eingerahmten Marmorhof. Der Kampf fand quasi vor Tamiels Haustür statt.

Anscheinend gab es Pläne, ihn aus seiner Wohnung zu holen oder gleich dort zu töten.

Im Laufschritt und mit gezogenen Schwertern näherten wir uns dem stillen Hof. Die Geisterwesen, die die grausige Szenerie umschwebten, dienten als Abwehr gegen ungebetene Zuschauer.

Alle Geister, auch Turper, erzeugen eine Art Blase um sich herum, indem sie sämtliche Wellen, von Geräuschen oder reflektiertem Licht und andere nicht sichtbare Erscheinungen absorbieren. Deshalb werden sie von den meisten Menschen nicht wahrgenommen, nur die Kälte, die ihre Absorption mit sich bringt.

Die Hölle bediente sich auch heute gerne dieser Eigenschaft, um im Diesseits keine menschenleeren Felder aufsuchen zu müssen, wenn es etwas auszufechten gab. Das Abkommen mit der GHA hinderte sie zwar daran, in belebten Gebieten aufzutauchen, doch nach Einbruch der Nacht war hier am Schloss niemand mehr, bis auf die Nachtwächter, die dank der Geister kaum etwas mitbekommen dürften.

„Da vorne ist Grigori, vor einem der Fenster", fuhr Luc in meine Gedanken.

„Ich sehe ihn auch", meinte Tristan.

Ungefähr fünfzig sich bekriegende Gargoyles und andere niedere Dämonen trennten uns von unserem Blutsbruder, der neben Tamiel und Herrn Farkas am mittleren der drei hohen Glastüren gegen zwei gefallene Engel focht, denen ich eigentlich nicht über den Weg laufen wollte. Ein Stechen schoss mir in den Magen, als ich sie erblickte.

Batarel und Azazel duellierten sich mit Gábors Vater und Tamiel, während Grigori mit seinen Soldaten die feindliche Truppe von den Duellanten fernhielt.

Ich atmete tief durch, um mich zu beruhigen, dann rang ich die aufkeimende Angst nieder und richtete den Blick stur auf Grigori und die lebendigen Hindernisse, die noch vor uns lagen. Ich konnte das hier.

Als würden wir eine schalldichte Tür aufstoßen, umgab uns der ohrenbetäubende Lärm der Schlacht, sobald wir durch die Poltergeister hindurchschritten. Schwerterklirren, das Kreischen und Brüllen von Dämonen und das Kratzen und Klicken ihrer Krallen auf dem glatten Boden umgab uns.

An den Rändern des Kampfgetümmels war kaum ein Durchkommen, aber wir schafften es, uns an der Schlossfassade entlangzuschieben, Luc vor mir und Tristan hinter mir. Ein wenig Sorgen um meinen Bauch machte ich mir schon, doch weit mehr um Anouk. Wir mussten sie hier wegschaffen!

Wo wir mit Schubsen oder Tritten keinen Erfolg hatten, durfte es auch mal ein Schwerthieb sein. Richtig mitmischen wollte niemand von uns. Ich am allerwenigsten. Keiner der Dämonen stieg auch darauf ein, weil wir schon weitergeeilt waren, bevor sie richtig merkten, dass wir da waren. Fast am Ziel stürmte Luc los, rempelte die letzten Gargoyles um und zog die bewusstlose und blutende Anouk von Grigoris Schultern. Er nickte kurz und hackte weiter mit seinen zwei Schwertern auf die anstürmenden Dämonen ein.

Luc fand eine freie Stelle, an der er die Flügel ausbreiten und mit Anouk auf den Armen steil nach oben starten konnte.

Er schickte mir seine Gedanken, während er mit den Flügeln schlug.

Ich fliege schon mal voraus, komm nach, so schnell du kannst.

Ich sollte ihm folgen, denn Tristan machte mir ein Zeichen, dass er getarnt mit Sturmhaube bei Grigori bleiben würde, doch ich rührte mich nicht. Mein Körper war zur Reglosigkeit verdammt.

Neben Grigori landete Gábor, um seinen Freund und seinen Vater zu unterstützen. Über ihn hinweg flogen gut fünfzig seiner Männer, die sich unter die Kämpfenden mischten. Schmetterlinge stoben in meinem Magen auf.

An die Fensterwand des Schlosses gelehnt, noch immer unbemerkt von den anderen Kämpfern, nahm ich Gábors Anblick in mich auf. Sein schwarzes Haar kringelte sich wild um seinen Kopf, es war etwas länger als zuletzt, wodurch er seinem kleinen Bruder ähnlicher sah. Wie Grigori trug er die volle Rüstung eines Heerführers, Tunika und Brustharnisch. Selbst auf die Distanz und im schwachen Mondlicht erkannte ich sein entschlossenes Gesicht und das kampflustige Glitzern in seinen dunklen Augen. Voller Sehnsucht zog sich mein Herz zusammen. Dass ich hier stand, war vollkommen falsch. Ich sollte neben Gábor stehen und bei ihm kämpfen. Grigori vertrat mich vermutlich hervorragend, trotzdem fühlte es sich falsch an. In der Schlacht war er ebenso tödlich wie Gábor, aber es fiel mir leichter den Blick von ihm abzuwenden als von dem nichtsahnenden Vater meines Kindes. Gábor nahm es mit zwei hundeartigen Soldaten gleichzeitig auf, durchbohrte den einen mit seinem Schwert und schleuderte den anderen rückwärts in die heranrückenden feindlichen Reihen, ehe er sich den nächsten Gegnern zuwandte. Gemeinsam mit Grigori zerstörte er fast im Alleingang ganze Formationen. Innerhalb ihrer beachtlichen Reichweite schaffte es niemand, zu den gefallenen Engeln durchzukommen. Man konnte Gábors Vorgehen brutal und empathielos nennen, doch im Kampf dachte er nicht so, sondern nur daran, effektiv und präzise zu sein. Er war nicht umsonst der jüngste und zugleich höchstgestellte Offizier in Luzifers Armee. Und doch bebte ich bei aller Bewunderung vor Angst um ihn, weil er sich ohne Rücksicht auf

Verluste in jeden Kampf stürzte. Ich wollte zu ihm, ihm helfen. Ich hasste es, nur Zuschauerin zu sein.

Tristan zog an meinem Arm. „Los, weg hier!"

Ich schloss die Augen und holte noch einmal tief Luft, um gleich darauf senkrecht nach oben zu fliegen.

40

Während ich über das lange, zum Teil oben breitere und abgeflachte Satteldach des Schlosses lief, bemühte ich mich, die strudelnden Gedanken und Gefühle, die mich heimsuchten, zu unterbinden. Mein Herz pochte wild, meine Hände zitterten. Allein Gábor von Weitem zu sehen, warf mich aus der Bahn. Die Sehnsucht nach seiner Nähe war dort unten kurzzeitig übermächtig geworden. Hätte Tristan mich nicht am Arm gepackt, ich hätte vielleicht auf Gábor gewartet. Und ich würde mich nicht selbst belügen, wenn ich behauptete, dass ich es fertigbrächte, nur mit ihm zu reden und ihn nicht anzufassen oder gar zu küssen.

Hier oben in der Stille, über dem silbrigen Geisterlicht, unter dem der Kampf weitertobte, brachte ich meinen flachen Atem wieder unter Kontrolle.

Lucs Stimme erklang in meinem Kopf und holte mich wieder ins Hier und Jetzt: *Anouk braucht sofort Hilfe. Ich habe sie etwas stabilisiert und bin schon unterwegs nach Roucn. Komm nach, sobald du kannst!*

Ein kurzer Blick nach unten zeigte, dass der Kampf zugunsten von Tamiel entschieden war, aber allein dank Gábors Truppen. Am besten, ich malte mir gar nicht erst aus, was ohne die Verstärkung mit Grigori, Tamiel und Béla Farkas geschehen wäre. Trotzdem schüttelte ich mich im Gehen. Von wo konnte ich starten, ohne gesehen zu werden? Ich lief weiter langsam über das Dach.

Dann stieß ich ein lautes Quieken aus, weil direkt vor mir eine große dunkle Gestalt auf dem Dach landete und mir den Weg abschnitt. Reflexartig zog ich mein

Schwert und ging zwei Schritte zurück. Doch dann wusste ich, wer vor mir stand.

Mein Gegenüber hob die Hände. Das Licht des Mondes spiegelte sich in seinem silbernen Harnisch. Hier stand er. Mir brachen fast die Beine weg. Da schnellte Gábor vor und legte die Arme um mich, damit ich nicht vom Dach stürzte.

Natürlich wusste er so gut wie ich, dass mich meine Flügel vor dem sicheren Tod bewahrt hätten. Allein an dem schmerzvollen Ausdruck in seinen Augen konnte ich sehen, dass es ihm nicht viel anders ging als mir.

Er ließ mich nicht los. Ich klammerte mich an ihm fest, als hinge ich über einem Abgrund. Obwohl mein Gesicht unangenehm an das harte Metall gedrückt wurde, wagte ich es nicht, ihn loszulassen. Denn wenn ich losließ, würde er wieder gehen.

Aufsteigende Tränen brannten in meiner Kehle.

Die Luft meines nächsten Atemzugs reizte meinen trockenen Hals, doch es war viel zu gut, das frische Grün zu riechen und sich an dem vergänglichen Gefühl zu berauschen, bei Gábor zu sein.

Seine Nase strich über meinen Nacken. Er unternahm keinen Versuch, mich zu küssen. Weil es wehtun würde.

Du fühlst dich irgendwie anders an, dachte er.

O nein!

Das kommt dir nur so vor, wiegelte ich ab. *Luzifer hat mich wohl irgendwie verzaubert, deshalb spürst du seine Macht in mir.* Forschend blickte er mich an. Seine Stirn legte sich in leichte Falten. Dann schüttelte er den Kopf.

Du verbirgst etwas vor mir, aber wie ich dich kenne, hat es gute Gründe. Ich werde nicht fragen.

Danke, Gábor. Es wäre nicht gut, wenn du mehr darüber wüsstest.

Er spannte sich an, hielt mich aber weiter fest im Arm.

In seinem Gehirn arbeitete es. Gedankenfetzen strömten auf mich ein, von der Hölle, von der Schlacht gegen meinen Vater, zuletzt von unserem Treffen in der Mongolei. Jetzt versuchte ich, mich aus seinem Griff zu winden.

„Nein!", entfuhr es ihm. Furcht durchzuckte ihn, auch Schmerz und Neugier. Meine Eingeweide verkrampften sich, als ich meine Hände von Gábors Schultern nahm und sie gegen seine Brust drückte, was er durch die Rüstung kaum wahrnahm.

Er lockerte seinen Griff ein wenig, aber nur, um eine Hand über dem Tanktop auf meinen leicht gerundeten Bauch zu legen.

Ich keuchte, als mich Wärme flutete und meinen ganzen Körper durchströmte. Eine Menschenfrau hätte nichts gefühlt, aber ich konnte schwören, dass sich das Kind auf einmal in mir bewegte. Gábors Mund formte ein stummes „Warum?", aber er nahm seine Hand nicht weg. Sanft fuhr er unter mein Oberteil und strich über meine zuckende Haut. Heiße Tränen liefen mir über die Wangen, als wir so dastanden und die unfassbare Wahrheit nicht auszusprechen wagten.

Er schaffte es nicht, seine Empfindungen im Zaum zu halten. Ich schluchzte unterdrückt, weil es ihn innerlich beinahe in Stücke riss. Er wusste nicht mehr, wohin mit sich, vor lauter Wut, Angst und unbändigem Glück. Er biss die Zähne zusammen, um sich zu beherrschen.

Plötzlich kniete er vor mir, umfasste mich mit beiden Armen und legte seine Wange an die Wölbung meines Bauches.

Noch nie in meinem ganzen Leben war ich zugleich so glücklich und so tieftraurig gewesen wie in diesem

Augenblick. Vorsichtig streichelte ich Gábors Locken, während er unser Kind und mich festhielt.

Irgendwann legte ich die Hände an seine tränennassen Wangen, damit er zu mir hochsah.

Die tobenden Gefühle in seinen Augen waren kaum auszuhalten. Sein Zorn war nicht gegen mich gerichtet, sondern gegen seine eigene Machtlosigkeit und gegen alle, die uns daran hinderten, zusammen glücklich zu sein.

„Du solltest es nie erfahren. Bitte verzeih mir", flüsterte ich. „Solange Krieg herrscht, können wir nicht zusammen sein. Wenn das Kind kommt, muss ich aus dem Hauptquartier fliehen. Du kannst nicht mit mir kommen. Du gehörst zu Luzifer und ich zu Azazel. Luzifer kann uns nicht beschützen."

Er nickte. Daran gab es nichts schönzureden. Er nahm meine Hand, um mich zu sich herunterzuziehen.

Wir setzten uns nebeneinander auf das kalte, feuchte Dach. Ein paar Atemzüge lang sagten wir nichts, sondern trockneten unsere Tränen und rückten enger zusammen.

Keine Sekunde stellte er die Vaterschaft in Frage.

Doch ich hakte nach: „Was macht dich so sicher, dass es dein Kind ist?"

Gábor schaute mich mit hochgezogenen Augenbrauen an. „Anders als die bedauernswerten Menschenväter kann ich mir ziemlich sicher sein. Außer du hattest was mit Luzifer, Milán oder meinem Vater. Igitt, daran will ich gar nicht denken."

Ein kleines Lächeln huschte über mein Gesicht. „Da kann ich dich beruhigen." Ich griff nach der Münze an meinem Handgelenk. „Wie geht es dir jetzt damit? Kommst du klar?"

„Muss ich wohl. Scheiße. Das trifft mich jetzt irgendwie ganz schön hart." Er rieb sich über die Stirn. „Ehrlich gesagt hab ich mich schon versucht damit anzufreunden, keine Kinder zu haben, weil Samael dich verwundet hat. Du bist nicht behandelt worden und ich war dabei, als du wegen deiner inneren Blutungen fast gestorben wärst."

Ich kaute auf der Innenseite meiner Wange. „Ich war bei einem Gynäkologen, der mir keine großen Hoffnungen gemacht hat, jemals Kinder zu bekommen. Ich wollte dir nichts davon sagen, solange es nicht nötig war. Vor allem, weil ich dachte, du würdest mich dann nie mehr zurücknehmen."

Kopfschüttelnd legte er einen Arm um meine Schultern.

„Dann hätten wir eben ein paar verlassene Halbdämonen adoptiert und ihnen die GHA erspart."

„Wirklich?" O mein Gott. Wie könnte ich diesen Mann nicht lieben? Ich ließ meine Münze los und griff nach seiner Hand, die über meiner Schulter baumelte. Erneut musste ich die Tränen zurückdrängen. Ich hatte an Gábor gezweifelt.

„Erzählst du mir alles? Bevor wir wieder so tun müssen, als wären wir uns egal?", bat er.

Ich nickte. Bevor ich loslegen konnte, küsste Gábor mich erst auf die Wange und dann auf den Mund.

„Bocsánat." Er entschuldigte sich, doch gleich drückte er wieder die Lippen auf meine. Mein Bauch kribbelte herrlich.

„Dafür musst du dich nicht entschuldigen. Ich werde ohnehin die halbe Nacht heulen, wenn wir wieder auseinandergehen, also ..." Ich ließ den Rest des Satzes in der Luft hängen.

Da hob er mich rittlings auf seinen Schoß, umfasste meine Wangen mit seinen warmen Händen und teilte meine Lippen, neckte meine Zunge mit seiner, bis Flammen in mir brannten.

Ihn zu küssen, raubte mir den Atem, ließ mich schwindeln und seufzen, als er sich nach wundervollen

Minuten von mir löste. Sein breites Lächeln war nicht nur auf die überschießenden Hormone zurückzuführen. Ich grinste ihn an.

„Lass mich! Ich will mich freuen! Wenigstens solange ich mit dir hier oben sitze", protestierte er.

„Ich freu mich ja auch. Jeden Tag. Die Kleine bringt mich dazu, nicht aufzugeben."

„Es wird ein Mädchen? Woher weißt du das?" Sein Lächeln wurde noch eine Spur größer. Er war so süß.

„Grigori", sagte ich nur.

Gábor grummelte etwas. „Und wer weiß noch davon?"

Widerwillig zählte ich die Mitwisser auf.

„War ja klar, dass Vater davon Wind bekommen hat. Nein, schon gut. Ich werfe dir nichts vor. Er hat mit Barbatos und Grigori zwei Orakel in seiner Reichweite. Freut er sich wenigstens?"

„Ziemlich. Ich dachte eigentlich, er kriegt die Krise."

„Wir sind keine Menschen. Andernfalls hätte er die Krise gekriegt. Außerdem sind wir Luzifers nächste Verwandte. Solcher Nachwuchs ist dem Höllenfürsten immer genehm."

Ich fragte nicht nach dem Grad der Verwandtschaft. Gábor kannte ihn nicht und mir war es im Grunde egal.

Dann erzählte ich ihm alles von meinem Gespräch mit Luc und dem Besuch im Krankenhaus bei seinem Vater, von meiner Angst vor Azazel und noch mehr davor, enttarnt zu werden.

Gábor hörte sich alles ruhig an. Mehr konnte er nicht tun.

„Fliegst du jetzt zu Lucs Vater?"

Ich nickte.

„Darf ich mitkommen?"

41

In Rouen neigte sich die Nachtschicht dem Ende zu. Gábor und ich erwischten Monsieur Dujolais, kurz bevor er nach Hause ging. Er versprach, im Behandlungszimmer zu warten, bis wir nach Anouk gesehen hatten, die in seinem Büro unter Lucs wachsamen Augen auf einer Liege schlief.

Ihr Gesicht war vom Blut befreit worden, doch der geschiente Arm und die frische Wunde an ihrem nackten Oberschenkel wiesen wie ihr unnatürlich blasses Gesicht auf die Schwere ihrer Verletzungen hin. Ihre Hose war hinüber und mir fiel beim besten Willen nicht ein, wie wir ihren Zustand vor irgendjemandem verheimlichen sollten.

Doch das war jetzt nicht Lucs Thema.

„Was macht er hier?“, fragte er unangenehm überrascht, sprang auf und stellte sich schützend vor Anouk.

„Ich bin nicht wegen ihr hergekommen, ich hab nur nichts anderes zum Anziehen als die Rüstung“, gab Gábor genervt zurück. „Mach dich locker.“

Nachdem er den ersten Schreck verdaut hatte, überfiel Luc der Ärger. Er waberte zu mir herüber und machte mir ein richtig schlechtes Gewissen.

„Es ließ sich nicht länger verheimlichen“, verteidigte ich mich schwach. Enttäuschung zeichnete sich auf Lucs feinen Gesichtszügen ab.

„Du hast es ihm gesagt? Du weißt schon, dass das kein kluger Schachzug war?“

Ich hasste es, wenn Luc mich mit einem Satz zur Rechtfertigung trieb. Mit roten Wangen und hochschnellendem Puls baute ich mich vor ihm auf.

„Er hat es selbst herausgefunden. Ich konnte doch nicht einfach wegfliegen, als er mich gesehen hat! Es war sowieso gemein, ihm nichts davon zu sagen, nur um ihn zu schützen. Das hättest du auch so empfunden, wenn du an seiner Stelle wärst!" Gábor gab sich den Anschein, als würde es ihm nichts ausmachen, dass Luc und ich über ihn redeten, als wäre er nicht anwesend. Und dass unter anderem er der Grund für unseren Streit war. Stoisch stand er neben mir und blickte aus dem Fenster in den dunklen Himmel.

Luc schnaufte einmal, ehe er beherrschter erwiderte: „Lass es, Joelle. Aber es wäre leichter, wenn du nicht jedes Mal dein Hirn ausschalten würdest, sobald Gábor auf der Bildfläche erscheint." Seine Schultern sanken nach unten, er gab auf. Diese resignierte Körperhaltung ließ die Schuldgefühle in meiner Brust auflodern. Luc tat alles für mich und ich dankte es ihm kein bisschen.

„Es tut mir leid", wisperte ich. Obwohl ich ihm ansah, dass er sich am liebsten rausgehalten hätte, wollte Gábor etwas klarstellen. Doch er vergewisserte sich erst, dass Anouk noch schlief.

„Luc? Ich hatte nicht vor, sie zu treffen. Das war Zufall heute Nacht. Natürlich wäre es besser gewesen, dieses Geheimnis zu wahren. Aber jetzt wo ich es weiß, will ich mein Kind sehen. Kannst du das nicht verstehen?"

„Natürlich verstehe ich das", erklärte Luc leicht beleidigt.

„Gut. Und dann hau ich wieder ab. Vergiss einfach, dass ich hier war, bitte. Eigentlich darf ich kein Teil ihres Lebens mehr sein. Vielleicht werde ich nicht mal meine Tochter kennenlernen."

Auf einmal hatte ich wieder einen Kloß im Hals. Luc machte ein beschämtes Gesicht. Er ging zu Gábor, um ihm die Hand auf die Schulter zu legen.

„Entschuldige, Mann. Manchmal vergesse ich, dass du es auch nicht leicht hast. Ohne den Krieg in der Hölle wären wir alle nie in diese Situation geraten."

„Schon okay. Es ist für uns alle nicht leicht." Er seufzte. „Aber vielleicht ändert sich das irgendwann."

Ich schluckte hart. Die beiden benahmen sich viel erwachsener, als ich es in ihrer Lage gekonnt hätte. Jeder war auf seine Art wunderbar. Ich war so unendlich dankbar, sie in meinem Leben zu haben. Luc nickte, antwortete aber nicht auf meine Gedanken. Er drückte Gábors Schulter.

„Eure Kleine wird nicht alleine sein. Sie muss nicht bei der GHA aufwachsen, selbst wenn sie keine Eltern mehr haben sollte. Grigori und ich würden uns um sie kümmern und Tristan auch. Wenigstens einer von uns wird diesen Krieg überleben." Gábors traurige Miene hellte sich auf.

„Bei euch wäre sie besser aufgehoben als bei Vater und meinem Bruder. Vielen Dank, Luc." Dann schloss er ihn in eine knochenbrechende Umarmung. *Was wären wir ohne dich, Luc*, dachte er. *Ich stehe in deiner Schuld.*

„Tust du nicht. Blutsgeschwister zu werden, war eine unserer besseren Entscheidungen", entgegnete Luc, dem Gábors Dankbarkeit sichtlich peinlich war.

„Lass uns jetzt rübergehen, sonst ist dein Vater weg", warf ich ein, ehe mir vor lauter Rührung noch die Tränen kamen.

„Geht ihr ruhig allein. Aber bring ein Bild mit, Joelle. Ich bleibe bei Anouk und denke mir mal was Gutes aus, wie wir ihre Verletzungen erklären wollen."

Danke, Luc. Für alles, dachte ich.

Monsieur Dujolais hielt sich nicht lange mit Begrüßungsfloskeln auf.

„Sie sind der Vater?", erkundigte er sich bei Gábor, der nur nickte. Gerade wurde es für uns beide noch einmal realer. Wir würden Eltern eines kleinen lebendigen Wesens sein.

„Dann ist es ja ziemlich eindeutig, wie diese unverhoffte Schwangerschaft zustande kommen konnte. Natürlich ebenso, warum hier mehr als ärztliche Schweigepflicht vonnöten ist", fuhr er gut gelaunt fort. Ich musste kichern, als ich das große Fragezeichen auf Gábors Stirn bemerkte.

„Leg dich auf die Liege", forderte Lucs Vater mich auf.

Hier drin konnte ich endlich die ganze Maskerade abwerfen. Mein Bauch sah nicht aus, wie er Ende des ersten Trimesters aussehen sollte, er war stärker gewölbt. Während der Arzt meinen Unterleib abtastete und anschließend das Ultraschallgerät vorbereitete, erklärte er meinem Begleiter die interessante Tatsache, dass wegen meiner Narben neben ihm nur ein reinrassiger hoher Dämon als Vater in Frage kam. Weshalb er auch seinen Sohn sofort als Schuldigen hatte ausschließen können. Ich erschauerte, als er das eisige Gel auf meinem Bauch verteilte.

Gábor war mit Stummheit geschlagen. Er setzte sich neben meine Beine auf den Rand der Liege.

„Erschrecken Sie nicht", warnte ihn Lucs Vater vor. „Wir sehen hier einen Fötus, der nach menschlichen Maßstäben ungefähr sechs Monate alt wäre, was er nicht ist. Nur sein Entwicklungsstand entspricht in etwa der vierundzwanzigsten bis fünfundzwanzigsten Woche. Joelle, du wirst es am Umfang deines Bauches gespürt haben."

„Allerdings. Ich bin so froh, dass in der Schule noch niemand etwas bemerkt hat."

„Sagen Sie ruhig du zu mir. Ich bin nicht so uralt, wie ich mich gerade fühle“, sagte Gábor. Lucs Vater lachte.

„In Ordnung. Gábor Farkas, richtig? Béla ist ein alter Bekannter.“

„Vater kennt doch jeden“, murmelte Gábor und der Heiler lachte erneut.

„Lassen wir das. Schaut euch euer Kind an.“

Bevor ich auf den Bildschirm guckte, den Monsieur Dujolais leicht zu mir drehte, sah ich zu Gábor. Seine Aufregung übertrug sich auf mich und brachte mich zum Lächeln.

„Es sieht ja aus wie ein fertiger kleiner Mensch“, sagte er erstaunt. Fasziniert ließ er den Blick über den Bildschirm wandern. Gemeinsam betrachteten wir das eifrig schlagende Herz, bewunderten die winzigen, voll entwickelten Gliedmaßen und den noch etwas zu großen Kopf. Dann bewegte sich das Baby und zappelte mit den Beinen. Zum zweiten Mal in dieser Nacht spürte ich und sah nicht nur, dass es lebendig war. Meine Bauchdecke zuckte und beulte sich ganz leicht aus. Ein eigenartiges Gefühl. Als hätte ich einen kleinen Schwimmer in meinem Bauch.

„Noch hat es genügend Platz für Purzelbäume und Gestrampel, aber schon bald wird es eng und dann können die Kindsbewegungen auch unangenehm werden“, sagte der Heiler zu mir. „Auch deine Lunge und die anderen Organe werden bald weniger Raum haben. Dämonen kompensieren das ganz gut, aber übernimm dich nicht.“

Sofort rauschte Sorge zu mir herüber.

„Ich kann schon auf mich aufpassen“, wies ich Gábor zurecht.

„Kann es uns schon hören?“, fragte der jetzt.

„Seit Kurzem kann es das. Redet mit ihm, wenn es möglich ist. Es gewöhnt sich an die Stimmen, die es am häufigsten hört.“ Gábors Lächeln erstarb. „Dann wird es sich an mich nicht gewöhnen.“

Lucs Vater erkannte die düstere Stimmung und sorgte für Ablenkung.

„Wollt ihr das Geschlecht wissen? Wobei es selbst für den Laien eindeutig zu erkennen ist.“

„Eine ziemlich zuverlässige Quelle hat behauptet, es wird ein Mädchen. Ich sehe auch kein kleines Anhängsel“, entgegnete ich.

„Anhängsel“, brummte Gábor.

„Ganz recht, ein kleines Mädchen ohne Anhängsel“, bestätigte der Dämon. „Habt ihr schon einen Namen?“

Ich schüttelte den Kopf. „Es stehen ein paar zur Auswahl.“ Gábor hielt meine Hand fester und bat: „Sagst du sie mir nachher?“

„Klar.“

Monsieur Dujolais kontrollierte alle Organe des Kindes, vermaß es vom Scheitel bis zur Ferse und teilte uns mit, dass es einen gesunden Eindruck machte. Wie beim letzten Mal druckte er ein paar Bilder aus und reichte mir zwei.

„Vielen Dank. Nicht nur für die Bilder“, sagte ich zu ihm. Er behandelte mich kostenlos, denn ich traute der GHA zu, dass sie sich in die Computer meiner Krankenkasse hackte. Im Übrigen standen dämonische Untersuchungen in keinem Katalog, obwohl sie so viel komfortabler waren. Die magischen Hände des Heilers ersparten mir zudem einen Abstrich vom Gebärmutterhals und eine innere Tastuntersuchung.

„Ihr dürft euch irgendwann revanchieren. Haltet mich nur aus dem Zwist in der Hölle heraus, in welchem ihr beide bis zum Hals steckt.“ Für eine Sekunde schnellten seine wachen Augen zu Gábors Rüstung und unseren Schwertern, die wir unter der Liege auf den Boden gelegt hatten.

„Komm ruhig zu mir, Joelle, wenn du dich unwohl fühlst oder Blutungen auftreten. Heute konnte ich den Geburtstermin genauer berechnen, da du ja deinen Zyklus nicht dokumentiert hast und wir von der Größe und dem Entwicklungsstand des Fötus' ausgehen müssen. Um den dritten März dürft ihr mit der Geburt rechnen. Ich weiß leider nicht, wie es sich bei Dämonen verhält, aber bei Menschenkindern kommen nur sechs Prozent am errechneten Entbindungstermin zur Welt. Also keine Panik, wenn die Kleine sich Zeit lässt oder es etwas eiliger hat. Alles ab Mitte Februar bis Mitte März ist termingerecht. Am besten sehen wir uns noch einmal im Februar."

„Danke, Monsieur Dujolais", sagte jetzt auch Gábor, der in Gedanken versunken dagesessen hatte.

42

Die Morgendämmerung brach herein, als wir uns mit Handschlag von Lucs Vater verabschiedeten und auf den hellen Flur hinaustraten.

„Hier, nimm auch eins. Schneid aber alle Daten am Rand ab und versteck es irgendwo, wo nur du es findest."

Nickend nahm Gábor ein Bild unserer Tochter entgegen. Einen Augenblick ließ er den Blick darauf ruhen, dann faltete er es zusammen und steckte es in eine seiner Ledermanschetten am Handgelenk, die die Hälfte seiner muskulösen Unterarme bedeckten. Eigentlich gehörten solche aus Metall zu seinem Harnisch, aber ich wusste, dass er sie unbequem fand.

Wir kannten uns. Und ich war der festen Überzeugung, dass Gábor ein toller Vater wäre, wenn man ihm die Chance dazu geben würde. Er hatte meine Gedanken gehört, schloss mich in die Arme und küsste mich auf die Wange.

„Wie soll sie heißen?", flüsterte er.

„Ich dachte an Arika Aynur Katalin. Was Mongolisches und was Ungarisches."

„Das gefällt mir. Klingt wie eine Kriegerin. Sie wird so stark sein wie du." Stolz sprach aus seinem Tonfall.

„Von dir wird sie ja wohl auch etwas haben. Ich hoffe, sie sieht dir ähnlich. Dann ist immer ein Stück von dir bei mir."

„Sag so was nicht, Joelle. Gib die Hoffnung noch nicht auf, dass wir eines Tages eine richtige Familie sind."

„Die Hoffnung stirbt zuletzt. Tut mir leid wegen Luc und allem. Ich hatte nicht vor, dich durch ihn zu ersetzen oder umgekehrt. Besitzt das irgendeine Logik?"

„Ihr beschützt euch gegenseitig. Und auch mich. Du beschützt ihn davor, für einen luzifertreuen Verräter gehalten und eingesperrt zu werden, und er bewahrt dich davor, in der Hölle zu landen und das Baby zu verlieren. Es ist das Beste, was ihr füreinander tun könnt. Ich weiß, dass du ihn liebst, und er weiß das auch. Ich werde dich nicht zwingen, dich von ihm zu trennen, wenn das hier alles vorbei ist."

„Wir trennen uns spätestens nach der Geburt. Er soll nicht gezwungen sein, die Vaterrolle zu übernehmen. Es sei denn, er ändert seine Meinung noch."

„So oder so, deine Brüder sind da. Wieso trittst du mir nicht in den Arsch dafür, dass ich dich allein lasse?"

„Weil du mich nicht alleine lassen würdest, wenn du es nicht müsstest. Hör auf, dir ein schlechtes Gewissen einzureden. Jäger tun ihre Pflicht, schon vergessen?"

Er schüttelte den Kopf. Dann legte er seine Stirn an meine.

Pass auf euch beide auf, dachte er. *Jetzt gibt es noch jemanden, den ich vermissen kann, wenn ich an dich denke.*

Lass dich nicht umbringen, dachte ich zurück. Energisch kämpfte ich gegen die Tränen an, die mich zu überwältigen drohten. *Und pass auch auf Milán auf.*

Du hältst hier die Stellung und ich in Heidelberg. Bitte sag mir Bescheid, wenn sich die Kleine auf den Weg macht. Und halte Luc fest. Er ist kein Eindringling. Er liebt und bewahrt das Kostbarste, das zu mir gehört. Sag ihm, dass ich ihn genauso schütze, wie er mich. Und sag ihm, dass er einen Freund in mir hat, wenn er zweifelt. Ich hoffe, ich kann ihm eines Tages zurückgeben, was er für dich und mich tut.

Er küsste mich auf die Stirn, sah mir noch einmal voller Liebe in die Augen und rannte förmlich den Gang hinunter in Richtung Treppe.

Leise weinend sah ich ihm nach, bis Lucs Hand sich in meine schob. Ich hatte nicht einmal gehört, dass er hinter mir erschienen war.

„Bist du so weit?", wollte er wissen.

Ich schüttelte den Kopf, folgte ihm aber zu Anouk.

„Ist alles okay mit dir?", fragte ich.

„Nein. Haltbarkeitsdatum?"

„Dritter März."

„Dann bleibt es dabei."

Erleichtert atmete ich aus. Ich hätte verstanden, wenn Luc mich nach dieser Nacht abgeschossen und auf seine eigene Sicherheit, besonders aber die von Gábor gepfiffen hätte, wenn ihm das alles zu viel geworden wäre. Aber er tat es nicht.

„Ich schulde dir einen Gefallen", murmelte ich.

„Zehn", erwiderte Luc, hob aber seine Mundwinkel in Andeutung eines Lächelns.

„Gábor hat gesagt, dass er dich nicht als Eindringling sieht. Und dass er dich als Freund betrachtet."

„Ich betrachte ihn auch als Freund. Und gerade fühle ich mich ihm näher als Grigori oder Louis. Schon seltsam."

Jeder blieb in seinem eigenen Kopf, während wir in großer Höhe in den Morgen hineinflogen, Luc mit Anouk auf den Armen. Ich erwachte erst aus meiner Lethargie, als Luc Versailles ansteuerte und nicht Paris.

Ich schickte ihm meine Gedanken: *Was willst du hier?*

Tamiel nimmt Anouk bei sich auf, bis sie gesund ist, was spätestens übermorgen der Fall sein müsste. Grigori sieht nachher nach ihr. Ich habe mit ihm telefoniert. Der Kampf ging zu seinen Gunsten aus und seine

Wohnung wurde nicht in Mitleidenschaft gezogen. Sie werden nicht noch einmal wagen, ihn dort anzugreifen. Und falls doch, gibt es unterirdische Fluchtwege. Tamiel hätte keinen Kampf riskieren müssen, aber er wollte Azazel zeigen, wo der Hammer hängt.

Und was erzählen wir Madame d'Hibou und Schnauzbart?

Tamiel hält Anouk gefangen, um die GHA zu erpressen.

Ich schaute ihn missbilligend an.

Hey, das hat er sich ausgedacht, nicht ich!

Du denkst, dass sie darauf reinfallen?

Warum nicht? Tamiel wird drohen, noch mehr Mädchen zu entführen und zu Luzifer zu bringen. Dann wird verhandelt und Anouk gegen Cash oder Gefälligkeiten zurückgegeben. Oder sie schicken Grigori rein. Er ist schließlich der Einzige, dem alle Türen offen stehen.

Und wo waren wir die halbe Nacht? Grigori helfen oder auf der Suche nach Anouk? Wenn wir Pech haben, erwartet die alte Hexe einen Bericht.

Ich musste gähnen. Wie gerne hätte ich noch ein paar Stunden geschlafen, aber wir würden es nicht mal pünktlich zur ersten Stunde schaffen.

Natürlich haben wir Anouk gesucht. Wir müssen den Schein wahren, dass Grigori nicht mit uns über seine Tätigkeiten außerhalb des Hauptquartiers spricht. Tristan macht das schon.

Tamiel öffnete beim ersten Klopfen. Er nahm mich zur Begrüßung in den Arm, dann sagte er Luc Hallo und lud sich die immer noch schlafende Anouk auf.

Langsam sollte sie doch mal ein Lebenszeichen von sich geben. Ich stupste Luc mit dem Zeigefinger an.

„Was hat dein Vater ihr gegeben?"

„Ein leichtes Beruhigungsmittel und was gegen die Schmerzen. Davon dürfte schon nichts mehr in ihrem Blut sein. Ihr Körper lässt sie schlafen, um ihre Verletzungen zu heilen."

„Hast du das im Griff, wenn sie aufwacht, Tamiel?"

„Natürlich. Ihr wird es an nichts fehlen. Grigori kommt später, um sich davon zu überzeugen, dass ich mich gut um sie kümmere."

Ich sah ihn scharf an. „Sie ist gerade fünfzehn geworden, also halt dich mit deinen Charmeoffensiven zurück, ja?"

Empört brummte er: „Wofür hältst du mich? Auch Dämonen können sich benehmen!"

„Ich weiß, ich möchte nur keine Klagen hören."

„Danke für deine Hilfe, Tamiel", sagte Luc und wandte sich zum Gehen. „Komm, Joelle, wir verpassen Französisch."

„Tschüss, Tamiel."

„Tschüss, Nara, Sonne. Zieh den Bauch ein, wenn du über Paris bist, nicht dass er den Himmel verdunkelt."

„Blödmann!"

Tamiel lachte und warf die Haustür zu.

43

Luc und ich kamen über eine halbe Stunde zu spät zum Unterricht, weil ich unbedingt frühstücken musste und Luc mir unbedingt Gesellschaft leisten wollte.

Den Ärger mit unserer diesjährigen Französischlehrerin Madame Corbeau konnten wir dank Tristans Entschuldigung, wir hätten unsere jüngere Kameradin gesucht, abwenden, doch auf mich war sie trotzdem sauer und verpasste mir einen Eintrag ins Klassenbuch, weil ich den Aufsatz über die Résistance im Zweiten Weltkrieg vergessen hatte. Und das trotz Lucs mehrmaliger Erinnerung. Die Schule und ich würden keine Freunde mehr werden. Ich saß hier nur noch meine Zeit ab. Meine Gedanken waren bei meinem Kind, bei Gábor und bei meinem Bündnis, bei der immer gefährlicher werdenden Lage im Diesseits und im Jenseits, beim Krieg in der Hölle. Aber nicht beim Schulstoff. Eigentlich brauchte ich mir gar keine Mühe mehr zu geben. Die Prüfungen würden gerade erst anfangen, wenn meine Tochter auf die Welt kommen sollte. Ich würde so oder so dieses Jahr nicht das Bac ablegen.

Mit der ersten Wehe war ich spätestens hier weg. Entbinden würde ich in Rouen, weil so am ehesten die Chance bestand, dass Paris erst einmal nichts von meiner Tochter erfuhr.

Ich lächelte über meine Gedanken und fing mir noch einen bösen Blick von Madame Corbeau ein.

„Pass jetzt auf“, flüsterte Luc neben mir.

Stumm fügte er hinzu: *Deine Gedanken sind nicht zu überhören. Wenn du schon keinen Abschluss machen kannst, dann tu wenigstens so, als würdest du darauf hinarbeiten. Tarnung ist alles, Joelle.*

Tarnung und Lügen. Ich schnaubte leise.

Alle belogen sich. Die Führung belog uns, indem sie die vermehrten Geisterangriffe verharmloste und weiterhin so tat, als wären die neuen, inoffiziellen Bündnispartner nur eine Urlaubsvertretung für Luzifer. Ich belog meine Mitschüler und Lehrer, Letztere wiederum schwiegen sich über alles aus, was auch nur im Entferntesten mit der Hölle zu tun hatte, und ermahnten uns dafür täglich, uns ja an die Gesetze zu halten. Grigori belog alle über seinen zeitraubenden Zweitjob als Doppelagent. Nicht einmal seinen engsten Freunden vertraute er Einzelheiten an. Und jetzt musste auch Anouk lügen. Ich bewunderte sie für ihre Dreistigkeit, noch auf dem Krankenlager Madame d'Hibou gegenüber zu behaupten, Tamiel hätte sie vom Dach des Hauptquartiers entführt, um sie zu Luzifer zu bringen. Sie entschuldigte sich glaubhaft dafür, nachts auf dem Dach gewesen zu sein. Ihre blauen Kulleraugen erweichten sogar Renard und er lobte sie für ihre Tapferkeit, sich gegen einen gefallenen Engel zur Wehr gesetzt und Knochenbrüche in Kauf genommen zu haben. Grigoris Eingreifen hatte dann auch Verhandlungen obsolet gemacht, wofür Madame d'Hibou sich zähneknirschend bei ihm bedankte.

Freilich war ich nicht dabei gewesen, aber Grigori ließ uns beim Mittagessen in seinen Erinnerungen an der Szene im Krankensaal teilhaben. Er hatte seine Rüstung längst gegen Sportklamotten getauscht, die er beim Nachmittagstraining brauchte.

Ich würde nicht hingehen. Erstens wollte ich schlafen und zweitens hatte ich einen Aufsatz zu schreiben.

Als Louis mit seinem vollen Tablett an den Tisch kam, erzählten wir ihm die inoffizielle Version von letzter

Nacht. Das unverhoffte Treffen mit Gábor ließen Luc und ich absichtlich weg. Lügen und Schweigen.

Nach einigen Löffeln Kartoffelsuppe fiel mir auf, dass Tristan allein bei uns saß und nicht mit seiner Freundin. Grigori sprach die leeren Plätze an unserem Tisch an: „Warum sind Marinette und Anaïs nicht bei uns? Weil Clara den Anblick von Luc und Joelle nicht ertragen kann?"

Tristan guckte betreten in seinen Suppenteller. „Sie hat herausgefunden, dass ich Dinge vor ihr geheim halte. Sie gibt sich nicht damit zufrieden, dass es nicht meine eigenen Geheimnisse sind. Da hatten wir üblen Krach heute früh. Sie redet nicht mehr mit mir, bis ich sie aufkläre. Ihr wisst, worauf das hinausläuft."

Ich sank auf meinem Stuhl zusammen. Gerade verging mir der Appetit. Meine Geheimnisse waren zerstörerisch.

„Warum mache ich alles kaputt?", sagte ich leise. „Es tut mir so leid, Tris! Aber wenn ich es dir nicht verraten hätte, wärst du mehr als sauer auf mich geworden."

Er lächelte schief. „Aber sicher. Vergiss es, Jo. In letzter Zeit haben wir uns mehr angeschrien als geküsst. Vielleicht geht es nicht anders. Ihr seid mir wichtiger als sie. Was sie mir mehrmals vorgeworfen hat."

„O Mann", stöhnte ich. „Was machst du jetzt?"

Er zuckte die Achseln. „Abwarten. Ich werde ihr auf keinen Fall irgendetwas über dich oder Grigori oder sonst jemanden hier am Tisch erzählen. Da könnte ich auch gleich Plakate malen und sie im Treppenhaus aufhängen." Er aß noch einen Löffel Suppe. „Jetzt zeig mir endlich deine Kleine, Jo."

„Du bist schwanger?", flüsterte Louis mit entgeistertem Gesicht. „Warum erfahre ich das als Letzter? Bist du etwa der Vater, Luc?"

Luc schüttelte den Kopf.

Ich schaute mich nach allen Seiten um, doch niemand achtete auf uns. In meiner Socke steckte das zusammengerollte Ultraschallbild von letzter Nacht, weil ich noch keine Zeit gefunden hatte, es zu verstecken. Unter dem Tisch reichte ich es Tristan, der mir schräg gegenüber saß.

„Wow", machte er. „Da ist ja alles dran."

Luc seufzte. „Und wieder ein Kandidat, der in Bio geschlafen hat. Auch bei einem reinen Menschen wäre jetzt alles dran, wie du es so treffend ausgedrückt hast, Tris."

Grigori und Louis lachten, dann reichten sie das Bild herum, bis es wieder bei mir ankam. Auch Luc hatte es betrachtet und darüber gelächelt. Nachdem ich es wieder in meiner Socke verstaut hatte, erstarrte ich, weil Grigori ein wenig sein Glas hob und die anderen es ihm gleichtaten. Glück und ein warmes Gefühl flossen in meinem Bauch zusammen. Mein Kind würde immer eine Familie haben. Es wurde in eine der besten Familien hineingeboren, die ich mir vorstellen konnte. Verstohlen wischte ich mir über die Augen und hob ebenfalls mein Wasserglas. Still sagte Grigori: *Auf unsere kleine Jägerin und unsere neue Schwester! Sa schtschäßtje! Auf das Glück!* Alle murmelten beifällig und tranken einen Schluck.

„Danke", erwiderte ich dann. Ich sagte es nicht nur zu Grigori, sondern zu allen Jungen am Tisch.

44

Als ich mich nach dem Essen frisch geduscht auf mein Bett legte, streichelte ich meinen Bauch und sprach leise mit meiner Tochter. Ich erzählte ihr von ihrem Vater und von meinen Freunden, von der Mongolei und meiner menschlichen Familie, die mein Kind vielleicht niemals kennenlernen würde. Erfolglos versuchte ich einzuschlafen und war deshalb nicht ärgerlich, dass Tristan hereinkam und anfing, Gitarre zu üben. Nachdem es sich eine Weile recht ruhig verhalten hatte, wurde das Baby jetzt munter und trat gegen meine Hand. Das entlockte mir ein Lächeln. Endlich war der Kontakt nicht mehr ganz so einseitig.

Tristan beäugte interessiert die winzige wandernde Beule unter meiner Haut.

„Willst du deine Hand mal drauflegen?“, fragte ich ihn.

„Wenn ich darf.“

„Komm schon her.“ Ich stützte mich auf die Ellbogen.

Zögerlich berührte Tristan mit den Fingerspitzen meinen Bauch und kitzelte mich damit. Ich nahm seine Hand und legte sie an die Stelle, an der ich zuletzt einen Tritt gespürt hatte. Als es sich unter seiner Hand wölbte, lächelte Tristan verzückt.

„Das ist so verrückt. Da lebt etwas in dir. Wie bei Alien.“

„Ja, danke, Tris. Ich hab doch keinen parasitären Außerirdischen in meinem Bauch.“

Vorsichtig strich er über meinen Bauch, dann nahm er seine Hand weg und suchte Augenkontakt.

„Gábor hat heute Nacht mit uns gekämpft. Hast du ihn getroffen?"

Ich wich seinem Blick aus. Verräterische Röte kroch mir in die Wangen. Vor Tristan konnte ich nicht noch mehr lügen. „Ja. Auf dem Schlossdach." Immer noch schaute ich an die weiße Stuckdecke.

„Hast du ihm gesagt, dass das sein Kind ist?"

„Er hat es selbst erraten. Eigentlich wollte ich ihm gar nichts sagen, aber jetzt fühle ich mich auf eine Art erleichtert, dass er Bescheid weiß."

„Deshalb hat Luc vorhin so ausgesehen, als wären seine Boxershorts zu eng. Du hast ihn doch nicht verlassen, oder?"

„Natürlich nicht! Es sei denn, er hätte darauf bestanden. Aber wir bleiben beim Geburtstermin. Das wird ein froher und ein trauriger Tag." Ich setzte mich auf und strich mir die zotteligen Haare glatt.

„Tut mir leid, Süße. Wenn alles anders gelaufen wäre, hättet ihr eine wirkliche Chance gehabt, du und Luc."

Es war eindeutig besser, jetzt ein anderes Feld zu beackern. „Was ist mit dir und Anaïs? Hattet ihr eure Chance oder willst du ihr keine mehr geben?"

Nun war es an Tristan, wegzuschauen. „Sie hatte schon eine zweite Chance; irgendwie sagt mir mein Bauchgefühl, dass sie keine dritte wert ist."

Nachdenklich schürzte ich die Lippen, bis es mir dämmerte. „Du bist heute Nacht auch jemandem aus deiner Vergangenheit begegnet, hab ich recht?"

„Verdammt, Joelle, färbt Grigori irgendwie ab?"

Zufrieden grinste ich. „Also hab ich recht. Etwa Danel?"

Vor lauter Verblüffung vergaß Tristan, die Wand gegenüber anzustarren, denn seine Augen schnellten zu mir. Also lag ich richtig. Danel war ein einfacher Dämon in menschlicher Gestalt, der in Gábors Heer diente.

„Langsam wirst du mir unheimlich. Ich wusste gar nicht, dass dieser Hormoncocktail in deinem Körper dich scharfsinniger macht."

Ich boxte ihn auf den Oberarm. „Das hat doch nichts mit den Hormonen zu tun! Ich bin einfach nicht mehr so sehr mit meinen Ängsten beschäftigt wie früher. Erst so langsam wird mir bewusst, wie viel Hirnschmalz und Energie mir mein Trauma abgezogen hat."

„Gut, das hört sich weniger gruselig an. Ja, ich hab Danel getroffen. Gábor hat ihm erlaubt, noch im Diesseits zu bleiben und selbständig in die Hölle zurückzukehren. Ich hatte verdrängt, dass er von unserer Beziehung gewusst hat."

„Und? Habt ihr geredet?"

Tristan knackste mit den Fingerknöcheln. Dazu biss er sich auf die Unterlippe.

„Wenn du nichts dazu sagen willst, ist es auch okay", versuchte ich ihn zu beruhigen, als ich seine Nervosität spürte. Doch er hörte auf, seine Lippe zu malträtieren, und sah mich fest an. „Er hat sich bei mir entschuldigt, dafür, dass er sich so plötzlich von mir getrennt und jeglichen Kontakt abgebrochen hat. Er meinte, er hätte es für mich getan, weil er mir meine Karriere und meinen Ruf nicht versauen wollte. Als ob es da noch viel zu versauen gäbe."

Überrascht legte ich meinem Blutsbruder eine Hand auf den Unterarm und bat ihn stumm, weiterzusprechen. Zaghaft lächelnd sagte er: „Er will mich zurück. Ist es bescheuert, dass ich ihn auch zurückwill?"

Ich schüttelte den Kopf. Nicht bescheuerter als ich mit Gábor. Ich fasste mir an die Stirn. „Du und Danel habt eure Seelen miteinander verbunden, oder?"

„Ich fürchte, ja. Wir hätten nicht das eine Mal zusammen einschlafen dürfen. Von klein auf kriegen wir es eingetrichtert, aufzupassen, aber es passiert trotzdem."

„Und Anaïs? Die wird sich nie auf eine Dreierbeziehung einlassen, schon gar nicht mit einem niederen Dämon. Ganz egal, wie menschlich er aussieht."

„Siehst du, das ist mein Problem. Ich mag sie sehr gern, aber mit Danel, das ist anders, was Tieferes. Er war der Erste, der mich als Partner nicht verändern wollte. Andere Mädchen haben ihn nie gestört. Mit ihm konnte ich über alles reden, wenn du dich irgendwo verkrochen hast und Luc nur Schule im Kopf hatte. Ich war echt fertig, als das mit uns auseinanderging."

„Und ich war nicht für dich da. Das war beschissen von mir."

„Du hattest deine eigenen Probleme. Immerhin hast du mir Schlaflieder vorgesungen und hast an meinem Bett gesessen."

„Trotzdem hätte ich dir eine bessere Freundin sein müssen. Entschuldigung noch mal."

Er kniff mich sanft in die Wange. „Schon vergessen."

„Aber was hast du vor? Gehst du wieder zu ihm?"

„Ich glaube schon."

„Dann drücke ich dir die Daumen. Und wenn Anaïs nicht mit ihm und uns allen klarkommt, ist sie vielleicht auch nicht die Richtige für dich."

„Das denke ich gerade viel zu oft." Er sah unglücklich aus.

„Lenk dich ein bisschen ab."

„Ich gehe zum Training."

„Du hast nicht zufällig diesen Aufsatz für Französisch noch hier rumliegen?"

„Bedien dich, liegt in meinem Rucksack."

„Merci."

Mit einigen Umformulierungen hatte ich nach anderthalb Stunden eine lesbare, neue Version von Tristans Résistance-Aufsatz in meinem Französischheft stehen.

Ich streckte die Arme über den Kopf, bog den Rücken durch und dehnte die verspannten Finger an meiner rechten Hand.

Die verbliebene Stunde bis zum Abendessen nutzte ich, um auf dem Dach das neue Ultraschallbild zu deponieren, anschließend noch ein bisschen an der Dachkante zu sitzen und das Treiben auf der Rue de la Huchette zu beobachten und die ersten Vorboten der Abenddämmerung der nun rasch kürzer werdenden Tage zu begrüßen. Als das Abendrot den Horizont in flammendes Rotorange tauchte, machte ich mich auf den Weg nach unten zum Speisesaal.

45

Ende November schien sich die Welt zu verdüstern. Nicht nur weil die Nächte immer länger wurden oder die Sonne sich nur noch selten zeigte, sondern vor allem deshalb, weil das Böse auf dem Vormarsch war. Ich hatte das Gefühl, mich im Hauptquartier, in meiner Schule vor der Welt zu verstecken. Und dass dieses Versteck von Tag zu Tag unsicherer wurde.

Die Konflikte in der Hölle kamen allmählich im Diesseits an. Das zeigte sich am deutlichsten in den täglichen Schreckensmeldungen im Radio, im Fernsehen und im Internet; es zeigte sich an den immer dreisteren Vorstößen der Hölle, sich in die Angelegenheiten der Geisterjäger und ihrer Organisation einzumischen. Die verschärften Gesetze waren nur ein Teil. Weit größer war der Einfluss des nun offiziell angenommenen Bündnispartners Azazel, der am vierten Dezember zur Unterzeichnung des neuen Abkommens mit der GHA eigens nach Paris kam. Luzifer, hieß es in einem Statement des Obersten Rates, sei unauffindbar und habe die Herrschaft über die Hölle an die Aufständischen abgegeben. Und damit hatten sich die Jäger nun zu arrangieren.

Obwohl ich Azazel aus dem Weg gehen wollte, blieb ich mit Erlaubnis der Lehrer zusammen mit Grigori, Luc und Tristan dem Unterricht fern, um bei der Verlesung des neuen Abkommens in Anwesenheit der Pariser Geisterjäger und des Obersten Rates dabei zu sein.

Je länger Monsieur Épaulard, der Vorsitzende des Obersten Rates, vorlas, desto mehr Mühe hatte ich stillzustehen und den Mund zu halten.

Es würde fortan keine eigenmächtigen Aktionen der Jäger mehr geben. Alles, was wir taten, mussten wir von der Führung der Hölle absegnen lassen. Das Kleingedruckte ging im Zornesrauschen unter.

Auf persönlicher Ebene – als gäbe es nicht schon genügend Eingriffe in unser Privatleben – kam es zu weiteren Einschränkungen, beispielsweise wurden jetzt auch bestehende Ehen und Partnerschaften zwischen Jägern und Nichtjägern strafrechtlich verfolgt. Beziehungen zwischen Dämonen und ihren Mischlingen blieben erlaubt und waren sogar ausdrücklich erwünscht, wohingegen bei zwei Halbdämonen darauf geachtet werden sollte, sich nicht fortzupflanzen.

Tja, zu spät.

Menschen, auch Geisterjäger, waren nach wie vor keine von der Hölle akzeptierten Partner für Dämonen oder Halbdämonen. Schon platonische Freundschaften sollten ab jetzt unter Strafe stehen. In diesem Stil ging es noch eine gute Dreiviertelstunde weiter. Vieles war nicht neu, da im Wesentlichen die geänderten Gesetze mit aufgenommen und als von der Hölle zustimmungspflichtiges Abkommen verpackt wurden. Hinterher schwamm mir der Kopf.

Grigori knurrte in meinem Geist, ehe er seine russischen Gedanken auf mich losließ: *Sie versklaven die Geisterjäger. Bald wird die GHA Geschichte sein, an die sich niemand mehr erinnert, weil alle Jäger ausgerottet sind. Für die Menschen gibt es keine Zukunft mehr, wenn wir nichts tun. Ich habe es vorausgesehen und dabei die ganze Zeit gehofft, es würde nicht wahr werden.*

Seine hochgezogenen Schultern, sein zornfunkelnder Blick und die ineinander verkrampften Hände ließen den großen, starken Grigori hilflos und verletzlich wirken.

Vorsichtig löste ich seine Hände. Meine Maskerade bekam Risse und rasch konzentrierte ich mich wieder darauf, einen flachen Bauch zu haben und keine Kugel, die an Lucs und Grigoris Seiten stieß, weil sie mich in der Menge einrahmten.

Mit dem magischen Schlüssel hätten wir etwas gegen Azazel, Batarel, Akibeel und die anderen in der Hand, dachte ich.

Luc sah das genauso. *Wir halten selbst danach Ausschau und sabotieren die von oben angeordnete Suche.*

Als Azazel seinen Blick über die Versammlung schweifen ließ und dabei an mir hängen blieb, erzitterte ich. Näher durfte er mir nicht mehr kommen. Luc schien das ähnlich zu sehen, denn er verlagerte sein Gewicht, sodass er mich halb verdeckte. Azazel quittierte seine lächerliche Geste mit einem belustigten Grinsen, das mir einen kalten Schauer den Rücken hinabjagte. Ich wäre ihm sehr verbunden gewesen, wenn er einfach gegangen wäre. Doch natürlich tat er das nicht.

Mit meinem Schulrucksack über der Schulter kam ich bis zum Treppenhaus, bevor Azazel uns eingeholt hatte.

Obwohl er die Jungen mit einem unwirschen Winken fortschickte, blieb Grigori bei mir stehen. Wir beide scheuchten Luc und Tristan weiter, die zögernd am Treppenabsatz stehenblieben. Ihre besorgten Gesichter waren völlig berechtigt. Sie versprachen etwas widerstrebend, uns bei unserem Mathelehrer zu entschuldigen, und stapften hinauf. Azazel deutete eine Verbeugung vor Grigori an, doch sie wirkte spöttisch.

„Himmelsjäger."

„Azazel", brummte Grigori ohne sonstige Regung zurück. Ich fragte mich immer, wie er es schaffte, so still zu stehen, ganz gleich, wie aufgebracht er war. Denn dass er auf dieses außerplanmäßige Treffen mit Azazel verzichten konnte, verbarg er nicht.

„Nara“, begrüßte mich der gefallene Engel.

Ich nickte ihm zu.

„Gehen wir doch an einen weniger belebten Ort“, schlug er anschließend vor. Schade. Auf dem Flur voller Jäger gab es wenigstens genügend Augenzeugen, wenn Azazel seine Maske aus Höflichkeit fallen ließ. Aber sicher hatte er Dinge mit uns zu besprechen, die besser niemandem zu Ohren kommen sollten. Besonders keinem Geisterjäger. Grigori wandte sich um und marschierte ins Treppenhaus. Er nahm den Weg nach unten. Ich hätte ihm gerne gesagt, dass Azazel der Letzte war, mit dem ich in einen dunklen Keller steigen wollte, doch meine Stimme hatte sich irgendwo verkrochen, seit der Dämon mich gestellt hatte. Wir hätten schneller laufen sollen.

Ich presste die Hand auf meinen rebellierenden Magen. Azazel hinter mir zu wissen, so nahe, dass er mich die Treppe hinunterstoßen oder mit seinem Schwert aufspießen könnte, weckte meinen Fluchtinstinkt. Mit bewusstem Ein- und Ausatmen brachte ich meinen nach oben geschnellten Adrenalinpegel soweit unter Kontrolle, dass ich einen Fuß vor den anderen setzen konnte. Es wurde schlagartig besser, als mir aufging, dass es für Azazel gefährlicher war als für mich, den Schutz der überfüllten Gänge zu verlassen.

Mit aller Gewalt dachte ich an harmlose Dinge wie den Matheunterricht, den wir gerade verpassten, und überlegte, was es heute wohl zum Mittagessen geben würde.

Nur nicht an Grigoris Vision denken, dass ich Azazel töten würde. Jetzt böte sich zwar eine gute Gelegenheit, doch noch durfte ich nichts in die Richtung unternehmen. Zudem sagte mir etwas, dass wir mit Azazel an der Spitze der neuen Höllenführung immer noch besser dran waren als mit Akibeel, den für meinen Geschmack ein bisschen zu viel Wahnsinn umgab. Vor der Sporthalle, in der gerade die menschlichen Nachwuchsjäger trainierten, bogen wir ab, um eine seltener genutzte Treppe zu nehmen. Sie führte in den Heizungskeller und von dort in die Katakomben, wo es auch ein Portal in die Hölle gab. Azazel konnte es gleich aktivieren und abhauen, auch wenn er als gefallener Engel theoretisch nicht auf ein Portal angewiesen war. Bei allen Beruhigungsmaßnahmen machte es mich ganz kribbelig, von Azazel auf die Folter gespannt zu werden. Endlich blieb er vor dem gigantischen Heizkessel stehen, der seine Hitze in den Raum abstrahlte und mich ins Schwitzen brachte. Vielleicht war es aber auch der stählerne Blick aus schwarzen Augen ohne jedes Weiß, der mir den Schweiß aus allen Poren trieb.

Das Rauschen der Rohre und der Flammen im Heizkessel überdeckte nicht das Trampeln vieler Füße über uns.

Grigori schloss umsichtig die Tür, dann postierte er sich neben mir. Azazel schaute von ihm zu mir. Da begriff ich, dass er Grigori dabeihaben wollte.

„Sprich." Er redete Russisch mit Azazel, der die Sprache problemlos verstand.

46

„Ich habe Grund zu der Annahme, dass ihr beide mich in Kürze hintergehen werdet."

Ich versteifte mich, zwang mich aber sofort wieder, meine Muskeln zu entspannen. Das machte mich erst recht verdächtig! Glücklicherweise übernahm Grigori das Reden. Vermutlich würde ich Azazel nur anpiepsen.

„Inwiefern?"

„Oh, wie gut du lügen kannst, Himmelsjäger. Aber nicht gut genug für mich. Spar dir die Mühe, mich hinters Licht zu führen. Luzifer hat mir schon übermitteln lassen, dass du eine Vision von meinem baldigen Tod hattest."

„Und was hat das jetzt mit uns zu tun?", gab er ungerührt zurück.

Meine Bewunderung für Grigori stieg in diesem Moment noch einmal um das Zehnfache. Beifällig legte er eine Hand an meinen unteren Rücken und schickte mir seine Gedanken.

Er kann dir nichts tun. Zumindest nicht hier drin.

Das sollte mich beruhigen, doch es fiel mir schwer.

Zu Azazel sagte er: „Hat er dir auch was Genaueres gesagt? Meine Vision war nämlich sehr verschwommen. Wie so oft."

„Oh, nein, ich denke, sie war ziemlich eindeutig. Nara wird mein Tod sein." Er sah mich beinahe zu emotionslos an. „Wir wissen nur nicht wann, wo und wie."

Das konnte ich nicht so stehen lassen: „Ich habe nicht vor, dir etwas anzutun, du bist mein Bündnispartner und der Einzige, der mich davor bewahrt, vogelfrei zu sein!"

„Und wenn sich das eines Tages ändert? Womöglich schon bald? Wenn ich gestürzt werde wie Luzifer oder wenn unser Bündnis zerbricht? Du trägst mehr als ein Geheimnis mit dir herum, Nara."

Ich setzte eine neutrale Miene auf. Er konnte nichts von dem Kind wissen.

„So wie alle", erwiderte ich unbestimmt. Unauffällig überprüfte ich meine Maskerade. Tadellos. Mein Bauch sah flach aus wie immer. Azazel durfte mich nur nicht anfassen oder so nahe an mich herantreten, dass er spürte, was seine Augen ihm nicht mitteilten. Er lächelte wie ein Raubtier, das seine Beute umkreist.

„Vor dem offiziellen Teil hatte ich eine Unterredung mit Madame d'Hibou. Ich habe mir von ihr zusichern lassen, dass du und deine Freunde, sofern du sie benötigst, freie Hand habt, um meine Aufträge auszuführen. Ihr seid ab heute von eurer Schulpflicht entbunden, denn ihr werdet für mich nach dem Schlüssel suchen. Wenn euch dabei auch noch der Weltenwächter über den Weg läuft, umso besser. Ihr werdet Stillschweigen über diesen Auftrag bewahren. Nicht einmal die anderen gefallenen Engel wissen davon."

Mir wurde erneut heiß und kalt. Es war genauso, wie ich es Akibeel gegenüber ausgedrückt hatte. Azazel wollte den Schlüssel für sich allein. Grigori räusperte sich.

„Ich kann das nicht tun. Es kostet mich schon zu viel Energie, Luzifer auszuspionieren und die GHA-Führung bei Laune zu halten. Ich werde schweigen, aber ich werde mich nicht an der Suche beteiligen. Außerdem würde es mein Bündnis mit Akibeel verletzen."

„Dann baue ich auf deine Verschwiegenheit, Himmelsjäger. Es war klug von dir, Luzifer von meinem Tod durch Nara zu erzählen. Er wird sie dadurch verschonen und wähnt sich allmählich wieder auf der Gewinnerseite."

So konnte man es auch hindrehen.

„Ich habe hier gewisse Pflichten, Azazel. Du verlangst von mir, meinem Gelöbnis abzuschwören und stattdessen irgendeinen Gegenstand zu suchen, während gerade jeder einzelne Geisterjäger gebraucht wird!"

Azazels Miene wurde unerbittlich. „Wenn du mich enttäuschst, indem du mich verrätst, töte ich das Kind, das du unter dem Herzen trägst."

Ich erbleichte. Ein Frösteln überlief mich trotz der Wärme im Heizungskeller. Er wusste es! Und er setzte dieses Wissen gegen mich ein. Grigoris Hand diente jetzt dazu, mich aufrecht zu halten. Ich versuchte, nicht hysterisch zu klingen.

„Woher nimmst du die Gewissheit, dass ich schwanger bin? Ich habe dich nicht angelogen, als ich dir erzählt habe, dass ich keine Kinder bekommen kann."

Bedrohlich trat er näher. „Ich bin nicht dumm, Nara. Die Macht Luzifers in dir, aber keinerlei Lüge in deinen Augen. Das hat mich stutzig gemacht, nachdem ich dich so voreilig wegsperren ließ. Luzifers Erster Offizier weiß hoffentlich von seinem Glück. Wirklich sicher bin ich mir aber dank meinem Mitstreiter Akibeel. Er hat ein untrügliches Gespür für Emotionen, mehr als ich. Deine hat er ganz genau analysiert, als er mit dir gesprochen hat."

Ich zog die Augenbrauen hoch, um mir einen kleinen Anstrich von Überlegenheit zu geben.

„Er spürte den Drang, zu beschützen. Er spürte Mutterliebe."

Plötzlich stand er nahe vor mir und berührte mit den Händen meinen unsichtbaren gewölbten Bauch. Erneut rumorte mein Magen. Lähmende Angst erfasste mich.

Scheiße.

Grigoris Hand an meinem Rücken erbebte. Wir saßen in der Falle.

„Was hat dir mein Kind getan, Azazel?", fragte ich überflüssigerweise, während ich seine Handgelenke umfasste und von mir wegdrückte.

„Gar nichts. Sogar als Kind zweier Halbdämonen besitzt es einen gewissen Wert. Es stammt von mächtigen Großvätern ab. Du darfst es behalten, wenn du zu mir in die Hölle kommst. Einstweilen werden wir herrschen, ehe meine Zeit gekommen ist."

Mir stockte der Atem in der Brust. „Wie kommst du darauf, dass ich bei dir leben will? Ich habe einen Freund und meine Tochter hat einen Vater, der weitaus besser geeignet ist, sie aufzuziehen, als du."

Azazel nahm mir meine Frechheit nicht übel. Er grinste mich an. „Deine Sturheit hat dir schon viel Kummer bereitet. Ich fürchte, dieses Mal wirst du daran zerbrechen. Verrate mich nicht." Geräuschlos verschwand er.

Ermattet ließ ich mich rückwärts gegen den gedämmten Heizkessel sinken.

„Scheiße, Grigori", sagte ich nur.

„Da, mehr fällt mir auch nicht ein."

Ich wischte mir den Schweiß von der Stirn.

Etwas gesammelter erklärte ich: „Ich werde also diesen bescheuerten Schlüssel suchen, anstatt sinnfrei im Unterricht zu hocken. Was das angeht, hat Azazel mir einen Riesengefallen getan. Tristan geht bestimmt gerne mit und Luc vielleicht auch. Ich kann ja nichts dafür, wenn wir das blöde Teil nirgends finden. Außerdem hat er mir kein zeitliches Limit gesetzt."

Grigori rieb sich gestresst die Hände. Gerade erlebte ich einen der seltenen Momente, in dem er mit seinem Latein am Ende war und seine Hilflosigkeit nicht hinter aufgesetzter Stärke und Ruhe versteckte. Je länger ich ihn kannte, desto besser konnte ich in ihm lesen.

Er legte mir die Hände auf die Schultern, beugte sich zu mir herunter und schaute mich mit seinen gletscherblauen Augen ernst an.

„Du schaffst das, Joelle. Du wirst Azazel töten, aber du musst den richtigen Augenblick abwarten. Ich wünschte, ich könnte ihn dir nennen." Er strich mir über die Oberarme, die sich unter meinem schwarzen Longsleeve verbargen.

„Es tut mir leid, dass Herr Farkas dich gezwungen hat, mir davon zu erzählen. Und dass du überhaupt all diese Dinge sehen musst."

Er nickte. „Es gibt so vieles, von dem niemand etwas wissen sollte."

„Siehst du noch die Sache mit Gábor und mir?"

Er zögerte eine Millisekunde, bevor er wieder nickte. Schmerz umwölkte seine Stirn. Er nahm die Hände von meinen Schultern, um seine Gedanken besser vor mir abschirmen zu können. Ich folgte ihm, als er sich wegdrehte.

„Grigori?"

Seine Rückenmuskeln verhärteten sich. „Bitte nicht, Joelle." Seine Stimme klang rauer als sonst, als müsste er die Tränen zurückhalten. Er wandte mir weiter den Rücken zu. „In dieser Nacht ist so viel Tod, so viel Blut und so viel Schmerz. Frag mich nicht mehr danach. Ihr werdet zusammenfinden, das muss dir genügen." Damit verließ er den Heizungskeller und schlug die Tür hinter sich zu.

Ich stand da wie vom Donner gerührt. Jemand würde sterben, womöglich viele. Es war besser für mich, nicht mehr zu wissen. Es war schlimm genug, dass Grigori es wusste, dass diese dunkle Prophezeiung in seinem Kopf herumwaberte.

Mit einem tiefen Seufzen löste ich meine Erstarrung, um ihm nachzugehen.

47

Dezember

Ich fluchte, weil ich um vier Uhr nachts wach lag, obwohl ich glaubte, auf Schlaf nicht verzichten zu können. Schließlich gab ich es auf und schob meine Füße unter der Bettdecke hervor. Grigori näherte sich dem Hauptquartier. Er war den ganzen Abend fortgewesen.

Ich huschte über den Flur, stieg die Treppen zum Dach hinauf und ignorierte dabei mein walrossähnliches Schnaufen. In der Ferne sah ich ihn mit seinen leuchtenden weißen Flügeln heranfliegen, als ich die Metalltür zum Dach aufstieß. Noch ehe ich seine Miene auf die Entfernung deuten konnte, rauschten seine aufgepeitschten Gefühle zu mir wie ein ihm vorauseilender Wind. Grigori war geradezu außer sich. Er landete vor mir und gab mir keine Gelegenheit ihn zu mustern, weil er das schwarze Knäuel in seiner Hand, das wohl ein Unterhemd war, achtlos zu Boden warf und mich sofort in seine Arme riss.

Er war überfordert von seinen Empfindungen, die mich zunächst ratlos dastehen und nur seine feste Umarmung erwidern ließen. Innerlich zitterte er, obwohl er nach außen hin fest stand wie ein Baum. Seine Atmung verriet kaum den Sturm, der ihn durchtoste. So hatte ich ihn so noch nie erlebt, nicht einmal an dem Morgen, als er Miláns Suizidversuch vereitelt hatte. Grigoris Verhalten beunruhigte mich von Sekunde zu Sekunde mehr.

Während ich über seinen erhitzten Rücken streichelte und ihm Zeit gab, sich zu fangen, ging ich seinen

Emotionen nach. Da war Zorn, Zorn, der mich früher vor ihm hätte Reißaus nehmen lassen. Doch ich fühlte auch Zuneigung, nicht nur zu mir, zu einer dritten Person, Bewunderung und heillose Verwirrung. Wenn ich es nicht besser wüsste, würde ein Teil seiner Emotionen dafür sprechen, dass er verliebt war. Aber Grigori verliebte sich nicht. Schon gar nicht auf einem Einsatz, der ihn auch körperlich gefordert hatte. Denn jetzt machte er sich los und plumpste auf die kalten Bitumenplatten. Mit den blutverschmierten Händen – ob schwarz oder rot konnte ich in der Dunkelheit nicht erkennen – fuhr er sich übers Gesicht, bevor er seine Schwingen einzog, sich auf den Rücken legte und blind in den Himmel hinaufstarrte. Obwohl gefühlte tausend Fragen auf meiner Zunge brannten, wartete ich ab, bis er bereit war, etwas zu sagen. Er langte nach seinem verschwitzten Unterhemd, um sich über die Stirn zu wischen. Damit verteilte er das Blut aber noch mehr.

„Bljad", fluchte er und schmiss das Unterhemd von sich. „Ich muss unter die Dusche." Er war noch nicht bereit zum Reden. Also machte ich mich schweigend mit ihm auf den Weg in die Waschräume. Doch er schien einfach dankbar für meine Anwesenheit zu sein. Er war immer noch durcheinander, aber der Zorn und die Aufregung ebbten ab und ich konnte sehen, dass er angestrengt nachdachte. Auch ohne seine Gedanken zu belauschen wusste ich, dass er sich überlegte, was er mir erzählen durfte und wie viel davon.

Solange er in der Dusche stand und den Dreck der Nacht loswurde, wusch ich mir das Gesicht und brachte mit den Fingern meine Haare in Ordnung. Ich begutachtete auch meinen wachsenden Bauch im Spiegel, bis Grigori lächelnd mit einem Handtuch um die Hüften herauskam und sich zu der Kugel herunterbeugte.

„Hallo, kleine Maus", sagte er auf Russisch. Dann zog er sich an. „Weißt du, Joelle, ich glaube, ich will eines Tages eine Familie haben."

„Woher der Sinneswandel?"

Sein Gesicht blieb einen Augenblick zu lange in seinem T-Shirt verborgen. „Ich glaube, ich kann mich doch verlieben. Ist das nicht verrückt?"

Ich lachte leise, als sein hochroter Kopf auftauchte und Grigori lieber den Kachelboden als mich angeschaut hätte.

„Oh, jetzt bin ich aber neugierig!" Ich biss mir auf die Unterlippe, um nicht laut loszulachen. Keiner würde mir das glauben, wenn ich es ihm erzählte. Grigori, Höllenkrieger und Meister der Selbstsicherheit, verwandelte sich vor meinen Augen in einen Schuljungen.

Bist du süß, dachte ich lächelnd. *Und jetzt raus mit der Sprache!*

„Ich darf dir rein gar nichts darüber erzählen, aber du wirst es sowieso aus mir herausquetschen, also ..."

Ich lehnte mich gegen den warmen Heizkörper unter dem Milchglasfenster.

Ich werde dir nichts über den Einsatz verraten. Azazel kennt nicht den wahren Grund, warum Akibeel und ich mit unserem Heer ausgerückt sind. Er glaubt, wir hätten Luzifer im Elsass aufgespürt, und das solltest du auch glauben.

Er sah mir einen Moment bedeutsam in die Augen. Die Röte in seinem Gesicht war fast verschwunden.

Milán war da und ein Menschenjunge, so ein Shawn Mendes-Verschnitt. Sie waren mit Gábor und Herrn Farkas unterwegs.

Woher kennst du Shawn Mendes? Ich grinste.

Anouk, erklärte er knapp und wedelte unwirsch mit der Hand.

Okay, erzähl weiter. Wie konntest du dich heute Nacht in jemanden verknallen, wenn da nur Männer waren? Oh, warte! Hast du rausgefunden, dass du schwul bist?

Er warf mir einen bösen Blick zu.

Glucksend schlug ich ihm auf die Schulter. „Ist ja gut. Jetzt erzähl mir von der Frau, die du heute Nacht getroffen hast." Ich betonte das Wort Frau, sodass Grigori mich auf den Oberarm boxte.

„An dir ist echt ein Kerl verloren gegangen, Joelle." Dann verlegte er sich wieder auf die Gedankenübertragung.

Ich erzähle dir nur von ihr, weil ich sie ohnehin nie wiedersehen werde. Außerdem hat sie einen Freund, diesen Shawn Mendes-Typen. Ich hab sie in einer Lagerhalle gefunden. Ein Dämon war dabei, sie umzubringen. Sie hat ihn angebrüllt, dass er es endlich zu Ende bringen soll, kannst du dir das vorstellen? Ihr ganzer Körper war übersät mit Wunden und sie hockte da in ihrem eigenen Blut, aber sie hat ihm nur das Kinn entgegengereckt. Dabei ist sie höchstens sechzehn. Grigoris Empfindungen vom Dach wurden wieder stärker. Ich fühlte seine Hochachtung vor der unbekannten jungen Frau, die sich noch im Angesicht des Todes nicht kleinmachen ließ.

Was wollte der Dämon von ihr?

Er wollte wissen, wo ihr Freund und Milán hingegangen sind.

Mich durchzuckte es. Sorgfältig schirmte ich meine Gedanken ab. Es sprach vieles dafür, dass dieses Mädchen Miláns Aufgabe war und auch diejenige, in die er sich verliebt hatte. Zumindest hatte es vor Wochen am Telefon für mich so geklungen. So oder so war sie für Grigori unerreichbar.

Sie hat also etwas mit dem Schlüssel oder dem jüngsten Jäger zu tun. Sie könnte Miláns Aufgabe sein.

Grigori nickte. *Aber sie scheinen nicht zusammen zu sein. Der andere Kerl ist die ganze Zeit um sie herum-*

scharwenzelt, nachdem ich sie von dem Dämon befreit hatte. Und aus Milán war auch nichts herauszukriegen, weil Akibeel unbedingt mitkommen musste. Aber das Härteste ist, dass ich nicht das kleinste Fitzelchen über sie sehen kann, weder etwas aus ihrer Vergangenheit noch ihre mögliche Zukunft. Nichts.

Ich lächelte über seine Frustration. *Warum denkst du, du wärst in sie verliebt?*

Sag du mir, wie man sich dabei fühlt. Du bist schon das zweite Mal in deinem Leben verliebt.

Ich machte eine Schnute. *Hm. Wenn du dich in jemanden verliebst, willst du die ganze Zeit in seiner Nähe sein. Du willst ihn beschützen und alles tun, damit es ihm gut geht. Wenn du bei ihm bist, fühlt sich dein ganzes Dasein leichter an. Du bist aber auch unsicher, dein Herz pocht dir bis zum Hals und dein Mund wird ausgerechnet dann trocken, wenn du etwas Wichtiges sagen willst. Vielleicht zittern auch deine Hände und in deinem Bauch gibt es auf einmal ein Wespennest. Es ist nicht so leicht zu beschreiben. Was hast du gefühlt, als du sie gesehen hast?*

Grigoris Wangen nahmen wieder einen niedlichen Rotton an. Am liebsten hätte ich ein Foto davon geschossen. *Zuerst wollte ich nichts weiter, als den Dämon umbringen, der ihr wehgetan hat. Und dann ... Ich wollte sie packen und fortbringen, damit niemand sie auch nur schief ansieht. Das klingt jetzt ein bisschen psychopathisch.*

Ich kicherte. *Nur ein bisschen. Was ist dann passiert? Hatte sie Angst vor dir?*

Er schüttelte den Kopf. *Sie war so fertig, dass es ihr nicht mal was ausgemacht hat, so gut wie nackt vor mir zu stehen. Aber du weißt ja, dass ich auch nett sein kann. Also hab ich ihr geholfen, ihre Wunden zu säubern und ihr meinen Kittel gegeben, damit sie nicht mehr so friert.*

Und? So leicht ließ ich ihn nicht vom Haken.

Oh, na schön! Ich hab sie getröstet. Das hätte aber jeder getan, der kein Arsch ist.

Och, Grigori. Lass mich raten: Du findest sie verdammt heiß, lässt aber die Finger von ihr, weil sie A vielleicht mehr Mensch als Dämon ist, B einen Freund hat und C sowieso alles streng geheim ist? Was ist mit deinem Herz, du unbeholfener Riesentölpel?

Mein Herz interessiert keinen, gab er mit einem Anflug von Ärger zurück. *Es interessiert keinen, dass ich gedacht habe, es springt gleich aus mir raus, wenn sie sich noch länger an mir festklammert und so unglaublich gut riecht. Seit wann können Frauen so gut riechen?*

Scheiße, Grigori. Du bist so was von verknallt in sie. Wie viele Minuten hast du mit ihr verbracht? Zehn?

Er senkte den Kopf. *Höchstens dreißig. Ist das überhaupt möglich? Muss man sich nicht erst kennenlernen oder so? Ich versteh das nicht.*

Nicht unbedingt. Manchmal überfällt es einen auch hinterrücks. Das kann einen ganz schön überfordern. Sicher, dass sie keine reine Dämonin ist?

Nein. Ich habe etwas Dämonisches an ihr gespürt, aber sie ist so wenig greifbar, alles an ihr. Sie fühlt sich am ehesten menschlich an, aber auch das kommt nicht hin. Darunter liegt etwas anderes, als wäre das Menschliche bloß Tarnung. Akibeel wollte sie entführen. Den Grund hat er mir aber nicht verraten, was den Schluss nahelegt, dass sie ihn zu dem Schlüssel führen kann. Also habe ich alles getan, um seinen Plan zu vereiteln. Gut genug, dass er nicht misstrauisch geworden ist.

Ich schaute ihn voller Mitleid an. Grigori saß in dieser Sache zwischen allen Stühlen. *Klingt trotz allem, als würdest du ihr wieder über den Weg laufen. Wirst du sie noch mal vor Akibeel beschützen?*

Er nickte. *Er kann nichts Gutes mit ihr vorhaben.*

Aha! Du denkst, deine Gefühle für sie würden sie noch mehr zur Zielscheibe der gefallenen Engel machen.

Vielen Dank, Frau Psychologin, ätzte er stumm und atmete genervt aus. *Ist doch egal. Ich muss sie vergessen.*

Bedauern und leise Trauer schwappten zu mir herüber. Von der Seite legte ich die Arme um Grigori und lehnte meine Stirn an seinen Arm.

Tut mir leid für dich. Kannst du gar nicht sehen, ob du sie wiedertriffst?

Njet. Aber im Moment ist meine Gabe nicht wirklich zu gebrauchen. Vielleicht habe ich ja einfach mal Glück.

Ich sah seine Erinnerungen wie einen kurzen Film vor meinem inneren Auge ablaufen. Ein wirklich hübsches Mädchen, das war nicht von der Hand zu weisen. Grigoris Sorge um sie erschlug mich fast.

„Ich bin im Arsch, oder?", fragte er rhetorisch.

Ich drückte ihn. „Du bist total im Arsch."

Wir schwiegen ein paar Wimpernschläge lang, bis ich fragte: „Um die Gerüchteküche mal zu beruhigen: Wie viele Mädchen hattest du wirklich, seit du hergekommen bist?"

„Milán hatte mehr", verteidigte er sich reflexartig.

Ich ließ ihn los und funkelte ihn an.

„Es gab keinen Wettstreit zwischen uns, auch wenn das vielleicht so rüberkommt. Es waren bloß vier. Anouk zählt nicht, mit der hab ich nicht geschlafen. Nur, falls da Zweifel aufgekommen sind. Für dämonische Verhältnisse lebe ich beinahe zölibatär."

„Hast du das Wort von Milán?" Ich musste schon wieder lachen. Hätte Grigori nicht so viel höllischen Außendienst und wäre ihm Anouks Wohlergehen nicht wichtiger, könnte man kaum von unfreiwilligem Zölibat sprechen.

Entweder dachte er sich seinen Teil oder er wollte ausnahmsweise einmal nicht weiterdenken, denn er erwiderte lediglich: „Von wem sonst? Gehen wir frühstücken?“

48

„Komm mal hier rüber, Jo!", rief Luc mir quer über eine ungeordnete Gräberreihe hinweg zu.

Im Nieselregen stapfte ich zu ihm. Ein eisiger Windstoß fuhr mich an. Ich schauderte. Wenigstens hielten das Zwielicht und die ungemütliche Witterung die Menschen fern, die sich fragen würden, was drei fremde Jugendliche hier in der Einöde verloren hatten.

„Hast du was Interessantes entdeckt?", erkundigte ich mich hoffnungsvoll.

Er nickte. „Hier ist ein Portal."

„Ja und? Das gibt es auf jedem Friedhof."

„Ich wollte es dir nur zeigen. Wo Verbindungen zur Hölle sind, könnten Dämonen auch etwas versteckt haben."

Luc stieß zu uns. Er hatte die letzten Minuten damit verbracht, die völlig verwitterte Inschrift auf einem Grabstein zu entziffern. Jetzt lehnte er sich an die bemooste Friedhofsmauer und überkreuzte die Füße. Seine Haare waren feucht und hingen ihm in die Stirn.

„Dämonen könnten überall auf der Welt etwas versteckt haben. Und wir wissen noch nicht mal, ob Dämonen dieses Etwas in den letzten Jahren überhaupt zu Gesicht bekommen haben. Wenn hier kein Mitglied der Familie Farkas beerdigt ist, können wir genauso gut wieder gehen."

„Danke, Luc, für deine aufbauenden Worte", erwiderte ich sarkastisch. Ich strich mir meine nassen Haarsträhnen hinter die Ohren und warf einen letzten Blick auf den hügeligen Friedhof in der Auvergne. Ich hatte mich keinen Illusionen hingegeben, ausgerechnet hier einen Durchbruch zu erzielen; enttäuscht war ich dennoch, dass wir keinen Schritt weitergekommen waren.

Mitte Dezember hatten wir noch immer keinen Erfolg vorzuweisen. Luc, Tristan und ich waren auf Routen gewandert, die die meisten menschlichen Geisterjäger mieden, Dämonen jedoch nicht.

Zunächst hatten wir uns in wochenlanger Kleinarbeit die Katakomben vorgenommen, danach stillgelegte U-Bahn-Schächte und sämtliche Friedhöfe.

Da ich wusste, dass der Schlüssel zuletzt im Besitz eines Menschen gewesen war, suchten wir auch alle Pariser Kirchen und Kapellen ab. Jeden Abend kam ein hässlicher, affenähnlicher Gargoyle an mein Fenster, um Azazel meinen Bericht abzuliefern. Ich tat viel, damit er zufrieden war. Dass meine vorgetäuschten Bemühungen nicht zielführend waren, ertrug Azazel bislang mit Gleichmut.

Wenn der Schlüssel in Heidelberg gewesen war, befand er sich am ehesten immer noch dort. Oder er war unerreichbar für mich im Jenseits. Um Gábors Heimatstadt würde ich so oder so einen weiten Bogen machen.

Unser Umkreis wurde nach und nach größer. Wir suchten in Versailles, unterstützt von Tamiel, der für seinen Freund Luzifer Ausschau nach dem Schlüssel hielt. Seine Hilfe war mehr als willkommen. Wenn Tamiel schließlich mit dem Schlüssel abzog, konnte ich behaupten, dass er ihn mir abgeluchst hatte.

Die erste Dezemberhälfte verbrachten wir größtenteils außerhalb des Hauptquartiers an Orten in Frankreich, von denen ich wusste, dass sie mit der Farkas-Sippe in Verbindung standen, die meisten davon in Burgund, im Elsass und im Schweizer Grenzland.

Nachts schliefen wir in der Hölle, wo Azazel und seine Gefolgsleute uns netter empfingen, als ich befürchtet hatte.

Nur in der Nacht, wenn ich mich unbeobachtet fühlte, strich ich über meinen immer runder werdenden Bauch und redete mit meiner Tochter. Ich fühlte mich besser denn je. Mir war kein bisschen übel, mein anfangs ungezügelter Appetit verlief wieder in geordneten Bahnen und vor allem tat es mir gut, viel draußen an der frischen Luft zu sein und nicht in der Schule. Es war schön, mit meinen Freunden Zeit zu verbringen. Am besten war es aber, der immer stärker werdenden Einengung durch die GHA, den überhandnehmenden Geisterangriffen in Paris und den Vorstädten entfliehen zu können.

Erst in der Woche vor Weihnachten kehrten wir ins Hauptquartier nach Paris zurück.

Für mich tickte schon die Uhr, seit ich erfahren hatte, dass ich schwanger war, doch für meine Freunde wurde es erst jetzt langsam ungemütlich hier. Mit Inkrafttreten des neuen Abkommens bei der jährlichen Vollversammlung aller Ländervertretungen der Geisterjäger waren wir sicher nicht die Einzigen, die zusehen wollten, dass sie dem langen Arm der GHA entgingen. Denn nicht nur in Frankreich gängelte sie die Geisterjäger mehr als je zuvor.

Die Versammlung fand jedes Jahr am ersten Weihnachtsfeiertag statt, also in wenigen Tagen. Schon jetzt waren einige angereist und das Hauptquartier war gut besucht. Die umliegenden Hotels und Pensionen machten dieser Tage einen guten Umsatz. Offiziell richteten wir einen wissenschaftlichen Kongress aus, an dem dank Dämonenzauber aber keine Normalsterblichen teilnehmen wollten.

Für Luc, Tristan, Grigori und mich würde es die erste Jahresversammlung sein. Ich war sehr gespannt, wie die auswärtigen Geisterjäger das Abkommen und die vielen Gesetzesänderungen aufnahmen. Es war allgemein bekannt, dass die Pariser Jäger am linientreuesten waren.

Nun, wir vier bildeten da wohl eine Ausnahme.

49

An Heiligabend gab es traditionell Coq au vin zum Abendessen, das bei fast allen großen Anklang fand. Nach dem Essen zogen wir uns in Grigoris Zimmer zurück, um die Geschenke zu überreichen. Louis und Tristan schenkten mir einen Anhänger in Form einer silbernen Mondsichel für mein Armband, von Luc bekam ich ein kleines silbernes Pferd als Anhänger und von Grigori eine silberne Musiknote. Jetzt hatte meine mongolische Münze Gesellschaft. Gegenseitig schenkten sich die Jungs lauter Süßkram. Dass sie sich für mich so viele Gedanken gemacht hatten, rührte mich.

Für Luc hatte ich einen Schlüsselanhänger mit einem recht aktuellen Gruppenfoto von uns allen und einem Gitarrenplektron zum Herausnehmen. Tristan bekam einen Satz neue Gitarrensaiten von mir und Grigori eine Riesentüte russische Vanillekringel, die ich in einem frisch eröffneten russischen Lebensmittelmarkt entdeckt hatte. Louis, der sich ständig darüber beschwerte, kein Russisch zu verstehen, schenkte ich ein russisch-französisches Taschenwörterbuch.

Kreative Geschenke erwartete niemand von mir, worüber ich froh war. Am wichtigsten war doch, dass wir alle aneinander gedacht hatten. Grigori stopfte sich einen Kringel nach dem anderen in den Mund.

„Wollt ihr auch? Die hab ich seit Ewigkeiten nicht mehr gegessen!"

Lächelnd nahm ich mir einen der harten Kringel aus der Tüte. Luc ebenfalls.

„Au!", machte er, als er hineinbiss. „Das sind ja die reinsten Zahnkiller!"

„Stell dich nicht so an, deine Zähne wachsen nach“, kam es von Tristan, der sich gleich zwei Gebäckstücke auf einmal griff.

Luc stichelte: „Dafür, dass du vier Portionen Huhn hattest, langst du ganz schön zu. Frustessen?“

„Depp.“

Grigori und ich lachten.

Luc legte einen Arm um mich und ließ sich mit mir rückwärts aufs Bett fallen. Die kribbelnden Küsse, mit denen er mein Gesicht bedeckte, bis er an meinem Mund ankam, gaukelten mir allzu leicht vor, dass alles in Ordnung wäre.

Ich erlaubte mir, wenigstens an diesem Abend in meiner kleinen Glücksblase zu bleiben, in der meine Freunde bei mir waren und wir so tun konnten, als wäre der Fortbestand unserer Wahlfamilie nicht in Gefahr.

Am nächsten Morgen begaben sich alle Geisterjäger nach dem Frühstück in den heute heillos überfüllten Marmorsaal.

Hunderte Stimmen und verschiedene Sprachen ließen den hohen Raum summen. Obgleich Geisterjäger ihre Emotionen verbergen konnten, war gespannte Erwartung und auch Aufregung überdeutlich zu spüren.

Grigori positionierte uns am Rand der in Paris ansässigen Jäger in nächster Nähe eines Nebeneingangs. Wie immer hatte er den strategisch besten Platz ausgesucht. Hier kamen wir schnell aus dem Saal, falls es nachher drunter und drüber ging und wir standen nicht bei fremden Jägern herum, sodass uns niemand verdächtigen würde, womöglich vergessen zu haben, wer uns verköstigte und ein Dach über dem Kopf gab.

Dennoch fühlte ich mich mehr als unwohl in der Menge. Das Baby strampelte in meinem unsichtbaren Bauch, in meinem Rücken und an meiner Stirn juckte es. Ich durfte dem Drang, mich zu verwandeln, auf keinen Fall nachgeben. Die menschlichen Jäger waren in der Überzahl und in der Regel intolerant, was das Gestaltwandeln in ihrem Beisein anging.

Endlich verstummten die letzten Gespräche.

Madame d'Hibou und der Rest des Obersten Rates hatten auf den ihnen vorbehaltenen Stühlen auf dem Podest an der Stirnseite des Saales Platz genommen, gleich unter dem meterhohen Gemälde, das die vier Welten als ineinander übergehende Sphären darstellte.

Dass Angehörige des Himmels zu weit von uns entfernt waren, um sich an einem solchen Treffen zu zeigen und den Bewohnern des Jenseits ebenso wie Normalsterblichen des Diesseits der Zutritt zum Hauptquartier verwehrt blieb, hätte man die Wand auch anders gestalten können. Am besten mit austauschbaren Bildern. Gerade jetzt wären nämlich allein Szenen aus der Hölle die angesagteste Wanddeko.

Luc stieß mir leicht den Ellbogen in die Seite, damit ich aus meinen schwachsinnigen Gedanken auftauchte.

Monsieur Épaulard hatte mit der Begrüßungsrede begonnen.

Das ganze Geschwätz interessierte mich kein bisschen. Ich wollte nur wissen, wie die Reaktionen der ausländischen Jäger auf die Neuerungen und besonders auf den neuen Vertragspartner ausfielen, der uns glücklicherweise heute nicht mit seiner Anwesenheit beehrte.

Doch es zog sich hin. Die Verlesung der erneuerten Gesetze wurde auf Französisch abgehalten, doch mussten die etwas zeitversetzten Übersetzungen abgewartet werden. Wer des Französischen nicht mächtig war, hatte sich einen Knopf im Ohr leihen können.

Obwohl ich weiter meinen Gedanken nachhing, bemerkte ich, wie die aufgeregte Stimmung langsam aber sicher kippte. Hier und da gab es Zwischenrufe gegen die Verschärfung der Gesetze. Noch taten die Ratsmitglieder allerdings so, als ginge sie das Gemecker des Fußvolks nichts an. Es sollte zwar eine Abstimmung über die Änderungen geben, allerdings sah es nicht danach aus, als würden die Neuerungen für nichtig erklärt werden.

Und genau so kam es. Mit vernachlässigbaren vierunddreißig Gegenstimmen (Grigoris stumme Zählung, er konnte im Gegensatz zu mir alles überblicken) wurden die erweiterten Jägergesetze für beschlossen und ab heute gültig deklariert.

Das aufkommende Murren der Überstimmten ging im tosenden Beifall unter, an dem sich auch der Oberste Rat beteiligte.

Madame d'Hibous selbstzufriedene Miene ließ mich die Fäuste ballen. Ich hatte gute Lust, ihr einen meiner Schuhe ins Gesicht zu werfen. Zugleich keimte Furcht in mir. Durch unsere Enthaltung zogen wir garantiert das Misstrauen des Rates auf uns. Doch was blieb uns anderes übrig? Offen dagegen zu stimmen hätte uns weit mehr in Schwierigkeiten gebracht. Und dafür zu stimmen, konnte keiner von uns mit seinem Gewissen vereinbaren. Dass die allermeisten Anwesenden die strengeren Gesetze begrüßten, erschreckte mich. Hier im Internat bekamen wir weniger von der Außenwelt mit, als gut für unser Urteilsvermögen war.

Hatten wir die Situation dermaßen falsch interpretiert? Standen doch so viel mehr Jäger hinter der neuen Linie der GHA? Waren in Wirklichkeit wir die Spalter, die Aufrührer? Lagen wir falsch? Stand es uns überhaupt zu, gegen eine demokratische Mehrheit zu agieren, wie sie hier im Marmorsaal versammelt war?

Natürlich, dachte Grigori.

Luc nickte mir zu. *Die meisten von ihnen kennen nicht einmal einen Bruchteil der wahren Hintergrün-*

de. Sie wissen nicht, was sie tun. Und deshalb dürfen wir nicht aufgeben. Selbst wenn uns der Wind ab jetzt noch härter ins Gesicht weht. Der Oberste Rat hatte uns schon vorher auf dem Kieker. Ohne eure Kontakte in die Hölle, Joelle und Grigori, würden wir schon längst im Knast sitzen. Sehen wir zu, dass eure Bündnisse noch eine Weile halten.

Tristan drückte meine Hand. *Luc hat recht. Lasst uns noch sehen, wie die Abstimmung zum neuen Vertrag mit der Hölle läuft. Vermutlich genauso.*

Es wurde wieder still im Saal, kein Tuscheln mehr, kein Raunen, kein Brummen. Nur die Worte des Vorsitzenden waren zu hören.

Doch als es an die Abstimmung ging, brach ein Tumult los.

„Wir wollen angehört werden!", brüllte ein hochgewachsener Mann mit rotbraunem Vollbart über die Köpfe der anderen hinweg. Er war laut genug und stach ähnlich wie Grigori schon aufgrund seiner Körpergröße aus der Masse heraus. Er erinnerte mich einen Seebären, dem ich ungern alleine begegnen wollte. Ein Ehrfurcht gebietender Mann mit einem kantigen, aber nicht unattraktiven Gesicht. Sein Französisch hatte einen deutschen Akzent.

Madame d'Hibou trat vor ans Rednerpult und hob die Hand.

„Sprich, Wolfsjäger", forderte sie ihn auf. Ihre Worte sollten hart klingen, aber in ihren Augen blitzte für einen kurzen Moment etwas auf, das ich nur allzu gut kannte.

Dieser grobschlächtig wirkende Mann dort unten war kein Unbekannter für Madame d'Hibou. Sie verband eine gemeinsame Geschichte, darauf wettete ich. Um besser sehen zu können, reckte ich mich. Grigori umfasste meine ausgestreckten Beine und hob mich ein Stück hoch. Neben dem Wolfsjäger stand Herr

Farkas. Seine Miene war unbewegt, anders als die des Zwischenrufers.

Die Menge teilte sich leicht, als der Wolfsjäger mit ruhigen Schritten nach vorne an das Podest trat, Madame d'Hibou taxierte und sich dann an die Anwesenden wandte.

„Dieses Abkommen nimmt uns mehr Rechte als das alte mit Luzifer. Warum hat sich der Oberste Rat auf einen solchen Handel eingelassen?"

Ein paar Leute aus der Menge antworteten.

Ein Mann rief mit osteuropäischem Akzent: „Luzifer hat uns im Stich gelassen!"

„Genau. Niemand weiß, wo er sich aufhält. Wer sind wir ohne die Hölle?", meldete sich ein weiterer Mann zu Wort. Er klang wie ein Niederländer.

Eine Frau herrschte ihn an: „Wir werden zu Handlangern der Hölle degradiert, haben Sie nicht zugehört?"

„Offenbar hat er besser zugehört als Sie, Madame", sprach Madame d'Hibou ins Mikrofon. Ihr überhebliches Lächeln weckte in mir den Wunsch, sie vom Podest zu zerren und auf sie einzuschlagen. Oh, ich hasste sie in diesem Augenblick so sehr! Mir wurde ganz heiß vor Zorn.

Hastig brachte ich etwas Abstand zwischen meine Freunde und mich, als der Rotschleier vor meine Augen trat. Ich biss die Zähne zusammen, um nicht auch meine Meinung kundzutun. Ich konzentrierte mich so sehr auf meine Atmung und die Bezähmung meiner Wut, dass ich den nächsten Wortwechsel nicht mitbekam. Grigori dafür schon.

Er erhob seine grollende Stimme, um die aufgeflammten Diskussionen zu übertönen. „Das ist keine Demokratie, Madame d'Hibou! Der Rat hat das Abkommen bereits unterzeichnet, wozu noch eine Abstimmung?"

Ich hob meinen Blick. Die Jägerin am Rednerpult sah nun selbst aus, als würde sie gern jemanden verprügeln. Vermutlich Grigori. Doch er bekam von einigen Seiten Applaus für seine Aussage.

„Was weiß ein Russe schon von Demokratie? Dass du es überhaupt hierhergeschafft hast, ist schon ein Skandal, Wolkow! Wir sollten dich zurück auf die Krim schicken, wo dir doch so viel an Demokratie liegt", ätzte Madame d'Hibou.

Grigori schluckte jegliche Erwiderung herunter, doch ich spürte seinen wachsenden Ärger zu mir herüberschwappen. Er hasste nichts so sehr, wie wenn man seine Herkunft in den Dreck zog. Allerdings wusste er so gut wie jeder andere hier im Saal, dass Madame d'Hibou niemals leere Drohungen aussprach.

Der Wolfsjäger nickte Grigori anerkennend zu, ehe er das Wort an den Obersten Rat richtete. Durch den Krach der wild durcheinander sprechenden Jäger war er für mich nicht zu verstehen, außerdem sprach er jetzt Deutsch, aber an den verärgerten Gesichtern einiger Ratsmitglieder konnte ich deutlich ablesen, dass er nichts Nettes sagte. Als es im Saal etwas ruhiger wurde, bekam ich mit, wie er dem Rat und der gesamten GHA Korruption und Vetternwirtschaft vorwarf, dass sie ihre eigenen Ideale vergaßen und zuschauten, wie die Welten in Chaos versanken.

Er bekam rote Wangen und gestikulierte immer wilder, weil er sich in einen rechtschaffenen Zorn hineinsteigerte. Schließlich hörten alle gebannt zu. Herr Farkas erschien hinter ihm als stummer Beistand, der freilich nichts nützte.

„Julius! Was glaubst du eigentlich, wen du vor dir hast?", schrie Madame d'Hibou plötzlich auf Deutsch in seinen Redeschwall hinein. Ihr Gesicht war rot und aus ihrem akkuraten Dutt hatten sich einige Strähnen gelöst. Mit beiden Händen umklammerte sie das Pult.

Nicht nur ich staunte nicht schlecht über die plötzliche Unbeherrschtheit unserer ehemaligen Hausmutter. Dieser Julius wusste offenbar, welche Knöpfe er bei ihr drücken musste.

Und da fügte sich alles zusammen. Ich würde darauf wetten, dass die beiden ein Verhältnis gehabt hatten.

„Whoa“, machte Tristan neben mir. „Die Alte springt ihm gleich ins Gesicht!“

„Er sagt nur die Wahrheit“, raunte Luc. „Und dafür wird er teuer bezahlen.“

Auf einen Wink des Vorsitzenden hin wurde der Wolfsjäger von zwei Wachposten abgeführt. Zwar regte sich Protest, aber keiner traute sich mehr, aufzumucken. Herr Farkas tat nichts, um die Verhaftung zu verhindern, sondern machte kehrt und verschwand im Getümmel. Feigling.

Luc schüttelte den Kopf.

Wenn er sich auch noch einsperren lässt, gibt es kaum jemanden mehr da draußen, der noch etwas gegen diesen Wahnsinn unternehmen kann.

Mag sein. Trotzdem geht das nicht so weiter, erwiderte ich.

Herausfordernd ließ Madame d'Hibou den Blick über die Versammelten wandern wie über eine renitente Schulklasse.

„Wenn niemand mehr etwas vorzubringen hat, kommen wir dann zur Abstimmung über das neue Abkommen“, kündigte sie wieder ganz ruhig an.

Grigori bebte neben mir vor unterdrückter Wut.

Dach, nach der Versammlung, sandte er gedanklich an uns.

Es gab keine Gegenstimmen, aber unzählige Enthaltungen. Kein Grund für die Führung, ihr neues Abkommen nicht als Erfolg zu feiern.

„Lasst uns verschwinden", knurrte ich, als die Versammlung offiziell beendet war und es nun zu Sekt und Häppchen ging.

Ja klar. Wer jetzt noch nicht gemerkt hatte, was hier los war, dem konnte niemand mehr helfen.

50

Grigori kickte einen losen Stein mit solcher Wucht über das Dach, dass er in die Mauer am anderen Ende einschlug.

Er war immer noch wütend, so wütend, dass er sich verwandelte und mit seinen Ziegenhörnern wie ein bösartiger Moschusochse dastand, heftig atmend und knurrend, die Fäuste geballt.

„Da draußen geht bald die Welt unter und sie feiern sich selbst! Jeden Tag sterben Menschen, die Regierungen rufen den Notstand aus und der Rat tut so, als würde die Hölle uns jetzt helfen! Irgendwann zahle ich es ihr heim. Irgendwie. Das ist Karma, Leute. Madame d'Hibou wird den Tag verfluchen, an dem sie mich zu ihrem Feind gemacht hat. Und nein, das ist keine Prophezeiung. Das ist mein eigener Wunsch."

Das ließen wir alle so stehen.

„Keiner wird dich aufhalten, Mann", sagte Luc nur.

„Du wolltest, dass wir herkommen", forderte ich Grigori auf, mit dem anzufangen, weshalb er mit uns reden wollte.

„Madame d'Hibou ist die Exfrau von Julius Wolf, dem Anführer der Wolfsjäger. Er ist der wichtigste Verbündete von Herrn Farkas und damit indirekt von Luzifer in Heidelberg. Ihr wisst, dass dort der Weltenschlüssel vermutet wird." Bingo.

Kollektives Nicken.

Er fuhr fort: „Wenn er jetzt hier im Gefängnis sitzt, ist Herr Farkas auf sich allein gestellt. Ich muss mich so schnell wie möglich mit ihm treffen. Die Wolfsjäger sind zu wenige und in Heidelberg selbst gibt es außer

Julius Wolf keine aktiven Jäger aus dieser Familie. Seine Kinder wachsen auf wie Normalsterbliche, angeblich haben sie keine Begabung geerbt. Was ich ehrlich gesagt nicht glaube. Aber ich kenne seine Kinder genauso wenig wie den Rest seiner Familie."

Ich fragte mich gerade, ob Julius Wolf womöglich eine heiße Spur in Bezug auf den Schlüssel war, als mein Handy vibrierte. Allen guten Vorsätzen zum Trotz brachte ich es nicht lange fertig, mich auf das Gespräch zu konzentrieren. Wir konnten heute ohnehin nichts mehr tun. Jetzt in die Hölle zu reisen und Luzifer zu treffen käme Verrat gleich. Es hing allein an Grigori.

Nach ein paar Minuten hielt ich es nicht mehr aus und inspizierte mein Handy. Eine SMS von Gábor.

Such dir einen WLAN-Hotspot.

Während die Jungs weiter über die Wolfsjäger sprachen, zog ich mein Shirt aus, entfaltete meine Schwingen und schoss nach kurzem Umsehen wie ein Pfeil senkrecht nach unten in den gartenartigen Innenhof. Adrenalin flutete mich im Sturzflug, als mein Magen sich hob, und zauberte mir ein Grinsen aufs Gesicht, als ich auch schon landete, mich mit prickelnden Gliedmaßen zurückverwandelte und die Ecke neben dem schmiedeeisernen Tor aufsuchte, in der wir manchmal das WLAN-Signal des Nachbarhauses nutzen konnten. Heute hatte ich Glück. Ich presste mich mit halb ausgestrecktem Arm in die Mulde der Mauer, wo der Empfang am besten war.

Im GHA-Gebäude gab es nur in einigen Büros WLAN. Einen richtigen Handyvertrag, der die Sucherei nach fremden WLAN-Spots überflüssig machte, hatte noch keiner von uns, weil es für Schüler verboten war. Ich sollte mich bald darum kümmern.

Die losen Gedanken versiegten, als ich neugierig das Musikvideo anklickte, das Gábor mir kommentarlos geschickt hatte. Mit leise gestelltem Ton hörte ich mir die Musik an; „Oceans“ von Seafret. Ich kannte den Song, es war einer von Tristans Favoriten. Mit geschlossenen Augen lauschte ich der eingängigen Melodie, den ruhigen Gitarrenklängen und dem Text, der ausdrückte, was Gábor mir nicht schreiben durfte.

Stumm rannen mir die Tränen über die Wangen, als ich auf „Wiederholung“ drückte und all der Sehnsucht nachspürte, die das Lied in mir aufwühlte.

O Gott, ich vermisste ihn wahnsinnig. Zu hören, dass es ihm ebenso erging, tat mir im Herzen weh. Es stach wie meine Augen, aus denen immer noch dicke Tränen tropften.

Das Piepsen einer neuen SMS unterbrach die Musik und brachte mich dazu, mir hektisch über die nassen Augen zu wischen, damit ich sie lesen konnte.

Lösch alle meine Nachrichten, besonders diese hier. Heute Nacht, Katakomben unter der GHA. Zieh Schuhe an.

Ich lächelte über seinen Hinweis. Und zugleich erfüllte mich kribbelnde Aufregung. Ich würde ihn sehen – heute Nacht.

Es war gefährlich und verdammt leichtsinnig, sich zu verabreden; auch wenn er sich mehr in Gefahr brachte als ich. Schließlich musste ich nicht einmal wirklich das Haus verlassen. Was für einen Weg er zurücklegte, um mich zu besuchen, wollte ich um unser beider Willen nicht wissen.

Meine Tränen waren versiegt und hatten einem grenzdebilen Lächeln Platz gemacht.

Er kam zu mir.

Mit einem letzten Schniefen steckte ich das Handy in die Hosentasche und zog mein Shirt wieder an.

Anstatt aufs Dach zurückzukehren, machte ich mich auf den Weg in den Speisesaal, wo es Mittagessen gab.

Meine Freunde saßen schon an unserem Stammplatz. Anouk war ebenso unter ihnen wie Clara, die neben Luc saß und so offensichtlich mit ihm flirtete, dass ich mir ein Grinsen verkneifen musste.

„Salut“, sagte ich in die Runde und drehte gleich wieder um, weil ich mir Gemüserisotto holen wollte. Claras Gekicher verstummte augenblicklich. Ich biss mir auf die Wange, um nicht loszulachen. Lucs Gedanken erreichten mich problemlos am anderen Ende des Raumes in der Schlange vor der Essensausgabe.

Hat Gábor dir geschrieben?

Ja. Er will sich heute Nacht mit mir treffen. Ist das okay für dich? Ich wusste, dass er jetzt seufzte.

Tu, was du nicht lassen kannst. Ich werds überleben. Ist ja nicht so, dass wir verheiratet wären. Aus der Perspektive betrachtet sollte Gábor sauer auf mich sein und nicht umgekehrt.

Mit meinem vollen Teller und einer Flasche Wasser auf dem Tablett schlängelte ich mich in dem fast vollbesetzen Speisesaal zwischen den Tischen hindurch.

Beim Hinsetzen achtete ich darauf, nicht mit dem Bauch an der Tischkante anzustoßen. Damit der Abstand vom Tisch nicht so auffiel, drehte ich meinen Stuhl schräg, sodass es aussah, als wollte ich beim Essen besser mit Luc und Tristan reden können. Clara aß jetzt schweigend.

„Hey, Clara“, sprach ich sie an. „Du musst nicht so ertappt gucken, nur weil du vor meinen Augen mit Luc geredet hast. Wir leben in einem freien Land. Zumindest, was das angeht.“

Luc warf mir über Tristan hinweg einen amüsierten Blick zu.

Du brauchst kein schlechtes Gewissen zu haben, Joelle, erklärte er stumm.

Ach nein?

Nein. Wir haben doch alles besprochen, was es zu besprechen gibt. Gegen eure Verbindung können wir uns beide nicht auflehnen, wozu sich also unnötig aufregen? Vergiss nicht, du bist auch nicht die einzige Frau in meinem Leben. Alles gut, Joelle.

Mieses Timing, ich weiß. Trotzdem danke, Luc.

Die Hölle hatte mir Gábor geschickt. Mit ihm war ich auf ewig verbunden, genau wie mit der Dämonenwelt.

Aber Luc hatte mir der Himmel geschickt. Er war der Engel, der über mich wachte, wenn ich es zuließ; der ein Stück weit ein Kompass war und jemand, der ab und an meine Sicht auf die Dinge veränderte. Der Himmel war nicht meine Sphäre, aber Luc würde dem Himmel immer näher sein als der Hölle.

51

Das Herz klopfte mir bis zum Hals, als ich kurz nach halb zwölf, vor der Nachtpatrouille der Lehrer, die Stufen zum Keller unter der Sporthalle hinunter huschte, wo sich der Eingang zu den Katakomben befand. Ich hatte keine Ahnung, wo wir uns genau trafen, daher betrat ich ohne Zögern den finsteren Gang, der in die Tunnel unter der Stadt führte.

Ich durchschritt eine weitere, wesentlich ältere Tür aus Holz und fand mich alleine in einem muffigen Stollen wieder. Es war deutlich kälter als in den Kellerräumen des Hauptquartiers, doch in dämonischer Gestalt machte mir das nichts aus. Ich trug lediglich ein schwarzes Tanktop und Baumwollshorts in derselben Farbe. Auch ohne Gábors Ratschlag hätte ich in den Katakomben meine Sneakers angezogen. Der lehmige Boden war feucht und hie und da krabbelten Spinnen und andere Kleintiere durch die selten durchbrochene Dunkelheit.

Eine Taschenlampe oder Fackel hatte ich nicht mitgenommen, weil ich sie mit meinen Dämonenaugen nicht brauchte. Auch auf Waffen hatte ich verzichtet. Hier unten halfen entweder Nahkampftechnik oder meine Todeshände, für Schwertkämpfe war es zu eng. Mit kleinkalibrigen Schusswaffen konnte ich zwar umgehen, tat es aber nicht gerne und hatte deshalb auch meine Pistole oben gelassen. Sollte ich auf Geister treffen, die sich seltener hier herumtrieben, als man meinen sollte, hatte ich schlicht und ergreifend Pech gehabt. Das unhandliche Weltenschwert befand sich zusammen mit den anderen Waffen in meinem Kleiderschrank.

Beinahe lautlos tappte ich durch die stille Finsternis, das Schlagen meines Herzens, meine kaum hörbaren Atemzüge und meine leisen Schritte waren die einzigen Geräusche hier unten.

Wo zum Henker blieb Gábor?

Hatte er es nicht geschafft? Oder war er auf einem anderen Weg gekommen und wir hatten uns schon verpasst?

Immer unruhiger schritt ich voran. Lauschte auf jeden fremden Laut und spürte meinem Exfreund nach.

Immer weiter entfernte ich mich von der GHA, doch die Katakomben hatten schon lange ihren Schrecken verloren. Auf der Suche nach dem Schlüssel war ich mittlerweile so oft hier unten gewesen, dass ich es als ein Wegenetz betrachtete wie jedes andere auch.

Urplötzlich spürte ich ihn. Gábor war ganz in der Nähe. Er musste durch den Zugang Denfert – Rochereau gekommen sein.

An der nächsten Weggabelung liefen wir ineinander. Ich sah genug in der Dunkelheit, um zu erkennen, dass er trotz seines strahlenden Lächelns erschöpft wirkte.

Gábor, dachte ich.

Wir hätten reden sollen, Informationen austauschen, aber wir taten nichts dergleichen. Wir klammerten uns schweigend aneinander fest, genossen den Augenblick, in dem alles wieder an den richtigen Platz rückte und das Sehnen in meinem Herzen gestillt wurde. In tiefen Zügen sog ich seinen unverwechselbaren Geruch ein, Frühlingsgrün.

Er trug die lichtabsorbierende schwarze Jägerkluft und einen Kittel, in den ich meine Finger krallte. Dann fanden sich unsere hungrigen Lippen. Von einer Sekunde auf die nächste erfüllte mein leises Keuchen den

Gang, weil sich sengendes Feuer durch meine Adern bahnte.

Gábor grub die Finger in meine Seiten und schob mich gerade so weit von sich weg, dass er meinen Hals erreichte, um mit seinen Lippen darüber zu fahren. Ich wollte mehr von ihm. Wieder küssten wir uns, sanfter und langsamer, doch nicht weniger leidenschaftlich. Synchron trafen unsere Zungen aufeinander, umspielten einander und ließen die Hitze wie Pfeile zwischen uns hin und her schießen. Meine Hände umfassten sein Gesicht, strichen über die Bartstoppeln an seinem Kiefer, glitten weiter, bis sie in seinem Nacken zu liegen kamen. Sein unterdrücktes Stöhnen ließ mich ihn noch fester halten, ihn heftiger küssen und mich näher an ihn drängen.

Es war gespenstisch, wie das halbdämonische Baby in meinem Bauch die Anwesenheit seines Vaters fühlte und darauf reagierte. Das heftige Treten brachte Abstand zwischen uns.

Wir lächelten uns an. Ob es sich jemals änderte, dass mir allein Gábors Lächeln weiche Knie bescherte? Vermutlich nicht. Wärme stand in seinen schwarzen Augen. Meine Brust zog sich zusammen. Das Gefühl wurde stärker, als er sich meinem gewölbten Bauch zuwandte.

Ich verstand nicht, was er zu unserer Tochter sagte, denn er sprach Ungarisch mit ihr. Doch sein sanfter Tonfall und das behutsame Streicheln ließen mir die Tränen in die Augen schießen. Nach wenigen Minuten, in denen er völlig versunken war, sah er auf. Sein Gesicht hatte etwas Wehmütiges.

„Sie soll meine Stimme kennen", sagte er auf Französisch. Er nahm meine Hände in seine.

„Ich glaube, sie kennt dich schon. Sie spürt, dass du zu ihr gehörst. Muss eine Dämonensache sein."

Er nickte und lächelte zaghaft. Nur hier, im Dunkel der Katakomben, wenn wir allein waren, durfte er so viel Verletzlichkeit zeigen. Auch ohne es auszusprechen, wussten wir beide, dass Arika und unsere Liebe die Waffen waren, die man gegen uns einsetzen würde. Azazel hatte es bereits getan.

Gábor zuckte zusammen, als er diesen Gedanken aufschnappte.

„Er hat dich bedroht? Was weiß er?" Der Griff seiner Hände wurde fester und ich bemerkte sofort, dass Gábor in den Beschützermodus schaltete. Beruhigend strich ich mit den Daumen über seine Hände.

„Wenn ich meinen Bündnispartner verrate, tötet er Arika. Das hat er mir ins Gesicht gesagt. Er hat durch Akibeels Gabe von unserer Tochter erfahren und nutzt sie als Druckmittel."

Gábor stieß einen herzhaften ungarischen Fluch aus.

Ich schüttelte den Kopf. „Wir können nichts tun."

„Szar", fluchte er. Von Milán wusste ich, dass es so viel wie „Scheiße" bedeutete. Es hörte sich auch schlimmer an als „merde".

„Das kannst du laut sagen", meinte ich dazu. „Azazel lässt mich den dämlichen Weltenschlüssel suchen. Keine Angst, Tris, Luc und ich sind nicht mal in die Nähe von Heidelberg gekommen."

„Geht ruhig dahin. Der Schlüssel ist nicht mehr dort. Jedenfalls bin ich mir zu achtzig Prozent sicher. Milán vertraut mir nicht mehr." Ein bitterer Zug legte sich um seinen schönen Mund.

„Ihr seid in Paris, nicht wahr?"

Gábor seufzte. „Wir können hier nicht weg. Milán hat sich in den Kopf gesetzt, ins Hauptquartier zu schleichen und sich so Infos zu beschaffen. Er weiß nicht, dass ich mich mit dir treffe. Wenn du mir also ein paar Infos gibst, von denen ich noch nichts weiß, kann ich meinen lebensmüden Bruder vielleicht davon abhalten, sich selbst an den Galgen zu bringen." Er ließ sich auf den lehmigen Boden sinken und zog mich auf seinen Schoß. „Du sollst nicht so lange stehen."

Dankbar lächelte ich ihn an. Vor Gábor wollte ich nicht schwach wirken, damit er sich weniger Sorgen um mich machte, aber wie so oft konnte ich nichts vor ihm verbergen. Auch nicht die Anstrengung, die langes Stehen mittlerweile für mich bedeutete, wenn ich mich nicht verwandelte.

„Ich hab dir die Sache mit Azazel erzählt und von meinem Auftrag. Kein Wort darüber zu niemandem. Es ist absolut geheim, nicht mal die GHA-Leitung ist informiert. Azazel arbeitet gegen Batarel und Akibeel, obwohl sie offiziell eine Allianz haben. Azazel ist sonst gleich klar, dass entweder Grigori oder ich geplaudert haben. Was für Informationen brauchst du?" Gábor streichelte meinen Rücken. Das fühlte sich wunderbar an. Meine Flügel ringelten sich unter meiner Haut, aber ich befahl ihnen, an Ort und Stelle zu bleiben.

„Was macht Madame d'Hibou?"

Ich erzählte ihm, was ich wusste, bis er nickte.

„Und jetzt du."

„Milán, Joshua und ich sind zusammen in Versailles."

„Wer ist Joshua?"

„Der große Bruder von Miláns Freundin. Pardon, Exfreundin. Der Depp hat sich von ihr getrennt, bevor wir abgehauen sind. Wollte sie und sich selbst weniger angreifbar machen. Im Gegensatz zu uns beiden hatte er keinerlei Veranlassung dafür. Jetzt heult sie sich garantiert die Augen aus und vernachlässigt ihre Jägerausbildung." Er schnaubte verächtlich. Grigori hatte sich in Miláns Freundin verknallt. Noch etwas, dass ich vor allen geheim halten musste. Außer vor Gábor, der mich jetzt erstaunt anblickte.

„Ist nicht wahr!"

„Doch. Halt bloß die Klappe, niemand außer mir weiß davon. Er dachte bei seinem letzten Einsatz, sie wäre die Freundin von diesem Joshua. Sieht er wirklich aus wie Shawn Mendes?"

„Was? Wer ist Shawn Mendes?"

„Vergiss es." Ich lachte leise.

„Ich möchte mal wissen, was die verrückte Kleine an sich hat, dass sogar Grigori schwach wird. Keine Bange, ich nicht. Sie ist hübsch und nett, aber mehr auch nicht. Dank dir bin ich gegen ihren unbestreitbaren Charme immun."

„Hoffentlich lerne ich sie noch kennen. Ich nehme an, keine Namen aus Sicherheitsgründen?"

„Richtig." Er gluckste. „Grigori hat echt Pech. Gegen Milán kommt er nicht an."

„Liebt Milán sie?"

„Ich glaub schon. Er wollte erst gar nichts mir ihr anfangen, wegen Gyula. Komplizierte Geschichte. Und weil er ein Halbdämon ist und sie was auch immer, ein Medium auf jeden Fall. Kannst du dir vorstellen, dass er sie erst an Weihnachten flachgelegt hat? Nach fast drei Monaten!"

„Du musstest bei mir ein halbes Jahr warten", gab ich zu bedenken.

„Das ist doch was ganz anderes!"

„Nein, ist es nicht. Er liebt sie, also hat er auf sie gewartet. Außerdem hatte er bestimmt Angst, es zu verbocken."

Gábors Miene wurde ernst. Er legte eine Hand an meine Wange.

„Allein schon dafür werde ich das Mädchen mit allem verteidigen, was ich habe. Schon allein für Milán."

Ich küsste ihn zart. „Wieso nehmt ihr einen Menschen mit? Ist er Geisterjäger?", wechselte ich das Thema.

„Nein, aber wir bilden ihn aus, soweit das möglich ist. Für einen Menschen ist er begabt. Und ein ziemlich cooler Typ. Kommt ja auch aus einer Jägerfamilie, sollte mich wahrscheinlich nicht wundern. Milán mag ihn auch sehr, die zwei sind ziemlich dicke miteinander. Noch so was, was mich verwundert." Jetzt lächelte er.

„Weil Milán außer Grigori und mir keinen mehr an sich rangelassen hat?"

„Hm", brummte er zustimmend. „Das Mädchen hat seine Schale geknackt." Gábor schaute mich nachdenklich an. „Aber ihr Bruder, keine Ahnung, was der getan hat, dass Milán ihn so gern hat. Sie verstehen sich einfach gut."

Ich nickte. „Ich stelle keine Fragen. Sag mir nur, wo ich nicht hingehen darf, um euch zu beschützen."

„Komm nicht mehr nach Versailles."

„Okay, ich versuche es zu vermeiden. Danke für das Lied übrigens."

Er zuckte die Achseln, doch ich durchschaute ihn. Er freute sich, dass es mir gefiel.

„Es war in Miláns Playlist und der Text hat so gut gepasst."

„Wie viel Zeit hast du?"

„Zu wenig." Dann holte er meinen Kopf zu sich heran, um mich zu küssen.

Ich drehte mich auf seinen Beinen, sodass ich ihm zugewandt auf ihm saß. Ohne Umschweife zogen wir uns gegenseitig aus. Wenn wir wenig Zeit hatten, würden wir sie sinnvoll nutzen. Ein kehliger Laut entwich meinem Mund, als Gábor mit den Fingerspitzen meine nackten Brüste berührte und mit den Daumen über die erhärteten Spitzen strich. Hitze sammelte sich in meinem Unterleib. Ich küsste jeden Zentimeter von Gábor, den ich erreichen konnte, streichelte seine Arme und seine von winzigen schwarzen Locken bedeckte Brust. Mein schöner Gábor.

Plötzlich hielt er inne, um mir in die Augen zu sehen. Hinter seiner Iris loderten die Flammen der Hölle. Sie bildeten die einzige Lichtquelle hier unten und zogen mich unwiderstehlich an, hinein in den Höllengrund, dem wir entstammten. Sanft biss er in meine Unterlippe. Bis in meinen Schoß hinunter zog ein Blitz. Ich tat es Gábor gleich. Leise knurrend neckten wir uns mit Zähnen und Zungen, berührten einander auf eine Weise, die es unmöglich machte, noch aufzuhören. Alles in mir schrie nach Erlösung, als er mich aufrichtete, um meine inzwischen pochende Mitte zu erreichen. Das Feuer in mir wuchs stetig, während ich mich an seinen Schultern festklammerte und in seinen Hals biss, um nicht völlig zu zerfließen. Mit äußerster Selbstbeherrschung machte ich mich schließlich los, stieg von ihm herunter und kniete mich auf die bloße Erde. Ich wollte ihn in mir spüren und ich wollte es so, wie nur er es durfte. Er war der einzige Mann, der mich auf Knien nehmen konnte. Niemandem unterwarf ich mich in dieser Hinsicht, nur ihm. Mein Magen zog sich vorfreudig zusammen, denn Gábors warme Hände strichen über meine erhitzte, empfindliche Haut am Rücken, an meinem Po und an den Oberschenkeln. Ich konnte mein Stöhnen nicht zurückhalten, als seine Finger durch meine zarten Falten fuhren und mich so sehr reizten, dass ich fast auf seine Hand gekommen wäre.

Dann glitt er in mich, vorsichtiger als sonst. Seine Hände packten meine Hüften. Ich rückte näher heran, um ihm zu zeigen, dass er sich nicht bezähmen musste. Er zog sich zurück und stieß härter zu. Oh, ja. Ihn mit einem Mal so tief in mir zu haben, brachte mich beinahe über die Klippe. Wir hielten es beide kaum aus. Ich zählte nicht die Stöße, die meinen Körper immer mehr erzittern ließen, bis sich die Erregung in einer regelrechten Explosion entlud.

Erst jetzt bemerkte ich meinen schweren Atem, mein rasendes Herz und den Schweiß, der mich bedeckte.

Gábor brach halb über mir zusammen und umfing mich mit seinen Armen. Noch mit mir verbunden küsste er meine Wirbelsäule und griff nach vorne, um meine zerzausten Haare zu streicheln. Endlich schafften wir es, uns zu trennen. Wenn ich hier rauskam, würde ich duschen gehen, doch für den Moment akzeptierte ich schmutzige Hände, Füße und Knie.

Gábor zog sich ebenso stumm an wie ich. Als ich in meine Sneakers geschlüpft war, zog er mich hoch, um mich zu umarmen. Er barg das Gesicht an meinem Hals. Wir mussten nicht sagen, was zwischen uns vorging. Die Empfindungen, die wir uns gegenseitig schickten, reichten vollkommen aus. Ein letztes Mal ließ ich mich von Gábors Liebe einhüllen, ließ mich von ihm halten und kämpfte gegen den Kloß in meiner Kehle an, der mir das Atmen erschwerte.

„Ich liebe dich", flüsterte ich ihm ins Ohr. Er küsste mich auf die Wange und auf die Schläfe.

„Ich will dich nicht alleine lassen", flüsterte er zurück. „Euch beide. Ihr seid das Wichtigste und ich muss euch hier zurücklassen. Das ist beschissen." Er hatte auf einmal Mühe, nicht zu weinen. Wie viel er zurückhielt, wenn er für seinen Bruder und vor Luzifer wie seinem Vater Stärke demonstrierte, obwohl er Wunden hatte, die ihn jedes Mal ein wenig mehr schmerzten. Gyula, um den er noch immer trauerte, Milán, um den er sich sorgte, und mich und Arika, die er liebte und verlassen musste.

Wir lösten uns voneinander. Durch meinen Tränenschleier sah ich unscharf, wie Gábor sich mit dem Handrücken über die Augen wischte.

„Du bist stark", murmelte ich. „Du schaffst das."

Er nickte. „Was bleibt mir anderes übrig? Oder dir?" Er lehnte die Stirn an meine.

„Szeretlek. Immer, Joelle."

Immer.

Ich liebe dich auch, dachte ich.

Ich stahl ihm einen letzten Kuss, ehe ich tränenblind den Weg zurückrannte, den ich gekommen war.

52

Es war halb fünf in der Frühe, als ich nach meiner Dusche in mein Zimmer schlich. Tristan schlief leise schnarchend in seinem Bett, wodurch er meine Ankunft nicht bemerkte.

Ich schlug meine Decke zurück und wollte mich gerade auf die Matratze sinken lassen, als etwas gegen das gekippte Fenster knallte. Vor Schreck sprang ich einen halben Meter rückwärts und griff mir mein Schwert aus dem Schrank.

Auch Tristan regte sich jetzt.

„Joelle? Bist du das? Bist du hingefallen?“, krächzte er verschlafen.

„Steh auf und hol dein Schwert!“, zischte ich. „Wir haben ungebetenen Besuch vor dem Fenster.“

„Lasst mich herein, Herrin, bitte!“, ertönte die schnarrende Stimme eines zusammengesunkenen Haufens auf dem Fensterbrett.

Ein Gargoyle. Ich ließ das Fenster in Kippstellung, weil ich mir nicht sicher war, ob die neuen Bestimmungen ihn überhaupt abhalten würden, hereinzukommen, ohne dass ich ihn darum bat. Ich nahm ihn näher in Augenschein. Seine Fledermausflügel hingen schlaff herab und er presste seine Klauen auf eine Bauchwunde, aus der stetig Blut hervorsickerte.

„Wer schickt dich?“

„Mein Herr Luzifer schickt mich“, brachte er angestrengt hervor. Seine spitzen Ohren zuckten. Er blinzelte und zeigte mir fauchend sein Raubtiergebiss, als Tristan ihn mit einer Taschenlampe anleuchtete.

Der Gargoyle war schwerer verletzt, als es im Dunkeln den Anschein erweckt hatte.

„Warum bist du verwundet worden? Gab es eine Schlacht?"

Er nickte. „Unser Lager im Wald wurde überrannt. Luzifer wollte, dass ich Euch darüber unterrichte. Heermeister Wolkow sollte mich auf Befehl Azazels töten, so wie alle von uns, die sich weigerten, Luzifer zu verlassen. Der Großteil meines Heeresverbands existiert nur noch in Geistgestalt. Bitte schickt mich nicht zurück, Herrin! Wolkow sagte, ihr wärt gnädig. Ihr helft mir ..."

Mein Magen verkrampfte sich. Azazel war grausam. Und Grigori war dort ... Ich warf das Schwert auf Tristans Bett, um das Fenster ganz zu öffnen.

„Jetzt komm schon rein! Ich hätte dir auch geholfen, wenn du Azazel treu ergeben wärst. Schließlich wären wir dann Verbündete", unterbrach ich ihn unwirsch, auch weil ihn das Reden sichtlich anstrengte. Er hatte ein Hundegesicht mit braunen, treuen Augen und spitzen, hoch aufgerichteten Ohren, einen gedrungenen, eher menschlich wirkenden, aber von dichtem dunkelbraunem Fell bedeckten Körper. Seine Füße und Hände glichen Klauen und neben Widderhörnern besaß er einen schuppigen, beinahe kahlen Rattenschwanz. Das schwarze Blut, das an seinen Händen und Unterarmen klebte, stammte wohl nicht nur von ihm selbst. Igitt.

„Hol ein Handtuch und leg ihn auf mein Bett. Vorsicht mit der Wunde und den Flügeln, die sehen nicht normal aus", wies ich Tristan an. „Ich gehe Luc holen."

Damit rannte ich zur Tür hinaus und den Gang hinunter. Louis erwachte noch vor Luc und wollte mitkommen, um zu helfen oder wenigstens Schmiere zu stehen.

Luzifertreue Soldaten gesund zu pflegen, verstieß garantiert gegen das neue Abkommen.

„Luc!“, rief ich, trat an sein Bett und legte die Hand auf seine abgedeckte Schulter.

„Joelle! Was machst du hier?“ Ohne meine Antwort abzuwarten, schwang er sich aus dem Bett, um sich ein T-Shirt vom Boden überzuwerfen. Louis stand schon in Sportklamotten an der Tür.

„Bei Tris und mir ist ein verwundeter Gargoyle, du musst versuchen, ihn zu heilen. Er blutet sehr stark und es sieht aus, als ob ein Flügel gebrochen wäre. Der rechte hängt tiefer als der linke. Vielleicht sind auch beide nicht mehr in Ordnung, keine Ahnung!“

Nervös knetete ich die Hände und hüpfte ungeduldig zur Tür, weil ich fürchtete, zu spät zu kommen und nur noch blutgetränkte Bettwäsche entsorgen zu können. Zugleich rumorte mein Magen aus Angst, erwischt zu werden. Wenn Madame d'Hibou oder Schnauzbart mitbekam, was wir trieben, würden wir vielleicht nicht einmal mehr die Gelegenheit zur Flucht erhalten.

Zurück in meinem Zimmer entfuhr mir ein erleichterter Seufzer. Der Gargoyle war bislang unentdeckt geblieben. Gemeinsam mit Tristan hockte er auf der Bettkante und wollte sich erheben, als ich den Raum betrat. Louis postierte sich als Wache draußen im Flur.

„Nicht! Bleib sitzen!“, befahl ich dem Dämon. Tristan stand auf, um Luc Platz zu machen. Der Gargoyle wich vor ihm zurück, doch ich warf ihm einen strengen Blick zu.

„Er ist ein Heiler. Kein ausgebildeter Heiler, aber der einzige, den wir auftreiben konnten. Also halt still und lass dir helfen!“

Ergeben neigte er kurz den Kopf, ehe er sich vorbeugte, damit Luc seine Flügel anschaute. Soweit man sehen konnte, war die Blutung der Bauchwunde versiegt.

Luc brummte auf meine Gedanken hin. „Das war nur ein oberflächlicher Schnitt, nichts, was die Selbstheilungskräfte nicht schaffen würden. Die Flügel sind komplizierter. Sie fangen schon an, zu heilen, und das ist schlecht. Ich will sie nicht noch einmal brechen."

Konzentriert, dabei aber hauchzart fuhr er mit beiden Händen über die abgeknickten Stellen an den Flügeln des Gargoyles. Der zuckte leicht, ließ sich ansonsten aber nichts anmerken. Er musste Schmerzen haben. Nicht so sehr wie ein Mensch, aber angenehm war die Untersuchung bestimmt nicht.

Sein Hundegebiss mahlte und er stieß ein leises Winseln aus, das mich hineilen und seine Klauen in meine Hände nehmen ließ.

„Tut mir leid", murmelte Luc. „Geht nicht anders."

Staunend wurden Tristan und ich Zeugen, wie die Flügel unter Lucs Händen ihre ursprüngliche Form annahmen.

„Spann sie aus", forderte Luc seinen Patienten dann auf.

Das ging nur, indem sich der Soldat in die Mitte des Zimmers stellte. Tatsächlich konnte er seine Flügel gebrauchen wie zuvor.

„Danke, Junge", sagte er.

„Ich heiße Luc", entgegnete mein Freund lächelnd. „Lass mich noch die Wunde ansehen."

Der Dämon klappte die Flügel zusammen und wandte sich wieder dem Heiler zu.

Es war interessant, dass Luc mit den Händen zu sehen schien, was in einem Körper nicht stimmte.

Als er mit einem zufriedenen Nicken seine Behandlung beendete, fragte Tristan ihn danach: „Wie machst du das? Weißt du einfach, was er hat, wenn du ihn berührst?"

Luc schüttelte den Kopf. „Manchmal, wenn es ziemlich offensichtlich ist, so wie bei Joelle, ihr wisst schon. Aber normalerweise sehe ich mit meinen Händen. Wenn ich die Verletzungen oder überhaupt den kranken Körper berühre, erscheint vor meinem inneren Auge ein Bild der Verletzung oder der Krankheit. Ich konnte diese gebrochenen Knochen sehen. Wie gut, dass ich auch weiß, wie sie richtig aussehen müssen, sonst hätte ich die Flügel nur unvollständig oder gar nicht heilen können."

„Du kommst also um Anatomie und so weiter nicht herum?"

„Ohne das Wissen geht es nicht. Deshalb bin ich sehr zurückhaltend damit, jemanden von euch zu heilen. Es könnte noch zu viel schief gehen, solange ich lerne."

„Deshalb magst du Biologie so gerne", mutmaßte Tristan. „Es kommt deiner Gabe entgegen."

„Es interessiert mich einfach. Was machen wir mit ihm hier?" Er zeigte mit dem Daumen hinter sich auf den Gargoyle, der sich auf dem Schreibtischstuhl niedergelassen hatte und seine geheilten Flügel betastete.

Ich sprach ihn an. „Schaffst du es zurück zu Luzifer? Sonst wende dich an Tamiel. Du weißt, wo er lebt?"

Der Soldat nickte. „Ich begebe mich zu Herrn Tamiel. Er wird wissen, wohin ich gehen soll. Ich danke euch allen für die Hilfe. Es ist nicht wahr, was man über Halbdämonen erzählt. Ihr seid nicht alle wie eure Väter. Besonders Ihr nicht, Herrin Nara."

Seine Ehrerbietung war mit etwas unangenehm, schließlich hatte ich nichts zu seiner Heilung beigetragen, außer ihn hereingelassen und Luc geholt zu haben.

„Ich bin keine Herrin. Ich will nicht herrschen und mein Bündnis mit Azazel entspringt reiner Notwendigkeit, nicht meinem eigenen Wunsch. Jetzt geh, ehe die GHA-Oberen dich hier finden."

„Habt Dank." Er verbeugte sich vor uns allen, kletterte auf den Schreibtisch und sprang aus dem Fenster. Er flog in die Dunkelheit des frühen Morgens hoch über dem erwachenden Paris.

53

Januar

Zum Jahreswechsel bekam ich einen neuen Auftrag von Azazel.

Nara,
nachdem deine Suche nach dem Weltenschlüssel erfolglos blieb, wirst du von nun an alle Personen beobachten und befragen, die in irgendeiner Weise mit dem Schlüssel in Verbindung gebracht werden können. Du wirst merken, wer in Frage kommt und wer nicht. Ferenc Farkas war ein guter Anfang, Akibeels Tochter und alle, die mit ihr in Kontakt stehen, werden noch besser sein. Sie wird noch heute Nacht nach Paris kommen. Akibeel wollte sie zu sich in die Hölle holen, nachdem sie ihr Leben lang in Deutschland abgeschirmt worden war. Dass sie dem kleinen Milán nahesteht, soll nicht dein Nachteil sein.
Enttäusche mich nicht, du weißt, was auf dem Spiel steht.
Hochachtungsvoll
Azazel

„Na super. Grigori sagte zwar, wir sollen nett zu dem armen Mädchen sein, aber dass ich jetzt so nett zu ihr sein muss, dass Azazel Informationen bekommt, gefällt mir nicht", sagte ich seufzend.

Tristan nickte. „Mach einfach, was er sagt, und erzähl ihm nur das, was du für ungefährlich hältst. Passen wir lieber mal auf, dass Grigori nicht zu nett wird. Ich kann mir vorstellen, dass sein Boss nicht gerade erfreut wäre, wenn Grigori seine Tochter vögelt."

„Ich glaube, er kann Arbeit und Vergnügen trennen", erwiderte ich vage. Ich war mir sicher, dass Grigori nicht mit ihr ins Bett gehen würde. Wenn sich seine Gefühle nicht in Wohlgefallen aufgelöst hatten, würde es auch so noch grässlich für ihn werden. Nicht dass ich jemandem davon erzählen würde, den es nicht betraf. Zunächst wollte ich sehen, wie Akibeels Tochter drauf war und wie sie sich Grigori gegenüber verhielt. Niemand außer mir und vielleicht Akibeel wusste, dass sie sich bereits kannten. Und das sollte auch so bleiben, damit Grigori weder in der Hölle noch bei der GHA-Führung in Ungnade fiel.

Sie wäre mir gar nicht aufgefallen, obwohl sie im Speisesaal nur wenige Tische von unserem entfernt Platz nahm, aber Grigoris Reaktion, als er sie näherkommen sah, sagte mir alles, was ich wissen musste. Miláns Exfreundin betrat den Speisesaal, meine neue Zielperson. Zumindest auf dem Papier. Ich würde das Mädchen soweit wie möglich in Frieden lassen.

Grigoris Hände umklammerten auf einmal Messer und Gabel fest genug, dass sie sich leicht verbogen.

„Grigori", flüsterte ich und berührte seine Faust. „Lass das Besteck heil!"

Er reagierte nicht auf mich. Sein erstarrter Körper drehte sich wie von unsichtbaren Fäden geführt in ihre Richtung. Seine Miene gab nichts preis und würde jeden täuschen, flögen nicht die überschießenden Emotionen zwischen uns hin und her. Nach wenigen Sekunden hatte er sich wieder unter Kontrolle und schirmte seine Gedanken und Gefühle ab. Bitte sehr, dann musste er da eben alleine durch.

„Kein Kommentar", grollte er und aß weiter.

Unter dem Tisch berührte ich seinen leicht angespannten Oberschenkel mit meinem Knie, damit er mich anschaute.

Mit einem winzigen Seufzen legte er das Messer weg.

Das ist sie also, dachte ich auf Russisch. *Sie sieht aus wie Madame d'Hibou. Wusste gar nicht, dass du auf sie stehst.*

Ich kicherte unterdrückt, als Grigori knurrte.

Ich habe es auch erst vor wenigen Tagen erfahren. Dass Akibeel und Madame d'Hibou ein Kind zusammen haben, hätte ich nicht gedacht. Außerdem sehe ich nicht alles. Sie und ihre Tochter haben nur wenig gemeinsam. Wenn du genau hinschaust, kannst du erkennen, dass das Mädchen einfach nur weg will. Und dass sie ihre Mutter nicht leiden kann. Was mich nicht wundert.

Aber du glaubst, dass sie dich leiden kann, stellte ich fest.

Einerseits hoffe ich es, andererseits wäre es besser, sie würde mich nur als neuen Verbündeten betrachten. Ich weiß noch nicht, was in ihr vorgeht.

Dann finde es doch heraus.

Später. Sie wird mit uns trainieren. Kommst du auch? Brauchst du ein bisschen moralischen Beistand?

Irgendwie schon. Unsicherheit und so etwas wie Vorfreude schossen zu mir herüber und ließen mich lächeln.

Deine Hand zittert. Verbirg deine Gefühle! Vor allem die Oberen dürfen nichts davon mitkriegen, sonst wirst du von deinem Auftrag abgezogen!

Ja, ja. Das sagst du so leicht. Wenn sie nicht blutverschmiert ist und ihre Mutter anfunkelt wie eine Rachegöttin, ist sie noch heißer.

Ich kicherte nun haltlos, während Grigori rote Wangen bekam. Ein seltenes Bild.

„Was hast du zu ihm gesagt? Was Versautes?“, schaltete sich Tristan ein.

Luc sah Grigori abschätzend an, ehe er sagte: „Um ihn zum Erröten zu bringen, fehlt Joelle das passende Arsenal. Ich glaube eher, es hängt mit einer anderen Person zusammen. Kaum betritt sie den Raum, vergisst du dein Schnitzel und fängst gleich an zu sabbern. Interessant.“

Sein spitzbübisches Grinsen war so süß, dass ich mich zu ihm herüberbeugte, um ihn auf die Wange zu küssen und über seine Haare zu streicheln.

„Manchmal bist du wirklich unheimlich, Luc“, brummte Grigori. „Kommt schon, haut eure Sprüche raus.“

Louis schüttelte den Kopf. „Nein, Mann. Wir freuen uns für dich und schwören feierlich, dir nicht in die Quere zu kommen. Stimmt’s?“

„Grigori ist verli-hiebt, Grigori ist verli-hiebt“, sang Tristan albern und so leise, dass nur wir am Tisch es hören konnten. Grigori boxte ihn auf den Oberarm.

„Aua! Du darfst mich nicht körperlich maßregeln, du bist unser Hausvater!“

„Klappe zu, Tristan“, sagten Luc und ich gleichzeitig. Dann lachten wir.

„Sie wird dir nicht widerstehen können“, sprach Louis seinem Freund Mut zu.

„Das sollte sie aber.“

Bei seinem sauren Blick wagte niemand mehr, noch seinen Senf dazu zu geben.

Rund anderthalb Wochen später war der Krieg in der Hölle auch bei uns angekommen. In den frühen Morgenstunden überrannten Luzifers Dämonentrupps das Hauptquartier. Während sich Hektik ausbreitete, jüngere Schülerinnen und Schüler zusammen mit dem Küchenpersonal, Putz- und Waschleuten in der Turnhalle eingeschlossen wurden und jeder zu den Waffen griff, waren Tristan, Louis und Luc darauf bedacht, mich weitgehend aus der Schusslinie zu halten. Keiner von uns wusste, wie diese Nacht ausging, deshalb hatte jeder seinen Notfallrucksack geschultert und war bereit, bei einer Niederlage zu fliehen.

Noch waren die Geisterjäger auf sich allein gestellt. Vergeblich hielten wir auf dem Dach nach Azazels Truppen Ausschau, wann immer uns die heranstürmenden Verbände eine Verschnaufpause gönnten. Aber sie kamen nicht.

Luzifer setzte auch dämonische Geister und Poltergeister ein, die uns zusätzlich beschäftigten.

Als ich Grigori mit Katharina Wolf auf dem Dach erblickte, verstand ich den Grund für Luzifers Angriff. Er wollte Akibeels Tochter, die seit Neujahr bei uns in Paris festgehalten wurde. Wäre er wegen des neuen Abkommens erzürnt, so hätte er schon im Dezember seine Soldaten und Geister auf uns loslassen können. Viel hatte ich in Azazels Auftrag nicht aus ihr herausbekommen, zumindest nicht mehr, als ich bereits wusste. Zudem war sie mir viel zu sympathisch und Grigori wie Milán zu wichtig, um sie mehr als nötig ins Zielkreuz der Hölle zu ziehen. Ich war mir sicher, dass auch sie ihre Rolle in dem Ganzen zu spielen hatte, und sei es nur, für Grigori da zu sein. Es gab keinen Zweifel daran, dass sie in ihn verliebt war, ob sie das zugab oder nicht. Mehr als ihnen den Fluchtweg frei räumen konnte ich nicht tun, daher stürzte ich mich mitten hinein ins Getümmel.

Rufe von Jägern, Schwerterklirren und das Knurren von Dämonen erfüllte die eisige Nacht, sobald wir das silbrige Licht der uns umschwärmenden Geister durchbrachen.

Immer neue Gargoyles und niedere Dämonen erschienen auf dem Dach, sodass es keinem von uns gelang, sich zu Grigori durchzuschlagen. Auch in den unteren Stockwerken wurde gekämpft, seit die Barrieren durchbrochen wurden.

Wie allen anderen blieb mir gar nichts anderes übrig, als mich mit hocherhobenem Schwert ins Getümmel zu stürzen.

Ein Gargoyle mit schwarzem Fell und löwenartigem Kopf griff mich mit seinem Kurzschwert an. Instinktiv parierte ich seinen ersten Schlag und duckte mich weg, ehe ich ihn von der Seite angriff und mit einem gezielten Tritt in die Rippen verscheuchte. Der Nächste nahm so schnell seinen Platz ein, dass ich keine Sekunde lang unaufmerksam sein durfte. Aber es war auszuhalten. Luc und Tristan kamen ebenfalls gut zurecht. So gut, dass Tristan sich bald Grigori anschloss und uns alleine ließ.

Überhaupt war die schiere Menge der Gegner keine Überforderung für uns. Mehr und mehr kam ich mir vor wie in einem Trainingskampf unter natürlichen Bedingungen.

Keiner der Gegner setzte es darauf an, uns zu töten oder schwer zu verwunden, sodass auch wir nicht härter gegen sie vorgingen als nötig.

Das Trampeln unzähliger Füße auf dem Dach und im Treppenhaus vermischte sich mit Rufen, Quieken und Knurren.

Tristan brüllte irgendwann über den Krach hinweg: „Runter! Die meisten sind unten!“

Luc schleuderte den letzten Gargoyle weg, der uns den Weg zur Tür ins Treppenhaus versperrte und rannte los. Tristan und ich folgten ihm. Mein Atem ging so hart, dass ich glaubte, meine Lunge würde sich nach außen stülpen, aber es ging rasch vorbei. Ich konnte immer noch kämpfen.

An der Tür drehte ich mich noch einmal um. Grigori hatte sich in die Luft geschwungen. Er hatte also vor, mit Katharina abzuhauen. Für wen hatte er sich entschieden? Für Luzifer? Für Akibeel? Oder einfach nur für sie?

Luc zog mich mit sich ins Treppenhaus. Mit einem lauten Knall fiel die Tür hinter uns zu.

Viel Glück, Grigori, dachte ich noch, dann sprintete ich mit den anderen die Stufen hinunter und unseren Schulflur entlang, mitten durch die Masse an Geisterjägern und Dämonen, die sich gegenseitig attackierten.

Es war deutlich zu erkennen, dass Luzifers Soldaten bereits im Rückzug begriffen waren.

Bis hinunter in die Turnhalle verfolgten wir die letzten Gegner, dann war es plötzlich still.

Ich merkte gar nicht, wie Tristan den Raum verließ, als Luc mich an sich zog und seine Lippen auf meine drückte.

Das sanfte Necken seiner Zunge in meinem Mund, die feste Umarmung, in der er mich hielt; all das vertrieb meine Erschöpfung, meine Sorge um Grigori und Katharina, obwohl sich auch ein wenig Wut auf sie hineinmischte, weil Grigori sich ihretwegen in Lebensgefahr begab, und die bohrende Frage, wie es mit uns allen weitergehen sollte. Wenn wir die Möglichkeit zur Flucht bekamen, würden wir gehen. Nun hielt uns nichts mehr hier.

Luc brummte zustimmend, jedoch ohne den Kuss zu unterbrechen. Mein Magen schlingerte, als er mich plötzlich intensiver küsste und mich noch fester hielt. Als hätte er Angst, mich zu verlieren. *Luc,* wisperte ich in meinem Kopf. *Wir werden zusammen gehen.*

Zusammen, wiederholte er in Gedanken.

54

Den ganzen Tag waren wir mit Aufräumarbeiten beschäftigt. Luzifers Dämonen waren wie ein Sturm durch das Hauptquartier gefegt und hatten wie die Geisterjäger, die es verteidigt hatten, eine Spur der Verwüstung hindurch gezogen.

In den Fluren waren die meisten Bilderrahmen von der Wand gefallen und zerbrochen, an vielen Stellen musste der Fußboden erneuert werden, weil Krallen, Schwerter und Stiefel ihm zugesetzt hatten. Im Speisesaal waren mehrere Tische zerstört worden, ebenso in einigen Klassenzimmern. Türen waren aus den Angeln gehoben oder eingetreten worden, die Glastüren zum Treppenhaus hatten nur noch scharfkantige Scheibenreste.

Die Halbdämonen kümmerten sich vormittags um ihren Schulkorridor, fegten Scherben auf, hängten Türen wieder ein und reparierten sie provisorisch mit Brettern, wischten die Böden und sperrten kaputte Stellen mit Flatterband ab.

Luc, Tristan und ich gingen nach dem Mittagessen mit Louis zur Vollversammlung in den kaum beschädigten Marmorsaal.

Ich empfand eine gewisse Genugtuung, die Mitglieder des Obersten Rates einmal verunsichert zu erleben.

Monsieur Épaulard, sonst ganz grauhaarige Eminenz, heute ziemlich müde, beteuerte, unsere Bündnispartner seien durch die Stärke von Luzifers Truppen überrascht worden und hätten es daher nicht rechtzeitig zum Kampf ins Hauptquartier geschafft. Ja klar. Wen wollte er hier eigentlich für dumm verkaufen?

Als ich mich umblickte, erkannte ich noch mehr Jäger, die zwar schwiegen, aber nicht so wirkten, als würden sie alles unterschreiben, was der Ratsvorsitzende von sich gab.

Das war gut. Wenn sich nur genügend fanden, die die GHA von innen heraus sprengten, sich auf eigene Faust um den Schutz der Menschen kümmerten oder gleich zu Luzifer überliefen, nachdem er ein deutliches Zeichen gesetzt hatte, dass er noch da war, hatten wir gegen Akibeel und die anderen eine Chance.

Madame d'Hibou ergriff jetzt das Wort. Sie sah ausnahmsweise mal nicht überlegen und cool aus, sondern ziemlich gestresst. Ihre gewellten schwarzen Haare waren nicht gestylt und sie trug ausnahmsweise Jägerkluft. Ein ungewohntes Bild.

„Ich schließe mich meinem Vorredner an. Alle hier haben das Gebäude und unsere Organisation ehrenvoll verteidigt. Auch mich freut es sehr, dass wir keine Todesopfer zu beklagen haben und auch niemand schwerwiegende Verletzungen davongetragen hat. Unsere rasche Reaktion hat uns gerettet."

Ich verdrehte die Augen. Was uns gerettet hatte, war Luzifers Anweisung an seine Soldaten, niemanden zu töten, wenn es sich vermeiden ließ.

„Luzifer hat immer noch Verbündete im Diesseits. Das hat er uns vergangene Nacht vor Augen geführt. Wir alle werden also noch heute Abend zum Gegenschlag ausholen. Späher berichteten mir, dass sich die Farkas-Brüder bei Luzifers altem Freund Tamiel aufhalten. Bei ihnen könnte meine Tochter sein, ebenso Wolkow, wobei ich seine Immunität als Verbündeter meines Mannes hiermit aufhebe. Noch hat er sein Bündnis mit der Hölle nicht verletzt, wohl aber gegen die Gesetze und Befehle der GHA verstoßen. Er darf demnach verhaftet werden."

Ihre Worte ließen mich schlucken. Grigori war Freiwild.

Keiner würde uns zwingen, gegen Grigori zu kämpfen. Nur wenn Grigori dort war – würde er nicht gegen das Bündnis mit Akibeel verstoßen, wenn er damit Katharina beschützte? Denn nichts anderes machte er, ob nun in Akibeels Auftrag oder weil er gar nicht anders konnte? Ein Konflikt, der sich nicht auflösen ließ.

Madame d'Hibou war noch nicht fertig: „Einige Jungjäger werden gleich im Anschluss ihre Urkunden erhalten, wir brauchen jede verfügbare Kraft. Heute Abend greifen wir Versailles an und durchsuchen das Schloss, in dem sich die Verräter mit ziemlicher Sicherheit verborgen halten. Wir werden uns in mehrere Trupps aufteilen, damit auch der Vorplatz und der Schlosspark im Blick behalten werden. Einen detaillierten Plan finden Sie als Aushang vor dem Speisesaal, vor dem Marmorsaal, vor dem Gemeinschaftsraum der Halbdämonen sowie als Memo in Ihrem E-Mail-Postfach, sofern Sie Zugriff darauf haben. Halten Sie sich nach dem Abendessen bereit für letzte Instruktionen. Keine der Zielpersonen wird getötet. Tamiel überlassen wir unseren Verbündeten, die Farkas-Brüder und alle, die wir bei ihnen antreffen, werden gefangengenommen. Ich sehe Sie dann in einigen Stunden."

In unserem Zimmer ging Tristan gleich zum Kleiderschrank.

„Lasst uns noch mal unser Zeug durchsehen, damit wir nichts vergessen. Wenn wir einmal hier raus sind, kommen wir nicht mehr rein."

„Wir ziehen das also durch?", hakte Luc noch einmal nach.

Tristan und ich nickten gleichzeitig.

„Noch mal zum Mitschreiben", sagte ich. „Man hat uns zusammen eingeteilt plus Frédéric. Wenn der dableiben will, bitteschön. Jeder wird ihm sofort abkaufen, dass er uns nicht aufhalten konnte. Außerdem weiß wenigstens Madame d'Hibou, dass ich Sonderaufträge für Azazel ausführe. Allerdings denkt sie hoffentlich immer noch, diese Aufträge wären auch im Interesse ihres Mannes. Selbst wenn wir Gábor oder Milán nicht treffen, nach dem Einsatz hauen wir ab."

Luc nahm meine Hand. „Willst du dich lieber Gábor anschließen oder willst du auf eigene Faust die Wolfsjäger besuchen? Oder sollen wir versuchen, uns zu Luzifer durchzuschlagen? Bei ihm finden wir vielleicht auch Grigori. Oder suchst du Azazel auf?"

Dinge, die ich noch nicht richtig durchdacht hatte.

Unter den abwartenden Blicken meiner Freunde nahm ich mir jetzt einen langen Moment die Zeit dafür.

Wenn ich direkt zu Luzifer ging, falls wir ihn überhaupt fanden, würde Azazel das als Verrat auslegen. Ging ich hingegen mit Gábor und Milán mit oder nach Deutschland, konnte ich immer noch behaupten, Azazels Auftrag auszuführen und ihm den Weltenschlüssel zu beschaffen. Oder zumindest bei Luzifers Anhängern zu spionieren. Grigori musste ohne uns auskommen. Es fühlte sich furchtbar an, ihn bewusst im Stich zu lassen, aber es gab keinen anderen Weg. Vor allem solange ich nicht wusste, wem er noch die Treue hielt. Mitfühlend drückte Luc meine Hand.

„Wir suchen Milán und Gábor", bestimmte ich. „Dann sehen wir weiter. Ist ja sowieso das, was die GHA von uns will. Heute Nacht hauen wir ab."

Meine Hand wanderte zu meinem gerade nicht maskierten Bauch. Ich hoffte so sehr, dass ich meine Tochter beschützen konnte. Azazels Drohung schwebte über mir und ich wusste, tötete ich ihn nicht zuerst, würde er mir Arika nehmen.

55

Noch während des Einsatzes stahlen wir uns davon. Kurz hatten wir Gábor, Milán, Grigori und Katharina unter der Bühne des Opernhauses im Versailler Schloss getroffen und uns darauf verständigt, getrennt zu bleiben. In kleineren Gruppen konnten wir uns leichter verstecken und wurden nicht alle gleichzeitig verhaftet.

So lange hatte ich darauf hingefiebert, nun war es so weit: Ich hatte der GHA den Rücken gekehrt.

Ich befand mich mit Luc, Tristan und Louis inoffiziell auf der Flucht vor der GHA, offiziell auf einer geheimen Mission in Azazels Auftrag. Wie lange wir diese Lüge durchhielten, konnte ich nicht sagen. Jetzt waren wir auf dem Weg nach Deutschland. Im Schloss von Versailles hatten wir während des Einsatzes Gábor, Milán, Grigori und Katharina getroffen und ihnen heimlich zur Flucht verholfen, anstatt sie Madame d'Hibou auszuliefern. Doch es war sicherer, wenn wir zwei kleinere Gruppen blieben und ohne die anderen nach Heidelberg flogen, um die Wolfsjäger zu unterstützen. So gerne ich bei Gábor geblieben wäre.

Luc lächelte mich aufmunternd an. Ich erwiderte sein Lächeln, froh darüber, nicht allein zu sein und ihn an meiner Seite zu wissen. Sein großer, schlanker Körper lag mühelos auf dem Wind, segelte dahin wie ein Kondor.

Wir lassen die Wolfsjäger selbst entscheiden, ob sie mit uns zusammenarbeiten wollen oder nicht. Egal wie ihre Entscheidung ausfällt, beschützen wir sie, meinte Luc.

So machen wir es, stimmte ich zu.
Mein Handy piepste. Eine eingehende SMS. Im Fliegen holte ich es aus der Kitteltasche, um darauf zu schauen.
Die anderen taten es mir gleich. Wie gut, dass wir hier oben nur mit wenig Gegenverkehr rechnen mussten, wenn wir kurzzeitig zu Smombies mutierten.

Auf die Gesuchten Grigori Wolkow, Gábor Farkas und Milán Farkas ist jeweils ein Kopfgeld von 3.500 Euro ausgesetzt.

Nur lebend! Mehr stand da nicht, aber jeder Pariser Jäger und möglicherweise auch noch andere hatten diese Nachricht erhalten. Unsere Freunde mussten sich warm anziehen.
Super, dachte Tristan. *Immerhin müssen sie am Leben bleiben, bis Madame d'Hibou sie gesehen hat.*
Und erst dann werden sie standrechtlich erschossen? Meine gallenbitteren Gedanken brachten die anderen zum Schweigen.
Schreib ihnen das, falls Grigori keine Nachrichten von der GHA mehr bekommt, sagte Louis in meinem Kopf. *Sie müssen gewarnt werden, dass die Jäger einen zusätzlichen Anreiz bekommen haben, sie zu fassen.*
Scheiße, kam es von Tristan. *Wo sollen sie denn hin? Wenn sie kein super Geheimversteck besitzen, sind sie noch vor Ende des Tages Gefangene. Ob sie diesen tollen Schlüssel jetzt haben oder nicht.*
Luc unterbrach mich: *Denken wir am besten gar nicht erst darüber nach. Befragt man uns, wissen wir gar nichts, ja?*
Tristan lachte. *Wir sind uns also einig, dass wir alle in der Scheiße sitzen und nur mit viel Glück und noch mehr Anstrengung da raus kommen?*

Dazu hat Luc bestimmt einen guten Spruch, witzelte Louis. Ich bewunderte seine unerschütterliche gute Laune.

Na klar hab ich den, stieg Luc gleich darauf ein. *Geht hinein durch die enge Pforte. Denn die Pforte ist weit und der Weg breit, der zur Verdammnis führt, und viele sind's, die auf ihm hineingehen. Wie eng ist die Pforte und wie schmal der Weg, der zum Leben führt, und wenige sind's, die ihn finden.*

Ich musste grinsen. *Wird das unser neues Motto?*

Warum nicht? Ein Spaziergang wird's garantiert nicht.

Allerdings, sagte Tristan in Gedanken. *Wenn uns die Wolfsjäger nicht bei sich aufnehmen wollen, haben wir nicht mal ein Dach über dem Kopf. Natürlich können wir uns verwandeln und nachts in den Bäumen hocken oder in irgendwelchen verlassenen Hütten, aber angenehm ist das nicht. Von der Verpflegung ganz zu schweigen. Wenn wir alle zusammenlegen und nur einmal am Tag was essen, reicht es vielleicht zwei Wochen.*

Nur weil du wie immer knapp bei Kasse bist, muss das für den Rest von uns nicht gelten, erklärte Louis.

Luc gab sich zuversichtlicher. *Vielleicht kriegen wir auch ein nettes Zimmer bei der Familie Wolf. Ein bisschen Optimismus, Leute!*

Optimismus war nie verkehrt. Mein Körper fühlte sich eigenartig schwer an, obwohl ich in dämonischer Gestalt durch die Nacht flog. Ich war erschöpft. Mehrmals musste ich gähnen und gerade als ich anfing zu überlegen, ob man beim Fliegen einschlafen konnte, rief Luc in meinen Gedanken: *Joelle! Wir landen gleich da unten. Mach dich bereit!*

Ich hinterfragte die Planänderung nicht. Dass wir nicht bis Heidelberg durchflogen, hatte sicher gute

Gründe, über die ich nicht nachgrübeln wollte. Dazu war ich viel zu müde.

Luc lächelte mich an. Ich liebte sein Lächeln. Für einen kurzen Moment vergaß ich alles, was mein Leben bestimmte. Er gab mir einen Dreh- und Angelpunkt, wenn die Welt sich so schnell drehte, dass ich keinen Halt mehr fand. Ich brauchte ihn mehr denn je.

Danke, dass du da bist, Luc.

In den frühen Morgenstunden landeten wir nach einer Zugfahrt, die ich verschlafen hatte, nach dem letzten Flug in einem Heidelberger Waldgebiet. Auch hier herrschten winterliche Verhältnisse, im Gegensatz zu den Straßen waren die Waldwege nicht schneefrei und meine Turnschuhe bald durchnässt. Die eklig nasse Kälte ließ meine Zehen allmählich taub werden. Gerne hätte ich mich verwandelt, was natürlich unmöglich war, wenn wir uns gleich unter Normalsterbliche mischten. Allerdings waren am frühen Morgen keine Menschen außer Polizeistreifen unterwegs. Wir huschten unauffällig von Einfahrt zu Einfahrt, Mülltonne zu geparktem Auto, um eine Personenkontrolle zu vermeiden.

Indem wir immer bergab gingen, erreichten wir nach kurzer Zeit wieder eine Straße. Dann begannen wir mit der Suche. Geisterjäger hatten den Vorteil, dass wir sie spürten, wenn sie in der Nähe waren. Allerdings spürten wir jetzt nichts. Also brauchten wir doch Internet.

So fand Tristan nicht nur die Adresse von Julius Wolf heraus, sondern auch die einer Waltraud Wolf, die ganz in der Nähe wohnte und vielleicht mit dem Wolfsjäger verwandt war. Gábors Adresse kannte ich nicht und Herr Farkas legte auch keinen Wert darauf, im Telefonbuch aufzutauchen, aber das Haus eines Dämons blieb anderen Dämonen niemals verborgen. Das war aber nicht unser eigentliches Ziel.

„Frühstück wäre super“, merkte Louis an.

„Wir kommen bestimmt an einem Bäcker vorbei“, beruhigte ihn Tristan. „Noch ein paar Schokokekse bis dahin?“, fragte er dann in die Runde. Da fühlte ich ein unangenehmes Prickeln im Nacken.

„Schnell, weg hier!“, wisperte ich, packte Lucs Arm, und zog ihn mit mir auf den rot gepflasterten Gartenweg, der zur Straße führte. „Los!“, wies ich die anderen an.

„Verdammt, jetzt spüre ich sie auch“, flüsterte Luc und beschleunigte seine Schritte. „Geisterjäger.“

56

Anstatt zurück zum Steigerweg und in den Wald zu flüchten, zwangen uns die heranrückenden Jäger, deren deutsche und französische Gedankenfetzen zu uns herüberdrangen, in die entgegengesetzte Richtung zu laufen.

Wir folgten dem Oberen Gaisbergweg, bis die Häuser verschwanden und die Straße in einen Waldweg überging. Es gab hier auch einen Wolfshöhlenweg. Vielleicht ein Indiz, dass wir hier nicht an einem völlig falschen Ort suchten.

Wir joggten schon so lange, dass ich anfing zu schnaufen wie ein Walross. Immer wieder blickte ich über die Schulter, um zu sehen, ob wir noch verfolgt wurden.

Leider hatten uns die Jäger bemerkt. Zwei von ihnen liefen uns hinterher. Entweder wussten sie, wer wir waren, oder sie waren überzeugt davon, es herausfinden zu müssen.

„Jetzt wissen wir wenigstens ... dass das Haus ... was mit den Wolfsjägern ... zu tun hat“, keuchte ich.

„Wir müssen sie warnen. Die GHA wartet darauf, sie gefangen zu nehmen. Sicher um den Schlüssel zu bekommen“, gab Luc ganz ohne Anstrengung zurück.

„Arrêt! Stehenbleiben! Stopp!“, brüllte uns einer der Jäger jetzt nach. Selbstverständlich dachten wir gar nicht daran, stehen zu bleiben, und gaben noch einmal Gas. Ganz gleich, in welcher Sprache er uns hinterherrief.

Luc und Tristan hatten jedoch andere Pläne. Während Louis und ich unverdrossen auf dem verschneiten

Weg weiterliefen, ich mein Seitenstechen ignorierte und betete, dass ich nicht doch vorzeitige Wehen bekam, weil keine menschliche Schwangere solche Strapazen unbeschadet überstand, zogen Tristan und Luc ihre Sturmhauben über, huschten links und rechts von uns zwischen die Bäume und übermittelten mir ihre Gedanken.

Luc dachte: *Wir halten sie auf und horchen sie aus. Dich dürfen sie nicht erkennen, Joelle. Die Ausrede mit dem Sonderauftrag für Azazel zieht bei denen wahrscheinlich nicht.*

Tristan pflichtete ihm bei: *Wir machen das ohne euch. Steigt auf den nächsten Baum.*

Ich machte langsamer. Die Rippen schmerzten mir bei jedem Atemzug. „Louis? Sie schnappen sich die zwei. Wir klettern jetzt auf die Tanne da. Dann sehen wir, ob sie Hilfe brauchen."

„Alles klar."

Die Äste gingen bis fast zum Boden, sodass ich auch in meinem Zustand leicht auf den Baum hinaufkam. Louis stand solange unten, bis ich auf einem dicken Ast saß und ihm winkte. Durch die kahlen Zweige der anderen Bäume erspähte ich meine Freunde und die Geisterjäger, die mit Fäusten und Schwertern gegeneinander kämpften.

Die Menschen gaben nicht klein bei, sodass es Tristan zu bunt wurde. Er verwandelte sich und nutzte die Schrecksekunde seines vermummten Gegners, um ihm das Schwert aus der Hand zu schlagen. Unterstützung brauchten er und Luc nicht. Jedenfalls nicht, bis der andere, den Luc am Kragen packte, offensichtlich ein paar Fragen nicht zu beantworten gedachte.

Ich schickte ihm meine Gedanken: *Sag dem Depp, dass wir vor ihnen da waren, um den Schlüssel für Madame d'Hibou zu holen. Sie sollen abhauen und woanders suchen. Sag ihnen, dass sie sich unkollegial verhalten.*

Ich kicherte unterdrückt, als Luc mir zurücksandte: *Ich versuch's mal.*

Tristan bekam nichts aus seinem Gegner heraus, hielt ihn aber weiterhin fest, bevor er noch Verstärkung holte. Ich beobachtete weiter das Geschehen und wäre fast vom Baum gefallen, als Louis mir energisch auf die Schulter tippte.

„Joelle! Da sitzt jemand über uns."

Ein paar Äste weiter oben saß Herr Farkas an den dicken Stamm der Tanne gelehnt und blickte amüsiert auf uns herunter. Er trug seine Altherrenmaske mit ein paar Falten im ebenmäßigen Gesicht und ergrauten Strähnen in seinem ansonsten rabenschwarzen, kurzen Haar. In seinem Nadelstreifenanzug wirkte er in dem Baum fehl am Platz.

„Was machen Sie denn hier?", fragte ich, zu verwirrt, um höflich zu sein. „Sitzen Sie schon lange da oben?"

Herr Farkas lachte leise.

„Lange genug, um zu wissen, was ihr vorhabt. Du und deine Freunde wollt also die Wolfsjäger finden?"

„Wollen Sie es uns verbieten?" Irgendwo in meinem Hinterkopf manifestierte sich die Ahnung, dass ich mit jemandem wie Herrn Farkas nicht so reden durfte, nicht einmal als mein Schwiegervater und Großvater meines Babys. Er war ein mächtiger Dämon, der sein eigenes Ding machte und sich weder von Akibeel und Azazel noch von der GHA vor den Karren spannen ließ. Es wäre dumm von mir, ihn gegen mich aufzubringen. Seine hochgezogenen Augenbrauen sagten mir genau das.

„Nie käme ich darauf, euch zu verbieten, die Wolfsjäger aufzusuchen. Ich bitte sogar darum. Sie brauchen jede nur erdenkliche Unterstützung. Aber sie kommen erst im Laufe des morgigen Tages in die Stadt. Wenn ihr sie über die Belagerung ihrer Wohnsitze unterrichtet, wird Julius euch nicht fortschicken."

„Sie kennen ihn gut?", fragte Louis.

Herr Farkas nickte. „Er ist schon lange mein Verbündeter, wie auch sein Vater und Großvater es waren. Die Wolfsjäger sind eine der ältesten und mächtigsten Familien in unseren Kreisen. Es ist immer gut, sie auf seiner Seite zu wissen."

„Und was tun Sie? Helfen Sie uns?", erkundigte ich mich. Es gelang mir nicht, den herausfordernden Tonfall abzumildern.

Doch der Dämon war nicht auf Machtdemonstrationen aus.

„Ihr müsst mich hier vertreten. Luzifer wird in Kürze in die Hölle zurückkehren und sich zum letzten Gefecht bereitmachen. Er will seinen Thron zurückerobern."

„Und dafür braucht er den Schlüssel. Treiben Sie sich deshalb hier herum? Weil auch Sie denken, dass die Wolfsjäger den Schlüssel bei sich tragen?"

„Auch. Mir wäre es aber sehr recht, wenn sie ihn noch eine Weile behalten würden. Sie sind die Einzigen, die ihn nicht für ihre eigenen Zwecke missbrauchen würden. Und dadurch verdienen sie unseren Schutz, verstehst du, Joelle?"

Ich nickte. „Wir beschützen sie, ob sie uns lassen oder nicht. Aber was passiert, wenn ein gefallener Engel kommt und angreift?"

„Die Wolfsjäger werden nicht hierbleiben, sie begeben sich in ihre geheime Zuflucht, wenn ihr sie warnt. Aber dein Einwand ist berechtigt. Azazel wird herkommen, wenn du nicht zu ihm in die Hölle gehst und ihn davon überzeugst, die Lage im Griff zu haben. Solange du dafür garantieren kannst, dass Géraldine d'Hibou oder andere GHA-Jäger nicht mal in die Nähe des

Schlüssels kommen, wird Azazel Ruhe geben. Er ist längst nicht mehr die treibende Kraft gegen Luzifer."

Ach, war das bis zu ihm durchgedrungen? Aber ich sprach es nicht laut aus.

„Wenn Azazel mich gefangen nimmt, ist niemandem geholfen", widersprach ich. Oder mich als Verräterin entlarvte und Arika tötete. Ein Schauder überlief mich, als ich daran dachte. Seine Morddrohung belastete mich mehr, als ich zuzugeben bereit war.

Herr Farkas sah mich mit seinen funkelnden grünen Augen an. Ein Hauch Mitgefühl lag darin, doch seine Aufforderung war klar. „Niemand außer dir kann Azazel einwickeln. Nutze deine Gabe und verschaffe uns allen etwas mehr Zeit. Wir haben genug damit zu tun, Akibeel aufzuhalten. Zu zweit sind sie auf lange Sicht unbesiegbar."

Unschlüssig biss ich mir auf die Unterlippe. Dann sah ich zu Louis. Sein versteinertes Gesicht sprach Bände. Er würde mich nicht in die Hölle gehen lassen, wenn er das könnte.

„Ich erwarte dich in einer Viertelstunde an der Gabelung zum Wolfshöhlenweg", sagte Herr Farkas und löste sich in Luft auf.

In diesem Moment kamen Luc und Tristan herangeflogen. Bei der Landung brachten sie die ganze Tanne zum Wackeln.

Luc küsste mich auf die Wange, ehe er sich auf dem Ast neben mir niederließ. Wie ich wieder nach oben schaute, war Herr Farkas verschwunden, als wäre er gar nicht da gewesen.

Nachdem Tristan und Luc weniger aus den Jägern herausbekommen hatten, als wir ohnehin bereits wussten, fassten Louis und ich für die beiden unser Gespräch mit dem Dämon zusammen und ich verkündete, dass ich gleich in die Hölle reisen würde.

Natürlich waren Tristan und Luc strikt dagegen, aber ich wusste ebenso gut wie Herr Farkas, dass die Aufgabe, Azazel zurückzuhalten, allein mir oblag. Ich war ein Bündnis mit ihm eingegangen. Die anderen drei mussten, bis ich wiederkam, die Geisterjäger im Auge behalten, die das Haus von Waltraud Wolf belagerten und in der Zähringerstraße herumlungerten, bis ich wiederkam.

Tu, was du tun musst, Joelle, dachte Luc.

Entschuldigend streichelte ich seine Haare und blickte in seine schönen dunkelblauen Augen.

Es tut mir leid, dass ich dir so viel Kummer mache.

Er schüttelte den Kopf, dann umschloss er mich mit seinen Armen, zog mich näher heran und küsste mich.

Die Zeit mir dir rinnt mir durch die Finger wie Sand. Manchmal vermisse ich dich, obwohl du noch da bist.

Geht mir mit dir genauso. Niemand kann sagen, was morgen sein wird. Nicht mal du kannst mir versprechen, dass wir uns wiedersehen werden.

Nicht mal Grigori kann uns das versprechen. Ich werde trotzdem hier auf dich warten.

Wieder küsste ich ihn.

57

Zum ersten Mal merkte ich mir bewusst den Weg, als ich in der hohen Steinhalle ausgespuckt wurde und in Richtung Ausgang der Höhle lief.

Vor allem wenn der Besuch hier schiefging, ähnlich wie der letzte, würde ich froh sein, nicht noch lange herumirren zu müssen. Lilith wäre eine Option, falls sie Lust hatte, mir zu helfen. Nach meiner kleinen Eifersuchtsszene in ihrer Behausung konnte es aber gut sein, dass sie beleidigt war.

Durch Herrn Farkas' Portal kam ich quasi direkt in Luzifers Palast. Dieses Mal nahm mich in der unvermeidlichen Vorhalle aus rotem Sedimentstein keine Eskorte aus Gargoyles in Empfang. Im Säulensaal, der als prunkvolle Eingangshalle diente, wartete Azazel auf mich. Zumindest wirkte es so, weil er alleine zwischen den Marmorsäulen stand und nachdachte. So wie er zusammenzuckte, als er mich erkannte, hatte er aber nicht mit mir gerechnet.

Übermannsgroß, mit kurzem schwarzem Haar und kantigem, unirdisch schönem Gesicht schaute er mich durch seine gänzlich schwarzen Augen an. Vielleicht hätte ich vor meiner Reise in die Hölle mal in einen Spiegel gucken sollen. Selbst mit meiner Gabe und einer Prise Dämonenzauber mussten meine Haare nach dem Kampfeinsatz in Versailles völlig derangiert und meine Kleider verschwitzt und blutig aussehen. Bislang hatte ich keine Veranlassung gesehen, etwas an meinem Äußeren zu verändern, doch jetzt brauchte ich mein gesamtes Arsenal. Während ich auf Azazel zuging, zog ich meinen schmutzigen Kittel aus und hängte ihn mir über den Arm. Das Langarmshirt, das ich darunter trug, hatte wenigstens keine Flecken. Mit der freien Hand kämmte ich mein Haar notdürftig durch und setzte ein Lächeln auf, als ich nahe genug war. Azazels bohrender Blick scannte mich von oben bis unten. Meinen Bauch, der das Oberteil spannte, dürfte er nicht sehen, wohl aber, dass ich unbewaffnet gekommen war. Schließlich erwiderte er mein Lächeln.

„Willkommen, Nara! Ich hoffe, du kommst mit guten Neuigkeiten. Lass mich das tragen."

Gentlemanlike nahm er mir den Kittel ab und bot mir seinen Arm, damit ich mich unterhakte. Ich tat ihm den Gefallen. Es sprach für ihn, dass er mich trotz Grigoris Weissagung noch immer so nahe an sich heranließ.

Heute hatte er keine Rüstung an, sondern nur eine schlichte hellgraue Tunika, die an der Taille gegürtet war. Sein langes Schwert hing an seiner Seite. Schuhe trug er keine. Sobald wir irgendwo saßen, würde ich auch meine feuchten und kalten Sneakers loswerden.

„Woher kommst du, Nara?", fragte er, als wir den mit Fackeln und Engelsstatuen gesäumten Flur zu seinem Zimmer entlanggingen.

„Aus Deutschland. Wir waren auf der Suche nach den Wolfsjägern, da es heißt, sie wüssten über den Verbleib des Schlüssels Bescheid. Da sie noch nicht eingetroffen sind, wollte ich die Gelegenheit nutzen, dich auf den neusten Stand zu bringen. Meine Freunde halten derweil die Stellung."

Wir betraten das Zimmer. Azazel löste sanft den Arm von mir und legte meinen Kittel auf einen Hocker neben der Tür.

Anschließend wies er mir die steinerne Bank mit den weißen Kissen zu, schloss die Tür und kam zu mir. Er verhielt sich so freundlich und respektvoll. Ich gestattete ihm, so nahe neben mir zu sitzen, dass unsere Körper sich berührten.

„Sehr gut. Du hast dich gerade rechtzeitig von der GHA losgesagt. Akibeel hat getobt, als er erfahren musste, dass ihm Farkas' Söhne, seine Tochter und der Schlüssel, den sie vermutlich bei sich trägt, durch die Lappen gegangen sind. Wolkow war auch noch nicht zu erreichen, aber Akibeel vertraut weiter darauf, dass er Wort halten wird. Wie siehst du das, Nara?"

„Ich bin mir nicht sicher, immerhin hat er Katharina nicht sofort der Hölle ausgeliefert, sondern ist mit ihr auf der Flucht. Vielleicht hat er gar nicht mehr vor, sie ihrem Vater zu bringen. Ich halte weiterhin Kontakt zu ihm, was ein Vorteil für dich ist. Wenn er den Schlüssel bekommt, finde ich ihn als Erste. Wir sind schließlich Blutsgeschwister."

„Das klingt überaus erfreulich. Viel Zeit bleibt uns allerdings nicht mehr. Akibeel hat Verdacht geschöpft. Ich konnte ihn nur besänftigen, weil ich um die Hand seiner Tochter angehalten habe."

Ich erlaubte mir, leichtere Töne anzuschlagen: „Immerhin bringt es dich dazu, mich nicht mehr zum Heiraten zu überreden."

Azazel grinste. Doch gerade gruselte es mich nicht. Ich ließ jetzt meine Gabe wirken.

„Ich ziehe dich trotzdem noch in Erwägung, Nara. Das Kind in deinem Leib macht dich sogar noch schöner. Du strahlst. Und ich sehe dir an, dass dir daran gelegen ist, unser Band fester zu knüpfen, bis die Stunde der Entscheidung kommt."

Trotz meiner Gänsehaut ließ ich es zu, dass Azazel sein Gesicht so nahe an meines heranbrachte, dass ich ihn nur noch verschwommen sah. Ich erbebte, als seine Lippen nur Millimeter über meinen schwebten.

Ein ganz anderer Schauer durchrieselte mich, als ich seinen Honigatem an meinem Mund spürte. Angst und

Erregung lagen nahe beieinander. Mein Kalkül und mein innerer Dämon würden beides in Schach halten und zu meinem eigenen Vorteil drehen.

„Keiner von uns verletzt das Bündnis", hauchte ich. „Weissagungen müssen nicht eintreten und Drohungen müssen nicht wahrgemacht werden."

„Klug gesprochen, meine Schöne. Dann lass uns das Bündnis erneuern." Ein Schauer durchlief mich. Ich hätte einen Blutschwur leisten sollen. Doch ich wusste, dass der Engel einem Siegelkuss mehr Bedeutung beimaß.

Ich strich über Azazels Handgelenk, dann nahm ich seine Hand in meine. Seine Lider senkten sich etwas herab, als er einen Kuss auf meinen Handrücken setzte, um gleich danach meine Lippen in Beschlag zu nehmen.

Die Gabe machte es mir ebenso leicht wie mein Dämon, der jetzt rauskam, um zu spielen. Azazel hatte mich gleichermaßen bedrängt und beschützt. Das hier tat ich für Arika, für Gábor, für Luc, für alle, die auf unserer Seite waren. Und damit auch für mich selbst.

Kribbelnd schossen meine Hörner und Reißzähne hervor, verlängerten sich meine Ohren und zeigten sich meine Flügel in meinem Rücken. Ich fühlte Azazels Begierde, aber auch Zuneigung. Der dämonische Pakt würde uns aneinanderbinden, bis einer von uns starb. Azazel würde mich finden und ich ihn. Keiner konnte dem anderen entkommen. Doch da war keine Furcht mehr in mir. Denn Azazel erniedrigte mich nicht; in diesem Moment fühlte es sich sogar so an, als wäre ich ihm wichtig. Vielleicht besann er sich darauf, wenn wir uns bald erneut als Feinde gegenüberstanden.

58

„Mein ursprünglicher Plan sah vor, heute Nacht auf die Erde zu kommen, um zu sehen, wie weit ihr seid. Da du aber bereits alles Nötige veranlasst hast, kann ich es mir leisten, stattdessen Akibeel zu unterstützen, was mir nun weitaus klüger erscheint. Wirst du an meiner Seite kämpfen, Nara?“

Ich straffte mich. Hatte Béla Farkas das auch vorausgesehen, als er mich hierher beorderte? Kein guter Gedanke.

„Ich soll mich offen gegen Luzifer stellen, ja? Ich stelle mich schon gegen die GHA, indem meine Freunde den Jägern auflauern.“

„Es wäre mir lieber, wenn nur sie als Verräter hingerichtet werden. Du sollst bei mir sein und nicht mit ihnen sterben.“

„Du bist dir sicher, dass sie nicht lebend aus dieser Sache herauskommen? Dann muss ich zurück. Ihr habt doch ohnehin schon gewonnen.“

Azazel schürzte die Lippen. „Noch nicht ganz. Luzifer hält sich stets ein Hintertürchen offen. Ich brauche dich hier.“

Ich seufzte. „Im Sinne des Bündnisses muss ich also hierbleiben?“

Der Dämon nickte. „Du wirst eine meiner Legionen anführen und mit ihr zu Luzifers Heerlager vordringen. Denn du wirst heute Nacht die Einzige hier unten sein, der Luzifer nicht den Tod wünscht. Du trägst seinen Nachkommen in dir. Dich zu töten, fällt ihm schwer, glaub mir.“

Super Sache. Nicht. Aber ich hatte keine Wahl. „Großartig. Gibt es ein Signal?"

Azazel ging zur gegenüberliegenden Wand, um seine Rüstung vom Ständer zu nehmen.

„Luzifer wird von außen und von innen den Palast angreifen. Er muss seine wenigen Männer gut verteilen."

Azazel zog seinen Brustharnisch an. Zuvorkommend verschloss ich die Lederriemen an der Seite und im Genick. Vermutlich machte er das sonst mit einem kleinen Zauber oder er rief sich einen Soldaten oder Diener, der ihm behilflich war. Dennoch wusste er meine Geste zu schätzen.

„Danke, Nara."

Ich zog meinen Kittel und barfuß meine noch feuchten, aber immerhin deutlich wärmeren Schuhe an. Bald waren sie trocken.

Gemächlich gingen wir zur Tür und auf den Flur hinaus, als wir die Hörner vernahmen. Keine Sekunde zu früh.

Es begann.

Nach der Stille in Azazels Räumen empfing mich draußen nun infernalischer Lärm. Dämonen quiekten, brüllten und grunzten, Metall schlug auf Metall und der Geruch von Blut und schwitzenden Leibern erfüllte die Luft und hing wie todbringender Dunst über den Wiesen und Äckern. Schwarzes Blut tränkte die Erde. Mein Magen rebellierte, als ich über Leichen hinwegstieg. Gleichzeitig machte mich das sinnlose Abschlachten unendlich traurig. Doch dann gewann die Kriegerin in mir die Oberhand. Ohne Kampf waren wir alle verloren.

Ich wandte den Blick dem Gefecht zu und hatte mich nach wenigen Atemzügen wieder so weit unter Kontrolle.

Luzifers Männer waren bereits im Rückzug begriffen, weil ihr oberster Anführer verschwunden war. Doch ein paar gefallene Engel führten unermüdlich ihre Truppen ins Feld. Mit gezücktem Schwert rannte ich an den Rändern des Schlachtengetümmels entlang, auf Herrn Farkas zu, der mit Tamiel gegen Batarel focht.

Um sie herum hatte sich ein Meer an Gargoyles und an menschlich aussehenden Dämonen versammelt, die sich ebenfalls erbittert attackierten. Luzifers Truppen waren leicht an dem komplizierten Zeichen, ähnlich einer Tätowierung, zwischen den Schulterblättern oder Flügeln zu erkennen, auch einige mit Samaels Zeichen waren darunter. Ich musste nicht rufen oder anderweitig auf mich aufmerksam machen. Die Soldaten spürten meine Anwesenheit und folgten mir automatisch im großen Verband, als ich sie wie einen Schutzwall um die gefallenen Engel aufstellte und nun von mehreren Seiten die heranstürmenden Truppen der Aufständischen aufhielt. Merde! Wieso kamen so viele nach?

Zweifellos war kein Sieg möglich. Es ging mir lediglich darum, nicht noch mehr Männer zu verlieren.

Es war mir egal, dass Batarel mich sah, wie ich meine und Gábors Soldaten nicht direkt gegen Luzifer laufen ließ, obwohl ich es müsste. Zwischen den schwitzenden Leibern, dem metallischen Geruch in meiner Nase und dem Adrenalin in meinen Adern verdrängte mein Kampfwille jede Angst.

Ich stand mit meinen Soldaten Schulter an Schulter, als die nächsten Gegner heranrollten wie eine Bugwelle. Ich trug keine Rüstung und wäre auch gerne den Kittel losgeworden, um davonfliegen zu können, wenn es richtig brenzlig werden würde.

Umsonst. Mein Schwertarm hatte so viel zu tun, dass ich es nicht schaffte, mich auszuziehen. Meine Muskeln brannten bald, mein Atem stach in meinen Rippen, doch die Flut der Angreifer riss nicht ab.

Tamiel stand plötzlich neben mir, um mich hinter sich zu schieben. Sein flammendes Schwert mähte die anstürmenden Soldaten nieder wie Grashalme. Ich zog meinen Kittel aus, knotete ihn mir mit den Ärmeln unter dem Bauch fest, holte tief Luft und stürzte mich erneut in den Kampf.

Ein ersticktes Geräusch hinter mir ließ mich herumfahren. Der Gargoyle, der gegen mich kämpfte, nutzte meine Unaufmerksamkeit sofort aus und hackte mir in rascher Folge zweimal in den Schwertarm. Ich schrie auf und hätte beinahe meine Waffe fallen gelassen. Stattdessen wechselte ich die Hand und griff ihn vehement von links an.

Das Geräusch, das mich abgelenkt hatte, war von Herrn Farkas gekommen. Batarel hatte ihn in die Knie gezwungen und setzte zum finalen Schlag an. Er würde ihn töten!

Mit einem beherzten Tritt in die Weichteile setzte ich meinen eigenen Gegner lange genug außer Gefecht, dass ich Gábors Vater zu Hilfe eilen konnte. Tamiel schloss hinter mir die Reihe, damit mir niemand nachsetzte.

In dem von unseren Soldaten umschlossenen kleinen Rund lag Herr Farkas auf dem blutgetränkten Boden und wich mit einem kraftlosen Herumrollen dem herabsausenden Schwert von Batarel aus. Den nächsten Schlag fing ich unter größter Anstrengung mit meiner Klinge ab. Doch er war so heftig, dass mir fast der Arm brach. Ich hörte es in meiner Schulter knirschen und heulte auf. Warmes Blut lief an meinem rechten Arm herunter, während mein linker merkwürdig steif wurde.

Ich konnte das Schwert nicht mehr festhalten, aber ich hatte zum Glück noch eine andere Waffe.

Der Rotschleier vor meinen Augen kam so rasch, dass ich blinzeln musste, während ich mich schützend vor Herrn Farkas stellte und drohend die Hände hob.

„Komm nicht näher", zischte ich schwer atmend.

„Hau ab, Mädchen. Béla hat sein Leben verwirkt. Genau wie seine Söhne."

Jetzt sah ich endgültig rot. „Du weißt nicht, wie mein Vater gestorben ist?"

„Tamiel hat ihn im Zweikampf getötet", behauptete Batarel im Brustton der Überzeugung.

„So, das glaubst du? Hatte niemand den Anstand, zuzugeben, dass Samael durch seine eigene Tochter gestorben ist?"

Ich wackelte mit den Fingern, um dem begriffsstutzigen Dämon auf die Sprünge zu helfen.

Er ließ sein Schwert sinken. Es hatte gerade Klick gemacht.

„Verfluchter Todesengel", brüllte er, dann flog er davon.

Ich rief sofort nach Tamiel, der seinen Freund von hier fortbringen sollte. Ich nahm Tamiels Platz unter den Soldaten ein, doch die Kämpfenden zerstreuten sich rasch. Die verbliebenen Feinde wichen vor meinen todbringenden Händen zurück. Das war gut, denn ich konnte nicht mehr weitermachen. Der Schmerz in meiner linken Schulter wurde immer stärker. Mit erhobenem rechtem Arm sammelte ich Luzifers Truppen, erfreut darüber, dass sie meine Autorität noch immer anerkannten. Wenige Hundert flogen mir hinterher in den dichten Höllenwald. Luzifer hatte dort noch ein geheimes Heerlager, der einzige Ort, der mir spontan einfiel, um die Truppen ausruhen zu lassen. Leider wusste ich nicht, wo sich das Lager befand, doch ein niederer Dämon in Menschengestalt kam auf meinen Wink hin dichter heran und erklärte sich bereit, mich hinzuführen.

Ich musste bald zurück ins Diesseits. Sicher war schon mehr Zeit vergangen als ein paar Stunden. Vorher brauchte ich aber jemanden, der sich meinen linken Arm ansah.

Die Wunden auf der rechten Seite hatten aufgehört zu bluten und schlossen sich. Auf meine Dämonenkräfte war Verlass. Auch meiner Kleinen schien es gut zu gehen. Sie strampelte ein wenig. Bauchkrämpfe hatte ich auch keine.

Es war gut, dass ich nicht in irgendeinem Bett herumliegen musste, sondern weitermachen konnte.

Vom Palast her ertönten Fanfaren. Ich drehte mich nicht um, als ich Akibeels Stimme über die Ebenen schallen hörte: „Luzifer ist geschlagen! Ich, Akibeel, bin euer neuer Herrscher! Ich werde der Hölle zu der Größe verhelfen, auf die wir seit Jahrtausenden unseres Exils gewartet haben!“

Der aufbrandende Jubel entlockte mir ein grimmiges Zähneknirschen. Akibeel wollte den Schlüssel und Weltenwächter, damit er seine Allmachtsfantasien Wirklichkeit werden lassen konnte. Er durfte beides niemals bekommen. Niemals.

59

Draußen war die Dämmerung hereingebrochen. Die Nacht zog schnell herauf in der Hölle. Ich war mindestens einen Erdentag hier gewesen, wenn nicht mehr.

Aber Hektik war ganz falsch.

Nach der schmerzhaften Behandlung meines ausgekugelten Schultergelenks hatte ich mit Béla Farkas gesprochen, der sich schon wieder auf dem Weg der Besserung befand. Am Ende gab er mir noch einen letzten Rat mit auf den Weg: „Hör zu, Nara! Du suchst die Hölle nicht mehr auf, bis Akibeel entmachtet und Azazel tot ist. Wenn du Azazel den Tod bringst, dann wird dies auf der Erde geschehen, aber niemals in der Hölle. Auch wenn es so aussieht: Das Diesseits ist der Ort, an dem sich unser aller Schicksal entscheidet. Auch Azazels."

Es war Nacht, als es mich direkt in der Hecke der Farkas-Villa aus dem Portal hinausblies und ich sanft auf dem mit Schneeresten bedeckten Rasen landete.

Das Haus war ohne Leben. Aber wahrscheinlich war es besser, dass Gábor und die anderen nicht hergekommen waren. Ich klopfte mir den Schnee von der Hose, stellte die leise Enttäuschung ab und schwang mich wieder in die Luft, um aus sicherer Höhe bei Waltraud Wolfs Haus nach dem Rechten zu sehen.

Joelle, hier drüben auf dem Baum, ertönte Lucs Gedankenstimme in meinem Innern. Erst spürte ich ihn, dann sah ich Luc, Tristan und Louis wie drei Affen in einer hohen Buche sitzen, von der aus sie beste Sicht auf die Villa hatten.

„Hey“, begrüßte Luc mich mit einem freudigen Flüstern. Ich landete auf dem dicken Ast neben meinem Freund und küsste ihn auf die Wange. Ich langte nach Tristans Hand, der seine von einem höher gelegenen Ast zu mir herunterstreckte, und einmal um den Stamm herum nach Louis' Hand.

Luc legte den Arm um meine Schultern, ehe er mich telepathisch darüber aufklärte, dass sie Patrouille gelaufen waren und seit Stunden in diesem Baum saßen und darauf warteten, dass sich die Wolfsjäger endlich blicken ließen. GHA-Jäger waren in der näheren Umgebung, hielten sich aber weiter oben im Wald auf. So lange war ich gar nicht fort gewesen.

Dann war ich an der Reihe aus der Hölle zu berichten. Lucs Arm umfasste mich fester, als ich zur Schlacht kam und dass Akibeel sich als neuer Herrscher der Hölle ausgerufen hatte. Auch Tristan und Louis zeigten sich geschockt über die jüngsten Ereignisse. Für die Aufständischen war der Sieg zum Greifen nah. Bekamen sie auch noch den Weltenschlüssel, stürzten die vier Welten ins Chaos.

Auf einmal regte sich etwas. Auf Höhe der Farkas-Villa parkte ein VW-Bus. Vier unterschiedlich große Gestalten stiegen aus und näherten sich mit schnellen Schritten dem Haus, das wir beobachteten. Sie sahen sich immer wieder nach allen Seiten um. Als sie unter einer Straßenlaterne durchgingen, blitzte Metall auf. Sie waren jetzt so nahe, dass ich sie richtig erkennen konnte. Drei von ihnen hatten Kurzschwerter in der Hand. Julius Wolf ganz vorne, dahinter höchstwahrscheinlich seine unbewaffnete Frau, dann sein

hochgewachsener Sohn und eine alte Frau, die sicher Waltraud Wolf war, Letztere ebenso bewaffnet wie der Junge vor ihr.

Wir ließen sie erst in den Garten gehen, bevor wir unseren Posten verließen.

„So ein verdammter Mist", fluchte Tristan. „Seht ihr das? Jetzt kommen sie aus dem Wald, diese Bastarde!"

Die Familie hatte die Neuankömmlinge auch bemerkt. Die alte Frau schloss hektisch die Haustür auf, schob die unbewaffnete Frau über die Schwelle und zog die Tür zu.

Ich wollte nicht schon wieder kämpfen. Meinen Armen ging es gut genug dafür, aber ich hatte vorhin so viel Zorn, so viel Adrenalin durch meinen Körper gepumpt, dass ich schlicht keine Lust mehr hatte, gegen irgendwen mein Schwert zu erheben. Doch danach fragte keiner.

Julius Wolf zog erstaunt die Augenbrauen hoch, als wir neben ihm, seinem Sohn und Waltraud Wolf Stellung bezogen.

„Hallo, Herr Wolf", sagte Luc. „Wir sind gekommen, um ihnen gegen die GHA zu helfen. Sie wollen den Weltenschlüssel von ihnen und Informationen über Katharina. Ihr Haus wird observiert, es ist nicht sicher, hierzubleiben."

„Vielen Dank", entgegnete der Wolfsjäger. „Wir reden später weiter, wenn wir noch können."

Meine Kopfhaut prickelte, aber meine Hörner durften sich nicht zeigen. Ich hatte es nicht nötig, mit dämonischen Waffen gegen Menschen vorzugehen. Denn dass die heranrückenden Jäger Menschen waren, fühlte ich ganz deutlich. Ein bevorstehendes Gefecht versetzte mich in eine starke Unruhe, die mich jedes Mal aufmerksam und kampflustig machte, doch jetzt überwogen Ärger und eine gewisse Müdigkeit. Ich hatte es satt, ständig mein Schwert zu erheben. Dennoch straffte ich mich. Jäger taten ihre Pflicht. Und meine Pflicht war es jetzt, dieses Haus zu verteidigen gegenüber anderen, die offenbar ihr Gelöbnis vergessen hatten.

Acht Geisterjäger stürmten das Grundstück. Sie verteilten sich geübt auf uns sieben, wobei sie den hochgewachsenen, sehr kräftigen Jungen mit den rotbraunen Haaren am heftigsten angriffen.

„Matthias, Achtung!“, rief sein Vater, bevor er ihn mit seinem Körper abschirmte. Matthias wehrte sich auch aus der zweiten Reihe nach Kräften, aber ihm fehlten noch einige Kniffe, um sich gegen erfahrene Jäger zu behaupten.

Ich eilte an seine Seite, doch mein Einsatz war gar nicht mehr vonnöten. Die alte Frau pustete mit einem Schwertstreich einem der Aggressoren das Licht aus, ehe er sie oder ihren Enkel auch nur berührt hatte. Dem anderen traten wir gemeinsam in den Arsch, sodass er sich wankend davonmachte. Der Kampf war so schnell vorbei, wie er begonnen hatte. Shit, da lagen fünf Leichen auf dem Gartenweg.

„Sind die alle tot?“, quiekte ich. Übelkeit stieg in mir auf und ich musste mich abwenden. Tote Menschen waren noch zehnmal schlimmer als tote Dämonen. Bei Menschen hatte ich immer das Gefühl, unfair zu kämpfen, weil ich doch von Natur aus schon stärker war als sie.

Der Wolfsjäger bemerkte meinen Kummer und schaute mich direkt an. „Ich hasse es auch, jemandem das Leben zu nehmen. Es ist der schlimmste Teil unseres Jobs. Aber sie haben es darauf angelegt. Und es werden mehr kommen. Danke für eure Hilfe.“

„Heute Nacht nicht mehr, aber wir sollten Vorkehrungen treffen. Sie werden nicht aufgeben, sondern bloß ihre Strategie ändern“, meldete sich die Frau zu Wort. „Kommt herein, Kinder.“

Nach einer kurzen Vorstellungsrunde holte Matthias sein Handy aus der Hosentasche. „Hier, gebt mir eure Nummern. Ich schicke euch eine SMS, dann habt ihr auch meine Handynummer. Wir sollten auf die altmodische Art in Kontakt bleiben, wenn der übersinnliche Kram nicht funktioniert."

„Kannst du Gedankenlesen?", erkundigte sich Louis.

„Ja. Aber wir kennen uns nicht gut genug, dass es auf Distanz funktionieren würde. Ich weiß das von meiner Schwester. Selbst sie kann meine Gedanken oft nicht hören."

„Aber du bist ein Mensch", gab Luc zu bedenken.

Ein sehr mächtiger Mensch aus einer mächtigen Familie. Zudem spürte ich den Himmel in ihm. Das war wirklich seltsam. Aber ich sprach es nicht aus. Matthias war gerade ziemlich interessant geworden.

„Du trägst den Weltenschlüssel bei dir?", fragte ich mit gesenkter Stimme.

Wortlos zog Matthias ein schwarzes Samtband unter seinem Pulli hervor. Daran baumelte ein unscheinbarer Messingschlüssel. Sein Griff formte das Unendlich-Zeichen oder eine Acht. Die alte Frau, Waltraud, und Julius richteten ihre Schwerter auf uns, bis Matthias den Schlüssel wieder versteckt hatte.

„Verratet ihr uns, soll euch der Wolfsfluch treffen", drohte Waltraud. „Er bedeutet Tod durch fremde Hand."

Sie meinte es absolut ernst, daher nickten wir. Flüche spielten in der Dämonenwelt eine erhebliche Rolle. Ich sah keinen Grund, der Frau nicht zu glauben.

„Los, Leute, auf zur nächsten Patrouille", forderte Louis uns auf, als wir einen Moment auf der Türschwelle verharrten. „Die Wolfsjäger wollen noch ein bisschen warten, ob ihre Katharina noch auftaucht."

Und Grigori, Milán und Gábor. Hoffentlich ging es ihnen gut.

Auf in die Nacht.

60

Ich wachte auf, weil mein Handy klingelte. Bevor ich rangehen konnte, hörte es auf. Dafür klingelte es jetzt in Tristans Hose, die neben meinen Klamotten auf dem Boden lag. Danach traf eine SMS von Matthias Wolf bei mir ein.

GHA bei uns im Haus. Kommt nicht her, es ist zu spät.

Verdammt! Wir hätten bei ihnen im Haus bleiben und nicht in die Wohnung in der Zähringerstraße gehen sollen.

Luc regte sich neben mir. „Hey, alles gut?", brummte er.

„Eher nicht. Ich hab gerade eine SMS gekriegt. Die GHA ist bei Waltraud Wolf im Haus."

Tristan beugte sich über uns aus dem Hochbett. „Genau das wollten wir doch verhindern!"

„Oh, verdammt!", sagte Louis auf seiner Matratze. „Wir hätten nicht ins Bett gehen dürfen. Lasst uns wenigstens dort die Lage checken. Vielleicht können wir die Jäger abfangen, bevor sie weg sind."

„Nur wenn die Familie nicht dabei ist", meinte Luc. „Wir sind nur zu viert und die GHA-Jäger werden ihnen alle Waffen abgenommen haben."

Statt gemütlich in der Wohnküche zu frühstücken, schnappten wir uns eine Packung Müsliriegel und eine Tüte Orangensaft aus dem Vorratsschrank, stopften uns jeder nacheinander zwei Riegel in den Mund und spülten mit dem herumgereichten Orangensaft nach. Dann holten wir unsere Schwerter und verließen das

Haus. Den Kilometer zum Oberen Gaisbergweg legten wir in der Morgendämmerung im Laufschritt zurück. Es war so eiskalt, dass ich glaubte, mein Atem würde an meinem Gesicht gefrieren. Ich zog meine Sturmhaube herunter.

Von außen lag die Villa ruhig da, doch spürten wir die Anwesenheit vieler Personen. Da wir schlecht zu viert das Gebäude stürmen konnten, bezogen wir einen Beobachtungsposten in sicherer Entfernung, aber nahe genug, um eingreifen zu können, wenn es losging. Also saßen wir wieder in der Buche vom Vortag.

Die Idylle um uns war ein Hohn. Die Morgensonne stand noch niedrig über den bewaldeten, schneebedeckten Anhöhen und beschien die Häuser um uns herum, aus deren Schornsteinen weißgrauer Rauch quoll. Wir befanden uns in einem beschissenen Gemälde. Doch unter den Farbschichten brodelte es. Nicht mehr lange, und das Idyll würde Risse bekommen, Risse, die nur wir sehen konnten.

Als ich rittlings auf einem dicken Ast saß, richtete ich meine Aufmerksamkeit auf das Haus und erstarrte für den Bruchteil einer Sekunde.

„Gábor ist da drin", flüsterte ich, doch die drei Jungen verstanden meine Worte. „Grigori auch, spürt ihr ihn?"

„Ich nicht", sagte Louis, „aber ich bin auch nicht so gut mit ihm befreundet wie ihr."

„Wenn die beiden da drin sind, werden Katharina und Milán nicht weit sein. Schließlich waren sie zusammen unterwegs", merkte Luc an.

Ich fühlte seine Aufregung wie meine eigene. Wir alle hassten es, tatenlos herumzusitzen und den Dingen ihren Lauf zu lassen. Passiv zu bleiben, zuzuschauen, lag keinem von uns. Mir am allerwenigstens. Nervös zupfte ich an einem Stück Rinde und versuchte, mich mit Hilfe unserer Unterhaltung abzulenken.

Als hätte ich sie durch meine letzte Aussage herbeizitiert, kamen zwölf weitere Geisterjäger die Straße vom Wald herunter.

„Okay, lassen wir das. Die Wahrscheinlichkeit ist zu groß, dass wir das Leben der Menschen da drin gefährden, wenn wir reingehen", sagte Luc. „Jetzt sind wir auf jeden Fall in der Unterzahl."

Ich versuchte, Gábors oder Grigoris Gedanken zu erreichen, doch beide sperrten mich und vermutlich auch jeden anderen aus, was mir bewies, dass die Lage ernst war.

„Hört ihr Grigoris Gedanken?", fragte ich Luc und Tristan.

„Nicht den kleinsten Pieps", sagte Tristan und Luc nickte. „Wenn die GHA ihn in die Mangel nimmt, muss er dichthalten, falls noch nicht alles zu spät ist."

Nach einer gefühlten Ewigkeit, die wir in Nägel kauender Unruhe auf den Ästen der Buche zugebracht hatten, bewegte sich etwas. Zunächst einmal kam ein weiteres Bataillon Jäger aus dem Wald, um sich am Haus zu postieren. Es war faszinierend, wie unauffällig Geisterjäger selbst am Tage agierten. Sie huschten so schnell, dass man sie mehr für Schatten oder Sinnestäuschungen hielt als für Lebewesen. Sie versteckten sich so gut und schnell, dass selbst ich nicht mehr sagen konnte, wie viele Jäger sich im Garten, auf der Terrasse und hinter dem Haus befanden. Aus dem Fuhrpark der GHA parkten drei Wagen am Straßenrand.

Im nächsten Moment schwang die Eingangstür auf und offenbarte zunächst Madame d'Hibou in schwarzer Jägerkluft, flankiert von zwei männlichen Geisterjägern, gleich dahinter Grigori und Katharina. Sie hatten keine äußerlich sichtbaren Wunden davongetragen, doch selbst auf die Distanz erkannte ich die Hoffnungslosigkeit in ihren Gesichtern. Grigori schaute stur auf die Pflastersteine unter seinen Füßen. Mein

Magen sank in die Knie, als Grigori, der uns jetzt wohl wahrnahm, seine russischen Gedanken sandte, bevor er die Mauer erneut hochzog: *Wir haben versagt. Die blöde Hexe hat den Weltenschlüssel und Katharina wird zu ihrem Vater in die Hölle gebracht. Sie haben mir immerhin abgekauft, dass ich die ganze Zeit nur Akibeels Auftrag ausgeführt habe, sonst wäre ich jetzt tot. Katharina hasst mich.*

Merde!

Rasch übersetzte ich den anderen, was ich gehört hatte.

„Wir dürfen sie nicht damit durchkommen lassen! Louis und ich fliegen den Autos hinterher", erklärte Tristan. „Du und Luc behaltet das Haus im Blick und versucht Gábor zu erwischen, wenn er rauskommt. Wir verhindern, dass der Schlüssel aus der Stadt gebracht wird."

Alle nickten.

Herr Farkas betrat die Szenerie. Er hastete den Oberen Gaisbergweg hinunter zu Waltrauds Haus.

Mein Herz schlug plötzlich härter, denn ich sah sie nun.

Gábor und Milán verließen zusammen mit ihrem Vater das Grundstück. Es wunderte mich, dass sie einfach gehen durften. Ich hatte eigentlich erwartet, dass wir sie befreien müssten. Durch ihre ernsten Mienen wirkten die drei Männer wie unterschiedlich alte Ausgaben ein und derselben Person. Doch ich konnte mich nicht darüber amüsieren. Wir hatten heute früh allesamt eine furchtbare Niederlage erlitten. Madame d'Hibou würde den Schlüssel höchstwahrscheinlich zu ihrem Gefährten Akibeel bringen. Grollend erwachten die Motoren der Autos zum Leben. Tristan und Louis stießen sich von ihrem Ast ab und stiegen so hoch, dass sie von unten nicht als fliegende Halbdämonen auszumachen waren.

Tristans letzte Gedanken lauteten: *Wir geben euch Bescheid, wenn wir euch brauchen.*

Luc und ich warteten nicht ab, bis auch die letzten Jäger das Haus und den Garten verlassen hatten, um sich in den Wald zu begeben. Wir flogen der Familie Farkas nach, die sich auf den Weg nach Hause machte. Unter uns kamen die Wolfsjäger aus dem Haus. Bepackt mit Taschen und Rucksäcken gingen sie die Straße hinunter, um zu ihrem grünen Bulli zu gelangen, den sie am Tag zuvor so weit weg abgestellt hatten. Ich war beruhigt, sie alle lebend zu sehen. Allerdings fehlte Julius' normalsterbliche Frau Irmgard. Sicher hatten sie sie noch in der Nacht weggebracht. Alles andere wäre lebensgefährlich für sie gewesen.

Ich hatte Herrn Farkas heute Nacht das Leben gerettet. Da würde er uns wohl kaum draußen stehen lassen oder fortjagen.

61

Milán kam an die Tür und spähte zwischen den dunkelroten, schweren Vorhängen durch die Scheibe, ehe er aufmachte.

„Was wollt ihr hier?“, begrüßte er uns unfreundlich.

„Hallo, lieber Milán“, erwiderte ich sarkastisch. „Ich weiß, du hattest eine anstrengende Nacht. Die hatten wir alle. Jetzt lass uns rein.“

Brummelig verzog er sich ins Innere des Hauses. Ich hörte eine Tür zuknallen. Wow, hatte der miese Laune. Zwar berechtigt, aber trotzdem ziemlich unhöflich.

„Hallo?“, rief ich, während wir die Terrassentür schlossen und sorgfältig die Vorhänge zuzogen. Luc und ich befanden uns im Wohn- und Esszimmer gegenüber eines Treppenaufgangs. Es roch schwach nach Bohnerwachs. Dominanter war Dämonengeruch, nach Wald und Grün, auch leicht nach Honig und Stein. Ich fühlte mich augenblicklich wohl.

Herr Farkas und Gábor erschienen auf der Galerie im ersten Stock. Luc trat zur Seite, weil Gábor sich nicht mit der Treppe aufhielt, sondern über das hölzerne Geländer sprang und mich an sich riss. Ich vergrub die Nase an seinem Hals und störte mich nicht daran, dass sich Blutgeruch in das Frühlingsgrün mischte. Er küsste mich fest auf den Mund. Das Kribbeln in meinem Bauch fühlte sich wunderbar an.

Wir umarmten uns so lange, bis Herr Farkas sich neben mir räusperte. Etwas verlegen befreite ich mich aus Gábors Armen, obwohl ich ihn am liebsten gleich wieder an mich gezogen hätte. Ein Blick auf Luc, der angestrengt aus dem Fenster schaute, ließ mich aber einen

Schritt von Gábor weggehen. Er fühlte sich ausgeschlossen.

„Schön, dich zu sehen, Joelle", sagte er Herr Farkas und reichte mir die Hand, als hätten wir uns nicht vor wenigen Stunden noch in Luzifers Heerlager getroffen. Mir dämmerte, dass Gábor nichts davon wusste und Herr Farkas daran gelegen war, dass es so blieb.

Kein Wort über das, was ich euch aus der Hölle erzählt habe, Luc, warnte ich meinen Freund stumm.

Gábor konnte mich nicht hören, wenn ich meine Gedanken nur auf eine bestimmte Person richtete. Jedenfalls, wenn es sich bei dieser Person um einen Blutsbruder handelte. Ich war erst allmählich dahintergekommen, wie viele Vorteile uns diese Verbindung verschaffte.

Luc sah mich nur an. Er hatte mich gehört, bekam aber keine Möglichkeit, etwas zu antworten. Dann trat Gabor zu ihm und begrüßte ihn mit einer kumpelhaften Umarmung, die Luc gleich erwiderte. Ich lächelte. Luc und Gábor würden sich niemals wegen mir streiten. Herr Farkas verfolgte dennoch interessiert die wortlose Interaktion.

„Ich gehe Milán holen. Wir treffen uns in fünf Minuten in der Bibliothek. Es gibt einige Dinge zu besprechen." Dann ließ Gábors Vater uns allein.

„Tut uns leid, dass wir zu spät gekommen sind", fing Luc an, doch Gábor unterbrach ihn: „Ihr hättet euch nur unnötig in Gefahr gebracht. Da waren mindestens fünfzig Jäger im Haus, die hockten in jedem Winkel. Wahrscheinlich sind immer noch nicht alle draußen."

Ich nahm ihn näher in Augenschein. Eine verheilende Schramme zierte seine unrasierte Wange. Auch an den Armen hatte er zahlreiche Schnittwunden und ein paar Blutergüsse. Gegen wie viele hatte er gekämpft? Nachträglich überlief mich ein Schauder.

Ich sagte doch, sie hockten in jeder Ecke, dachte er.

Ich schlug ihm sanft ins Genick. *Du Vollidiot! Du hättest sterben können! Wehe, du machst das noch mal!*

Bevor Luc noch verwirrter darüber wurde, was wir ohne ihn beredeten, warf ich ein: „Die Wolfsjäger sind übrigens weg."

„Gut. Sie hätten gleich heute Nacht in ihr Versteck fliehen sollen. Julius ist ein zu großes Risiko eingegangen."

„Wusstet ihr, dass Matthias den Schlüssel hatte?", wollte Luc wissen.

Gábor schüttelte den Kopf. „Joshua hat ihn in Versailles seinem kleinen Bruder gegeben, ohne uns was davon zu sagen. Er hatte Schiss, dass Tamiel ihn zu Luzifer bringt. Womit er gar nicht so daneben lag. Er hat einen guten Instinkt. Trotzdem konnte Tamiel Joshua als Geisel zu Luzifer bringen." Es war ihm anzusehen, dass er Katharinas älteren Bruder als seinen Schützling betrachtete. „Joshua ist uns und seiner Schwester gegenüber absolut loyal. Ihn aus der Hölle zu befreien, ist der nächste Punkt auf meiner Liste. Wenn ich schon hierbei versagt habe."

Seine Miene verfinsterte sich bei seinen letzten Worten.

„Grigori hat das Gleiche gedacht. Aber ihr hattet eine Übermacht gegen euch. Madame d'Hibou hat euch eine Falle gestellt, dieses Miststück."

Gábors dunkle Augen wirkten auf einmal bekümmert. „Ich fürchte, Grigori hat uns verraten."

Luc schüttelte vehement den Kopf. „Niemals. Er würde uns niemals verraten!"

„Euch vielleicht nicht, aber Milán und mich und Katharina schon. Wir haben keine besondere Verbindung zu ihm, die ihn das Leben kostet, wenn er uns umbringt."

Ich schaute an die hohe weiß gestrichene Decke und rang mit mir. Luc und Gábor wussten eigentlich Bescheid, warum ihnen nicht noch mehr erzählen? Grigori würde mich dafür vermutlich zusammenstauchen, aber mehr auch nicht. Ich suchte Gábors Blick.

„Du weißt noch, was ich dir in den Katakomben über Grigori und Katharina erzählt habe?"

„Verdammt noch mal, ich weiß schon, dass er in sie verknallt ist, das sieht jeder, nur Katharina nicht. Es hat mich fast wahnsinnig gemacht, den beiden zuzuschauen. Milán soll mal klarkommen und endlich einsehen, dass es in unserer Welt keinen Platz für Eifersucht gibt." Er schaute zu Luc. „Das gilt auch für uns beide. Das weißt du hoffentlich."

Luc nickte. „Ich weiß. Aber Katharina weiß das nicht. Und siehst du, deshalb hat Grigori euch nicht verraten! Er tut alles, um Katharina zu beschützen, sogar so zu tun, als würde er nach wie vor in Akibeels Diensten stehen. Und damit beschützt er indirekt auch euch! Hätte er heute nicht mitgespielt, hätten sie euch alle umgelegt. Grigori ist wichtig und sie brauchen ihn noch immer, beide Seiten! Wie viel nützt er uns, wenn er tot ist und Katharina vor lauter Trauer von ihrem Weg abkommt?"

Gábor machte ein erstauntes Gesicht. Er war noch nicht oft mit Lucs Analysen konfrontiert gewesen.

„Du glaubst auch, dass sie die Weltenwächterin ist?"

„Akibeel holt sie nicht nur zu sich, weil sie seine Tochter ist."

Ich nickte. „Sie kennt nicht das volle Ausmaß ihrer Kräfte."

„Vielleicht weiß Vater etwas darüber. Kommt, wir gehen hoch." Wie wir die Treppe hinaufstiegen, sahen wir einen Schatten, der sich rasch entfernte. Milán hatte gelauscht.

Gábor drückte meine Hand. *Wir hätten noch deutlicher werden sollen, aber vielleicht haben wir ihn zum Nachdenken angeregt. Er hat jetzt schon ein schlechtes*

Gewissen, weil er sich von Katharina getrennt hat, ohne ihr eine Chance zu geben, selbst eine Lösung aus dem Dilemma zu finden. Andererseits ist es ganz gut, dass Madame d'Hibou mitgekriegt hat, dass er Katharina als Feind betrachtet.

Ich nahm Lucs Hand. Es fühlte sich gut an, meine beiden Männer bei mir zu haben. Wenn auch nur für kurze Zeit.

Milán stand in der Tür der Bibliothek und schaute uns mit unergründlicher Miene an.

Als hätten sie sich abgesprochen, küssten Gábor und Luc mich beide gleichzeitig auf die Wangen, einer rechts und einer links. Dann grinsten sie. Ich küsste jeden zurück.

Ich hab euch lieb, dachte ich. Solange wir den Gang hinunterliefen, erlaubte ich mir, das vergängliche Glück und die Wärme in meinem Innern zu genießen.

Die Bibliothek war ein hohes Zimmer, an dessen Wänden deckenhohe Regale standen, randvoll mit zum Teil uralt aussehenden Büchern. In der Mitte des Raumes stand auf einem teuer wirkenden Orientteppich eine Tafel, an der sicherlich zwanzig Leute Platz fanden.

Neben dem Fenster hing eine Leiter an der Wand, mit deren Hilfe man auch hohe Regalfächer erreichte.

Ich hatte es nicht so mit Büchern, aber der Raum gefiel mir trotzdem. Vor allem das kleine Sofa unter einem zweiten Fenster, von dem aus man in den Garten und auf den Wald hinter dem Haus blicken konnte. Aber allein schon der süßliche Geruch des alten Papiers gab dem Raum eine heimelige Atmosphäre.

Das hier war bestimmt Miláns Lieblingszimmer.

Er guckte immer noch böse auf die blank polierte Tischplatte und beteiligte sich nicht an dem Gespräch, das sich jetzt zwischen Luc, Gábor, Herrn Farkas und mir entspann.

Viel besprechen konnten wir leider nicht. Wir waren gerade soweit, dass wir festlegten, was wir als Nächstes tun würden, als Tristans Gedankenstimme in meinem Hirn loslegte:

Ihr müsst sofort zum Wolfsbrunnen kommen! Julius und Matthias helfen uns, aber wir sind in der Defensive!

62

„Hast du das auch gehört, Luc?"

Er stand bereits. „Kommt ihr mit? Wir müssen zum Wolfsbrunnen, und zwar schnell!"

Milán zog sein T-Shirt aus. „Auf geht's. Gábor, du und Vater geht schon mal ohne mich in die Hölle. Ich komme nach, sobald ich kann."

Sein Tonfall war unmissverständlich. *Zwing mich doch, wenn du dich traust.* Seinen Vater schaute er gar nicht erst an.

Doch die beiden Männer nickten nur und erhoben sich ebenfalls. Béla seufzte und fuhr sich mit den Händen über die Stirn.

„Die kommenden drei Tage werden wir Akibeel in Sicherheit wiegen. Ich bin im Heerlager, falls ihr mich sucht. Wenn möglich, spreche ich mit Wolkow."

„Ich gehe mit euch. Also ab, Fenster auf", kommandierte Gábor und zog sich ebenfalls das schwarze T-Shirt aus, das er trug. Ich hätte beinah gelacht, weil ich es selbst im Aufbruch einen kurzen Moment nicht schaffte, woanders hinzuschauen. Luc stach mir mit dem Zeigefinger in den Rücken. Doch er grinste. *Lass uns das Beste aus dem machen, was wir haben,* dachte er.

Wie recht du hast, dachte ich zurück. Gábor drehte sich auf der steinernen Fensterbank noch einmal um.

Mit was hat er recht?

Wir machen das Beste aus dem, was wir haben, Gábor.

Klar tun wir das. Wir finden schon noch raus, wie.

Ein Stück entfernt von den Teichen des Wolfsbrunnens fanden wir unsere Freunde und neuen Verbündeten in einem hitzigen Gefecht mit Madame d'Hibou und zehn ihrer treu ergebenen Jäger. Glücklicherweise nicht die besten zehn.

Ein elfter schoss aus dem Portal heraus, als wir mit den Füßen in Schnee und Laubstreu aufkamen. Zehn Menschen, eine Halbdämonin und ein niederer Dämon gegen sechs Halbdämonen und zwei Menschen. Das klang doch fair.

Wir machten uns gar nicht erst die Mühe, uns anzupirschen.

Luc und Milán eilten den Wolfsjägern zu Hilfe, Gábor und ich stürzten uns auf Madame d'Hibou und ihren Leibwächterdämon, der sie im Trubel des Kampfes zum Portal lotste und sie abschirmte. Zielstrebig griff Gábor ihn an. Mit einem Handstreich schlitzte er dem Dämon die Halsschlagader auf und warf ihn mit der Rückhand zu Boden, sodass Madame d'Hibou ungeschützt war. Gábor ließ ihr keine Atempause. Schwarzes Blut spritzte aus der Wunde des niederen Dämons, sein rasselnder Atem erweckte mein Mitleid. Gerne hätte ich die Hand des sterbenden Wesens ergriffen, doch für Sentimentalitäten war hier kein Platz. Unter lautem Rascheln rannten schon die nächsten Unterstützer für Madame d'Hibou herbei. Ich hob mein Schwert. Gábor hatte unterdessen der Halbdämonin den Weg zum Portal abgeschnitten und duellierte sich mit ihr. Sie war eine starke Kämpferin, doch gegen Gábor hielt kaum jemand länger stand. Es war erschreckend, wie kompromisslos er sie anging. Als wollte er sie wirklich töten. Ich verdrängte seine Brutalität normalerweise, weil er sie stets unter Kontrolle hielt. Doch nicht jetzt. Nicht nach der schmachvollen Niederlage heute früh. Ich dachte an Katharina und dass es vielleicht ihre Loyalität kosten könnte, wenn Gábor ihre Mutter umbrachte. Also mischte ich mich entgegen Gábors Absicht doch in seinen Zweikampf ein und drängte ihn weg. Protestierend ging Gábor in die zweite Reihe, um zwei menschliche Jäger von mir fernzuhalten, die wiederum ihrer Chefin zu Hilfe eilen wollten. Um uns herum kreisten Geister, die ich zuvor nicht wahrgenommen hatte. Aber das war gut. Die Menschen sollten uns nicht entdecken.

Tristan kam hinzu und schenkte mir eine Verschnaufpause. Er managte das alleine mit Madame d'Hibou, sodass ich mich nach kurzem Durchatmen wieder zu Gábor gesellte und ihm einen seiner Gegner abnahm. Der mittelgroße Mann zeigte sich widerstandsfähig. Es wurde richtig kräftezehrend, gegen ihn zu kämpfen, weil er wieder und wieder meine Schwerthiebe parierte und mich langsam aber sich rückwärts trieb, bis ich über eine Baumwurzel stolperte und auf dem Hosenboden landete.

Merde! Ich kroch zurück, kam mit einem Sprung wieder auf die Beine und schlug einen Salto über den Kopf des Mannes. Bei der Landung wäre ich fast wieder gestürzt. Ich büßte langsam an Beweglichkeit ein, und das war gefährlich. Das Zittern meiner Beine sollte mir zu denken geben.

Verschwinde, Joelle, hörte ich Luc in meinen Gedanken. Gleich darauf stand er zwischen mir und meinem Gegner, um den Kampf fortzuführen. Ich atmete stoßweise und stützte mich kurz auf meinen Knien ab. Mein Bauch zwickte und wurde hart. Ich sollte wirklich eine Pause einlegen.

Doch von der Seite stürmten zwei schon etwas lädierte Jäger heran, um Luc zu attackieren. Ich stellte dem einen ein Bein. Er fiel der Länge nach hin und rappelte sich mühsam auf. Mit einem Tritt in den Rücken beförderte ich ihn wieder auf den Boden. Ich wartete darauf, dass mich auch der andere angriff, aber er lag ein Stück weiter weg im Laub. Über ihm ragte Milán auf, sein blutverschmiertes Schwert in der Hand.

In einer abartigen Geschwindigkeit, für menschliche Augen kaum wahrnehmbar, war er bei mir und durchbohrte den Brustkorb des Mannes am Boden, bevor ich ihn aufhalten konnte. Angewidert verzog ich das Gesicht, als das letzte Mal ächzend Luft aus den blutigen Lungen des Jägers entwich. Rasch wandte ich mich ab.

„Rückzug!", schrie Madame d'Hibou auf Französisch. Wir ließen sie ziehen. Es waren nur noch vier ihrer Jäger übrig.

„Milán, was hast du getan?", fragte ich mit zittriger Stimme. Das Blutvergießen war gerade schwer zu ertragen.

„Nächstes Mal tötet er einen von uns", gab er zurück und ließ mich stehen.

Ich sollte nicht so emotional sein, aber ich schaffte es nicht, die aufsteigenden Tränen zurückzuhalten. Warum konnten wir nicht reden? Ich hasste es, immer zum Schwert greifen zu müssen. Ich verstand selbst nicht, warum mich das Kämpfen so fertigmachte. Es war seit Jahren Alltag für mich. Nur weil jetzt der Ernstfall eingetreten war, für den ich jahrelang trainiert hatte, konnte ich doch nicht plötzlich weich werden. Gegen meinen Vater hatte ich auch gekämpft, verdammt noch mal!

Lucs Arme umschlossen mich sanft. Ich weinte in seinen verschwitzten Kittel.

„Wir sind alle Monster, die sich gegenseitig abschlachten", schluchzte ich.

„Schhh, nicht weinen, Joelle. Wir dienen einem höheren Ziel, hast du das vergessen? Mir gefällt es auch nicht, andere dafür verletzen oder sogar töten zu müssen, aber wenn eine Seite nur kämpfen will, müssen wir auch mit Kampf antworten. Jetzt beruhige dich.

Louis ist verwundet worden, ich sehe mal, ob ich ihm helfen kann."

Da schluckte ich die letzten Tränen hinunter und wankte Luc hinterher. Die Geister waren nicht mehr zu sehen, ebenso wenig wie Matthias und Julius.

Tristan hielt den Kopf des bewusstlosen Louis auf seinem Schoß. Gábor kniete mit Milán daneben.

Gábors ruhige Stimme durchschnitt die angespannte Stille. „Wir nehmen ihn mit zu uns. Wenn Vater noch da ist, kann er ihm am besten helfen. Kannst du ihn stabilisieren, Luc?"

Luc legte nickend die Hände auf Louis' nackten Unterarm.

Das war Zauberei! Louis' angestrengter Atem ging leichter, seine blasse Gesichtsfarbe normalisierte sich.

„Er verliert immer noch Blut über diese Beinwunde", meinte Luc. Julius eilte mit einem Verbandskasten herbei. „Hier, legt ihm einen Druckverband an. Immer wieder lockern! Meine Cousins sind gleich da, um mit uns das Portal weiter zu bewachen. Ich rufe euch später an, damit wir uns absprechen können. Matthias hat ja eure Handynummern. Vielen Dank für eure Hilfe." Er klopfte jedem von uns auf die Schulter, bevor er hinter dem Restaurant am Wolfsbrunnen verschwand.

Luc hatte derweil Louis die zerfetzte Hose ausgezogen und die klaffende Wunde am Oberschenkel mit einem Verband versehen, der nach wenigen Sekunden blutgetränkt war. Luc band noch mehr darüber. „Das sollte halten."

Louis ächzte, als Gábor ihn auf die Arme lud und abhob.

Voller Sorge folgten wir ihm.

In der Farkas-Villa legte Gábor Louis auf dem Sofa ab. Tristan setzte sich dazu, um auf seinen Freund aufzupassen, während Gábor sein Handy aus der Hosentasche holte, um Béla anzurufen, legte aber gleich wieder auf.

„Mailbox. Vater ist schon in der Hölle“, informierte er uns.

„Krankenhaus oder kriegst du das hin?“, fragte ich meinen Freund.

Luc presste nachdenklich die Hände zusammen. „Eigentlich muss das genäht werden. Louis’ Heilung vollzieht sich allerdings so schnell, dass es vielleicht genügt, wenn wir die Blutung stillen und die Wunde abwechselnd zusammenhalten, bis die Wundränder verwachsen sind. Das dürfte zwei bis drei Stunden dauern.“

„Was ist mit der Kopfwunde?“, kam es von Tristan.

Ich beugte mich über Louis, der jetzt wach war, aber die Augen geschlossen hielt und mit zusammengebissenen Zähnen gegen den Schmerz ankämpfte.

„Welche Kopfwunde?“

Tristan schob vorsichtig Louis’ Haare beiseite und zeigte mir eine Beule, auf der eine kleine Blutkruste klebte.

„Louis, hörst du mich?“, fragte Luc.

„Hm“, machte er nur.

„Du musst dich verwandeln. Dann sind die Schmerzen nicht mehr so schlimm. Wir können dir auch ein paar Schmerzmittel geben, aber die helfen höchstens ein paar Minuten.“

Tristan lehnte sich gerade rechtzeitig zurück, um nicht von Louis’ Hörnern aufgespießt zu werden, die sich aus seiner Stirn nach oben schraubten. Seine Ohren wurden spitz und vergrößerten sich, seine Hände formten sich zu gefährlich aussehenden Klauen.

„Schon besser“, murmelte er.

Ich fühlte mich fehl am Platz, weil ich nur neben Gábor und Milán vor dem Sofa herumstand und zuguckte. Da ging ich hinüber in die Küche, um Louis ein

Glas Wasser und feuchte Tücher sowie einen Kühlakku aus dem Gefrierschrank zu holen, den ich in ein Geschirrhandtuch einwickelte.

Ich hörte durch die offene Tür, wie Luc unterdessen mit seiner Untersuchung fortfuhr. „Ist dir übel?"

„Nein", antwortete Louis krächzend.

„Hast du noch irgendwo anders Schmerzen außer im Kopf und im Bein?"

„Ich glaube, mein rechter Arm ist ausgekugelt. Ich kann ihn von der Schulter abwärts nicht bewegen und er tut übelst weh." Armer Louis. Ich kam leider rechtzeitig zurück, um zuzusehen, wie Luc seinem Freund den Arm wieder einrenkte und Tristan aussah, als müsste er sich gleich übergeben. Doch dann fing er einfach an zu weinen. Er litt immer mit, wenn es jemandem von uns schlecht ging. Ich drückte Gábor und Milán die Sachen in die Hand und nahm Tristan von oben in den Arm wie ein Kind. Haltsuchend umklammerte er meine Hand und schmiegte sich ein paar Sekunden an meinen Hals.

Louis wird schon wieder, Tris, sagte ich ihm in Gedanken.

Luc bat Louis, sich wieder hinzulegen, damit er sich um die Wunde kümmern konnte. Sie blutete kaum noch, das war ein echter Fortschritt. Aber wenn sie zu schnell heilte, würde Louis immer ein Loch in seinem Bein haben.

Ich ließ Tristan los und gab ihm den Kühlakku in die Hand, damit er Louis' Beule kühlte. So hatte er etwas zu tun und das Gefühl, seinem Freund zu helfen. Louis durfte das Glas Wasser trinken, solange Luc den Verband entfernte.

Milán reichte Luc die feuchten Küchentücher, mit denen er die Wunde und die Haut darum herum reinigte. Desinfektion musste bei Halbdämonen nicht unbedingt sein.

„Seht ihr das?“, fragte Luc in die Runde. „Diese ausgefransten Wundränder?“

Wir kamen alle näher.

„Die Ränder müssen wieder zusammen. Wir sollten dich niederschlagen und es schnell nähen, Louis.“ Er lachte, als er das geschockte Gesicht des Patienten sah. „War nur ein Witz.“

„Der war nicht lustig“, schimpfte Louis schwach.

Luc drückte die Wunde so zusammen, dass die Ränder sich aneinanderfügten. Nur noch wenig Blut sickerte hervor, das ich vorsichtig zwischen Lucs Händen abwischte. Louis biss erneut die Zähne zusammen und versuchte sein schmerzerfülltes Stöhnen zu unterdrücken.

„Lass es raus“, meinte Tristan. „Ich hab gehört, wenn man flucht, leidet man weniger unter Schmerzen. Versuchs doch.“

„Du kannst mich mal!“

„Und? Merkst du schon was?“, fragte Tristan unverdrossen.

„Merkst du noch was?“

„Ich will nur, dass es dir besser geht, du Depp.“

„Hört auf euch zu streiten“, wies Gábor die beiden zurecht.

Luc pflichtete ihm bei: „Genau. Dein Blutdruck sollte niedrig bleiben, Louis, sonst blutet es wieder. Oh, es heilt jetzt schneller. Am besten, ich halte es solange fest, wie ich kann.“

Mein Bauch krampfte sich schon wieder zusammen. Instinktiv presste ich die Hand darauf und atmete langsam aus. Dann setzte ich mich in den Sessel neben dem Sofa und streckte die Beine von mir.

Uff. Das tat gut. Erst da bemerkte ich, dass alle mich anstarrten.

63

„Alles okay, Joelle?“, fragte Gábor und stellte sich neben den Sessel, um forschend auf mich herunterzuschauen. Auch Milán war nähergekommen.

„Alles okay, kümmert euch lieber um Louis als um mich“, wimmelte ich sie ab.

Doch Milán war einfach schlauer als wir alle zusammen. „Das ist nicht dein Ernst, Mann! Du lässt sie hier rumrennen und kämpfen? Hast du sie noch alle?“, griff er seinen Bruder an. Es folgte noch etwas auf Ungarisch, das außer Gábor niemand verstand, aber so wie er guckte, war es nichts Freundliches.

„Hey!“, ging ich dazwischen. „Wenn ihr streiten wollt, dann oben hinter verschlossenen Türen. Louis braucht Ruhe! Und ich hab keinen Bock, mir das anzuhören, auch wenn ich kein Wort verstehe.“

Grummelnd setzte Milán sich neben mich auf die Sessellehne.

„Warum hast du mir nichts gesagt, Joelle? Ich dachte, wir wären Freunde.“

Ich hätte es ihm lieber in einem anderen Rahmen offenbart.

„Ich wollte es eigentlich niemandem sagen. Aber bevor du deinem Bruder den Kopf abreißt – du wirst tatsächlich in etwa zwei Monaten Onkel. Vielleicht auch in drei, das kann man bei Mischlingen nicht so genau sagen.“

Etwas besänftigt lehnte Milán sich zu mir, um mich zu umarmen. „Herzlichen Glückwunsch, Joelle.“ Dann sah er Gábor an, der etwas verlegen wirkte. „Dir auch, du Riesenidiot.“

Tristan und ich lachten leise, als die Brüder sich umarmten.

„Ihr habt mir gerade den Tag gerettet", sagte Milán anschließend zu Gábor und mir. „Was wird es denn?"

„Ein Mädchen", antwortete ich.

Milán lächelte. „Wie groß ist dein Bauch in Wirklichkeit?"

Da er nun Bescheid wusste, ließ ich die Verkleidung auffliegen.

Miláns große Augen waren zum Schießen. „Fällst du damit nicht vornüber?"

Lachend griff ich nach seiner Hand, um sie auf meinen Bauch zu legen. Da fiel mir etwas ein. „Warte mal", sagte ich und schob mein Tanktop ein wenig hoch. Wie ich erwartet hatte, regte sich das Baby unter Miláns Hand. Mir wurde warm. „Spürst du das?"

Milán nickte. „Es bewegt sich. Wegen mir?"

„Sie spürt, dass du mit ihr verwandt bist. Das ist so ein Dämonending."

„Das ist abgefahren."

Gábor strich mir mit dem Handrücken über die Wange. Vergessen war sein schier unmenschlicher Zorn am Portal. Jetzt fühlte ich nur noch seine Liebe, seine Freude und einen gewissen Stolz.

Milán folgte meinem Blick. Ich wandte mich ihm zu. Er nahm die Hände von meinem Bauch und schaute mir in die Augen. Auf Französisch dachte er: *In deinem Leben gibt es so viel Liebe, Joelle. Wenn ich nicht dazugehören würde, könnte ich glatt neidisch werden.*

Ich legte die Hand an seine Wange. *Du musst nicht neidisch sein. Viele lieben dich. Auch Katharina.*

Besonders Katharina, verbesserte Gábor mich.

Ich will sie nicht teilen, erklärte Milán stur.

Gábors Miene wurde unerbittlich. *Es wird keine andere Möglichkeit geben, wenn du sie nicht verlieren willst. Siehst du mich die beleidigte Leberwurst spielen?*

Milán sah ihn störrisch an. *Was erwartest du von mir? Dass ich Grigori damit davonkommen lasse, mir meine Freundin auszuspannen?*

Ich verdrehte die Augen. Ich musste meinen besten Freund in Schutz nehmen. *Er wusste nicht, dass sie deine Freundin ist, als er sie beim Einsatz in dieser Lagerhalle gefunden hat. Er dachte, sie gehört zu Joshua, den er als Menschen nicht unbedingt als Hindernis empfunden hat. Seine Sehergabe funktioniert bei Katharina nicht. Was ihn im Übrigen wahnsinnig macht.*

Ehrlich?

Nein, das erfinde ich nur! Ich schubste ihn leicht. Milán machte Anstalten aufzustehen. Gábor setzte sich neben mich auf die andere freie Sessellehne.

Hiergeblieben, Gartenzwerg, befahl er seinem Bruder. Widerwillig ließ Milán sich wieder nieder. Ich kicherte über den Gartenzwerg, lauschte aber auf Gábors Gedanken. Über mich hinweg fixierte er Milán.

Jetzt hör mal gut zu, Milán! Katharina ist deine Seelenpartnerin, so wie Joelle meine ist.

Das ist doch jetzt egal. Wir haben uns getrennt, entgegnete Milán. Gábor knurrte unterdrückt.

Du wirst niemals von ihr loskommen, verstehst du das? Nur wenn einer von euch beiden stirbt, löst sich die Verbindung. Wenn du dagegen ankämpfst, wird euch das beide auf Dauer zerstören! Guck dich doch mal an, wie beschissen du drauf bist! Was glaubst du, warum es mir jedes Mal so dreckig geht, wenn ich Joelle gehen lassen muss?

Weil du in Wirklichkeit ein Weichei bist, gab Milán provozierend zurück.

Je härter die Schale, desto weicher das Innere, Blödmann.

Du bist also eine Melone, dachte ich. Gábor fuhr sich genervt durch die Haare. Sein erboster Blick traf mich. *Du untergräbst meine Autorität. Läuft das später auch so?*

Tschuldige. Ich tätschelte seine Hand. *Los, mach weiter, ich mag es, wenn du den Erziehungsberechtigten spielst.*

Da lachte er und Milán tat so, als würde er sich neben den Sessel erbrechen.

„Arsch", sagte ich laut zu Milán. Luc drehte sich zu uns um. Er hielt noch immer Louis' Beinwunde zusammen. Tristan und Louis waren weggenickt.

„Ich hab nur Joelles Teil gehört, braucht ihr noch einen klugen Rat?", erkundigte sich Luc.

„Sag mir mal, wie ich diese Seelenbindungskacke in den Betonschädel von meinem Bruder reinkriege", brummte Gábor.

Luc klang genauso väterlich wie zuvor Gábor. Ich hatte einen echten Vaterkomplex. Bei meiner Lebensgeschichte eigentlich nicht verwunderlich.

„Milán weiß das alles. Nicht wahr, Milán?"

„Ja, ich weiß das alles. Das heißt aber nicht, dass es mir gefällt, okay?", motzte er. „Ich will nicht so ein Sklave sein wie Gábor. Das ist erbärmlich! Es war schon der größte Fehler meines Lebens, Gyula zu lieben. Ich will nicht schon wieder von jemandem abhängig sein, aber Katharina zwingt mich dazu! Ich hab keine Ahnung, was sie mit mir macht, aber ich muss ständig an sie denken und ich vermisse sie, als hätte sie ein Stück von mir abgeschnitten und mitgenommen. Ich kann nicht glauben, dass ich das gerade laut ausgesprochen habe. Scheiße." Er rieb sich über die Stirn.

Auch auf die Gefahr hin, dass er mich zurückwies, nahm ich seine Hand. Er ließ mich gewähren.

„Das ist Liebe, Milán. Und Liebe ist manchmal scheiße."

„Was, wenn Katharina mich nicht mehr zurückwill? Ich war nicht gerade nett zu ihr und Grigori liebt sie, auch wenn er denkt, ich weiß es nicht. Katharina konnte er vielleicht verarschen, aber mich nicht. Und sie liebt ihn auch, glaubt aber, sie könnte sich das irgendwie abgewöhnen."

Gábor nickte. „Das hab ich gesehen. Grigori kommt sich vor wie der größte Mistkerl, obwohl er Milán zuliebe erstmal zurückgesteckt hat. Und Katharina hält sich für eine Schlampe, weil bei ihr auch noch viel stärker ihre menschliche Erziehung wirksam ist. Das war bestes Seifenopermaterial. Aber jetzt hab ich es satt, zuzusehen und die Klappe zu halten."

„Du meinst es gut", kam Milán seinem großen Bruder entgegen. „Ich war so undankbar. Grigori hat mir zweimal das Leben gerettet und sich um mich gekümmert. Und ich hatte nichts Besseres zu tun, als ihn anzuschreien und ihm die Freundschaft zu kündigen. Wahrscheinlich kommt er genauso wenig gegen seine Gefühle an wie ich."

Mit einem Mal frustriert ließ er den Kopf hängen. Ich streichelte seinen Rücken.

„Manchmal ergibt sich erst nach einiger Zeit eine Lösung. Ich bin mir sicher, sie ist es wert, abzuwarten und sich auf die neue Situation einzulassen. Ja, ich weiß, das klingt wie aus einem miesen Psychoratgeber."

„Nein, schon gut. Du willst nur helfen. Ihr wollt alle helfen. Brauchst du mal 'ne Pause, Luc?"

„Nicht nötig. Anscheinend hab ich mehr drauf, als gedacht. Die Wunde verheilt viel schneller, wenn ich sie berühre. Ihr könnt euch ausruhen. Heute Nacht kriegen wir bestimmt nicht viel Schlaf ab."

Schlafen war eine gute Idee.

„Sieh zu, dass sie noch was isst, Gábor", rief Luc uns nach, als wir Milán nach oben folgten.

Ich grinste. „Na los, tu, was er sagt. Hast du auch Hunger?“

In der Küche schmierte ich Luc ein halbes Baguette mit Butter und Salami und brachte es ihm zusammen mit einem Glas Wasser ins Wohnzimmer.

„Weck Tristan auf, damit du was essen kannst.“

„Gleich. Jetzt iss du auch mal was und dann ab ins Bett.“

„Ja, Papa“, scherzte ich, küsste Luc aber auf den Mund und rieb meine Nase an seiner.

Ich war so müde, dass ich mich nach einem kleinen Imbiss aus Baguette, Frischkäse und Apfelschnitzen auf Gábors Bett zusammenrollte und umgeben von seinem wundervollen Geruch und am wichtigsten, in seinen Armen, einschlief.

Warum konnte ich nicht für immer mit meinen Liebsten in diesem Haus bleiben?

64

Erst nach Einbruch der Dunkelheit wurde ich wach. Gábor saß an die Wand gelehnt am Fußende des Bettes und las in einer Autozeitschrift.

Lächelnd streckte ich mich wie eine Katze. Von einem geregelten Tag- und Nachtrhythmus war ich mittlerweile weit entfernt, aber besser zwischendurch schlafen als gar nicht.

„Endlich ausgeschlafen?", fragte Gábor.

„Du hast doch selber ein Nickerchen gemacht."

„Aber nicht vier Stunden lang. Ich hatte sogar Zeit zu duschen und Milán auf den Wecker zu fallen. Er hockt seit einer halben Ewigkeit in seinem Zimmer und malt." Er verkniff sich ein Lachen.

Ich warf das kleine Kissen nach ihm, auf dem ich geschlafen hatte. „Sei nicht so gemein zu deinem Bruder. Er ist eben mehr Künstler als Krieger. Und du hältst mich also für faul? Ist es das, was du mir sagen willst?"

Da lachte er, warf seine Zeitschrift auf den Fußboden und kam zu mir. „Nie im Leben! Jetzt bringen wir deinen Kreislauf mal auf Touren."

Mein Quietschen ging in ein heiseres Lachen über, als er mich an den Rippen kitzelte.

„Lass ... das ... hey!", japste ich zwischen den Lachern, die aus mir herauswollten.

„Wach genug?" Er wartete meine Antwort nicht ab, sondern nahm mich in den Arm, küsste meine Stirn und steckte die Nase in mein Haar. Wärme umfing mich. Ich kuschelte mich an ihn, um das unvermeidliche Aufstehen noch ein wenig hinauszuzögern.

Zu meinem Verdruss klopfte es an der Tür. Tristan steckte den Kopf ins Zimmer, bevor einer von uns „Herein" rufen konnte. Eine furchtbare Angewohnheit.

„Was gibt's?", fragte ich meinen Freund, während ich erfolglos versuchte, mich aus Gábors Klammergriff zu befreien. Er lachte leise über mein Geruckel und Gerutschte, bis es mir zu bunt wurde und ich ihm einen festen Klaps auf den Arm versetzte. Tristan brach in schallendes Gelächter aus.

„Au!", beschwerte sich Gábor.

Ich brachte kein Mitleid für ihn auf. „Schluss jetzt, du Kindskopf! Wie soll ich denn mit Tristan reden, wenn du mich festhältst?"

Da ließ er mich los. „Hast du deinen Humor irgendwo zwischen Elsass und Pfalz fallen gelassen?", motzte er.

„Joelle zu ärgern, ist nie ratsam. So gut müsstest du sie doch langsam mal kennen", belehrte ihn Tristan von der Tür her. „Sie war anscheinend viel zu zahm bei dir."

„Hmpf", machte Gábor.

Ich streichelte seine wirren Haare. „Nicht böse sein. Wenn du brav bist, bekommst du auch einen Kuss."

„Nur einen Kuss? Du hast mich geschlagen!" Er guckte beleidigt.

Ich fing schon wieder an zu lachen. Tristan stimmte mit ein.

„Eigentlich bin ich hochgekommen, um euch zum Essen zu holen. Der Auflauf ist fertig", brachte er schließlich heraus.

„Wer hat denn Auflauf gemacht?"

„Ich", meldete sich Gábor und streckte einen Zeigefinger in die Luft. „Ich lass keinen in meine Küche. Außer vielleicht Waltraud, die weiß wenigstens, was sie tut."

Beim Essen blieb Louis noch auf dem Sofa liegen, obwohl es ihm schon deutlich besser ging. Ehe ich mich an den Tisch setzte, wo die anderen schon das Essen verteilten, schaute ich nach Louis. Jemand hatte ihm die Fernbedienung gereicht. Jetzt guckte er die Nachrichten auf France 3, die länger dauerten als sonst und voller deprimierender Meldungen von Massenpaniken, Überflutungen, Vulkanausbrüchen und Schießereien, dazu neuen Notstandsregelungen waren, weshalb ich lieber etwas aß, als bei Louis zu bleiben. Wir wussten alle auch ohne die Nachrichten, dass die Apokalypse unmittelbar bevorstand. Die gefallenen Engel hatten es zu weit getrieben. Trotzdem kein Grund, die Hände in den Schoß zu legen. Noch glaubte ich, dass wir all das aufhalten konnten.

Es störte Louis zum Glück nicht, alleine gelassen zu werden. Eine ruhige Minute hatte kaum jemand von uns. Tristan trug einen Teller Nudel-Hackfleisch-Auflauf zu ihm ans Sofa.

Seit dem letzten Abendessen im Hauptquartier hatte ich keine warme Mahlzeit mehr gehabt. Vermutlich schmeckte es deshalb so gut. Auch die Stimmung war entspannt wie schon lange nicht mehr. Wir saßen zwar auf Abruf hier, doch für den Augenblick konnten wir nichts tun, als zu warten und unsere Ressourcen wieder aufzuladen.

Milán war in sich gekehrt, nichts Neues, aber inmitten der wild über Sportwagen diskutierenden anderen Jungs auffällig.

Er saß neben mir und so stieß ich ihm leicht den Ellbogen in die Seite. Da mich Autos ebenso wenig interessierten wie Milán, konnten wir uns genauso gut unterhalten.

Was ist los? Müde oder viel zu grübeln?

Verdammt viel zu grübeln. Kommst du gleich mit hoch? Ich will dir was zeigen. Gábor hat keinen Sinn dafür.

Klar. Etwas, das du gemalt hast?

Etwas für Katharina. In ihren Geschichten machen die Männer immer lauter außergewöhnliche Sachen, um ihre Liebste für sich zu gewinnen. In einer Story zeichnet ein Typ seiner Herzensdame ein Landschaftsbild von dem Ort, an dem sie sich zum ersten Mal getroffen haben. Ich habe etwas gemalt, das nur für sie bedeutsam ist. Seine Augen leuchteten plötzlich.

Zeig es mir. Jetzt bin ich neugierig.

Er nickte.

Und Katharina schreibt Geschichten? Ich dachte, sie liest nur gerne.

Sie hat mir nie davon erzählt, das war ihr Bruder Joshua. Er hat mir auch das Portal im Internet gezeigt, wo sie die Sachen hochlädt. War nicht schwer, reinzukommen. Katharina hat einen Zettel mit Passwörtern unter ihrer Schreibtischplatte kleben. Im Herbst hat sie angefangen, eigenes Zeug zu schreiben. Und es ist gar nicht schlecht. Sag ihr bloß nichts davon! Joshua zieht sie immer damit auf und es ist ihr irgendwie peinlich. Dabei finde ich, dass sie mehr daraus machen könnte.

Er klang so begeistert, dass ich lächeln musste. *Ich glaube, ihr solltet mehr miteinander reden. Weiß sie wenigstens, dass du malst und Cello spielst?*

Wir waren zusammen im Schulorchester. Und das mit dem Malen hab ich ihr erzählt. Sie liebt Musik, denkt aber, dass sie nicht singen kann.

Hoffentlich haben wir mal Gelegenheit, ihr das Gegenteil zu beweisen. Sogar Grigori schafft es, den Ton zu halten. Er ist, was singen angeht, der unbegabteste Halbdämon, den ich kenne.

Milán legte die Gabel neben seine fast aufgegessene Portion.

Ich will mich unbedingt wieder mit ihm versöhnen. Er war einer der besten Freunde, die ich je hatte.

Den nächsten Bissen kaute ich langsam. Milán hörte sich an, als würde er seine letzten Dinge regeln.

Du unternimmst aber nicht wieder einen Suizidversuch? Bitte!

Nein! Wie kommst du darauf?

Misstrauisch suchte ich in seinen Augen nach einem Hinweis darauf, dass er mich anlog. Aber bei Milán war es so gut wie unmöglich, das herauszufinden.

Du bist dabei, dein Leben aufzuräumen. Das machen Menschen, die wissen, dass es bald mit ihnen zu Ende geht.

Oder Menschen, die die Schnauze voll davon haben, im Chaos zu leben. Außerdem kann es jeden Tag zu Ende sein.

Auch wieder wahr.

Ich ließ das unangenehme Thema fallen und aß meinen Teller leer. Selbst wenn ich noch einen Nachschlag vertragen hätte, in der Auflaufform war nichts mehr.

Während Luc und Tristan den Abwasch machten, leistete Gábor dem genesenden Louis Gesellschaft vor der Glotze und Milán und ich gingen in das Zimmer, das er sich früher mit Gyula geteilt hatte. Ich bemühte mich, die unbewohnte Seite nicht zu beachten, als ich Milán zu seinem unaufgeräumten Schreibtisch folgte und die vielen verworfenen Skizzen in die Hand nahm.

„Lass die liegen. Meistens merke ich schon nach wenigen Bleistift- oder Pinselstrichen, dass es nichts wird. Hier."

Er reichte mir ein Aquarell mitsamt dem Zeitungspapier, auf dem es trocknete. Auf dem Bild war ein Wald abgebildet, mit einem baumlosen hellgrünen Kreis in der Mitte. Die verschiedenen Grüntöne machten das Bild lebendig. Die Bäume sahen ähnlich aus wie in einem normalen Laubwald, doch nicht ganz. Die Blätter waren größer und hatten alle die gleiche Form. Wo hatte ich so einen fremdartigen Wald schon einmal gesehen? Natürlich.

„Das ist der Höllenwald, richtig?"

„Richtig. Katharina und ich haben beide davon geträumt, noch bevor wir uns kennengelernt haben. In letzter Zeit träume ich wieder häufiger von diesem Wald."

Ich sah ihn lächelnd an. „Sie wird sich darüber freuen. Es zeigt, dass du dir Gedanken machst und dass du dir für sie sehr viel Mühe gibst."

„So viel Mühe nun auch nicht."

Typisch Milán. Mit Lob konnte er nicht umgehen.

„Willst du noch etwas in die Mitte malen?"

„Lieber etwas schreiben. Ich dachte an einen Songtext. Aber ich weiß noch nicht welchen. Wie findest du das?"

„Super."

Milán lächelte erleichtert. „Danke, Joelle. Hat mein Bruder dir auch mal was Besonderes geschenkt? Außer dem kleinen Wonneproppen?" Er zeigte auf meinen Bauch.

Ich setzte mich auf den Schreibtischstuhl. „Natürlich hat er das. Er lässt immer den harten Typen raushängen, aber im Grunde seines Herzens ist er total lieb. Er denkt nicht nur an seine Karre und daran, Leuten wehzutun oder andere herumzukommandieren. Jeder, der ihn darauf reduziert, weiß nichts über ihn. Du kennst ihn doch besser als die anderen."

Milán schob die Blätter auf dem Tisch zusammen. „Nicht so gut wie du. Aber besser als die Übrigen."

Ich zog die Augenbrauen hoch. „Du schweigst oder du wirst dir wünschen, nie gehört zu haben, was ich dir jetzt über deinen Bruder erzähle."

„Ehrenwort", schwor er, doch er grinste dabei.

Ich erzählte es ihm trotzdem: „Als ihr bei Tamiel gewohnt habt, hat Gábor mir ein Lied aus deiner Playlist geschickt, das perfekt auf unsere Situation gepasst hat. Er hat sich den Text also ganz genau angehört. Ich musste heulen. Das war das Romantischste, was je ein

Typ für mich gemacht hat. Und als er damals das Internat verlassen hat, hab ich ein paar Tage später eine CD von meiner Lieblingsband in meinem Schrank gefunden. Tristan hat irgendwann gedroht, sie aus dem Fenster zu werfen, so oft hab ich sie gehört."

„Wow. Hätte ich Gábor nie zugetraut. Schade, dass ich ihn nicht damit veräppeln darf."

Als hätte er gespürt, dass wir über ihn redeten, rief Gábor von unten herauf: „Abmarsch in zwei Minuten!" Das konnte nur bedeuten, dass Julius sich gemeldet hatte.

Als ich in voller Montur das Wohnzimmer betrat, fand ich Louis und Luc in einen immer lauter werdenden Disput verwickelt. Louis wollte nicht alleine im Haus zurückbleiben, Luc fürchtete, seine frische Narbe am Bein könnte wieder reißen. Tristan stand mit Milán und Gábor auf der Terrasse und klopfte an die Glastür, um uns anzutreiben.

Ich stellte mich neben die beiden und legte Luc eine Hand auf den Unterarm. Er hielt mitten im Satz inne und fauchte mich an: „Was, Joelle? Du wirst dich nicht einmischen!"

„Fahr mich nicht so an! Und ich mische mich sehr wohl ein, wenn ihr den ganzen Laden aufhaltet. Ich wollte nur sagen, dass wir losmüssen und Louis alt genug ist, um selbst die Verantwortung für sich zu übernehmen. Er wird schon merken, wenn es nicht mehr geht, nicht wahr, Louis?"

Sichtlich erfreut über den unverhofften Beistand nickte er.

„Können wir jetzt endlich gehen? Ich schaff das schon, Luc!"

Mein Freund knickte ein. „Mach doch, was du willst. Von dir fang ich gar nicht erst an, Joelle. Ihr würdet beide besser nicht mitkommen. Aber das spar ich mir. Gehen wir."

In der Nähe des Wolfsbrunnens standen fünf Männer zwischen den kahlen Bäumen und winkten zu uns hoch.

Nach einer kurzen Vorstellung der heute eingetroffenen Wolfsjäger Julian, Marius und Roland, alle Brüder und etwa in Julius' Alter um die Vierzig, teilten wir uns in Zweier- und Dreierteams auf, um erneut Madame d'Hibou und ihre Mitstreiter vom Portal zu verjagen. Die Menschen sahen im dunklen Wald sicher weniger gut als wir Halbdämonen. Ihnen musste das schwache Mondlicht genügen, das durch die Wipfel schien. Julius vermutete nach dem, was er und Matthias als Späher gesehen hatten, circa dreißig Jäger im näheren Umkreis. Sie starteten einen neuen Versuch, in die Hölle zu reisen. Einen offenen, größeren Kampf mussten wir vermeiden und uns wie Assassinen in aller Heimlichkeit durch den Wald bewegen und die näherkommenden Gegner möglichst geräuschlos ausschalten. Zu meiner Überraschung nahmen Gábor und ich Matthias mit in unser Team, Luc bestand darauf, mit Louis und Julius zu gehen, Milán schloss sich Julian an und Tristan Marius und Roland.

Wer am nächsten Morgen nicht zurück war, galt offiziell als vermisst. Ich verscheuchte das ungute Gefühl, das mich jedes Mal beschlich, wenn solche Äußerungen fielen. Langsam kam ich wieder in den Einsatzmodus. Ich mochte die gesteigerte Aufmerksamkeit und die Spannung, die mich jetzt erfüllten, als wir davonschlichen.

Sich lautlos zu bewegen, war in dem raschelnden Laub gar nicht so einfach, doch wir mussten uns eine gute Position mit Sicht auf das Portal suchen. Auch unsere Feinde waren darauf bedacht, kein Aufsehen zu erregen. In kleinen Gruppen von drei oder vier wagten sie sich nach und nach zum Portal vor. Wir hörten sie mehr, als dass wir sie sahen.

Von der ersten Gruppe erreichten nur zwei überhaupt unsere Höhe und ehe sie reagieren konnten, waren Matthias und Gábor vorgeschnellt und hatten sie niedergeschlagen. Geradezu liebevoll legte Matthias den eher zierlichen Jäger im Laub ab. Es war eine mir unbekannte Frau. Der Mann, den Gábor zu Boden geschickt hatte, atmete genauso wie seine Begleiterin.

Wenn es auch so ging, mussten wir niemanden umbringen.

Leise, aber unmissverständliche Geräusche von der anderen Seite der Lichtung verrieten die nächste Gruppe, die Julius, Luc und Louis in die Fänge geraten war.

An uns gab es kein Vorbeikommen, es sei denn, Madame d'Hibou zauberte noch mehr Trupps aus dem Ärmel.

Nur an der Wanderung des Mondes merkte ich, wie die Zeit verging. Matthias zitterte vor Kälte, hörte aber urplötzlich damit auf. Ich hätte ihn gerne danach gefragt, aber ich wollte vermeiden, durch Flüstern auf uns aufmerksam zu machen. Reglos verharrten wir in der frostigen Nacht. Diesmal dauerte es deutlich länger, bis die nächsten Jäger einen Versuch starteten, zum Portal durchzukommen.

Madame d'Hibou hatte genügend Leute vorgeschickt, bevor sie selbst erschien. Ich riss den Kopf hoch, als über mir etwas hinwegsauste. Es war unsere ehemalige Hausmutter, die nicht so dumm war, zu laufen und uns in die Hände zu fallen. Von der anderen Seite des Teiches rannten Milán und Julian auf das Portal zu, vor dem Madame d'Hibou landete und ihre Flügel verbarg.

Matthias, Gábor und ich jagten ihr hinterher, auch Lucs Gruppe setzte sich in Bewegung.

Plötzlich wurde es hinter uns laut. Blätter raschelten unter vielen, sich schnell nähernden Füßen. An zu vielen Stellen knackten Zweige. Klingen wurden gezogen.

Gábor fluchte und rammte wie die anderen die Füße in den Boden. „Baszás!“

Fuck.

65

Gegen die heranstürmende Horde sammelten wir uns ein paar Meter vom Portal entfernt. Madame d'Hibou lächelte siegesgewiss. Doch noch war sie nicht in der Hölle.

Mit einer Hand fasste sie in die kleine Höhle am Boden, um das Portal zu aktiveren. Neben ihr standen zwei vermummte Jäger, denen sie Anweisungen zuflüsterte.

„Verdammt, jemand muss sie daran hindern, abzuhauen!", zischte ich. Weil ich so klein war, musste ich zwischen den Männern hindurchspähen, die mich umringt hatten.

Doch ich erkannte trotzdem auf den ersten Blick, dass wir heillos unterlegen waren. Madame d'Hibou hatte keine Skrupel. Es war Zeit, dass auch ich meine vergaß.

Ich sah zu Gábor hoch. Er hatte konzentriert die Augen geschlossen. „Jetzt können wir nur noch hoffen. Und sie so lange aufhalten wie möglich."

Er tauschte einen Blick mit Julius, der nickte. Dann bildeten wir eine Kette, um unsere Gedanken auszutauschen.

Auf drei rennt jeder in eine andere Richtung, als würden wir auseinandergesprengt werden, dachte Gábor. *Milán und ich nehmen uns Madame d'Hibou vor. Eins ... zwei ... drei!*

Im ersten Moment stand ich stocksteif da. Ich wusste nicht, wohin ich laufen sollte.

Doch dann ging ich dahin, wo ich am dringendsten gebraucht wurde. Hinter Gábor und seinem Bruder her rannte ich auf Madame d'Hibou zu.

Milán überließ es Gábor, sich mit der Halbdämonin anzulegen. Er sprang lieber einen der beiden Vermummten an und riss ihm die Sturmhaube herunter.

Ferenc.

Ihn zu sehen, löste augenblicklich einen hässlichen Aufruhr in meinem Innern aus. Ich würde mir nie verzeihen, dass ich mich für Azazel mit ihm eingelassen hatte. Diesen Fehler würde ich tausendfach wiedergutmachen.

In stummem Einverständnis warfen die verfeindeten Cousins ihre Schwerter ins Laub und stürzten sich in blindem Hass aufeinander. Milán brauchte mich nicht.

Rasch wandte ich mich ab und schoss um Gábor herum, der sich mit zwei Gegnern herumschlug, um mich zwischen ihn und den Mann zu drängen, den er mit einem Arm mühsam auf Abstand hielt. Ich stieß den Jäger von mir. Dann trat ich ihm so hart in die Seite, dass er keuchend auf die Knie fiel. Erschrocken sah er zu mir auf. Die Panik in seinen Augen überflutete mich mit einem Gefühl von Macht. Für Mitgefühl war kein Platz mehr in mir, als der Zorn jede andere Empfindung zurückdrängte. Grimmig lächelnd ließ ich ihn wachsen. Niemand durfte meiner Familie ungestraft wehtun. Ich musste sie beschützen. Und dafür würde ich töten. Ich steckte mein Schwert weg. Dann atmete ich tief durch und straffte mich. Meine Fingerspitzen kribbelten, als ich loslief.

Ich versank in einem Strudel aus rotem Zorn und dem Wunsch, all diese Leben zu nehmen. Sie durch meine Finger zu saugen und in die Schwärze zu schicken. Rauschhafte Wut löschte alles andere aus. Ich bekam einen Tunnelblick, sah weder rechts noch links. Nur noch dumpf hörte ich die Geräusche des Kampfes um mich herum. Dann war es still.

Der Todesengel ging auf dem Schlachtfeld um.

Wahllos berührte ich die GHA-Jäger an Händen oder unverhüllten Gesichtern. Ich schritt schnell weiter, ehe ich sah, wie sie ins Laub sanken; wie ein böser Geist.

Bis mein Zorn urplötzlich verebbte und ich selbst zu Boden ging. Die Schwäche erfasste mich so rasch, dass meine Beine unter mir nachgaben. Auf dem Rücken liegend rang ich nach Atem und versuchte erfolglos, mich zu rühren.

Starr richtete ich die Augen gen Himmel, um meine schweren Lider offenzuhalten. Ein Vogelschwarm tauchte über den Bäumen auf. Nein, keine Vögel. Dämonen.

Meine tauben Lippen wollten nach ihnen rufen, mein Körper wollte hochfliegen zu ihnen, doch ich konnte nicht einmal einen Finger bewegen. Jeder Atemzug fiel mir schwer. Als hätte die Gabe nicht anderen das Leben genommen, sondern auch mir. Ich fühlte weder Wärme noch Kälte um mich herum. Meine Gefühle existierten nicht mehr. Da war nichts als Frieden. Die Sterne funkelten wunderschön.

Ich konnte nicht sagen, wie lange ich so dalag.

Langsam nahm ich wieder Laute um mich herum wahr. Gleich mehrere Personen rannten in meine Richtung und wirbelten geräuschvoll die Blätter auf. Ich schaffte es nicht, den Kopf anzuheben, doch ich spürte sie und ihre Angst und hörte ihre Gedanken in meinem Kopf schreien. Sie schrien meinen Namen mit einer solchen Verzweiflung, dass die Gefühle zurückkamen. Ich wünschte, ich hätte sie trösten können.

Ich lebe, dachte ich.

Zwei Gesichter verdeckten den Nachthimmel. Eines mit Angst in den Augen und sorgenvoll gefurchter Stirn, das andere bar jeden Ausdrucks. Luc und Gábor kauerten zu beiden Seiten halb über mir.

Ich spürte warme Hände an meinen Wangen. Neue Kraft durchströmte mich. Ich nahm einen tiefen Atemzug, mein Brustkorb hob sich. Es tat so gut. Andere Hände griffen nach meinen, wärmten und streichelten sie. Lucs Zuversicht übertrug sich ebenso auf mich wie Gábors kaum zu bändigende Angst. Seine starre Maske bekam Risse und nun sah er aus, als würde er gleich in Tränen ausbrechen.

Joelle, sag doch was, dachte er.

Ich kann nicht.

Gib ihr Zeit, hörte ich Lucs ruhige Gedanken. *Sie ist gleich wieder ganz da.*

Die beiden wechselten einen Blick. Gábor dankte Luc stumm für das, was er tat. Luc versuchte, ihn zu beruhigen. Meine Gliedmaßen verloren ihre Taubheit. Doch mir wurde flau im Magen.

Es war besser gewesen, als ich noch wie betäubt dagelegen hatte. Denn auf einmal brach die Schuld über mich herein. Was hatte ich getan? All diese Menschen ...

Ein Schmerzensschrei entrang sich mir. Ich schlug die Hände vors Gesicht, rollte mich auf die Seite und weinte so sehr, dass Krämpfe mich schüttelten.

Der Mensch in mir zerbrach an der Grausamkeit des Dämons.

„Was hab ich nur getan?", wimmerte ich immer wieder.

„Scheiße", sagte Gábor nur.

Ich wurde hochgehoben. Aber anders als sonst brachte es mir keinen Trost, mich an Gábors Hals zu vergraben. Mir war tödlich schlecht. Ich hätte mich nicht zurückverwandeln dürfen, aber ich hatte kaum noch Gewalt über meinen Körper. Meine Gestalt veränderte sich nicht.

„Ich muss runter", krächzte ich mühsam und schluckte mehrmals hintereinander.

„Schnell, lass sie runter!"

Luc riss mich aus Gábors Armen, stellte mich neben den nächsten Baum und stützte mich, als ich mein Abendessen wieder loswurde.

Ich hörte nicht auf zu weinen. Mein Magen verkrampfte sich erneut, doch ich hatte nichts mehr darin.

Ich stolperte ein paar Schritte rückwärts.

„Leg dich hin", sagte Luc leise. „Gleich geht's dir besser."

Inzwischen waren die anderen gekommen und standen bedröppelt bei uns. Wieder knieten meine Freunde neben mir. Gábor reichte mir ein Taschentuch, mit dem ich mir den Mund abwischte. Mein Unterleib verhärtete sich immer wieder.

Lucs heilende Hände vertrieben die letzten Reste Übelkeit. Gleichzeitig wurde ich müde.

„Du darfst schlafen", raunte er mir zu. „Wir bringen dich nach Hause und halten Wache."

An die Übrigen gewandt erklärte er: „Wenn sie wach bleibt, erholt sie sich zu langsam. Sie hat schon Wehen. Ich versuche, sie aufzuhalten. Es ist noch zu früh."

Ich wollte mehr darüber wissen, wollte wissen, was er mit mir machte, aber ich dämmerte weg.

66

Sonnenstrahlen beschienen mein Gesicht und blendeten mich, als ich blinzelnd die Augen öffnete.

Zuerst wusste ich nicht, wo ich mich befand, doch dann erkannte ich den weißen Kleiderschrank und die Felgen an der Wand neben der Tür. Ich lag in Gábors Bett.

Er selbst saß an seinem Schreibtisch und polierte sein Schwert und seine Wurfmesser.

„Hallo“, brummte ich. Mein Hals fühlte sich trocken und etwas wund an. Dazu hatte ich einen widerlichen Geschmack im Mund. Ich verzog das Gesicht.

Gábor legte Lappen und Messer hin, um mir eine abgedeckte Tasse zu reichen. „Hier. Leider nur noch lauwarm.“

„Danke.“ In kleinen Schlucken trank ich von dem handwarmen Kamillentee und sah mich weiter im Zimmer um. Das hatte ich gestern noch nicht richtig getan. Gábor wartete sicher auf eine Erklärung, aber ich war noch nicht bereit dazu, mich schon wieder mit meinem Nervenzusammenbruch auseinanderzusetzen. Außer den vier Felgen an der einen Wand hingen zwei Poster über dem Bett, die irgendwelche aufgemotzten Sportwagen zeigten. Ich hatte wenigstens eine nackte Frau erwartet. Auf dem Nachttisch standen um eine kleine Lampe herum mehrere gerahmte Fotos. Eines von Milán und Gyula, als sie schätzungsweise zwei Jahre alt und superniedlich gewesen waren, ein weiteres von Katalin Farkas, ihrer und Gábors Mutter. Kurz war ich enttäuscht, weil er kein Bild von mir hier stehen hatte.

Gábor grinste. „Super Tarnung, wenn ich das hier offen rumstehen lasse!“ Er stand auf und ging zur Felgenwand hinüber. Er griff in eine der glänzenden Metallkreise und holte ein zusammengerolltes Foto heraus, um es mir unter die Nase zu halten.

„Das hast du noch?“ Mit plötzlicher Ergriffenheit strich ich über das ramponierte Bild. Es zeigte mich lachend und mit ausgebreiteten Armen auf meinem Balken in der Sporthalle des GHA-Hauptquartiers. Gábor hatte das Foto selbst geschossen, kurz nachdem wir das erste Mal zusammengekommen waren.

„Ich schmeiß doch nicht das einzige Foto weg, das ich von dir besitze.“ Er verstaute es wieder an seinem Platz. Da bemerkte ich den Eimer neben dem Bett. O Mann. Obwohl es bescheuert war, brannten meine Wangen.

„Es tut mir leid“, sagte ich ins Blaue hinein. „Ich hab mich ziemlich überschätzt.“

Gábor setzte sich zu mir an die Bettkante. „Vielleicht hast du das. Vielleicht hast du aber auch einfach mal gemerkt, dass der Mensch in dir stärker ist, als du wahrhaben wolltest.“

Ich kniff die Lippen zusammen, um die Tränen nicht hochkommen zu lassen. „Wie viele waren es?“

Jetzt war es Gábor, der sich selbst den Mund verbat. Er blickte zur Seite. „Das würde ich lieber für mich behalten.“

„Weil ich sonst wieder durchdrehe?“

Er schüttelte den Kopf. Seine braunen Augen blickten mich eindringlich an. „Du hast dich gestern seelisch verausgabt. So sehr, dass dein Körper schlappgemacht hat. Du hast viele getötet. Aber damit hast du uns alle gerettet. Luzifers Truppen sind erst gekommen, als der Kampf entschieden war. Durch dich.“

„Und damit soll ich mich zufriedengeben?“, entgegnete ich mit einer Spur Ärger. Ich trank noch einen Schluck Tee. Mein Magen knurrte. Als wäre das sein

Stichwort, stand Gábor auf und ging zum Schreibtisch. Mit einem Teller kam er zurück.

„Du darfst dich nicht wieder so aufregen! Arika ist vielleicht lebensfähig, aber nur, wenn sie in einem Krankenhaus auf der Frühchenstation aufgepäppelt wird. Willst du das etwa? Hier, iss den trockenen Toast, wenn du Hunger hast."

„Du willst nicht, dass ich mitkämpfe."

„Nein, will ich nicht! Ich hab dich gelassen, weil es aussah, als würde es funktionieren. Aber das kannst du mir nicht mehr erzählen. Nicht nach letzter Nacht!" Alle Ruhe war von ihm abgefallen. Nun tigerte er im Zimmer herum, während ich an der Toastscheibe knabberte und versuchte, meinen Ärger zu bezähmen. Ich hasste es, wenn er recht hatte. Und noch mehr hasste ich es, wenn er mich bevormundete.

„Ich hab mich doch wieder erholt. Es geht mir gut. Und Arika auch. Sie bewegt sich." Ich merkte selbst, dass es bockig klang. Gábor bedeckte knurrend das Gesicht mit seinen Händen, dann packte er die Lehne seines Schreibtischstuhls, wie um sich davon abzuhalten, seine polierten Messer nach mir zu werfen.

„Verdammt, Joelle! Was muss noch passieren, damit du es kapierst? Du bist nicht in der Verfassung zu kämpfen!"

Erbost legte ich den leeren Teller weg und ballte die Hände zu Fäusten. „Ich bin sehr wohl in der Lage zu kämpfen! Ich hab dir gestern Abend den Arsch gerettet! Als reiner Dämon wäre ich ganz normal mit euch nach Hause gegangen!" Meine Stimme schraubte sich immer höher. Gábors Hände drückten die Stuhllehne so fest, dass der Kunststoff knirschte. Seine Miene war zum Fürchten. Doch ich reckte trotzig das Kinn. Bevor Gábor den Stuhl aus dem Fenster warf oder etwas anderes zu Bruch ging, öffnete sich die Tür. Tristan, Louis und Luc kamen herein und platzierten sich um mich herum, als müssten sie mich vor Gábors Wut beschützen.

„Aha, unsere Süße ist endlich wach“, meinte Tristan gut gelaunt und strich mir zur Begrüßung über den Arm.

Luc lächelte mich an. „Schön, dass du den Eimer nicht mehr gebraucht hast“, sagte er erfreut, als würde er keine Notiz von Gábor nehmen, der immer noch seinen Stuhl umklammerte und mich finster ansah.

„Hey, Joelle“, begrüßte mich Louis.

„Wie geht's dir, Louis?“

„Alles wieder gut. Und dir? Leute auf die Palme bringen kannst du ja schon wieder.“ Er warf einen belustigten Blick auf meinen Freund.

„Toll“, knurrte er. „Fallt mir doch alle in den Rücken. Wirklich, supernett von euch.“

Und da kapierte ich es endlich.

„Schluss damit, Gábor“, schimpfte ich. „Sie fallen nur nicht mit der Tür ins Haus so wie du. Und ihr drei: Spart euch das nette Getue. Ihr wollt mich alle von den kommenden Kämpfen fernhalten oder sehe ich das falsch?“ Ich klang nicht mal erzürnt, doch sie zuckten kollektiv zusammen.

„Gábor?“, forderte Luc ihn zum Reden auf.

„Bin ich der Depp, der die schlechten Botschaften überbringt, oder was?“

„Niemand ist besser dafür geeignet als du; Gabriel ist schließlich der Engel der Verkündigung“, meinte Tristan.

„Halt's Maul, Guépard. Dich bestraft sie nicht dafür.“

Er seufzte und ließ endlich die Stuhllehne los. „Du wirst dich verstecken, Joelle.“

Sein unnachgiebiger Ton forderte meinen Widerspruch heraus. Ich öffnete den Mund, um ihm zu sagen, dass er mir mal den Buckel runterrutschen konnte, aber er schnitt mir das Wort ab: „Nein, keine Widerrede. Mit deiner Aktion gestern hast du dich zur Zielscheibe gemacht. Alle Feinde wissen jetzt von deiner Gabe. Also wirst du in Zukunft die Erste sein, auf die sich alle stürzen. Und das werde ich nicht zulassen. Und die anderen hier auch nicht."

Ich sah von einem zum anderen. „Ist das wahr?"

Sie nickten.

Luc nahm meine Hand. „Wir wollen dich nicht verlieren."

Ich will dich nicht verlieren. Nicht auf diese Weise.

Ich schüttelte seine Hand ab und ignorierte seinen verletzten Gesichtsausdruck.

Wütend rief ich: „Ihr glaubt doch nicht, dass ich hier allein auf euch warte, wenn ihr da draußen euer Leben riskiert?"

„Wir lassen dich nicht hier, bist du verrückt?", schaltete sich Tristan ein. „Julius hat erlaubt, dass du ins Versteck der Wolfsjäger kannst, wenn wir kämpfen oder auf Patrouille gehen. Dort wärst du nicht allein und kannst dich sogar nützlich machen. Zu Irmgards Schutz sind nur Waltraud und der uralte Onkel von Julius da."

Das würde ich ja sogar noch machen, aber nicht, weil meine Freunde mich dazu zwangen. „Nein!", protestierte ich. „Ich bleibe bei euch, verdammt!"

Luc schüttelte den Kopf.

Ich war so sauer auf alle. Ich wusste, dass es kindisch war, aber es ließ sich nicht abstellen. Gábor mahlte mit den Kiefern. Seine Schultern waren verhärtet. Normalerweise fing ich metaphorisch an zu sabbern, wenn ich sah, wie er die Muskeln an seinen Armen anspannte. Jetzt verspürte ich nur ein unangenehmes Druckgefühl in der Brust.

„Na gut, da du ja nicht hörst und so stur bist, wie ich befürchtet hatte ..."

„Nein! Das kannst du ihr nicht sagen!", fuhr Luc auf.

„Wir haben nicht das Recht, es ihr zu verschweigen.“

Mir wurde elend. „Bitte sag es mir, Gábor.“

„Azazel war letzte Nacht am Wolfsbrunnen. Ohne Soldaten und ohne einen anderen gefallenen Engel. Madame d'Hibou war schon weg und Luzifer zog ab. Er hat dich gesehen, Joelle. Selbst wenn er dir in der Hölle noch abgekauft hat, bei Luzifer zu spionieren, dein Einsatz gegen die GHA hat keinen Interpretationsspielraum gelassen.“

Ich schluckte hart. „Was ist mit Grigoris Prophezeiung?“, fragte ich, als mir wieder einfiel, dass niemand hier davon wusste. Shit.

Gábor bekam große Augen. „Welche Prophezeiung? Die, die wir beide gehört haben?“

Ich schüttelte den Kopf. Zeit, reinen Tisch zu machen. Ich zitterte ein wenig, als ich die Münze an meinem Armband berührte.

„Okay, also ... Grigori hat gesehen, dass ich Azazel töten werde. Er hat nicht gesagt, wann es passiert, aber es wird passieren. Sofern er mich nicht vorher tötet beziehungsweise Arika. Das hat er mir angedroht, noch bevor ich das Bündnis mit ihm gebrochen habe. Dein Vater sagte auch, es würde im Diesseits geschehen.“ In meiner Kehle saß ein dicker Kloß, der mir das Reden erschwerte.

„Dabei hab ich alles versucht, um das Bündnis zu festigen.“

Luc legte tröstend einen Arm um meine Schultern.

Tut mir leid wegen eben, entschuldigte ich mich in Gedanken bei ihm.

Schon vergessen.

Gábor war mit einem langen Schritt vor dem Bett. „Sag, dass das nicht wahr ist, Joelle!“ Er griff nach meinen Wangen.

„Sag, dass das nicht wahr ist.“

„Das kann ich nicht", wisperte ich mit tränenerstickter Stimme. „Ich muss ihm gegenübertreten. Und deshalb könnt ihr mich nicht einsperren."

Lucs Arm hielt mich fester. Seine Gefühle gingen mit Gábors im Gleichschritt.

„Warum hat Grigori dir das erzählt?", fragte Luc. Ich spürte Wut über seinen Blutsbruder.

„Béla, also Herr Farkas, hat ihn dazu gezwungen. In Luzifers Auftrag. Diese Prophezeiung hat mich vor Luzifer beschützt, als er dachte, ich hätte ihn verraten."

Darauf wusste niemand etwas zu sagen. Betretenes Schweigen machte sich breit. Schließlich erhoben sich Tristan und Louis.

„Wir sehen uns draußen mal um und besuchen deine Männer am Portal, Gábor. Vielleicht wissen sie was Neues. Gebt uns Bescheid, wenn ihr weggeht."

„Passt auf euch auf", murmelte ich.

Gábor ließ sich neben mich auf den Rücken fallen. Seine langen Beine stellte er auf dem Teppich ab. Nachdenklich rieb er sich über die Stirn und starrte an die Zimmerdecke. Luc stellte sich der Situation erstmal nicht. Pragmatisch erkundigte er sich nach meinem Befinden und schickte mich anschließend unter die Dusche.

Das warme Wasser tat gut. Nach dem Duschen und Zähneputzen fühlte ich mich gleich aufgeräumter und summte unmelodisch vor mich hin, als ich mit nassen Haaren und nur in ein Badetuch gewickelt, zurück in Gábors Zimmer ging, wo Luc und er immer noch auf dem Bett saßen, als hätten sie sich nicht bewegt.

„Wir haben eine Übereinkunft getroffen", sagte Gábor.

„Und die wäre?", gab ich zurück und hängte das feuchte Tuch über die malträtierte Stuhllehne. Sie wies einen Riss auf.

„Setz dich", forderte Luc mich auf.

Nackt setzte ich mich zwischen die beiden auf das Bett und kroch unter die Decke, um mich wärmen.

Gábor streichelte meine Schulter. „Wir lassen dich weiter dabei sein. Unter ein paar Bedingungen."

Ich nickte, dankbar dafür, dass Gábor keinen neuen Streit vom Zaun brach.

Luc fuhr an seiner Stelle fort: „Du bleibst unterwegs entweder bei Gábor oder bei mir. Keine Alleingänge mehr. Gestern hätte ich wegen dir beinah einen Herzkasper erlitten."

Gábor sprach weiter: „Wenn wir dich fortschicken, gehst du und bringst dich in Sicherheit. Keine Diskussion!"

„Was ist mit Azazel?"

„Wenn er dir zu nahe kommt, helfen wir dir, ihn fertigzumachen", versprach Luc und Gábor nickte.

Da lächelte ich. Ich küsste erst Luc, dann Gábor auf die Wange. „Danke." *Ich liebe euch.* Bereitwillig ließ ich mich von Gábor ein Stück näher zu ihm ziehen. Erstaunt riss ich die Augen auf, als er hinter meinem Rücken auf die Matratze klopfte. Ich hatte das hier nicht verdient. Ein paar Tränen stahlen sich aus meinen Augenwinkeln, als Luc sich von hinten an meinen nackten Rücken schmiegte und meinen Nacken küsste.

67

„Was habt ihr vor?“, flüsterte ich, weil ich meiner Stimme nicht traute.

Gábor strich mir ein paar Strähnen aus der Stirn. Mein Gesicht ruhte in seiner anderen Hand, die auf dem Kissen lag. Ihre Wärme drang durch meine Haut wie die Wärme von Lucs festem Körper an meinem Rücken.

Beide trugen T-Shirts und Jogginghosen.

Ich konnte nicht anders, als zu lächeln, weil Luc und Gábor mich so zärtlich in die Mitte nahmen. Als Luc anfing, an meinem Hals zu knabbern, schnurrte ich behaglich. Gábor strich mir mit dem Daumen über die Unterlippe. Eine Geste, die mich zuverlässig in Erregung versetzte. Ich nahm seinen Daumen zart zwischen die Zähne. Seine Hörner schoben sich aus seiner Kopfhaut. Gabor sog zischend die Luft ein. Seine Pupillen vergrößerten sich. Er neigte den Kopf so nahe zu mir, dass seine Lippen über meinen schwebten und mir einen erwartungsvollen Schauer bescherten.

„Wir treiben dir den Menschen aus, Joelle“, raunte er.

Mein Atem stockte. Ein heftiges Ziehen breitete sich in meinem Unterleib aus. Das passierte gerade nicht wirklich.

Unsere Übereinkunft schließt auch das hier ein, hörte ich Lucs Stimme in meinem Kopf. Er lachte leise über mein ungläubiges Staunen.

Es ist dir nicht unangenehm, mich mit Gábor zu teilen?

Verwandle dich, dachte er nur.

„Oh, Gott sei Dank“, entfuhr es mir. Meine Hörner kamen sofort aus meiner Stirn, meine Zähne und Ohren veränderten ihre Form. Die Flügel ringelten sich in meinem Rücken, als könnten sie es nicht erwarten, herauskommen zu dürfen. Doch ich wollte Luc weiterhin hinter mir wissen.

Die beiden Männer gaben mir so viel Geborgenheit, dass ich mutiger wurde. Ich drehte mich etwas, legte eine Hand an Lucs Wange und fing seine Lippen ein. Es hatte längst nicht seinen Reiz verloren, das zu tun.

Was ist mit Arika und meinem dicken Bauch?

Ich fragte auch auf die Gefahr hin, Lucs Geduld zu strapazieren. Sein Kuss wurde bestimmter.

Das spielt keine Rolle.

Ich löste mich von Luc, als Gábor in meine Haare griff. Er holte mein Gesicht zu seinem heran, um seine Lippen auf meine zu drücken. Die Glücksgefühle kamen zurück, stärker als zuvor.

„Macht einen richtigen Dämon aus mir“, sagte ich leise.

Lucs Finger fuhren mein Rückgrat hinab, glitten über die Rundungen meines Pos und ließen mich erschauern.

Und Gábor küsste mich um den Verstand. Mein Körper stand rasend schnell in Flammen.

„Verdammt“, stöhnte Gábor unterdrückt, als ich meine Hände endlich aus dem Klammergriff um seine Schultern löste und sie fest über seine Brust nach unten gleiten ließ, wo sie am Bund seiner Jogginghose verharrten und daran zupften. Da rückten Luc und Gábor ein Stück von mir ab.

Auf dem Rücken liegend beruhigte ich ein wenig meinen schnellen Atem, auch wenn der Anblick zweier sich ausziehender Halbdämonen nicht gerade zur Beruhigung beitrug. Mit polterndem Herzen richtete ich mich auf, um sie beide anzufassen.

Jeder war auf seine Art wunderschön. Ich konnte nicht sagen, dass mir einer besser gefiel, so unterschiedlich waren sie. Luc war etwas schlanker als Gábor, der im Verhältnis ähnliche Muskelpakete besaß wie Grigori. Der Kontrast ihrer Augenfarben war umso größer, je näher sie beisammen saßen.

Doch ihr Ausdruck war gleich; Liebe und Begehren stand in ihnen, so wie in meinen. Ich rutschte auf Knien vor sie beide hin, legte jedem eine Hand an die Wange und küsste erst Luc, dann Gábor.

Ein Grinsen huschte über mein Gesicht. „Das ist das Versauteste, was ich jemals tun werde." Mein Kopf fühlte sich noch heißer an als zuvor.

Luc grinste ebenfalls, Gábor lachte.

„Dito", sagte er.

„Sollen wir wirklich?" Ich biss mir auf die Unterlippe. Ein stechender Schmerz durchfuhr mich und ich schmeckte Blut. Vor lauter Aufregung hatte ich meine spitzen Zähne vergessen. Da beugte Luc sich vor, umfasste meinen Nacken, strich mit der Zunge über meine blutige Lippe und küsste mich dann auf eine Weise, die meine Beine in Pudding verwandelte. O mein Gott!

Langsam versteh ich, was du an ihm findest, dachte Gábor amüsiert.

Da löste ich mich von Luc und funkelte ihn an. Für blöde Kommentare war jetzt weder der passende Ort noch der passende Zeitpunkt. Als ich seine verdunkelten Augen sah, schluckte ich meine bissige Antwort jedoch herunter.

Und schon bin ich am Zug. Gábor drückte mich rücklings auf die Matratze, schnappte sich meine Handgelenke und hob sie über meinen Kopf. Ich liebte es, wenn er meine Hände in die Kissen drückte und mich festhielt. Doch ich konnte mich jederzeit befreien, wenn ich das wollte.

Gábors Kuss fachte meine Lust noch mehr an, so langsam und tief war er.

Gleich darauf lagen meine Freunde wieder neben mir, ließen mich ihre Körperwärme spüren, ihre eigene Lust. Ich schloss die Augen und erbebte vor Verlangen.

Zusammen brachten sie meinen Körper in die Nähe einer Kernschmelze. Ihre Berührungen lösten die Grenzen zwischen uns auf. Ich wollte nicht mehr unterscheiden, wessen Hände meinen Bauch streichelten oder wessen Mund meine Brüste liebkoste, wer sich näher an mich drängte, auf wem meine Hände und meine Lippen lagen. Bald erfüllte unser Keuchen den Raum. Obwohl ich wie ein Schlagbaum zwischen den Männern lag, interagierten sie miteinander. Sie zeigten überhaupt keine Scheu und standen sich kein einziges Mal gegenseitig im Weg. Mehr noch, sie näherten sich aneinander an. Über mich hinweg beugten sie sich lächelnd zueinander. Zwei Dämonen, die alle Bedenken, alle Scham über Bord warfen. Es rührte mich und machte mich zugleich unheimlich an, als Luc Gábors Wange umfasste, erst seine Stirn und dann sanft seinen Mund küsste.

Ist das okay, hörte ich Lucs Gedanken.

Gábor erwiderte nichts. Er legte eine Hand in Lucs Nacken und zog ihn näher an sich heran. Ich umarmte sie beide, bedrängte sie aber nicht weiter. Dieser Moment gehörte ihnen und sie erlaubten mir, daran teilzuhaben. Es war das Intimste, was ich jemals erlebt hatte. Die Liebe zwischen uns dreien erreichte an diesem Tag ihren Höhepunkt. Jeder von uns wusste, dass wir uns niemals näher sein würden.

Mein Freund, dachte Gábor, *mein geliebter Freund*, als er schließlich zurückwich und dann meine Lippen eroberte.

Ich hörte Luc leise schniefen.

Geliebter Freund, dachte er, bevor auch er sich wieder auf mich konzentrierte. Bis zu diesem Moment hatte ich nicht erkannt, wie sehr sich die beiden mochten, schon immer gemocht hatten. Dass ich sie nicht auseinander, sondern noch enger zusammengebracht hatte.

Ich liebe euch, dachte ich. *Ich liebe euch so sehr.*

Hier waren wir. Artus, Lancelot und Guinevere. Gábor, der uns alle um sich scharte wie der Sagenkönig auf Camelot, dessen Charisma und Führungsanspruch sich kaum einer entziehen konnte. Luc, der wie Lancelot das Herz der Prinzessin erobert hatte, zugleich aber den König zu sehr liebte, um ihn mit ihr zu verlassen. Und ich, die Schildmaid, die Kriegerin, die zwei Männer liebte, doch nur zu einem für immer gehören würde.

Doch bald versiegten auch diese Gedanken. Seufzend sank ich zurück auf die Matratze, hieß die Zärtlichkeiten meiner Freunde willkommen und berührte sie wie sie mich.

Allein an den dichten lockigen Haaren, in die ich nun meine Hände vergrub, erkannte ich, dass es Gábor war, der seinen Kopf in meinem Schoß versenkte und mich mit seiner Zunge in den Wahnsinn trieb. Das Feuer in meinen Eingeweiden loderte hoch auf, als Luc mich nicht mehr nur im Arm hielt und küsste, sondern anfing, meine Brüste zu necken.

Selbst wenn jetzt ein Bataillon Jäger vor der Tür gestanden hätte, ich hätte nicht aufhören wollen. Ich war kurz vorm Abheben.

Ich spürte Gábor zwischen meinen Beinen grinsen, weil ich ihn dort unten festhielt. Doch er zog sich überraschend zurück. Luc und er lachten über meinen enttäuschten Laut. Mir war schwindlig und ich war so erregt, dass es nicht mehr normal war. Doch ich konnte allmählich wieder klarer denken. Damit es für Luc leichter war, versteckte ich mit dem letzten Rest Konzentration, den ich noch besaß, meinen Bauch. Ich setzte mich auf.

„Ich will euch beide“, ließ ich meine Freunde wissen. „Aber nur, wenn ihr euch danach noch in die Augen sehen könnt.“

Luc lächelte mich an. „Ich hab mein Schamgefühl vor der Tür gelassen. Wir sind Dämonen, schon vergessen? Und wir sind uns einig, dass wir uns bedingungslos vertrauen.“

Erleichtert umarmte ich beide nacheinander. Ich wurde noch röter, als ich bereits war. Hoffentlich konnte *ich* ihnen danach noch in die Augen sehen.

Als ich später mit weichen Gliedmaßen auf die Seite rollte, hatte ich das Gefühl, nie mehr aufstehen zu können.

Verzückt lächelte ich, als Luc und Gábor sich zu mir legten, jeder einen Arm unter meinem Kopf.

Ich war auf so viele Arten befriedigt.

„Ich bin das glücklichste Mädchen der Welt“, sagte ich und schaute beide nacheinander an. Sie lächelten.

Über meinem Bauch legten sie einen Moment die Hände ineinander. Ich bedeckte beide mit meinen Händen. Ich wünschte mir sehnlichst, diesen Moment festhalten zu können.

„Und, schämt sich schon jemand?“, fragte Gábor irgendwann.

„Nö“, kam es von Luc.

„Ich glaube, der Mensch hat erstmal Sendepause“, flüsterte ich. „Danke. Euch beiden.“ Ich atmete tief durch, weil ich auf einmal so gerührt war. „Dass ihr das für mich getan habt, das war einfach unglaublich. Ich will nicht daran denken, wie es ohne euch ist. Aber wenn einer von uns morgen draufgeht, dann haben wir wenigstens alles mitgenommen, was geht. Es hat so gutgetan, zu spüren, wie nahe ihr euch und mir seid.“ Ich rekelte mich wie eine Katze. Unter der Decke war es warm und behaglich.

Wir teilten nun alle drei unsere Gedanken.

Luc meinte: *Konkurrenten waren wir vielleicht ganz am Anfang. Aber davon ist schon lange nichts mehr übrig.*

Gábor nickte. *Ich hätte auch nie gedacht, dass ich mal einen Mann küsse. Aber mit dir war es irgendwie ganz normal.*

Ihr habt einfach getan, was sich richtig angefühlt hat. Ich bin so froh, dass sich alles für euch richtig angefühlt hat, dachte ich. Denn das war ungewöhnlich. Die meisten Männer zogen Dreier mit zwei Frauen vor. Wobei Dämonen vielleicht auch hierin anders waren.

Lucs Emotionen legten sich über meine eigenen. Sie waren auf einmal von Schwere und Traurigkeit durchzogen, legten sich auf meine Brust und ließen meine Augen brennen. Fragend blickte ich ihn an.

„Ihr beide seid bald eine richtige Familie. Egal, was wir füreinander und miteinander empfinden, es ist flüchtig. Aber das mit euch beiden, das ist für immer."

„Danke, Mann", erwiderte Gábor ebenso ernst wie Luc. „Aber du musst nur gehen, wenn es dein eigener Wunsch ist. Ich würde dich nie wegschicken. Es bleibt deine Entscheidung."

Ich wusste, wie sie ausfallen würde.

Da barg ich mein Gesicht an Lucs Hals, kämpfte mit den Tränen und hielt meine beiden Geliebten fest, solange ich noch konnte. Gábor legte den Arm um Luc und mich, doch nicht einmal er konnte uns auf Dauer zusammenhalten.

68

Februar

Die klare Winterluft wirkte belebend. Langsam gewöhnte ich mich daran, mich tagsüber im Haus zu verstecken und nur nachts rauszukommen wie ein Vampir.

Die letzten Nächte waren ruhig verlaufen und wir waren auf unseren Patrouillengängen niemandem begegnet.

Heute Abend lief es anders. Wir mussten zum Wolfsbrunnen und dort Luzifers Soldaten ablösen, die in die Hölle zurückbeordert wurden.

Die Wolfsjäger waren schon da, heute mit Waltraud und Julian Wolf senior, als wir dazu stießen. Atemwölkchen bildeten sich, als wir uns leise begrüßten. Julius wirkte unruhiger als sonst und ich drang ungefragt in seine Gedanken ein. Er machte sich Sorgen um seine Kinder Katharina und Joshua, die noch immer in der Hölle waren. Der Grund war nicht der, dass er nichts von ihnen gehört hatte, sondern dass Luzifer seine Soldaten heute Nacht brauchte, um seinen Palast zurückzuerobern. Gábor trat neben mich und nahm mich in den Arm. Mein Herz rutschte mir in die Hose. Er würde ebenfalls in die Hölle reisen.

Vater hat mich gerufen, Joelle. Denk daran, was wir besprochen haben.

Ich hasse es, wenn du gehst!

Unsere Lippen verschmolzen zu einem langen Kuss.

Danach umarmte mich auch Milán. Er begleitete seinen Bruder.

Kaum jemandem fiel auf, dass Luc und Gábor sich länger umarmten und stumm miteinander kommunizierten. Doch Tristan schmunzelte, als er meinen Blick auffing.

Nachdem sie sich von allen verabschiedet und uns viel Erfolg gewünscht hatten, aktivierten sie nicht etwa das Wolfsbrunnenportal, sondern flogen zurück, um im heimischen Garten ihr privates Portal zu benutzen, das sie näher an Luzifers Heerlager auswerfen würde.

Ich hoffte, dass sich auch in dieser Nacht kein Feind blicken lassen würde, denn wir waren nur zu elft. Meine besonderen Fähigkeiten würde ich nur noch im Notfall einsetzen und auch dann gut dosiert. Weil ich kein reiner Dämon war wie mein Vater, kostete es mich zu viel Energie, im großen Stil den Todesengel zu spielen, von meinen schrecklichen Schuldgefühlen ganz zu schweigen.

Zudem konnten wir nicht die ganze Nacht hier rumstehen, weil wir noch eine andere Aufgabe bekommen hatten.

Drei von uns sollten Ferenc Farkas aus dem Verkehr ziehen.

Gábor und Milán hatten uns ursprünglich bei dieser Mission begleiten wollen, doch ihr Marschbefehl ging vor. Mir war es sehr recht, dass die beiden nicht mitkamen.

Ferenc war für beide ein rotes Tuch und selbst Gábor hatte Probleme, besonnen zu agieren. So hatten sie uns nur die Adresse und eine Wegbeschreibung zu Ferenc' Wohnung gegeben und uns eingeschärft, auf der Hut zu sein.

Julius war der Meinung, dass es gut für Matthias wäre, Luc und mich zu begleiten, weil solche Einsätze auch absolviert werden mussten. Dagegen hatte ich nichts. Matthias war unheimlich freundlich und wissbegierig.

Gestern Abend hatte er nach der Besprechung mit Gábor und Tristan im Keller, wo es einen Trainingsraum gab, Nahkampftechniken geübt. Er war zwar erst in Anouks Alter, aber er lernte schnell und wirkte insgesamt recht erwachsen.

Ich mochte ihn. Es machte mir nichts aus, ihn mitzunehmen. Er würde uns kein Klotz am Bein sein.

Es bestand die Gefahr, dass Ferenc sich nicht alleine in seiner Wohnung aufhielt oder dass er gar nicht dort war und wir nur Zeit verschwendeten.

Auf dem Flug in die Heidelberger Altstadt klammerte Matthias sich krampfhaft an Luc fest, obwohl der ihn mit Armen und Beinen hielt. Mutig war er trotzdem und schaute die ganze Zeit nach unten. Sein fasziniertes Gesicht ließ mich lächeln.

Am Karlstor landeten wir, wie Milán uns empfohlen hatte.

Wegen der nächtlichen Ausgangssperre trafen wir niemanden an, der uns dabei beobachten konnte. Auch auf dem Fußmarsch zum Friesenberg, wie die Straße hieß, in der Ferenc wohnte, war es still. Wir pirschten uns an das mehrstöckige Haus heran. Selbst Matthias' Schritte waren auf dem harten Straßenpflaster nicht zu hören.

Bingo. Im ersten Stock brannte Licht. Höchstwahrscheinlich war jemand in der Wohnung. Mit angehaltenem Abend schlichen wir die letzten Meter zur Eingangstür und pressten uns an die Hauswand, gleich unter dem Fenster, aus dem der Lichtschein kam.

„Und jetzt?", wisperte ich. „Stürmen oder erstmal läuten und hoffen, dass er aufmacht?"

Luc schüttelte den Kopf. „Du bist einen Schritt zu weit. Zuerst kundschaften wir die Lage aus. Halt mal." Er drückte mir sein Weltenschwert in der Halterung und seinen Kittel in die Hand. Dann schwang er sich mit zwei Flügelschlägen in die Luft, um durch das

Fenster ins Innere der Wohnung zu schauen. Matthias und ich guckten nach oben und machten Platz, als Luc wieder herunterkam und lautlos im Vorgarten landete. „Problem“, flüsterte er nur.

Wegen Matthias unterhielten wir uns nicht in Gedanken, aber das war gefährlich. Luc zog sich wieder an.

Neben ein paar Fahrrädern griff ich nach Matthias’ warmer Hand. Luc verschränkte die Finger mit meinen. Augenblicklich fühlte ich mich gestärkt.

Luc sprach in Gedanken zu mir. Ich hoffte, dass Matthias ihn ebenfalls hören konnte.

Ferenc ist da oben. Aber er ist nicht allein. Georges und Pascal sind bei ihm. Sie sitzen in der Küche und spielen Karten. Theoretisch könnten wir mit ihnen fertig werden. Herr Farkas oder Tamiel kommen um Mitternacht in den Garten der Farkas-Villa, bis dahin müssen wir Ferenc hier rausgeschafft haben.

Matthias nickte zum Zeichen, dass er alles verstanden hatte.

Das weiß ich doch, gab ich zurück. *Wir lassen es auf einen Versuch ankommen. Wenn sie zu stark sind, hauen wir ab. Okay, Luc?*

Alles klar.

Reinschleichen konnten wir vergessen, also klingelten wir an der Tür.

„Hallo?“, meldete sich Ferenc über die Gegensprechanlage.

„Neue Anweisungen von Madame d’Hibou. Sofortiger Aufbruch zum Sammelpunkt“, sagte Luc mit verstellter Stimme, für den Fall, dass Georges und Pascal mithörten. Im Gegensatz zu Ferenc kannten sie Lucs Stimme.

„Verstanden.“

Jetzt hieß es Daumen drücken, dass sie anbissen und herauskamen. Ein Stück von hier entfernt gab es einen Tunnel, den Schlossbergtunnel, den sie überfliegen mussten. Dort konnten wir sie angreifen und in den Wald treiben.

Es würde mir ein Vergnügen sein, Georges ordentlich zu vertrimmen. Ein kampflustiges Grinsen breitete sich auf meinem Gesicht aus.

Luc warf mir einen scharfen Blick zu. *Georges gehört mir.*

Das würden wir noch sehen.

Matthias rief über das Brausen des Windes hinweg: „Braucht ihr die anderen beiden auch? Oder nur Ferenc?"

„Nur Ferenc", sagte Luc. „Aber die anderen zwei sind richtige Arschlöcher."

„Trotzdem ist es ein Risiko. Ich bin noch kein so guter Kämpfer wie Ferenc. Holt ihn euch doch einfach so. Wenn er sich erstmal siebzig Meter über dem Erdboden befindet, ist er ganz brav."

Liebe deine Feinde und so. Nicht mit mir.

Gib mir Matthias, dachte ich an Luc gewandt. Wir stellten uns senkrecht einander gegenüber in die Luft. Matthias wurde ziemlich blass um die Nase, aber er kam sicher in meinen Armen an. Alles lief wie am Schnürchen. Luc pflückte sich den völlig perplexen Ferenc am Fuße des Tunnels und legte noch einen Zahn zu. Ferenc war schreckensstarr und leistete keine Gegenwehr. Doch danach hatten wir mehr Pech als Glück.

Georges und Pascal nahmen unsere Verfolgung auf. Da sie kein zusätzliches Gewicht mit sich herumtrugen, holten sie uns rasch ein. Über dem Wald griffen sie uns an.

69

Wir hatten das Kämpfen im Flug trainiert, aber das nützte Luc und mir gar nichts, weil wir die Hände voll hatten. Mit Loopings und plötzlichen Sturzflügen versuchten wir, die Halbdämonen abzuschütteln; vergebens.

Matthias gab irgendwann ein würgendes Geräusch von sich und da stieg ich hoch hinauf und hoffte, dass er seinen Magen wieder in den Griff bekam.

Ein Schwerthieb traf mich erst am Bein, dann am Flügel. Erschrocken verlor ich schlagartig an Höhe. Ich konnte den linken Flügel nicht mehr richtig bewegen. Unter stechenden Schmerzen flatterte ich in Schräglage weiter. Warmes Blut lief an meinem Flügel herunter.

„Deine Flügelhaut ist durchtrennt", brüllte Matthias. Genauso fühlte es sich auch an. Scheiße.

Wir gerieten ins Taumeln und sanken immer schneller zwischen den Bäumen herab. Luc flog noch viel höher. Pascal attackierte ihn, während Georges mir nachsetzte.

Matthias und ich schlugen so hart auf dem Waldboden auf, dass ich glaubte, wir hätten einen Krater hinterlassen. Meine Knochen wurden zusammengestaucht und knirschten unheilvoll, als ich mich aufrichtete.

Ein schmerzerfülltes Stöhnen und meine Flügel waren in meinem Rücken verschwunden. Den verletzten Flügel ausgebreitet auf eine ebene Fläche zu legen, würde mich vermutlich das Leben kosten.

Georges grinste mich bösartig an. Ich hasste mich dafür, dass mein Herz vor Angst raste.

„Salut, Joelle“, sagte er bedrohlich. Er sah missbilligend zu Matthias, der mit erhobenem Schwert kampfbereit an meiner Seite stand. Ich holte tief Luft. Gemeinsam würden wir diesen Mistkerl doch besiegen können.

„Wie tief willst du noch sinken, Joelle? Ein Mensch? Ein kleiner Junge! Pfui, Joelle!“

Matthias' Miene war unverändert wachsam. Er verstand also kein Französisch. Gerade wünschte ich mir, ich würde Georges' dummes Geschwätz auch nicht verstehen.

„Halt's Maul und fang endlich an, Georges! Oder hast du Angst vor mir?“ Nur wer mich wirklich kannte, würde meine Unsicherheit bemerken.

Er hob sein Schwert. „Du wirst mich nicht töten. Batarel wird alle auslöschen, die dir etwas bedeuten. Angefangen bei deinem Schoßhund Luc.“

Besagter Schoßhund ließ Ferenc aus ungefähr zwei Metern Höhe fallen und landete etwas entfernt von uns. Pascal und Ferenc stürzten sich auf ihn. Als ersten Impuls wollte ich hinstürmen und ihm helfen, aber das hieße, Matthias mit Georges alleine zu lassen, und das wäre mehr als verantwortungslos. Georges machte mir keine Angst, aber unsere offensichtliche Unterlegenheit schürte Panik in mir.

„Ich hatte nie vor, dich zu töten, solange du mir keinen wirklichen Grund dafür gibst. Aber ich kann mit dir kämpfen.“ Gemeinsam mit Matthias griff ich Georges an. Zu zweit trieben wir ihn immer näher an Luc, Ferenc und Pascal heran. Im Schwertkampf war Georges besser als ich und meinen Vorteil im waffenlosen Nahkampf konnte ich nicht mehr ausspielen, außer ich würde es riskieren, meine Todeshände zu gebrauchen. Doch nach dem Fiasko letztes Mal würde ich das tunlichst vermeiden.

Der Flügel in meinem Rücken pochte schmerzhaft. Das stachelte mich noch mehr an. Georges wich unter meinen Schlägen zurück, die auf ihn einprasselten wie Regen. Doch auch Matthias' Unterstützung konnte meine Schwäche nicht überspielen. Die Angst um Luc schwächte mich, denn sie lenkte mich ab. Georges schnitt mir in den Arm. Ich biss die Zähne zusammen, um ihm meinen Schmerz nicht zu zeigen.

Ich sprang zur Seite, sodass Georges mich verfehlte, dann rannte ich zu meinem Freund hinüber. Er stand mit dem Rücken an einem Baumstamm und wehrte sich gegen eine Übermacht.

Ich riss Pascal von ihm fort, packte seinen Kittel und verpasste ihm mit aller Kraft einen Fausthieb auf den Brustkorb, dass ich es darin knacken hörte. Pascal schnappte nach Luft und taumelte zurück. Er hielt sein Schwert nur noch locker fest. Mit Leichtigkeit schlug ich es ihm aus der Hand. Er fiel auf die Knie. Mit einem gezielten Kinnhaken schickte ich ihn zu Boden.

Ich drehte Pascal auf die Seite, dann eilte ich zu Luc, denn nun kam Georges an und versuchte uns mit seinem Schwert zu trennen. Matthias drängte sich furchtlos neben Luc.

Ich flitzte um den Baum herum, trat Ferenc in die Rippen und bekam ihn von Luc weg. Gábors Cousin presste seine Hand an die Seite seines Körpers und schenkte mir einen hasserfüllten Blick.

„Ich hab mich so in dir getäuscht", zischte er. „Du hast von Anfang an zu meinem Cousin gehört!"

„Ich bin eine Dämonin. Das wusstest du", entgegnete ich und griff ihn an. Mit ihm hatte ich mehr Mühe als mit Pascal, der noch nie herausragend gekämpft hatte. Ferenc brachte mich ins Schwitzen, er wurde einfach nicht müde. Plötzlich packte er meinen linken Arm, zog mich mit einem kräftigen Ruck an sich heran und stieß mir sein Schwert in den Oberschenkel. Ich schrie auf. Es brannte höllisch.

Auf einem Bein hüpfend duckte ich mich unter seinem Arm weg, der mich erneut ergreifen wollte, und versuchte ihn meinerseits mit dem Schwert zu erwischen, aber er war flink und nicht wie ich gehandicapt. Ich hüpfte rückwärts, um Abstand zu Ferenc zu bekommen. Hektisch blickte ich mich nach meinen Begleitern um.

Luc und Georges prügelten sich mittlerweile, doch als ich Matthias reglos im Laub liegen sah, setzte mein Herzschlag kurz aus. Ich fuhr meine Flügel aus und versuchte, mit dem verletzten Flügel abzuheben, doch es ging nicht.

Stöhnend vor Schmerz stürzte ich aus knapp anderthalb Metern Höhe auf den Boden. Schützend kniete ich mich vor Matthias und breitete die Arme aus, damit Ferenc nicht so leicht an mir vorbeikam.

Es musste jämmerlich aussehen. Das Blut aus der schmerzenden Wunde am Bein floss in einem steten Rinnsal an meiner Hose herunter. Mein Flügel brannte wie Feuer. Tränen sammelten sich in meinen Augen.

„Hau ab, Ferenc! Sonst muss ich dich töten!“, rief ich mit so viel Verzweiflung in der Stimme, dass die drohende Wirkung komplett verpuffte.

„Erzähl das deiner Großmutter“, antwortete Ferenc und kam näher.

Ich konzentrierte mich auf die Wut, die er in mir wachrief, aber sie war nicht stark genug. Furcht und Schmerz überwogen. Das Rot vor meinen Augen blieb aus.

Ausgerechnet jetzt ließ mich meine Gabe im Stich!

Hilflos fing ich an zu weinen. Es gab keine Scham mehr, nur noch nackten Überlebenswillen. Kraftlos versuchte ich, aufzustehen. Die Nässe des Laubs drang durch meine Hose, doch ich kam nicht auf die Beine.

„Luc!", schrie ich unter Tränen, doch er wälzte sich mit Georges ringend hinter Ferenc' Rücken auf dem Waldboden. Matthias atmete noch, doch er konnte mich genauso wenig retten. Warum war ich auf einmal so schwach?

Es tut mir leid, Gábor. Ich war nicht stark genug, dachte ich. *Ich war nicht stark genug.*

Ich schloss die Augen, um nicht zu sehen, wann der tödliche Schwerthieb mich ereilte. Dann hörte ich Laub rascheln und wie etwas Schweres dumpf weiter weg aufprallte. Und Gábors Stimme. Er war es eindeutig. Ich verstand nicht, was er seinem Cousin ins Gesicht brüllte, weil er es auf Ungarisch tat, aber ich traute mich, die Augen wieder zu öffnen.

Ferenc und Gábor kämpften ohne Schwerter. Trotzdem war dies der härteste Kampf, den ich jemals mitangesehen hatte.

Bei jedem Treffer zuckte ich zusammen, auch wenn es zumeist Gábor war, der sie landete. Mein Herz raste. Das Adrenalin schoss durch meine Adern, weil ich nichts tun konnte, als bei Matthias zu sitzen und ihn im Falle eines Falles noch zu verteidigen. Ich musste es ertragen, dass Gábor und Luc das alleine regelten. Ferenc war kein einfacher Gegner, nicht einmal für Gábor. Sie kämpften wie die Männer in den Käfigen, nur dass es keinen Punktrichter gab. Niemand würde sie zum Aufhören zwingen. Ich hielt es kaum aus. Beide bluteten und immer noch schlugen und traten sie aufeinander ein, versuchten einander zu Fall zu bringen oder auszuknocken.

Keiner zeigte Gnade. Ich war daran gewöhnt, aber das hier überstieg das Normalmaß. Knochen knackten und Blut spritzte, als Gábor mit einem furchterregenden Knurren Ferenc' ohnehin schon entstelltes Gesicht traf und ihm vermutlich gerade das Jochbein gebrochen hatte. Ferenc brüllte wie ein Stier, gab aber immer noch nicht klein bei. Er warf sich auf Gábor und brachte ihn aus dem Gleichgewicht. Kurz sah es so aus, als würde Ferenc den Kampf gewinnen. Es fühlte sich an, als würde er mich schlagen, als er seine Faust auf Gábors Schläfe donnern ließ. Ein Schlag, der einem normalen Menschen sämtliche Lichter ausgeschossen hätte. Aber mein Freund war ein Halbdämon. Jetzt befreite er sich und rollte sich mit Ferenc herum. Er schlug ihm auf das Schlüsselbein. Eine Welle von Übelkeit überkam mich, als es durchbrach. Ferenc jaulte.

Gábors blutüberströmtes Gesicht war von Hass verzerrt. Da wusste ich, dass er nicht aufhören würde, bis Ferenc nie mehr aufstand. Er war völlig weggetreten.

Georges und Luc hatten ihren im Vergleich weit harmloseren Kampf beendet. Georges rappelte sich auf und suchte das Weite, Luc tat das, was ich nicht schaffte.

„Luc! Geh dazwischen!", rief ich ihm dennoch zu. *Bevor es zu spät ist.* Luc war mit wenigen Sätzen bei Gábor und rammte ihn mit vollem Körpereinsatz von Ferenc herunter.

„Schluss jetzt!", schrie er beinahe. Gábor wehrte sich kurz gegen Lucs Griff um seine Arme, doch dann ließ er sich schwer atmend ins Laub sinken.

Luc stand auf, um zu mir hinüber zu gehen. Gábor legte die Unterarme über sein Gesicht. Wahrscheinlich erkannte er erst jetzt, dass er beinahe seinen Cousin umgebracht hätte.

Binnen Sekunden heilte Luc meinen Flügel. Die Beinwunde war zu tief. Ich konnte nicht laufen, als er mich hochzog. Matthias kam in dem Moment zu sich, als Gábor zu uns wankte. Er sah so zerschlagen aus, dass ich ihn stützen wollte, aber ich konnte mich ja selbst kaum auf den Beinen halten.

Luc hatte selbst etliche Schrammen und Blutergüsse im Gesicht, aber er war besonnen wie eh und je.

„Du nimmst Matthias, Gábor. Ich muss Ferenc unterwegs ein bisschen zusammenflicken."

Er ließ uns stehen, um den ohnmächtigen Jäger zu untersuchen und die Dinge zu heilen, die er sich zutraute.

„Alles okay?", fragte ich Gábor.

Er schüttelte den Kopf und sah mir nicht in die Augen, als er antwortete: „Wenn Ferenc wegen mir draufgeht, hab ich einen Blutsverwandten getötet. Das bedeutet ewige Verdammnis." Er gab ein ersticktes Geräusch von sich. „Ich bin ein Monster." Ich hörte die unterdrückten Tränen in seiner Stimme.

„Ich bin ein größeres Monster als du. Danke, dass du mich gerettet hast. Wieder einmal."

Doch er sah mich immer noch nicht an.

Matthias setzte sich auf. „Sind wir immer noch im Wald? O Shit, mein Kopf!" Er fasste sich mit beiden Händen an die Stirn.

„Luc hilft dir gleich. Wir müssen hier weg. Georges und Pascal sind verschwunden, aber sie kommen garantiert mit Verstärkung zurück", sagte ich zu ihm.

Gábor schwankte. Ich griff nach seinem Handgelenk. Meine Finger fassten in frisches Blut. Fast wäre ich zurückgezuckt. Gábor riss sich los. Verwirrt ging ich einen Schritt zurück. Er biss erst die Zähne so fest zusammen, dass es knirschte, ehe er mich völlig vor den Kopf stieß. „Ich kann das nicht. Ich kann kein Vater sein." Er schüttelte den Kopf.

Obwohl ich wusste, dass er unter Schock stand, verletzten mich seine hervorgepressten Worte, als hätte er mich geschlagen. Ich taumelte gegen den gerade aufgestandenen Matthias, der reflexartig den Arm um meine Hüfte legte.

„Hör auf, Gábor", flüsterte ich. „Das meinst du nicht ernst." Er entglitt mir völlig. Seine Mauern waren hochgezogen, kein Gedanke und kein winziges Gefühl drangen zu mir durch. Ohne mich anzufassen, schubste er mich von sich weg. Meine Brust verengte sich.

Luc kam mit Ferenc auf den Armen zu uns. Seine Fledermausflügel ragten hoch hinter ihm auf. „Los, Leute, wir sollten abhauen."

Gábor nahm kommentarlos Matthias zu sich und war dabei abzuheben, als sich direkt vor uns ein gefallener Engel materialisierte. Sein Erscheinen verdrängte für den Moment den Schmerz, den Gábor mir zugefügt hatte. Das durfte doch nicht wahr sein!

Wie gelähmt starrte ich Batarel an. Georges landete elegant neben ihm. Von seinem hämischen Grinsen wurde mir schlecht.

Hinter ihm tauchte aus dem Nichts eine Dämonenlegion auf.

70

„Ihr wollt doch nicht etwa schon gehen?“, begrüßte uns der gefallene Engel.

Ich schluckte hart. Diesmal würde Luzifer nicht aufkreuzen, um uns vor ihm zu retten.

Wir waren am Arsch. Erneut flutete mich das Adrenalin, aber ich war wie die anderen zur Reglosigkeit verdammt. Die vordersten Gargoyles zielten mit Pfeilen auf uns. Jede falsche Bewegung war ein Todesurteil.

Niemand ging auf Batarels Aussage ein. Mit einem triumphierenden Ausdruck im Gesicht erläuterte er uns das Vorhaben, an dem ihn niemand mehr hindern würde: „Azazel schuldet mir einen Gefallen, wenn ich dich ihm bringe, Nara.“ Sein boshafter Blick ließ mir auf ungute Weise die Knie weich werden. Wie kamen wir nur hier raus? Die Soldaten hatten uns umstellt.

Georges ging gemessenen Schrittes zu dem immer noch bewusstlosen Ferenc hinüber und nahm ihn Luc ab. Gleich darauf flog er mit ihm davon.

Super. Mission gescheitert.

„Du wirst uns töten?“, erkundigte sich Luc bei Batarel.

„Und es wird mir eine Freude sein. Besonders Luzifers Ersten Offizier.“ Er warf einen verächtlichen Blick auf Gábor. „Wobei er aussieht, als bräuchte es nicht mehr viel, um ihn zur Hölle zu schicken.“

Gábor schwieg.

Dann zog Matthias Batarels Aufmerksamkeit auf sich. „Ein kleiner Mensch, sieh an! Wolltest du mal mit den Dämonen spielen?“

„Hier spielt niemand.“ Trotzig blickte er Batarel in die eisigen Augen.

Wow, Matthias hatte echt Eier in der Hose.

Plötzlich zuckte Batarel zusammen. Die Dämonenarmee löste sich in Luft auf. Mit einem hässlichen Fluch in einer mir unbekannten Sprache tat der Engel es ihnen gleich.

Ich kam nicht dazu aufzuatmen. Gábors Worte kamen mit voller Wucht zurück und hallten unaufhörlich in einem Kopf wider.

Ich kann das nicht. Ich kann kein Vater sein.

Hilflos suchte ich Blickkontakt. Er verwehrte ihn mir, entfaltete die mächtigen schwarzen Schwingen und stieg mit wenigen Flügelschlägen hoch hinauf über die Baumwipfel.

„Sei kein Feigling!", brüllte Luc ihm hinterher, aber auch das ließ Gábor nicht innehalten.

Verzweiflung nahm mein Herz in ihren Würgegriff. Arika trat gegen meine Hand. Matthias musste es auch spüren.

Er stupste mich sanft an. „Können wir nach Hause?"

Das brachte mich wieder mehr ins Hier und Jetzt.

„Natürlich. Du musst dich hinlegen."

Mein pochender Oberschenkel könnte auch etwas Ruhe vertragen. Und Lucs heilende Hände. Der Rest von mir würde sich in ein dunkles Loch verkriechen und darauf hoffen, dass Gábor wieder zur Besinnung kam.

Nachdem wir Matthias am Wolfsbrunnen seinem Vater übergeben und allen von unserer fehlgeschlagenen Aktion berichtet hatten, flog Luc mit mir in die Zähringerstraße, um mein Bein zu versorgen. Wenn Milán und Gábor nicht da waren, sollten wir uns nicht in ihrem Haus aufhalten, fanden wir beide. Auch Louis und Tristan würden am frühen Morgen in Julius' Wohnung kommen. Weinen wäre eine normale Reaktion gewesen, doch ich konnte nicht. Ich weigerte mich, der

Tatsache ins Auge zu sehen, dass Gábor mich mehr oder weniger verlassen hatte. Dass er mich mit unserem Kind alleine ließ. Mit einem hohlen Gefühl in der Brust zog alles an mir vorbei. Ich wollte nur noch schlafen.

Luc hielt mich aufrecht, als er mit mir duschte, als er sich auf Katharinas Klappsofa um mein Bein kümmerte und mich schließlich im Arm hielt, bis ich eingeschlafen war.

Der nächste Morgen brachte keinen Sonnenschein. In Tanktop und Schlafshorts stand ich leise auf, damit Luc noch ein bisschen Schlaf abbekam. Als ich aus dem Fenster schaute, brodelten rötliche Wolken am Himmel. Ich erzitterte.

Das war kein Wintersturm. Das waren weitere Vorzeichen der Apokalypse. Wenn wir nicht bald diesen Krieg entschieden, würde Gott es tun. Es wäre unser aller Ende.

Ich zog mir eine dicke rote Strickjacke von Katharina über und schlich in die Küche, um Tee für mich und Kaffee für Luc zu kochen. Ich füllte den Kaffee in eine Thermoskanne und machte mir ein Müsli. Nach zwei Löffeln fiel der Löffel klappernd zu Boden. Draußen hatte sich etwas Großes bewegt. Ich machte einen Satz hinter die Küchenbank. Als ich über die hölzerne Lehne spähte, durchfuhr mich ein Schreck: Auf dem kleinen Balkon war ein Dämon gelandet. Entgegen meiner Erwartung trat er aber nicht die Glastür ein, sondern klopfte höflich. Er fühlte sich auch ziemlich bekannt an.

Sofort entspannte ich mich. Durch die zarten weißen Gardinenstores erkannte ich, dass es Milán war.

Ich öffnete ihm die Tür. Ein eisiger Windstoß ließ mich mit den Zähnen klappern und die Tür rasch hinter Milán schließen. Er trug nur eine schwarze Jeans, die eindeutig Blutflecken aufwies. Wortlos schloss er mich in die Arme. Etwas verwirrt erwiderte ich seine Umarmung.

„Alles in Ordnung, Milán? Was machst du hier?“ Augenblicklich kroch die Angst in mir hoch. „Ist was mit Gábor?“

Milán ließ mich los und setzte sich auf einen Stuhl. „Irgendwie schon.“ Er rieb sich mit der Hand über den Nacken. „Luzifer hat seinen Palast zurückerobert. Wir haben letzte Nacht Akibeels Party gesprengt. Gábor hat gekämpft wie ein Irrer, aber nach der Schlacht ist er nicht mit uns zum Heerlager geflogen. Er verkriecht sich bei Lilith. Er wollte auch davor nicht mit mir reden. Also, was ist passiert, als er bei dir war?“

Ich ließ mich auf die Küchenbank fallen. „Gábor hat sich von mir getrennt.“

Milán zog erstaunt die Augenbrauen hoch. „Was?“

„Er ist irgendwo im Wald zu uns gestoßen, weil wir Ferenc nicht bei euch abgeliefert haben. Du weißt ja, dass er mich überall finden kann. Er hat Ferenc zu Brei geschlagen.“ Ich stockte. Selbst viele Stunden später schockierten mich die Bilder und die Geräusche dieses Kampfes, die ich nie wieder vergessen würde. Milán musterte mein sicher kalkweißes Gesicht. Ich sah ihm an, dass er sich das Schlimmste ausmalte.

„Was ist mit Ferenc passiert? Ist er ...?“

Hastig schüttelte ich den Kopf. „Luc hat Gábor weggestoßen, bevor er Ferenc umbringen konnte. Aber er war nah dran.“ Ich musste mich räuspern. Meine zitternden Hände umfassten die Müslischüssel. Selbst unter Dämonen galt es als schwerer Frevel, einen Verwandten zu töten.

Miláns versteinerte Miene zeigte mir das noch einmal überdeutlich. „Scheiße. Mich hat er damals davon abgehalten, Ferenc ins Jenseits zu befördern. Vater ist ein Idiot.“

„Warum? Was hat euer Vater damit zu tun?"

„Gábor hat es nicht so gut aufgenommen wie ich, dass wir Luzifers Söhne sind."

„Ihr seid was?" Ich schob die kleine Schüssel in die Mitte des hellen Holztisches, weil der Inhalt anfing zu schwappen.

„Béla Farkas ist Luzifer", sagte er langsamer. „Wir sind waschechte Satansbraten." Eigentlich sollte ich nicht überrascht sein. Aber dass niemand von uns Béla enttarnt hatte ...

Luzifer war die ganze Zeit über in meiner Nähe gewesen. Kein Wunder, dass er kaum an meiner Treue gezweifelt hatte. Betrachtete ich die beiden jetzt anders als vorher? Nein, tat ich nicht. Sie hatten sich dadurch nicht verändert.

Milán lächelte jetzt süffisant. „Als dich dann noch jemand angegriffen hat, ist er wohl ausgerastet. Ich meine, es geht um seine Frau und sein Kind. Ich hätte nichts anderes gemacht."

„Es war trotzdem furchtbar. Du hättest ihn sehen sollen ... völlig weggetreten. Meinst du, er redet noch mal mit mir?"

„Wenn er wieder klar denken kann, bestimmt. Aber im Moment ist er total überfordert. Hoffentlich kann Lilith ihm helfen. Von mir wollte er nämlich keine Ratschläge annehmen. Und Grigori hat geschlafen, als ich los bin. Er wurde heute Nacht schwer verwundet."

Meine Eingeweide krampften sich zusammen. „Erholt er sich wieder? Ich meine, ich hätte es gespürt, wenn er tot wäre."

„Der wird wieder. Er ist ein Halbdämon. Entweder erholen wir uns oder wir sterben sofort. Dazwischen gibt es nichts. Katharina weicht nicht von seiner Seite. Noch weiß sie nicht, dass ich in der Hölle war, und vielleicht sollte ich sie einfach bei Grigori bleiben lassen." Er schaute auf seine schwarzen Sneakers.

„Das ist deine Entscheidung. Aber hast du Katharina überhaupt eine Wahl gelassen? Du hast sie weggestoßen, ohne ihr die Chance zu geben, die Sache wirklich mit dir zu klären. Vielleicht solltest du noch mal zu ihr gehen."

„Das würde ich gerne tun. Ich hab viel nachgedacht, auch über dich und Luc und Gábor. Auf Zeit kriegen wir das vielleicht auch hin."

Ich lächelte ihn an. „Du bist ein kluger Satansbraten." Doch gleich holte mich die Sorge um Gábor wieder ein. Milán fühlte sie.

„Was hat mein Bruder zu dir gesagt, bevor er abgehauen ist, dieser Volltrottel?"

Ich presste die Lippen zusammen. Es war mir unmöglich, die Worte vor Milán zu wiederholen, aber er hörte Gábors Stimme in meinem Kopf, die sich dort vermutlich für immer eingebrannt hatte.

Ich kann das nicht. Ich kann kein Vater sein.

Milán seufzte tief. „Oh, Joelle, das tut mir furchtbar leid! Vater hat mal gesagt, in jedem Farkas-Mann steckt ein riesiges Arschloch. Bei Ferenc, Onkel László und meinem Vater kann ich das voll unterschreiben. Bei mir und Gyula eigentlich auch. Gábor hat es immer am besten versteckt. Ich wundere mich, dass er es die ganze Zeit verdrängt hat, was ziemlich offensichtlich war. Selbst als Luzifers Neffen oder Enkel wären wir mächtiger als die meisten Dämonen. Anscheinend glaubt er, als Sohn des Höchsten der Hölle nichts Menschliches mehr an sich zu haben."

„Er hat sich selbst als Monster bezeichnet, nachdem er beinah zum Mörder geworden ist."

„O Mann." Er zog die Hände weg, um sich durch die lockigen Haare zu fahren. „Sei einfach für ihn da. Er hat nicht aufgehört, dich zu lieben. Oder euer Kind. Er hat gerade nur das Gefühl, seine Identität verloren zu haben. Zumindest fällt mir keine andere Erklärung für sein Verhalten ein."

„Und du gar nicht?"

„Irgendwie war es keine Überraschung für mich. Ich wusste immer, dass wir mit Luzifer sehr eng verwandt sind. Ob ich jetzt sein Sohn oder sein Enkel oder sein Neffe bin, ist mir egal. Gábor hat sich all die Jahre nicht darum gekümmert. Ihm hat es genügt zu wissen, dass Luzifer ihn als Heermeister schätzt. Er wollte es auch nicht wissen. Dachte wohl, dieses Wissen würde sein Leben komplizierter machen." Gar nicht mal so abwegig.

Ich dachte aber mehr daran, dass Gábor jetzt gerade in Liliths Wohnstatt saß und sich von ihr trösten ließ. Eifersucht durchfuhr mich.

Milán sah mich aufmerksam an. „Er ist nicht zu Lilith gegangen, um dich zu vergessen. Heute braucht er Trost, wie von seiner Mutter. Im Gegensatz zu mir kann er sich daran erinnern, wie es ist, eine zu haben." Bitterkeit zeigte sich in seinen schönen Gesichtszügen.

„Gábor kommt schlecht mit dieser Nachricht zurecht, weil er der menschlichste von euch Brüdern ist", sagte ich leise. „Er war so geschockt über das, was er Ferenc angetan hat, dass er völlig neben sich stand. Ich hoffe wirklich, dass er nur ein bisschen Zeit braucht."

Milán nickte. „Geht es dir jetzt besser?"

„Ja. Danke, dass du hergekommen bist. Rede mit Katharina."

„Wenn es sich ergibt, rede ich mit ihr. Seid wachsam, Akibeel und die anderen werden bald ins Diesseits kommen, weil sie immer noch nicht den Schlüssel haben. Wenn es heute Nacht ruhig war, wird Madame d'Hibou sie erwarten und keinen Versuch mehr starten, in die Hölle zu reisen. Akibeel wird sie rechtzeitig rufen."

Unsere nachmittägliche Patrouille verlief ruhig. Die Geisterjäger hielten sich oben im Wald versteckt und wagten sich nicht in die von uns und den Wolfsjägern bewachten Siedlungen vor. Mein Bein war fast wie neu, nur noch ein leichtes Ziepen nach längerem Laufen und eine bleiche Narbe erinnerten an die Verletzung.

Die Wunden, die Gábors Worte hinterlassen hatten, waren noch nicht mal ansatzweise verschlossen. Ich weigerte mich zu glauben, dass Gábor sich nicht wieder einkriegen und zu mir zurückkehren würde. Noch nie war er von sich aus von mir fortgegangen. So plötzlich von ihm verlassen zu werden, in einer solchen Ausnahmesituation, war für mich nur schwer zu begreifen. Also dachte ich so wenig wie möglich darüber nach. Mir den Kopf zu zermartern, half niemandem. Mir am allerwenigsten. Ich würde mit Gábor reden können, wenn wir uns um das alles hier gekümmert hatten. Wenn Hekates Schlüssel zurück im Himmel war. Matthias würde ihn seinem Schutzengel Camael übergeben, der ihn gesegnet und zu seinem Boten auf Erden gemacht hatte. Daher hatte ich den Himmel gespürt, als ich Matthias das erste mal begegnet war. Er war die wichtigste Figur in dem Ganzen, der jüngste Jäger, den wir beschützen mussten, wenn wir gegen die Gefallenen siegen wollten. Aber dazu mussten wir erst einmal den Weltenschlüssel zurückerobern. Es half erstaunlich viel, mir selbst gut zuzureden, während wir die ausgestorbenen Straßen der Weststadt entlanggingen.

Das letzte Rot der Dämmerung ließ den Abendhimmel am Horizont erglühen, als wir den Garten, den Hinterhof und den Schuppen des Hauses an der Zähringer Straße nach versteckten Geisterjägern oder Dämonen durchsuchten, bevor wir nach oben gehen und etwas zum Abendessen kochen wollten.

71

Den nächsten Tag verbrachten wir mit Warten darauf, dass sich die Wolfsjäger meldeten. Ohne sie würden wir nichts unternehmen, schließlich befanden wir uns auf ihrem Hoheitsgebiet. Wir vertrieben uns zuerst die Zeit mit Fernsehen, doch auf keinem Sender lief etwas anderes als Schreckensmeldungen in Dauerschleife. Die Welt brannte.

Kaum ein Flecken der Erde, der nicht von entfesselten Geisterhorden und Dämonen heimgesucht wurde, wo Notstand herrschte und das Chaos regierte. In so gut wie jedem Teil der Welt herrschte mittlerweile der Ausnahmezustand. Kriege, Vulkanausbrüche und Erdbeben machten auch den Normalsterblichen klar, dass Umwälzendes im Gange war, vielleicht noch mehr als das stürmische Wetter und die brodelnden Wolken am Himmel. Die Menschen versteckten sich, flohen zum Teil in abgelegene Gebiete oder verließen kaum noch die Häuser. Die Straßen waren leer in Heidelberg. Doch entkommen konnte am Ende niemand. Daran änderten keine Ausgangssperren oder Evakuierungen etwas.Polizei und Armee beherrschten das Straßenbild, aber gegen Turper und Geisterdämonen waren auch sie nicht gefeit. Es gab nicht genügend Geisterjäger, um etwas ausrichten zu können. Es war furchtbar. Ich ertrug das Grauen nicht mehr.

„Bitte mach das aus, Tris“, sagte ich, den Tränen nahe.

Tristan schaltete den Fernseher aus. „Ich wünschte, ich hätte meine Gitarre mitgenommen.“

Ich nickte. „Ja, echt schade.“

Ich ließ den Blick nach draußen wandern.

„O Gott, seht euch das an!“, rief ich und sprang auf.

Vor den Fenstern verdüsterte sich der Himmel noch einmal, starker Wind kam auf und rüttelte an den Fensterläden, heulte ums Haus wie die Geister, die die Erde überschwemmt hatten, die sich im Jenseits gegenseitig bekämpften und das Diesseits ins Verderben stürzten.

Durch die stürmischen Wolken kamen sie angeritten, unsichtbar für die meisten, doch nicht für uns Halbdämonen.

„Sie kommen“, wisperte ich.

Nebeneinander drückten wir uns die Nase an den beiden Erkerfenstern platt.

Auf den Flügeln des Sturms ritten sie auf ihren Pferden über das Land: Tod, Krieg, Hunger und Pest. Die Apokalyptischen Reiter. Für die Menschen waren sie nur eine Allegorie, doch sie existierten tatsächlich. Ihr Erscheinen kündigte unmissverständlich den nahenden Weltuntergang an.

Mich fröstelte. Luc legte einen Arm um meine Schultern.

Louis hatte von irgendwoher ein Fernglas aufgetrieben. Nacheinander schauten wir hindurch.

Durch das Fernglas erkannte ich mehr Details an den furchteinflößenden Gestalten am Himmel. Ihre Rösser hatten unterschiedliche Farben. Das des vordersten Reiters war strahlend weiß, eines das genaue Gegenteil und rabenschwarz. In der Mitte lief ein rotes Pferd, mehr blut- als fuchsfarben. Das hinterste war grauweiß wie die Wolken, die es durchschritt. Ich wusste nichts Näheres über ihre Bedeutung, Luc dagegen schon.

„Der auf dem weißen Pferd symbolisiert den Krieg, der heraufzieht. Er trägt die Rüstung eines römischen Feldherrn und hat Schwert, Pfeil und Bogen dabei. Ihm folgen Tod, Krankheit und Hunger beziehungsweise Armut. Sie sind die logischen Folgen aus einem Krieg, deshalb treten sie zusammen auf. Und wir sind zum Nichtstun verdammt, bis wir gerufen werden."

Er fasste dieses Gefühl, auf heißen Kohlen zu sitzen, in Worte und mich beruhigte, dass es ihm ebenso erging wie mir.

„Wir sollten uns ablenken", schlug Louis vor. „Lasst uns doch ein bisschen zocken. Matthias und Joshua haben einen Haufen Spiele für PC und Konsole." Tristan war sofort begeistert, doch Luc schüttelte den Kopf.

„Ich bin raus. Katharinas Bücherregal zieht mich mehr an."

„Ich bleibe bei dir." Wenn Luc lesen wollte, konnte ich ihn entweder dabei beobachten und irgendwann wegdösen oder ich schnupperte mal in Katharinas Geschichten rein. Das Passwort für ihren Laptop befand sich auf einem Zettel, den sie an die Unterseite ihres Schreibtischs geklebt hatte, sodass ich nicht lange suchen musste. Datenschutz war offenbar keine ihrer Stärken.

Luc und ich legten uns nebeneinander auf die Couch. Ich mit meinem Handy, er mit einer zerlesenen Taschenbuchausgabe von Hermann Hesses „Unterm Rad". Luc liebte alte Bücher noch mehr als neue. Auch jetzt lächelte ich verschmitzt, als er das Buch umsichtig aufklappte und an den vergilbten Seiten roch. An jedem Buch zu riechen, das er zum ersten Mal in der Hand hielt, war eine liebenswerte Marotte von ihm.

Schneller als gedacht fand ich die Geschichte, in der Katharina offenkundig von sich und Milán erzählte.

Zwar hatte sie die Namen geändert und den Schauplatz ins viktorianische London verlegt, aber nach wenigen Kapiteln las ich ihre und Miláns Geschichte. Ein ums andere Mal kicherte ich, weil Katharina einen schwermütigen Vampir aus Milán gemacht hatte. Luc sah mich dann jedes Mal fragend an und ich schüttelte den Kopf. Vor dem Fenster wurde es Nacht.

Einige Zeit später bemerkte ich, dass Luc das Buch offen auf seinem Bauch abgelegt hatte und mich beim Lesen beobachtete.

„Was guckst du so?“, fragte ich. Meine Wangen waren leicht gerötet, weil ich gerade an der Stelle war, als sich die Hauptpersonen zum ersten Mal küssten.

„Ich liebe lesende Frauen“, erwiderte Luc.

Ich verkniff mir die Antwort, dass er dann mit Marinette bestens beraten war. Sie las so viele Bücher in einem Monat wie ich in fünf Jahren. Ich schloss den Browser und legte das Handy auf den Boden. Luc berührte meine Wange. Seine dunkelblauen Augen hatten einen liebevollen Ausdruck. Ich drehte mich zu ihm, nahm das Buch von seinem Bauch und küsste ihn.

Erst lagen unsere Lippen zart aufeinander, bewegten sich beinah fragend, doch dann fasste Luc in meinen Nacken und zog mich näher, strich mit seiner Zunge über meine Unterlippe und sandte mir einen Schauer durch den Körper. Mit einem wohligen Seufzen kam ich seiner Zunge entgegen, nahm sie in mich auf und umspielte sie träge mit meiner. Mit Luc hier zu liegen verbannte alle Sorgen, das gespannte Warten von unserer kleinen Insel, die dieses Klappsofa darstellte. Keiner bremste den anderen.

„Halt mich vom Grübeln ab“, raunte Luc.

Wenn es das Beste war, das ich für ihn tun konnte, dann wollte ich nichts anderes tun.

Wir verloren uns in der Nähe des anderen, bis sich das Ende nicht mehr länger hinauszögern ließ. Unsere aufeinanderliegenden Lippen dämpften das Stöhnen, das uns beiden entwich, als sich mein Innerstes zusammenzog und Luc mit sich nahm. Ich klammerte mich an ihn, bis die Wellen abebbten. Die Hitze klang nur langsam ab. Minutenlang verharrten wir reglos, ehe wir uns auseinander bewegten, aber dicht beieinander liegen blieben. Dieses Mal hatte ich nichts, das meine

Tränen zurückdrängte. Luc hielt mich, das Gesicht in meinen Haaren vergraben, bis ich meine Augen abwischte und ein Lächeln riskierte, als sich eine Präsenz machtvoll vor meine Wahrnehmung schob.

Luc und ich sahen uns an.

„Grigori", sagten wir wie aus einem Mund.

Zu spüren, dass Grigori ganz nah war, brachte uns beide dazu, aufgeregt das Sofa zu verlassen, uns anzuziehen und in den Flur zu sprinten, wo Tristan an der Tür stand und Louis über seine Schulter spähte. Luc und ich stellten uns dazu.

Ein Empfangskomitee für unseren Freund.

Mein Magen schlug einen freudigen Purzelbaum, als ich die schweren Schritte vernahm und Grigoris dunkelblonde Haare unter uns auftauchten. Sein Lächeln spiegelte meine Freude und Erleichterung wider. Ich quetschte mich nach vorne, um Grigori als Erste auf dem Treppenabsatz in die Arme zu schließen. Er hob mich hoch, hielt mich ganz fest und murmelte auf Russisch in meinen Gedanken: *Es geht dir gut! Ich bin so froh, dich zu sehen. Ich hatte schon Angst, du wärst ...* Er beendete den Satz nicht, aber ich wusste auch so, was er sagen wollte. Ein Schatten legte sich über seine Fröhlichkeit, doch beim nächsten Wimpernschlag war er verschwunden. Grigori ließ mich runter, um meinen Bauch zu streicheln und Arika zu begrüßen. Mir wurden die Augen feucht, als er das tat. In diesem Moment wünschte ich mir, Grigori wäre der Vater meiner Tochter. Oder Luc. Ich erschrak über mich selbst und ging ein Stück weiter in die Wohnung, um meine entgleisten Gefühle und Gedanken unter Kontrolle zu bringen. Die Jungs umringten ihn, umarmten ihn und klopften ihm auf die Schulter. Es war ein Phänomen, dass sich alle sicherer fühlten, sobald Grigori den Raum betrat. Er strahlte unerschütterliche Zuversicht aus. Niemand außer mir ahnte etwas von der Dunkelheit, die für einen kurzen Augenblick auf seiner Seele gelastet hatte.

Wir gingen hinein und schlossen die Tür. Schon die ganze Zeit war es still in dem Haus. Wir spürten auch niemanden mehr. Es konnte sein, dass die anderen Bewohner bereits geflohen waren. Dieses Haus stand sicher von Anfang an im Fokus des Feindes. Ich lenkte meine Aufmerksamkeit wieder auf meine Freunde.

„Wir können nicht lange reden“, sagte Grigori auf Deutsch. „Meine Truppen warten im Wald. Ich bringe euch eine Botschaft von Luzifer. Akibeel und Azazel kommen heute Nacht ins Diesseits. Ich habe gesehen, dass sie auf dem höchsten Berg hier landen werden, dem Königstuhl. Dorthin kommt ihr eine halbe Stunde vor Mitternacht. Bis sie da sind, können wir uns in Stellung bringen.“

„Wir gehen dorthin, wo auch du hingehst, Grigori“, sagte Tristan und brachte es damit auf den Punkt.

In mir kribbelte es. Uns stand eine entscheidende Schlacht bevor.

72

Zum Abendessen wärmte Louis uns Kürbissuppe auf, die wir im Gefrierschrank in der Kammer auf dem Küchenbalkon gefunden hatten.

Sie war auf den vergangenen Herbst datiert und das Nahrhafteste, was wir neben ebenfalls gefrorenem Toastbrot und Eiswürfeln auftreiben konnten.

Grigori aß mit uns, bevor er wieder zu seinen Soldaten in den Wald gehen würde.

Er hatte uns genauso vermisst wie wir ihn. Ein ums andere Mal drückte er meine Hand unter dem Tisch oder schlug einem der Jungs kameradschaftlich auf die Schulter. Seine eisblauen Augen blitzten vergnügt, als wir ihm berichteten, wie sehr wir Madame d'Hibou auf den Wecker gefallen sein mussten, weil sie dank uns und den Wolfsjägern immer noch keinen Erfolg damit gehabt hatte, in die Hölle zu gelangen und Akibeel den Schlüssel zu geben. Dass wir den Schlüssel nicht hatten zurückholen können, tat Grigori mit einem Schulterzucken ab. „Wir holen ihn uns heute Nacht."

Wenn er da nicht ein bisschen zu optimistisch war.

Im Angesicht der Schlacht, obwohl wir immer fürchten mussten, dass einer oder mehrere von uns nicht lebend zurückkehrten, waren wir jetzt froh und lachten miteinander. Wir tauschten Neuigkeiten aus und freuten uns für Grigori, dass er Katharinas Herz gewinnen konnte, ebenso wie für Milán und Katharina, dass sie sich versöhnt hatten.

Grigori verabschiedeten wir gemeinsam an der Wohnungstür. Mit jedem der Jungs hielt er telepathisch Zwiesprache, bis er schließlich zu mir kam. Ich umarmte ihn etwas länger, als es der Anstand geboten hätte, aber ihn schon wieder ins Ungewisse ziehen zu lassen, nachdem wir uns endlich wiedergesehen hatten, passte mir gar nicht.

Nach allem, was ich von Katharina gehört hatte, wie ich erlebt hatte, dass Grigori entgegen seiner Befehle mit ihr aus dem Hauptquartier geflohen war, musste ich in Gedanken fragen: *Liebt sie dich wirklich?*

Ja, antwortete er. Sein Glück floss zu mir herüber und entlockte mir ein Lächeln. *Sie hat es mir auf alle möglichen Arten gezeigt.*

„Viel Glück", wünschte ich ihm, wie es zuvor die anderen getan hatten.

Auf Russisch flüsterte er mir ins Ohr: „Ich sehe viel, aber nicht alles. Vor allem nicht, wie es für uns ausgeht. Und manchmal liege ich daneben. Ich hab mir noch nie so sehr wie heute gewünscht, daneben zu liegen. Viel Glück, meine Schwester."

Ein eisiger Schauer rollte mein Rückgrat hinab.

An uns alle gewandt sagte er: „Passt auf euch auf. Wenn einer von euch stirbt, wisst ihr ja, was passiert, wenn ihr ins Licht geht. Es ist eure Entscheidung."

Dann ging er die Treppe hinunter. Niemand hatte uns diese Sache erklärt, weil jeder von uns, der dem Tod nahe kam, instinktiv wusste, was kam; dass Halbdämonen zwei Leben hatten, wenn sie das wollten. Eines als Halbdämon und ein zweites als Dämon, wenn ihr menschlicher Teil gestorben war. Im Sommer hatte ich vor dieser Entscheidung gestanden: Das Licht zog einen stark an, doch ging man auch nur einen Schritt in Richtung Dunkelheit, gab es kein Zurück mehr. Ich hatte mich in keine Richtung bewegt, weil Gábor mich gerufen hatte, ehe ich hatte losgehen können.

Wurde man ein Dämon, kam man nicht als der zurück, der man war. Den Wenigsten gelang es, nahtlos an ihr altes Leben anzuknüpfen. Bis heute konnte ich nicht sagen, was ich wählen würde. Dem Tod ein Schnippchen zu schlagen, indem ich mich auf immer dem Obersten der Hölle verpflichtete oder ein menschlicher Geist wurde und dafür die Freiheit des Jenseits bekam. Grigori hatte uns mit der Nase darauf gestoßen. Er rechnete also damit, dass wir heute Nacht unser Leben lassen könnten.

Keiner sprach, als wir hineingingen und die Tür zufiel.

Jeder zog sich fertig an, verstaute seine Waffen und bereitete sich innerlich auf den Kampf vor.

Kurz bevor es Zeit war zu gehen, rief Luc mich zu sich in Katharinas Zimmer. Er stand am Fenster und blickte hinaus in die unnatürlich dichte Schwärze. Als ich mich neben ihn stellte, erkannte ich, dass es Massen an Turpern waren. Mit ihnen flogen silbrig leuchtende Poltergeister in Richtung Wald. Ein Vorgeschmack auf das, womit wir es zu tun bekommen würden.

Luc griff nach meiner Hand, dann sah er mir in die Augen.

„Mir geht nicht aus dem Kopf, was Grigori gesagt hat. Dass uns eine schwere Schlacht bevorsteht", fing er an. Schwere senkte sich auf mich herab. Sie kam von Luc.

„Ich hatte vorgehabt, mich von dir und irgendwie auch von Gábor zu trennen. Noch bevor Arika da ist. Ich wollte, dass ihr euch ganz auf sie konzentrieren könnt."

Der Stich, als er Gábors Namen sagte, war heftig.

„Gábor ist im Moment der Letzte, an den ich meine Konzentration verschwenden will. Und du hast doch gehört, dass er sich einem Kind nicht gewachsen fühlt." Ich war gekränkt von der Art und Weise, wie er sich davongemacht hatte. Auf einmal bekam er kalte Füße und drückte sich vor der Verantwortung. Allerdings eine Verantwortung, die Luc mit gutem Recht nicht annehmen wollte, solange er es nicht musste.

Luc nickte. „Aber heute Nacht werden wir alle dem Tod ins Gesicht blicken. Ich werde bis zum bitteren Ende bei Gábor und dir bleiben. Bis unser gemeinsamer Weg enden muss. Er mag uns verlassen haben, aber er wird zurückkommen. Seine Liebe ist nicht fort. Sei stark und glaub daran, bitte! Niemand kann sich jetzt Schwäche oder Ablenkung leisten." Seine Miene wurde beinahe flehend. Ich lehnte den Kopf an seine Schulter, ohne seine Hand loszulassen.

Seine zärtlichen Lippen und sein Versprechen trieben mir die Tränen in die Augen. Ohne Gábor fühlten wir uns beide alleingelassen, obwohl wir noch einander hatten. Vielleicht schafften wir es, uns zu versöhnen, ehe Blut und Tod über uns hereinbrachen.

Plötzliche Angst kroch in meine Glieder, verengte mir die Brust. Nach dieser Nacht würde nichts mehr so sein wie zuvor. Ich spürte es mit jeder Faser meines Herzens. Und Luc spürte es ebenfalls.

Ich habe auch Angst, Joelle, raunte er in meinem Kopf.

Ich konnte sie ihm nicht nehmen. Oder mir selbst.

Tristan kam herein, erfasste sofort unsere Stimmung und legte die Arme um uns. Sein tränenüberströmtes Gesicht durchfeuchtete mein Oberteil.

Mir war auch nach Weinen zumute. Tapfer schluckte ich gegen den Kloß in meinem Hals an.

Ich hab Angst, dass das hier zu groß ist für uns, sagte Tristan stumm. *Ich hab Angst, dass wir alle sterben.*

Aber danach fragt niemand, erwiderte ich bitter. *Versuchen wir einfach, am Leben zu bleiben. Mehr können wir nicht tun.*

„Auf, auf, Brüder, lasst uns gehen", forderte ich die beiden auf. Ich küsste Tristan auf die Wange und wuschelte ihm durch die Haare. Dann zog ich Luc noch einmal an mich.

Danke für alles, Luc. Ich liebe dich.

Ich dich auch, Joelle. Ich dich auch.

Louis stand im Türrahmen. Auch ihn nahm ich in den Arm.

Entgegen seiner sonstigen Art schwieg er. Ich spürte seine Anspannung, auch meine eigene wuchs von Minute zu Minute. Ich hatte das Gefühl, alle Dinge geregelt zu haben, die ich regeln konnte.

„Ich bin bereit", sagte ich.

73

An der Station der Bergbahn, nicht weit vom Gipfel des Königstuhls, trafen wir Milán und seinen Vater.

Luzifer hatte keine Tarnkleidung nötig und trug einen silbernen Brustharnisch über einer strahlend weißen Tunika, die im Mondlicht leuchteten, das ab und an durch die dichten Wolken brach.

Von den Soldaten sah und hörte man kaum etwas, doch ich spürte ihre Anwesenheit um uns herum in den Büschen und Bäumen. Einige sah ich hoch oben auf dem Rundfunkmast sitzen, der in regelmäßigen Abständen rot blinkte.

Wir begrüßten uns kurz, dann verteilten wir uns ebenfalls im Gelände, zunächst auf Bäumen. Luzifer verharrte als heller Fixpunkt unter dem Rundfunkmast.

Das Kribbeln in meinem Bauch breitete sich auf meinen gesamten Körper aus, als ich mit meinen Dämonenaugen die gruseligen Prozessionen auf verschiedenen Wegen den Berg heraufkommen sah. Ich umklammerte meinen Ast, bezähmte meine Angst mit tiefen Atemzügen.

Unter mir sammelten sich Hunderte Menschen, flankiert von Turpern und Poltergeistern. Die Besessenen sollten als Waffen zum Einsatz kommen. Mir drehte sich der Magen um. Luzifer gehörte zur Seite des Bösen, aber ich war mir sicher, dass er niemals unschuldige Menschen in seinen Krieg hineinziehen würde. Abgeschirmt durch die Geister waren sie unheimlich still, dabei sahen wir sie schreien.

Wir können sie nicht alle retten, murmelte Tristan in meinem Kopf. *Wir können es nur versuchen.*

Ich dachte daran, dass ich Azazel töten musste. Wie viele Gründe, es endlich zu tun, brauchte ich noch?

Tristan nickte neben mir. *Wenn es sich ergibt, zögere nicht.*

Dann erblickten wir das imposante Geisterheer, das sich auf Luzifer zubewegte. Auch diese Massen still.

An der Spitze des Totenheeres erkannte ich Gyula Farkas, ein Schwert in der Hand und ein ebenfalls bewaffnetes, sehr hübsches Mädchen mit schwarzen Haaren an seiner Seite.

Ich kniff die Augen zusammen. Ja, es gab keinen Zweifel. Es handelte sich um den weiblichen Geist, der mit Katharina gesprochen hatte, als die GHA sie in die Hölle verschleppte.

Diese Geister gehörten auf keinen Fall zu den Feinden.

Was ich von den nun aufmarschierenden Toten, darunter zahlreiche Dämonen, nicht behaupten konnte.

Als Akibeel, Sariel und Batarel mit ihren lebenden Soldaten eintrafen, renkte ich mir beinahe den Hals aus. Auch ohne Geister und Besessene waren ihre Verbände stärker als Luzifers. Wir brauchten mehr Männer, um hier auch nur einen Blumentopf zu gewinnen.

Ich unterdrückte ein Knurren, als Madame d'Hibou mit einer riesigen Abordnung Geisterjäger zu ihrem Gefährten trat und Luzifer gehässig anlächelte.

Ich hoffte, dass Gábor und Grigori noch mehr Soldaten auftrieben und bald herkamen. Ein zartes Knacken drang an mein Ohr und brachte mich dazu, hinter mich und nach unten zu schauen. Die Wolfsjäger schlichen durch das Dickicht heran, kläglich wenige, aber begleitet von sechs Gespenstern, die anscheinend nicht fürchteten, von den zahlenmäßig überlegenen Jägern ins Nichts geschickt zu werden. Trotz der niedrigen

Temperaturen schwitzte ich. Luzifer und Akibeel diskutierten hitzig. Akibeel lehnte eine Kapitulation ab, Luzifer versuchte zu handeln.

Die Heere brachten sich in Position. Hoffentlich verlor ich nicht den Überblick und verletzte jemanden, der uns half. Eigentlich wollte ich niemanden treffen bis auf die gefallenen Engel, die all das hier angezettelt hatten. Sie schickten so viele in den Tod. Allein sie verdienten es, eingesperrt zu werden oder gleich zu sterben.

Als hätten meine Gedanken ihn hergelockt, betrat Azazel die Szenerie. Er kam ohne Soldaten. Wut und Furcht rangen in mir, während meine zitternden Hände den Ast so fest hielten, dass er knirschte. Ich stieß eine Atemwolke aus. Tristan legte mir seine behandschuhte Hand auf die weiß hervortretenden Fingerknöchel, damit ich locker ließ.

Gábors fliegende Ankunft mit Tamiel und einer Hundertschaft im Rücken lenkte mich nur kurzfristig von meinem wahren Feind ab. Azazel und ich hatten noch eine ganz persönliche Rechnung offen. Ich verwandelte mich soweit wie möglich. Die Furcht nahm ab, mein Kampfgeist erwachte.

Worauf warteten alle noch? Auf einmal fiel es mir schwer, auf dem Baum auszuharren. Ich wollte endlich kämpfen!

Es hinter mich bringen.

Akibeel und Luzifer machten sich gegenseitig Vorwürfe und besonders Luzifer war die fruchtlose Diskussion längst leid. In Wirklichkeit wollte keiner reden, um eine gewaltlose Möglichkeit zu eröffnen, den Konflikt beizulegen. Es war eine reine Verzögerungstaktik.

Akibeel wartete so lange wie möglich, weil erst ab Mitternacht bis Sonnenaufgang die Portale auch für Menschen nutzbar waren. Er wollte so viele Chancen wie möglich haben, den Schlüssel in die Hölle zu befördern.

Ich wusste nicht, ob es hier in der Nähe ein weiteres Portal gab, aber denkbar war es schon.

Unten in der Stadt läutete eine Kirchturmuhr. Viertel vor zwölf.

Gábor, rief ich ihn in Gedanken. Sein Kopf ruckte in meine Richtung. Er hörte mich.

Wir dürfen nicht mehr lange warten. In einer Viertelstunde kann jeder mit dem Schlüssel in die Hölle reisen. Wir müssen uns so verteilen, dass niemand die Bergkuppe verlässt.

Er nickte kaum merklich. Ich versuchte mir einzureden, dass es mir nichts ausmachte, keine richtige Antwort zu bekommen.

Ich spürte Grigori nach. Er war irgendwo auf der anderen Seite des Berges.

Grigori? Wenn du mich hören kannst, pass auf, dass niemand, der nicht zu unserer Seite gehört, vom Berg runterkommt. Wir sind beim Rundfunkmast.

Ich weiß, Joelle. Ich stelle gerade einen Teil meiner Männer auf, danach komme ich von der anderen Seite mit Verstärkung. Dauert noch ein bisschen.

Ich lächelte halb. Grigori würde kommen.

Gábor unterhielt sich telepathisch mit Luzifer. Leider hinderten mich beide daran, in ihre Gedanken einzudringen.

Ich hörte lauteres Rascheln, Waffen klirrten leise, mehr Besessene zogen auf das Schlachtfeld. Meine Nervosität spiegelte die wachsende Unruhe um mich herum. Gleich, gleich würde es losgehen. Das unausgesprochene Signal zum Kampf gab Akibeel, der sich plötzlich ohne weitere Reden auf Luzifer stürzte.

Da brach das Chaos aus. Heeresverbände prallten zusammen; Besessene, Geister, Dämonen und Jäger stürmten aufeinander los und wir mit ihnen. Wir befanden uns nun innerhalb der Blase aus Jenseitigen.

Mit einem wilden Kampfschrei stürzte ich mich mit meinen Blutsbrüdern ins Gefecht. Ich meinte, von allen Seiten angegriffen zu werden. In der einen Hand hielt ich mein langes Weltenschwert, in der anderen das Kurzschwert. Beide halfen mir, das Schlachtfeld abzusichern. Für Angst war nicht länger Raum in mir. Ich war im Kampfmodus, konzentrierte mich auf meine Gegner, meine Bewegungen.

Der infernalische Lärm einer tobenden Schlacht war mir nicht unbekannt, doch dieser hier übertraf alles. Vielleicht lag es an den vielen Menschen, die durcheinanderschrien und sich deutlich von den grunzenden und brüllenden Dämonen abhoben. Metallisches Klirren und dumpfes Poltern erfüllte die Luft.

Mehrere Gargoyles bedrängten uns, um eine Schneise frei zu kämpfen. Doch nicht nur unsere vehemente Gegenwehr ließ sie den Rückzug antreten; auch die Abordnung Jenseitiger unter Gyulas Führung, die zwischen den Gargoyles und uns hindurchfegten, half uns. Die Besessenen waren am schwersten. Ich wollte sie nicht töten, ganz egal wie übel sie mich oder meine Freunde angingen. Ich schleuderte sie von mir, bis einige Bewusstlose den Weg hinter mir pflasterten und die Turper sich erneut mitten ins Schlachtengetümmel stürzten.

Als Grigori mit weiteren Soldaten zu uns stieß, wechselten wir den Platz. Ich musste dorthin, wo ich vielleicht am meisten gebraucht wurde. Ich musste zu Gábor.

Ganz hinten am Fußweg zum Parkplatz bekriegten sich Madame d'Hibou und ihre Tochter, Milán, Gábor und Akibeel.

Katharina kämpfte nicht so ausgefeilt wie die anderen, dafür fehlte ihr schlicht und ergreifend das Training, aber sie legte so viel Hass und Kraft in jeden ihrer Schwerthiebe, dass ihre Mutter Mühe mit ihr hatte. Ich gönnte es ihr von Herzen. Trotzdem konnten die drei Unterstützung gebrauchen. So sauer ich auf Gábor war, ich würde es nicht ertragen, wenn er vor meinen Augen von Akibeel getötet wurde. Ich kam nicht so schnell voran, wie ich wollte, auch Grigori geriet aus dem Takt, als mehrere Geisterjäger uns den Weg abschnitten. Tristan, Luc und Louis durchbrachen von hinten ihre Formation, zwei schlugen sie nieder, die übrigen Jäger ergriffen die Flucht, um sich leichteren Gegnern zuzuwenden. Grigori stand blankes Entsetzen ins Gesicht geschrieben. Da wusste ich, dass er sich mitten in dem Film befand, von dem er sich gewünscht hatte, ihn niemals in der Realität sehen zu müssen.

Ich war auch in diesem Film. Immer näher kamen wir Milán, Katharina und Gábor, doch in nervenzerfetzendem Schneckentempo. Grigori prügelte sich verbissen den Weg frei. Ich tat nichts anderes, als ihm zu helfen und mir die Feinde vom Leib zu halten. Von allen Seiten drückten warme Körper gegen uns, fielen uns vor die Füße. In dem unbeschreiblichen Durcheinander von Leibern und Geistgestalten taten sich wenige Lücken auf, die wir nutzten. Grigori legte noch an Geschwindigkeit zu. Seine Angst wuchs stetig. *Ich muss … es verhindern*, dachte er, rammte mit seinem gesamten Körper zwei Gargoyles beiseite und stolperte fast über seine eigenen Füße. Ich hielt mich dicht hinter ihm, Luc und die anderen beiden bei mir.

Doch wir kamen zu spät. Ich schlug einen Gargoyle weg, der mir die Sicht versperrte.

Katharinas Schrei durchbrach den Klangteppich des Schlachtfelds, überlagerte alle anderen Laute.

Ein herzzerreißender Schrei. Katharinas Schmerz ließ alle kurz verstummen und für den Bruchteil einer Sekunde innehalten. Als hätte sie den Horrorfilm gestoppt, in dem wir die Hauptrollen spielten.

Doch gleich darauf ging es umso atemloser weiter, als hätte es diesen Wimpernschlag des Stillstands nie gegeben. Dann kam ich nahe genug heran, um zu sehen, was ich niemals sehen wollte. Geschockt beschleunigte ich meine Schritte.

Nein! Schmerz und Verlust trafen mich gleichermaßen. Nein!

Milán lag niedergestreckt in Gábors Armen auf dem Boden. Katharina verdeckte einen Teil seiner leblosen Gestalt, doch ich musste nicht mehr sehen; Gábors Verzweiflung drückte mir das Herz ab. Alles in mir schrie danach, ihn in die Arme zu nehmen, ihm den Abschied von seinem Bruder erträglicher zu machen, wieder aufzustehen, wenn der Abgrund lockte.

Aber es ging nicht. Ich musste ihn schützen. Wenigstens ihn.

Denn Milán starb. Sein Leben rann aus ihm heraus, rot und unaufhaltsam. Für ihn gab es keine Rettung. Gábor hatte Luc nicht einmal zu sich gerufen. Ich wandte mich ab. Kälte durchfuhr mich, als ich alle Emotionen abschirmte. Milán war nicht meine Aufgabe. Trauer würde mich das Leben kosten.

Ich bin bei dir, Gábor.

Grigori kämpfte gegen Madame d'Hibou und ich half ihm, während Louis, Luc und Tristan sich auf Akibeel stürzten, sobald er neben seiner Gefährtin vom Himmel fiel.

In diesen sich hinziehenden Minuten funktionierte ich wie ein Roboter. Angreifen, parieren, wegducken, angreifen, parieren, ausweichen ... Ich durfte nicht nachlassen. Selbst den Krach blendete ich aus.

Wir trieben Madame d'Hibou in die Enge, vereitelten alle Fluchtversuche und hielten Akibeel auf Abstand.

Als ich einen Seitenblick riskierte, sah ich Gábor und Katharina einander in den Armen liegen. Milán war fort.

Ich fühlte nichts, ich durfte nichts fühlen. Nicht ihre Trauer, ihre Fassungslosigkeit, ihre Mutlosigkeit. Nichts davon. Weitere hinzukommende Gargoyles verschafften mir eine Atempause. Und plötzlich brachen Gábors Gefühle über mich herein, rissen meine eigenen an die Oberfläche.

Milán war fort. Er war gefallen.

Weinend hackte ich erneut auf Madame d'Hibou ein, die sich immer noch wehrte. Meine Sicht verschwamm immer wieder, während ich die Tränen zurückblinzelte. Milán war fort. Ohne Abschied, von einem Moment auf den nächsten. Doch ich musste stark bleiben und weitermachen.

Gábor rappelte sich wieder auf. Ich sah es aus dem Augenwinkel.

Grigori pfiff laut nach noch zwei seiner Soldaten, die für mich einsprangen, weil ich nicht vergessen hatte, was ich eigentlich zu tun hatte. Ich trat neben Gábor an den Rand des Schlachtfelds. Alle Verletzungen, alle Differenzen lösten sich auf, als wir uns für einen langen Moment in die Augen sahen. Braun in Braun. Irgendwann würden wir reden.

Er griff nach meiner Hand. Mein Platz war an seiner Seite.

Du bist bei mir, dachte er.

Das Atmen wurde leichter und meine Tränen versiegten.

„Ich gehe mit dir", sagte ich. Es war eine Feststellung, nichts, das er in Frage stellen würde.

Er nickte. „Für meine Brüder."

Dann legten wir los. In tödlicher Präzision arbeiteten wir uns durch das Getümmel.

Wir hatten nur ein Ziel: Azazel.

74

Ich schaute nicht links, nicht rechts. Zu sehen, was dieser Krieg und wir mit ihm anrichteten, mit wie viel Blut der Berg in dieser Nacht getränkt wurde, wie viele Leben sinnlos vergeudet wurden, wäre unerträglich.

Und so tat ich das, was ich am besten konnte: Mich durchbeißen. Mit meinem Schwert, meinen Fäusten und meiner Schnelligkeit wenigstens körperlich heil den Sonnenaufgang zu erleben. Doch das Licht des Tages war noch fern.

Die Nacht war finster, in der die Grenzen zwischen den Welten verschwammen. Ich tötete Poltergeister, die das Schlachtfeld umkreisten und die Kämpfenden mit Stöcken und Steinen bewarfen, stieß wild schreiende Besessene ins Unterholz, wo die bösen Geister sie verließen.

An Gábor und mir gab es kein Vorbeikommen. Er schloss seine Trauer sorgfältig weg. Mit eiserner Miene führte er sein Schwert und bahnte sich mit mir einen Weg zu Azazel, der in der Nähe der Bergbahnstation seine Soldaten gegen Luzifers anführte. Gábor warf mit einem Arm zwei besessene junge Männer ins Gebüsch am Wegrand. Gleich darauf zog er mich in die Schatten des Unterholzes.

Wir befanden uns im Rücken von Azazels Heer. Vor uns eine Wand aus silbrigen Geistern.

Es war still hier draußen. Nur unser Atem war zu hören.

Gábor nahm wieder meine Hand. Sein Puls ging schnell. Seine Hand war sehr warm und zitterte leicht.

Genau wie meine. Wir waren bis obenhin vollgepumpt mit Adrenalin.

Bist du dir sicher, dass du Azazel töten kannst?

Nein. Ich bin mir nicht sicher. Aber ich muss es versuchen. Solange Azazel lebt, bin ich nicht frei.

Gábor nickte ernst. Dann riss er mich an sich. Sein heftiger Kuss traf mich unvorbereitet. Meine Hände packten seine Arme. Die Dunkelheit löste sich auf, als mein Körper aus seiner zittrigen Starre erwachte. Wie ein Leuchtfeuer brannte Gábors Liebe in meinem Innern; ich sah seine Flammen hinter den Lidern meiner geschlossenen Augen. Seine Liebe wärmte mich vom Kopf bis in die Zehenspitzen.

Der kurze Neumond war vergangen. Gábor, mein strahlender Mond, vertrieb mit seinem Licht die Finsternis meiner Seele.

Viel zu schnell war es vorbei. Gábors Blick brannte sich in meinen. Trotz meiner weichen Knie zog ich Stärke daraus.

Geh schon, Joelle. Ich lenke ihn ab.

Hinter Gábor versammelte sich eine Hundertschaft Soldaten.

Ich zwang mich, nicht zu wanken. Meine Gabe würde funktionieren. Sie musste einfach.

Ich entfaltete meine Flügel und stieg auf. Wenige Meter flog ich über Azazels Truppen, die dank Gábor nun von zwei Seiten attackiert wurden. Sorgsam sammelte ich den Zorn in mir, doch der Rotschleier kam noch nicht. Vielleicht musste ich meinem Feind direkt gegenüberstehen.

Um Azazel herum entstand eine Lücke, in der ich aufkam und dem riesigen Dämon ohne zu zögern einen Schwerthieb auf das durch metallene Schienen geschützte Handgelenk versetzte. Mein Schwert verletzte ihn ohnehin nicht wirklich. Die oberflächlichen Kratzer, die ich ihm damit beibringen könnte, heilten innerhalb von Sekunden. Ich wollte nur seine Aufmerksamkeit erregen. Ihn hinterrücks zu töten, bevor er merkte, dass ich da war, wäre das Einfachste gewesen, hätte meine Gabe mich nicht im Stich gelassen.

Doch noch ließ ich mich nicht entmutigen. Grigori hatte gesehen, dass ich Azazel mit meinen Händen tötete, also würde es auch passieren.

Azazel fletschte die Zähne, als er mich erblickte. Seine schwarzen Augen bekamen einen gierigen Ausdruck, ehe er sein langes Schwert hob und auf mich richtete. Sein erster Schlag war so hart, dass mir beinahe das Schwert aus der Hand fiel. Er ließ mich in meinen Grundfesten erbeben. Statt Zorn verknotete eine immer greifbarere Angst mein Inneres.

Nein! Ich würde nicht mehr weglaufen und mich vor ihm verstecken!

Mit einem Fauchen landete ich meinen ersten Treffer. Vermutlich kam ich Azazel vor wie ein übermütiges kleines Tier, das nicht wusste, wie verwundbar es war und wie wenig es gegen ihn ausrichten konnte. Dennoch nahm er meine Kampfansage insofern ernst, dass er in einen ordentlichen Schwertkampf einstieg.

Wir fochten inmitten der sich bekämpfenden Gargoyles. Keiner der einfachen Soldaten griff mich an, als wüssten sie, dass Azazel sich jegliche Einmischung verbat.

Meine brennenden Muskeln und mein wild pochendes Herz brachten mich bald an mein körperliches Limit. Azazel half mir unbewusst, indem er mich anknurrte: „Verräterin! Es war dumm von dir, dich mit mir anzulegen. Niemand verrät mich und kommt ungestraft davon! Ich nehme dir nicht nur dein Kind, Nara! Ich nehme dir Farkas, Fennec, Wolkow, Guépard und all die anderen, die glauben, deine Seite wäre die richtige."

Da kam der Zorn und mit ihm Hass. Mit einem roten Schleier vor den Augen wurde ich schneller, kämpfte gegen meine protestierenden Arme und Beine und gegen Azazels Deckung. Er war so groß und verflucht schnell. Zu schnell für mich.

Er stieß einen unwilligen Laut aus, als Luc, Tristan und Louis bei uns landeten und Azazel bedrängten. Ein zweites Schwert materialisierte sich in seiner freien Hand.

Selbst zu viert war kaum ein Durchkommen. Gábor war durch die Soldaten von uns abgeschnitten. Ich zog mich ein paar Schritte zurück, steckte mein Schwert weg und fächerte die Finger auf. Ein Fleckchen Haut, ein beschissener Zentimeter, mehr brauchte ich nicht.

Doch das Rot flackerte immer wieder. *Azazel muss sterben*, beschwor ich mich selbst. *Azazel muss sterben.*

Mit einem Satz war ich zwischen Tristan und dem Engel. Ich streckte die Finger aus und berührte Azazels Arm, bevor er mich wegschubste. Meine Hand traf Tristan im Gesicht.

Ich knallte auf den Rücken und bekam für einen Moment keine Luft. Tristan fiel auf meine Beine. Er regte sich nicht mehr.

O Gott! Nein! Nicht er! Hatte ich ihn getötet? Ich erstarrte. Azazel schleuderte Luc und Louis von sich wie lästige Insekten. Mit dem Fuß stieß er Tristan von mir herunter und hob sein Schwert. Ich rollte mich ein Stück zur Seite, sodass mich der erste Hieb verfehlte. Luc kam auf die Füße und bohrte Azazel sein Schwert in die Rippen, doch der Dämon schlug ihn weg.

Kein Rot war mehr in meinen Augen. In panischer Angst versuchte ich aufzustehen und wenigstens Tristan fortzuschaffen, falls ich ihn nicht getötet hatte. Schwankend kam ich auf die Beine. Schwindel ließ mich taumeln.

Ich war wie gelähmt. Tristan bewegte sich nicht. Ich streckte die Hand nach ihm aus. Alles drehte sich. In meinen Ohren setzte ein monotones Piepen ein. Die Welt stand Kopf, als ich wieder rücklings auf den gefrorenen Boden knallte. Ich musste weg von hier!

Ein plötzlicher scharfer Schmerz raubte mir den Atem. Mein Schrei war ein heiseres Gurgeln.

„Verräterin", zischte Azazel, breitete die Schwingen aus und verließ den Kampfplatz.

Mein Bewusstsein trübte sich, doch ich presste mir geistesgegenwärtig die Hände auf den Bauch. Warum lief das ganze Blut über meine Hände?

Arika!

Mein Körper zuckte unkontrolliert. Schwärze schob sich wie Nebel in mein Blickfeld.

Das Letzte, was ich sah, war Lucs blutverschmiertes Gesicht über mir. Der Schmerz verschwand. Die Finsternis verschluckte mich.

75

Ich hatte ein Déjà-vu. Mein ganzer Körper fühlte sich wund an, als ich zu mir kam. Der Geruch von Desinfektionsmittel, das gedämpfte Licht, der weiße, sterile Raum.

Ich lag in einem Krankenzimmer. Es erinnerte mich so stark an das letzte Mal, als ich vom Schlachtfeld direkt in einen Krankensaal gekommen war, dass ich reflexartig an meinen Bauch griff.

Er war leer und flacher als vorher. Er schmerzte kaum, doch eine furchtbare Gewissheit brannte sich durch meine Knochen und schmerzte weit mehr als die Wunde, die Azazel mir zugefügt hatte. Arika war fort.

Ich spürte nirgends ihre Anwesenheit. Ich hatte mich so sehr an sie gewöhnt, dass die Leere in mir mich in Panik versetzte. Sich zu bewegen, war fast unmöglich.

Erst allmählich bemerkte ich, dass ich nicht alleine war.

Leise Stimmen erfüllten das Zimmer. Sie gehörten Gábor und Luc. Ich atmete auf. Sie waren am Leben. Ihnen den Kopf zuzuwenden und ihnen zu zeigen, dass ich aufgewacht war, klappte auch nach vier Anläufen nicht. Ich fühlte mich steif und unendlich müde. Dennoch spitzte ich die Ohren.

Luc erzählte Gábor, was mit mir passiert war. Er musste eben erst angekommen sein. Durch Lucs Gabe hatte ich eine Art Narkose erhalten, was die Medikamente der Menschen nicht erreicht hätten. Ich hörte ihm weiter zu.

„Für Joelle bestand zu keinem Zeitpunkt Lebensgefahr. Sie hat auch den Kaiserschnitt gut überstanden."

Gábor ging nur halbherzig auf seine Worte ein. „Gut, dass du da warst. Danke dafür." Er brach ab. Ein gänzlich frischer Schmerz wallte auf und drang bis zu mir herüber.

„Warum lebe ich, Luc? Warum verdammt?" Seine gepresste Stimme verriet mir, dass er seine Tränen mühsam zurückhielt.

Ich hörte, dass Luc seinen Rücken oder seine Schulter streichelte. Mitleid erfüllte mich. Gábor hatte seinen Bruder verloren und um mein Leben fürchten müssen. Ein dicker Kloß bildete sich in meinem Hals, als ich Gábors Schluchzen vernahm.

„Warum musste sie sterben? Und mein Bruder? Warum?"

„Es tut mir so leid", erwiderte Luc beinahe flüsternd.

Da begriff ich es erst. Arika lag nicht im Säuglingszimmer. Meine kleine Arika war für immer fort.

Ich kniff Augen und Lippen fest zusammen. In meinem Hals brannte es. Tonnenschwere Gewichte drückten mich auf das Bett und nahmen mir die Luft zum Atmen.

Warum? Warum mein Kind?

Meine Tränen liefen lautlos an den Seiten meines Gesichts herab. Mir fehlte die Kraft, um richtig zu weinen. Doch mein Herz und mein Bauch verkrampften sich umso mehr. Meine Finger gruben sich in das Laken.

Endlich gelang es mir, den Kopf zu drehen. Durch den dichten Tränenschleier sah ich Gábor in Lucs Armen zusammenbrechen. Er weinte so sehr, dass sein ganzer Körper geschüttelt wurde. Luc hielt ihn fest, auch er weinte.

Dieser Schmerz war neu und scharfkantig. Er schnitt mich innerlich entzwei. Auf einmal keuchte ich, weil ich glaubte, mir würde das Herz herausgerissen.

Da standen beide Männer ruckartig auf, um zu mir zu laufen.

„Joelle“, schluchzte Gábor. Mehr brachte er nicht heraus. Er legte sich neben mich auf das Bett und nahm mich in den Arm.

Luc legte kurz seine Hand auf meine.

Tristan geht es gut. Er war nur ohnmächtig.

Diese Bürde nahm Luc mir. Tristan war nicht durch meinen Fehler gestorben. Der einzige Lichtblick in all der Dunkelheit.

Miláns Tod war schon schwer auszuhalten, um ihn weinte ich fast ebenso wie Gábor. Aber dieser Schmerz war ein anderer. Wie ich den Verlust meiner Tochter verkraften sollte, wusste ich nicht. Doch Gábor ging es noch schlechter. Er konnte nicht mehr. Noch nie hatte ich ihn so erlebt. So am Ende mit sich und allem.

Ihn festzuhalten und seine Haare zu streicheln half mir, meinen eigenen Kummer zu ertragen. Auch Lucs Anwesenheit, seine sanften Hände auf unserer Haut beruhigten mich.

Als Gábor in meinen Armen erschlaffte, war ich erleichtert, dass er eine Pause bekam. Ich schloss ebenfalls die Augen und überließ mich dem Vergessen im Schlaf.

Vielleicht erwies Gott uns seine Gnade und ließ uns nie wieder aufwachen.

Aber ich wachte auf. Tris und Louis waren hereingekommen, ich hörte sie miteinander reden, bevor ich die Augen aufschlug. Gábor war bereits aufgestanden. Ganz kurz wusste ich nicht, wo ich mich befand oder warum, doch dann holte mich alles wieder ein.

Weinend griff ich nach dem Wasserglas neben meinem Bett und warf es um. Tristan stürzte zu mir, richtete es wieder auf und schenkte mir neues Wasser ein, um mir anschließend das Glas zu reichen. Ich war völlig ausgetrocknet.

Als ich nach zwei Gläsern genug hatte, zog ich Tristan auf die Bettkante und umschlang ihn mit den Amen.

Stumm hielt er mich fest. Nur seine Gedanken sprachen.

Es ist nicht fair, Jo. Es ist einfach nicht fair.

Mit Tränen in den Augen nickte ich.

Louis kam dazu und streichelte meinen Rücken. Dankbar lächelte ich ihn an. Wahrscheinlich sah es wie eine schmerzverzerrte Grimasse aus. Luc öffnete die Tür und ließ Gábor herein.

Tristan stand auf und machte ihm Platz. Mein Herz stach, als ich sah, wie Gábors Tränen auf das winzige Bündel aus Handtüchern tropften, das er im Arm hielt.

War ich bereit, mein totes Kind zu sehen? Gábor spürte meinen Zwiespalt und wartete geduldig ab, bis ich schließlich nickte. Die anderen öffneten das Fenster und stiegen auf die Feuerleiter davor.

Ein einziges Mal wollte ich meine Tochter anschauen. Die unaufhörlich fließenden Tränen machten es mir nicht leichter. Ich fürchtete mich vor dieser Begegnung und doch sehnte ich sie herbei. Innerlich wappnete ich mich.

Arika würde kalt sein. Sie würde nicht mehr auf meine Stimme reagieren und mir niemals in die Augen blicken.

Gábor legte mir sie in die Arme. Er ließ sie jedoch nicht los. Jeder von uns hielt ein Stück von ihr.

Ich wollte schon einen Rückzieher machen und sie Gábor zurückgeben, als ich über meinen Schatten sprang, das Chaos in meinem Innern zurückdrängte und in das winzige Gesicht schaute. Es war nicht rosig, sondern grau. Ich hatte nichts anderes erwartet.

„Sie ist so klein“, flüsterte ich und musste unwillkürlich lächeln. „Sie wäre ein wunderbares Mädchen geworden.“

Dann übermannte mich wieder die Bitterkeit. Arikas Leben war vorbei, ehe es richtig begonnen hatte.

Gábor strich ihr vorsichtig über die Stirn. „Ich hätte gerne gewusst, wem sie ähnlich sieht. Schwarze Haare haben wir ja beide. Ich hätte sie so gerne kennengelernt." Seine letzten Worte gingen in einem erstickten Schluchzen unter.

So vieles hatte ich mir für meine Tochter gewünscht. Am allermeisten, dass sie Eltern hatte, die sie liebten. Gábor hatte seine Mutter verloren und ein schwieriges Verhältnis zu seinem Vater. Ich hatte nie einen Vater gehabt und meine Mutter zu früh verloren. Nun hatten eine Mutter und ein Vater ihr Kind verloren. Es war nicht fair. Das war es nie.

Die Morgendämmerung hatte für mich immer etwas Tröstliches gehabt. Selbst in diesem Augenblick spürte ich es, obwohl es nur unmerklich heller wurde in dem stürmischen Schwarzgrau vor dem Fenster.

Die Mitte der Nacht ist der Anfang des Tages. Die Mitte der Not ist der Anfang des Lichts.

Die Trauer um das kleine Wesen in meinen Armen würde mich nie verlassen. Nicht einmal, wenn ich Jahrtausende leben würde. Aber jetzt aufzugeben, wo ich so lange gekämpft hatte, für sie; das würde ich mir nie verzeihen.

„Ich möchte sie beerdigen", flüsterte Gábor irgendwann.

„Sollen die anderen mitkommen? Sie möchten sich vielleicht auch von Arika verabschieden."

„Wenn sie wollen. Wir müssen abwarten, wie es dir geht. Ich hole Luc. Willst du sie noch ein bisschen halten?"

„Ja." Nur noch ein bisschen.

Luc untersuchte die Kaiserschnittnarbe und befand mich nach etwas Nachhilfe mit seinen heilenden Händen für fit genug, um das Krankenhaus still und heimlich zu verlassen. Mit den vielen Verletzten der Schlacht dürfte es hier aber so hoch hergehen, dass mein Fehlen erst bemerkt werden würde, wenn ich über alle Berge war.

Wir alle folgten Gábor im Formationsflug zu seinem Haus. Die ganze Zeit über hielt er Arika an sich gedrückt und nur ein Hauch seines Schmerzes kam zu mir.

Ich befahl mir selbst, mich zusammenzureißen. Wir hatten so viele andere Dinge, um die wir uns kümmern mussten. Wenn sie erledigt waren, würde ich richtig um Arika trauern. Und um Milán.

Jetzt barg ich sie nur in meinem Herzen und würde tun, was meine Mutter stets getan hatte:

Meine Pflicht erfüllen.

76

Im Garten der Farkas-Villa trafen wir Grigori, der auf uns gewartet hatte. Er sah ungefähr so aus, wie ich mich fühlte, und sagte keinen Ton, bis wir am Rand des Höllenwaldes in der Nähe der Berge landeten.

Hier würde uns niemand behelligen.

Mit Stöcken gruben meine Freunde ein flaches Grab. Im Kreis stellten wir uns darum auf. Still gaben wir Arika herum. Jeder hielt sie kurz im Arm und verabschiedete sich von ihr. Wir hatten schon mit zu vielen toten Körpern zu tun gehabt; zu vertraut waren uns die Welten, zwischen denen wir uns bewegten. Kinder wurden nicht zu Geistern. Auch die Entscheidung für ein Leben als Dämon hatte Arika noch nicht treffen können. Das blieb jenen Halbdämonen vorbehalten, die ihre Reife erlangt hatten. Arikas Seele war im Himmel. Der Ort, den Azazel so gerne aufsuchen wollte, war ihr durch seine Tat zur Heimat geworden. Mein Kind war zwar nicht bei mir, aber dennoch am besten Ort, den ich mir vorstellen konnte. Das sagte ich mir selbst, während ich sie noch einmal ansah, um mir ihre feinen Gesichtszüge einzuprägen.

Gábor war derjenige, der seine Tochter in die Mulde legte. Alle zusammen schütteten wir das Grab zu.

Gábor holte eine weiße Karte aus seinem Kittel. Er zeigte uns die winzigen Hand- und Fußabdrücke, die trotz der übervollen Klinik noch von Arika gemacht worden waren. Geschützt in einem Briefumschlag vergrub er die Karte in dem Hügel. Wie Arikas zarter Körper würde er nie verschwinden, denn in der Hölle stand die Zeit still.

Tristan hatte Gyulas Gitarre mitgebracht und fing an zu spielen. Ich schluckte meine Tränen hinunter und sang für meine Tochter „I cried for you“ von Katie Melua, weil es mir passend erschien. Doch als Tristan sich mit „Over the Rainbow“ anschloss, kehrten die Tränen umso heftiger zurück.

Wir ließen uns um den kleinen Hügel nieder und nahmen uns einen langen Augenblick, um uns gegenseitig zu trösten.

Nacheinander gingen meine Freunde zurück ins Diesseits, bis nur noch Grigori, Gábor und ich dasaßen.

Grigori weinen zu sehen, zu wissen, dass er sich mitschuldig fühlte, weil er all das vorausgesehen hatte, brach mir beinahe das Herz. In sich zusammengesunken saß er auf der Erde, die Arme auf die angewinkelten Knie gelegt und das tränennasse Gesicht darin vergraben. Ich lehnte mich an seine bebenden Schultern und Gábor legte ihm einen Arm um.

Grigori sollte wissen, dass wir ihn nicht verantwortlich machten. Nicht für Arikas Tod, nicht für Miláns, nicht einmal dafür, dass ich daran gescheitert war, Azazel zu töten. Ich schickte ihm diese Gedanken und zauste liebevoll seine Haare.

Schließlich redeten wir.

„Das war die schlimmste Nacht meines Lebens“, fing Gábor an. „Aber jetzt weiß ich endlich, dass ich Luzifer verlassen muss. Ich habe viel zu lange auf seiner Seite gestanden. Er hat es letztendlich zu diesem Krieg kommen lassen. Es sieht ihm ähnlich, andere vorzuschicken und am Ende hervorzuspringen und als Sieger dazustehen. Vermutlich will er selbst über alle vier Welten herrschen.“

Grigori wischte sich die Tränen ab. „Er hat den Schlüssel und Matthias in die Hölle gebracht. Ich konnte es nicht verhindern.“ Er rieb sich über das Gesicht. „Wir versammeln alle, die wir kriegen können.

Der jüngste Jäger braucht unsere Hilfe. Der Schlüssel muss in den Himmel. Vorher gibt es keinen Frieden."

„Wir müssen stark sein. Wenn alles vorbei ist, können wir uns irgendwo verkriechen. Falls wir nicht längst tot sind", sagte ich energisch. Mein Wille kam zurück.

Mit einem Mal sprang Grigori auf. „Milán lebt."

Gábor packte Grigoris Unterarm. „Wo ist er?"

„In der Hölle, irgendwo im Wald. Er muss sich erst an seine neue Daseinsform als reiner Dämon gewöhnen. Wir dürfen ihn nicht überfordern!" Er war also in die Dunkelheit gegangen. Für uns.

„Er ist mein Bruder!" Auch wenn er sich ärgerte, war ich froh darum, dass Gábor wieder mehr er selbst wurde.

„Er wird schon noch zu uns stoßen. Aber vergiss nicht, er ist nicht mehr derselbe." Wieder richtete Grigori den Blick in die Ferne. „Ich muss ins Diesseits zurück. Du hattest etwas vor, Gábor."

Der Angesprochene überlegte kurz, dann umarmte er Grigori und spannte die Flügel. Grigori schloss mich in die Arme, dann flog er davon. Gábor schaute zu mir und setzte zum Reden an.

„Spar's dir", kam ich ihm zuvor. „Ich werde dich begleiten." Da lächelte er. Das erste Lächeln seit einem halben Leben. Ich nahm seine Hand und verschränkte meine Finger mit seinen. „Wir stehen das hier zusammen durch. Alles."

Gábor küsste mich auf die Stirn. *Wenn die Grenzen zwischen den Welten verschwimmen und die Nacht am schwärzesten ist, werdet ihr wieder vereint sein. Sind wir das wirklich?*

Was steht noch zwischen uns?

Mein beschissenes Verhalten, nachdem ich Ferenc verprügelt habe. Es tut mir wahnsinnig leid!

Die Andeutung eines Lächelns umspielte meine Mundwinkel.

Glaubst du immer noch, dass du kein Vater sein kannst?

Ich war so bescheuert. Erst heute Nacht, als sie mir Arika in die Arme gelegt haben, hab ich kapiert, dass ich die ganze Zeit nur für euch gekämpft habe, für Arika und für dich.

Wir rangen beide um Fassung, als wir uns fest umarmten und uns schließlich von dem Grab abwandten.

77

Über den immergrünen Bäumen des Höllenwaldes erläuterte Gábor mir seinen Plan, Luzifer entweder im Zweikampf den Schlüssel wegzunehmen oder ihm wenigstens einige seiner Truppen abspenstig zu machen. Er nahm mir das Versprechen ab, zu gehen, wenn er es von mir verlangte. Zähneknirschend stimmte ich zu. In der Hölle kannte Gábor sich immer noch besser aus als ich.

In der Waffenkammer, einem Bergstollen, zu dem Gábor als Erster Offizier einen Schlüssel hatte, besorgten wir uns so viele Waffen, wie wir tragen konnten; vor allem Wurfmesser. Ich nahm mir zusätzlich einen Bogen und einen Köcher voller Pfeile. Azazels Pfeil, den ich in meiner Schwertscheide mitführte, könnte mir gute Dienste leisten.

In der Nähe des Heerlagers marschierte Luzifer gefolgt von einem guten Dutzend Soldaten durch den Wald. Gábor landete vor seinem Vater auf dem Waldboden und zog sein Schwert.

Auf einem Baum in der Nähe, von dem aus alle Anwesenden in der Reichweite meines Bogens lagen, legte ich an und zielte zunächst mit einem normalen Pfeil auf die Leibgarde des Teufels. Für Gargoyles reichte das aus.

Ich verstand nicht, was die beiden Männer miteinander redeten, denn sie taten es auf Ungarisch. Gábors Miene nach zu urteilen, zeigte Luzifer sich allerdings wenig kompromissbereit.

Auf einmal gingen sie mit dem Schwert aufeinander los. Die Soldaten rührten sich nicht.

Drei weitere Personen betraten den Schauplatz. Lilith,Katharina und ihr Bruder Joshua. Ich beugte mich gespannt nach vorne. Vor lauter Gucken wäre ich beinah vom Ast gefallen.

Die Dämonen bildeten einen Ring um Gábor und Luzifer, die ein interessantes Duell ablieferten, es jedoch beide am nötigen Willen fehlen ließen, den Gegner umzubringen.

Ich konnte aber verstehen, dass Gábor nach der letzten Nacht, nachdem er seinen Bruder verloren und seine Tochter beerdigt hatte, nicht darauf aus war, auch noch seinen Vater sterben zu sehen. Schon gar nicht durch die eigene Hand. Luzifer musste es genauso ergehen.

Ich hielt den Bogen schussbereit, zielte jetzt aber weiter weg von Luzifer, falls es sich doch um einen Engelspfeil handelte.

„Hört auf! Wir wollen verhandeln!", rief Katharina auf Deutsch. Sie klang ungewohnt gebieterisch. Ob sie wusste, dass Milán zurückgekommen war?

Die Soldaten öffneten ihre Reihe und verbeugten sich respektvoll vor Lilith und Katharina.

Anscheinend war Luzifer bereit, sich zumindest mal anzuhören, was die beiden Frauen zu sagen hatten. Gábor blieb dicht bei seinem Vater stehen. Es war ihm deutlich anzusehen, dass er ihm nicht über den Weg traute.

Oben auf meinem Baum stieg die Stimmung, als ich das Gespräch verfolgte. Katharina überraschte mich immer wieder.

Die oberste Dämonin als Joker gegen Luzifer aus dem Hut zu zaubern, wäre mir nie in den Sinn gekommen. Dass sie mir gegen Samael geholfen hatte, war mehr Zufall gewesen. Mit Luzifer hatte Lilith sich in der Vergangenheit nicht angelegt.

Lilith klang kaum menschlich, als sie mit schriller Stimme dem Teufel vorwarf, die Hölle zu zerstören.

„Luzifer! Wegen deiner Eroberungspläne und deiner kindischen Fehde mit Akibeel zerbricht das Reich! Wenn du dich weiter uneinsichtig zeigst, werde ich andere finden, die des Höllenthrons würdiger sind."

Bei Luzifers boshaftem Grinsen stellten sich mir sämtliche Körperhaare auf. „Oh, Katharina wird früh genug auf meinen Thron steigen, allerdings nur, wenn sie sich an meine Regeln hält. Mit dir zu paktieren, verstößt schon mal dagegen!" Also war sie doch eine Dämonin. Menschen herrschten nicht in der Hölle.

Lilith ballte die Hände zu Fäusten. „Darum geht es jetzt nicht. Lange hätte ich eurem Treiben auch ohne sie nicht mehr tatenlos zugesehen. Du bringst meine Kinder in Gefahr! Deinetwegen sterben sie!"

Ihr Wehklagen berührte etwas in mir, das mich an meinen eigenen, noch frischen Schmerz erinnerte. Mutterliebe.

Gleich klang Lilith wieder befehlsgewohnt.

„Ich beanspruche meine Macht über dieses Reich, wenn du nicht bereit bist, mit uns zu verhandeln. Katharina beherrscht die Kreaturen Leviathan und Behemoth, selbst Höllenhunde gehorchen ihr. Ich habe es gesehen, als sie hier weilte. Ihr würde ich mein Reich anvertrauen. Sie ist so jung und doch gerade so viel weiser als du, Luzifer!"

Hört, hört!

Luzifers Blick wurde lauernd. „Was willst du, Lilith? Dass ich den kleinen Matthias freilasse? Dass ich euch meinen Weltenschlüssel gebe? Dass ich den Streit mit Akibeel friedlich beilege?"

„Genau diese Dinge, Luzifer."

„Nun, was Akibeel angeht, kann ich dir entgegenkommen."

Akibeel trat mit einer Armee hinter sich zwischen den Bäumen hervor. Ich schrak zusammen. Merde!

Luzifer sprach weiter: „Wir haben ein kleines Arrangement getroffen. Da wir nun von mehreren Seiten angegriffen werden, wollen wir unseren Streit vertagen und erst einmal zusehen, dass wir nicht beide die Hölle verlieren. Das wäre doch sehr ärgerlich, nicht wahr, Lilith?"

Das hatte niemand kommen sehen. Auf ihre Zerstrittenheit hatten wir gebaut. Launenhafte Dämonen! Erst bekämpften sie sich jahrzehntelang bis aufs Blut und dann begruben sie von heute auf morgen das Kriegsbeil. Ich unterdrückte ein Stöhnen, als ich Madame d'Hibou hinter ihrem Geliebten aus dem Dickicht herauskommen sah. Sie hielt ihm selbst nach ihrem Tod die Treue. Entweder verdammte sie Akibeels Charisma – Gabe dazu oder der gefallene Engel war der Einzige, den diese Frau wirklich liebte. Katharinas Schultern verspannten sich noch stärker, als sie ihre Mutter erkannte. Der Bogen in meiner Hand erzitterte. Der Drang, Madame d'Hibou zu erschießen, war groß. Doch ich durfte nicht eingreifen.

Noch nicht.

Gábors Gedanken erreichten mich.

Verschwinde, Joelle. Kehr zurück ins Diesseits. Wir finden uns. Ich liebe dich.

Ich liebe dich auch.

Ich tat ihm den Gefallen und flog zunächst ein paar Bäume weiter. Dort unten waren sie so miteinander beschäftigt, dass niemand Notiz von mir nahm.

Ich spitzte die Ohren. Diesen Showdown wollte ich auf keinen Fall verpassen.

Lilith donnerte auf einmal: „So haben wir nicht gewettet, Luzifer!"

Ich schauderte, als dunkle Wolken aufzogen und Lilith in die Höhe wuchs, bis sie die riesenhaften Engel überragte. Es gefiel mir, dass die Engel Respekt vor ihr hatten und vorsichtshalber einen Schritt zurückwichen. Nicht dass Luzifer so leicht zu beeindrucken wäre.

„Ihr könnt nicht fliehen, Katharina!", brüllte er. Wir kriegen euch hier oder auf der Erde, aber ihr könnt nicht fliehen!" Gábor stellte sich an Liliths Seite. O Gott. Ich musste mich zwingen, weiter zuzusehen. Dann straffte ich mich, legte erneut an und zielte.

„Ihr habt einen Eid geschworen!", schrie Luzifer seine Soldaten an, die sich noch einmal vor Lilith verbeugten, anstatt sie anzugreifen. „Angriff auf mein Kommando!"

Doch niemand begann den Kampf. Mein Arm zitterte ein wenig, weil ich die Bogensehne so lange gespannt hielt. Madame d'Hibou und Katharina starrten sich an, wechselten vermutlich ein paar stumme Worte, aber auch sie blieben jede hinter einer unsichtbaren Trennlinie. Luzifers flammende Augen huschten für den Bruchteil einer Sekunde zu Gábor. Ha! Sie bekamen Kinder mit Menschenfrauen, glaubten, über alle Gefühlsduseleien erhaben zu sein, und wurden nun von ihrer eigenen Ignoranz ins Verderben geführt. Gottes Fluch entsprach genau seinem Stil: Wieder einmal zeigte er den gefallenen Engeln, dass sie sich nicht über die Liebe, die größte Macht des Universums, erheben konnten. Ich hatte bereits davon gehört. Worte der uralten Weltenwächter-Prophezeiung kamen mir in den Sinn:

Der Morgenstern, durch Liebe er fällt, und Hekates Erbin die Macht erhält.

Katharina! Katharina war die Weltenwächterin! Deshalb fühlte sie sich immer so seltsam an, so wenig dämonisch, so wenig menschlich. Wir alle hatten sie nicht einordnen können, weil sie zu allen Welten gehörte. Wäre Grigori nicht mit ihr aus dem Pariser

Hauptquartier geflohen, hätte sie keine Zeit gehabt, ihre Macht zu erkennen und auch zu nutzen. Ob er es gewusst oder zumindest geahnt hatte? Doch diese interessanten Gedanken musste ich vertagen.

Luzifer schloss angestrengt die Augen, umklammerte sein Schwert und riss es hoch.

„Legionen! Bereit machen zum Angriff! Sie sind Hochverräter, alle vier!"

Gábor schrie auf Deutsch genauso laut wie der Teufel: „Die wahren Verräter seid ihr, Vater!" Die Kälte in seinem Tonfall ging selbst an Luzifer nicht spurlos vorüber, als Gábor fortfuhr: „Ihr verratet eure eigenen Kinder, weil ihr nichts gelernt habt! Ihr wurdet schon einmal für eure Machtgier bestraft! Und das wird wieder passieren." Er ging zum Ungarischen über. Luzifer antwortete in derselben Sprache. Ich verstand kein Wort, aber dass sich Vater und Sohn beschimpften, war offensichtlich.

Der Baum, auf dem ich hockte, schwankte plötzlich. Stampfende Schritte ließen den Waldboden erbeben.

Das riesige, haushohe Urzeitmonster Behemoth, eine groteske Mischung aus Flusspferd und Stier kam brüllend herbei und schob sich wie eine Wand zwischen meine Freunde und den Feind. Sein durchdringender Geruch erinnerte mich an die Elefanten im Pariser Zoo in Vincennes.

Nun gab es keine Trennlinie mehr. Einige Soldaten bewarfen Behemoth mit Speeren oder beschossen ihn mit Pfeilen. Das Tier trampelte sie einfach nieder.

Luzifer sprang seinem Sohn nach, um ihn anzugreifen. Ich schoss meinen ersten Pfeil ab, der in Luzifers erhobenem Schwertarm steckenblieb. Er zuckte zurück, zog den Pfeil dann aber einfach heraus. Erleichterung flutete mich, während ich wieder anlegte.

Ich schoss weitere Pfeile ab. Auf Madame d'Hibou, Akibeel und Sariel, auf jeden, der sich zu nah an die

Gruppe um Gábor heranwagte. Herunterfliegen und mitmischen durfte ich nicht, Gábor würde ausflippen. Aber ich konnte ihm von hier oben Feuerschutz geben.

Als Luzifers Höllenhunde bellend durchs Unterholz stürmten, brachte Liliths Magie meine Freunde und sie selbst in Sicherheit. Ein Sturm erfasste die vier und trug sie über den Wald davon. Zeit zu verschwinden. Ich stieß mich von meinem Ast ab und flog zum nächsten Portal. Bevor ich in den wirbelnden, warmen Luftstrom sprang, schaute ich zurück und sandte Arika einen letzten stummen Gruß.

Ich biss mir fest auf die Unterlippe, damit mich die Trauer nicht erneut übermannte.

Auf der Erde warteten meine Freunde auf mich, ebenso wie meine neuen Verbündeten. Sie brauchten mich.

78

Das Portal, das Gábor mir empfohlen hatte, spuckte mich auf bemoosten Steinplatten hinter einem fast haushohen Mausoleum aus. Ich war auf dem Bergfriedhof gelandet.

Als ich auf den schmalen Weg zwischen den Gräbern trat, entdeckte ich unweit des Mausoleums zwei hochgewachsene Gestalten, die sich im Schatten eines Baumes unterhielten. Einer war ein Geist, der andere ein Dämon.

Gyula und Milán.

Ich lief zu ihnen hin und stoppte abrupt, weil ich in meiner Eile beinahe auf das mit Efeu bewachsene Grab getreten wäre. Es gehörte Gyula und Katalin Farkas, der Mutter der drei Brüder.

„Joelle!", begrüßte Milán mich leise.

Ich zuckte zurück. Seine Stimme hatte das Raue verloren, wirkte so glatt wie der Rest von ihm. Alles Menschliche hatte er im Tod abgestreift. Vor mir stand eine polierte, fremde Version von Milán; eine Version ohne dunkle Sommersprossen, ohne Narbe am Kinn. Geblieben war die Traurigkeit in seinen Augen. Gyula nickte mir zu. Vorsichtig schloss ich Milán in die Arme. Er fühlte sich warm und lebendig an. Erleichterung flutete mich, dass er nicht ins Licht, sondern in die Schwärze gegangen war, dass er sich für uns entschieden hatte, dass er lebte. Auch wenn er nicht mehr derselbe war.

„Könnt ihr euch jetzt hören?", fragte ich.

„Ja. Ich habe mir überlegt, ganz zu Gyula zu gehen, aber dann dachte ich an euch, dass ihr mich braucht, bevor das Ende kommt. Der Jüngste Tag ist nah. Wenn wir scheitern oder wenn Gott es auf seine Weise beenden will, werden Gyula und ich ohnehin bald vereint sein."

Ihn lebendig zu sehen, nahm mir einen Teil der Schwere, die auf mir lastete.

Dann verengte er die Augen, als er sagte: „Ich spüre meine Nichte nicht mehr. Wo ist sie?"

Unter Tränen erzählte ich ihm und Gyula alles. Der Geist legte seine Hand wie einen eisigen Hauch auf meine Schulter, auf der anderen lag Miláns warme Hand. Wut und Mitgefühl zeichnete sich auf ihren beinahe identischen Gesichtern ab.

„Wir dürfen sie nicht gewinnen lassen", erklärte Milán. „Und wenn es das Letzte ist, was wir tun."

„Wir müssen zu den Wolfsjägern", entgegnete ich.

Milán nickte. „Wir begleiten dich und bleiben in der Nähe."

Grigori empfing mich hinter dem Restaurant am Wolfsbrunnen. Wir umarmten uns flüchtig, denn sich lange im Freien aufzuhalten, war nicht mehr ratsam.

Trotzdem verspürte ich weder Angst noch besondere Anspannung. Meine Gefühle wegzuschließen, half mir gerade mehr als alles andere.

Auch Grigori war darauf bedacht, nichts an sich heranzulassen. Er widmete sich ganz pragmatisch dem, was anstand. Und das waren weder Trauer noch Schuldgefühle.

Wir gingen hintereinander durch einen dunklen gemauerten Tunnel auf der bloßen Erde. Eine weitere Tür öffnete sich. Dahinter kam ein großzügiger Wohnraum mit offener Küche zum Vorschein. Sämtliche Wolfsjäger außer Matthias, dem alten Julian und einem der Cousins von Julius hatten an einer langen Tafel Platz genommen und hielten eine Beratung ab. Tristan, Luc und Louis saßen bei ihnen.

Ich lächelte ihnen zu, dann marschierte ich schnurstracks zu Julius, um ihn per Handschlag zu begrüßen. Ich wollte mich dafür bedanken, dass er uns ins Geheimversteck der Wolfsjäger eingeladen hatte. Doch der immer etwas grimmig wirkende Mann erhob sich, kam mir die letzten Schritte entgegen und schloss mich in die Arme. Überrumpelt erwiderte ich erst eine Sekunde später seine kräftige Umarmung.

„Willkommen, Joelle!" Stumm fügte er hinzu: *Grigori hat mir alles erzählt. Es tut mir sehr leid für dich und Gábor.*

„Danke", krächzte ich.

Die Geisterjäger am Tisch setzten mich ins Bild, was am Ende der Schlacht passiert war. Ich erfuhr von den Gefallenen und sprach ihnen mein Beileid aus. Dass Matthias Luzifers Gefangener war und der Teufel sich den Schlüssel geholt hatte, wusste ich ja bereits.

Ich erzählte im Gegenzug von den Geschehnissen, die ich in der Hölle beobachtet hatte, dass die gefallenen Engel sich zusammengeschlossen hatten und nun gemeinsam die Erde und den Himmel erobern wollten. Es würde mich nicht wundern, wenn insbesondere Akibeel sich zudem an den Wolfsjägern rächen würde. Zwar ziemlich undankbar, wo sie doch seine einzige Tochter aufgezogen hatten, aber sie hatten sich jedem seiner Pläne in den Weg gestellt und Katharina für sich vereinnahmt. Sie hielt ihnen die Treue, nicht Akibeel oder gar ihrer Mutter Madame d'Hibou. Grigori teilte den anderen meine Gedanken mit. In unbekannter Runde sprach ich nicht gern. Außerdem lagen all diese Tatsachen auf der Hand.

Dann gab es belegte Brote. Essen hatte ich total vernachlässigt. Mein Magen knurrte, als die Brote auf dem

Tisch erschienen. Beim Essen lauschte ich Lucs Gedanken, der mir gegenüber saß.

Alles in Ordnung mit dir, Joelle?

Wir müssen jetzt alle funktionieren.

Er nickte. *Ich hätte meine Geschwister und meine Mutter gerne noch mal getroffen.*

Ich machte ein mitleidiges Gesicht. *Vielleicht überstehen wir das.*

Er lächelte plötzlich. *Versuchen wir es wenigstens. Du kommst doch von draußen, oder? Nicht mehr lange und das Himmelstor öffnet sich. Was glaubst du, was dann hier los ist?*

Die Apokalypse, erwiderte ich kauend, dann legte ich das Brot auf den Teller, um Luc anzusehen. *Ich bin froh, dass du da bist. Wir gehen immer noch zusammen durch den Sturm, Luc. Du und ich und Gábor. Das wird so sein bis zum Ende.* Das uns in wenigen Stunden bevorstand. Anscheinend hatte Luc das hören müssen, denn er nickte und sah irgendwie erleichtert aus. Zeitgleich streckten wir unsere Hände über den Tisch und verschränkten kurz die Finger miteinander.

Der Schlachtplan stand schnell: Dank Grigori wussten wir, wann und wo die gefallenen Engel im Diesseits aufkreuzen würden. Wir fingen sie dort ab, wo sie erschienen.

Julius erklärte uns, dass wir auf die Hilfe vieler Geister bauen konnten, da Katharina sich endlich als Weltenwächterin offenbart hatte. Nach Madame d'Hibous Tod hatten sich auch die übrigen Jäger mit uns verbündet, um den drohenden Weltuntergang aufzuhalten. Schlussendlich hatten sie kapiert, dass sie für die Falschen Kopf und Kragen riskiert hatten. Grigori hatte mit seiner Charisma-Gabe auch die letzten Zweifler überzeugt. Der oberste Wolfsjäger baute auf unser Glück und dass wir entweder den Schlüssel in den Himmel geben konnten und dadurch verschont wurden, oder dass die Apokalypse ihren Lauf nahm und wir darauf hoffen duften, durch unseren unerschütterlichen Glauben an Gottes Gnade nicht in die Hölle gestürzt zu werden. Gegen die Dämonen zu kämpfen und es ihnen so schwer wie möglich zu machen, im Diesseits Fuß zu fassen, klang nach dem besten Plan, den wir hatten.

Irritiert sah ich nach dem Essen die anderen aufstehen und mit gefalteten Händen am Tisch stehen bleiben.

Gottes Existenz war für mich eine Tatsache, und in großer Not hatte ich auch schon gebetet, doch im Moment war ich noch nicht wieder bereit, das Vaterunser mitzusprechen und es auch ernst zu meinen. Nach dieser Nacht haderte ich mit Gott, weit mehr als nach dem Tod meiner Mutter.

Und wenn es mein Untergang war, ich wollte ohnehin nicht in den Himmel. In der Stille des Gebets, mit Julius' dunkler Stimme im Ohr, hatte ich meine Entscheidung endlich getroffen. Wenn ich starb, dann würde ich in die Hölle gehen. Wo sonst gehörte ich hin?

Es war ein ruhiger, geradezu gefasster Marsch, den wir antraten. Durch den Wald ging es hinunter nach Schlierbach und von dort aus am Neckar entlang in Richtung Innenstadt.

Keiner ließ sich von der bebenden Erde, von Sturm und Gewitter aus dem Tritt bringen. Regen peitschte uns ins Gesicht, durchnässte unsere Kleider. Ich verwandelte mich soweit, dass ich die Kälte kaum noch spürte. Menschen oder andere Lebewesen sahen wir nicht. Alles versteckte sich in Furcht vor dem Kommenden. Und vor uns, vor all den Dämonen, die dieser Tage das Diesseits überrannten.

Ein erneutes Donnern zerriss die Luft. Die Erde wackelte so stark, dass ich stolperte. Ein Riss zog sich durch die Uferstraße. Er verbreiterte sich schnell. Ein durchdringender Geruch nach Feuer und Schwefel stach mir in der Nase. Statt des erwarteten Flusswassers quoll flüssiges rotglühendes Gestein aus dem entstehenden Graben hervor.

Ach du Scheiße!

„Vorsicht!", rief Julius und sprang als Erster über den Graben. Wir beeilten uns, da er sich schnell verbreiterte.

Als wir die Theodor-Heuss-Brücke passierten (Julius war selbst auf dem Weg in die Schlacht noch ein zuvorkommender Fremdenführer), stürzte ein Teil von ihr mit lautem Krachen in den Neckar. Hohe Wellen überfluteten die Straße und verwandelten sich in zischende Dampfwolken, als sie auf die Lavaspalten im Boden trafen. Wir wichen ihnen aus und hielten die Luft an, wo die giftigen Dämpfe aus dem Erdinnern in großen Wolken aufstiegen. Die Erde verwandelte sich in den unwirtlichen Ort der Urzeit, als würde die Schöpfung rückwärts ablaufen.

Ich wartete auf die nackte Angst, die jeden vernünftigen Menschen bei diesem Anblick heimsuchen sollte. Aber da kam nichts. Die wenigen Emotionen, die ich mir gestattete, waren Kampflust und wachsender Zorn.

Dann erreichten wir den Teil der Stadt, den ich schon ein wenig kannte. Am Bismarckplatz fuhren weder Busse noch Straßenbahnen. Alle Geschäfte hatten geschlossen, doch hier hielten sich trotz der Evakuierung immer noch zu viele Menschen auf, die es wohl nicht an einen ihnen sicher erscheinenden Ort geschafft hatten. Militärangehörige leiteten sie in Richtung Hauptstraße und Altstadt. Doch ich fürchtete, dass sie zu spät waren.

Ein wolkengleicher Schwarm Turper flog vom Wald heran. Gleich war hier buchstäblich die Hölle los.

„Seht ihr das?", rief ich über das Donnern und das Heulen des Sturms hinweg.

„Turper!“, brüllte Grigori. „Bleibt in der Nähe, ich muss gleich noch einmal in die Hölle! Katharina sollte längst hier sein!“

Beim nächsten Blitzschlag standen unzählige gefallene Engel in ihren Rüstungen auf der leeren Sofienstraße. Einen gewissen Sinn für Dramatik musste ich ihnen lassen.

Dass sie von links und rechts, von hinten und von vorne eingekesselt waren, kümmerte sie nicht.

Luc ergriff meine Hand. *Diesmal machen wir Azazel fertig.*

Darauf kannst du dich verlassen, kam es von Tristan.

Ich nickte beiden zu. Es wurde höchste Zeit, dass Azazel das wahre Ausmaß meiner Sturheit kennenlernte.

Es prickelte in meinem Nacken. Lächelnd sah ich nach oben. Gábor flog mit Matthias heran, ließ ihn zu uns herunter, strich mir über die Wange und schoss wieder davon.

Ich berührte meine Wange mit den Fingerspitzen und sah ihm nach, wie er über dem Häusermeer kleiner wurde.

Julius rief uns zu: „Wer den Schlüssel kriegt, bringt ihn zur Peterskirche. Ihr wisst ja alle, wo das ...“

Ich schrak zusammen und fuhr herum. Hinter uns ertönte ein ohrenbetäubendes Knacken und Krachen, als die Häuserzeile gegenüber der Brücke in sich zusammenfiel, an der wir eben noch vorbeigelaufen waren. Staubwolken stoben auf. Ich wandte mich ab, um mein Gesicht zu schützen.

Oh, verdammt! Hoffentlich hatten sich keine Menschen in den Gebäuden aufgehalten.

Die Engel tüftelten anscheinend noch eine Strategie aus, wie sie die feindlichen Jäger und Geister am effektivsten aus dem Weg räumten, als Julius sein Schwert hob und losrannte.

Ohne nachzudenken, folgten wir ihm. Brüllend wie Berserker, die Schwerter schwingend, brachen wir in die geordneten Reihen der gefallenen Engel. Auf einmal war es lauter als in einem vollbesetzten Fußballstadion. Donner und Blitz begleiteten unser Kampfgeschrei.

Rasch verteilten sich die bösen Engel. Luzifer, der den Schlüssel bei sich trug, wurde am heftigsten angegangen. Ihn ließen wir nicht aus den Augen; ebenso wenig Azazel, der, sicher nur auf seine Gelegenheit wartend, den Schlüssel an sich zu reißen, nicht von Luzifers Seite wich.

Doch er kämpfte nicht gegen mich. Zwischen Azazel und mir standen stets Geister oder andere hohe Dämonen, die ihn vor meinem Zugriff abschirmten. Ich könnte einen Großteil von ihnen mit meiner todbringenden Gabe niedermähen, aber ich fürchtete mich, sie zu früh einzusetzen. Ich konnte nicht wieder zusammenbrechen. Die anderen zählten auf mich.

Ich hob sie mir für Azazel auf. Rache zu nehmen war kein Ruhmesblatt, aber mein Platz in der Hölle war reserviert, ob ich Azazel aus niederen Beweggründen auflauerte oder nicht. Heute kam er nicht davon. Denn heute würde niemand davonkommen.

79

Den Lärm um mich herum blendete ich aus. Ich war voller Konzentration, schickte Poltergeister ins Nichts, vertrieb Turper mit ausgestreckten Händen und purem Willen.

Meine Ruhe war erschreckend. Mein letzter Kampf war geprägt gewesen von Todesangst und Hektik. Heute war ich fatalistisch. Ich hatte meine Entscheidung getroffen. Der Tod war nur der Übergang in ein neues Leben. Er machte mir keine Angst mehr.

Ich hatte kaum gemerkt, dass wir den Bismarckplatz überquert hatten. Mein Zeitgefühl hatte sich verabschiedet und das immer gleiche, von Blitzen erhellte Dämmerlicht lieferte keinen Anhaltspunkt, wie lange wir bereits kämpften.

Da ich kaum Müdigkeit verspürte, wohl noch nicht allzu lange. Der Regen hatte aufgehört. Rauch waberte über den weiten Platz.

In der angrenzenden Bergheimer Straße lag eine Straßenbahn auf der Seite. Sie brannte lichterloh. Der Brandgeruch rührte aber nicht nur von dem Wrack auf den Schienen, auch auf dem Bismarckplatz, an den Kaufhäusern und in dem angrenzenden kleinen Park waren Feuer ausgebrochen. Sollten wir nach Menschen suchen, die womöglich vom Feuer eingeschlossen waren?

Gyula und seine Geisterarmee nahmen mir die Entscheidung ab. Sie glitten widerlich kalt durch uns hindurch auf Luzifer zu. Katharina landete mit Matthias vor ihm, nur wenige Meter von uns entfernt. Luc und Tristan schlugen sich mit Batarel herum, der seinem alten neuen Herrn beisprang. Azazel flog davon, als ich einen Schritt auf ihn zu machte. Mist.

Doch meine Gelegenheit würde kommen. Trotz Schlafmangel summte ich vor Energie, mein Dämon gab mir Kraft wie lange nicht mehr.

Ich hielt Matthias und Katharina den Rücken frei und stieß einen Triumphschrei aus, als Katharina das schwarze Samtband um Luzifers Hals mit ihrem Schwert zerschnitt und Gyula seinem Vater den herabfallenden Schlüssel vor der Nase wegschnappte. Die drei stiegen nach oben.

Unsere Aufgabe war es jetzt, Luzifer daran zu hindern, die Verfolgung aufzunehmen. Louis und Grigori sprangen uns bei, auch Gábor kam dazu.

Gemeinsam hielten wir die Dämonen lange genug fest, dass Katharina und ihre Mitstreiter nicht mehr zu sehen waren.

Wir kamen zum Luftholen, weil Luzifer Kundschafter ausschickte. Gábor und Grigori folgten ihnen.

Luzifer verließ ebenfalls den Kampfplatz. Unschlüssig, was wir jetzt tun sollten, da die gefallenen Engel sich scheinbar zurückzogen, überließen wir nach kurzer Übereinkunft die Menschen den Geisterjägern und flogen den Kundschaftern hinterher. Ich warf meinen inneren Kompass an, der mich zuverlässig zu Gábor führte.

Wir fanden ihn mit den anderen am Haus. Gábor fuhr eine schwarze Limousine aus der Garage, dann kletterten Grigori, Katharina, Matthias und Milán ins Auto.

Um an ihnen dranzubleiben, stiegen wir so hoch, dass wir sie noch erkennen konnten, um für sie den Weg abzusichern. Denn dass sie nicht lange ungestört vorankommen würden, war keine Frage. Würden wir tiefer fliegen, wäre es durch unser geringeres Tempo schwer, den schwarzen Wagen nicht zu verlieren.

Gábor fährt wie 'ne gesengte Sau, fasste Tristan es treffend in Worte. Luc lachte leise.

Wahrscheinlich hat er einen Riesenspaß dabei.

Das konnte ich mir vorstellen. Mir wurde ganz anders, als ich beobachtete, wie er die kurvenreiche Straße im Wald hochheizte. Wie gut, dass die Straße hier recht trocken war. In engeren Kehren quietschten die Reifen auf dem Asphalt. Ich machte mir nicht direkt Sorgen um ihn oder die anderen, Gábor schien zu wissen, was er tat. Aber ich war froh darüber, nicht einem der Mitfahrer tauschen zu müssen.

Sie überquerten den Neckar in Schlierbach.

Endlich erkannte ich Gábors Ziel. Er wollte auf den hohen Berg, der sich auf der anderen Seite über dem Fluss erhob.

Von rechts näherte sich ein großer Heeresverband. Ein Haufen gefallene Engel flog mit ihnen. Wir waren viel zu wenige, um ihnen irgendetwas entgegenzusetzen.

Wir werden hier sterben, Freunde, dachte ich.

Alle zusammen, dachte Luc zurück.

Der liebe Gott könnte jetzt mal in die Puschen kommen, kam es von Tristan. Louis musste es auch gehört haben, denn er lachte. Wir lachten alle mit. Ein irres, aber befreiendes Lachen.

Am Parkplatz spritzte der Kies, als Gábor eine Vollbremsung einlegte. Wir landeten gleichzeitig mit dem Feind. Matthias musste irgendwie auf den Gipfel hinauf, weit war es nicht mehr bis dorthin. Ein Stück von den anderen entfernt trafen wir auf eine Übermacht aus Engeln und niederen Dämonen. Brüllend und mit klirrenden Waffen verfolgten sie uns. Flucht war zwecklos.

Bald strauchelte ich das erste Mal, rappelte mich wieder auf und schnitt einem Gargoyle die Kehle durch.

Meine Muskeln brannten vor Anstrengung, aber das bremste mich nicht.

Die Kämpfenden zogen weiter. Ich trat einen weiteren Soldaten weg, als ein Schatten auf mich fiel.

Azazel ragte unheilvoll über mir auf. Er trug seine hellgraue Tunika, den silbernen Harnisch und dazu passende silberne Arm- und Beinschienen. Er war beeindruckend. Aber ich verspürte nichts als Hass.

Ich haute sein Schwert weg. „Läufst du jetzt nicht mehr vor mir davon, du Feigling?"

Azazel knurrte. „Du hast mich verraten."

Es war beinahe lächerlich, wie zornig ich wurde. Wie schnell ich rot sah. Meine Gabe kam beinahe zu leicht über mich.

„Du hast mir meine Tochter genommen. Das werd ich dir niemals verzeihen!"

Dann sprang ich in die Luft, schlug einen Salto über seinen Arm, rollte mich ab und rannte davon, um in gut dreißig Metern Entfernung ruckartig stehen zu bleiben. In Sekundenschnelle spannte ich meinen Bogen, legte den Engelspfeil an die Sehne und zielte auf meinen Feind. Azazel hatte mir diesen Pfeil zum Zeichen unseres Bündnisses geschenkt. Das Bündnis war Geschichte. Er sollte den Pfeil zurückbekommen. Ich verlangsamte bewusst meine schnelle Atmung. Ich hatte nur einen Versuch. Daneben zu schießen, war keine Option.

Azazel lief gemessen auf mich zu, nicht willens, sich zu ergeben, aber auch mit dem Wissen, dass ich nicht fliehen würde.

Tu es, dachte er. *Schieß! Ich werde so oder so siegen.*

Einatmen, ausatmen. Hals oder Auge, ich musste mich jetzt entscheiden. Mein Herz pochte hart gegen meine Rippen.

Der Engel kam näher, beinahe zu nahe, um auf ihn zu schießen. Ich hielt die Luft an. Jetzt!

Die Bogensehne surrte.

Es zischte, als der Pfeil in Azazels ungeschütztem Hals steckenblieb. Dampf quoll aus der Wunde. Doch er lächelte. Eine Spur wahnsinnig, aber er lächelte.

„Du hast mir den Himmel geschenkt“, sagte er.

Dann tat die tödliche Pfeilspitze ihre Wirkung. Mein Feind ging in Flammen auf. Es roch durchdringend nach Blütenhonig. Ich konnte es nicht länger mitansehen. Über meinen Sieg verspürte ich keine Freude, nur das befriedigende Gefühl, eine schwere Aufgabe gemeistert zu haben. Schwer atmend trat ich schließlich an den entstandenen kleinen Aschehügel heran. Ein Windstoß wehte ihn über den Berg davon, hoch hinauf in die wirbelnden Wolkenmassen.

Leb wohl, Azazel, Engel der Wüste. Vielleicht darfst du wirklich in den Himmel zurück, dachte ich. Ein letzter guter Wunsch bei all dem Hass, den ich zuletzt für Azazel empfunden hatte. Er hatte mich gewinnen lassen, weil ich seine letzte Möglichkeit gewesen war, in den Himmel zu kommen. Der Schlüssel war verloren für ihn, das Himmelstor verschlossen, wenn er am Leben blieb. Ich hatte es tun müssen. Es fühlte sich dennoch nicht seltsam an, Azazel am Ende einen Gefallen getan zu haben. Er würde mir nie mehr schaden, ich hatte sein Leben genommen für das meiner Tochter. Wir waren trotzdem quitt. Ich atmete tief durch.

Dann blickte ich mich um. Der Kampf hatte sich nach weiter oben verlagert. Es war noch nicht vorbei.

Entschlossen holte ich mein Schwert, das ich vor meinem Schuss achtlos ins Gras hatte fallen lassen und rannte los in Richtung Gipfel.

Doch ich sollte ihn nie erreichen.

Plötzlich jauchzte ich vor Verzückung, als über mir der Himmel aufriss. Unbändiges Glück taumelte in mir, ließ mich hüpfen und lachen. Gleich darauf brach ich in Tränen aus. Weinend grüßte ich die Himmlischen

Heerscharen; Abertausende von leuchtenden weißen Engeln, die zu uns herunterkamen und unsere Feinde besiegten wie ein Sturm aus Licht.

Ich hörte Gábors Gedanken, Grigoris Gedanken, sie jubelten in meinem Kopf. Matthias hatte den Schlüssel an Camael, den Erzengel übergeben. Es war wirklich geschehen!

Meine Beine versagten mir den Dienst. Im nassen Gras lag ich auf dem Rücken und weinte. Das Licht war so hell, so strahlend. Die Glückseligkeit des Himmels erfüllte mein Herz, bis ich glaubte, selbst zu leuchten. Ätherische Musik wie von himmlischen Chören blendete alle anderen Geräusche aus. Ich konnte nicht sagen, ob sie von außen kam oder in meinem Innern erklang. Ich meinte zu schweben und spürte kaum noch, dass mein Körper das Gras berührte. Doch etwas fehlte. Ich musste zu Gábor. Mühsam rollte ich mich herum, kam auf die Füße und stolperte weiter den Berg hinauf. Das Licht gleißte so hell, dass ich kaum etwas sah. Eine Ruine, dort war Gábor, ich fühlte es.

Aber ich kam nur wenige Meter weit, dann schlug ich wieder der Länge nach hin und alles um mich herum versank in absoluter Schwärze.

80

September

Der Lieferverkehr in der Rue de la Huchette raubte mir noch den letzten Nerv. Ich steckte den Kopf unter mein Kissen und brummelte darunter hervor: „Tris, mach das verdammte Fenster zu!" Und da wachte ich richtig auf.

Ich setzte mich so abrupt auf, dass ich das Kissen damit bis ans Fußende des Bettes schleuderte.

Hektisch blickte ich mich in dem Raum um. Eindeutig Tristans und mein Zimmer im Hauptquartier der GHA in Paris.

Wie zum Teufel war ich hierhergekommen?

Dann sah ich, dass Tristan in seinem Bett lag und schlief.

Mich hielt nichts mehr unter der warmen Decke. Mit einem Satz stand ich auf dem Teppich und flitzte zum Schreibtisch. Er war chaotisch wie gewohnt, Tristans und meine Schulsachen verteilten sich darauf in einem wilden Durcheinander. Nichts deutete darauf hin, dass ich ihn vor meiner Abreise aufgeräumt hatte. Aber gut, vielleicht hatte es in unserer Abwesenheit mal wieder eine Zimmerkontrolle gegeben.

Ich ging weiter zum Kleiderschrank. Ich erwartete, meinen mittlerweile verschmutzten und ausgebeulten Rucksack gepackt darin vorzufinden, aber stattdessen lagen und hingen alle meine Kleider mehr oder weniger ordentlich im Schrank, der Rucksack, sauberer als zuletzt, lag leer und zusammengefaltet auf dem Boden.

Meine Verwirrung wuchs von Minute zu Minute. Was war hier eigentlich los?

Endlich sah ich an mir herunter.

Ich trug ein schwarzes Tanktop und verwaschene graue Baumwollshorts, nichts Ungewöhnliches. Dann durchzuckte es mich. Meine neue Narbe! Die Stelle, an der Azazel mir das Schwert in den Bauch gestochen hatte, war nicht richtig verheilt, was, wie ich widerstrebend zugeben musste, bewies, dass der gefallene Engel Gefühle für mich hegte. Zumindest hatte er das getan. Ich hob mein Tanktop an und fand nichts.

Adrenalin schoss durch mich hindurch. Auf einmal schwankte ich und musste mich an der Tür des geöffneten Schranks festhalten, als alles auf mich einstürmte. Die Schlacht, Arikas Tod, die Himmlischen Heerscharen. Hatte ich einen lebensechten Traum gehabt? Aber es fühlte sich an, als hätte ich das alles wirklich erlebt. Warum sonst würde es so wehtun, dass mir die Tränen in den Augen brannten, wenn ich an mein totes Baby dachte?

Ich musste herausfinden, was hier gespielt wurde.

Kopfschüttelnd ging ich zum Bett, um auf mein Handy zu schauen. Noch nicht mal sieben. Warum war es schon fast hell? Und warum war der Wind so angenehm, der durch das gekippte Fenster wehte und den Lärm rufender Lieferanten und rumpelnder Kisten, hupender Lastwagen und zwitschernder Spatzen hereintrug?

Draußen schien die Sonne. Die Bäume waren nicht kahl und die Temperaturen mild. Ein zweites Mal nahm ich mein Smartphone zur Hand. Unter der Uhrzeit leuchtete mir in etwas kleineren Ziffern das Datum entgegen.

10. September, stand da. Und zwar September des vergangenen Jahres. Fast sechs Monate ausgelöscht ...

Ich las das Datum ein zweites und auch noch ein drittes Mal. Dann nahm ich Tristans Handy vom Nachttisch. Auf seinem gesperrten Display dieselbe Anzeige.

Es war genug, ich würde Tristan wecken. Doch es waren Luc und Louis, die zum ersten Mal seit ich denken konnte, ohne anzuklopfen ins Zimmer platzten und Tristan in die Höhe fahren ließen. Luc packte mich und umklammerte mich wie ein Wahnsinniger. *Du bist hier, du bist nicht tot!*

Ich drückte ihn lächelnd. „Warum bin ich hier? Warum sind wir alle hier?", fragte ich.

Tristan schüttelte den Kopf, als hätte er Wasser in den Ohren. „Verdammt, es ist viel zu früh!" Aber allmählich kam Leben in ihn. Louis, Luc und ich beobachteten gespannt, wie er routinemäßig sein Handy checkte und es fallen ließ.

„Was ist hier los?", rief er und guckte das Smartphone auf dem Boden an wie etwas Giftiges.

Wir waren da in einer ganz abgefahrenen Sache gelandet, so viel war sicher. Aber jetzt prustete ich los, weil Tristans irritierte Miene zu köstlich war. Dann ging ich zu ihm, um ihm einen Kuss auf die Wange zu geben.

„Schön, dass du auch hier bist. Warum auch immer."

Louis nickte. „Wir sollten doch alle auf irgendeinem Berg in Deutschland herumliegen. Aber ich bin in meinem Bett aufgewacht. Und Luc war auch da."

Luc schaute jeden von uns an. „Es ist September! Als hätten die letzten Monate noch gar nicht stattgefunden. Keine Ahnung, was wir damit anfangen sollen. Ich dachte schon, ich bin durchgedreht. Wenn's euch aber genauso geht, sind wir entweder vier Verrückte oder das alles ist real. Ich meine, keiner von uns sieht so aus, als hätte er gestern noch bis auf den Tod gegen Dämonen gekämpft. Ich hab nicht eine Schramme, dabei konnte ich kaum noch kriechen, als ich gestern ohnmächtig geworden bin."

„Kommt, wir gehen raus und gucken uns mal um", schlug ich vor. Kribbelige Unrast ließ mich im Zimmer auf- und abwandern.

„Zieh dich erstmal an", riet mir Louis.

Solange Tristan und ich damit beschäftigt waren, uns in Jeans und T-Shirts zu werfen, redeten wir weiter.

„Wisst ihr, was alles passiert ist? Oder hat jeder sich was Eigenes eingebildet? Ich war auf einem Berg", erkundigte ich mich. Also erzählten wir uns alles. Die Traurigkeit, die über die Gesichter meiner Freunde zog, als wir auf Arika zu sprechen kamen, war zu echt. Doch die Hoffnung starb bekanntlich zuletzt.

„Luc? Würdest du nachsehen, ob sie vielleicht wieder in meinem Bauch ist? Im September war er noch ganz flach und ich wusste nichts von Arika."

Luc legte die Hände auf meinen nackten Bauch. Eine Sekunde später schüttelte er den Kopf und sah mich mitleidig an.

„Da ist nichts mehr. Tut mir leid, Joelle."

Ergeben nickte ich. Es wäre ein Wunder gewesen, wünschenswert, aber unrealistisch. Vielleicht war es besser so. Irgendwie. Womöglich wäre ich aber auch nicht damit klargekommen. Doch dann lächelte ich leicht. Es war ja wohl unrealistisch genug, dass anscheinend die Zeit zurückgedreht worden war.

„Hat einer von euch schon Grigori getroffen?", fragte ich.

„Wir waren in seinem Zimmer, bevor wir zu euch gekommen sind", antwortete Louis.

„Und?" Tristan wedelte ungeduldig mit der Hand.

„Er war nicht da. Also, das Zimmer war unbewohnt. Nichts im Schrank außer ein paar Kleiderbügel, das Bett frisch bezogen, das Fenster geschlossen."

„Was?", rief ich aus.

Luc klopfte mir beruhigend auf den Rücken. „Wir finden schon raus, wo er steckt. Kommt, frühstücken wir mal, die machen gleich zu im Speisesaal."

Nach dem hastigen Frühstück im fast leeren Speisesaal starteten wir einen Rundgang durch das deutlich geleerte Hauptquartier. Außer uns waren nur Anouk, Monsieur Épaulard und ein paar andere jüngere Jäger anwesend. Wir winkten unserer Mitschülerin. Obwohl sie ganz alleine mit einem Buch im Gemeinschaftsraum saß, kam sie nicht näher, sondern nickte uns nur zu. Möglich, dass sie nicht wusste, wie außergewöhnlich dieser Morgen war.

Von unseren Lehrern fand sich lediglich Schnauzbart, der in der Turnhalle Inventur machte, als ob durch die kuriose Zeitrückdrehung etwas abhandengekommen sein könnte. Er lebte. Ich widerstand dem seltsamen Drang, ihn zu umarmen.

„Monsieur Renard?", sprach ich ihn freundlich an. „Wo sind all die anderen?"

Brummelig wie eh und je warf er einen Medizinball in die vergitterte Kiste zurück und machte einen Strich auf seinem Klemmbrett.

„Ich weiß es nicht. Aber in ungefähr einer Stunde weiß ich wenigstens, ob alle Bälle und Springseile noch da sind."

Ich hatte ihn noch nie so hilflos erlebt. Ich wusste nicht, was mich ritt, aber ich legte eine Hand auf die Schulter unseres Trainers und drückte vorsichtig zu.

„Ich glaube, wir können sein, wo immer wir wollen. Denken Sie nicht?"

Da passierte es. Renard lächelte mich an. Sein furchterregender Schnurrbart verzog sich zusammen mit seinen breiten Lippen und neben seinen sonst so finster dreinblickenden Augen zeigten sich Lachfältchen.

„Ich mache das hier noch fertig. Und dann ... wer weiß das schon?"

Mir hatte es genau wie den Jungs die Sprache verschlagen. Nacheinander schüttelte er uns die Hand.

„Ich habe so oft über euch geschimpft, über alle eurer Art. Die meisten von euch sind nicht schlimmer als die Menschen. Halbdämonen wie ihr sind besser als die vielen Idioten, die Madame d'Hibou nachgelaufen sind. Ihr vier seid wertvolle Mitglieder unserer Gemeinschaft. Jetzt macht was draus." Er wandte sich wieder seinen Medizinbällen zu. „Und grüßt Grigori von mir, wenn ihr ihn seht. Er war ein würdiger Gegner." Verblüfft gingen wir langsam aus der Sporthalle.

Louis schüttelte grinsend den Kopf.

„Dieser Tag wird immer abgedrehter, merkt ihr das? Gleich kommt Anouk und gesteht Tristan ihre ewige Liebe."

„Wieso gerade mir?" Er boxte Louis auf den Oberarm.

„Weil du der Schönste von uns bist", säuselte Louis und fing sich den nächsten Hieb ein.

Nein. Luc war der schönste von den drei Jungen, die mit mir die Treppe hinaufstiegen. Nur dass ich ihm das auf einmal nicht mehr sagen konnte. Wir waren über das Ende hinausgegangen. Wir mussten eine Entscheidung treffen. So wie Luc aussah, hatte er sie bereits getroffen.

„Und wohin gehen wir?", fragte ich mehr, um meine lästigen Gedanken zu übertönen.

Tristan klatschte in die Hände. „Wir packen unser Zeug und fahren nach Heidelberg. Wenn wir Grigori alle spüren können, ist er nicht in der Hölle. Wenn er in Sibirien ist, wär's blöd, aber selbst wenn wir ihn in Heidelberg nicht finden, dann wäre es doch interessant, die Wolfsjäger noch mal zu treffen."

Und Gábor ...

Luc nickte wissend. *Wir sind zusammen geblieben bis zum Ende. Jetzt beginnt etwas Neues. Unser kleiner Pakt ist hinfällig, jetzt wo du Azazel getötet hast. Ich bin mir sicher, dass all das stattgefunden hat. Und deshalb muss ich dich verlassen. Dich und Gábor. Ich konnte deine letzten Gedanken hören. Sie galten allein ihm. Ich muss weiterziehen, selbst wenn Gábor mich auch in Zukunft akzeptieren würde.*

Ich nickte. *Es fühlt sich anders an, als wäre mehr passiert als nur ein Zurückdrehen der Zeit. Als hätten wir alle eine neue Richtung bekommen. Unsere Wege trennen sich, wir können es nicht aufhalten.*

Du hast recht. Heute Morgen bin aufgewacht und wusste, dass ich nach Rouen gehe. Es liegt alles vor mir ausgebreitet. Das war vorher nicht so. Ich habe nur den nächsten Tag, die nächsten Stunden gesehen.

Ich habe mich nicht getraut, weiterzublicken. Aber du wirst mir fehlen.

Du mir auch. Ich kann es nicht erklären und vermutlich hört es sich total verrückt an, aber ich habe das Gefühl, als würde in Rouen etwas auf mich warten.

Ich schüttelte den Kopf. *Wir haben alle eine neue Chance erhalten. Wenn deine in Rouen liegt, ohne uns alle, dann trau diesem Gefühl. Wir sind Dämonen. Wir wissen Dinge manchmal einfach.*

Danke, dass du versuchst, mich zu verstehen, Joelle.

Seine dunkelblauen Augen sahen mich offen an.

Himmel, es tat weh! Es war absolut vernünftig, aber es würde hart werden, dass nun jeder seiner Wege ging. Luc blieb nicht bei uns. Das war so sicher wie das Amen in der Kirche. Und wer war ich, ihn aufzuhalten? Mich zog es ja selbst fort aus Paris. Immer heftiger wurde das Sehnen, je länger wir die Abreise hinauszögerten. Gott hatte Pläne für jeden von uns. Wie immer beugten wir uns ihnen. Allein schon aus Dankbarkeit für unser geschenktes neues Leben. *Mieses Timing, Luc, mieses Timing.*

Er nickte. *Ich verschwinde nicht aus deinem Leben. Wir bleiben Blutsgeschwister und Freunde. Versprochen?*

Versprochen. Unauffällig wischte ich mir mit den Fingerspitzen die hervorquellenden Tränen weg. Es fehlte noch, dass ich losheulte. Mit zusammengepressten Lippen bückte ich mich, um meine Socken hochzuziehen, die gar nicht heruntergerutscht waren.

Lucs Stimme klang seltsam belegt, als er sagte: „Hört zu, Leute. Ich fahre mit euch mit, aber heute Abend will ich zu meiner Familie. Danach gehe ich nach Rouen." *Und vielleicht rede ich sogar wieder mit Marinette. Sie lebt.*

Ich strich ihm über den Rücken. *Tu das, Luc.*

Jeder von uns hatte einen Neuanfang verdient. Seit langem durften wir einmal ganz an uns selbst denken, unserer inneren Stimme folgen und Entscheidungen aus dem Bauch heraus treffen.

81

Wir flogen nicht, sondern nahmen den Zug. Als wir am Nachmittag in der Zähringerstraße vor Katharinas Haus standen, wussten wir alle, dass Grigori dort war, bei ihr.

Auch er war voll informiert. Anscheinend hatten nur die Normalsterblichen keinen blassen Schimmer, dass sie eine zweite Chance erhalten hatten. So wie ein Teil von uns.

Oben auf dem Treppenabsatz fielen wir einander in die Arme, wie damals vor der großen Schlacht, als Grigori uns hier besucht hatte.

Nach einer guten Stunde verabschiedeten wir uns trotz der Wiedersehensfreude, um bei Gábor um Obdach zu bitten.

„Hör auf damit, Joelle, deine Gedanken sind unerträglich“, meckerte Tristan, der neben mir an der Fußgängerampel über die Rohrbacher Straße wartete.

„Tut mir leid. Aber was, wenn er wirklich die Schnauze voll hat? Wenn er seinem Leben eine neue Richtung geben will, die mich ausschließt? Es ist so viel Scheiße passiert ...“

„Wenn er deine liebliche Sprache vernimmt, wird er wie immer hin und weg sein“, witzelte Louis.

Luc hielt sich verständlicherweise bedeckt. Ich fühlte mich mies. In seiner Gegenwart über Gábor zu jammern, war echt das Letzte. Ich spürte, dass er sich der Sache mit Rouen und unserer Trennung zwar sicher war, darüber aber genauso traurig war wie ich.Wir standen vor der tannengrün lackierten Haustür der Farkas-Villa, noch ehe ich dafür bereit war. Aber jeder

der drei Jungs würde mich über die Schwelle stoßen, wenn ich zauderte. Plötzlich brach mir der Schweiß aus. Meine Hände zitterten, sodass ich krampfhaft die Münze an meinem Armband zwischen Daumen und Zeigefinger klemmte. Die anderen Anhänger, die ich seit Weihnachten daran trug, waren verschwunden. Das Bedauern darüber lenkte mich immerhin kurzzeitig ab.

Ich spürte, wie er näher kam.

Mein donnerndes Herz ließ mich erbeben. In meinem Magen tanzten gefräßige Schmetterlinge, die meine Magenwände zu durchbrechen drohten. Ich verstand selbst nicht, warum ich dermaßen aufgeregt war. Doch tief in meinem Innern beherrschte mich die irrationale Angst, dass Gábor ein anderer geworden war. Jeder von uns war heute anders aufgewacht. Es war kaum in Worte zu fassen, kaum greifbar, aber jeder hatte sich verändert.

Ich verschluckte mich an meiner eigenen Spucke, mit der ich mir den staubtrockenen Hals befeuchten wollte, um nicht husten zu müssen.

Gábor riss die Tür auf, schaute uns überrascht an und sagte erstmal kein Wort. Stumm betrachteten wir uns. Gábor sah aus wie immer. Und wieder nicht. Seine Augen verbargen kaum seinen Kummer. Ich wollte ihn in die Arme schließen, ihn aufmuntern, aber ich war wie erstarrt. Als entscheide sich auf dieser Türschwelle mein Schicksal. Ich hatte Angst. Was, wenn er mich zurückwies?

Tristan, Luc und Louis standen wie eine Mauer hinter mir. Lucs Hand an meinem Rücken schob mich sanft vorwärts.

Da registrierte ich die Tränen in Gábors Augen. Der Mann, der stets seine Gefühle unter Kontrolle gehalten hatte, scheute sich nicht mehr seinen Freunden zu zeigen, wie es ihm ging. Seine Arme griffen nach mir, drückten mich so fest an seinen harten Körper, dass ich kaum noch Luft bekam, und hießen mich willkommen. Frisches Blattgrün hüllte mich ein.

Alle Nervosität und alle kruden Gedanken fielen von mir ab, als ich ihn meinerseits umschlang und festhielt. Als er mich küsste, war ich daheim. Gábor war mein Zuhause.

„Scheiße", hörte ich Tristans erstickte Stimme. Er war die schlimmste Heulsuse von uns allen. Auch dafür liebte ich ihn.

Guépard ist so ein Weichei, dachte Gábor.

Ich lachte unter Tränen. Verdammt, ich war glücklich.

Schweren Herzens gab ich Gábor frei, damit er die anderen begrüßen konnte. Luc und er hielten sich am längsten im Arm. Ihre Augen glitzerten verdächtig, als sie schließlich losließen und ihre stille Zwiesprache beendeten.

Gábor atmete tief durch.

„Danke, euch allen", sagte er dann. „Wollt ihr reinkommen oder haut ihr gleich wieder ab?"

„Wenn es dir nichts ausmacht, würden wir gerne über Nacht bleiben", entgegnete ich halb fragend. „Sonst können wir auch bei Waltraud schlafen. Vielleicht hat dein Vater ja was dagegen, dass wir uns hier einquartieren."

„Vater ist in der Hölle. Und ich fürchte, die wird er so bald nicht mehr verlassen. Lilith liefert später einen Lagebericht ab. Aber selbst wenn Vater herkommt, interessiert es mich nicht, ob ihm mein Besuch passt. Ihr könnt bleiben, solange ihr wollt. Grigori pennt auch hier. Offiziell jedenfalls."

Die Jungs lachten. Julius Wolf war sicher kein Vater, der seiner sechzehnjährigen Tochter Herrenbesuch über Nacht erlaubte.

„Armer Grigori", scherzte Louis.

„Ich bleibe nicht hier“, erklärte Luc. „Ich mach mich gleich auf den Weg zum Bahnhof. Zu viel Gepäck zum Fliegen.“

Tristan suchte Lucs Blick. „Wir suchen uns ein Zimmer, dann begleiten wir dich. Danach sehen wir uns mal die Stadt an.“

Wehmütig verabschiedete ich meinen Exfreund an der Tür.

Minutenlang hielten wir uns im Arm. Ein Teil von Luc wollte doch alles über Bord werfen und hierbleiben, ein Teil von mir würde sich wahnsinnig darüber freuen. Aber unsere größten Teile hatten andere Pläne und sie setzten sich durch.

Es fällt mir schwer, dich und Gábor hier zurückzulassen. Dieser Mistkerl ist mir viel zu sehr ans Herz gewachsen.

Du ihm auch. Bitte bleib nicht so lange fort.

„Schreib mir, wenn du in Antwerpen angekommen bist“, bat ich laut.

„Mach ich. Alles Gute, Joelle.“

„Alles Gute“, gab ich flüsternd zurück. Fluchtartig verließ ich die Diele und rannte die Treppe hinauf.

Im Bad wusch ich mir solange das Gesicht, bis es nicht mehr heiß und voller Tränen war. Luc nicht gehen zu lassen, stand nie zur Diskussion. Wir brauchten alle einen Neuanfang. Fertig.

Die innere Ansprache zeigte Wirkung. Ich sah in meine rot geränderten Augen und fuhr mir durch die offenen Haare.

Gábor wartete auf mich.

82

Ich fand ihn draußen vor der Garage bei seinem geliebten Subaru Impreza, neben dem er in seiner schwarzen Jeans auf dem hellen Kies saß. Um sich herum hatte er Werkzeug, Verpackungsmüll und einen Wagenheber ausgebreitet. Letzteren schob er nun unter den Wagen, um ihn aufzubocken. Das rhythmische Knarzen und Quietschen störte die Idylle aus Vogelgezwitscher und Blätterrauschen.

„Was machst du da?", fragte ich.

Ohne mich anzusehen, langte er mit ziemlich schmutzigen Fingern nach einem aufgeklappten Köfferchen, in dem lauter silberne runde Dinger einsortiert waren.

„Gib mir mal bitte den Steckschlüssel da hinten", forderte Gábor mich auf.

„Was ist ein Steckschlüssel?"

Er seufzte. „Bis ich es dir erklärt hab, kann ich auch aufstehen und ihn selber holen." Er wischte sich unnötigerweise den Staub von der schmutzstarrenden Hose und hob ein Werkzeug auf, das zu dem Köfferchen gehörte, denn jetzt nahm er eins von den silbernen Dingern, um sie auf den Steckschlüssel zu stecken (Aha!) und damit die Radmuttern zu lösen.

„Und was machst du?"

Jetzt schaute er zu mir hoch. Auch an seiner Wange und an seiner Nase gab es schwarze Stellen, von seinem ehemals grauen T-Shirt wollte ich gar nicht anfangen. Dass es als Serviette für bremsstaub- und dreckverschmierte Finger diente, war nicht zu übersehen.

„Ich wechsle die Bremsbeläge. Das hab ich schon mal an diesem Tag gemacht. Bisschen ätzend, aber ich will mich nicht beschweren. Dieser 10. September ist tausendmal besser als der letzte."

„Kann ich dir helfen?"

„Lieber nicht. Beim nächsten Mal. Jetzt will ich schnell fertig werden."

Ich war nicht beleidigt. Seine Faszination für den dunkelblauen Wagen mit dem beeindruckenden Heckspoiler und den goldenen Felgen würde ich wohl nie ganz nachvollziehen können. Doch ich respektierte seine Interessen. Er hatte sich auch nie darüber beschwert, wenn ich stundenlang singen und mit Tristan und Luc rumhängen wollte, um mit ihnen Musik zu machen. Wann würden wir das nächste Mal zusammensitzen? Nein, daran durfte ich jetzt nicht denken.

Am besten redete ich mit Gábor. „Warum hat dein Auto goldene Felgen? Sind die nicht normalweise silbern?"

„Das gehört so. Ein Impreza braucht goldene Felgen. Vor allem dieser hier. Das ist ein Impreza Prodive P1, von dem gibt es nicht viele. Onkel Geza hat ihn bei einem illegalen Rennen in Ungarn gewonnen. Er hat ihn mir zum achtzehnten Geburtstag geschenkt. Damals fand ich es cool, dass es ein Rennwagen war. Heute tut mir der Typ leid, der ihn verloren hat. Ich bin es ihm schuldig, den Wagen gut zu behandeln." Er strich so zärtlich über den Kotflügel, dass ich ein bisschen eifersüchtig wurde.

„Wie alt ist der Wagen?"

„Mittlerweile hab ich fast jedes Teil an ihm ausgetauscht. Vom Motor und vom Getriebe her ist er ein Neuwagen, gebaut wurde er 2000."

„Das Blau ist schön." Ich fasste das Auto lieber nicht an.

„Die Farbe heißt ‚Sonic Blue'. Wie die Videospielfigur." Konzentriert montierte Gábor das Rad und die alten Bremsbeläge ab, reinigte die Bremsscheibe und öffnete den Bremssattel, um kleine Sachen herauszuschrauben und auch diesen zu reinigen. Geduldig erklärte er mir alles, warf aber mit derart vielen Fachbegriffen um sich, dass ich schnell aufgab, mir auch nur einen davon zu merken.

Ich fand es bewundernswert, dass Gábor kein einziges Mal in einer Anleitung nachschauen musste, sondern jeden Schritt aus dem Kopf wusste. Wahrscheinlich hatte er das schon oft gemacht.

Wir unterhielten uns auch über die Dinge, die wir erlebt hatten, seit Lilith Gábor in der Hölle weggebracht hatte.

Obwohl Gábor sich ehrlich freute, mich wieder bei sich zu haben, wirkte er befangen. Und auch ich selbst war längst nicht so locker, wie ich sein sollte.

Beide umschifften wir das Thema Arika gekonnt. Ebenso traute sich keiner zu fragen, wie es jetzt weitergehen sollte. Wo und ob ich überhaupt wieder zur Schule gehen würde, wo ich leben würde. Wie ich Gábor kannte, hatte er schon darüber nachgedacht. Nur für sich allein.

Eine Zeitlang schwiegen wir.

Später half ich ihm, das Werkzeug zurück in die Garage zu bringen und in die Regale zu räumen.

„Kommst du mit? Ich will die neuen Beläge ausprobieren."

„Aber langsam! Wenn du einen sauberen Innenraum haben willst, dann musst du fahren wie ein Rentner."

Gábor zog die Augenbrauen zusammen. „Wirklich? Das macht doch keinen Spaß. Aber gut, mit neuen Belägen und bei dem Wetter hätte ich auch so langsam gemacht."

„Es ist trocken und die Sonne scheint", merkte ich an.

„Genau. Zu viele Radfahrer und Wanderer, die die Straße blockieren."

Ein Ausbund an Toleranz, mein Freund. Doch ich grinste.

Es war tatsächlich nicht so schlimm, mit der röhrenden Kiste den Steigerweg hochzufahren. Gábor informierte mich über allerhand technische Daten, mit denen ich nichts anfangen konnte. Ich amüsierte mich über seine kindliche Freude an der Karre und verstand, dass er manchmal etwas Handfestes brauchte, mit dem er sich beschäftigen konnte. Dieses Auto war Gábors Auszeit vom Geisterjäger- und Heerführerdasein.

Ich hatte zu laut gedacht, Gábors Blick ruhte kurz auf mir, ehe er sich wieder der Straße zuwandte.

„Dieser Wagen erinnert mich immer daran, ich selbst zu sein. Verstehst du das ein bisschen?"

„Es ist ganz allein dein Ding. Außerdem ist es etwas Einfaches. Du musst dich keinen großen Fragen über Leben und Tod, Recht und Unrecht stellen, sondern nur denen, ob es schon Zeit ist, die Winterreifen zu montieren oder so."

„Genau. Die Frage, wie fest eine Schraube angezogen sein muss, lässt sich leicht beantworten. Ob du jemanden töten sollst, der es eigentlich nicht verdient hat, nicht so leicht. Oder die Frage, was du noch alles mit deinem lebensmüden Bruder machen sollst, damit er bei dir bleibt." Seine schönen Lippen bildeten einen schmalen Strich. Er umfasste das Lenkrad fester. Ich unterbrach ihn nicht. Manchmal brauchte Gábor Stunden oder gar Tage, bis er mit dem herausrückte, was ihn wirklich umtrieb. Federleicht berührte ich seinen angespannten Oberschenkel.

Ich bin hier bei dir. Wo sollte ich sonst sein?

Er atmete aus. Das war es. Gábor fürchtete, dass ich fortging. So etwas Absurdes!

An einem Parkplatz oben am Waldrand schaltete Gábor den Motor aus. Ich stieg aus und sah mich um. Hinter uns der Wald, zu unseren Füßen Wiesen und Obstbäume.

„Wo sind wir?", fragte ich.

„Kohlhof. Hier sind wir früher im Winter Schlitten gefahren. Und meine Anyuka ist gerne zwischen den Apfelbäumen spazieren gegangen."

Er stand neben seinem Wagen und schaute ins Tal hinunter.

Mit einem Mal wollten mir die Tränen kommen. Gábor hatte keine Familie mehr. Seine Mutter und sein Bruder waren als Geister im Jenseits, sein anderer Bruder und sein Vater als Dämonen in der Hölle. Hier auf der Erde war er ganz allein.

Mit schnellen Schritten umrundete ich das Auto. Gábor sollte wissen, dass ich seine Familie sein wollte. Ich legte von hinten die Arme um seinen Bauch und drückte meine Wange an seinen Rücken. Seine Hände legten sich auf meine.

„Oben auf dem Berg, nachdem die Himmlischen Heerscharen gekommen sind, hat Matthias behauptet, Gott würde uns einen Wunsch gewähren, weil wir bis zum Schluss unseren Kopf hingehalten haben. Und hier bist du. Aber niemand kann sagen, wie Gott einem diesen Wunsch gewährt. Ich kann mich gar nicht richtig darüber freuen, dass du bei mir bist. Was, wenn du beschließt, doch fortzugehen?" Er presste meine Hände an seinen Bauch. „Oder wenn es nicht mit uns funktioniert? Oder wenn einer von uns stirbt? Oder wenn wir wieder ein Kind bekommen und verlieren so wie Arika?" Er stockte, um tief Luft zu holen.

Ich spürte, dass er kurz davor war, loszuheulen. Gábor war mit den Nerven am Ende. Er brauchte dringend eine Pause von allem. Er holte mich hinter seinem Rücken hervor, um mich richtig zu umarmen.

Seine Ängste würde ich ihm nicht nehmen können. Ich hegte sie ja selbst. Ich wünschte mir, endlich mit Gábor zusammen zu sein, bei ihm zu leben und all das. Ich wünschte mir ein weiteres Kind. Ich glaubte fest daran, dass auch Gábor und ich eine neue Chance bekamen. Aber die Angst, das alles zu verlieren, blieb. Die Kunst war, der Angst den winzigen Platz zuzuweisen, den sie haben durfte.

Ich blickte auf, nahm Gábors Gesicht in meine Hände und streichelte mit den Daumen seine Wangen.

Angst ist kein guter Ratgeber, dachte ich. *Ich habe mich viel zu lange von ihr beherrschen lassen. Das ist jetzt vorbei. Denn Angst hat Arika nicht vor dem Tod bewahrt. Oder Milán. Nicht meine Mutter oder deine. Sei mutig, Gábor.*

Du bist viel mutiger als ich, Joelle. So viel hat sich verändert. Ich muss mir ein neues Leben aufbauen, aber ich weiß nicht, wo ich anfangen soll. Seine kummervollen Augen stießen etwas in mir an. Ich konnte ihn wieder aufrichten. Beinahe hätte ich gelächelt.

„Du hast mir in der Steppe etwas versprochen“, flüsterte ich. Er runzelte die Stirn, ehe er nickte.

„Du hast mich wissen lassen, dass irgendwann nichts mehr zwischen uns steht. Dass das mit uns für immer ist. Für immer ist jetzt, Gábor!“

„Für immer ist jetzt“, wiederholte er leise.

83

Er umfasste mein Gesicht, um seine Lippen sanft auf meine zu drücken. Ein warmes Kribbeln schoss in meinen Bauch. Diese Schmetterlinge waren nicht gefräßig, sie streichelten mich wie Gábors Lippen und wie die Worte, die er in meinen Gedanken sagte.

Willst du, dass es für immer ist?

Ja.

Gut. Dann fang ich jetzt mit meinem neuen Leben an.

Er ließ mich los und trat einen Schritt zurück. Plötzlich kam er mir aufgeregt vor. Er errötete. Wann hatte er zuletzt so jungenhaft ausgesehen? Ich konnte mich nicht erinnern. Meine Gedanken rissen ab, als er vor mir auf die Knie ging.

Du lieber Gott. Meine Augen wurden groß und ich hielt den Atem an. Das machte er jetzt nicht wirklich!?

„Guck mich nicht so an, als würdest du gleich das Weite suchen", wies er mich grinsend zurecht.

„Aber du machst mir einen Antrag", quiekte ich und zerstörte gekonnt den Moment.

Doch Gábor grinste noch breiter. „Wieso? Wir sind doch schon verheiratet", zog er mich auf. „Vielleicht wollte ich mir ja nur die Schuhe binden?"

Da fing ich an zu lachen. „Jetzt sag schon, was du sagen willst."

„Ich seh schon, traditionell wird das nichts mit dir", meinte er und stand wieder auf.

Ich zog einen Flunsch. Jetzt hatte ich ihn vergrault.

„Tut mir leid", entschuldigte ich mich. „Ich bin ab jetzt still."

Mit hochgezogenen Augenbrauen schaute er auf mich herunter. „Bist du sicher? Selbst Tristan hätte weniger gekichert, wenn ich mich vor ihn gekniet hätte."

„Du wärst vor Scham gestorben, wenn du dich vor ihn gekniet hättest", gab ich zurück. „Oder eher ich, weil ich die meiste Zeit seine Gedanken hören muss."

Gábor lachte leise. Falls er enttäuscht war, so ließ er es sich nicht anmerken. „Tristan ist jedenfalls der Meinung, dass wir beide zusammen sein müssen. Er hat mir heute Morgen ein Video geschickt." Sein Grinsen ließ mich das Schlimmste annehmen.

„Was hat er dir denn geschickt?" Vielleicht hätte ich lieber nicht fragen sollen.

„Das wüsstest du wohl gern."

Einerseits war ich neugierig, andererseits war es garantiert endpeinlich. Gábor holte sein Handy aus der Hosentasche und drückte darauf herum.

Ich versteckte mein Gesicht in den Händen und drehte mich weg, als Menschenlärm und die ersten Takte von „Addicted to you" erklangen. Es war letzten Sommer in der Pariser Karaokebar aufgenommen worden.

„Ich bring ihn um", nuschelte ich hinter meinen Fingern hervor. „Das hat er nicht getan!"

„Du wärst am traurigsten darüber, wenn Guépard nicht mehr da wäre." Er hatte ein Einsehen und stoppte das Video nach dem ersten Refrain. „Hast du überhaupt eine Ahnung, wie scharf du in diesem Kleid aussiehst? Und dass du dich im Gegensatz zu neunzig Prozent der Bevölkerung auf dieser Bühne nicht total zum Affen machst?"

„Tristan hat mir angedroht, dass er es dir schickt, aber ich hatte gehofft, er vergisst das." Meine Wangen brannten. „Ich hab das für dich gesungen. O Gott, ist das peinlich!"

Gábor küsste meine roten Wangen. „Ich hab's mir ungefähr achthundert Mal angehört. Und je öfter ich es gehört habe, desto schwieriger war es, zu Hause auf dich zu warten, wie Grigori es mir befohlen hatte."

Gut, ich würde ihn nicht bitten, es zu löschen.

„Aber wir schweifen ab. Willst du gar nicht gefragt werden? Willst du es so lassen, wie es ist?"

Da griff ich nach seiner warmen, schwieligen Hand. Es war mir egal, wie schwarz sie war. „Ich will einfach mit dir zusammen sein. Aber du darfst mich gerne fragen. Ich bin nur ein bisschen nervös."

Ohne meine Hand loszulassen kniete er sich wieder hin und schaute mich einen Moment prüfend an. Mein Gesicht erhitzte sich auf gefühlte hundert Grad.

„Bist du bereit?"

Ich nickte. Mein Magen schlingerte und ich klammerte mich an seinen Händen fest. Gábor schluckte. Mein ermutigendes Lächeln blieb auf halbem Wege stecken.

„Wirst du mit mir in meinem Haus zusammenleben und eine Schule für Halbdämonen aufbauen?"

Das war zwar nicht die Frage, mit der ich gerechnet hatte, aber ich sagte ja. Das klang nach einer guten Sache.

„Und willst du mich immer noch als Vater deiner Kinder?"

Seine Hände zitterten leicht.

Mit einem Kloß im Hals nickte ich. „Ja."

„Das war mir das Wichtigste. Du musst nicht heiraten, wenn du nicht willst. Oder wenn es dir zu früh ist. Und es wäre sowieso nur ein Stück Papier."

Mein Herz schmolz. „Aber ich will dich heiraten, Gábor! Ich werde alles tun, damit du sicher sein kannst, dass ich zu dir gehöre."

„Das ist nicht das Argument, das ich hören wollte."

Ich beugte mich zu ihm herunter, um ihn auf die Wange zu küssen. „Du bist so unglaublich süß. Steh auf, ich zeig dir, wie man das macht."

Ein belustigtes Funkeln erschien in seinen Augen. Wie er zuvor ging ich auf die Knie und sah lächelnd zu ihm hoch.

„Auf dem Berg, da hab ich an dich gedacht. Ich war auf dem Weg zu dir, aber es wurde dunkel, bevor ich dich erreicht habe. Mein letzter, wenn auch unbewusster Wunsch war, bei dir zu sein. Und das wünsche ich mir immer noch." Voller Ernst blickte er auf mich herab, doch ich erkannte die feinen Anzeichen der Rührung in seinem Gesicht.

Wieder nahm ich seine Hände. „Willst du mich heiraten?"

„Ja", antwortete er schlicht, hob mich vom Boden auf und küsste mich stürmisch.

Ich seufzte an seinem Mund. Dieser Gábor hatte mir gefehlt. Der lebensfrohe, neckende Gábor, der mich mit einem einzigen Kuss um den Verstand brachte.

Schwindlig vor Verlangen und reichlich zerzaust stellte er mich irgendwann wieder auf den Boden. Ich lachte über seinen dämlichen Gesichtsausdruck und seine verwuschelten Haare, die ich so zugerichtet hatte.

„Kannst du noch stehen?", erkundigte er sich lachend.

„Angeber!"

„Du liebst mich trotzdem."

Und wie ich das tat. Jede Faser meines Herzens liebte ihn, mein ganzer Körper reagierte auf ihn wie ein Magnet auf Eisen. Meine Seele war wieder ganz.

Gábor setzte sich auf den Beifahrersitz und wühlte im Handschuhfach. Er kam mit einer Ledermappe zurück, in der er Versicherungsblätter und TÜV-Berichte sammelte.

In einem Fach, zwischen zwei Blättern holte er einen schmalen Silberring mit einem runden Mondstein heraus.

Ich sagte nichts, sondern starrte auf das wunderschöne Schmuckstück, das in seiner Handfläche lag.

„Du fährst einen Ring in deinem Auto spazieren?", fragte ich atemlos. Gábor nahm lächelnd meine linke Hand und schob mir den Ring auf den Ringfinger. Er passte wie angegossen.

„Danke", hauchte ich. Ich hatte einen Verlobungsring an meinem Finger. Natürlich links, damit ich nichts Störendes an meiner Schwerthand hatte.

„Er gefällt dir?"

„Natürlich gefällt er mir! Ein goldener Brillantring hätte mich nur verschreckt."

„Ich weiß. Hätte auch gar nicht zu dir gepasst. Den hier wollte ich dir schon ewig schenken. Hab mich aber nicht getraut. So ein Ring sieht ziemlich besitzergreifend aus. Ich wollte dich nicht in die Flucht schlagen."

Gábor hatte mir einen Ring schenken wollen. Obwohl ich ihn mehr als einmal von mir gestoßen hatte. Der Aufruhr in meinem Innern wurde so stark, dass ich blinzeln musste.

„Warum hast du ihn ausgerechnet in deinem Handschuhfach aufbewahrt?", fragte ich mehr, um mich davon abzulenken.

„Vater hat nach dem Tod meiner Mutter ihren ganzen Schmuck verkauft und ihre Kleider weggegeben. Den Ring konnte ich retten. Er war immer mein Glücksbringer."

Ich war sprachlos. „Du ... gibst mir den Ring ... deiner Mutter? Ehrlich jetzt?"

Er sah mich fragend an. „Ist das nicht in Ordnung?"

„Doch!" Ich fing an zu weinen. „Es ist mehr als in Ordnung!"

„Komm her, meine süße, verrückte Joelle." Er hielt mich fest, barg meinen Kopf an seiner Brust und ließ mich seinem Herzschlag lauschen.

Ich liebe dich, sagte er stumm. *Ich liebe dich so sehr.*

84

Gábor

Wir waren dabei, den Keller auszumisten, als ich spürte, wie ein Teil von mir einfach ging. Es fühlte sich an wie ein Schlag in die Magengrube. Die Schwäche war schnell vorbei, doch ich musste mich an der Kellerwand abstützen.

Grigori ließ rumpelnd den Umzugskarton voller Bücher fallen, den er in den Händen gehalten hatte. Ich sah in seinen Gedanken, was geschehen war. Milán hatte mich endgültig verlassen. Seine zweite, kurze Existenz als Dämon war vor wenigen Sekunden ausgelöscht worden. Ich rang nach Luft.

Mein kleiner Bruder war tot. Tief im Herzen gestand ich mir ein, dass ich mich nicht gefragt hatte, ob mein Bruder es tun würde, sondern nur wann.

Grigoris Gedanken waren unerträglich, doch ich bat ihn stumm, nichts vor mir abzuschirmen.

Es war keine Live-Übertragung aus der Hölle, nur etwas, das er offenbar vorausgesehen hatte.

Akibeel lag in seinem schwarzen Blut im Laub und rührte sich nicht. Vaters Engelsschwert steckte bis zum Heft in seiner Brust. Der dämonische Geist hatte sich aus seinen sterblichen Überresten gelöst, dazu verdammt, bis zum jüngsten Tag durch die Hölle zu wandern. Nicht weit entfernt saß mein Vater im Laub und hielt meinen toten Bruder auf seinem Schoß. Meine Kehle schnürte sich zu, als ich Miláns blutigen und zerschundenen Körper sah. Er hatte sich von Akibeel regelrecht abschlachten lassen. Vater weinte. Nicht mehr viel und ich fing selbst damit an. Mein Hals schmerzte. Ich biss die Zähne zusammen und riss mich von Grigoris Gedankenbildern los. An die Wand gestützt blickte ich ins Leere, kämpfte gegen den tosenden Sturm in mir, indem ich nachdachte.

Milán hatte nichts mehr gewollt, als zu Gyula zu gehen. Sein sehnlichster Wunsch war in Erfüllung gegangen.

Trost fand ich keinen darin, dass Miláns Tod für ihn selbst von Anfang an unausweichlich gewesen war, er seinen geschenkten Neuanfang im Jenseits machte, bei Gyula. Das brachte mir meine Brüder nicht zurück. In meinem Hals brannte es stärker.

„Was ist los mit euch?", fragte Joshua. Mit seinen lockigen Haaren und der Furcht in seinen braunen Augen erschien er mir wie mein Spiegelbild. Matthias machte ein trauriges, aber wissendes Gesicht. Grigori hatte seine Gedanken auch mit ihm geteilt. Nun schaute er mich an, als fürchtete er, ich würde gleich zusammenbrechen. Aber ich schluckte gegen Tränen und Übelkeit an, um Joshua nicht im Ungewissen zu lassen.

„Milán ist tot", sagte ich tonlos. „Er ist jetzt ein dämonischer Geist." Die Worte schmeckten bitter in meinem Mund. Grigori kam zu mir, um mich aus dem Keller zu führen. Scheiße. Ich musste mich an ihm festhalten, so weich waren meine Knie.

Joelle stand mit Tränen in den Augen vor Miláns und Gyulas Zimmer und wartete auf mich. Ich schob mich an ihr vorbei in den Raum. Er kam mir so leer vor wie niemals zuvor.

Auf der Fensterbank lagen Briefe. Einer für mich, einer für Grigori und einer für Joshua. Milán hatte wohl gewusst, dass er höchstwahrscheinlich nicht zurückkommen würde. Er war heimlich hier gewesen, bestimmt letzte Nacht.

Ich sammelte die Briefe ein und steckte sie unter die vielen Zeichnungen, die auf dem Schreibtisch herumlagen. Lesen konnten wir sie später.

Auf einmal standen alle in dem kleinen Raum. Joelle, Grigori, Joshua, Matthias, Louis und Tristan. Trauer und Fassungslosigkeit brannte sich in jedes Gesicht.

Ich traf einen Entschluss. Einigermaßen gefasst drehte ich mich zu ihnen um. „Ich möchte, dass wir hier von Milán Abschied nehmen. Es wird keine offizielle Trauerfeier geben. Wir werden seine Musik hören und an ihn denken. Wer gehen will, der geht einfach."

Ich legte mein Handy auf den Schreibtisch, öffnete die letzte Playlist, die Milán mir geschickt hatte, und schaltete den Bluetooth-Lautsprecher auf dem Regal über Miláns Bett ein. Nachdem ich die Verbindung zum Handy aktiviert hatte, drückte ich auf Play, legte mich rücklings auf den Fußboden und erlaubte Joelle, meine Hand zu nehmen. Ich fühlte mich so schwer, als würde ich in den harten Laminatboden einsinken. Das vibrierende Intro von „Lateralus" erfüllte die Luft und holte den ganzen Schmerz, aber auch die Wut auf meinen Bruder aus mir heraus. Doch nur Joelle spürte all das. „Schism" war sein Lied. Ich verfolgte den Text mit ganz neuem Verständnis. Milán musste das ebenfalls so empfunden haben. Hatte er mich auch auf diese Weise auf diesen Tag vorbereiten wollen? Ich wusste nicht, wann meine Tränen angefangen hatten zu fließen, aber sie rannen in einem fort, bis Tool aufhörten zu spielen und es still wurde.

Nur noch Joelle lag neben mir auf dem Rücken und starrte tränenblind an die weiße Zimmerdecke. Es gab nichts zu sagen in diesem Moment.

Am frühen Abend, nachdem Joshua mit Matthias zu sich nach Hause gegangen war, Grigori abhaute, um Patrouille zu gehen, aber in Wirklichkeit allein sein wollte, und die anderen beiden Kontakt zu ihren Familien aufnahmen, reisten Joelle und ich in die Hölle. Ich musste mit Vater sprechen.

Ich hatte nicht damit gerechnet, Vater im Höllenwald vorzufinden, sitzend an einem flachen Erdhügel.

Meine Eingeweide verkrampften sich, als ich an das Grab meines Bruders trat. Ein Kloß bildete sich in meinem Hals, als ich die letzten Meter auf meinen verhärmten Vater zu stolperte und ihn fest umarmte. Er war vielleicht der Teufel, aber wir waren eine Familie.

„Mein Sohn“, sagte er leise. Es klang erschöpft. Vater hatte mehr verloren als ich. Er machte sich von mir los und winkte Joelle heran, die respektvoll Abstand gehalten hatte. Ihr ernstes Gesicht erhellte sich, als Vater sie in die Arme schloss. „Es tut mir so leid“, murmelte sie.

Er nickte. „Wir alle haben geliebte Menschen zu Grabe tragen müssen. Ich bin sehr froh, dass du noch immer Teil unserer Familie bist, Joelle.“

Ich blickte stumm auf die nackte Erde, unter der der Körper meines Bruders lag.

Leb wohl, Bruder, dachte ich.

85

Joelle

Die Sonne war längst untergegangen, als Gábor bereit war, diesen Ort zu verlassen.

Auch auf der Erde war es Nacht. Der Garten der Farkas-Villa lag dunkel und still da, auch im Haus war alles ruhig.

Ohne größere Besorgnis schickte ich mein Gespür nach meinen Blutsbrüdern aus. Tristan war mit Louis unterwegs. Grigori hingegen befand sich in einem ähnlichen Zustand wie ich. Voller Trauer und voller Glück. Höflich zog ich mich zurück. Was Grigori mit Katharina tat, musste ich nicht sehen und fühlen.

„Alles in Ordnung mit den anderen?“, fragte Gábor leise. Seine Stimme klang rauer als sonst, fast hätte man sie mit Miláns verwechseln können. Doch seine Stimme würden wir nie wieder hören. Hastig verscheuchte ich den Gedanken.

Uns blieb nichts, als nach vorne zu blicken.

„Alles in Ordnung.“

Im Flur fasste ich nach Gábors Handgelenken, damit er stehenblieb. Ich stellte mich auf die Zehenspitzen, um mit den Lippen seinen Mund zu erreichen.

„Soll ich dich auf andere Gedanken bringen, Gábor?“, flüsterte ich. Zur Antwort schlang er seine Arme um meinen Rücken und küsste mich.

In dieser Nacht brachten wir uns gegenseitig lange und gründlich auf andere Gedanken. So gründlich, dass wir noch nicht eingeschlafen waren, als der Wecker in Grigoris Zimmer klingelte. Als er immer weiter klingelte, stand ich auf und tapste über den Flur. Währenddessen konzentrierte ich mich auf meinen besten Freund. Der gar nicht da war.

Ehe ich mir Sorgen machen konnte, hörte ich unten die Haustür aufgehen. Vom Treppenabsatz aus sah ich Grigori hereinschlurfen, zerzaust und müde. Draußen war es hell.

Brummend steuerte er die Küche an. Ich folgte ihm zur Kaffeemaschine.

„Guten Morgen, Grigori", begrüßte ich ihn auf Russisch.

„Morgen. Warum hab ich mich in der Schule angemeldet? Ich würde jetzt lieber ins Bett gehen."

„Warst du heute Nacht nicht im Bett?", erkundigte ich mich amüsiert, während ich die Zuckerdose und zwei Tassen aus dem Küchenschrank holte.

Grigori schaltete die Kaffeemaschine ein.

„Ich hab auf Katharinas Sofa gepennt." Auf seinem müden Gesicht breitete sich ein seliges Lächeln aus. Mir hingegen fiel beinahe die Zuckerdose aus der Hand.

„Nein! Das habt ihr nicht gemacht!"

„Was genau meinst du?", entgegnete er scheinheilig und nahm mir die Tassen aus den Händen, um eine in die Kaffeemaschine zu stellen.

„Ihr habt heute Nacht geheiratet?" Vor lauter Verblüffung kam der Satz auf Französisch heraus.

„Wer hat geheiratet?", hörte ich Gábors Stimme hinter mir. Er sprach Deutsch, wie immer, wenn Grigori anwesend war.

Dahinter erschien Louis, gähnend und nur mit Boxershorts bekleidet. Er sprach wiederum Französisch.

„Wartet, bis Tristan da ist, wenn ihr solche Bomben platzen lasst. Der ist im Bad."

„Vergiss es", wies ich ihn zurecht. „Raus mit der Sprache, Grigori!"

Sein Grinsen war zugleich nervig und liebenswert. „Ich hatte mir überlegt, heute Nacht noch herzukommen, als Katharina eingeschlafen war. Aber dann konnte ich nicht weg. Es kam mir falsch vor."

Ich packte Grigoris Arm so fest, dass er zusammenzuckte. „Sie ist sechzehn!", zischte ich.

Gábor war mal wieder viel sachlicher als ich. „Wusste sie, auf was sie sich einlässt? Dass sich eure Seelen miteinander verbinden?"

„Aua, Joelle!" Daraufhin ließ ich Grigori los.

Louis grinste sich eins, als er Grigoris volle Kaffeetasse auf den Tisch stellte und sich eine eigene in die Maschine schob.

Grigori sah nur mich an, als er auf Deutsch erklärte: „Wir haben ausführlich darüber gesprochen. Katharina ist nicht blöd, sie wusste, was für Konsequenzen das hatte. Aber jetzt bin ich verdammt glücklich damit, okay?"

Ich nickte. „Trotzdem ist sie noch jung."

Grigori stieß ein Seufzen aus. „Joelle, du bist nicht unsere Mutti."

Gábor tat das, was am angemessensten war. Er umarmte Grigori und gratulierte ihm. Louis tat es ihm gleich, dann sprang auch ich über meinen Schatten. Nur weil ich so unbedarft und unbewusst in diese ganze Seelenpartnergeschichte hineingefallen war, musste es Katharina nicht genauso ergangen sein.

„Was ist hier schon wieder los?", fragte Tristan.

„Grigori hat geheiratet", informierte ihn Louis und trank einen Schluck Kaffee.

„Und das erfahre ich als Letzter?" Mit empörtem Gesicht, schoss Tristan in die Küche und boxte Grigori auf den Brustkorb, bevor er ihn in die Arme schloss.

„Herzlichen Glückwunsch, Bruder."

Unsere Familie wächst wieder, dachte Gábor lächelnd. Es war nur für mich bestimmt und ich lächelte zurück.

Als Grigori am Nachmittag aus der Schule kam, hatten wir anderen schon fast den ganzen Keller weiß gestrichen. Voller Farbe und mit schmerzenden Armen ließ ich die Jungs weiterarbeiten und leistete Grigori beim Mittagessen Gesellschaft. Gábor hatte für uns einen Berg Gemüserisotto gekocht. Davon wärmte ich Grigori eine Portion in der Mikrowelle auf.

„Wie war's in der Schule?“ *Bereut Katharina schon, mit sechzehn Jahren Ehefrau zu sein?* Ich sprach es nicht aus und hoffte, dass er diesen Gedanken nicht gehört hatte. Umsonst.

Grigori funkelte mich an. „Ich gehe gerne zur Schule. Und nein, Katharina bereut es noch nicht. An ihrem Leben ändert sich vorerst nichts. Außer euch weiß auch niemand davon, also krieg dich wieder ein. Man könnte fast meinen, du wärst eifersüchtig.“

War ich das? Nahm Katharina mir Grigori weg? Nein, das war es nicht. Doch ich ging in mich, während ich den sich drehenden Teller beobachtete. Ich hatte Angst, Grigori zu verlieren. Er hatte sich nach dämonischen Maßstäben unauflöslich an Katharina gebunden. Er würde überall mit ihr hingehen. Er würde eines Tages mit ihr in der Hölle leben. Ich hatte Luc bereits gehen lassen müssen ... Natürlich hatte ich kein Recht, meinen Blutsbrüdern im Weg zu stehen, aber es ging so schnell ... Ich erschrak, als Grigori hinter mir auftauchte und einen Arm um mich legte.

Lucs Bestimmung liegt nicht hier. Du wirst sehen, dass ihr das Richtige getan habt.

Laut sagte er: „Ich bin nie weg, hörst du? Wir bleiben immer Blutsgeschwister und du wirst immer meine beste Freundin sein. Es stimmt, ich werde Katharina begleiten. Aber doch nicht sofort. Lilith schmeißt den Laden sicher noch die nächsten hundert Jahre. Wenn sie schon Königin der Hölle geworden ist, möchte sie das auch genießen. Die eingesperrten Engel will sie nicht noch einmal an die Macht kommen lassen. Ich gehe nicht weg von euch. Ihr seid meine Freunde und meine Familie. Ich will deine Kinder aufwachsen sehen, Joelle."

Ich drehte mich und presste das Gesicht in sein T-Shirt, damit er nicht sah, wie sehr mich seine Worte rührten.

Die Mikrowelle piepste, aber wir hielten uns aneinander fest und versicherten uns gegenseitig unserer Freundschaft.

Und jetzt brauchte ich den Rat des Sehers.

Was hast du gesehen, Grigori?

Einen Sohn. Er hat schwarze Locken und grüne Augen wie sein Großvater. Ich sehe ihn als Säugling, als kleines Kind, als Jugendlichen. Dieses Kind wird bei dir bleiben, meine Schwester. In seinen Gedanken zeigte er mir meinen Sohn. Er sah aus wie Milán oder Gyula. Ohne Zweifel Gábors Kind. Ich zitterte vor Aufregung. Ich nahm die Hände von Grigoris breitem Kreuz, ging einen Schritt zurück und legte sie auf meinen flachen Bauch.

„O mein Gott", schluchzte ich.

„Sag es ihm ruhig", meinte Grigori und holte sein Essen aus der Mikrowelle.

Ich rannte in den Keller hinunter. *Ein Kind, ein Kind,* dachte ich unaufhörlich, als ich den Trampelpfad zwischen dem Gerümpel entlanghastete.

Gábor kam aus dem Keller und lief mir entgegen, das Gesicht leuchtend. Er fing mich auf und umarmte mich so fest, dass ich glaubte, meine Wirbel knacken zu hören.

„Ist das wahr?", flüsterte er in meinem Haar.

Ich zeigte ihm, was Grigori gesehen hatte.

„Er sieht aus wie meine Brüder“, wisperte er. „Ich bekomme einen Sohn.“

Wir standen eine halbe Ewigkeit in dem dunklen Keller und hielten uns fest.

„Lass uns heiraten“, sagte Gábor in die Stille hinein.

„Ja“, gab ich zurück. „Lass uns heiraten.“

Auf einmal war Tristan bei uns.

„Endlich!“, rief er und reckte die farbverschmierte Faust in die Luft. Er umarmte uns beide gleichzeitig und küsste mich stürmisch auf die Wange. „Darf ich die Feier organisieren? Bitte, Süße!“

„Na klar. Ich hab doch keine Ahnung, worauf es ankommt. Tob dich aus. Aber wir bestimmen den Ort und die Anzahl der Gäste!“

„Oh, gut, Joelle“, kam es von Gábor. „Nicht dass wir mit hundertachtzig Gästen auf der Molkenkur feiern müssen.“

„Ihr seid doof“, motzte Tristan, denn genau so etwas hatte er im Sinn gehabt.

Er ließ uns los, drückte Gábor einen Schmatzer auf die Wange und rannte zurück ins Erdgeschoss, um Louis und Grigori die Neuigkeiten zu verkünden.

„Hat Guépard mich gerade wirklich geküsst?“, fragte Gábor mit unsicherem Blick.

Ich lachte.

Epilog

Gábor

Es dauerte ein paar Tage, bis ich eine ruhige Minute fand, in der ich Miláns Abschiedsbrief öffnen konnte.

Weil ich dabei auf keinen Fall gestört werden wollte, wartete ich, bis Joelle eingeschlafen war, ehe ich von unserem Fensterbrett aus hinauf aufs Dach flog, mich rittlings auf den Dachfirst setzte und die Flügel einzog. Es war schon abartig genug, dass jemand im Mondschein auf seinem Hausdach saß.

Ich hatte noch kein Wort gelesen, da schnürte sich mir schon die Brust zusammen. Einen tiefen Atemzug nehmend öffnete ich den nicht zugeklebten Umschlag und entfaltete das Papier.

Miláns ordentliche Handschrift hatte wenig mit meiner schludrigen Sauklaue gemein. Ein Kloß wuchs in meinem Hals. Verdammt!

Gábor, mein Bruder,
dir einen Brief zu schreiben, ist mir am schwersten gefallen. Ich hätte dir alles lieber persönlich gesagt.
Aber dann wärst du an meiner Stelle in die Hölle gereist und hättest dich Akibeel gestellt. Und das konnte ich nicht zulassen. Du hast eine Frau und noch genügend Verpflichtungen, auch ohne mich. Ich nehme dir heute die Sorge ab, dich um deinen verrückten kleinen Bruder zu kümmern. Wenn ich jetzt bei dir wäre, würdest du mich boxen.

Ich schlug mir die Hand vor den Mund, um das Schluchzen zu dämpfen, das aus mir herausbrach. Milán hatte mich zu gut gekannt. Natürlich hätte ich ihn nicht alleine in die Hölle gelassen. Ich hätte versucht, ihn zu beschützen. Und wenn ich dabei draufgegangen wäre.

Die Tränen strömten unaufhaltsam meine Wangen hinab, mein schmerzender Hals protestierte, aber ich blieb still. Ich musste weiterlesen.

Du bist Vaters letztes Kind, du darfst ihn nicht auch noch verlassen. Du musst leben, Gábor!
Ich wette, du heulst gerade wie ein Baby. Ich musste auch heulen, als ich dir geschrieben habe, das kannst du mir glauben. Du fehlst mir jetzt am meisten von allen auf der Erde. Aber Gyula hat mir noch mehr gefehlt. Akibeel hatte uns verflucht, Gyula und mich. Niemand wusste davon außer Vater und Grigori. Ein Bruder sollte durch die Hand des anderen sterben, der zurückbleibende Bruder am Kummer darüber den Verstand und am Ende das Leben verlieren. Wie du weißt, war ich der zweite Bruder. Ich werde Frieden finden, indem ich Rache an Akibeel nehme. Nichts ist so stark wie der Gedanke an Rache und die Sehnsucht nach Gyula. Erst an seiner Seite werde ich wieder ganz und heil sein. Nicht mal Katharina konnte dagegen ankommen.
Sei für sie da, wenn sie es zulässt. Sie mag dich, obwohl du sie immer triezt.

Ich lächelte gegen meinen Willen. Milán durchschaute uns alle. Gleich darauf presste ich die Lippen zusammen. Er würde mir nie wieder eine seiner Analysen an den Kopf werfen, sich nicht mehr im Trainingsraum mit mir prügeln und mich über den Unterschied zwischen Glukose und Fruktose belehren. Scheiße.

Ich bedeckte die Augen mit der Hand und ließ den ganzen Schmerz raus. Er schnitt mir mitten ins Herz.

„Du bist ein verdammter Scheißkerl, Milán!", flüsterte ich erstickt. „Ein Scheißkerl." Ich bezweifelte, dass er irgendwo herumschwirrte und es hörte; dass er meine Verzweiflung sah.

Noch einmal atmete ich tief durch und las den Rest.

Du warst der beste große Bruder, den ich mir hätte wünschen können. Danke für alles, was du für mich getan hast. Und damit meine ich wirklich alles. Du hast aus unserem Haus ein Zuhause gemacht und dich immer um uns gekümmert.

Du wirst der beste Vater werden, den es gibt.

Ich hoffe, dass du glücklich bist mit deinem neuen Leben. Selbst wenn Gyula und ich keine große Rolle mehr darin spielen. Ohne Akibeels Fluch hätte ich versucht, bei Vater in der Hölle zu bleiben. Aber so gab es keinen anderen Weg für mich. Ich konnte es nicht länger ertragen, die Schuld an Gyulas Tod zu tragen und vor allem ohne ihn zu leben. Wenn du es jetzt nicht verstehen kannst, wirst du es irgendwann tun. Du bist nicht blöd, du tarnst dich nur gut.

Ich lächelte über seinen Seitenhieb. Es kam mir fast vor, als würde er mit mir sprechen. Das war schrecklich und tröstend zugleich.

Pass auf dich auf und sag Joelle einen Gruß. Sie ist die Beste, die du finden konntest. Lass sie ja nie wieder gehen, sonst bringe ich dein ganzes Werkzeug durcheinander und tauche immer dann auf, wenn du mich nicht gebrauchen kannst, zum Beispiel nachts an deinem Bett, wenn du dir einen runterholen musst, weil jetzt sogar Lilith in einer Beziehung lebt.

Verdammt, dieser kleine … Ich musste ernsthaft lachen.

Gruselige Vorstellung, oder? Wenn du jetzt grinsen musst, habe ich mein Ziel erreicht.
Bis bald, großer Bruder. Sag Bescheid, wenn du mich sehen willst, ich bin nie ganz weg.
Ich hab dich lieb.
Milán

Darunter hatte er noch ein Bibelzitat des Propheten Jesaja geschrieben. Milán hatte fast die gesamte Bibel auswendig gekannt. Ich war froh, wenn ich nicht das Alte mit dem Neuen Testament verwechselte. Milán wollte mir Mut machen, mich aufmuntern. Früher war er mir oft so lange auf den Geist gegangen, bis ich gelacht hatte. Einmal waren er und Gyula auf meinem Bett herumgeturnt und hatten Grimassen geschnitten, weil ich an Anyukas Todestag in meinem Zimmer Trübsal geblasen hatte. Meine Mundwinkel zuckten, als ich an ihr Affentheater zurückdachte. Jetzt würde keiner von den beiden mehr Saltos machen, weil ich traurig war.

Ich drehte mich in Richtung Berg und zog die Beine an, um meine Arme auf die Knie zu legen und mein Kinn darauf zu stützen. Mein kurzer Anflug von Humor verblasste angesichts der überwältigenden Trauer, die an mir zerrte wie ein Gewicht. In diesem langen Moment allein in der Kälte spürte ich eine nie da gewesene Verlassenheit. Ich war der Letzte aus meiner Familie, der hiergeblieben war. Doch das stimmte nicht ganz. Ein seltsames Flattern regte sich in meiner Brust. Ohne Joelle würde ich nirgendwohin gehen. Sie war meine Familie. Sie und das Kind, das Grigori gesehen hatte, dessen Anwesenheit ich gestern zum ersten Mal gespürt hatte. Die Schwere zog sich allmählich zurück.

Meine Tränen versiegten und ich blickte gefasster in das Schwarz der Bäume und das heller werdende Blau des Nachthimmels.

Flügelschläge über mir ließen mich aus meiner Lethargie erwachen. Joelle landete hinter mir. Ich brauchte mich nicht umzudrehen, um zu wissen, dass sie es war. Ihre warmen, zarten Arme umfingen meine nackte Brust, ihre Lippen küssten meine Schulterblätter. Ihre Gedanken klangen ruhig.

Was machst du hier oben?

Sie bettete den Kopf an meinem Rücken.

Ich habe Miláns Brief gelesen. Ich wollte dabei keine Zuschauer. Nicht mal dich.

Sie streichelte meine Brust. Ich drehte mich halb nach hinten, damit sie mein Lächeln sah.

Versprich mir, dass wir meine Brüder und Anyuka niemals vergessen! Ich will, dass sie einen Platz bei uns haben, auch wenn sie nicht mehr wirklich da sind.

Natürlich. Es ist deine Familie. Lass uns in der Bibliothek die ganzen Fotos aufhängen, die unten im Wohnzimmer waren. Und vielleicht auch ein paar von meiner Familie. Miláns Zeichnungen wünsche ich mir im Flur und im Treppenhaus.

Wir setzten uns richtig nebeneinander, die bloßen Füße auf die eiskalten Ziegel gestellt. In dämonischer Gestalt merkten wir es kaum.

Das klingt gut, stimmte ich ihr zu.

Wollen wir noch ein bisschen hier oben bleiben und den Sonnenaufgang anschauen?

Und das taten wir schlussendlich. Die kühle Luft des frühen Morgens strömte in meine Lungen und vertrieb die Nacht in meinem Innern. Joelles Wärme neben mir tat ihr Übriges.

In meinen Gedanken teilte ich Miláns Bibelspruch mit Joelle. Er passte perfekt zu dem hoffnungsvollen

Augenblick, als die ersten Strahlen der Morgensonne über den Berg schienen.

Die Zeit der Finsternis ist nicht von Dauer. In das Land, auf dem der Schatten des Todes liegt, dringt ein heller Schein. Das Licht leuchtet denen, die ihre Hoffnung in der Dunkelheit nicht verlieren.

Joelle griff nach meiner Hand, hob sie an ihren Mund und küsste sie. Ich lehnte mich herüber, um mein Gesicht kurz an ihren weichen Hals zu legen.

Milán hatte recht, dachte sie. *Das hatte er meistens. Ich habe auch einen Spruch: Unsere Toten gehören zu den Unsichtbaren, nicht zu den Abwesenden, Johannes XXIII.*

Kluger Mann. Ich wette mit dir, er konnte Geister sehen. Ich soll dich von Milán grüßen.

Danke.

Ihre Trauer schwebte zu mir herüber, doch sie übermannte mich nicht. Vorsichtig küsste ich Joelle auf die Schläfe.

Auch wenn ich traurig bin, freue ich mich auf unser neues Leben. Du auch?

Ja, sehr. Auf alles.

Unsere Lippen trafen sich zu einem langen Kuss. Wir waren beide angekommen.

Zuhause.

Danksagung

Diese Dilogie zu schreiben, glich manchmal einer Achterbahnfahrt der Gefühle. Wahrscheinlich ist es beim Lesen ähnlich. Danke, liebe Leser*in, dass du bis zum Schluss mit Joelle und den anderen mitgefiebert, mitgelitten und mitgelacht hast!

Ich danke dem Verlagsteam von dp Digital Publishers, besonders meiner Projektbetreuerin Alexandra Fölker und meiner Lektorin Lisa Reim, dass sie es alle ermöglicht haben, diese Geschichte zu veröffentlichen. Vielen, vielen Dank!

Wie am Ende jedes Buches danke ich meiner Familie, die an mich glaubt und mich schreiben lässt, sowie meinen besten Freundinnen, die jede Geschichte von mir lesen und mit Kritik nicht hinterm Berg halten.

Ich danke meinen Testleserinnen Anne Stüwe, Amity und Ann-Katrin Rade, denen ich meine Geschichten anvertrauen kann.

Zuletzt danke ich allen Blogger*innen, Bookstagrammer*innen und Leser*innen, die meine Bücher lesen und über sie sprechen. Vielen Dank für eure Unterstützung!